I0817925

EL LIBRO DE COCINA DEL ANARQUISTA DE LA MAZMORRA

EL LIBRO DE COCINA DEL ANARQUISTA DE LA MAZMORRA

MATT DINNIMAN

Traducción de David Tejera Expósito
Galeradas revisadas por Antonio Torrubia
y María Jesús Ramos Vilela

NOVA

Papel certificado por el Forest Stewardship Council®

Título original: *The Dungeon Anarchist's Cookbook*

Primera edición: enero de 2026

Printed in Spain – Impreso en España

ISBN: 978-84-10466-16-6
Depósito legal: B-19.622-2025

Compuesto en Comptex & Ass., S. L.

Impreso en Liberdúplex
Sant Llorenç d'Hortons (Barcelona)

NV 6 6 1 6 6

Que cada cosa que hagas cuente.

King Kong Bundy

NOTA DEL AUTOR

Hola. Soy Matt, el autor de este libro. Me gustaría hacer un comentario rápido sobre esta novela en particular. El cuarto piso de la mazmorra está pensado para ser un rompecabezas gigantesco y deliberadamente confuso. Carl, Dónut y el resto del equipo tienen que esforzarse mucho para llegar a comprender la distribución de la mazmorra. Tú, el lector más genial que existe, no tienes por qué llegar a comprender todas las complejidades de este piso en particular para entender y disfrutar de lo que está pasando. No vas a dejar de leer nombres, números y colores de andenes. Y no pasa nada por no recordarlos todos. Solo terminarán siendo importantes al final de la historia.

Cerca de dicho final encontraréis un mapa que os ayudará a comprender el desenlace. Hasta entonces, disfrutad del viaje y cuidado con el escalón.

Y sí, existe un color que se llama «zomp».

1

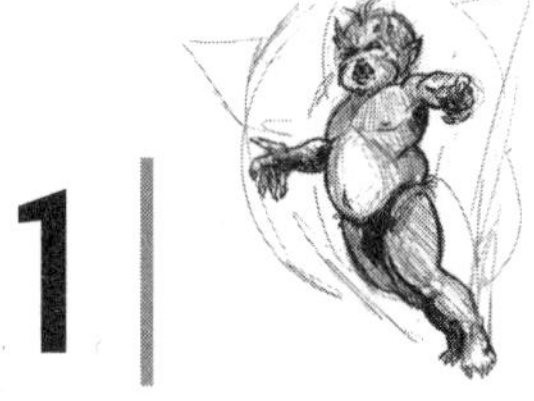

TIEMPO PARA EL DERRUMBE DEL PISO: 10 DÍAS
Visualizaciones: 43,1 mil billones
Seguidores: 677 billones
Favoritos: 158,1 billones
Puesto en la clasificación: 6
Recompensa: 100.000 de oro

LÍNEA ROJA.

Bienvenido, mazmorrero, al cuarto piso. «La Maraña de Hierro».

Tu título vuelve a ser Guardaespaldas real.

Ha dado comienzo una puja de patrocinio para el mazmorrero n.º 4.119. Dicha puja terminará en 45 horas.

El mundo retumbó. El suelo se agitó. Me tambaleé hacia atrás justo cuando aparecimos, pero conseguí mantener el equilibrio gracias a una pared de metal. Las luces no dejaban de parpadear rápidamente, a ambos lados de la estancia estrecha y alargada en la que me encontraba. Sentí un pum, pum, pum bajo los pies. Estábamos en un tubo de plástico y metal que no dejaba de vibrar y retumbar. La iluminación del lugar se apagó para luego volver a encenderse.

Mongo graznó de rabia y de miedo. Dónut saltó sobre mi hombro y empezó a temblar. Katia se ovilló junto a un poste de metal que iba desde el suelo hasta el techo.

¡Logro desbloqueado! ¡El chacachá del tren!

Chu, chu, hijo de puta.

Recompensa: ¡Has recibido de recuerdo un gorro de revisor de tren! ¡Llévalo con orgullo!

—Estamos en un vagón de metro —dije. Avanzábamos a toda velocidad por un túnel, en dirección a un destino desconocido.

El vagón contaba con una hilera de asientos encarados hacia el centro, hechos de plástico beis con cojines marrones que estaban rasgados y pintados con rotulador y espray. Las palabras que había escritas eran un batiburrillo incomprensible en alfabeto cirílico, y el suelo estaba sucio y lleno de agujeros. Había marcas de quemaduras en las paredes también de plástico. Unos postes de metal se alzaban hasta el techo en intervalos regulares y también recorrían el vagón por la parte superior. Todo el lugar olía a cadáveres apilados y podridos de ratas.

El vagón estaba vacío a excepción de nuestro grupo.

—Es un tren del metro de Moscú —dijo Katia—, pero yo me he subido en unos que estaban en mucho mejor estado que este. Y más limpios.

Su rostro había vuelto a ser ese prácticamente humano, el de cabello rubio que tenía antes del programa. La última vez que la había visto en forma de doppelgänger, la nariz se le había movido hasta casi debajo de la oreja, pero ahora había vuelto a colocársela en su sitio.

Al fondo del vagón había una puerta cerrada sin ventana. Sobre la puerta colgaba un pequeño cartel eléctrico donde iban pasando unas letras rojas.

Línea roja. Vagón 20. Próxima parada: Estación Sirin (81) en 12 minutos y 32 segundos.

—A vestirse todo el mundo —dije. Me senté en la silla que tenía al lado y empecé a ponerme el equipo. Examiné durante un breve instante el gorro ridículo que acabábamos de recibir, pero era una basura. No era mágico, sino uno azul y blanco normal de esos que solían llevar los niños pequeños. Tenía bordadas las palabras «He recorrido la Maraña de Hierro».

—Carl, esto me dice que tengo que elegir una nueva clase debido a mi habilidad Actriz de reparto. Solo tengo seis minutos para hacerlo o se me asignará una «al azar» —comentó Dónut—. La lista está llena de cosas nuevas. No es la misma de antes.

Carl: Mordecai, ayuda a Dónut a elegir una clase. Te leerá algunas de las opciones. Vamos en un vagón. Creo que estamos en un piso estructurado como un sistema de metro.

Mordecai: Bienvenidos de nuevo. Venga, Dónut, a ver esas opciones recomendadas.

Dónut: NO ME GUSTAN ESTAS OPCIONES, MORDECAI.

Mientras Dónut repasaba la lista de opciones por el chat, opciones entre las que había cosas como gato callejero bronquista o michimante, yo me acerqué a la ventana y eché un vistazo al exterior.

Avanzábamos a toda velocidad. Vi la pared del túnel, que estaba a escasos centímetros de la ventana. Al parecer, estaba hecha de tierra y roca. Unas luces brillaban de vez en cuando, como si la iluminación eléctrica estuviese incrustada en las paredes a intervalos nada regulares.

—¿Por qué siempre escribe en mayúsculas? —me susurró Katia mientras yo seguía mirando por la ventana—. ¿Es porque le cuesta escribir con las cuatro patas?

—No. Es porque es Dónut.

—Es una persona complicada, ¿verdad?

Recordé lo que Odette había dicho sobre Hekla, lo de que quería robarme a Dónut.

—Más de lo que crees —respondí.

Teníamos diez días para completar el piso. Nuestra prioridad era encontrar una escalera, pero si no dejábamos de movernos eso iba a suponer todo un desafío. En esta ocasión solo había 9.375 de ellas. Si el piso de verdad estaba estructurado como un sistema de metro o de trenes, y no nos encontrábamos en un medio de transporte que nos estuviese llevando al verdadero principio de la zona, íbamos a necesitar un mapa. Aunque hubiese una escalera en todas y cada una de las paradas, una estructura así sugería que el sistema de metro debía ser enorme. Hallar dicha escalera no iba a ser suficiente si no sabíamos cómo volver a ella.

Mi habilidad Plan de huida no me sirvió para ver ninguna indicación ni señalización, al menos dentro del vagón en el que nos encontrábamos. Era una habilidad muy útil, pero tenías que tener claro dónde se encontraban los mapas ocultos antes de usarla.

—Vaya —dijo Katia—. Tengo el doble de Constitución de lo normal. Ahora es de 102. Y parece ser que también me han dado una bonificación de impulso activo aunque no me esté moviendo.

—Bien —comenté. «Eso significa que serás nuestro escudo humano»—. Espero que forme parte del diseño del piso. De lo contrario, será mejor que no te acostumbres a ello. Si los productores no querían que pasase algo así, ten por seguro que terminarán por parchearlo esta noche.

Si en este nivel íbamos a combatir cuerpo a cuerpo muchas veces, eso significaba que tenía que ponerme a practicar. Me había pasado gran parte del piso anterior con las explosiones, por lo que sospechaba que en este caso iba a chupar más banquillo que otra cosa.

Dónut: ENTONCES ¿ELIJO LA CLASE FOROFA DE FÚTBOL O PETARDO? RÁPIDO, EL TIEMPO ESTÁ A PUNTO DE ACABARSE.

Mordecai: La de forofa. Es la mejor elección si vas a pasarte el piso encerrada en estos vagones. Cuenta con una bonificación de impulso y varias ventajas de equipo. Además de la habilidad Mascota, que le da una bonificación a Mongo.

Dónut brilló durante unos breves instantes.

Dónut: HECHO. ¡TENGO LA HABILIDAD MASCOTA! PERO NO ME HAN DADO CÁNTICO GRUPAL NI DISTURBIOS ITINERANTES. AUNQUE SÍ QUE HE CONSEGUIDO LOS 10 PUNTOS ADICIONALES DE CONSTITUCIÓN, AL MENOS.

Mordecai: Qué pena. La de Cántico grupal nos hubiese venido de perlas. Vale, atendedme los tres. Acabo de echar un vistazo fuera de mi habitación y estoy en lo que parece ser un asentamiento en una estación de tren. Me da la impresión de que las tiendas y las posadas estarán repartidas por dichas estaciones. Me encuentro en una bastante grande en la que hay tres líneas de tren diferentes. Una de ellas es de un metro, como el que habéis descrito, pero hay otra mucho más grande. Parece un tren transcontinental. Bajaos en la siguiente parada y buscad una estancia segura o una posada.

Carl: Recibido. Por cierto, gracias por decirnos lo de la recompensa en la clasificación.

Mordecai: Vaya, eso significa que estáis entre los diez primeros. Encontrad una estancia segura y hablaremos.

Miré a Dónut. Intenté recordar las cosas que había perdido al dejar la clase eminencia del rincón de artistas. Los únicos beneficios dignos de mención era el +5 a la Destreza y el 15 % de bonificación a la venta de objetos. También había recibido algunas monedas adicionales al bajar por las escaleras del piso anterior, pero no demasiadas. Era probable que la pérdida de la bonificación de Destreza fuese lo peor.

—¿Y qué habilidades nuevas tienes?

El suelo no dejaba de traquetear mientras el vagón se inclinaba para dar una curva. Las luces titilaron.

—Pues unas pocas. Había una habilidad que me aumentaba el daño al atacar en movimiento, pero no la elegí. La mejor era Mascota. Si Mongo hace daño a un enemigo, todos los del grupo reciben una bonificación a la Destreza y a la Constitución. Si mata a una criatura, la bonificación dura unas horas.

—Sí que es buena —dije.

—También me ha subido en 10 puntos la Constitución. Ah, y también tengo una habilidad llamada Guinness que me dobla la fuerza cuando estoy borracha.

—¿En serio?

—Claro —respondió—. Así que cuando vayamos a luchar, tendremos que parar antes por el club para pedir otro Dirty Shirley.

Carl: Mordecai, ¿soy yo o estas clases son mejores que las que nos ofrecieron en el piso anterior?

Mordecai: Es un beneficio involuntario. Muchas de estas clases son menos habituales y no estaban disponibles porque Dónut no cumplía con los requisitos mínimos. Pero a medida que suba sus características, mejorarán las clases que se le ofrecen en cada piso. También hay otra cosa buena que no había anticipado. Con la clase eminencia del rincón de artistas, recibió la habilidad Negociación a nivel 5. Antes de abandonar el tercer piso, ya había conseguido subirla a nivel 7 gracias a todo lo que vendisteis. Pues, al perder la clase, pierde los cinco niveles, pero mantiene los dos que había conseguido por su cuenta, así como toda la experiencia conseguida para dicha habilidad. Por eso, ahora tiene 4 puntos en ella.

Carl: Un momento. No lo entiendo. Entonces, si consigue una habilidad temporal, ¿la conservará en el piso siguiente? ¿Y qué hay de los aumentos en los puntos de característica?

Mordecai: No, los puntos de característica no los conservará. Pero mientras use lo bastante una habilidad como para subir-

la de nivel al menos una vez, la conservará, aunque restándole los niveles que consiguió automáticamente gracias a la clase. La experiencia de las habilidades es un tema complicado, ya que conlleva cálculos que los mazmorreros no pueden ver. Cuesta bastante... descorchar la botella, por así decirlo, y llegar a nivel 1. Pero una vez lo haces, todo va sobre ruedas. En otras palabras, usad a Mongo todo lo que podáis y conservaréis el beneficio Mascota. Además, de ahora en adelante, también deberíamos tener en cuenta las clases que tienen conjuros poco habituales. Si Dónut consigue subirlos de nivel al menos una vez, creo que pasarán a formar parte de su lista.

CARL: Eso me parece un error del juego.

MORDECAI: Podría serlo. Así que no lo comentes en voz alta ni lo hagas notar. Es muy probable que no se den cuenta hasta que Dónut llegue a conservar un conjuro al pasar de un piso a otro. Ahora, poneos manos a la obra. Voy a buscar un mapa, y vosotros también deberíais hacerlo.

—Katia —dije—, tienes la habilidad Exploración, ¿verdad?

—Solo la tengo a nivel 3. Subirla es muy complicado. Tengo que mantener el mapa abierto todo el tiempo para hacerlo. Mi antiguo guía me comentó que lo que necesitaba para mejorarla era un gremio de entrenamiento. Puedo alejar mucho el zoom del mapa, pero cuando lo hago no veo gran cosa. Solo tubos por todas partes, como si fuese una maraña de fideos. Pero, hace unos minutos, vi otro tren pasando a toda velocidad por otra de las vías que hay tras esta pared, en perpendicular a nosotros. Este en el que nos encontramos tiene unos veinte vagones, y estamos en el último.

—¿Ves algún enemigo?

—No. Normalmente, no aparecen en este mapa. Pero si estamos cerca de una escalera o de una estancia segura, me llega una notificación. Por cierto, también veo que el vagón número quince tiene una forma diferente a este. No sé lo que es, pero creo que no es uno de pasajeros.

Miré el mapa y vi que llegaba hasta la primera mitad del vagón número quince. Sabía que normalmente podía alejar algo el zoom, pero cuando estaba en movimiento siempre se acercaba un poco más. Si Katia alcanzaba a ver los veinte vagones del tren, su habilidad tenía que llegar a mostrarle un mapa mucho mayor que el mío.

También vi que, en el mío, aparecían los nombres de todos y cada uno de los vagones, algo que no había visto antes. Nos encontrábamos en la CABINA N.º 20. VAGÓN DE PASAJEROS.

—¿Qué dice el nombre del vagón número quince? —pregunté a Katia.

—Pues solo se ve un signo de interrogación.

Examiné la parte de atrás del tren. Normalmente, tendría que haber algún tipo de salida de emergencia, pero en este caso solo había una pared lisa de metal. Me pregunté qué ocurriría si colocaba en ella un explosivo para abrirla y saltaba a las vías. Teniendo en cuenta lo estrecho que era el túnel, era muy probable que el siguiente tren me aplastase en cuestión de minutos.

—Muy bien, gente —dije—. Vayamos a echar un vistazo a ese vagón.

Avancé por el pasillo del centro. Dónut saltó sobre mi hombro. Mongo se abrió paso a mi lado mientras esquivaba a duras penas los postes de metal. Si crecía mucho más o los pasillos se estrechaban un poco, los trenes iban a convertirse en un problema. Llegamos a la puerta, que no parecía casar con el lugar. No tenía ventana, y me dio la impresión de que era un añadido que se había puesto ahí para la mazmorra, ya que normalmente en su lugar solo había una pasarela corta y abierta que se podía atravesar sin problema. Sobre nosotros, el reloj indicaba que quedaban unos cinco minutos para la siguiente parada.

—Voy a abrir la puerta. Katia, tienes cuatro veces más Constitución que yo, así que serás la primera en entrar. ¿Te parece bien?

Ella tragó saliva, pero asintió. Vi que se había puesto a temblar.

—Supongo que es lo que tengo que hacer, ¿no?

—No te preocupes, cielo. Te cubrimos —aseguró Dónut para tranquilizarla.

La puerta se deslizó a un lado, lo que dejó a la vista el pequeño espacio cerrado que había entre los dos vagones. La pasarela del suelo no dejaba de rebotar arriba y abajo. Las paredes que conectaban ambos vagones eran negras y con forma de acordeón, hechas de lo que parecía una especie de tela reforzada. La distancia entre los dos vagones parecía más de la normal. Vi un panel bajo mis pies que seguro podía retirar para dejar al descubierto el mecanismo que los mantenía unidos. Avanzamos y vi también la puerta que llevaba hasta el siguiente vagón. Coloqué la mano sobre ella y me fijé en que Katia, detrás de mí, sostenía un hacha pequeña y reluciente entre las manos.

—¿La has usado antes? —pregunté.

—Es una buena arma —aseguró—. Pero mi Fuerza no es suficiente y hago poco daño. Ahora, te puedo asegurar que he matado a muchos monos taladores con ella.

Asentí.

—Allá vamos.

Deslicé la puerta a un lado, y ella saltó al interior. Mongo hizo lo propio detrás de Katia entre gruñidos, lo que hizo que la mujer se asustase y cayese de boca. Yo me tambaleé hacia atrás por culpa del movimiento repentino e inesperado de la mascota.

—¡Cagondiós, Mongo! —grité mientras examinaba la estancia en busca de amenazas.

Estaba vacío. El vagón era idéntico al anterior.

—¡Mongo malo! —gritó Dónut—. ¡Tienes que portarte bien con Katia!

—Venga, intentémoslo otra vez —dije—. Mongo, no te precipites para conseguir más experiencia.

El dinosaurio graznó mientras Katia gruñía y se ponía en pie. El hacha se le había caído al suelo y se había deslizado hasta quedar a unos tres metros por delante de ella. Corrió para recuperarla.

El siguiente vagón era igual. Estaba vacío. Pero al menos Katia no cayó de boca al entrar. El siguiente, estaba igual de desocupado.

Cuando llegamos al número dieciséis, la cuenta atrás ya casi había llegado a su fin. Quería echar un vistazo en el decimoquinto antes de ponernos a buscar una estancia segura. Los vagones que había justo después de ese aparecían en el mapa como normales de pasajeros. Katia dijo que el número diez y el cinco también eran diferentes al resto y que no se parecían al número quince. Por si eso fuera poco, el primero de todos aparecía como una especie de bloque liso en su mapa. Dijo que eso solía significar que la estancia estaba detrás de una puerta mágica.

—En este tiene que haber algo —comenté al tiempo que señalaba la puerta que daba al número quince. Era diferente a los anteriores. La puerta también era deslizante, pero parecía estar hecha de un material más grueso y resistente.

No estaba cerrada. La deslicé para abrirla y cruce a la pasarela. La siguiente era igual. El tren empezó a reducir la velocidad. El chirrido agudo de los frenos inundó el ambiente, así como el olor a aceite y a humo.

Una voz cargada de estática resonó por lo que supuse que era un altavoz:

«Estamos llegando a la estación Sirin. La número 81. La siguiente parada será la estación Mora, la número 82, tras la que llegaremos a la estación de transbordo de pasajeros número 83».

—Monstruos —siseó Dónut—. Son pequeños, pero hay muchos.

Levanté una mano hacia la puerta del vagón número quince.

—Vamos, nos retiraremos por el momento hasta que consigamos...

—No, ahí dentro no. ¡En la estación! —dijo la gata mientras veíamos cómo se acercaba el andén. A mi izquierda, alcancé a ver el suelo y, sobre él, un cartel que colgaba del techo y que rezaba: ESTACIÓN SIRIN. 81.

—Dios —exclamó Katia.

La estación estaba a rebosar de cientos de monstruos gordos y arrugados, amontonados y aplastándose entre sí para cruzar las puertas. Las criaturas parecían bebés demoniacos de piel gris, con garras afiladas y bocas gigantescas llenas de dientes. Demasiados. Iban a dos patas y me llegaban a la altura de las rodillas. Algunos se aferraban a las columnas de hormigón de la estación, escalándolas con las extremidades como si fuesen puñeteras arañas. La única prenda que llevaban era un taparrabos ajado; algunos se abalanzaron hacia las puertas del vagón, mientras que otros saltaron al techo. Gritaban al unísono, un estruendo inquietante que se parecía al llanto de un bebé. Se agolparon aún más contra el tren al vernos tras las ventanas, como olas que rompiesen contra el cristal.

El vehículo siguió avanzando, pero iba a detenerse en cualquier momento. Y, cuando lo hiciese, iban a abrirse las puertas para dejarlos entrar al lugar donde nos encontrábamos.

Examiné a uno de los monstruos a través del cristal.

Drek. Nivel 6.

Los bebés le gustan a todo el mundo, ¿verdad? ¿A qué imbécil no le van a gustar? ¿Y qué me dices si esos bebés son demoniacos, famélicos y berserker que se desplazan en manadas de al menos cincuenta criaturas? Se rumorea que estos mocosos pueden de-

vorar a un elefante adulto, con huesos incluidos, en menos de cinco segundos. Y tú eres mucho más pequeño que un elefante.

—Joder, joder —dije mientras tiraba de la puerta del vagón número quince—. ¡Cerrad la puerta al pasar!

Abrí la pesada puerta y entramos en un vagón húmedo y oscuro. La estancia olía a carne podrida.

Detrás de nosotros, las puertas que daban al andén del vagón anterior sisearon al abrirse, momento en el que empezaron a colarse esos monstruos chillones. Katia cerró con fuerza la primera de las puertas que separaban los vagones y luego se internó en la oscuridad de la cabina sin ventanas para terminar de cerrar la otra, justo cuando Dónut lanzaba el conjuro Antorcha para iluminar el lugar.

—Pero me cago en la puta —dije al ver a los monstruos que aparecieron frente a nosotros.

Jikininki. Nivel 17.

De todos los tipos de necrófagos que pueden encontrarse en la Maraña de Hierro, los jikininki son los más comunes, los más educados y también los más insaciables. Su apetito voraz por la carne los convierte en unas criaturas limpiadoras perfectas. Suelen dejarte en paz si no estás sangrando, si no tiras basura y si no invades su espacio personal. Hacer eso último es de muy mala educación.

En el mapa, el sistema reemplazó el signo de interrogación que había antes por el texto: GUARIDA DE CRIATURAS LIMPIADORAS.

Los monstruos esbeltos y encorvados parecían los primos crecidos de los bebés drek que habíamos dejado en el vagón anterior. Las criaturas blancas y demacradas medían unos dos metros diez de alto, con brazos que arrastraban por el suelo y que contaban con uñas negras y aserradas que repiqueteaban como porcelana. Se enderezaron por completo al ver que nos habíamos colado en su vagón. Tenían un rostro lleno de dientes afilados y con ojos saltones. Las bocas de ambas empezaron a castañetear como si fuesen juguetes de cuerda, lo que emitía un sonido parecido al de una picadora industrial.

Ambas llevaban un traje cruzado, andrajoso y hecho jirones, con botones dorados. Debajo de los trajes oscuros llevaban camisas de vestir blancas pero manchadas de sangre. Una de ellas llevaba una pajarita. Las dos tenían sobre la cabeza una especie de gorro de revisor con letras doradas que rezaban «Conserje». La que no tenía pajarita tenía una chapa en el pecho que rezaba «¿Cómo quieres que te haga daño?».

Además de los dos monstruos, el vagón estaba vacío a excepción de una pila de huesos, dos escobas y unas papeleras.

—¡Tiro doble!

Dos proyectiles mágicos de máxima potencia salieron despedidos hacia las cabezas de las criaturas, que se tambalearon con el impacto. Las barras de salud de ambas bajaron hasta quedar rojas, y Mongo rugió. El velociraptor brincó hacia delante, voló a través de medio vagón y chocó con las patas contra una de las criaturas humanoides. Dónut saltó de mi hombro al de Katia mientras yo corría hacia uno de los necrófagos y empezaba a cerrar el puño. El monstruo siseó, momento en el que eché el puño atrás para luego darle un golpe en la cara. A mi izquierda, Mongo había decapitado al otro y había empezado a comerse la cabeza. Mi objetivo cayó al suelo. Le pisé el pecho y se lo hundí. Un líquido negro como la brea empezó a rezumar del lugar donde lo había pisado, formando una especie de V. Sentí algo raro en el pie, pero no tenía tiempo de pensar de qué podía tratarse.

Has recibido una bonificación temporal del 5 % a la Destreza y a la Constitución gracias a la mascota de tu equipo.

No tuvimos tiempo de disfrutar de la victoria. Cogí varios huesos y saqueé varias monedas de oro de cada uno de los necrófagos. También me hice con la chapa con el mensaje «¿Cómo puedo hacerte daño?», antes de volver a dirigirme hacia la puerta.

—¡Están intentando entrar! —gritó Katia, que se apartó de ella. Dónut seguía sobre su hombro, con el pelaje erizado. Se oían los arañazos y los golpes que venían del vagón dieciséis. Aún no había atravesado la primera de las puertas que nos separaban. Solo tenían que tirar de la palanca y deslizarla, pero al parecer no sabían hacerlo.

Miré con nerviosismo la puerta que había al otro lado del vagón, la que llevaba al número catorce. Supuse que también estaría lleno de dreks. Estábamos rodeados.

En este vagón no había cartel alguno, pero recordé que había oído por el altavoz que la siguiente estación se llamaba Mora o algo parecido. Pero la siguiente a esa era diferente. Una estación de transbordo de pasajeros. Con suerte, esa sería el lugar seguro que había descrito Mordecai. Pero no había puertas en el vagón en el que nos encontrábamos. ¿Cómo íbamos a salir a la estación una vez llegásemos?

Preparé una cortina de humo. También coloqué el rasca de bola de fuego o natillas en mi lista de acceso rápido. Quedaban tres casillas por rascar. Si tenía mala suerte, estaríamos bien jodidos. Un pegote de natillas no iba a salvarnos en esta ocasión. ¿Qué cojones íbamos a hacer ahora? ¿Estarían todas las estaciones llenas de monstruos?

Me temí que iba a tener que recurrir a los explosivos, pero lo cierto es que me parecía una muy mala idea. Aunque los tirase al vagón anterior y cerrase la puerta justo después, me daba miedo que la explosión hiciese descarrilar el tren al completo.

También contaba con un Caparazón protector, pero solo podía lanzarlo una vez en día y solo duraba veinte segundos. Aunque..., ahora que lo pensaba mejor, Mordecai me había contado hacía mucho tiempo algo sobre ese conjuro que quizá me sirviese ahora. Pero si la próxima estación también estaba llena de criaturas, sería mejor esperar un poco antes de usarlo. De lo contrario, sería todo un desperdicio.

«Muy bien. Cálmate. Todo saldrá bien. Va a salir bien. Han puesto aquí estos vagones sin puertas para salir al exterior por un motivo. Los estamos usando tal y como se esperaba de nosotros».

Respiré hondo y repasé las opciones mientras revisaba el inventario. Ahora que el pánico inicial había remitido, empecé a sopesar varias opciones.

—Tenemos que aguantar hasta que lleguemos a la estación número 83 —dije—. Katia, si empiezan a abrir la puerta, ¡haz todo lo posible por mantenerla cerrada! Dónut, ¿sigues teniendo esos dos módulos de trampas?

—Sí. ¿Los quieres? —dijo al tiempo que los sacaba. Le habían salido en una caja de zapador de oro después de la batalla contra el elemental de furia en el segundo piso.

Uno era un módulo de pinchos. El otro, un módulo de alarma. Ambos tenían la forma de un cubo pequeño del tamaño de un dado. Examiné el módulo de alarma.

Módulo de alarma.

¡Dos objetos al precio de uno! Puedes usar este módulo, favorito entre los paranoicos y los ricos, para añadir una alarma a la trampa que estás creando, o también pueden utilizarlo como trampa lista para usar aquellos que no tienen paciencia para sentarse a crear la suya propia. Cuando se activa, empieza a sonar una canción A Mucho Volumen. Y con A Mucho Volumen me refiero a nivel black metal noruego. Puedes programar la canción en una mesa de zapador. Si no lo haces o no eres capaz de elegir un tono de alarma, se reproducirá una aleatoria y culturalmente importante del último top 100 de la lista de éxitos estadounidense.

Este módulo puede llegar a provocar un estado de Miedo, pero tu nivel actual de Ingeniero de trampas (nivel 1) solo permite que esta acción se lleve a cabo en una mesa de zapador.

Si no se activa, tu habilidad Tiro por la culata te permite recogerla una vez se ha colocado con un índice de éxito del 100 %.

El módulo de pinchos tenía una descripción similar, pero hacía que unos pinchos de cincuenta centímetros brotasen del suelo en intervalos de dos segundos en un área de un metro cuadrado. Los PNJ amistosos y los mazmorreros no la activaban, pero una vez activa los pinchos no dejaban de salir una y otra vez, por lo que teníamos que tener cuidado.

Me pregunté si podría colocar la trampa de pinchos en una pared. O en una puerta. Estaba a punto de descubrirlo.

—No os separéis de esta puerta —dije—. No podemos proteger ambos lados, por lo que voy a colocar la trampa de pinchos y la de alarma en la pasarela del otro extremo. Eso nos dará tiempo para correr hasta allí y bloquear la puerta si nos atacan por ese lado.

Me di la vuelta y empecé a correr hasta el otro extremo del vagón antes de que mis compañeros dijesen nada. Era muy probable que pudiésemos proteger ambos lados, en realidad. Katia podía mantener una puerta cerrada y yo la otra, mientras que Dónut no podía con ninguna, claro. El problema era que yo no confiaba en la Fuerza de Katia, ya que tenía 11 y no me parecía suficiente aunque fuesen monstruos de nivel 6. Además, no quería dividir al grupo ahora mismo.

Corrí hacia la puerta del otro extremo y apoyé la oreja en ella.

Como esperaba, los bebés rabiosos gritaban y atacaban al otro lado también en este extremo del vagón. Pero aún no habían llegado a la pasarela. Deslicé la puerta para abrirla.

El pomo de la puerta del vagón catorce traqueteaba arriba y abajo. Las criaturas aún no habían descubierto que tenían que deslizarla a un lado para abrirla, pero seguro que uno de esos pequeños cabrones no tardaría en darse cuenta. Saqué el módulo de alarma y lo coloqué en el suelo. Hice clic mental en ACTIVAR, momento en el que un rectángulo transparente apareció en el suelo y comenzó a parpadear. La caja tenía la forma y el tamaño de una de zapatos. Una ventana emergente con información apareció sobre la trampa, algo parecido a lo que había visto con las bombas.

Trampa colocada.
Colocada por ti.
Efecto: Una alarma estruendosa de cojones.
Retraso: Ninguno.
Objetivo: Criaturas marcadas como rojas.
Duración: Hasta la muerte térmica del universo.

También me aparecieron cuatro opciones debajo de la ventana. ACTIVAR AHORA, AJUSTAR RETRASO, AJUSTAR OBJETIVO y QUITAR TRAMPA.

La dejé tal cual y me giré hacia la puerta del vagón de los conserjes. La cerré y me quedé encerrado en aquel pequeño espacio entre vagones con la pasarela. Coloqué la trampa de pinchos en la puerta y la activé. Me dejaba colocarla verticalmente. Después, abrí la puerta para comprobar que se moviera a pesar de la trampa y vi que sí. En ese momento, volví al vagón número quince y la cerré.

Ahora nos enteraríamos de si cruzaban la puerta que teníamos detrás y, con suerte, los pinchos los mantendrían alejados durante un tiempo. Volví con mis compañeros. Mongo seguía en el centro de la estancia mordiendo el cadáver de uno de los conserjes. El tren se agitó al dar una curva.

—Mongo, quédate con Dónut —grité mientras pasaba a toda prisa a su lado—. Y deja de comer esa asquerosidad. Vas a ponerme malo del estómago otra vez.

El dinosaurio gruñó y me siguió hasta la puerta.

En mi mente tenía un popurrí de posibilidades y defensas que necesitaba ponerme a construir. Conociendo las dimensiones de los vagones, las pasarelas y las puertas, podría preparar varias estructuras defensivas que colocar en los interiores. Pero primero tendríamos que sobrevivir a lo que teníamos entre manos.

—No le quites ojo de encima al mapa —dije a Katia cuando llegué cerca de la puerta—. Avísame cuando veas acercarse una estación de tren.

—Ya veo una. Llegaremos a la estación 82 en un minuto —respondió.

—Perfecto. Con suerte, se bajarán del tren. Pero se me han ocurrido algunas ideas por si no lo hacen y se suben más monstruos.

Abrí la puerta que daba a la pasarela. Por aquel extremo tampoco habían descubierto cómo abrir la puerta.

—Dónut, avísame cuando esa segunda puerta que tenemos delante empiece a abrirse.

MORDECAI: Vale. Acabo de ver cómo para un tren y se bajan de él dos mazmorreros. Había criaturas en el interior, pero una especie de barrera mágica no las dejaba salir. Así que no os bajéis hasta que no lleguéis a una estación de transbordo.

—Muy bien. Gracias por el consejo —gruñí mientras me arrodillaba para intentar abrir el panel en la pasarela del suelo. Con suerte, ahí debajo encontraría el sistema eléctrico del tren y los controles de los enganches de los vagones. No tenía ni idea de cómo funcionaban estas cosas en la vida real, pero confiaba en que mi conocimiento de sistemas eléctricos me sirviese para reconocer lo que estaba a punto de ver ahí debajo.

Conseguí sacar el panel superior con facilidad, pero debajo de él había una puertecita de metal con una cerradura, similar a un cuadro de distribución. Coloqué la mano encima y me dio un error.

Esta placa de servicio está cerrada con magia. Necesitas una llave de maquinista de la línea roja para abrirla. ¿Tienes la llave? No, no la tienes, así que largo.

—Mierda —dije al tiempo que volvía a colocar la placa. Eso significaba que tendría que usar el plan nuclear.

El altavoz chisporroteó con estática.

«Estamos llegando a la estación Mora, la número 82 y el hogar de los abrojos psicópatas. Cuidado con esos tipos. —La voz rio entre dientes—. La próxima parada es la estación de transbordo número 83, donde se puede acceder a la línea amarilla y al Expreso de Pesadilla. Después continuaremos hasta la estación Rusalka, la número 84. Gracias por usar la línea roja».

—¡Carl! —gritó Dónut. Alcé la vista y vi que la puerta empezaba a deslizarse. Salté hacia atrás mientras la gata disparaba todo su arsenal de proyectiles mágicos hacia el agujero que empezaba a abrirse. Uno de los bebés me dio un mordisco en el pie, lo que seguro que no me haría nada gracias a mi…

Grité al sentir un dolor insoportable y caí hacia el vagón número quince junto a mis compañeros. Katia cerró de un portazo. El bebé seguía mordiéndome con fuerza, atravesándome la carne de la planta del pie con rabia. Me puse en pie y di un pisotón contra el suelo. El monstruo de nivel 6 explotó como un globo lleno de sopa de tomate. Extendí los dedos para asegurarme de que seguía teniéndolos todos y luego me lancé el conjuro Sanar. «Casi se va todo al garete».

—Au, au, au —dije mientras me sanaba la herida. Me había dolido un cojón. Hacía mucho tiempo que no dejaba que se me acabase la ventaja del kit de pedicura, por lo que estaba acostumbrado a tener unos pies duros como rocas. Me había olvidado de lo que se sentía al ser tan vulnerable por ahí abajo. Teníamos que llegar a una estancia segura cuanto antes.

El tren terminó por detenerse.

—Veo más monstruos —anunció la gata—. Pero no tantos. Solo hay unos pocos en el andén, aunque son grandes. Mucho más grandes. Uno se está subiendo por el vagón dieciséis, y otros dos por el catorce.

El pomo de la puerta empezó a agitarse. Lo agarré y la mantuve cerrada. Empecé a oír gritos de rabia al otro lado. Un momento después, el tren empezó a moverse de nuevo.

—Un momento —dije—. ¿Recordáis si íbamos dejando las puertas abiertas a medida que avanzábamos? Me refiero a las de los vagones diecisiete y dieciocho.

—Sí que las dejamos, sí —comentó Katia.

—Muy bien. Pues avisadme en cuanto veáis el próximo andén. Dentro de unos minutos vamos a tener que…

¡Y en el número 2 a fecha de 13 de enero de 2007, tenemos *Fergalicious*!

La voz resonó tan alto que agitó hasta las paredes.

—Pero ¿qué narices ha sido eso? —empezó a decir Katia, pero su voz no tardó en quedar ahogada por el ruido. Empezó a oírse la canción, más alta de lo que esperaba a pesar de que ya se advertía en la descripción. Empezaron a dolerme los oídos al momento.

Carl: Es la trampa de alarma. Han atravesado la primera puerta del otro extremo.

Katia: ¿Quieres que vaya para evitar que entren?

Carl: No. Ya no tenemos tiempo. Vamos a correr hacia el otro lado. Hacia atrás. Dentro de unos quince segundos. Correremos hasta llegar al vagón número veinte y cerraremos todas las puertas que encontremos al pasar. Estad atentos a mi señal y empezad a correr.

Katia: Pero ¿crees que algo así funcionará? No entiendo nada.

Dónut: HAZLO Y YA ESTÁ. CUANDO CARL DICE QUE HAY QUE HACER ALGO, SE HACE. CÓMO ME GUSTA ESTA CANCIÓN, POR CIERTO.

La puerta del otro extremo del vagón empezó a agitarse. Aullidos de dolor resonaban al otro lado. Comencé a recibir notificaciones de experiencia a medida que las criaturas quedaban empaladas en los pinchos de la trampa que había colocado en la puerta.

Miré el mapa para asegurarme de que el camino era del todo recto y luego hice clic en Caparazón protector.

El semicírculo amplio se formó a nuestro alrededor y ocupaba más espacio que el ancho del vagón. Al parecer, no se veía afectado ni limitado por los objetos sólidos.

No tenía ni idea de la velocidad a la que se movían los vagones de metro, pero lo cierto es que no importaba. Sabía que el tren iba rápido y también que la barrera creada por el conjuro sería impenetrable para las criaturas durante veinte segundos.

Y lo más importante, el conjuro permanecía estático en el lugar donde se lanzaba.

El caparazón mágico desapareció en el momento en el que lancé el conjuro y salió disparado hacia el vagón dieciséis, luego al diecisiete, dieciocho, diecinueve y, finalmente, hacia el veinte. Después se esfumó, clavado en el sitio entre las vías, justo en el mismo lugar donde lo había lanzado. Había empujado a todas las criaturas con la fuerza de un buldócer, aplastándolas hasta dejarlas hechas papilla contra la primera superficie con la que se habían topado.

Carl: ¡Vamos!

Abrí la puerta justo cuando se deslizaba la del vagón que tenía detrás, dejando al descubierto a un ogro con aspecto de erizo tan grande que no la podía atravesar. Metió el brazo únicamente y lo extendió todo lo que pudo. Los dreks empezaron a colarse a su alrededor, corriendo y tambaleándose hacia nosotros. Algunos saltaron al techo y empezaron a avanzar por él a la misma velocidad que los que iban por el suelo, con las bocas abiertas y sin dejar de pegar gritos que no podía oír. Cerré la puerta con fuerza detrás de nosotros y luego hice lo propio con la siguiente.

El vagón dieciséis estaba hasta arriba de sangre. Había extremidades aplastadas contra los asientos y las paredes con las que se habían chocado los dreks. Cada uno de los cadáveres había soltado unas cinco monedas de oro. La criatura con forma de ogro, que al parecer se llamaba abrojo psicópata, había quedado tan destrozada que su equis ni siquiera aparecía en el mapa.

Miré el cartel por encima del hombro y vi que la siguiente estación solo se encontraba a cuatro minutos. Me relajé mientras avanzábamos en dirección al vagón diecisiete saqueando todo el oro que éramos capaces. Todo parecía ir bien. Por el momento.

Carl: ¡Cuidado con resbalaros con la sangre! Es fácil tropezarse con las cabezas, de verdad os lo digo.

Katia: Voy a vomitar. Dios, Carl. Nunca había visto algo parecido.

Dónut: PUES SERÁ MEJOR QUE TE ACOSTUMBRES.

2

El andén de la estación de transbordo número 83 era similar a otra estación de metro subterránea cualquiera de antes del derrumbe. Era una plataforma estrecha de hormigón que parecía no acabarse nunca. En uno de los extremos había un tramo de escaleras que ascendía a otra zona. Las paredes de baldosas blancas y anodinas le daban cierto aire industrial. Había un único banco pegado a la pared, y una franja amarilla pintada en el suelo para advertir a los viajeros del lugar donde se encontraba el borde del andén.

Cuando el tren terminó por pararse y las puertas se deslizaron para abrirse, aún les sacábamos varios vagones de distancia a las hordas de bebés asesinos y ogros erizo. Me temía que empezaran a salir del tren, pero Mordecai había estado en lo cierto con su comentario y al parecer las estaciones de transbordo eran un lugar seguro.

—¿Creéis que los trenes se van llenando más y más de monstruos a medida que avanzan? —preguntó Katia—. En algún momento tendrán que bajarse, ¿no?

—Pues es una buena pregunta —dije mientras veía cómo el tren continuaba la marcha después de que nos bajásemos. Los dreks nos miraban a través de las ventanas y yo les hice un gesto obsceno con el dedo—. Que os den, bebés asquerosos.

Una vez hubo desaparecido, di un paso al frente para examinar las vías de debajo. Parecían unas normales. Era un agujero de un metro y medio de hondo con dos raíles normales y corrientes. En el extremo más alejado se encontraba el llamado «tercer riel», un tramo de metal electrificado que proporcionaba la energía al tren. Normalmente, esas cosas tenían protección alrededor para evitar que la gente se electrocutase si caía por accidente, pero ese no era el caso aquí. No sabía la cantidad de electricidad que pasaba por la vía. De hecho, quizá no era electricidad y tenía un ridículo sistema de alimentación con maná. En este lugar no se podían dar cosas por sentadas. Pero la presencia de lo que parecían ser aislantes de cerámica sugería que contaba con un flujo de corriente continua. Sea como fuere, me quedó claro que tenía que mantenerme bien lejos de las malditas vías.

—Mongo —dije al dinosaurio, que parecía estar a punto de saltar abajo y ponerse a explorar—. No. Acabarás electrocutado o aplastado. O ambas cosas, seguramente.

La mascota gruñó y se dio la vuelta.

Vi un cartel en el centro del andén con algo escrito y me acerqué para examinarlo.

El mensaje rezaba: «Línea roja. Trenes cada 10 o 15 minutos aproximadamente», seguido de una línea larga y roja. Había un único punto en ella, más o menos a un tercio del final. Debajo del punto, un mensaje: «Estás aquí. Estación número 83».

Examiné mejor el cartel y sentí el zumbido háptico de mi habilidad Plan de huida al activarse. El mapa pareció cobrar vida. Aparecieron más palabras, y la línea se llenó de puntos, que empezaban en la estación número 11 y terminaban en la 435. Al parecer, los trenes solo iban en un sentido, lo que me resultó bastante raro. Si había un segundo tren que recorría la línea en sentido contrario, no era algo que se indicase allí. Las estaciones de transbordo estaban marcadas con un círculo en el mapa. Los intervalos entre ellas no eran regulares, pero había bastantes. Además, cada cinco estaciones había un cuadrado rojo sobre los puntos, pero no vi en ningún lado qué podía significar eso.

Apareció una ventana en la esquina izquierda del mapa. Rezaba: «Hay estancias seguras en todas las estaciones de transbordo. Hay escaleras en las estaciones número 12, 24, 36, 48 y 72 de todas las líneas de color». El mapa no daba más detalles, ni tampoco vi el resto de las líneas que partían desde la estación en la que me encontraba, aunque por los altavoces había oído que en alguna parte también había un andén para la línea amarilla y uno para el Expreso de Pesadilla.

Al llegar al cuarto piso, habíamos aparecido en el tren justo después de la estación 80 y nos habíamos bajado de él en la 83. No parecía haber manera alguna de llegar a las estaciones de números inferiores, que era donde se encontraban las escaleras. Al menos no directamente. También sabía que habría 9.375 escaleras ocultas en este piso. Si en cada línea de tren había solo cinco estaciones con escaleras..., ¿con cuántas puñeteras líneas podíamos llegar a encontrarnos? No me gustaban nada las matemáticas, pero sabía que iba a ser un buen lío.

Apareció un contador que indicaba el tiempo restante para la llegada del próximo tren: unos nueve minutos.

—Subamos por las escaleras y busquemos la estancia segura —dije.

En la parte superior del corto tramo de escaleras había una habitación pequeña y circular. De ella descendían otros dos tramos, uno hacia la línea amarilla y el otro al Expreso de Pesadilla. También había tres tiendas, una estancia segura, un «gremio de mazas y armas contundentes» y un pequeño bazar llamado Variedades de Richard el Cojo. El propietario del bazar, Richard el Cojo, era un tipo de criatura que no había visto hasta ese momento. Un hombre topo. Era un tipo bajito y achaparrado que parecía un topo antropomórfico, con gafas y todo. Estaba sentado junto a la puerta de la tienda leyendo un libro. Alzó la vista cuando nos acercamos.

> **Richard el Cojo. Hombre topo. Nivel 36.**
>
> **Se trata de un PNJ no combatiente.**
>
> **Los hombres y las mujeres topo se denominan a sí mismos «hombres» y «mujeres» a secas. Y, francamente, resulta agotador. Estos perdedores pasan la mayor parte del día y de la noche leyendo. Mira que son raritos.**

—Bienvenidos a la estación 83 —dijo Richard el Cojo. Bajó el libro—. Vendo suministros para viajeros cansados.

—Estamos cansados, sí, pero nos pasaremos después de dormir —comenté antes de dirigirme hacia la posada, que no tenía cartel.

—Como queráis —dijo él, que volvió a colocarse en su sitio.

—Una cosa. ¿Has visto a otros mazmorreros por aquí? —preguntó Katia.

—No. Sois los primeros —respondió él.

Entramos en la posada y, al abrir la puerta, descubrimos que las estancias seguras habían pasado a ser como las de los dos primeros pisos. En este caso, nos encontrábamos en un restaurante de comida rápida de color rojo y blanco llamado Nirula's. Detrás del mostrador había una mujer protectora bopca llamada Wendita.

Mordecai apareció un instante después, cuando se teletransportó desde su habitación.

—La hostia —dije entre risas. La última vez que había visto a Mordecai era un íncubo arrebatadoramente atractivo. Ahora mediría un metro cincuenta y se había transformado en una criatura con forma de sapo del color del barro, verrugosa y viscosa, con mofletes caídos y una papada debajo del rostro ancho que parecía estar llena de aire. Examiné sus nuevas propiedades.

Mordecai. Infantería grulke. Nivel 50.

Representante de la mazmorrera Princesa Dónut.

Se trata de un PNJ no combatiente.

Los grulke son una especie poco habitual de sapos guerreros militaristas. Son capaces de saltar grandes distancias y de llevar a cabo ataques devastadores con la lengua. Se suele decir que un ejército de grulke podría enfrentarse a cualquier enemigo. Por desgracia, las intrigas políticas y las luchas internas han convertido a este pueblo antaño orgulloso en una especie de mercenarios y vagabundos. Los trols de los túneles, a quienes les gusta capturarlos para lamerlos, los buscan sin descanso. No lo hacen porque lamerlos tenga en ellos ningún tipo de efecto alucinógeno, sino porque los trols de los túneles son unos tipos raros de cojones.

—Una rana, ¿eh? —dije.

Mordecai gruñó.

—No llames nunca «rana» a un grulke de verdad, si te encuentras con uno en algún momento. Pueden llegar a ser unos sádicos. Y son sapos.

—Tengo que contarte lo que ocurrió con esa última misión.

—No te preocupes. Ya me he enterado. Como representante, ya no recibo las actualizaciones diarias ni los boletines, pero sí notificaciones de los juzgados que afectan a mis clientes. Os jodieron vivos, la verdad, pero al menos seguís con vida.

Me acerqué al mostrador y eché un vistazo a las tres pantallas de siempre.

—Mierda —dije al ver el número de jugadores. Quedaban 389.441 mazmorreros. Habían muerto varios cientos de miles desde la última vez que había visto la cifra—. ¿Qué ha pasado? —pregunté con pavor.

—Lo único que sé es lo que he visto en el episodio resumen. A lo largo de los últimos días, tuvieron lugar varias misiones grupales como la vuestra por toda la Ciudad Epigea. Normalmente, el tercer piso suele ser sencillo. Se intenta que lo superen y lleguen al cuarto unos seiscientos o setecientos mil mazmorreros. Las facciones no van a estar nada contentas si no quedan muchos para cuando se abra el sexto piso. Este cuarto suele durar 20 días, pero vosotros tenéis 10. Espero que la IA contrarreste el tiempo haciendo que os salga mejor equipo y recompensas, sobre todo después del veto que habéis sufrido. Que tengas nivel 27 y Dónut 26 es, al mismo tiempo, una suerte y un milagro. Es mucho mejor de lo que esperaba, incluso de haber tenido el tiempo normal. Hay que intentar mantener el ritmo, pero tampoco podemos depender de subir niveles a base de golpes de suerte.

—No tengo intención de hacer nada a base de golpes de suerte, la verdad —indiqué.

Pero lo cierto es que no había prestado atención a casi nada de lo que había dicho. Empecé a sentirme muy mal. «Dios —pensé—. Tienes que tranquilizarte». Respiré hondo.

La pantalla del medio, en la que solo se veía la clasificación de los diez primeros, rezaba: LA CLASIFICACIÓN SE AJUSTARÁ AL FINAL DEL SIGUIENTE EPISODIO RESUMEN.

Me centré en la última de las pantallas.

Bienvenidos a la estancia segura. Estáis en el cuarto piso.

Habitaciones de alquiler disponibles: 10.

Precio de las habitaciones de alquiler: 180 de oro.

Hay ubicaciones personales disponibles para comprar. Habla con el propietario si quieres más información.

Hay comida disponible en esta ubicación.

—¿Cuánto dinero tenéis entre los tres? —preguntó Mordecai.

—Pues solo unas cuatro mil de oro —respondí—. Pero aún no hemos abierto las cajas. Y tenemos bastantes.

—Muy bien. Abrid las cajas y veamos con cuánto os quedáis

—comentó Mordecai—. Dónut, tú ya sabes lo que tienes que hacer. Lo que hablamos hace un rato.

Dónut carraspeó y saltó sobre el mostrador. Sabía que llevaba tiempo esperando este momento.

—Tienes un establecimiento la mar de encantador —le dijo a Wendita la bopca.

—Vaya. Gracias, majestad —dijo la gnoma, que pareció animarse—. Estoy encantada de recibiros a todos en mi humilde morada. Es todo un honor, de verdad.

—Seguro que sí —continuó Dónut, con la voz más arrogante que fue capaz de poner—. He visto que tenéis ubicaciones personales a la venta en este establecimiento.

Wendita abrió los ojos como platos.

—Sí, las tenemos. Cuestan cincuenta mil de oro.

Mordecai y yo hicimos una mueca. Nos había advertido que el precio podría haber subido un poco. Según él, normalmente costaban cuarenta mil.

Dónut bostezó y se miró la pata, como si fuese un precio irrisorio.

—La verdad es que hablar de dinero siempre me ha parecido de plebeyos. —Suspiró con una teatralidad exagerada—. Supongo que habrá descuentos para la realeza, ¿no?

Wendita agitó la cabeza con fuerza.

—No, señora. Majestad, quiero decir. No se puede negociar el precio de las ubicaciones personales.

Dónut se inclinó hacia ella.

—Cielo, por favor. Deja que te cuente un secreto. Deberías saber que todo es negociable.

Wendita tragó saliva.

Según Mordecai, el precio de una estancia segura personal estaba «fijado». Los gerentes del lugar le decían a los bopca el precio por el que tenían que venderlas. Pero lo cierto era que siempre había un veinticinco por ciento de margen en dicho precio. Ahora, el sistema sí que no permitía venderlas por menos de eso. Los propietarios daban incentivos a los bopca por venderlos, pero no dinero. Dichos incentivos eran elegir ubicación en el siguiente piso, un presupuesto mayor para la comida, etcétera. En realidad, a los bopca les daba igual la cantidad de oro por la que vendían las ubicaciones.

Por desgracia, los gnomos eran unos agarrados y hacer descuentos iba del todo en contra de su naturaleza, aunque el beneficio que sacasen no fuese directamente para ellos. Era algo que nunca había llegado a entender. Pero Mordecai estaba convencido de que Dónut iba a ser capaz de convencerlos y, si se daba el caso, conseguiría subir su habilidad Negociación. Al parecer, convencer a un bopca daba bonificaciones de experiencia de habilidad. No teníamos dinero para comprar la ubicación ahora mismo, pero era muy importante entrenar lo máximo posible.

—Quizá podría bajárosla a cuarenta y cinco mil.

Dónut resopló.

—Bueno, tampoco es que necesite un espacio personal ahora mismo. —Se puso a cuatro patas, le dio la espalda a Wendita y le enseñó su ojete de gata.

—¿Cuarenta y cuatro mil? —preguntó la bopca.

—¿Eso es una pregunta? —dijo Dónut, que miró por encima del hombro.

Suspiré y empecé a ignorar la negociación. Tenía 24 puntos de característica que distribuir, pero Mordecai me había enseñado a abrir las cajas y sopesar las mejoras que obtenía en ellas antes de ponerme los puntos. Tenía varias, pero decidí abrir los logros sin leer para ver si me daban alguna más. Me faltaban por abrir diez logros, la mayoría fruto de las explosiones. Me sorprendió encontrarme con algunos más que no tenían nada que ver con eso.

¡Logro desbloqueado! ¡Me adoran! ¡Están locos por mí!

¡Eres uno de los primeros cinco mazmorreros que ha conseguido 500 billones de seguidores! Está claro que a la gente le gusta ver descarrilar la vida de los demás. Guiño, guiño.

Recompensa: ¡Has recibido una caja de aficionado de platino!

Nota: Se ha activado la votación para el premio de esta caja. La caja estará disponible dentro de 30 horas.

¡Logro desbloqueado! ¡A quien madruga Dios le ayuda!

Has bajado por las escaleras más de seis horas antes del derrumbe de un piso.

Recompensa: Esto es como irse de una fiesta antes de que empiece la verdadera diversión. Quedas fatal con la gente. No vas a obtener una recompensa por hacerlo.

<Error>. Logro y recompensa eliminados por orden del tribunal del Sindicato.

¡Logro desbloqueado! ¡Aquaman calzonazos!

Los peces te han jodido bien. Has hecho algo tan espectacularmente polémico que los tribunales y los abogados se han visto obligados a actuar. El resultado es que han terminado por anular mi decisión de recompensarte.

Recompensa: Has recibido una caja «No es mi culpa que no programéis vuestras misiones como es debido, carapeces de los cojones» de platino.

—Esto... ¿Mordecai? —llamé.

Le describí el último de los logros por el chat. Hacía poco había descubierto que podía copiar objetos de las notificaciones y pegarlos en el chat. Tenía una especie de bloc de notas mental donde pegar objetos y escribir apuntes. El bloc no dejaba de crecer y crecer con toda la información que había apuntado en él.

Mordecai rio en voz alta después de que le mostrase el logro. La bolsa de su garganta se infló y luego empezó a soltar el aire con tono alegre. Era un imagen realmente desconcertante.

MORDECAI: La IA tiene la capacidad de dar logros y recompensas superfluos a voluntad mientras no superen la categoría de platino. No creas que el sistema se ha puesto de tu parte. Esto es bastante habitual. La inteligencia artificial que gestiona la partida casi siempre adquiere algo de personalidad y opiniones, sobre todo a medida que se acerca el final. Cuando sus decisiones quedan anuladas por los tribunales, algo se resquebraja en sus mentes virtuales. Suelen contrarrestar dichas decisiones haciendo cosas de este tipo, pero lo normal es que el veto se use mucho más tarde. Abre la caja, acepta el premio y no vuelvas a mencionarlo en voz alta. Estoy seguro de que Borant esperaba que ocurriese algo así cuando lo usó y no te lo echarán en cara. Acabo de ver que Dónut también ha recibido la misma recompensa. Doy por hecho que será el caso de todos los que se vieron afectados por dicha decisión.

Nos habían arrebatado una caja de misión celestial, pero Dónut y yo habíamos recibido dos cajas de misión de plata por la misión de las prostitutas y por el logro Cortarrollos. Yo también había recibido una caja de déspota de platino y una caja de asesino de bronce, por convertirme en el nuevo magistrado del pueblo. Además, también contaba con la caja de jefe de bronce por matar a Péndula y muchas más, la mayoría cajas de aventurero de plata y bronce.

Miré la lista y dejé de sentirme estafado. La mayoría de los premios que había en ella los había conseguido gracias a esa misión.

—Voy a ello —dije. Katia también se había puesto a abrir el botín en la mesa contigua.

Las cajas de aventurero no tenían nada nuevo ni emocionante. Pociones, pociones, vendas que nunca usaba, prendas de vestir aleatorias y armas que no eran mágicas y solo servían para vender. También conseguí algunos cientos de monedas.

En la caja de asesino de bronce había un par de Zapatillas silenciosas, que no podía usar, y varios antídotos. No iba a necesitarlos a menos que me quitase la capa de nictofúnebre.

La caja de jefe contenía el grimorio mágico de un conjuro llamado Empotrador. Lo dejé aparte para leerlo más tarde.

Las dos cajas de misión de plata contenían 1.000 monedas de oro y varios pergaminos cada una. Los de una de ellas eran de Niebla de confusión, que me gustaba mucho más que las bombas de humo. Esos pergaminos nos habían salvado varias veces, pero llevaba tiempo sin salirme ninguno. En la otra caja había tres pergaminos de Sanar, que también eran muy útiles para curar a tus compañeros sin tener que verterles pociones en la garganta.

Recibí más cartuchos de dinamita de alguna otra caja antes de empezar con lo bueno.

En la primera, la caja de déspota de platino, había 10.000 de oro y un collar. El adorno era una cadena plateada normal y corriente con un dije tamaño moneda en un extremo, en el que había una pequeña joya amarilla engarzada. Lo examiné rápido antes de pasar a la caja siguiente.

Collar mágico de la alta burguesía.

Pertenece a la penúltima cadena de mando en importancia, pero aun así se considera un gran honor ser el depositario de di-

cha responsabilidad. Cada una de las joyas engarzadas en este dije representa un asentamiento que es propiedad y está bajo el control del portador. Si se conserva la joya del asentamiento después de que se derrumbe el piso, el propietario de este collar recibirá permanentemente un estipendio de impuestos cada diez días, en función del tamaño y de la población de dicho asentamiento. Además, cada una de las gemas proporcionará ventajas adicionales dependiendo del pueblo.

Para mejorar este collar, lo primero que hay que hacer es conquistar un asentamiento de tamaño grande. Los collares mejorados también mejoran todas las gemas que haya en ellos.

Hay una gema engarzada:

Zafiro mediocre. Asentamiento aveceleste de tamaño medio (tercer piso).

+5 de Destreza.

+ Garrazo (nivel 5).

Impuestos: 432 de oro cada 10 días.

Sé un líder justo y amable.

—No veas —dije al tiempo que lo dejaba a un lado—. Cómo mola.

Suponía que eso explicaba por qué los demás no me consideraban el líder del pueblo. Probablemente tuviese que haber llevado puesto el collar.

La siguiente en abrirse fue la caja especial de la IA. En el interior solo había siete pedazos de papel. Me reí en voz alta al leer las descripciones.

Cupón de espacio personal gratuito, mejorado hasta nivel 3.
Dos cupones de mejora ambiental gratuita de categoría 1.
Dos cupones de mesa de artesanía gratuita de categoría 1.
Dos cupones de mejora de mesa.

En el mostrador, Dónut había convencido a Wendita para bajar el precio hasta treinta y ocho mil monedas de oro. Las dos seguían regateando sin parar. Vi que Katia había recibido los mismos cupones. Tenía uno en la mano y la mirada perdida, lo que sabía que indicaba que estaba hablando por el chat, seguro que con Hekla. Cabeceé en dirección a Mordecai y le pasé los cupones para enseñárselos.

—Madre del amor hermoso —dijo. Tuvo que sentarse. Soltó un gruñido de aprobación. También tenía un extraño gesto de alivio en el rostro.

—Entonces ¿son válidos?

Mordecai: Esto es una manera de joder a los productores que jamás hubiese creído posible que la IA se atreviese a hacer. Francamente, es casi tan bueno como una mejora de categoría celestial. Un espacio de nivel 3 es caro, pero permite que cada mazmorrero cuente con su habitación independiente con sus propias mejoras. Y si se os une un miembro al equipo que ya tiene un espacio personal, podréis fusionar las estancias y combinar dichas mejoras. También me permite fusionar mi habitación. Se acabaron las teletransportaciones inesperadas, gracias a los dioses.

Carl: ¿Y por qué has dicho que jode a los jefazos?

Mordecai: Todas estas mejoras son muy caras, por lo que además de perder beneficios por la compra, ya que consiguen una pequeña cuota por todas las compras que se hacen en la mazmorra, lo normal es que vuestros patrocinadores os hagan comprar vuestro primer espacio seguro para luego ellos compraros algunas mejoras en vuestra primera caja de botín. Al adelantarse a los patrocinadores, la IA os está dando ventaja y ahorrándoles mucho dinero a vuestros futuros mecenas. Pero mucho, ¿eh? Lo que les permitirá compraros cosas mejores.

Carl: Katia ha recibido los mismos cupones. Creo que los va a guardar para Hekla.

Mordecai se giró y miró a la mujer con gesto reflexivo.

Mordecai: Las mejoras ambientales no deberían ser problema. Puede instalarlas desde ya y se las llevará consigo si se marcha en algún momento. Pero necesito esas mejoras de mesa. Tienen un valor incalculable. Tendré que hablar con ella.

—Pero no puedo hacer nada, Princesa Dónut —suplicó Wendita—. No me deja reducir el precio por debajo de treinta y siete mil quinientos. Si lo hago, tendré que pagar la diferencia de mi bolsillo.

—¿Y cuánto dinero tienes ahorrado? —preguntó Dónut. La gata tenía un gesto salvaje en la mirada—. Podrás pasarte de visita siempre que quieras.

—Un momento… ¿Lo dices en serio? —preguntó Wendita.

Carl: Dónut, no la obligues a pagar de su bolsillo. Te dará mala reputación. Deja el precio así para recibir la experiencia.

Dónut: PUEDO CONSEGUIR QUE LO BAJE MÁS, CARL. DE VERDAD. SÉ QUE ESTÁ TITUBEANDO. ES APASIONANTE.

Carl: No hace falta. Abre las cajas y verás por qué.

Dónut suspiró con teatralidad.

—Bueno, supongo que no hay razón para bajar más de treinta y siete mil quinientos.

—¿De verdad? —preguntó Wendita—. ¿Trato hecho, entonces?

—Voy a tener que pensármelo mejor —comentó la gata. Se bajó del mostrador de un brinco y se acercó a la mesa mientras la bopca se la quedaba mirando con gesto incrédulo. Dónut empezó a revisar los logros, y yo volví a centrarme en el botín.

Me puse el collar y recibí la bonificación de +5 a Destreza. Lo oculté debajo de la camisa. En la Guardia Costera no llevábamos chapas de identificación, por lo que no estaba acostumbrado a llevar algo al cuello. Notaba el peso contra la piel, más de lo que debería. Examiné Garrazo, que resultó ser una habilidad y no un conjuro.

Garrazo.

Las aves tienen una patas muy feas. Asquerosas, la verdad. Pero hay algo sensual en un halcón que se abalanza sobre su presa con las garras por delante para luego dar el golpe. Es algo repentino, inesperado y explosivamente violento.

Muy violento. Bendita violencia…

Convierte los bordes de tus pies descalzos en un arma de filo muy rápida, lo que multiplica el daño que infliges a los oponentes con una patada normal por el nivel de esta habilidad durante una cantidad de segundos también igual al nivel de esta habilidad. Cada patada que use Garrazo tiene un 2 % de probabilidades de lanzar el conjuro de muerte instantánea Eviscerar. Esta habilidad cuer-

po a cuerpo tiene un tiempo de recarga de 5 minutos. A medida que sube de nivel, aumentarán el daño, la duración y la probabilidad de lanzar Eviscerar. A nivel 15 la habilidad quedará activada de forma permanente.

Era una habilidad magnífica. Todo lo que sirviese para aumentarme el daño era una mejora muy bienvenida, sobre todo si no gastaba nada a la hora de activarse. Tenía muchas ganas de probarla.

Saqué el grimorio.

Empotrador.

Coste: 5 puntos de maná.

Objetivo: Objeto equipado que se vuelve mágico temporalmente.

Duración: 5 minutos + 1 minuto por nivel de la habilidad. Tiene un tiempo de recarga de 5 minutos.

Añade daño de fuego y de electricidad a cualquier objeto equipado. No se puede lanzar sobre carne y hueso. Bueno, en realidad sí que podrías lanzarlo sobre tu carne y tus huesos, pero no te lo recomiendo para nada. Inflige Quemadura y Descarga en los objetivos.

También puede usarse para cocinar perritos calientes y otros objetos.

Le pedí que se acercase a Mordecai, quien estaba ayudando a Dónut con los objetos. Le enseñé el grimorio.

—¿Esto funcionaría en mi guantelete?

—Claro —dijo él—. Por supuesto. No lo probaría con la *xistera*, eso sí, teniendo en cuenta la manera en la que la cargas. También podrías usarlo con tus pies, seguramente, mientras tengas activa la ventaja de invulnerabilidad. Pero, personalmente, también intentaría evitarlo. Es un buen conjuro y te va bien para los puntos de maná que tienes.

Asentí y leí el grimorio, lo que añadió el conjuro a mi lista. Tendría que ponerme algún que otro punto más en Inteligencia. Entre ese, Sanar y la Armadura de volutas, ya tenía varios conjuros que necesitaban puntos de maná.

—Me va a dar algo. Me va a dar algo. ¡Me encanta! ¡No quepo

en mí de gozo! —gritó Dónut—. ¿Esto y una caja de aficionado? ¡Qué ganas!

Había recibido los mismos cupones que yo, lo que significaba que todos los que habían completado la misión también los tenían en su haber. También recibió la caja de aficionado. Pero, por otra parte, no había conseguido tantas como yo. Tenía claro que no le habían dado la de asesino ni la de déspota, pero sí la de jefe y las de misión. Recibió varios pergaminos aleatorios y algunos objetos inservibles que tendríamos que vender. Pero en una de ellas, no tuve muy claro en cual, también le había salido una tiara nueva.

Le apareció de repente en la cabeza. Era similar a la anterior, pero en este caso las joyas eran blancas en lugar de púrpura. La examiné al momento. No era tan buena como la que había perdido, pero le daba algunas cosas muy útiles.

Tiara mágica de Mana Genita.

Una tiara de cristal apropiada para la realeza. Se fabricó en honor de todos los niños perdidos del mundo, porque no hay nada que ayude más a consolar la tristeza de unos padres afligidos que ver a otra persona vestida de gala.

+3 de Inteligencia.

Aumenta la capacidad de detectar criaturas en el mapa.

Elimina automáticamente la hostilidad de todos los adoradores de Mana Genita.

—¿Quién es Mana Genita? —pregunté.

—Es una diosa —respondió Mordecai—. Una bastante desconocida. Diría que nunca me he topado con ella. Creo que se le dan muy bien los conjuros, pero no me acuerdo. Hay miles. De dioses, quiero decir. Y solo unos pocos participan regularmente en las mazmorras. La mayoría nunca abandonan el duodécimo piso.

Recordé lo que había dicho Odette sobre Mordecai y los dioses. «Preguntadle a Mordecai cómo va el tema. Tiene mucha experiencia, por desgracia».

—Sí. Se suponía que tenía que preguntarte sobre los dioses —comenté.

—Eso puede esperar. Es una conversación muy larga. Necesitamos preparar el espacio personal. Y luego dormir. Venga, empieza a distribuir los puntos.

—Un momento. Eso me ha recordado algo —comentó Dónut, que saltó de la mesa. Se dirigió a toda prisa hasta el rincón del restaurante. Allí, oculto entre las sombras había un buzón. Me había olvidado de que le habían enviado un grimorio. Saltó sobre el buzón y lo abrió. Un momento después, gruñó irritada.

—¿Cuándo me van a dar un conjuro decente? —se quejó—. Proyectil mágico ya es agua pasada y no emociona tanto. Quiero algo impactante. Algo como Bola de fuego.

Me aterraba imaginarme a Dónut lanzando bolas de fuego.

La gata arrugó el hocico.

—¿Tú qué opinas Mordecai? ¿Lo leo o lo vendemos?

—Léelo —respondió él al momento.

Dónut empezó a brillar.

—¿Cuál era? —pregunté.

Normalmente, la gata hubiese leído el grimorio sin molestarse siquiera en mirar la descripción. Me había impresionado un poco y todo que le hubiese preguntado su opinión a Mordecai antes de hacerlo. Pero, pensándolo bien, empezaba a sospechar que Dónut se estaba volviendo adicta a la idea de vender cosas en lugar de a la de usarlas.

—Es un conjuro llamado Agujero —explicó Mordecai—. Hace honor a su nombre. Crea un agujero temporal en una superficie a elección del lanzador. Dónut va a tener que subirlo de nivel antes de que se vuelva útil de verdad, ya que a nivel 1 el agujero no es lo bastante grande como para atravesar la mayoría de las puertas. Pero sin duda se trata de un conjuro muy útil. Sobre todo si lo usas de forma creativa.

La verdad es que sonaba brutal. Se me empezaron a ocurrir muchas maneras de usarlo. Mañana tendríamos que salir y experimentar con él. Me giré hacia Katia.

—¿Y tú? ¿Te ha salido algo decente?

Ella asintió y levantó el brazo izquierdo. No vi nada que me llamase la atención, a excepción de la manga de la chaqueta de chándal azul. Los objetos que llevaba equipados eran invisibles pero aumentaban su masa.

—Es un brazal que puedo convertir en escudo —explicó—. Mirad esto.

Giró la muñeca, y el brazo le cambió de forma hasta convertirse en lo que parecía un pegote de poliéster del tamaño de un broquel.

—Eso es muy raro —dije.

—La verdad es que sí. Creo que el escudo es de metal, pero cuando lo activo adquiere la textura de lo que lo rodea. —Bajó el brazo y dio unos golpecitos con los nudillos en el escudo, que emitió un repique metálico—. Puede que si practico consiga darle la textura que yo quiera. Y Mordecai me ha dicho que también puedo cambiarlo de forma.

El sapo que ahora era Mordecai se inclinó hacia delante para examinar la protuberancia redonda en la que se había convertido el brazo de Katia.

—Ese escudo tiene un conjuro llamado Destrozar. Tienes que usarlo junto a tu habilidad Avalancha.

El escudo desapareció, momento en el que su brazo recuperó su apariencia habitual.

—Podrías ser como el tipo ese de metal líquido de *Terminator 2* —comentó Dónut—. Estaría genial.

—No he visto esa película —respondió Katia—. No me gusta la violencia.

—Pues te has equivocado de trabajo, cielo.

—Esperad —interrumpí—. Supongo que no me había planteado todas las cosas que podías hacer teniendo en cuenta tu especie. Entonces, si llevas un yelmo que está hecho de metal y te moldeas para tener la apariencia de una humana normal en biquini, ¿podrías convertir en metal cualquier parte de tu cuerpo?

Mordecai fue el que respondió:

—Eso es. Si es un noventa por ciento carne y un diez por ciento metal, puede adquirir el aspecto de una humana normal sin armadura, pero luego hacer que su biquini, sus pies o sus manos estén hechas del material de su yelmo. Mientras sea un diez por ciento y sea continuo, ya que no se puede dividir el objeto. También hay algunos problemas de elasticidad con algunos metales mágicos, así como ciertos límites, como que no puede crearse dos brazos más para ponerse cuarenta anillos. Supongo que captas la idea general.

—Pues qué pasada. Tenemos que conseguirte todas las piezas de armadura posible.

—Ese es el plan —aseguró Mordecai—. Y también va a entrenar un poco su Fuerza.

Después distribuí mis 24 puntos de característica. Puse 19 en

Fuerza, 9 en Constitución y 5 en Inteligencia. Sabía que después tendría que subir un poco la Destreza, pero como era muy probable que este piso se basase en los enfrentamientos cuerpo a cuerpo, y como ya había recibido una bonificación gracias al collar, decidí aumentar mis características principales. Al terminar, este fue el resultado:

Fuerza: 41 + 3 (con el guantelete activado).
Inteligencia: 15.
Constitución: 34.
Destreza: 23.
Carisma: 25.

—Tener más de Fuerza 40 en el cuarto piso está muy bien —dijo Mordecai cuando le mostré mis características actuales—. Tampoco es que sea lo más, pero ya has recuperado el terreno que habías perdido al elegir la especie primigenio. Aun así, tenemos mucho trabajo por delante. Tenemos que conseguir que subas la Fuerza a 100 sin bonificaciones lo más pronto posible. Dentro de unos pocos niveles, Dónut llegará a 100 de Carisma, lo que cambiará mucho las cosas. Ya tiene 94.

—Sí, qué ganas —dije.

—Mientras —continuó el Mordecai sapo, que se giró hacia la gata—. Hay una última cosas que tenéis que hacer antes de ir a dormir. Sacad vuestros cupones. Tú también, Katia. Todos.

—Lo siento mucho, chicos —dijo Katia—. He estado hablando con Hekla y como que le prometí que le…

Mordecai hizo un gesto de desdén con la mano.

—Sí, sí. Nos lo habíamos imaginado. No te preocupes. Puedes canjearlos ahora mismo y no los perderás. El espacio personal y las mejoras ambientales están ligados a ti, por lo que puedes usarlos desde ya. Pasará lo mismo con las mesas que vais a comprar. Las mesas se mejoran por sí solas cada vez que descendéis un piso, por lo que es importante tenerlas desde ya. Podéis guardaros los dos cupones de mejora de mesa. Si dejáis este grupo y os unís a otro, todo lo que estáis a punto de hacer se transferirá al nuevo.

—Muy bien —dijo Katia un momento después.

Dónut volvió a acercarse al mostrador donde se encontraba Wendita, que estaba allí sentada con gesto taciturno.

—Wendita, cielo, ya me lo he pensado bien —comentó la gata—. He decidido que vamos a comprar un espacio, pero para ello usaremos esto.

Soltó el cupón sobre al mostrador.

—¿Eso qué es? —La bopca abrió los ojos como platos mientras examinaba el papel. Le empezaron a temblar las manos—. ¿Un espacio de nivel 3?

—¿Ella sigue llevándose el dinero aunque usemos un cupón? —pregunté a Mordecai entre susurros.

—Sí, sí —respondió el sapo—. También se lleva recompensas por cada mejora que venda. Estamos a punto de hacerle el agosto.

Yo aún tenía mi cupón para un espacio personal de nivel 3.

—¿Y qué hago con el mío?

—Algo que te va a gustar. Ahora verás.

Saltó, o más bien pegó un brinco de sapo, para subirse al mostrador.

—Wendita —dijo Mordecai—, tanto Carl como Katia también tienen cupones para espacios personales de nivel 3 que les gustaría canjear. ¿A cuánto está la tarifa de fusión, para los tres?

Wendita alzó la vista como si Mordecai le acabase de decir que la habían elegido para convertirse en la nueva presidenta del universo. Los ojos de la gnoma se salieron tanto de sus órbitas que creí que se le iban a caer al suelo y a rodar por el mostrador.

—Son diez mil —respondió al fin—. Cinco mil por cada fusión, pero solo hará falta pagarlo dos veces.

—Ese dinero sí lo tenemos, ¿verdad? —preguntó Mordecai mientras se giraba hacia mí.

Asentí.

Mordecai unió sus manos palmeadas, que emitieron un ruido viscoso y húmedo.

—Muy bien. Pues esto es lo que vamos a hacer. Atentos y no perdáis detalle. Vamos a canjear todos estos espacios de nivel 3 y luego los vamos a fusionar. ¿Cuál sería el resultado?

—Hum... Parece que sería uno de nivel 5.

Mordecai gruñó, y yo intercambié una mirada con Dónut.

Él me miró por encima del hombro.

—Chicos, eso quiere decir que, cuando combinéis vuestros espacios, el resultado será uno con los beneficios de nivel 5. Si Katia abandona el grupo, separará su espacio del vuestro, que bajará hasta... —Mordecai miró a Wendita.

—Hasta nivel 4.

—Hasta un espacio de nivel 4, que sigue estando muy bien. Vale. Dadme vuestros cupones. No los mezcléis. El sistema tiene que saber quién compra qué. Wendita, abre el menú de mejoras y muéstrame las mejoras ambientales disponibles.

La bopca, aún aturdida, hizo un ademán con el brazo. Apareció un menú delante de nosotros.

Bienvenido a la Oficina de Información de Mejoras.

Las mejoras siguientes están disponibles. Abre el menú desplegable si quieres más detalles.

Mejoras de baño.

Mejoras de cama.

Mejoras de creación.

Mejoras de cocina.

Mejoras de establos y casetas de animales.

Mejoras mágicas (vacío).

Mejoras sociales y de misiones.

Acceso a la tienda (vacío).

Mejoras de entrenamiento.

—¿Esto qué es? —pregunté a Mordecai. Antes de que yo tuviese ni la más mínima posibilidad de leer el menú, él extendió el brazo hacia delante e hizo clic con la mano en MEJORAS SOCIALES Y DE MISIONES.

—Hay muchas cosas nuevas desde la última vez que tuve que gestionar un espacio personal —murmuró—. Nunca nos informaron de este tipo de cosas, ya que los guías de juego no tenemos que hacer prácticamente nada después del tercer piso.

Apareció un menú nuevo:

Mejoras sociales:

***Pantalla social. Permite tener acceso a una lista de comentarios detallada y filtrada por la IA de tus redes sociales, lo que hace que interacciones mejor con los fans. 50.000 de oro.**

Mejoras de misión:

***Pantalla de misión. Permite tener acceso a una lista detallada de las misiones disponibles en la zona en la que te encuentras. 90.000 de oro.**

***Agencia de empleo Aventureros S. A. Permite tener acceso al tablón de contratación general de la mazmorra. 100.000 de oro.**

***<Especial>. Agencia de empleo Niños Malos S. A. Permite acceder a misiones especializadas con recompensas especiales. Solo mediante invitación. 500.000 de oro.**

Mordecai gruñó.

—Hum... Llevo preguntándome qué era desde que lo vi. Tu clase te da acceso a esa agencia Niños Malos. Nunca había visto algo parecido. Siempre cambian estas cosas y nunca nos dicen nada.

—¿Los cupones que tenemos sirven para algunas de estas mejoras, aunque tengan valores diferentes? —pregunté. Sería estúpido desperdiciarlos en algo que cuesta 50.000 cuando hay cosas que cuestan diez veces más.

—Ah, no. No —respondió Wendita—. Si leéis la letra pequeña de los cupones, dice que tienen un valor máximo de 250.000 de oro cada uno y que no se pueden combinar dos para comprar lo mismo. Así que, si queréis esa última mejora, tendréis que pagar 250.000 de oro adicionales.

—Mierda —dije.

—De todas maneras, en este piso vamos a evitar las misiones —aseguró Mordecai—. Venga, busquemos mejoras que nos sean útiles ahora mismo.

Mordecai volvió a centrarse en la ventana e hizo clic en MEJORAS DE CAMA.

Apareció una lista muy larga de tipos de camas. Empezaba con un catre para una persona e iba mejorando a medida que descendía.

Al final de la lista se encontraba una llamada APARATO SOMNÍFERO ULTRAESTABILIZADO DE RECUPERACIÓN CON TAMAÑO AJUSTABLE PARA ESPECIES. PERMITE UN DESCANSO COMPLETO TRAS UN PERIODO DE DOS HORAS DE SUEÑO. OTORGA LA BONIFICACIÓN BUEN DESCANSO. 250.000 DE ORO.

Mordecai deslizó hacia delante uno de los cupones de Dónut.

—Nos llevamos la cama ultraestabilizada.

—¿La podremos usar todos? —preguntó Katia.

—Sí, mientras las habitaciones estén fusionadas todos compartiréis las mejoras.

—Entonces ¿ahora solo necesitaremos dormir dos horas? —dije. La idea me fascinaba y me horrorizaba a partes iguales.

—Eso es. Y os aseguro que hay cosas mejores. Una vez lleguéis al sexto piso, estarán disponibles las mejoras de categoría 2. Creo que la mejor de todas es una cama que os permite descansar por completo de forma instantánea pulsando solo un botón. La bonificación Buen descanso suma un 10 % a todas vuestras características y permite ganar un 10 % más de experiencia y de entrenamiento de habilidades.

—Qué pasada —comenté—. No me había imaginado que conseguiríamos este tipo de cosas.

—Pues no has visto nada —aseguró el sapo.

—Haz clic en mejoras de baño —insistió Dónut con emoción—. Necesitamos esa máquina de limpieza personal que tenían en la caravana de producción aquella.

Al final, terminamos eligiendo la cama, una ducha automática que no era tan buena como la que habíamos visto en la superficie y un ESTUDIO DE CREACIÓN MEJORADO que Mordecai nos insistió en que era necesario. La ducha añadía otro bonificador del 10 % a nuestras características y reducía la posibilidad de que las criaturas nos detectasen, lo que significaba que podíamos pasar más desapercibidos. Me hizo guardar el último de los cupones para la tienda, que supuestamente tenía que abrir durante los próximas días. Katia solo usó uno de los suyos en una SALA DE ENTRENAMIENTO, que nos permitía entrenar durante una hora al día cualquier habilidad que no fuese un conjuro mágico. Supuestamente, la entrenaba como si estuviésemos usándola durante un combate. Esa habitación también costaba 250.000 de oro. Yo no iba a poder entrenar nada relacionado con los explosivos, pero Mordecai me comentó que entre las de categoría 2 habría algo llamado ESTUDIO DE DINAMITERO que me permitiría practicar cómo hacer saltar cosas por los aires.

Había disponibles muchas mejoras que me hubiese gustado conseguir. Las de cocina eran caras, pero permitían cocinar cosas que daban varios tipos de ventajas. Las de casetas de animales eran iguales pero para Mongo. Las mágicas estarían disponibles más adelante, según Mordecai, y en ellas encontraríamos lugares donde entrenar los conjuros y comprar objetos mágicos. Nos comentó que también sería una compra obligada.

—Hay muchos tipos nuevos de mesas de creación. Dejadme analizar bien la lista —dijo el sapo—. Mientras, abramos la estancia y durmamos un poco.

Terminamos por pagar 15.000 de oro, lo que volvió a dejarnos sin blanca a pesar de todo el dinero que habíamos tenido recientemente. Entregamos los cupones y el oro a Wendita, a quien le cayeron lágrimas por las mejillas al aceptarlo.

—Esto es maravilloso, majestad —dijo—. Sabía que lo de intentar que me gastase mi dinero no era más que una prueba. Una princesa de verdad nunca haría algo así.

Aviso de administrador. Hay una nueva pestaña disponible en tu interfaz.

¡Logro desbloqueado! ¡Bienvenido al barrio!

¡Has comprado un hogar! El sueño de toda persona suele ser conseguir un lugar donde tirarse pedos tranquilamente. Se acabaron los compañeros de piso guarros que no friegan los platos y que se inventan excusas para no pagar el alquiler. Se acabaron los caseros que aparecen sin avisar y ponen cámaras ocultas en los detectores de humo. Ahora todo irá sobre ruedas.

Recompensa: Ahora eres propietario de una vivienda. Esa es la recompensa. Eso, los impuestos y el tener que lidiar con Kenneth, el presidente megalómano de la comunidad de propietarios.

Todas las estancias seguras en las que habíamos estado hasta ese momento habían tenido una puerta anodina y cerrada en la pared, tras la que se ocultaba una habitación inaccesible marcada en el mapa. Cuando desapareció el texto del logro, la puerta se abrió y se nos indicó que tras ella había una habitación pequeña del tamaño de un armario. El mapa indicaba que se trataba del ESPACIO PERSONAL FUSIONADO DEL EQUIPO LLAMADO EL SÉQUITO DE LA PRINCESA DÓNUT. El nombre empezó a parpadear en ese momento.

—Me deja cambiar el nombre —comentó Dónut con emoción mientras nos dirigíamos hacia la puerta—. Vamos, Mongo. Echémosle un vistazo a nuestra nueva casa.

3

ENTRANDO EN EL PALACIO REAL DE LA PRINCESA DÓNUT

Tienes mejoras que colocar.

Entramos en una habitación vacía de tipo industrial. Me recordó al interior de un hangar.

—Guau —dije, y mi voz resonó por el lugar—. Esto es mucho más grande de lo que esperaba.

Antes de continuar, tienes que colocar la entrada de tu espacio personal.

Una puerta transparente y parpadeante apareció en la pared más alejada. Se deslizó por ella a toda velocidad cuando moví la cabeza. Mientras lo hacía, apareció una segunda puerta con el nombre PRINCESA DÓNUT encima. Los colores de las letras iban del negro al rosa, pasando por un púrpura iridiscente.

—Es muy personalizable —comentó Dónut. Un momento después, su puerta cambió de negro a púrpura, para que casase con el de las letras que tenía encima.

Hice clic mental en COLOCAR, momento en el que apareció una segunda puerta a unos pocos metros de la de Dónut. Un instante después, se materializó una tercera puerta junto a la mía, con el nombre KATIA GRIM sobre ella.

Apareció el diagrama de un rectángulo flotando en una pequeña sección del hangar, justo a la derecha de donde habíamos colocado las puertas. Volvió a parpadear y, de repente, se creó una pequeña habitación. El mensaje BAÑOS apareció sobre la puerta.

—También tendréis un baño adicional dentro de vuestros espacios —explicó Mordecai—. Cuando se fusiona un espacio, todo el mundo conserva su estancia personal y también aparece una pública. La ducha mejorada estará en todas ellas. El líder del grupo es quien coloca las habitaciones de la estancia común. —Una cocina sin amueblar y monótona apareció de repente, seguida de una zona con una mesa y un sillón normal y corriente. Las tres pantallas a las que estábamos acostumbrados aparecieron en la pared que había frente al sillón. En la tercera de ellas se leía el mensaje: ESTÁS EN TU CASA. Sobre la cocina había una nota: AÚN NO SE HAN COMPRADO MEJORAS DE COMIDA.

Dónut gruñía mientras cambiaba la ubicación de las habitaciones. Unas enormes secciones de pared se volvieron transparentes y empezaron a moverse por el hangar mientras yo no les quitaba ojo de encima con la boca abierta. Un momento después, colocó otra habitación en la esquina contraria al lugar donde se encontraban la cocina y el salón. Era la más grande hasta el momento y ocupaba una cuarta parte de la totalidad del espacio. ESTUDIO DE CREACIÓN.

Cuando lo fijó en su lugar, apareció en mi interfaz una notificación parpadeante. Hice clic en ella.

Mejora a Estudio de creación mejorado disponible. Puedes usar esta mejora en el Estudio de creación en la zona común. Nota: Si separas tu espacio, la mejora regresará a tu inventario. Encontrarás más información en la pestaña Espacios personales.

Hice clic en ella y elegí usarla. No me dio la impresión de que cambiase nada a excepción del nombre, que pasó a ser ESTUDIO DE CREACIÓN MEJORADO.

Justo en ese momento, hizo acto de aparición una nueva habitación, que ocupaba una tercera parte del hangar entero. SALA DE ENTRENAMIENTO.

Lo que antes había sido una estancia grande y diáfana no había tardado mucho en llenarse de cosas.

Después apareció otra puerta, que emitió un chasquido atronador. Estaba justo detrás de mí y junto a la puerta de salida. Siguiendo las leyes de la física a las que estábamos acostumbrados, aquella puerta también habría tenido que dar al restaurante, pero el mensaje sobre ella rezaba: REPRESENTANTE.

Mordecai croó con alivio.

—Gracias a los dioses —murmuró. Vio que había empezado a mirarlo con gesto inquisitivo y sonrió—. No se puede fusionar una habitación de representante hasta que la base no sea un espacio comunitario de nivel 5. La verdad es que no esperaba que os molestaseis en mejorar vuestra base, y mucho menos tan pronto. Me habría visto obligado a mudarme a vuestro espacio de igual manera, pero tendría que haber dormido en el suelo. Ahora puedo tener mi habitación privada y, cuando lleguéis a una nueva estancia segura, no me teletransportaré a ella desde mi habitación..., a menos que esté fuera, claro.

—Pero ¿cuál es la diferencia entre habitaciones? —pregunté mientras nos internábamos en el espacio.

El suelo estaba hecho de hormigón sólido. Dónut, Katia y Mongo se habían separado para explorar. El dinosaurio se subió de un brinco a la encimera de la cocina, y oí cómo sus garras repiqueteaban en las superficies de metal industrial. No había horno ni frigorífico. Estaba del todo vacía y era una estancia inútil que Dónut no tendría que haberse molestado siquiera en colocar.

—Muy bien. Pues gracias a la IA, habéis conseguido una ventaja muy importante y ya podéis disfrutar de los espacios personales avanzados. De haberos hecho con uno básico de nivel 1, tendríais que haberlo comprado Dónut o tú y el comprador se hubiese convertido en el propietario, aunque cuenta con una opción para compartirlo con los miembros del grupo. Tiene una cuarta parte del tamaño de este lugar y no es más que una habitación diáfana, a excepción del estudio de creación, que es mucho más pequeño que el que tenéis ahora. Creo que la estancia de creación siempre tiene un cuarto del tamaño total del lugar, pero no estoy seguro. Sea como fuere, tiene baño, el sillón, las pantallas, algunos catres y ya. La zona de creación de nivel 1 puede albergar hasta cinco mesas de creación básicas. Algunas son mayores que otras. Además, se puede comprar y añadir cualquier tipo de mejora ambiental de categoría 1 mientras quepa. Las mejores, como la sala de entrenamiento, son demasiado grandes.

Vi cómo Katia se internaba en la puerta que tenía su nombre encima. La abrió titubeante y desapareció en el interior.

Mordecai siguió hablando:

—A nivel 2, la habitación se hace más grande, lo que permite ubicar más mejoras. El nivel 2 también permite colocar mejoras de cocina. La de nivel 3 es mayor aún, y las habitaciones individuales se vuelven inmensas. A ese nivel ya es lo bastante grande como para poder colocar un módulo de entrenamiento. —Miró hacia arriba. El techo se alzaba a mucha altura sobre nuestras cabezas—. No creo que a ese nivel sea tan alta, aunque tampoco lo tengo claro. Pero el beneficio más importante de dicho nivel es que podéis convertirlo en una sala comunitaria mientras haya otra persona en vuestro grupo que también haya comprado un espacio personal. Solo es necesario que uno de los espacios sea de nivel 3. Cuando se combinan, las habitaciones individuales se hacen mucho más pequeñas, pero aparece un espacio comunitario y todos comparten las mejoras.

—Y el representante puede ubicar también su espacio personal —añadí.

—Solo cuando alcanzan nivel 5, pero eso es. El representante y cualquier otro de los ayudantes. No soy el único al que podréis contratar. En unos días, necesitaremos comprar una interfaz de tienda. Podremos comprar y vender objetos más fácilmente. —Bajó la voz—. Pero la sala de entrenamiento es más importante. He dejado que Katia la compre con su cupón, pero me gustaría que no usaseis el vuestro hasta que estemos seguros de que ella se va a quedar.

—Te puedo asegurar que se va a largar en cuanto tenga la oportunidad —dije—. Sé que le caemos bien, pero me da la sensación de que se siente más segura en el grupo de Hekla. No le gusta la idea de que la use de tanque. Ah, otra cosa. ¿Qué pasará en caso de que muera?

—Pues perderéis las mejoras —respondió Mordecai—. Y si tú también mueres, pues lo mismo. Dónut y yo nos quedaremos solos y no habrá espacio comunitario. También volveré a perder el acceso a mi habitación. Y las mejoras que no quepan en el espacio asignado, volverán a su inventario.

Asentí. No me había gustado nada la respuesta.

—Vale. Ahora mismo, nuestro espacio es de nivel 5. ¿Cuál es la diferencia entre este y uno de nivel 4?

—Pues quitando que puedo fusionar mi espacio personal..., la verdad es que no estoy seguro —respondió Mordecai—. La mayoría de la gente no los mejora más allá de nivel 3 o 4. Lo que suele ocurrir es que alguien sube su espacio a nivel 3 y otra persona del grupo compra el de nivel 1, los combinan y consiguen un espacio comunitario. Eso hace que la media suela ser de nivel 3. Después, gastan la mayor parte de su dinero en mejoras de habitación. Pero como nosotros tenemos tres habitaciones de nivel 3 compartidas, nuestro espacio ha subido a nivel 5. Creo, aunque no estoy seguro, que podríamos añadir un segundo piso a la base si nos quedamos sin espacio. —Señaló hacia arriba—. El techo es muy alto, si os fijáis.

—Vale. Suficiente información por el momento —dije—. Voy a dormir. Mañana hablaremos de las mesas de creación y todo eso. Me alegra que estés aquí. Aprender todo esto por nuestra cuenta habría sido todo un problema.

—La verdad es que sí —comentó Mordecai—. Ah. Por cierto, Carl.

Me giré hacia el sapo. Sentí como si algo tirase de mi cuerpo hacia el suelo. Estaba física y mentalmente agotado.

—Ahora solo necesitas dormir dos horas, así que nos vemos aquí fuera a tiempo para el episodio resumen.

Era consciente del hecho de que necesitar dormir únicamente dos horas era algo bueno. Nos daba más tiempo para entrenar y hacer cosas. Pero no me gustaba nada la idea de no ser capaz de meterme en la cama, cerrar los ojos y no tener que preocuparme por nada durante una media de seis u ocho horas.

Dormir también era eso, ¿no? Era mi santuario. Daba igual lo jodido que estuviese el mundo en aquel momento, aún podía mantenerme al margen durante una parte del día. Ahora, había empezado a perder ese lujo. Sabía que nuestros cuerpos no iban a estar cansados, pero ¿qué pasaba con nuestros cerebros? Ya estábamos quemadísimos. ¿Qué iba a ocurrir a partir de ahora?

Dónut insistió en que yo durmiese en su habitación. Yo ni siquiera había tenido tiempo de entrar en la mía. Como ahora teníamos un espacio compartido, las estancias individuales eran mucho más pequeñas. Tendría el tamaño de un apartamento grande, el doble del mío antes del derrumbe. La gata podía agregar una pequeña zona de creación y una cocina en el lugar si lo veía conveniente, pero era algo opcional y decidió no hacerlo. También había encontrado un menú que le permitía colocar elementos decorativos simples y gratuitos, como una moqueta, papel pintado y muebles del montón. Colocó el baño en un rincón, un baño que en realidad era el mismo que había en los pasillos. La ducha estaba en una habitación separada en la puerta contigua. Me obligó a coger la torre para gatos y colocarla junto a la cama ultraestabilizada, que parecía una cama normal tamaño *queen size*, sin sábanas ni almohadas, y con un colchón semitransparente que tenía un extraño parecido con gelatina translúcida. Después me hizo colocar la foto enmarcada de Bea en una mesilla que había junto a la cama.

—Vale. Pues a la cama, Carl. Y tú también, Mongo. Todos estamos muy cansados.

—Sabes que tengo habitación propia, ¿verdad?

—No seas tonto. No puedo dormir sin ti, y lo sabes. Ahora, métete en la cama.

Gruñí, pero en el momento en el que me tumbé, sentí como si me hubiese quedado enterrado en un abrazo muy cálido. Dónut se colocó junto a mi hombro y se hizo un ovillo cerca del cuello. Después, Mongo saltó sobre mis piernas y no sentí su peso.

Me quedé dormido en segundos.

Sí. Al despertar estaba del todo descansado. Y, más importante aún, también me sentía del todo descansado. Era como si hubiese dormido diez horas seguidas, una cantidad que siempre me había parecido el tiempo ideal cuando tenía el día vago. De hecho, me dio la impresión de que la cama no había funcionado, por lo que tuve que mirar el reloj y comprobar que de verdad solo habían pasado dos horas.

¡Logro desbloqueado! ¡Buen descanso!

Has conseguido dormir tan bien que te has despertado recuperado y lleno de energía. Estás listo para conquistar el mundo y hacer que la madre de algún monstruo llore al descubrir que su único hijo acaba de ser destrozado por un mazmorrero de ojos relucientes y rebosante de energía y entusiasmo.

Recompensa: Ahora recibirás el logro Buen descanso cada vez que duermas en esta cama. Esta ventaja añade una bonificación del 10 % a tus estadísticas base, así como otro 10 % a la experiencia y al entrenamiento de habilidades durante 30 horas.

Las madres de los monstruos también lloran un 10 % más cuando matas a sus bebés.

Una vez en la zona comunitaria, encontramos a Mordecai y a Katia colocando platos de comida sobre la encimera de la cocina. Había dos platos de hamburguesa con patatas fritas, uno de salmón y un cuenco de carne cruda para Mongo. Mordecai llevaba también lo que se me antojó un plato lleno de insectos muertos, que me pareció que miraba con cierto asco.

—Wendita nos lo ha dado todo —comentó Katia—. Salí para ir a buscar algo de comida y ya nos lo había preparado todo gratis. Nunca había visto a uno de esos bopca de tan buen humor.

Dónut olisqueó su plato con gesto de sospecha mientras el episodio resumen empezaba en las pantallas. Hizo un gesto similar a un encogimiento de hombros y hundió la cara en la comida.

—¡La Maraña de Hierro! —gritó el presentador mientras daba comienzo el programa. Vimos varias imágenes estáticas de vías de tren y vagones de metro sucediéndose en la pantalla, desde locomotoras antiguas hasta trenes de alta velocidad más modernos. Siguió así durante un buen rato. Las escenas eran una extraña mezcla de metraje real con imágenes de películas y videojuegos. También vi fotogramas de la película animada *Polar Express* y una secuencia incómodamente larga de un John Travolta apaleado yendo en metro que pertenecía a la película *Fiebre del sábado noche*, mientras sonaban los Bee Gees de fondo. Después, el programa empezó a relatar una historia detallada de los trenes, centrada principalmente en los sistemas de metro.

Como siempre, se centró únicamente en lo negativo, mostrando imágenes de aglomeraciones o de gente cayendo a las vías. También vi imágenes del ataque con gas sarín en el metro de Tokio, así como muchísimos otros desastres que hacían que la Tierra pareciese un lugar horrible.

Me comí la hamburguesa mientras veíamos el programa. Estaba claro que iba a ir de trenes. Mordecai empezó a comentar que teníamos que mantener un horario: despertarnos, comer, ponernos las ventajas (lo que consistía en ducharnos y cepillar a Dónut mientras yo me hacía la pedicura) y luego pasar una hora en la sala de entrenamiento practicando una habilidad específica. Por alguna razón, Mordecai había encontrado lo que parecía ser una de esas pizarras blancas con rotulador, donde se había puesto a hacer una lista de cosas que entrenar. Hoy quería que yo me pusiese con mi habilidad Despachurrar. Al parecer, solo se podía entrenar una al día, aunque algunas se solapasen. Katia haría lo propio con su habilidad Receptor, que parecía ser lo contrario a Esquivar, que era la que había decidido entrenar Dónut.

Al terminar, nos dedicaríamos a la creación de objetos durante una hora o dos, aunque no íbamos a empezar con eso hasta el día siguiente. Y luego pasaríamos el resto de nuestro tiempo en las vías de tren. La prioridad sería intentar conseguir un mapa mejor y encontrar un camino seguro hasta unas escaleras, todo mientras *grindeábamos*.

En la pantalla, el programa terminó al fin con la historia del ferrocarril de la Tierra. El presentador empezó a hablar, pero luego se quedó paralizado. La palabra ELIMINADO apareció en la televisión.

—Acostumbraos a eso —dijo Mordecai—. Está explicando cómo funciona el piso en el que nos encontramos. No quieren que veamos esta parte. Ocurrirá en todos los pisos a partir de ahora.

—Las Hijas también se encuentran en una estación con el número 83 —comentó Katia mientras esperábamos a que continuase el programa—. Les ha ocurrido lo mismo que a nosotros. Se encontraron en un tren lleno de monstruos, pero solo tuvieron que esperar una parada antes de llegar a una estación de transbordo. Están en una por la que pasan la línea naranja y la línea índigo. No han visto ni la roja, ni la amarilla ni la del Expreso de Pesadilla.

—Interesante —comenté—. Al parecer, aunque las líneas sean diferentes, el sistema de numeración es el mismo, y sabemos que el número 83 pertenece a una estación de transbordo. El mapa decía que había números específicos en los que había escaleras, pero eran números más bajos. Tenemos que encontrar una manera de cambiar de sentido.

—Apuesto lo que sea a que para ello hay que pasar por las que no tienen color —comentó Dónut. Se había terminado el salmón y había dejado pedazos de patata que no le gustaban y que empujaba con la pata para sacar del plato y tirar a la boca de Mongo, que esperaba con ella abierta—. Deberíamos ir a la línea Pesadilla y ver hacia dónde nos lleva.

Es muy probable que tuviese razón, pero no me gustaba la idea de subirme sin más a un tren llamado el Expreso de Pesadilla.

Me giré hacia Mordecai.

—¿Tú qué dices? Cuando llegaste, dijiste que te encontrabas en otra estación. ¿Recuerdas los nombres?

—Sí —dijo el sapo—. Lo dejé todo bien apuntado. El número de la estación era el 317. Los dos trenes pequeños eran de la línea amarilla y de la línea esmeralda. Y luego había uno grande llamado el Infortunio.

—Suena bien —comenté—. Creo que deberíamos empezar a hacer un mapa. ¿Tienes otra de esas pizarras blancas?

—Tengo otra en mi habitación —comentó—. Iré apuntándolo todo allí. Por ahora, la única línea repetida que hemos encontrado es la amarilla. Habla con tu amigo Brandon y pregúntale dónde está. Y también sonsácale toda la información posible al resto de los mazmorreros con los que te encuentres.

Asentí. También tenía en el chat a Daniel Bautista, así que podía preguntarle a él también. La pantalla volvió a moverse, momento en el que el presentador dijo:

—¡Ha llegado la hora de presentar la clasificación actual de los diez primeros!

Fue presentando uno a uno a los diez mazmorreros. Leía el nombre y, justo en ese momento, aparecía en pantalla un vídeo corto. La lista era exactamente igual a la que nos había enseñado Odette.

Empezó con la señora McGibbons, que apareció durante poco más de un segundo. Fue entonces cuando me di cuenta de que la había visto antes en imágenes de episodios resumen anteriores, sin saber que se trataba de ella.

Se había convertido en una «doncella de hielo», lo que significaba que ahora era una criatura de piel azul y pelo blanco de aspecto élfico que volaba en lugar de ir caminando. No vi a los demás del grupo en el vídeo, pero sí que apareció ella disparando carámbanos de hielo por las palmas de las manos y ensartando a una criatura parecida a un trol contra la pared de un vagón de tren.

Después iba Li Jun, que había elegido la clase monje. Tenía el mismo aspecto que antes y con él iban Zhang y su hermana Li Na. Zhang también era humano, pero Li Na había elegido una especie extraña con aspecto de demonio que luchaba con cadenas.

El número ocho de la clasificación era un hombre llamado Ifechi. Seguía siendo humano y era sanador. Me di cuenta de que lo había visto varias veces. Ahora viajaba con Florin, el cocodriliano que iba con una escopeta y que estaba en el cuarto puesto. Pero había visto a Ifechi al principio del programa. Era africano y acompañaba a un grupo de soldados armados con AK-47. El grupo al completo había sido asesinado hacía tiempo por un jefe de ciudad que era un limo. Él había sobrevivido porque no se encontraba en la habitación cuando se había cerrado.

Después de Ifechi nos tocaba a nosotros. Apareció Dónut disparando misiles mágicos a los bebés drek, seguida de mí destrozando al conserje necrófago con el puño.

Después venia Miriam Dom, la señora de las cabras. Después, Florin el cocodriliano.

El tercero de la lista era una cabra. Se llamaba Prepotente y era una de esas criaturas con forma de cabra que caminaba a dos patas y hablaba, llamadas cápridos, que había visto antes viajando con Miriam Dom. Sabía que había otra de esas cabras monstruosas viajando con ellos, pero esa seguía considerándose una mascota.

Después vimos a la corpulenta Hekla ensartando una marabunta de ratas de cuatro patas con la ballesta. Y después a Lucia Mar, que era aterradora y tremendamente brutal al mismo tiempo. Apareció con esa forma de bruja asquerosa arrancándole la cabeza a uno de los conserjes necrófagos jikininki. La chica rio como una posesa mientras la sangre salpicaba el interior del vagón.

Terminaron las imágenes y, un instante después, apareció texto en la segunda de las pantallas.

La lista de nombres era la misma que me había mostrado Odette anteriormente, pero descubrí dos diferencias al momento.

1. **Lucia Mar. Ladjablès. General inquisidor negro. Nivel 30. 1.000.000.**
2. **Hekla. Amazona. Doncella escudera. Nivel 28. 500.000.**
3. **Prepotente. Cáprido. Equilibrista maldito. Nivel 27. 400.000.**
4. **Florin. Cocodriliano. Mensajero escopetero. Nivel 24. 300.000.**
5. **Miriam Dom. Humana. Pastora. Nivel 27. 200.000.**
6. **Carl. Primigenio. Anarquista moderado. Nivel 27. 100.000.**

7. Dónut. Gata. Ex actriz infantil. Nivel 26. 100.000.
8. Ifechi. Humano. Galeno. Nivel 18. 100.000.
9. Li Jun. Humano. Monje urbano. Nivel 25. 100.000.
10. Elle McGib. Doncella de hielo. Neviscamante. Nivel 17. 100.000.

La señora McGibbons había subido de nivel 14 a 17 y Lucia Mar había llegado a nivel 30.

Abrí el chat. Llevaba un tiempo sin hablar con Brandon y había llegado el momento. Pero cuando hice clic en los mensajes, me di cuenta de que tenía uno suyo que me había pasado desapercibido. Se encontraba en una carpeta extraña que no había visto antes, a un lado de su nombre, razón por la que no me había fijado en la notificación. Había llegado cuando me encontraba incomunicado, a la espera de que se abriese el piso. Antes de que me diese tiempo de hacer clic en él, empezó a resonar el anuncio diario y no pude seguir trasteando con la interfaz.

Saludos, mazmorreros. ¡Bienvenidos al cuarto piso!

Estamos muy emocionados por presentaros lo que consideramos que es una hazaña de ingeniería propia de un genio. Lo llamamos la Maraña de Hierro. Lo complicado será encontrar las escaleras. Hay muchas por ahí, pero ¿dónde exactamente? Veremos cuántos de vosotros llegáis hasta ellas.

Una cosa muy importante. No se trata de un cambio permanente, sino de una nueva regla que solo se aplicará a este piso. En este caso, no podéis bajar al siguiente antes de tiempo. Las escaleras se abrirán seis horas antes del derrumbe y ya. Repetimos: no podéis bajar al siguiente piso antes de tiempo. Ahora a divertirse. Esas cosas que llamáis trenes son estupendas. Nunca habíamos visto algo ni remotamente parecido en nuestro mundo.

Las pujas de patrocinio siguen activas y estamos muy satisfechos con los resultados que hemos tenido hasta ahora. Recibiréis una notificación cuando haya terminado vuestra puja. Os daremos más información al respecto dentro de poco.

Os habréis dado cuenta de que ya hay nombres en la clasificación. Felicidades a todos los que han conseguido aparecer en ella. Como habréis visto, cada uno de los mazmorreros que está en el top 10 tiene una recompensa al lado del nombre. ¡Eso significa

que ha dado comienzo la caza! ¿No es emocionante? Si matáis a uno de esos, recibiréis una caja de botín con la recompensa. Y si estáis en la clasificación, no os preocupéis, porque también podéis uniros a la diversión. Si sobrevivís a este piso, recibiréis un 10 % de vuestra recompensa cuando este se derrumbe. Es un porcentaje que aumentará a medida que descendáis.

Finalmente, nos gustaría hablar sobre el índice de mortalidad tan alto que ha habido en el tercer piso. Lo ha provocado una serie de misiones de grupo que han terminado por torcerse. Aunque el número total de mazmorreros sigue siendo aceptable, nos preocupa que vaya a tener lugar una extinción prematura, pero eso tampoco significa que vayamos a achantarnos. Así que dejad de ser unos mierdas. Tan fácil como eso.

Ahora, ¡salid ahí fuera, recorred las vías y matad, matad, matad!

—¿Cómo que dejemos de ser unos mierdas? —preguntó Katia—. ¿Se supone que tendría que hacernos gracia?

—¿De verdad crees que la gente va a ir a por nosotros? —preguntó Dónut—. No me gusta el hecho de no poder confiar en la gente. Me da ansiedad.

Casi ni las oí hablar. Justo cuando terminó el mensaje, el directorio con el mensaje de Brandon se desbloqueó y, finalmente, me fijé en el nombre de la carpeta en la esquina superior de la interfaz.

Mensajes de mazmorreros muertos.

—Oh. Oh, no —dije. Sentí como si me hubiese atropellado un camión. Me deslicé por la encimera sobre la que estaba apoyado y me dejé caer al suelo. Todos los que se encontraban en la estancia dejaron de hablar y se giraron hacia mí.

—¿Carl? —preguntó Dónut.

El mensaje estaba allí mismo. No quería leerlo.

Respiré hondo e hice clic en él.

BRANDON: ¿Qué tal, mano? También le estoy enviando este mensaje a Imani y a Elle. No te creerías lo que está pasando con Elle. Pero, por si ellas no sobreviven, quería que tú recibieses esto.

Parece que ha llegado mi hora. El tercer piso está a punto de derrumbarse. Henry, uno de los ancianos, y yo estamos defendiendo el lugar de los diablillos de la oscuridad. Odio a estos cabrones. Imani, Elle y los demás han escapado, pero ya es demasiado tarde para mí. El cronómetro del piso dice que quedan menos de diez minutos, y la escalera se encuentra a veinte.

Te vi escapar anoche en el episodio resumen, por lo que sé que habrás llegado al cuarto. Ahora todo el mundo conoce la bomba que escondes debajo de los pantalones, machote.

Mira, tío. Me he peleado con mi hermano Chris y este ha dejado el grupo. Se llevó a algunos de los chicos con él, pero he comprobado que todos están muertos. Todos menos Chris. Sé que está vivo porque sigue en mi chat. Veo que está vivo, pero esto me dice que no acepta mis mensajes. No sé por qué. Creo que me ha bloqueado, pero no estoy seguro. Nunca le gustó mucho hablar. Mamá decía que tenía algo raro, que quizá era un poco corto de entendederas. Pero no lo es. Y aunque lo fuese..., le dije algo que estuvo mal y se enfadó. Se ha ido y ahora es demasiado tarde para decirle que lo quiero. Nunca se lo he dicho. Estoy a punto de morir y es lo único en lo que puedo pensar.

Por eso quería decirte que, si lo ves, le digas que lo siento y que tenía razón. Él sabrá a qué me refiero. Dile que he dicho que si hay un más allá, le prometo portarme siempre bien con él, que podrá comer todas las galletas de aventurero que quiera. Le prometo que no me enfadaré con él por arriesgarse. Ni por ninguna chica. Ni porque me robe mis cochecitos de juguete. Por nada.

Y dile que lo quiero. Eso es lo más importante. Siempre ha sido lo más importante, pero no me he dado cuenta hasta que era demasiado tarde.

Tengo que irme. Estos puñeteros diablillos de la oscuridad... Acaba con ellos, hermano. Acaba con todos.

Aviso: Este mensaje pertenece a un mazmorrero fallecido. Cuando lo cierres, el mazmorrero se eliminará de tu lista de mensajes.

—Hostia puta —dije mientras ahogaba un grito. Esta pérdida repentina era tan inesperada, tan imprevista, que creí que estaba a punto de asfixiarme. «Es como lo que ocurrió con mi madre. Respira hondo. Respira hondo».

—¿Qué ha pasado? —volvió a preguntar Dónut tras pasarme unos minutos ahí sentado sin decir nada.

Les conté lo ocurrido. Brandon era el único del grupo que habíamos añadido al chat, algo que ahora se me antojaba estúpido. No podía hablar con Imani ni con Chris para comprobar que estaban bien. La señora McGibbons podía ser la única que quedase con vida de todos ellos. Pensé en todo el trabajo que habíamos tenido que hacer para ayudarlos a bajar al tercer piso. Qué desperdicio. Qué maldito desperdicio.

No había tratado a Brandon durante mucho tiempo, pero sabía que era un buen hombre. Era mi amigo. A pesar de eso, sabía que no era más que una gota en este océano de muerte, y eso era algo que me enfadaba más que cualquier cosa que nos hubiese pasado hasta ese momento.

Me puse en pie y me giré hacia la sala de entrenamiento.

—Primero tienes que ponerte las ventajas —gritó Mordecai.

—A la mierda, Mordecai —dije.

Entré en la sala y se abrió una interfaz en la que se listaban todas las habilidades que podía entrenar.

Hice clic en PUGILISMO (O A PUÑO LIMPIO), que tenía a nivel 8. Apareció un contador de una hora y unos muñecos de madera se alzaron desde el suelo.

«No podréis conmigo. Que os den a todos. No podréis conmigo».

Y me puse manos a la obra.

4

Habían pasado varias horas desde que me había dejado los nudillos golpeando a los muñecos de madera. Tanto Dónut como Katia entraron en la sala de entrenamiento unos veinte minutos después que yo. La gata entrenó su habilidad de Esquivar, brincando de un lado a otro mientras los hologramas de cuatro monstruos armados con látigos intentaban azotarla. Katia estaba en el otro extremo de la estancia haciendo algo similar: saltaba frente a unas rocas que el mismo oponente virtual de cuatro brazos lanzaba a un perrito también holográfico.

Ninguna me dijo nada. El nivel de la habilidad no me subió al terminar. Sabía que tardaría más de una única sesión en hacerlo, ya que la tenía bastante alta.

Me dirigí al estudio de creación, que en aquel momento era poco más que una habitación grande y vacía. Mordecai ya estaba allí, echando un vistazo a su alrededor.

—Tenéis tres mesas —dijo el sapo. No hizo comentario alguno sobre lo que había ocurrido antes—. Colócalas y luego ponte a lo tuyo. Yo me pasaré las próximas horas analizando lo que ha cambiado y lo que tiene de nuevo el sistema de creación, porque parece que han afinado alguna que otra cosa desde la última vez. Deja todo lo que esté marcado como suministros alquímicos sobre la mesa de alquimia. Empezaré a trabajar en alguna que otra cosa mientras estáis fuera.

Asentí. Saqué la mesa de alquimia y la coloqué contra una pared. Apareció con un estruendo y tenía varios menús encima, la mayoría relacionados con las mejoras. Empecé a sacar todo lo marcado como suministros alquímicos de mi inventario, y tenía mucha variedad, desde carne de rata a ese cofre lleno de cosas que le habíamos comprado al camello. Al terminar, la mesa parecía el puesto de un científico loco en una feria.

Después coloqué la mesa de zapador contra otra pared, y la de ingeniería contra la otra. Sabía que yo iba a pasar la mayor parte de mi tiempo en la de zapador, pero por ahora me coloqué frente a la de ingeniería, que Mordecai había comentado que se trataba de una general y multifunción para usar herramientas mágicas con las que mejorar objetos. Saqué las herramientas, como el pringueficador 3000, que servía para «dar forma», y la ayuda conyugal de gorgona, que añadía plasticidad a los objetos rígidos. Coloqué ambas cosas sobre la mesa. También tenía otras muchas herramientas muy pequeñas que había conseguido en la guarida de los goblins, así como un destornillador plano y algunas llaves inglesas con las que me había hecho después del enfrentamiento con el Ciclado.

Tenía en mente varios objetos que necesitaba crear, pero lo cierto era que me faltaban materiales. Volví a abrir el inventario y seguí rebuscando entre tanta cosa inservible.

También vi la pechera enorme de uno de esos guardias espadachines. La saqué y repiqueteó sobre la mesa. Había conseguido hacerme con tres de esas cosas, así como con un yelmo y una de las espadas gigantes. Tenían un valor relativamente bajo, lo cual era bastante decepcionante. La pechera metálica no era mágica. Me planteé que quizá podía remodelarla y crear algo para Katia, pero era demasiado grande para ella. Tenía el tamaño de un paraguas abierto. Sabía que iba a necesitar una mesa de armero para crear armas y armaduras mejores. Además, era pesada de cojones. Parecía hecha de hierro de verdad, y el grosor variaba entre tres y seis centímetros. Podía levantarla con facilidad porque tenía más de 40 de Fuerza, pero tenía muy claro que antes de todo esto no habría sido capaz ni de moverla siquiera.

Sostuve el pringueficador con una mano y lo apunté hacia esa plancha curvada de metal.

La pechera al completo empezó a parpadear, momento en el que se abrió un menú con varias formas. Podía dejarla del todo lisa. Debido al grosor del objeto, podía darle la forma de una hoja de papel, hacerla más ancha y terminar así con una plancha enorme de metal, como si fuese masa para galletas.

La última entrada de la lista de formas de la herramienta era FORMA LIBRE.

Hice clic en ella y luego usé la especie de varita para doblar un poco más la pechera. Era como usar una especie de programa de ordenador, algo que nunca se me había dado demasiado bien. El metal rechinó con estruendo mientras le daba forma, pero no se rompió.

¡Logro desbloqueado! ¡Martha Stewart!

Has usado una mesa de trabajo para crear algo por primera vez. No te extrañe que lo próximo que hagas sea usar chapas de botella como pendientes, beber leche de avena y vender cosas horribles en Etsy mientras te pones poético en Instagram hablando sobre el «viaje» que es tu vida.

Recompensa: ¡Has recibido una caja de creador de bronce!

Abrí la caja de inmediato y vi que había en el interior unos alicates que no eran mágicos, una cinta métrica normal y un bote de purpurina rosa. No era un vial de purpurina, no. Ni un tarrito. Era un puñetero bote. Antes de que me diese tiempo siquiera a guardarlo en el inventario, alguno de los cuadraditos rosados y pequeños salieron despedidos de él y se desperdigaron por el suelo. Sabía por experiencia que aquello no se había acabado, que ya no podía librarme jamás de la purpurina. Suspiré y dejé las herramientas junto a las demás.

Me giré hacia Mordecai, quien estaba encorvado sobre su mesa de alquimia, en el otro extremo de la estancia.

—Necesito un soldador. ¿Crees que encontraré algo parecido?

Alzó la vista.

—Claro que sí. Mientras, supongo que puedes empezar a ponerte creativo con esa herramienta para dar forma. No es muy precisa y tiene la mala costumbre de reducir la resistencia de los objetos que modificas, por lo que si te pasas de creatividad acabarás con un trasto inservible. Pero, por ejemplo, puedes sacar un objeto diferente y entrelazarlos como si fuesen poco más que dos alambres. O crear algo útil uniendo las dos cosas. Tú ten cuidado, que las herramientas son algo muy serio. Puede que estar en una estancia segura evite que mueras si haces algo mal en una mesa de trabajo, pero te aseguro que hay cosas que podrían hacerte desear estar muerto.

—Ah, por cierto —grité—. Mientras entrenaba estuve hablando con Bautista. Está en un grupo con otros mazmorreros. Ha visto la línea cerúlea y la línea marrón. Están en la estación 199. Al parecer no tienen una línea sin color en dicha estación, pero hoy continuarán avanzando por la cerúlea. También ha conseguido una base de operaciones fantástica gracias a esa mejora.

—Añadiré esas líneas a mi lista —comentó Mordecai.

—Muy bien —dije. Luego me incliné sobre la mesa y empecé a darle forma a la pechera.

Después de una ducha y de hacerme la pedicura, volvimos a salir al exterior.

Primero hicimos una parada en una tienda. El hombre topo llamado Richard el Cojo estaba inclinado sobre el mostrador leyendo un libro, mientras nosotros revisábamos la mercancía que tenía en las estanterías. Contaba con una gran variedad de productos, pero la mayoría no eran dignos de ser tenidos en cuenta ni nos servían para nada. Terminamos comprando solo una cosa: un mazo acolchado grande. Lo vendía por doscientos cincuenta de oro, y Dónut consiguió convencerlo para que bajase el precio a ciento cincuenta.

También tenía otro objeto interesante. En un rincón polvoriento de la tienda había algo llamado FABRICADOR DE BATERÍAS. El precio era de setenta y cinco mil de oro. Abrí las propiedades del objeto, pero justo en ese momento recordé que las descripciones de las tiendas no siempre eran del todo precisas.

> **Fabricador de baterías.**
> **Lo cierto es que no sé muy bien cómo funciona esto. Lo encontraron en una fábrica de autómatas de los enanos. Hay que verter un puñado de pociones de maná, introducir uno de estos bloques de metal y saldrá una batería cargada por el otro lado. Viene con una caja de 50 bloques. El precio no es negociable.**

Cogí uno de los rectángulos que eran baterías, apilados detrás de la máquina. La descripción del objeto era la misma que la de la unidad. El sistema no iba a darme una descripción verdadera a menos que lo comprase. Cada una de las baterías tenía un peso y un tamaño similar al de un ladrillo.

—¿Sabes cuánta carga hay en estas cosas?

Richard el Cojo se encogió de hombros.

—Para eso tendrías que preguntarle a un enano. Sí que sé que a los autómatas que usan les dura mucho la batería. Son mejores que los cristales de alma que usan los elfos. ¿Sabías que los cristales de almas consumen almas de verdad? Es muy macabro. Además, también son muy inestables.

—Sí, creo que he oído hablar de ellos en alguna parte —dije con tono sombrío.

La máquina era del tamaño de un microondas. Sabía poco sobre los procesos químicos necesarios para crear baterías de verdad, pero esto no tenía mucho sentido. Ahora, también era cierto que en este lugar nada tenía sentido, sobre todo cuando había magia de por medio. Aun así, cuando vi la unidad supe que tenía que hacerme con una. El precio me parecía desorbitado, claramente, y aunque hubiese tenido el dinero no hubiese podido justificar gastar tanto en un objeto porque había una posibilidad de que hiciese algo guay.

Terminamos vendiendo un puñado de basura aleatoria por unos pocos miles de monedas de oro. Tal y como Mordecai nos había advertido en más de una ocasión, intentamos no venderlo todo en una tienda normal y corriente. Nunca ofrecían los mejores precios. Cuando Dónut terminó de negociar y acabó con la paciencia del topo parlanchín, la criatura estaba de un humor de perros.

—¿Qué es ese libro que tienes ahí? —pregunté acercándome cuando Dónut y Richard el Cojo terminaron de hablar. Parecía un libro de ciencia ficción ajado en mi idioma. Había un gato en la cubierta. Reconocí al autor, pero no había leído el libro—. Mira, Dónut. Un libro sobre gatos.

Richard el Cojo asintió y se le animó el gesto solo un poco.

—Es un libro de Andre Norton. Muchos de sus libros van sobre gatos.

—Andre Norton era una mujer —comenté—. ¿Puedo?

Cogí el libro y le di la vuelta. Mi padre tenía varios de aquellos. Solo leía los del Oeste en su mayor parte, pero también había pasado tardes con esos libros antiguos de ciencia ficción. Mi padre odiaba los gatos, eso sí, por lo que nunca tuvo ningún libro con gatos en la cubierta.

—He leído ese muchas veces —aseguró Richard el Cojo—. Hay muchos libros de la Tierra por la mazmorra, pero nunca son suficientes. —Suspiró—. Y ahora es demasiado tarde para conseguir más, y yo no tengo a nadie con quien intercambiarlos. Los comerciantes como yo no tenemos acceso a los canales de entretenimiento, de los que sí disfrutan los guías y los maestros gremiales. Y la mayoría de ellos se limitan a acceder a los túneles o a ver series o películas de la Tierra. Yo solo puedo disfrutar de las cosas físicas, o sea, de los libros y de los cómics. Y solo tengo quince libros. Dieciséis, si contamos ese al que le han arrancado los últimos capítulos.

—¿Sabes qué? —dije al tiempo que sacaba los libros de Louis L'Amour del inventario. Lo cierto es que ya los había leído todos, desde *Sackett's Land* hasta *Lando*. Los había leído, pero no quería deshacerme de ellos—. Te cambio estos cinco por cinco de los tuyos.

Agarró el primero de ellos.

—¿Del Oeste? Nunca he leído una de vuestras historias del Oeste. ¿Son buenas? —Arrugó la frente—. No son muy largos.

—Sí que son buenas —respondí—. Fueron libros muy populares, pero tienes razón. Normalmente, son cortos.

—Muy bien —dijo él. Fue a la trastienda y volvió con varios libros, que colocó en abanico sobre el mostrador—. Elige los que quieras y trato hecho.

Todos eran de ciencia ficción o de terror de los años ochenta. Vi que al que le faltaban los últimos capítulos era uno que yo había leído hacía tiempo. *El canto del cisne*, de Robert R. McCammon. Dejé ese allí encima y cogí cinco de ciencia ficción. Tres de Andre Norton, entre los que se encontraban el que estaba leyendo él, llamado *Breed to Come*. También elegí *La rueda celeste* de Ursula K. Le Guin y *La guerra interminable* de Joe Haldeman.

—No sé si volveremos a pasar por aquí —dije al topo mientras guardaba los libros en el inventario—, pero si lo hacemos y si te gustan los libros, te puedo dar el resto de los que haya leído.

—Perfecto —comentó Richard el Cojo mientras nos marchábamos—. Hay muchos de mi especie en este piso. No les des ninguno a esos tipos. ¡Son todos unos ratones de biblioteca!

—Deberías de haberle pedido más —comentó Dónut cuando salimos—. Negociar se te da fatal, Carl.

—Oh, no te preocupes por eso —dije. Miré por encima del hombro y vi que el topo ya había cogido el primero de los libros—. Si algo aprendí durante el tiempo que formé parte de la Guardia Costera es lo valioso que resulta el entretenimiento para un hombre aburrido que se ha quedado sin libros que leer. Dentro de unos días, se estará muriendo por tener más. Una vez descubramos cómo dar la vuelta para ir en sentido contrario, tenemos que volver a pasar por aquí.

Decidimos no montarnos en el Expreso de Pesadilla hasta que tuviésemos más información, pero quería ver el tren y echarle un vistazo al cartel. Resultó que solo pasaba cada hora y media, y lo habíamos perdido mientras estábamos en la tienda de Richard el Cojo.

No nos hizo falta verlo para saber que obviamente era distinto. Las vías eran más anchas y, aunque seguía siendo uno subterráneo, no contaba con un tercer riel electrificado. Y a pesar de que el andén de la línea roja era muy largo, lo bastante como para que cupiesen todos los vagones, este era más largo aún. Parecía el doble.

El tren avanzaba trazando un ocho, lo que significaba que una vez nos subiésemos en él volvería a pasar por esta misma estación en algún momento. Era bueno saberlo. Solo tenía cinco paradas en total, aunque daba la impresión de que se encontraban muy distanciadas entre sí. Cuatro de las cinco eran estaciones de transbordo. La 436, que se encontraba en la parte superior del ocho trazado por el tren, era la única que no lo era.

A diferencia del mapa que había fuera de la estación roja, este daba algo más de información. En él aparecían todos los colores de las líneas que pasaban por cada una de las estaciones de transbordo. En esta, amarillo y rojo. En la siguiente, la 283, estaban la línea malva y la púrpura. La parada después de esa era la 436 y luego la 283 de nuevo, pero en esta ocasión las líneas que pasaban por ella eran la verde y la amarilla. Después estaba la estación 83, pero una diferente con las líneas color mandarina y ciruela.

—Joder —dije después de recitarle toda la información a Mordecai—. Está claro que lo de la Maraña de Hierro hace honor a su nombre. Ya me está doliendo la cabeza. Odio las matemáticas.

—A mí tampoco me gustan mucho las matemáticas —comentó Katia. Estaba examinando el mapa, pero sabía que ella solo estaba viendo el ocho que formaba el recorrido del tren y un punto que indicaba el lugar donde nos encontrábamos.

Luego nos dirigimos al andén de la línea amarilla. El mapa era idéntico al de la línea roja. Los números de la estación de transbordo eran los mismos, aunque la línea en sí tenía una forma diferente, parecida a un anzuelo de pesca gigante y al revés. El tren llegó mientras miraba el mapa.

Había monstruos a bordo. No tantos como los que había en la línea roja, pero los suficientes para dejarme de piedra.

El tren se detuvo, se abrió la puerta y vi una criatura achaparrada de piel gris sin cuello, con una boca parecida a la de un tiburón y un par de ojos negros, pequeños y brillantes. Unos mechones de pelo negro y grasiento coronaban la parte superior de su cabeza. El monstruo apenas llegaba al metro cuarenta de altura y se tambaleaba sobre un par de piernas estrechas como palillos que no parecían nada preparadas para soportar el cuerpo corpulento y propio de un cerdo de la criatura. El monstruo sostenía una porra de madera atravesada por clavos. Aulló algo ininteligible al vernos.

> **Morador de las cuevas caneador. Nivel 19.**
>
> **En la jerarquía de los moradores de las cuevas, los caneadores están tan arriba como podría estarlo un plebeyo. Se dice que estas criaturas extrañas con aires de guerrero pertenecían en el pasado a un pueblo que viajaba por las estrellas, pero les ocurrió algo que les hizo volver a su Edad de Piedra. Seguro que fue que vieron muchos *reality shows* en la televisión. No dejes que esas piernas escuchimizadas te engañen, cuando deciden que te van a canear, pueden llegar a ser muy rápidos.**

Había cuatro de esas cosas en el vagón. A lo largo y ancho del andén enorme, vi que había algunas más desperdigadas por el resto, con esos ojos pequeños y resplandecientes mirándonos desde el otro lado de las ventanas. También vi a otro tipo de monstruo. Eran de tamaño humano, con una melena roja y parecidos a serpientes. Similares a los nagas pero con cabeza de león. Estaban demasiado lejos como para abrir la descripción.

Dónut lanzó un par de proyectiles mágicos al morador de las

cuevas que había en las puertas abiertas, y la criatura cayó muerta hacia atrás justo cuando las puertas empezaban a cerrarse.

—No me puedo creer que funcione —comenté mientras el tren se alejaba—. Podemos atacarlos, pero ellos a nosotros no nos pueden hacer nada.

—¡Esperemos al próximo tren y disparemos a unos cuantos más! —aulló la gata.

—Chicos —llamó Katia mientras esperábamos al siguiente—. Se lo acabo de contar a Hekla, y dice que ella y las demás llevan haciendo lo mismo toda la mañana y han conseguido muchísima experiencia. Cree que podría ser un error. También se puede tirar de ellos para arrastrarlos hasta el andén, lo que los mata de inmediato.

—Hum… —reflexioné—. Creo que se equivoca. En mi opinión, no es un error. Se me antoja más como una trampa para hacernos perder el tiempo y quedarnos en el mismo sitio matando. Si fuesen monstruos más fuertes, no me importaría pasarme el día haciendo algo así, pero no da tiempo de matar a casi ninguno durante los momentos que las puertas se mantienen abiertas. En lo que a la experiencia se refiere, conseguiríamos mucha más subiéndonos al tren y matándolos ahí dentro.

Katia se encogió de hombros.

—Hekla también ha dicho que todos los monstruos se bajan cada cinco paradas. Si los sigues, hay como un sistema de cuevas con túneles y todo. Aún no ha ido a explorarlo, pero cree que se podría llegar a los cuatro andenes anteriores a través de ellos. Comenta que le da la impresión de que las criaturas van moviéndose en círculos todo el rato.

Eso era un poco raro.

—Dile que lo comprobaremos. Háblale también del mapa que está preparando Mordecai. Y coméntale que recopile toda la información que pueda sobre la ruta que han seguido sus contactos y te la envíe para que nos la puedas pasar. Espero haberme hecho una idea mucho más clara de este lugar mañana a esta hora, más o menos.

Pasamos la hora siguiente acampados en el andén masacrando a las criaturas que venían en los trenes. Llegaban cada ocho o diez minutos. Siempre había los dos mismos tipos de monstruos. Los caneadores, que fue como empezamos a llamarlos por resumir, y los comerrayos, a quienes solo se les describía como «nagas menores con problemas derivados de la ausencia de una figura materna». Esas cosas tenían todas nivel 20. Las criaturas parecidas a serpientes contaban con un ataque eléctrico, pero tardaban algo de tiempo en volver a cargarlo y, si les atacabas en ese momento, lo anulabas. Tampoco es que importase demasiado, ya que no podían hacernos nada cuerpo a cuerpo ni con magia mientras nos quedásemos en el andén. Los cuatro nos colocamos a una altura diferente del tren a lo largo de la estancia. Yo me dediqué a dar puñetazos. Mongo, a morder. Katia, a practicar con el hacha. Y Dónut alternaba entre Proyectil mágico y las garras, que era algo que necesitaba subir con mucha más urgencia. Los monstruos no podían devolvernos los ataques. Pero, como sospechaba, la experiencia subía muy despacio. Además, no podíamos saquear los cadáveres a no ser que tirásemos de las criaturas hacia el andén. Pero, al hacerlo, no conseguíamos experiencia. Aun así, lo intentamos unas pocas veces con cada tipo de monstruo. Los comerrayos soltaban colmillos afilados y unas diez monedas de oro cada uno. Los caneadores soltaban las porras y unas pocas monedas. En una ocasión, uno soltó el hígado, que aparecía como suministro alquímico. Lo cogí y lo guardé en el inventario. Nada de todo aquello parecía tener mucho valor.

Terminamos por ponernos manos a la obra y entrar en el tren. Quería echar un vistazo en el primer vagón, por lo que avanzamos hasta el extremo del andén. Sabía que, al menos en el metro y si había maquinista, este estaría dentro de pequeño cubículo en la parte delantera de dicho primer vagón. Pero en aquellos trenes, dicho vagón era un cuadrado de metal liso y sin ventanas. Ni siquiera se detenía junto al andén, sino que se internaba un poco en el túnel y dejaba el segundo de los vagones en el extremo de la estación. Nos colocamos junto a la pared, justo al lado del lugar donde se iba a detener ese segundo vagón.

Cada uno de ellos tenía cuatro puertas por cada lado, y nos colocamos junto a las que se encontraban más cerca del primer vagón. El siguiente tren silbó antes de detenerse. Cuando se abrieron las puertas vimos que solo había dos de los comerrayos, y Dónut y yo acabamos con ellos. La gata usó un proyectil mágico, y yo extendí el brazo hacia el tren y le di dos golpes directos y mortales a la cara de esa serpiente con melena. Entramos en el tren justo cuando se cerraron las puertas y nos pusimos de camino.

Eché un vistazo por el vagón de aquel tren de la línea amarilla. Era casi igual que el de la línea roja, pero la primera diferencia de la que me percaté fue que el grafiti estaba en inglés en lugar de estar en ruso. Los asientos daban al centro del vagón, como en el tren ruso, pero tenían un tapizado azul en lugar de marrón. También se diferenciaba en la colocación de los postes y en que los pasillos no eran tan anchos. Las puertas de los extremos del vagón eran iguales, y el lugar parecía tener la misma longitud.

Dónut y Katia pasaron unos instantes examinando la puerta que daba al primero de los vagones.

—Dice que necesitamos una llave de maquinista de la línea amarilla para abrirla —dijo Katia un momento después—. ¿Cómo crees que podríamos conseguir una?

—Supongo que tenemos que hacer salir al maquinista de alguna manera —dije—. Y luego se la quitamos. O eso o habrá que encontrar la forma de entrar en el vagón desde el exterior.

Cuando me acerqué para saquear el cadáver del comerrayos, la puerta que daba al tercer vagón empezó a abrirse.

—Mierda —dije mientras me echaba hacia atrás. Un grupo de cinco caneadores se dirigía a toda prisa hacia nosotros con las porras en ristre. Empezaron a gritar.

Tenía la esperanza de que esas cosas no supiesen abrir las puertas.

—Formación uno, chicos.

Era algo de lo que habíamos hablado y que habíamos practicado mientras nos preparábamos hacía un rato. Más que una jugada, podía llegar a considerarse una posición. Nos colocamos en paralelo con las puertas que daban al exterior. Dónut saltó sobre mi hombro mientras Mongo hacía lo propio en el espacio que había entre las sillas, dándole la espalda a la puerta. Se colocó a estribor, en la parte derecha del vagón, que estaba a mi izquierda porque yo estaba girado hacia la parte de atrás. En aquel lugar había toda una cuadrícula de postes que seguro protegería a Mongo. Katia se colocó en el lado opuesto, también en el pequeño espacio que había frente a la salida. Yo me quedé en el medio, pero di un paso atrás para crear una especie de zona mortífera con forma de V.

Creamos así un frente unificado que obligaba a las criaturas a acercarse a todos. Solo podrían atacar a uno o dos de los nuestros al mismo tiempo, pero quedaban expuestas a todo nuestro grupo. Los postes y los asideros siempre iban a ser un problema, pero mientras nos quedásemos en esa posición, los obstáculos del interior estorbarían más a los atacantes que a nosotros.

Ojalá hubiésemos pasado más tiempo practicándolo, porque no teníamos plan B. El conjuro Caparazón iba a tardar 19 horas más en recargarse. Negué con la cabeza y me di cuenta de todo el tiempo que habíamos ahorrado gracias a tener que dormir solo dos horas. Aun así, solo quedaban nueve días para encontrar una salida y no podíamos permitirnos perder el tiempo.

Katia cambió de forma mientras la miraba. Se volvió más baja, más achaparrada, mientras que los brazos se le volvieron más largos, con bultos en los antebrazos, lo que la hacía parecerse a una especie de Popeye enloquecido. El gesto se le torció en un rictus de dolor mientras ocurría. Sabía que, cuanto más rápido cambiaba de aspecto, más dolor sentía. Lo había estado practicando en la sala de entrenamiento. No tenía muy claro que fuese la forma más adecuada, pero era impresionante y asquerosa al mismo tiempo.

—Eso es, Mongo. Buen chico. No. ¡Eso no! Sí, así mejor. ¡Quieto! —gritaba Dónut para evitar que la mascota se abalanzase hacia delante. El dinosaurio había empezado a brincar a causa de la emoción, aullando de rabia al ver a los caneadores.

El entusiasmo de las criaturas por atacarnos se desvaneció en cinco segundos, entre que entraron en la estancia y vieron que se enfrentaban a un grupo que incluía un dinosaurio. La criatura que iba más adelantada se tambaleó al tropezarse con el cadáver del primer comerrayos. Recuperó la compostura poco después, pero terminó por caer al suelo al recibir el impacto de un proyectil mágico en toda la cabeza.

Las dos siguientes avanzaron hacia nosotros la una junto a la otra agitando las porras. Una intentó atacar a Mongo, pero el arma de madera con clavos chocó contra un poste cuando el dinosaurio se lanzó contra el monstruo con las patas por delante. La criatura acabó destripada antes incluso de que sintiésemos la vibración de la porra al chocar contra el metal.

En ese mismo momento, el otro monstruo intentó atacarme mientras Dónut lanzaba un par de proyectiles mágicos a los dos que había en la fila de detrás.

Katia se giró y detuvo el golpe con el brazo derecho. No lo colocó delante de la porra, sino detrás, agarrándola justo cuando empezaba a bajar hacia mí. La impulsó aún más con su movimiento y la hizo chocar a mi izquierda, lo que provocó que el caneador se tambalease. La criatura gruñó sorprendida. Katia apartó el brazo, momento en el que yo salté hacia delante con el puño preparado y golpeé directo en la cara a la criatura, que cayó al suelo. Un instante después le aplasté la cabeza. La mandíbula crujió como si estuviese hecha de cristal bajo la planta de mi pie.

Apareció una barra de vida sobre Katia, pero lo cierto es que no me dio la impresión de que hubiese perdido salud.

Los últimos dos monstruos estaban en el suelo, amontonados el uno sobre el otro. Ambos habían recibido el golpe de un proyectil mágico de Dónut, uno de los menos potentes. No estaban muertos. Activé mi nueva habilidad Garrazo y di un paso al frente antes de propinarles sendas patadas rápidas con las que les aplasté las cabezas.

—Eso ha sido asquerosísimo, Carl —comentó Dónut—. Cada vez que tus pies se hacen más fuertes, también aumenta la cantidad de sangre en los combates.

—¿Todo bien? —pregunté a Katia mientras me limpiaba el pie con uno de los postes de metal—. Has estado genial.

—La verdad es que no me ha dolido, pero sí que pica un poco —respondió mientras se frotaba el brazo—. Se me ha clavado uno de los pinchos, pero la mayoría ha chocado contra la parte de metal de mi brazo. La mayoría.

—Muy bien —dije—. Pero ten cuidado. He estado a punto de darte un puñetazo a ti en lugar de al monstruo.

—Sí. Hay que tener mucho cuidado en este lugar tan estrecho.

Entraron cuatro caneadores más en el vagón y cargaron hacia nosotros.

—Pues tengo buenas noticias: podemos practicarlo de nuevo —dije al tiempo que daba un paso atrás—. En formación otra vez.

5

Terminamos con el resto de los monstruos unos minutos después. Solo tuvimos que enfrentarnos a las criaturas que se encontraban dentro de los vagones números tres y cuatro. No sabía qué era lo que había en el vagón número cinco, pero al parecer no dejaba pasar a los monstruos que se encontraban en el seis. En el mapa, ese quinto vagón tenía una forma similar al de los conserjes, pero con una silueta extraña y cuadrada en el interior. Hubiese estado bien ir a comprobar qué era, pero no teníamos tiempo. Quedaban unos pocos minutos antes de llegar a la siguiente parada.

—Venga. Vamos a ello —dije.

Había preparado varias fortificaciones rápidas y amenazadoras para el vagón usando la mesa de trabajo de ingeniería. Tenía dos tipos de defensas: unas para las puertas exteriores y otras para las pasarelas. Había creado cuatro para las puertas y dos para las pasarelas, lo que con suerte nos permitiría aislarnos en un vagón mientras nos encargábamos de despejarlo. Eso mientras las puertas exteriores solo se abriesen por uno de los lados. Si llegábamos a una estación en la que se abriesen por ambos, íbamos a tener problemas.

«Llegando a la estación Canguro Fantasma —dijo la voz por el altavoz. Era similar a la del tren anterior, pero no del todo idéntica—. Es la estación número 84. Después llegaremos a la parada número 85, que es una parada de caverna de salida. Gracias por usar la Maraña».

Me acerqué a la pasarela y cerré la puerta que daba al vagón número tres. Saqué la enorme plancha de metal que tenía en el inventario. Había calculado el tamaño a la perfección. No tenía nada de bonito: no era más que un pedazo grande y rectangular de metal con los bordes redondeados que conseguí calzar en el hueco.

Antes había sido una de las pecheras de los espadachines, cuyo grosor había conseguido reducir a medio centímetro para así agrandarla. Era sólida y pesada de cojones. Lo más probable es que hiciesen falta cuatro humanos normales para levantarla. De no tener activa la ventaja de mis pies, podría aplastármelos sin problema si la dejaba caer en el lugar equivocado. La llamé el «bloqueo de la pasarela». La obstrucción era mucho más grande que cualquiera de las puertas y lo bastante ancha para que los monstruos no pudiesen colarse por los lados, a menos que fuesen muy pequeños. E, incluso de ser así, solo podrían hacerlo de uno en uno. Como podía guardar y sacar la plancha del inventario con facilidad, no era un verdadero impedimento para mí.

Después tocaba el bloqueo de las puertas exteriores. Eran unas cuñas altas que había creado alterando unos bancos de pesas. Había utilizado unas barras fijas, similares a los soportes que había usado para mi fortaleza modular portátil, que colocaba en unos agujeros que se hallaban en la parte alta, media y baja de cada una de las cuñas. Deslizamos las cuñas contra las puertas y luego colocamos las barras en los agujeros, entre los asideros que había cerca de la salida, lo que mantuvo las cuñas fijas pero algo sueltas. Me daba miedo hacerlas demasiado anchas, pero terminé haciéndolas demasiado estrechas. Iba a tener que añadirles algo para ajustarlas. O, mejor aún, lo que necesitaba en realidad era hacerme con un gato industrial o con unos puntales de apoyo, algo que se pudiese colocar y quitar con facilidad. Hasta entonces, tendríamos que aguantar con lo que teníamos.

Inspeccioné con nerviosismo las cuñas. Apoyé la mano en ellas y vi que se movían hacia delante y hacia atrás. En la línea roja, los asideros del vagón estaban colocados de forma diferente, por lo que mi diseño no era del todo perfecto, y un monstruo o dos podrían abrirse paso al interior en unos pocos segundos. Cuando tuviésemos un momento iba a tener que sacar la cinta métrica para ponerme a medir bien las dimensiones de las puertas, de las pasarelas y todo lo demás.

—Eso no parece muy estable, Carl —comentó Dónut al tiempo que el vagón volvía a detenerse.

—La verdad es que no —respondí.

En ese momento, vimos un nuevo tipo de monstruo en el andén. Eran grandes, de piel verde y con aspecto de pez. Solo había unos pocos, y ninguno parecía estar demasiado interesado en luchar. Podrían haberse definido como kua-tin de tamaño normal, pero de apariencia más monstruosa que los glíner. Todos tenían unos ojos enormes y de un blanco lechoso. Empezaron a colocarse en fila por el andén con parsimonia, y un par de esas criaturas quedó frente a las puertas del vagón número dos. No parecieron darse cuenta de que los estábamos examinando a través de las ventanas. Abrí sus propiedades.

> **Pezacuajos. Nivel 22.**
>
> **De todos los monstruos de la mitología prehistórica de los kua-tin, los pezacuajos son de los más amenazadores. Son fuertes, inteligentes y gigantescos, al menos comparados con los kua-tin. Eso quiere decir que son moderadamente resistentes, tontos como un saco de piedras y... bastante grandes, sí. También segregan ácido por los dedos, así que más te vale tener cuidado con eso.**

Parecía como si la IA estuviese enfadada con Borant. Me pregunté cuándo se le iba a pasar.

—Preparaos para expulsar a los que nos acaban de abordar —dije

Dónut gruñó.

—Sabes que no estamos en un barco, ¿verdad? Todo eso de babor, estribor y tu cháchara pirata molesta a Mongo, sobre todo porque la mayoría de las veces no tenemos ni idea de qué estás hablando.

Katia se rio. La puerta se deslizó para abrirse. A través de la ventana, vi cómo uno de los pezacuajos caminaba hacia la cuña, extendía el brazo y la tocaba con una de sus manos palmeadas.

Hasta ese momento, las criaturas parecían estar actuando de manera apática, algo que cambió en el momento en el que el monstruo se dio cuenta de que no podía subir a bordo. Empezó a gritar y a golpear con las manos la barricada. En la puerta siguiente, el segundo pezacuajo hacía lo propio. De hecho, ese segundo empezó a abalanzarse contra la puerta como si intentara derribarla. El que estaba más cerca de mí consiguió deslizar los brazos largos y verdes alrededor de la obstrucción y abrazarla. Ambos monstruos aullaron de rabia cuando las puertas empezaron a cerrarse un momento después.

Me acerqué a toda prisa y empujé la cuña para mantenerla en su sitio.

Las puertas no funcionaban como si fuesen unas de metro normales. Los brazos del monstruo quedaron cercenados en el momento en el que se oyó un crujido estruendoso. Las dos extremidades se precipitaron al suelo, y la sangre dejó un rastro siseante allá donde cayó.

—No —gritó Dónut a Mongo, que estaba a punto de comerse los brazos.

La otra puerta había matado al segundo pezacuajo, pero este había conseguido meter más partes de su cuerpo en el vagón. Había quedado partido por la mitad y dejado tras de sí un reguero de vísceras entre la cuña y la puerta. La parte de debajo de su cuerpo de pez seguía allí, unida a la puerta por el exterior. Cuando el tren empezó a moverse, quedó bloqueada contra la pared y dejó un rastro de sangre por todo el costado del vehículo.

Guardé los dos brazos en el inventario con cuidado y sin dejar de mirar la puerta.

Quedaban diez minutos para llegar a la parada número 85. No había oído estruendo alguno que viniese del vagón número tres, por lo que di por hecho que no se había subido en él ningún pezacuajo.

—Vayamos a ver qué hay en el vagón número cinco —comenté—. Quizá encontremos alguna pista que nos indique lo que tenemos que hacer.

Quité las fortificaciones en un momento y nos dirigimos hacia el vagón número tres, que estaba vacío, tal y como sospechaba. El cuatro estaba igual.

La puerta que daba al quinto era mucho más gruesa, pero estaba abierta. Era muy parecida a la que habíamos visto en el vagón número quince. En ella había un cartel que rezaba: PROHIBIDO ENTRAR. SOLO PARA EMPLEADOS DE LA MARAÑA. Titubeé antes de abrirla y echar un vistazo en el interior. Vi un punto blanco que indicaba la presencia de un PNJ, momento en el que me relajé y crucé el umbral.

Entrando en la sala de descanso de empleados.

Era una estancia abierta con varios bancos y mesas en una pared y una barra grande en la otra. En mitad del vagón vi lo que se me antojó como una habitación independiente que ocupaba una tercera parte del espacio total. El cartel que había sobre ella decía: CUARTO DEL REVISOR.

Había un enano sentado en la barra e inclinado sobre una bebida. Me dio la impresión de que llevaba allí bastante rato. Iba ataviado con un uniforme arrugado similar a los que llevaban los conserjes necrófagos.

Vernon. Revisor del tren de la línea amarilla. Enano. Nivel 32.

—Solo para empleados —comentó Vernon, sin molestarse siquiera en alzar la vista de la copa—. Los pasajeros no pueden entrar. Si queréis llegar a los otros vagones, vais a tener que salir y dar un rodeo en la siguiente parada.

—Eso no me parece muy eficiente, la verdad —indicó Dónut.

—¿Revisor? —pregunté. Señalé con el pulgar por encima del hombro—. ¿No deberías estar en ese otro vagón de ahí?

—Ese es el maquinista —respondió Vernon, que levantó la cabeza—. Yo no entro ahí y él no entra aquí. Mirad, chicos, no puedo dejaros pasar. Los monstruos siguen las normas y no entran. Si ellos pueden, seguro que vosotros también.

—¿Y entonces a qué te dedicas? —preguntó Dónut, que ignoró la insistencia del enano para que nos largásemos.

Vernon le dio un buen sorbo a la bebida.

—Me ocupo del tren y estoy a cargo de todos los empleados. Se supone que me dedico a eso, pero el maquinista no me hace caso, los conserjes intentan comerme y los maleteros parecen estar en su mundo. Es por eso, señora gata parlante, por lo que me dedico a quedarme aquí sentado y beber hasta que llegamos al final del trayecto. Y luego lo repito.

Dio un paso más hacia el interior de la estancia.

—Entonces, el tren va en círculos, ¿no? —pregunté.

—¿Maleteros? —preguntó Dónut—. ¿En un metro?

Vernon parpadeó y volvió a mirar a Dónut. Conocía muy bien esa mirada. «Ya estamos…».

—Majestad —dijo el revisor del tren, que se puso en pie a duras penas. La bebida salió despedida por los aires. El enano se puso firme y le dedicó un saludo militar—. Mis disculpas. No me había dado cuenta de que había una integrante de la realeza a bordo.

—No te preocupes —comentó Dónut, que pasó de inmediato a actuar como la realeza—. Sé que tienes un trabajo complicado, al tener que lidiar con esta chusma indecente.

—Sí que lo es, majestad. Es muy difícil. Bueno, ¿puedo hacer algo por vosotros?

En ese momento, nos interrumpieron dos puntos que entraron en el vagón desde el número seis. Era una pareja de conserjes jikininki, ambos con una escoba y un recogedor. Uno de ellos gemía entre dientes a medida que avanzaba. Las bocas no dejaban de movérseles, como pistones. Oía cómo les castañeteaban los dientes a pesar del traqueteo del metro. Clic, clic, clic, clic. Me estremecí.

—Joder —dijo Katia, que se colocó frente a mí. Yo extendí el brazo para detenerla.

Recordé la descripción, que decía que te dejarían en paz si tú hacías lo propio.

—Apartaos —dije—. Dejadlos pasar.

Nos presionamos contra la pared mientras los monstruos pasaban frente a nosotros. Mongo aulló de rabia, pero Dónut bufó al dinosaurio para que se portase bien. Los dos necrófagos ni siquiera se molestaron en mirarnos y siguieron avanzando por el tren.

—Tiene que haber algo sucio en los siguientes vagones —comentó Vernon—. Debería ir a ver.

—Vernon, lo cierto es que tenemos algunas preguntas sobre el tren —comentó Dónut—. Esperaba que pudieses respondérnoslas.

—Claro, majestad —respondió él—. ¿Qué preguntas?

Seguí hablando yo en lugar de Dónut.

—No me has respondido a lo de antes. ¿Este tren va en círculos? ¿Adónde va después de la última parada? ¿Pasa a otra línea diferente?

—Todo el mundo debe bajarse en la última parada. La 435 —respondió—. Es el fin del trayecto.

—Vernon —continuó Dónut—. ¿Por qué evitas la pregunta de Carl?

Me dio la impresión de que estaba a punto de salir corriendo, pero luego se puso en pie, empezó a caminar de un lado a otro de la barra y sacó lo que se me antojó como una jarra de aguardiente. Examiné rápidamente la botella y era del normal, no del caro de Beneficios Ya. Vernon le dio un trago y suspiró.

—Perdón, majestad. Solo sé lo que dicen los rumores. Lo cierto es que no lo recuerdo. Nos paramos en la estación 435 y luego todo se vuelve borroso. Y, de repente, aparezco en el andén de la estación 10, que en realidad es la playa de maniobras. Subo al tren y todo vuelve a empezar. Ni siquiera sé cuánto tiempo pasa entre una cosa y otra.

—Vaya —dije—. Eso es muy raro.

—Sí que lo es —continuó él—. A veces hablo con los demás en la playa de maniobras, pero nadie sabe nada. A todos les pasa igual. Siempre ha sido así.

Recordé el mapa de la línea Expreso de Pesadilla. Tenía una parada que era la 436, una más que la que supuestamente era el fin del trayecto.

—Dijiste que habías oído rumores, ¿verdad? ¿Qué dicen?

—Hay varios —respondió—. Algunos chicos comentan que estamos en un bucle temporal. Creo que pueden tener razón, aunque no del todo.

—¿A qué te refieres?

Nos enseñó el antebrazo, que tenía una cicatriz muy larga que lo recorría por completo.

—Me hice esto hace tiempo. Una ameba sesuda en la parada 354. La estación Chupacabra. Normalmente no salgo si están en la cabina, pero no la vi y fue a por mí. Empecé a sangrar mucho. Si esto fuese un bucle temporal, no hubiese tenido esta herida cuando volvimos a la playa de maniobras. Pero seguía ahí. Y si tengo hambre cuando llegamos al final del trayecto, la sigo teniendo cuando todo vuelve a empezar. Además, los pasajeros no siempre son los mismos. Sé que el tiempo va como tiene que ir. Más o menos. —Tamborileó con los dedos en la jarra de aguardiente—. Pero sí que he notado algo extraño. El tren en sí está en un bucle. Podría derramar esta botella de aguardiente en el suelo y volvería a su lugar en la estantería en el próximo trayecto.

—Entonces... ¿te desmayas, vuelves a la playa de maniobras y el tren se reinicia cada una de las veces? ¿Y el resto de los trabajadores, los zombis, el maquinista y los demás, si los hay?

—Cuando sucede, los únicos que estamos en la estación somos los maleteros y yo. Los necrófagos son diferentes cada una de las veces. Se suben en la estación número 12.

La estación 12 era una de las que tenía escaleras.

—¿Y el maquinista?
Se encogió de hombros.
—Es el mismo tío. Puede que se baje al mismo tiempo que yo, pero no estoy seguro. Siempre está en el tren cuando yo entro. Aunque a veces es alguien diferente, por lo que sé que tampoco están en un bucle.
—Todo esto es muy raro —comentó Katia—. ¿Y ese maquinista es un enano como tú?
—No, no es un enano —aseguró Vernon—. En realidad, nunca he visto a ninguno de ellos, pero por su voz diría que son humanos. Cada vez que empezamos el recorrido, apago los altavoces de este vagón para no oír su voz. Los humanos tienen unas voces que me dan dolor de cabeza.
—Qué me vas a contar —dijo Dónut.
—Ah. Otra cosa. Sobre el tren.
Vernon se metió la mano en el bolsillo de la chaqueta y sacó un fajo grueso de documentos. Lo soltó sobre la barra. Di un paso para acercarme y vi que el de arriba era un dibujo un tanto tosco de una enana.
—Es mi mujer —continuó—. Me lo hicieron antes de aceptar este trabajo. Siempre lo dejo junto a la cama en mi habitación. Pues un día me lo guardé en el bolsillo. —Señaló la pila—. Y terminó por pasar eso.
La siguiente hoja de papel tenía el mismo dibujo. Todas tenían el mismo dibujo. Había decenas.
—No puedo guardar tantos. Cada vez que me guardo el dibujo en el bolsillo y todo vuelve a empezar, sigo teniéndolo ahí, pero ha aparecido el original en mi habitación. Solo funciona con las cosas que estaban en el tren desde el primer día, incluyendo esta. —Sacó un saquito del otro bolsillo y al volcarlo cayeron de él varios cientos de monedas de oro—. Al empezar tenía diez de oro. Las había dejado en la mesilla de noche.
—¿Por qué no te marchas? —pregunté—. ¿Por qué no vas a casa la próxima vez que pases por la estación número 10?
Se encogió de hombros.
—No se puede decir que esté atrapado. Algunos de los chicos de la playa de maniobras se marchan y vuelven a casa. Yo voy a quedarme hasta que no pueda cargar con más oro, porque sé que en el momento que uno de esos cabrones descubra lo de mis diez

monedas, intentarán colarse en el tren. No pienso dejar que las manos sucias de otro enano grasiento me roben el suministro de oro mágico. Ni que tenga algo para saciar sus fantasías más depravadas. —Señaló el dibujo de su mujer—. Con cada viaje es como si me pagasen el equivalente de diez de ellos gracias al bucle. Terminaré por volver a casa con mi mujer. —Empezó a recoger las monedas de oro que había dejado caer—. Algún día.

—¿Tienes un mapa más detallado? —pregunté—. ¿Uno que abarque todo el sistema ferroviario?

Se rio entre dientes.

—¿Un mapa de toda la Maraña? No creo que exista algo así.

Sentí que el tren empezaba a frenar y oí una voz ahogada que venía de los altavoces de otro vagón. Íbamos a detenernos en la parada número 85.

Vernon alzó la vista.

—Los monstruos se están bajando. El siguiente tramo no es tan malo. Habrá carasierpes en la parada 86 y en la 87. Tienen el mismo aspecto, pero se pelean entre ellos. La estación 88 se llama Hombre Polilla, y en ella se suben unos pocos topitos desollados. Son muy incómodos de ver, pero son lentos. La siguiente es la 89, que es una estación de transbordo. Por allí pasan la estación amarilla y la índigo.

—¿La índigo? —preguntó Katia, que alzó la vista en ese momento—. Es donde están las Hijas. —Pero antes de que se me ocurriese una excusa para no pararnos allí, vi cómo se le agriaba el gesto—. Da igual. Ahora están en la línea Cielo Invernal.

—Esa no la conozco —comentó Vernon—. Hay demasiados colores.

—¿Cuántos? —pregunté.

Él se encogió de hombros.

—Se dice que miles, pero no tengo ni idea. Solo sé que hay muchos.

—¿Y los monstruos se bajan siempre cada cinco paradas? —continué.

—Sí. Pero no tengo ni idea de la razón. Ahora, se los ve bastante emocionados cuando lo hacen.

Este tipo era una fuente de información de valor incalculable. Sabía que nunca le hubiésemos sonsacado tanto de no haber contado con el Carisma excesivo de Dónut.

—¿Y los monstruos alguna vez se pasan de parada o se quedan en el tren?

Asintió.

—Lo he visto alguna que otra vez, sí. Si una de las bestias se pasa de parada, se suele bajar en la siguiente si puede hacerlo. Siempre entran en pánico cuando ocurre algo así. En una ocasión, un cabrónido de la estación 212 intentó formar parte del bucle. Se quedó hasta el fin del trayecto. Es la única vez que he visto que algo permanece en el tren.

—Entonces ¿esa criatura consiguió quedarse dentro del tren? —pregunté—. ¿Seguía allí cuando te volviste a subir?

—Más o menos —comentó Vernon—. Seguía su esqueleto. Pero no su piel ni su pelaje. No sé qué es lo que ocurrió después de la estación 435, pero fuese lo que fuese terminó por matarlo. Y lo dejó bien muerto.

—¿Cómo te comunicas con el maquinista? —dije.

El enano negó con la cabeza.

—No lo hago. Tengo una bocina para llamarlo en mi habitación, pero no funciona. Nunca responde.

—¿Y te has planteado alguna vez entrar ahí y hablar con él?

—Qué va. Eso está más cerrado que el ojete de un elfo. Hace falta la llave del maquinista para entrar.

—¿Y él sale alguna vez por su cuenta?

—Nunca lo he visto. Nunca he visto el interior del primer vagón, la verdad.

—¿Cómo podríamos hacer que saliese? —preguntó Katia.

—Que yo sepa, solo hay un maquinista que haya salido del tren en una ocasión —respondió el enano—. Y fue en circunstancias muy extremas.

—¿Qué circunstancias? —insistí.

—Un descarrilamiento.

Terminamos hablando con Vernon durante una hora más mientras el tren avanzaba por las vías a toda velocidad. Le preguntamos sobre el vagón número 10, que era el de los maleteros, pero lo único que nos dijo fue:

—Esos tíos están locos.

También le preguntamos sobre las líneas que no tenían nombre de color, como la Pesadilla, pero no sabía demasiado al respecto. Ahora, nos comentó algo interesante. Dijo que por todas las líneas con colores circulaban cientos de trenes al mismo tiempo, pero que creía que en las que tenían nombre solo circulaba un tren grande. No sabía mucho más sobre las vías ni sobre el sistema. Los trenes no se entrecruzaban con otros. Las vías eran como autopistas, con túneles que iban por debajo y por encima unos de otros. Le pregunté si había una manera segura de caminar por ellas, como un túnel de mantenimiento o una pasarela, pero se limitó a reírse.

Cada cinco paradas, el tren se vaciaba por completo de monstruos hasta la siguiente. Dónut, Mongo y yo decidimos ir a echar un vistazo al vagón de los maleteros después de la estación número 115. Habíamos pasado por muchas estaciones de transbordo, pero al parecer teníamos por delante un tramo en el que no iba a haber tantas, lo que nos daba tiempo para explorar. Según Vernon, los monstruos entrarían en los vagones 10 y 15 si se enteraban de que estábamos dentro, pero insistió en que nunca atacaban el vagón número 5 de ese tren. Aunque, cuando lo dijo, me fijé en que no parecía del todo seguro.

El tiempo que pasaba entre estaciones variaba mucho. A veces, estaban muy seguidas, cada uno o dos minutos. Otras, cada veinte. Nos enteramos de que el recorrido entero, desde la estación 11 hasta la 435 duraba tres días, lo que era alarmante. El instinto me decía que debíamos quedarnos lo más cerca posible de las escaleras, pero empezaba a sospechar que íbamos a necesitar llegar hasta el fin del trayecto para resolver nuestro problema. Y solo nos quedaban nueve días.

Lo bueno era que, si de verdad solo había un tren en la línea Expreso de Pesadilla, eso significaba que hacía su recorrido en forma de ocho en solo una hora y media. De esa manera, podíamos volver al lugar en el que habíamos empezado relativamente rápido si así lo decidíamos.

Dejamos a Katia con el revisor, quien le estaba contando todo lo que sabía sobre cada una de las estaciones. Se conocía a los monstruos de todos los andenes y las que eran estaciones de transbordo, pero lo más importante era que sabía los colores específicos y las líneas que conectaban con cada una de ellas. A su vez, Katia empezó a darle la información a Mordecai, quien se dedicaba a gruñir y a quejarse porque decía que parecía nuestro secretario. Aun así, hizo lo que tenía que hacer.

Nos quedaban diez minutos para ir a echar un vistazo al vagón de los maleteros. En la parada 116, había unos monstruos que Vernon había llamado cornetas. Tenían un ataque auditivo.

—Lo que necesitamos en realidad es encontrar a un jefe de barrio y matarlo —comentó Dónut mientras echábamos un vistazo al vagón número seis, que estaba vacío. Empezamos a correr hacia el siguiente—. Se supone que tienen mapas. Apuesto lo que sea a que, cuanto más grande sea el jefe, más grande será el mapa.

Tenía razón. Tan pronto como terminásemos de explorar el tren, nos bajaríamos en una de las paradas que no eran de transbordo para ponernos a buscar un jefe. Y si no lo encontrábamos, iríamos a explorar a una de esas misteriosas cinco estaciones.

—Oye —dije mientras avanzábamos por el tren—, ¿Katia te ha hablado de Hekla?

—¿A qué te refieres? —preguntó Dónut—. Yo misma le he dicho a Katia que le diga algunas cosas a Hekla. Tiene una patada ninja portentosa que usa antes de reventarte la cabeza con la ballesta. —En mi hombro, Dónut fingió dar una patada de kárate e hizo un ruidito en plan «¡Aiya!»—. Quería saber si el movimiento tenía nombre, porque me parece fantástico. Katia le preguntó, y Hekla dijo que iba a llamarlo «Patada Dónut». ¿No es magnífico?

—Ten cuidado, ¿vale? —dije—. Está bien compartir información sobre los trenes, pero no les cuentes a los mazmorreros demasiadas cosas sobre nosotros. Y menos el lugar donde nos encontramos.

—¿Por qué no?

Titubeé. No quería decirle cuál era la verdadera razón por la que estaba preocupado.

—Ahora les han puesto precio a nuestras cabezas, Dónut. Tenemos que tener cuidado. Hasta con Hekla.

Me dio la impresión de que Dónut estaba a punto de objetar, pero no dijo nada.

El cartel sobre el vagón número diez rezaba: SOLO MALETEROS. TOQUE PARA SER ATENDIDO. Intenté deslizar la puerta para abrirla, pero estaba cerrada. No mágicamente como la de la locomotora, al menos. No parecía muy robusta, por lo que supuse que, llegado el caso, podría forzarla.

—¿La rompo o tocamos? —pregunté.

—No hay necesidad de ser maleducado, Carl. Toca —respondió la gata.

Toqué, momento en el que la parte superior de la puerta se deslizó rápidamente y me hizo dar un brinco que casi me hace caer al suelo. El rostro enorme de un PNJ me fulminó con la mirada.

¡Has descubierto la sala de recompensas de la línea amarilla! Solo se puede obtener un premio por mazmorrero y por línea.

Dónut soltó un grito ahogado de la sorpresa. La última sala de recompensas que habíamos encontrado era el lugar donde habíamos conseguido a Mongo.

La criatura grande y de cara redonda sonrió a la gata, que seguía sobre mi hombro. Me recordaba a Lurch, de *La familia Addams*, pero con el rostro más ancho y pálido y un cabello que parecía musgo podrido. Llevaba ese uniforme que ya nos resultaba habitual y un gorro con la palabra «Maletero».

Pierre. Agarrador. Maletero de la línea amarilla. Nivel 25.

Se trata de un PNJ no combatiente.

Un agarrador es un gigante de toda la vida cuatro veces más bajo de lo normal. Hace siglos, cuando los altos elfos descubrieron lo serviles que eran los gigantes de las colinas, decidieron de inmediato capturar y esclavizar por completo a la especie. El problema con los gigantes de las colinas es que son grandes de cojones y no tienen las habilidades motrices lo bastante desarrolladas como para manipular una vajilla. Es por eso por lo que los altos elfos implementaron un sistema de reproducción que cruzaba dicha especie con los ógridos vegetales, que eran casi igual de serviles. Luego fueron seleccionando a los más serviles de su descendencia y sacrificando al resto. Estos mestizos semigigantes siguieron cruzándose con humanos muy grandes hasta crear la especie de esclavos que hoy se conoce como agarradores. Estos sirvientes son muy comunes en todo el universo, pero requieren una supervisión muy estrecha. Si los dejas solos durante demasiado tiempo, suelen volverse muy... impredecibles.

—¿En qué os puedo ayudar? —preguntó Pierre el maletero. Hablaba despacio, con un tono de voz cavernoso.

—¿Dónde está nuestra recompensa? —exigió saber Dónut antes de que a mí se me ocurriese qué decir.

No era lo que esperaba. Por encima del hombro de Pierre, vi una habitación llena de estanterías. En cada una de ellas había hileras de maletas. En el extremo del vagón distinguí a otro maletero agarrador, apoyado contra la puerta que llevaba hasta el vagón número once.

Solo quedaban cinco minutos para llegar a la siguiente parada.

—¿Cuál es el número de vuestra maleta?

Tienes que elegir un número entre 1 y 200. Solo lo puedes hacer una vez.

—¡Yo tengo la maleta número ocho! —comentó la gata, con emoción en la voz—. Y mi amiga Katia dice que tiene la número doce.

—Tu amiga tendrá que venir a recoger la suya —comentó el maletero. Después se giró hacia mí—. ¿Qué número tienes tú?

—Yo la número uno —respondí.

—Muy bien —comentó la criatura. Se dio la vuelta y avanzó por las estanterías para luego sacar dos maletas. La número uno era una negra y con ruedas, mientras que la de Dónut era una grande estampada con flores que parecía sacada directamente de los años sesenta.

—Esto es como el concurso ese. *¡Allá tú!* —comentó Dónut—. ¡Ahora tenemos que volver a la línea roja y conseguir el premio de ese tren!

—Tomad. Que tengáis un buen día —comentó el maletero mientras nos entregaba las maletas. Yo agarré ambas una a una. La mitad de la puerta se cerró con un estruendo y nos dejó solos en la pasarela.

Intenté guardar las maletas en el inventario, pero recibí un mensaje de error.

Las maletas de premio deben abrirse antes de guardarse en el inventario.

—¡Pues vamos a abrirlas! —dijo Dónut.

Agarré una con cada mano.

—Aquí no. Volvamos. Tenemos que darnos prisa.

Nos dimos la vuelta y aceleramos el paso hasta llegar al vagón número cinco. Quería asegurarme de que llegásemos a la habitación del revisor antes de que nos viesen los monstruos de la siguiente estación. Llegamos justo a tiempo.

Katia y Vernon alzaron la vista cuando entramos.

Vernon negó con la cabeza.

—Esos malditos agarradores siempre mezclando los equipajes de la gente.

—¡Tenemos que volver para hacernos con la maleta de Katia! —comentó Dónut.

Yo solté la mía sobre el mostrador que había junto a la jarra de aguardiente. No era una caja de botín que se abriese mágicamente, sino que tenía que usar la cremallera. Tiré de ella, rodeé la maleta para abrirla, levanté la parte superior y eché un vistazo.

—¿Qué hay? ¿Qué hay? —preguntó Dónut.

Extendí el brazo hacia el interior y saqué una prenda de lencería roja. La maleta estaba llena de ropa de mujer, tacones de aguja y algunos folletos con cosas que se podían hacer en Delaware.

—Es la maleta de otra persona —dije—. No es un premio de verdad.

—Espera. ¿Qué es eso? —preguntó la gata mientras señalaba un bulto que había en uno de los bolsillos.

Lo abrí y saqué tres pociones. Dos de maná y una nueva.

Poción de invisibilidad.
¿A que no sabes lo que hace?

—Joder, sí —dije. Ahora me dejaba guardarlo todo en el inventario, incluyendo la maleta y la ropa.

Sentí cómo el tren empezaba a frenar al fin mientras llegábamos a la estación número 116. Oí que resonaba el anuncio, pero se oía demasiado ahogado desde el lugar donde nos encontrábamos. Me pareció escuchar que la estación se llamaba Banshee.

—¡Abre la mía! ¡Abre la mía! —dijo Dónut, que empezó a brincar sobre mi hombro. Coloqué su maleta sobre el mostrador. Katia y Vernon dejaron de hablar y me miraron mientras abría la cremallera.

¿SEGURO QUE QUIERES HACER ESO, COLEGUITA?

Era una notificación de un tipo que no había visto hasta ahora. Me sorprendió lo suficiente como para dejar de abrir la maleta y dar un paso atrás.

Más tarde descubriría que se trataba de mi habilidad Encontrar trampas activándose por primera vez, pero en ese momento no tenía ni idea de lo que estaba pasando. Luego me fijé en la maleta.

Solo había abierto la cremallera unos pocos centímetros, pero era suficiente. Comenzaron a brotar unas hormigas rojas de fuego, que cubrieron el mostrador y empezaron a dirigirse hacia nosotros. Los dibujos de la mujer de Vernon estaban junto a la maleta y estallaron en llamas cuando las hormigas se acercaron a ellos.

Hormigas de fuego, pero literal. Nivel 1.

Se trata de un monstruo trampa.

Son parecidas a las hormigas de fuego normales, pero tienen más entusiasmo. Además, te odian y quieren que te mueras. Se les da muy bien conseguirlo, por cierto.

No dejaban de salir de la maleta, que ya había empezado a arder. Tal y como decía la descripción, eran hormigas de fuego normales, pero tomándose lo de «de fuego» de forma muy literal. De repente, habían aparecido miles de ellas, más de las que podrían haber cabido en el equipaje, en realidad. Eran rápidas. Todos pegamos un brinco hacia atrás mientras la marabunta se extendía y terminaba por cubrir la barra en cuestión de segundos. Las llamas brotaban allá por donde pasaban los insectos. Un humo negro empezó a apoderarse del ambiente.

La jarra de aguardiente que había en el mostrador, en mitad del fuego, parpadeó antes de que apareciese sobre ella una notificación. EXPLOSIÓN INMINENTE. Vi una cuenta atrás en números rojos.

—Mierda. ¡Corred! —dije.

El aguardiente explotó y desperdigó un líquido llameante por toda la estancia. Katia cayó al suelo, y Mongo graznó de dolor. El techo y las paredes quedaron cubiertos de llamas de repente, y había hormigas por todas partes.

—Joder —grité dolorido mientras me daba tortas en la cara.

—¡Estoy que ardo! ¡Ayuda! ¡Estoy que ardo! —gritó Dónut, con voz aguda y muy asustada. La agarré y empecé a apagarle las llamas de la cola, lo que hizo que me quemase la mano aún más. Tenía dos pequeñas hormigas encima, que aplasté entre los dedos.

—¡Vamos, vamos! —grité mientras señalaba en dirección a la puerta delantera y las hormigas se abalanzaban hacia nosotros. La salud de Katia había bajado mucho más de lo que esperaba.

«No nos estamos moviendo. El tren se ha parado en la estación. No tiene la bonificación por impulso».

Mongo brilló mientras se afanaba por ponerse en pie. Dónut le acababa de lanzar el conjuro Sanar criatura. Aulló de miedo. Todos nos dimos la vuelta y empezamos a correr hacia la puerta.

Vernon gritó. Miré por encima del hombro y vi que una oleada de llamas se dirigía hacia él. Y luego desapareció sin más. Una marabunta imposible de hormigas cubría las paredes y el suelo. Más explosiones resonaron detrás de la barra cuando las botellas empezaron a estallar.

Entramos a toda prisa en el vagón número cuatro. Tres monstruos altos y aterradores se giraron hacia nosotros al oírnos. Eran liebres desolladas, sin ojos y de tamaño humano que caminaban sobre dos patas. Pertenecían a la estación Banshee y acababan de subirse al tren.

Las puertas seguían abiertas, pero iban a cerrarse en cualquier momento.

—¡Fuera! ¡Salid al andén! —grité. No había soltado a Dónut.

Teníamos cerca la primera de las puertas, y la atravesé de un salto con la esperanza de que los demás también consiguiesen hacerlo a tiempo. Mongo y Katia saltaron justo antes de que se cerrasen.

El andén estaba vacío. Todos los monstruos con forma de conejo, los cornetas, se habían subido al tren. Los tres del vagón número cuatro se dieron la vuelta y giraron hacia nosotros sus cabezas sin ojos mientras el tren empezaba a moverse. Contemplamos horrorizados cómo las criaturas quedaban envueltas una a una en esas llamas insidiosas e imparables.

Permanecimos en silencio mientras el tren aceleraba hasta desaparecer por el túnel. No dejaba de oír los gritos aterrados de Vernon en la distancia.

—Ha sido el peor premio del mundo —dijo Dónut.

6

ESTACIÓN BANSHEE 116. LÍNEA AMARILLA.

A diferencia de los andenes anteriores, en este había varias salidas. Cuando se alejó el tren, aparecieron más puntos rojos dirigiéndose hacia la estación. Eran monstruos preparándose para cuando llegase el siguiente, que estaría por el lugar en unos diez minutos.

—Veo todo el mapa —comentó Katia—. No es demasiado grande. Hay muchos túneles serpenteantes y cuatro estancias grandes. Una parece una sala de jefe como las que había en el primer piso. No hay estancias seguras. Aunque sí que veo dos baños. Qué raro. No hay ninguno en los trenes.

—Por este túnel —indicó Dónut, que señaló uno que había cerca del final del andén—. No veo que haya monstruos.

Corrimos hacia el pasadizo, que era poco más que una cueva de roca de poca altura. Una gotas de agua caían del techo. Dónut activó el conjuro Antorcha.

Esperamos un minuto mientras recuperábamos el aliento. Detrás de nosotros, varios de esos conejos desollados empezaron a llegar a la estación. Los oía a pesar de la distancia. Emitían un canturreo extraño.

—Tiene que haber muchísimos de esos cornetas por aquí —comenté—. Los monstruos se suben en todos los trenes, cada diez minutos y durante todo el día. No pararán de llegar.

—La estación es grande, pero tampoco a ese nivel —dijo Katia.

—Pues hay dos opciones: o vuelven aquí después de bajarse en la estación 120 o el sistema no deja de crear más de esas cosas.

Recordé las larvas berrendas del segundo piso. Se creaban dependiendo de la demanda. Pero, según Mordecai, aquello era algo que solo se hacía con las criaturas limpiadoras. El resto de los enemigos tenían un número limitado. Una vez los matabas, no volvían a aparecer.

—Pobre Vernon —dijo Katia—. Ha sido horrible. Estaba ahorrando dinero para comprarle una casa nueva a su mujer.

—Sí, sí. Y encima esos bichos han quemado mi premio —continuó Dónut—. No es justo.

—No tenía esposa —dije—. Y tampoco había premio. El premio eran las hormigas, Dónut. Supongo que hemos de tener más cuidado con las trampas a partir de ahora. Tengo que encontrar la manera de entrenar mi habilidad Encontrar trampas. Me advirtió, pero demasiado tarde. La ventaja del kit de pedicura me da unos pocos segundos adicionales si la trampa se activa con los pies, pero obviamente hay más tipos de trampas.

—¿A qué te refieres? ¿Cómo que no tenía esposa? —preguntó Katia—. ¿Estaba mintiendo?

—No —respondí—. Él cree, o creía, que tenía esposa. Este piso solo lleva abierto un día. Es probable que antes fuese un enano que estaba haciendo otra cosa relacionada con la temática que tuviese el cuarto piso de la mazmorra anterior. Cuando se generan estos lugares, los PNJ reciben recuerdos artificiales. Todo forma parte de la historia. Es muy probable que este piso gire en torno a los trenes. Dijo que podía volver a casa, pero ¿dónde está ese lugar? Tampoco tenía casa. Ni mujer. Es horrible porque, en realidad, no son programas informáticos. Son criaturas vivas que creen que este es el mundo real.

—Nunca lo había visto así… —dijo Katia—. Es… Es aterrador.

—Bueno, ¿qué plan tenemos? —preguntó Dónut. Seguía en mi hombro y extendió una pata para tocar una de las paredes de la cueva. Estaba viscosa y frunció el ceño—. Este lugar es repugnante.

Me quedé pensando unos instantes.

—Ya que estamos aquí, creo que deberíamos ir a la sala del jefe si podemos. Quizá descubramos cómo es que siempre hay criaturas suficientes para subir al tren. Al igual que con los PNJ, pueden crearlas, darles un trasfondo y liberarlas, pero no son robots. Tiene que haber una razón por la que suben al tren para luego bajarse. Cuanto más sepamos de este lugar, más oportunidades tendremos de descubrir cómo salir de aquí.

Primero, teníamos que descubrir a qué íbamos a enfrentarnos

en esta estación. Le dije a Dónut que buscase un túnel donde solo hubiese uno de esos cornetas para enfrentarnos a la criatura.

Los monstruos no dejaban de llegar al andén desde las estancias más alejadas. La habilidad recién mejorada de la gata para ver a las criaturas en el mapa funcionaba bien, pero no llegaba tan lejos. Ojalá hubiese habido alguna forma de combinar el mapa grande de Katia, la capacidad de Dónut de ver a las criaturas en él y la mía para encontrar las trampas, todo en una única interfaz.

—Veo a uno que avanza solo por un túnel —comentó Dónut—. Está por ahí, doblando unas pocas esquinas.

Nos dirigimos hacia el monstruo.

Zev: ¡Hola, chicos! Cuánto tiempo.

Dónut: ¡HOLA, ZEV!

Zev: Sé que estáis ocupados, pero quería ver cómo os iba todo. Yo sigo negociando vuestra entrevista de mitad de piso. Va a depender en gran medida de lo que ocurra con la puja de patrocinio. La cosa está bastante intensa. Y pasa lo mismo con las dos cajas de aficionado que tenéis pendientes.

Dónut: ¿HAS VISTO QUE ESTAMOS EN EL TOP 10?

Zev: Claro que lo he visto. Mirad, os escribo porque quería deciros algo rápido mientras pueda.

Carl: Suéltalo.

Zev: Es sobre Katia.

Dejé de avanzar por el pasadizo. Levanté la mano para que los demás se detuviesen.

—¿Qué pasa? —preguntó Katia.

—Espera un momento —dije—. Estamos hablando de algo importante con nuestra relaciones públicas.

—¿Ahora? ¿En serio?

En ese momento, el monstruo apareció en mi mapa. Estaba al doblar la esquina y se había detenido en mitad del túnel. Oía ese canturreo extraño, pero también otro ruido. Un clinc, clinc, clinc que no sabía muy bien qué era.

Dónut: ¿QUÉ PASA CON KATIA?

Zev: Es aburrida. A la gente no le gusta. Oddete se ha quejado de lo deslucida que ha sido su participación en la entrevista, y los

túneles de comunicación están llenos de gente que espera que muera pronto para que os volváis a quedar solos. Tenéis que echarla o conseguir que sea más interesante. Decidle que le dé algo de vidilla a su participación. Podría hacerse una cresta en el pelo o algo así. No tengo permitido enviarle un mensaje directamente, pero podría hablar con ella cara a cara después de vuestra próxima entrevista, si os parece bien.

Carl: ¿Estás de coña o qué?

Dónut: QUIZÁ LA COSA MEJORARÍA SI TUVIESE UN ASPECTO MÁS SEXI. PODRÍA HACERSE LAS TETAS MÁS GRANDES O ALGO ASÍ, COMO ODETTE.

Zev: Pues eso, que tenéis que hacer algo. ¿De qué sirve incluir a un nuevo personaje si no sirve para nada? Es como cuando April empezó a salir en *Las chicas Gilmore*, pero peor.

Dónut: OH, NO. TENGO QUE AYUDARLA.

Zev: Si a la gente no le gusta, dejarán de veros. Si dejan de veros, tendréis menos visualizaciones. Y si tenéis menos visualizaciones, conseguiréis menos premios en las cajas de aficionado y menos patrocinadores. Y hemos empezado hace poco con los premios de aficionados y patrocinadores.

Carl: Es tímida y está muy agobiada, como todos. No podemos hacer que cambie de un día para otro.

Dónut: CLARO QUE PODEMOS. MIRA ESTO.

—Tienes que dejarte una cresta —le dijo Dónut a Katia—. Y también necesitas una frase pegadiza. A Carl le ha ido muy bien.

—Cagondiós, Dónut —dije. Me arrepentí de haberlo dicho justo cuando las palabras brotaron de entre mis labios.

—¿A qué te refieres? —preguntó Katia. Extendió el brazo y se tocó el cabello rubio. Había conseguido que pareciese mucho más natural. Antes, los pelos eran mucho más gruesos, como si fuesen los de una muñeca. También tenía un rostro mucho más natural que antes. Ya no parecía la víctima de un incendio, sino más bien alguien que se había hecho muchas operaciones de cirugía estética. Como la madre de Bea.

—No se refiere a nada —dije al instante—. Ahora mismo, no es importante.

—Sí que lo es, Carl. No deberíamos evitar conversaciones solo porque sean incómodas. Zev cree que para quedarte con nosotros tienes que ser más... dinámica.

—¿Más dinámica? —preguntó Katia—. ¿Ha dicho que soy aburrida?

—No —mintió Dónut—. Solo cree que conseguirás más seguidores si le das a los espectadores algo que les guste. No es nada malo, pero la gente tiene que conocerte mejor. Tienes que conseguir que tengan ganas de verte.

—Mis visualizaciones están más altas que nunca. Tengo casi diez mil millones de seguidores. No tenía prácticamente ninguno cuando me uní a vuestro grupo.

—Mira, cielito... —continuó la gata—. Eso está bien. Mucho..., pero son números de principiante. Yo tengo más de setecientos billones.

Suspiró. Al menos Dónut estaba siendo diplomática.

—Mirad, ahora no es el momento de esto... Joder.

El monstruo conejo tenía que habernos oído hablando. Empezó a moverse en nuestra dirección. Mongo gruñó.

—Bueno. Se acabó. Formación dos.

El pasadizo era lo bastante ancho como para que nos colocásemos el uno al lado del otro. La formación dos era similar a la formación uno, pero yo me colocaba en el centro en este caso. Dónut tenía que quedarse sobre mi hombro, pero se bajaría en el momento en el que yo me acercase al monstruo. Mongo, Katia y yo íbamos a cargar al mismo tiempo, mientras que la gata se quedaría en la retaguardia. El dinosaurio se colocó a mi izquierda, y Katia hizo lo propio en posición defensiva a mi derecha.

La criatura, que era muy alta, dobló la esquina. Caminaba sobre dos patas, pero estaba encorvada hacia delante. El cuerpo rojo y desollado parecía húmedo. Las orejas de conejo eran absurdamente largas y llegaban hasta el techo. No tenía ojos, solo una boca gigantesca llena de dientes. El cuerpo entero le canturreaba, un sonido que se intensificaba cada vez más.

—Dios —dije. Esa cosa era muy desagradable a la vista. Tenía brazos con dedos parecidos a los de una persona. Sostenía un vial de poción en la mano, que cayó al suelo con un tintineo.

—Se acaba de beber una poción —dije—. ¡Cuidado!

Corneta roja. Nivel 21.

«Bueno, ¿qué esperaban? ¿Un final de telenovela o qué?».

Los cornetas son una forma inferior del lepus, que es una de las especies más comunes y extendidas por todo el universo conocido. Durante los primeros años de la expansión del Imperio Calavera, el caudillo de uno de los sistemas empezó a obsesionarse con un plato llamado lepus hasenpfeffer, lo que contribuyó a que los lepus de su planeta estuviesen a punto de extinguirse debido a la caza. Un grupo de las criaturas escapó a un sistema de cuevas enormes y oscuras del planeta y desapareció durante varios miles de años.

Esta forma inferior de los lepus perdió la visión, pero desarrolló un sistema de ecolocalización rudimentario con el que atacar. No suelen ir por ahí sin piel, pero creímos que eso los haría asquerosos de cojones.

Dónut lanzó dos proyectiles mágicos a la criatura y la tiró al suelo. El conejo gritó y el zumbido se incrementó. La criatura hizo todo lo posible por alejarse, casi muerta. Las dos orejas le cayeron hacia atrás, y sentí de repente cómo las náuseas se apoderaban de mí. Empecé a ver doble y me empezaron a pitar los oídos. Caí de rodillas al momento, sin saber bien la razón. No era capaz de moverme. Vomité la hamburguesa y las patatas fritas en el suelo.

¡Te has quedado revuelto!

Un momento después, dejé de sentirme mal. Gruñí y alcé la vista. El corneta estaba muerto y Mongo se había colocado sobre la criatura para destriparla. Dónut y Katia también se habían sentido indispuestas. El dinosaurio no parecía haberse visto afectado.

Volví a gruñir, ya que parecía la respuesta más apropiada después de haberme quedado indispuesto tan de repente, y me aparté del vómito. Miré al dinosaurio, quien devoraba a la criatura desollada con alegría. Había soltado unas pocas monedas de oro y ya. Mongo graznaba feliz mientras comía.

—¿Cómo es que estás bien si siempre eres el primero en ponerte malo?

Gruñí otra vez. Dios, cómo odiaba vomitar.

Carl: Mordecai, nos acabamos de enfrentar a un conejo que va a dos patas y que nos hace vomitar. La desventaja se llama Revuelto. ¿Cómo la evitamos?

Mordecai: Suele darse con ataques auditivos. Y los tapones para los oídos no funcionan. Os puedo preparar una poción que anula el estado, pero de poco os servirá ahora. ¿Dónut y Mongo se han visto afectados?

Miré a la gata, que se había vomitado toda la cara. Había empezado a lamerse la pata para limpiarse el hocico.

Carl: Dónut sí. Mongo no.

Mordecai: Muy bien. Francamente, no sé cómo funcionan ese tipo de ataques. No son mágicos, sino que son algo físico, pero solo afectan a algunas anatomías. Mongo va a tener que ir delante. Las buenas noticias son que tu cuerpo no tarda en crear una resistencia natural a ellos. Es algo real que existe fuera de la mazmorra y que sirve para incapacitar a las presas. Os aconsejo que luchéis contra algunas más de esas cosas en pequeños grupos, hasta que veáis que deja de afectaros. Es probable que recibáis una notificación de habilidad llamada Resistencia a revuelto, o algo así.

—Uf... —dije—. Esto va a ser muy desagradable.

—¿Qué hacemos con esto? —preguntó Katia. Cogió el vial vacío que el monstruo había tirado al suelo.

—Tíralo hacia aquí —dije.

No era un vial normal de poción, ya que esos solían desaparecer en una nube de humo al usarse. Pero tenía la misma forma y el mismo tamaño. Había un poco de líquido dorado en el fondo, menos de la mitad de una gota. Le di la vuelta, pero el líquido no cayó al suelo de inmediato. Era espeso como la miel.

Vial usado.

Sabía que si conseguía que el líquido se acercase al borde del vial, podría hacer que el sistema me diese una descripción. Lo guardé en el inventario y luego lo volví a sacar. No funcionó. Después le di unos golpecitos contra la pared de roca para hacer que se derramase. Clic. Clic.

Era el mismo sonido que había oído antes. El corneta roja había intentado hacer lo mismo. Qué raro. Ahora tenía más ganas aún de saber qué era lo que había ahí dentro.

Le di un golpe al vial con la fuerza suficiente como para romper el cristal. Crac. Justo cuando se resquebrajó, desapareció por completo, que era lo mismo que pasaba con las pociones. No quedó ni rastro del líquido.

—Mierda —dije.

Nos pasamos las horas siguientes entrenando la habilidad Resistencia a revuelto, mientras avanzábamos poco a poco en dirección a la sala del jefe que había al fondo de aquel sistema de cuevas. Mongo consiguió llegar a nivel 14, lo que hizo que creciese unos quince centímetros de alto y unos treinta de largo. Solo quedaba un nivel para que alcanzase su tamaño máximo. Katia llegó a nivel 22. Dónut y yo también estábamos a punto de subir, pero la cosa iba lenta porque eran monstruos de poco nivel.

Yo también intenté practicar con mi conjuro Miedo, que tenía abandonado, y activé el añadido de fuego y rayo para mi guantelete que me proporcionaba Empotrador, aunque no llegué a usarlo. Mientras, Dónut se dedicó a entrenar los conjuros Segunda oportunidad, Triplicado mecánico y Agujero, que era nuevo y que lo único que hacía era crear un agujerito circular y temporal de tres centímetros en las paredes. No funcionaba directamente sobre las criaturas.

A Mongo cada vez se le daba mejor matarlas solo, a pesar de tener mucho menos nivel. Los cornetas tardaban mucho en reaccionar una vez doblaban las esquinas y, cuando lo hacían a tiempo, siempre usaban primero ese ataque que provocaba náuseas. Cuando se daban cuenta de que el dinosaurio era inmune, ya tenían a Mongo encima destripándolos. Si se veían afectados por mi conjuro Miedo, se daban la vuelta para empezar a huir, pero Mongo era más rápido.

Y en lo referente al botín, los monstruos eran todo un fiasco. La mayoría soltaron unas pocas monedas y, a veces, carne de corneta u órganos aleatorios, que añadimos a los suministros para la mesa de alquimia. Mordecai nos había comentado en una ocasión que la mayoría de los monstruos no iban a soltarnos buen botín en los primeros pisos. Las cosas buenas estaban en las cajas y no en los cadáveres. Eso es algo que iba a cambiar cuando llegásemos al sexto piso y comenzásemos a enfrentarnos a oponentes mejor equipados.

Los tres recibimos la notificación de que nos habíamos vuelto inmunes a la desventaja Revuelto al mismo tiempo, después de que nos afectase más de diez veces en menos de una hora. Para entonces, ya había vomitado hasta la última gota de lo que tenía en el estómago.

Los cornetas rojas se movían usando un patrón predecible. Todos parecían venir de una parte del túnel que era un callejón sin salida. Desde allí, se dirigían hacia una de las tres estancias grandes para luego abandonarla y dirigirse hacia la estación de tren.

Lo que creíamos que era la sala del jefe se encontraba en una zona separada que había en el otro extremo de los túneles. Era aún mayor y solo había una forma de llegar hasta ella, lo que me ponía muy nervioso. La capacidad de Dónut de sentir las criaturas a distancia, que yo había empezado a llamar «visión monstruosa» no funcionaba en aquella zona cerrada, lo que me hacía dudar aún más. Preparé unas pocas bombas de humo y otros explosivos por si teníamos que retirarnos a toda prisa.

—Allá vamos —dije mientras entrábamos en el pasillo largo que daba a esa estancia grande del fondo. El sistema de cuevas pasaba a convertirse en un pasillo largo y normal hecho de bloques de hormigón, irregular e inacabado. A su vez, el suelo también estaba hecho de hormigón, pero liso en ese caso.

Nos acercamos despacio al lugar y no vimos ni oímos señal alguna de los cornetas. Las puertas dobles metálicas me recordaron a las entradas similares que habíamos visto en otras partes de la mazmorra, sobre todo a las de la arena de combate kobold. Eran puertas parecidas a las de un granero hechas para que las cruzase algo grande.

No había ni rastro ni pista alguna de lo que nos íbamos a encontrar, algo que no era muy habitual para tratarse de la sala de un jefe. Pegué la oreja a las puertas y no oí nada en el interior. Tenía miedo de que, al abrirlas, algo se abalanzase hacia nosotros, así que me preparé para saltar a un lado.

Sentí un zumbido háptico que me resultaba familiar y bajé la vista, momento en el que me sorprendí al ver un círculo reluciente justo bajo mis pies.

—Atrás, atrás —dije al tiempo que saltaba fuera del símbolo, como si estuviese dentro de un fogón.

—¿Qué pasa? —siseó Dónut, que empezó a mirar a su alrededor con desesperación.

No ocurrió nada. Miré el círculo brillante, pero no se abrió ninguna ventana emergente. Parecía algo propio de un ritual satánico mezclado con el texto del Anillo Único de Frodo. Era un círculo con unas letras extrañas que recorrían el borde exterior y un triángulo grande en el centro. El símbolo brillaba de color azul.

—¿Qué es esta cosa? —pregunté. Extendí el brazo entre titubeos y pasé la mano por encima. Tenía miedo de que fuese una trampa, pero no pareció activar el aviso de mi habilidad para detectarlas. Tampoco había información alguna sobre dicho símbolo. Había aparecido justo cuando había mirado hacia allí.

—¿El qué? —preguntó Katia, que bajó la vista.

—¿No lo veis?

—Ahí no hay nada, Carl —aseguró Dónut.

Envié un mensaje a Mordecai describiéndole el símbolo.

> **MORDECAI: Es un sello de control. Solo puedes verlo tú gracias a tu habilidad Plan de huida. Los usan principalmente los programas secundarios, como *Venganza de la hija*. Pero a veces también los creadores de la mazmorra. No sé mucho sobre esas cosas, pero sí que sé que se dice que están programados con torpeza porque son fáciles de piratear. Los sellos se usan para muchas cosas, pero sobre todo para controlar las puertas. Pueden evitar que un tipo de criatura específica los atraviese. Los productores son quienes pueden apagarlos, no la IA de la mazmorra, y esa es una de las razones principales por las que los usan. Si lo ves azul, significa que está activado. A ti no te afectará en nada.**
>
> **CARL: ¿Hay alguna forma de que los usen los mazmorreros?**
>
> **MORDECAI: No. No directamente. Hay otro tipo de sellos de aspecto similar y que funcionan casi de la misma manera, pero es un tipo de magia que nunca podrás usar debido a su coste de maná. Quizá Dónut sí.**

Después de esperar unos pocos minutos más, decidimos continuar y entrar en la sala. Abrimos las puertas y vimos el enorme almacén que había al otro lado. Saltamos al interior listos para luchar. No aparecieron puntos rojos. Y tampoco oímos esa tonadilla propia de los enfrentamientos contra los jefes. Las puertas tampoco se cerraron mágicamente detrás de nosotros.

Eché un vistazo por la habitación casi vacía y bajé el puño. En mitad del lugar había un contenedor de metal cuyas paredes eran una especie de valla. Parecía una especie de carrito de la compra tamaño contenedor. Estaba nuevo y no parecía haberse usado nunca. Di un paso al frente para examinarlo mejor.

Carro hecho con valla metálica. Con ruedas. Sería muy divertido rodar colina abajo dentro de esta cosa, ¿verdad?

—Pero qué decepción —comentó Dónut.

—¿Chicas? —dije al tiempo que señalaba hacia las sombras del otro extremo de la estancia. Había dos artilugios tamaño buldócer cerca de la pared, que un primer momento me habían parecido poco más que protuberancias. El aire se distorsionaba justo encima de esos aparatos blancos y plateados, lo que significaba que estaban encendidos y expulsando aire caliente. A simple vista, parecían unos burdos bloques de metal, pero poco a poco empecé a distinguir el contorno y no tardé en ver su verdadera forma. Había jugado con suficientes Transformers como para reconocer de inmediato qué era exactamente lo que estaba mirando. Dichos bloques tenían brazos y piernas.

Eran un par de robots sentados y apagados. No tenían puntos de ningún tipo en el mapa, al igual que había ocurrido con los guardias espadachines del piso anterior.

Autómata industrial enano para tareas ligeras. Artilugio.

Este artilugio está en modo de suspensión.

Estas bestias de carga industriales de tamaño pequeño se usan para llevar a cabo tareas simples, como empujar contenedores llenos de minerales desde las profundidades. No están diseñados para luchar ni para defender, pero ¿a quién vamos a engañar? Tampoco es que vayas a tener posibilidad alguna de sobrevivir si toman la decisión de despachurrarte.

—¿Estos son los pequeños? —pregunté.

Estaba empezando a llegar a la conclusión de que no habíamos llegado a una sala de jefe. No tenía ni idea de qué era el lugar donde nos encontrábamos. No parecía que los cornetas usasen el lugar. ¿Por qué estaba aquí entonces? Al principio, había dado por hecho que el sello de control era para esos dos robots, ya que eran lo único que parecía haber en el interior. Pero, cuanto más pensaba al respecto, menos sentido tenía. ¿De verdad necesitaban sellos de control para algo mecánico? Pero si no era para esas cosas, ¿qué hacía ahí el sello? Le pregunté a Katia y a Dónut si se les ocurría algo.

—Hum... —dijo la gata—. Puede que no sea para evitar que algo salga de la habitación, sino para mantener fuera a los cornetas.

—Puede —dije—. Pero sigue siendo raro.

—Pues la cosa es más rara aún —comentó Katia—. Acabo de hablar con Hekla y con Eva, que es otra de las Hijas y amiga mía de antes de que ocurriese todo esto. Dicen que acaban de encontrar una estancia similar en otra de estas conejeras. Y que en el interior también hay dos robots.

—Sí que es raro, sí —comenté.

Apoyé la mano en el carro. Rodó con facilidad. Había una puerta en uno de los lados, diseñada para meter carga en el interior. Me pregunté si sería capaz de levantarlo. Metí los dedos entre el metal de la valla y tiré. Era pesado e incómodo, pero levanté las ruedas del suelo con facilidad. Me lo guardé en el inventario.

—Acabemos con esos robots —dijo Dónut.

—No creo que sea buena idea —aseguró Katia, que abrió los ojos como platos.

> **DÓNUT: ¿RECUERDAS LO QUE DIJE DE QUE TENÍAS QUE SER MÁS DINÁMICA? PUES DEBERÍAS HACERME CASO. A LA GENTE LE ENCANTA QUE CARL SE PONGA A HACER SALTAR COSAS POR LOS AIRES.**

Katia no pareció impresionada por el razonamiento de Dónut. Estuve a punto de decirle que yo era de su opinión, pero luego se me ocurrió algo. Miré por encima del hombro. El pasillo largo de hormigón parecía estar diseñado para los robots, pero no había manera de que cupiesen en los túneles que había un poco más allá.

—Ahora que lo pienso... —dije—. Vamos a hacerlo, sí. Para entrenar y eso. Y por la ciencia.

—¿Lo dices en serio? —preguntó ella.

Reí.

—Lo cierto es que necesito materiales para la mesa de creación. Los objetos que se pueden crear con las cosas de un gimnasio son limitados. Si saqueamos estos artilugios, tendré materiales suficientes para crear mejores defensas en los trenes.

—Pues supongo que tendremos que hacerlo —dijo ella—. Pero quizá deberíamos matar primero al resto de los cornetas. Limpiar la zona, quiero decir. —Me guiñó el ojo—. Ya sabes..., por la ciencia.

DÓNUT: MUY BIEN. LA COSA VA MEJORANDO. AHORA SOLO TENEMOS QUE INSISTIR CON LO DE LA FRASE PEGADIZA Y LA CRESTA.

Matamos a los cornetas primero. Fue muy sencillo ahora que éramos inmunes a su único ataque. Probé a lanzar una hobomba por uno de los pasillos de la cueva para asegurarme de que el lugar no se derrumbaba. Y, por suerte, no lo hizo. Deambulamos por los pasillos matando a todo con lo que nos topábamos, hasta regresar al andén y abrirnos paso por las estancias más grandes.

Dónut y yo subimos de nivel. Katia también lo hizo por segunda vez. La gata consiguió mejorar el conjuro de resurrección Segunda oportunidad hasta nivel 7. Costaba 10 de maná. Cada monstruo quedaba animado durante 14 minutos. Tenía 41 de Inteligencia, pero con las ventajas de la bonificación Buen descanso y la ducha, su total de puntos de maná alcanzaba los 49, por lo que pudo levantar de entre los muertos a cuatro de esos conejos, tomarse una poción y levantar a cuatro más. Formamos un grupo formidable.

Usamos ese método para arrasar con las salas grandes. Enviamos a siete de las criaturas a luchar y, en medio de todo el caos, hicimos que la octava se acercase con una hobomba con la mecha encendida. Después, tiré una cortina de humo y limpiamos los restos.

Las habitaciones eran poco más que una sala de espera sucia. Los conejos estaban allí durmiendo en grupo o apoyados contra las paredes. Casi ni luchaban al vernos. No había sentido de comunidad alguno, como había ocurrido con los goblins. Aquello no era un asentamiento ni nada parecido, lo que me resultó un tanto raro. Hasta ese momento, el juego siempre había intentado añadir un propósito y una razón a la presencia de los enemigos. Normalmente se trataba de una razón estúpida, sí, pero existía una.

Al pensar en los goblins recordé otra cosa y empecé a darme

cuenta de algo. Cuando matamos a los enemigos de la tercera de las salas grandes y terminamos de recoger todas las monedas que habían soltado, empecé a sentirme muy inquieto.

—Creo que están drogadas —comenté.

—¿Más meta? —preguntó Dónut.

—No. No es meta, sino algo diferente.

Habíamos matado a todos los enemigos menos a los que avanzaban por el pasillo largo y oscuro, aunque llevábamos un tiempo sin ver a ninguna criatura. Empezamos a avanzar por él con cuidado, pero no nos topamos con ninguna. Mientras caminábamos, sentí que algo crujía bajo mis pies. El suelo estaba lleno de viales vacíos. De no haber tenido la ventaja, los cristales me hubiesen causado un buen estropicio. La pared del fondo estaba renegrida y chamuscada, como si hubiese impactado contra ella una bola de fuego. Esperamos, pero no ocurrió nada. No aparecieron más cornetas. Habíamos limpiado por completo la zona.

—Algo me dice que van a esa quinta parada a hacerse con estos viales, meterse su dosis y luego vuelven aquí —comenté—. Cuando se les empieza a bajar el lote, vuelven a subirse al tren.

—¿Y eso qué tiene que ver con la estancia de los robots? —preguntó Dónut.

—Pues no lo sé. No tiene sentido, sobre todo si hay una de esas salas con robots en todas las estaciones.

Para los dos robots usé tres cartuchos de dinamita hobgoblin y un detonador. Coloqué las cargas sin problema, les dije a todos que volviesen hasta el andén y luego los hice explotar.

Cuando regresamos, encontramos a los robots convertidos en chatarra. La dinamita hobgoblin era especialmente buena a la hora de destrozar cosas. La parte inferior de ambos robots había quedado intacta en su mayor parte, pero había pedazos de metal por todas partes. Los autómatas no se habían encendido para enfrentarse a nosotros. La descripción de cada uno había cambiado a DESTRUIDO. Después de esperar a que el metal retorcido se enfriase, pasé un buen rato recogiendo todo lo que podía, así como varios engranajes y ruedas rotos y chamuscados. Encontré dos baterías enanas, ambas «dañadas» según el menú. Lo guardé todo en el inventario.

Dónut le estaba dando consejos de moda a Katia mientras trabajábamos. Mongo se pasó todo el rato corriendo de un lado a otro por la habitación, practicando los ataques en salto. Aquel pollo con aspecto de dinosaurio se movía como un guepardo y daba mucho miedo a simple vista. Unas pocas muertes más y llegaría a nivel 15.

Recibí un mensaje justo antes de que terminásemos.

Daniel: Eh, ¿qué tal? ¿Tienes un momento? Tengo un mensaje para ti.

Carl: Bautista. ¿Cómo te va?

Siempre me olvidaba de que su nombre de pila era Daniel. Hice clic en el nombre para cambiarlo de «Daniel» a «Bautista» en el chat.

Bautista: Pues aquí, sobreviviendo. Mira, estoy en el club Desperado. Acabo de conocer a un tipo que dice que está en contacto con otra persona que conocéis. Una mujer llamada Imani. Necesita hablar contigo. Dice que es muy importante y que está relacionado con otros dos tipos, un tal Brandon y un tal Chris o algo así. Dice que intentará estar en el bar del club Desperado todas las noches después del episodio resumen.

Carl: Entendido. Gracias, compañero. Deberíamos empezar a quedar cada cierto tiempo.

Bautista: Pues sí. Creo que sería buena idea. Yo también tengo que hablar contigo sobre otro tema, pero es demasiado complicado como para hacerlo por el chat. Odio esto de escribir con la mente. Y ten cuidado, por cierto. He oído que hay gente que está comentando de ir a dar caza a los que están en la clasificación para conseguir la recompensa. No sé si lo dicen en serio, pero no creo que este bar sea una estancia segura.

Carl: No lo es. Gracias por el aviso. ¿Y cómo has encontrado el club? Nosotros aún no nos hemos topado con la entrada.

Bautista: Tiene truco. Resulta que están en todas las estaciones de transbordo cuyo número termina en 1. Si ese es el caso, siempre habrá un club Desperado. Si el número termina en 9, lo que habrá será ese otro sitio, el club Vencedor. Bueno, que ya hablamos en otro momento.

Sentí que el alivio se apoderaba de mí al saber que Imani seguía viva. Es probable que quisiese asegurarse de que me había enterado de que Brandon estaba muerto. Tragué saliva al pensar en ello. Sentí un dolor fantasma en los nudillos.

Suspiré y guardé el último pedazo de metal en el inventario, lo que hizo que me diesen otro logro de esos que daban por tener mucho peso. Llevaba encima chatarra suficiente para crear un barco de tamaño decente. Había recogido casi quince toneladas de materiales de los dos robots, y aquello era menos de la mitad de la masa total de esas cosas.

—¿Tú qué opinas, Carl? ¿Con botas o sin botas? —preguntó Dónut.

Alcé la vista y vi que el chándal de Katia había dado paso a unos leotardos negros y ceñidos. Llevaba unas botas de caña de forma un poco irregular, así como una cresta púrpura. Tenía un aspecto ridículo. La mujer puso un gesto extraño, uno que me costó comprender. Parecía una mezcla de exasperación, desesperanza y abatimiento.

Fuera lo que fuese, estaba claro que no quería hacer lo que estaba haciendo.

—Tú limítate a ser tu misma —le dije.

—Ese es el peor consejo del mundo, Carl —comentó Dónut—. Es una doppelgänger. Se dedica a ser otras personas.

—¿Que sea yo misma? La verdad es que no sé qué quieres decir con algo así —dijo Katia, que se encogió de hombros—. Nunca lo he hecho.

Suspiré.

—Vale, chicas. Ha sido un día muy largo. La próxima estación de transbordo es la 127, pero me gustaría llegar hasta la siguiente, que será la estación 131. Subamos al tren, lleguemos hasta la sala de descanso para empleados y, si el revisor está allí, consigamos que termine de darnos la lista de estaciones para que Mordecai las apunte. Sé que Vernon no terminó de hacerlo. De camino, también podríamos *grindear* un poco si hay monstruos que podamos vencer. En la estación 131 se supone que hay un club Desperado. Además, cuando lleguemos hasta allí ya podremos abrir las cajas de aficionado. ¿Os parece?

Dónut sonrió de oreja a oreja.

—¡Esta noche nos vamos de parranda! ¡Un Dirty Shirley para mí!

7

TIEMPO PARA EL DERRUMBE DEL PISO: 8 DÍAS, 18 HORAS

Visualizaciones: 50,2 mil billones
Seguidores: 890 billones
Favoritos: 199,7 billones
Puesto en la clasificación: 6
Recompensa: 100.000 de oro

ESTACIÓN DE TRANSBORDO 131.

El revisor enano del siguiente tren era mucho más gruñón que Vernon, pero cuando nos bajamos en la estación 131 teníamos la lista completa de estaciones de toda la línea amarilla. Mordecai nos dijo que creía que había descubierto algo, pero que aún no estaba seguro. Al día siguiente íbamos a intentar subirnos a una línea que no se cruzase con la amarilla e intentar conseguir la misma información. Después, empezaríamos a explorar aquellas que no tuviesen un color en el nombre.

No *grindeamos* tanto en el tren como me hubiese gustado, pero sí que conseguimos matar a un grupo grande de monstruos llamados zorbetes, que eran una especie de armadillos guerreros y semiinteligentes que me llegaban hasta la cintura. Se convertían en pelotas cuando empezaban a recibir daño, pero eran lo bastante pequeños para que Mongo se los comiese de un bocado. El dinosaurio los agarraba con los dientes, mordía con fuerza y los hacía crujir como si de piruletas rellenas se tratara.

Mongo subió a nivel 15 en medio del enfrentamiento con esas criaturas.

Seguiría subiendo de nivel a partir de ese momento, pero ya no iba a crecer más. Y mejor así, porque estaba enorme. Tenía la altura de un poni y me llegaba justo por debajo de los hombros. Medía cuatro metros desde la punta del pico hasta el extremo de su cola emplumada azul y roja, aunque más de la mitad era la cola. Las garras de las patas eran más grandes de lo que había sido su cuerpo cuando lo habíamos encontrado. Aún cabía sin problema en los vagones, pero si llegábamos a encontrar alguno más pequeño con varias filas de asientos iba a tener problemas, sobre todo para evitar los postes. Sospechaba que llegaría el momento en el que tendría que pasar mucho tiempo en el transportín.

—¡Buen chico! ¡Buen chico, Mongo! Carl, ¿recuerdas cuando no era más que un bebé encantador que daba mordisquitos en la nariz? —preguntó Dónut—. No era más que un pollito asustadizo. Parece que fue ayer…

—Fue ayer, prácticamente, Dónut —comenté—. Mira el menú de mascota y comprueba si ha recibido alguna habilidad.

Un momento después, Dónut soltó un grito ahogado.

—Carl, Carl. ¡Ahora tiene un ataque especial! Se llama Terremoto. ¡Es un ataque en salto! Cada vez que salta hacia delante, hay una pequeña probabilidad de que se produzca un terremoto al aterrizar. ¡Y hace que los enemigos caigan al suelo!

Mongo empezó a brincar de la emoción, lo que nos obligó a Katia y a mí a echarnos hacia atrás. Empezó a girar en círculos, y la cola enorme no dejó de latiguear por el vagón. Luego soltó un rugido largo y estruendoso.

«Dios —pensé—. Espero no tener que luchar nunca contra uno de los de su especie. Estaríamos bien jodidos».

La estación de transbordo era más grande que la anterior. En el recibidor, había otra tienda llamada Suministros de Combate de Ford. Estaba entre dos gremios de entrenamiento, uno de arco largo y otro llamado «Solo druidas». Junto al gremio de druidas había un Arby's, que seguro que era la estancia segura. Y luego había otra tienda especializada en ropa para elfos.

Finalmente, también vi el club Desperado, tal y como había prometido Bautista. A diferencia del edificio enorme del tamaño de una manzana que habíamos visto en el piso anterior, este era un pequeño antro con un cartel de neón diminuto.

Imani había dicho que estaría allí después del episodio resumen, que se emitiría dentro de unas pocas horas. Teníamos tiempo suficiente para comer, abrir las cajas de aficionado y echar una siesta. Luego veríamos el programa y nos dirigiríamos al club.

—¿Has estado en un Arby's alguna vez? —pregunté a Katia mientras atravesábamos la puerta.

—No —respondió ella—. Nunca había oído hablar de este sitio.

En ese instante, me percate de que no sabía casi nada de ella.

—Sé que eres de Islandia, pero parecías familiarizada con el metro ruso. ¿Has pasado mucho tiempo allí?

—Estuve un verano en Moscú cuando era estudiante, trabajando en el Pushkin. Es un museo. Pasé muchas de mis vacaciones en Europa. Íbamos a París cada dos años, y a Ámsterdam el resto de las veces. Son los únicos viajes que hacía últimamente. ¿Y tú? ¿Has salido de Estados Unidos?

Gruñí.

—Yo he estado en el círculo polar ártico. Una vez fui a Costa Rica y acaricié a un perezoso. También estuve a punto de ir a las Bahamas, pero no salió bien. Ah, y he estado en Canadá varias veces. Pero solo en Victoria y en Vancouver. Tenía muchas ganas de visitar Japón y Filipinas, pero nunca tuve la oportunidad.

El bopca nos fulminaba con la mirada desde detrás del mostrador. Pedimos comida para llevar, que nos entregó en bolsas del Arby's. La llevamos a nuestro espacio personal.

Una vez dentro, encontramos a Mordecai encorvado sobre la mesa de alquimia, mesa que se había transformado. Era el triple de grande que cuando la había sacado del inventario. Contaba con varias estanterías y también tenía cajones y hasta un grifo. Un pequeño fuego ardía en una de las esquinas, donde se estaba calentando un contenedor de cristal lleno de un líquido negro y burbujeante. Toda la sala de creación olía a goma quemada.

—¿Cómo va la cosa por aquí? —pregunté mientras me acercaba a la mesa. Me percaté de que, a un lado, había un papel enorme lleno de garabatos. La pizarra blanca se le había quedado pequeña y había tenido que seguir en esa hoja. Recordaba ver el rollo de papel en un rincón de su espacio.

—¡Atrás! —espetó el sapo que ahora era Mordecai sin alzar la vista—. Ya casi he terminado. No te acerques o lo echarás a perder.

—Ha usado mis dos cupones de mejora de mesa en la de alquimia —comentó Dónut—. Me pidió permiso hace un rato. Ya tiene nivel 3. —La gata arrugó el gesto—. Ahora, no me dijo que la quería para crear bombas fétidas.

—Haré cosas mucho peores si no salís de aquí. Comed y estaré fuera en un minuto.

Nos sentamos junto a la encimera de la cocina y le enseñé a Katia mis patatas rizadas, pero no se quedó impresionada.

Unos minutos después, un Mordecai de gesto triunfante entró en la estancia. Sus brazos de rana estaban llenos de objetos. Hizo una pausa para mirar a Katia de arriba abajo.

—Tienes un aspecto diferente.

—Dónut me está ayudando —aseguró ella.

—Ya veo.

Dejó los objetos sobre la encimera. Había dos pares de pociones y unas veinte pelotas de tono verdoso que parecían aguacates perfectamente redondos. Las colocó formando una pila para evitar que saliesen rodando.

—No tenía tiempo ni suministros suficientes para crear algunos de los mejores objetos, pero este es un buen comienzo —dijo—. ¿Decíais que hay un club Desperado aquí fuera? Bien. Iremos más tarde y compraremos algunas cosas. Además, el casino ya estará abierto y podréis cobrar esa ficha.

—¡Ah, sí! —comentó Dónut—. ¡Me había olvidado de la ficha!

Me habían dado una ficha de póquer por sobrevivir al ataque de Signet. Dónut no había recibido nada porque la salud le había bajado a cero, aunque luego la había salvado su habilidad Cucaracha, que le permitía sobrevivir al primer golpe mortal de un enfrentamiento.

—Bueno. ¿Qué tenemos aquí? —pregunté mientras cogía la primera de las pociones.

> **Mezcla especial de Mordecai.**
>
> **Esta poción especial, diseñada por un Cambiado furtivo que tiene la tendencia de matar a los que más confían en él, combina los efectos de una poción de sanación estándar de oro y Recuperación de energía del trol para crear una inmortalidad *de facto* durante un periodo de treinta segundos. Tiene unos cuantos efectos secundarios desafortunados.**

—Solo tenía materiales para hacer dos de esas. Necesito al menos cuatro más.

—¿Cuáles son esos efectos secundarios? —pregunté. Decidí

ignorar la primera parte de la descripción. Sabía cómo el sistema describía los efectos que creaba yo, lo que significaba que dijera lo que dijese era algo que no había que creerse.

—Vale. Pues lo que hace esta poción es crear un flujo constante de sanación mezclado con una regeneración muy rápida durante treinta segundos. Sirve para sanar casi cualquier cosa y mantener la salud alta. Pero no hay que tomarlo por un conjuro de invulnerabilidad. No os protegerá contra una explosión, contra una decapitación o contra cualquier cosa que os haga morir de forma instantánea. Por desgracia, los efectos secundarios son muy graves. Aumenta la recarga de poción en unas diez horas, por lo que no podréis tomar ninguna más hasta que pase ese tiempo. Además, los efectos de esta poción dejarán de funcionar una vez os toméis dos. Es algo que he intentado solucionar durante toda mi vida, pero no lo consigo. Quizá sea necesario tener una mesa de más de nivel 9, pero jamás he tenido la oportunidad de probarlo.

Cogí la siguiente poción y la examiné. Era naranja y burbujeante.

—Esas dos son para Dónut —comentó Mordecai, que se giró hacia la gata—. Son pociones de característica. Al igual que ocurre con las otras, solo te podrás tomar dos. Pero deberías hacerlo ya. Cuando consiga los ingredientes, crearé dos para cada uno de nosotros y para todas las características. Si por casualidad encontráis más de estas pociones antes de que yo las cree, no os las toméis a menos que sean de la categoría «soberbia». Son las únicas que puedo crear y que os aumentan 4 puntos. El límite de dos pociones ignora la categoría. Y son muy fáciles de hacer cuando tienes la receta.

Poción de mejora de Constitución soberbia.

Beber esta mixtura aumentará permanentemente la Constitución en un número aleatorio entre 1 y 4. Solo te puedes beber dos de ellas durante el tiempo que pases dentro de la mazmorra. ¿Por qué? Porque beber más sería hacer trampa. Y aquí el único que puede hacer trampas soy yo.

Le pasé las pociones a Dónut, quien las guardó en su inventario.

—Entonces ¿las «soberbias» son las mejores? —pregunté.

—Más o menos —respondió Mordecai—. Hay de otro tipo llamado «mejora cósmica» que aumenta una característica al azar en 10 puntos, pero no tengo la receta. Son tan poco habituales que solo las he visto unas pocas veces. Pero no son del mismo tipo de poción, por lo que no se ven afectadas por esa limitación.

Dónut se bebió la primera poción de mejora.

—Pues menudo desperdicio —dijo la gata—. ¡Solo me ha subido 1 punto! Mordecai, ¿estás seguro de que están bien hechas?

Mordecai puso los ojos en blanco y luego esperamos a que pasase el tiempo de recarga de pociones. La segunda poción le subió 3 puntos, lo que sumó un total de 4. Dónut pasó a tener una Constitución base de 8. Con la tobillera, la mejora del cepillado y el aumento temporal de 10 puntos que tenía solo en este piso por la clase forofa, alcanzó 21 puntos de Constitución.

—No está mal. Son 4 puntos —comentó Mordecai—. Pero tenemos que seguir buscando objetos que te la aumenten más aún. Sigue siendo muy baja.

La lengua de rana de Mordecai salió despedida de su boca para hacerse con una de mis patatas rizadas.

Cogí el último de los objetos. Parecía una pelota de goma muy dura. La apreté y apareció una grieta en ella.

Pelota de pociones hueca.
En esta pelota se puede verter un vial para pociones entero.

Esa era la única descripción.

—Voy a necesitar más hilo de telaraña, pero seguro que tienen en el club Desperado. Es barato. Eso sí, he tenido que mejorar mi mesa a nivel 3 para crearlas. Una vez la mejoremos hasta nivel 5, tendrá dos resistencias para calentar las mezclas y podré crearlas el doble de rápido. A nivel 6, cuenta con un autoclave completo y podré crear cien a la vez. Tienen un funcionamiento muy simple. Coges una poción y la viertes sobre la pelota. Después, puedes tirar esta pelota al enemigo. Con la *xistera* y unas pocas pociones de veneno y aguardiente, tendrás un arsenal mortífero. Dentro de unos pocos pisos conseguiré crear pociones de ataque verdaderamente devastadoras. Tengo una idea para hacer una de rayo que será una pasada.

—¿No tienen que beberse la poción? —pregunté. Tiré la pelota por los aires y la agarré cuando empezó a caer. Tenía un peso adecuado, lo que significaba que podía lanzarse a mucha distancia.

—Ten cuidado —comentó Mordecai—. Se rompen si las tiras muy fuerte. No vayas por ahí jugando con ellas cuando las llenes, a menos que sea para tirárselas a un enemigo. Y no, no tienen por qué bebérselas. Las pociones funcionan sobre los enemigos con solo tirárselas. No tiene sentido, pero así son las cosas. Siempre ha sido así. Y, por si te lo estás preguntando, las criaturas no tienen tiempo de recarga con las pociones. No que yo sepa, al menos. Los PNJ sí.

—¿Funcionará con los miembros del grupo? —pregunté—. Imagina que Dónut está al otro lado de la habitación y necesita una poción de sanación. ¿Si le tiro una encima la curará?

—No pienso dejar que me tires pelotitas, Carl —aseguró Dónut—. Más te vale no hacerlo. ¿Me has visto cara de cocker spaniel acaso?

Mordecai puso gesto reflexivo.

—No, lo dudo. No creo que funcione con otros mazmorreros. Pero sí con los PNJ y, ahora que lo pienso, es probable que también funcione con Mongo.

Había recibido varios logros a lo largo del día, pero el único premio que había conseguido era una caja de saqueador de oro. Al abrirla, lo que recibí fue una poción para la habilidad Determinar valor. Me la bebí y abrí el inventario. No había cambiado mucho. Aún no era capaz de ver el valor de los objetos, pero ahora sí que veía su rareza.

Lo filtré para ver únicamente los objetos ÚNICOS. Solo tenía uno. No era el Juicio Final de Carl, esa bomba nuclear a punto de explotar. Esa tenía la categoría RARO DE COJONES. El único objeto único de mi inventario era el peluche de Kimaris a caballo. Sabía que era valioso, pero no me había dado cuenta de que también era único. La descripción tampoco daba mucha información. La leí:

> **Peluche de Kimaris. (Con etiqueta).**
>
> **Es imposible retratar fielmente la mueca «odio esto y también a ti» tan propia de Kimaris, pero este peluche de juguete no lo hace nada mal.**

Era mi objeto más valioso. La bomba a punto de estallar se encontraba en la parte baja de la lista.

Apareció un mensaje. Las cajas de aficionado estaban listas. Unos minutos después, Dónut también lo recibió. Empezó a brincar de un lado a otro.

—Carl, Carl. Rápido. Abre las tuyas para luego abrir las mías.

—¿Sabes qué? Que las abras tú primero —dije.

—¡Sí! —gritó la gata. Estaba temblando de la emoción.

Mordecai se colocó junto a Katia en la encimera de la cocina.

—Cuando hayáis terminado, me gustaría mostraros lo que he descubierto sobre el sistema ferroviario. Estoy muy seguro de que sé cómo llegar a las escaleras. Es algo que han hecho antes, aunque a menor escala.

Me preparé para lo que íbamos a hacer. En la última caja de aficionado de Dónut había salido una fotografía de Bea. Con suerte, en esta ocasión recibiríamos algo mejor. Mordecai había dicho que, como esta era de platino, la gente tenía que pagar dinero para votar, por lo que lo habitual era que la gente no nos trolease tanto. Pero yo no las tenía todas conmigo. Ahora que teníamos enemigos tanto dentro como fuera de la mazmorra, tenía que plantearme la posibilidad de que fuese a salirnos algo horrible.

Dónut abrió la caja y soltó un grito ahogado de sorpresa.

—Dios. ¡Gracias! ¡Muchísimas gracias a todos! ¡Os quiero muchísimo!

Intercambié una mirada con Mordecai.

«Fantástico —pensé—. Lo que nos faltaba».

—¡Mira, Mongo! —comentó Dónut—. ¡Nuestros aficionados nos han regalado una silla de montar. ¡Ahora podrás ser mi montura! ¡Y va a juego con tus plumas! ¡Carl, ponle la silla a Mongo!

—Vamos a tener que cambiar algunas de las formaciones de batalla —dijo Katia.

Examiné la silla de montar, que era azul y roja y estaba llena de borlas decorativas. Era obscenamente llamativa. Se parecía a algo que le pondría a un caballo durante un desfile del Cuatro de Julio en el Sur profundo de Estados Unidos. Mongo la olisqueó y rugió.

—Pues la verdad es que es un premio muy bueno —aseguró Mordecai—. Pero vais a tener que convencer a Mongo. Nunca he visto a nadie montando a una de esas criaturas.

Silla de montar mágica de mongoliensis. Ajustada para la especie gato.

Se coloca mágicamente sobre el temido mongoliensis, lo que convierte al pollo asesino favorito de todo el mundo en una montura. Los jinetes que van sobre la silla reciben las siguientes bonificaciones:

15 % al daño de todos los conjuros ofensivos.

Resistencia al daño perforante.

Además, la silla proporciona las siguientes bonificaciones al mongoliensis que la lleve puesta:

+20 % de Constitución.

+20 % de daño cuerpo a cuerpo mientras haya un jinete en la silla.

Leí la descripción por segunda vez.

—O sea, ¿Dónut consigue una bonificación al daño de sus conjuros y Mongo un 20 % más de Constitución? ¿Y 20 % más de daño mientras Dónut tenga el culo sobre esa cosa? Me gusta la mejora de Constitución, pero la idea de que Dónut está ahí sentada sobre su lomo mientras lucha ya no me gusta tanto. Sería demasiado vulnerable.

—Estoy de acuerdo —aseguró Mordecai. Miró a Dónut—. Vas a tener que practicar lo de saltar de la silla cuando Mongo se lance al ataque. La bonificación a los conjuros es muy buena, pero mientras estés sentada sobre él serás un objetivo demasiado fácil.

—Que sí, que sí. ¡Venga, Carl, pónsela ya!

No había cinchas en la silla. De hecho, parecía carecer de todas las partes necesarias con las que contaría una normal y corriente. Solo contaba con el asiento y el borrén delantero. Y muchas borlas. No tenía riendas. No sabía cómo Dónut iba a conseguir quedarse encima ni cómo iba a controlar el dinosaurio una vez estuviese ahí.

—Ven, Mongo —dije al tiempo que agarraba la silla. La criatura emplumada ladeó la cabeza y luego gruñó mientras se echaba hacia atrás. Le tiré una patata rizada y la cogió en el aire—. Que vengas, cabronazo.

—No le hables así, Carl. Mongo, hazle caso al tío Carl —dijo la gata.

El dinosaurio bajó la cabeza y me dejó acercarme. Coloqué la silla sobre su lomo emplumado e irregular y esta chasqueó al encajar. Era el mismo sonido que se oía al colocar una mesa en el estudio de creación. Mongo aulló con desagrado y empezó a brincar por la estancia para intentar quitársela de encima. Tuve que dar un salto hacia atrás para que no me diese un latigazo con la cola.

—Pues quizá deberíamos esperar a que se acostumbre antes de intentar montarlo —dije.

—¡Pues vaaale! —dijo Dónut—. Abre tu caja mientras. ¡Venga!

—Muy bien —dije. La abrí.

No ocurrió nada durante un momento demasiado largo.

Las luces de la habitación se atenuaron. Empezó a sonar una canción. Era una propia de un concurso de televisión cutre de los años setenta, con trompetas, teclados y percusión a ritmo de música disco. Después relucieron unos focos de colores. Mongo dejó de aullar y de brincar para correr a colocarse junto a Dónut. Todos nos separamos de la encimera de la cocina. Todos excepto Mordecai, cuyo rostro de sapo había quedado paralizado de repente.

—Carl, ¿qué está pasando? —preguntó Dónut.

—Alguna tontería. Ya verás —dije.

La voz del presentador sonó más hortera de lo habitual.

> **Damas y caballeros, ha llegado la hora de vuestra sección favorita de *Planeta mazmorrero*. ¡El Carrusel de premios!**

A mí lado, la parte de la habitación donde se encontraban el sillón y las pantallas parpadeó hasta desaparecer, momento tras el que se materializó un tiovivo enorme que no dejaba de dar vueltas en círculo. Tenía luces que parpadeaban a ritmo de la música. El interior de aquel artilugio gigantesco estaba oculto tras unas cortinas de colores vivos.

> **Este será vuestro presentador. El predilecto de la mazmorra, el dador de premios, el asesino de dioses y antiguo campeón mazmorrero... ¡Chaco el bardo!**

Vi una nube de humo y luego oí el crujido familiar de la teletransportación, momento en el que apareció un hombre con alas y cabeza de lobo. Llevaba un traje informal a cuadros marrones y naranja y sostenía un micrófono. Empezó a correr por la estancia como si lo persiguiese algo y a agitar los brazos hacia la nada. Me quedé mirando a la criatura. No aparecía como administrador de la mazmorra, sino como PNJ.

Chaco. Pterolycus. Bardo de canciones. Nivel 66. Presentador del Carrusel de premios.

—Bueno, bueno, bueno —dijo Chaco, que empezó a internarse poco a poco en la habitación. El hombre lobo era más o menos de mi altura y tenía brazos musculados que se le marcaban por debajo del traje. Katia, Dónut y yo nos miramos entre nosotros, desconcertados—. Bienvenidos seáis. ¡Soy yo, Chaco! Tenemos una sección fantástica en el programa esta noche. Solo para vosotros. Tenemos con nosotros a… —Hizo una pausa y puso la mirada perdida—. ¡Carl el mazmorrero! La persona que ha recibido la caja de aficionado de platino. Es buenísima esa caja, ¿verdad? En casa, habéis decidido darle a Carl la oportunidad de obtener un premio a su elección… ¡Y ya sabéis lo que eso significa! Tenemos nueve premios fantásticos en el carrusel y… ¡Oh, joder! ¡Mordecai!

—¡Pedazo de cabrón! —gritó Mordecai, que lo interrumpió. La lengua salió despedida de su boca, rápida como un látigo. Aferró por la pata una silla metálica de la cocina y luego la lanzó a través de la habitación al recién llegado. Chaco aulló y soltó el micrófono, para luego agacharse mientras la silla se dirigía hacia él a toda velocidad. El asiento se quedó inmovilizado en mitad del aire, a medio centímetro de la cabeza de Chaco. Iba a tanta velocidad que, sin duda, le habría roto el cráneo de haber impactado. Chaco gimió. Yo me eché hacia atrás. Dónut bufó y Mongo graznó. Nadie se movió durante unos instantes.

Chaco se dio cuenta de que algo lo había salvado y se enderezó muy poco a poco. Vi que aquel lobo enorme no dejaba de temblar. La silla permaneció flotando en el aire.

Me giré para preguntar a Mordecai qué cojones estaba pasando.

—Oh, mierda —dije.

Mordecai estaba paralizado, con la lengua a medio camino de su boca. Las palabras NIÑO MALO relucían sobre su cabeza. Había ocurrido lo mismo cuando Maggie My y Frank Q nos habían atacado en la estancia segura hacía mucho tiempo.

El sapo no había podido controlarse. ¿En qué estaba pensando? Las palabras NIÑO MALO parpadearon dos veces y me horroricé al comprobar que él también parpadeó antes de desaparecer. A mi derecha, también desapareció la estancia que tenía la palabra REPRESENTANTE en el cartel de la puerta. La silla flotante volvió a moverse y repiqueteó con estruendo por el suelo.

La música estúpida siguió resonando. El carrusel giró y titiló.

—¿Acabamos de perder a Mordecai? —pregunté.

—No —aseguró Dónut—. Me acaba de llegar un aviso. Dice que está en tiempo muerto por incumplir las normas. Carl, no entiendo qué está pasando.

Resoplé. En ese momento, me sentí muy aliviado. Yo tampoco tenía ni idea de lo que acababa de ocurrir, pero fuese lo que fuese podría haber sido mucho peor.

—¿Cuánto dura el tiempo muerto?

—Siete días.

—¡Siete días! —exclamé. Madre mía. Eso significaba que nos quedaría un día y medio en este piso cuando regresase—. Cagondiós.

Me giré con brusquedad hacia Chaco. El PNJ presentador del concurso seguía ahí, desorientado, con los brazos alzados como si temiese que yo también fuese a atacarlo. El micrófono se le había caído al suelo y había rodado debajo del carrusel de premios, donde no podía alcanzarlo. La música no había dejado de sonar.

—¿Quién eres? —exigí saber.

—Soy Chaco —respondió él—. El presentador. Esto... Bienvenidos al concurso.

—No. ¿Quién eres para Mordecai?

—Yo... No creo que tenga permitido hablar sobre el tema. Puede que lo mejor sea que empecemos de cero. Los aficionados han votado para que puedas elegir tu premio. No pasa muy a menudo, pero cuando se da el caso, tenemos que hacer este concurso. Ese es mi trabajo. Soy el presentador.

—¿Siempre eres tú? —pregunté.

—¿A qué...? ¿A qué te refieres?

Me dieron ganas de romperle la cara a ese tipo, pero sabía que no iba a conseguir nada bueno intentándolo.

—Me refiero a que si eres el único presentador de este programa.

—Sí, eso creo. No salgo mucho, por lo que en realidad no tengo ni idea. La gente no suele votar la opción para dejar que el mazmorrero elija el premio. Normalmente, solo pasa unas pocas veces en cada temporada.

—Bueno, pues esta vez lo han votado porque sabían que Mordecai y tú ibais a estar en la misma habitación —comenté—. Lo que acaba de pasar se debe, única y exclusivamente, a que no le caes bien a Mordecai. Así que responde. ¿Quién eres para él?

Chaco tragó saliva.

—Está muy claro que es una persona rencorosa. Han pasado cientos de ciclos. No tenía ni idea de que seguía por aquí. Todo el mundo sabe que los guías salen mucho antes que cualquier otro. Un momento, no debería estar aquí. ¿Se ha convertido en representante?

—¿Es que no ves el programa?

Miró de un lado a otro, nervioso.

—No. No tengo estómago para... No, no puedo. Es que no... —Se quedó en silencio—. Mira, tenemos que hacer esto. Me meteré en más problemas si no terminamos. Tienes nueve premios entre los que elegir. Perdón por lo de tu representante. De verdad. Fue hace mucho tiempo y yo no tuve la culpa. Solo estaba haciendo lo que su representante me dijo que hiciese. De no haberlo hecho, habría muerto. Y luego todos la habríamos perdido. Habríamos perdido a Odette. Cuando vuelva, dile que lo siento. No pasa un día sin que no me arrepienta.

Aviso: Esto no es *El show del Dr. Phil.* Elige el premio. Tienes diez minutos para hacerlo o perderás la oportunidad.

Apareció una cuenta atrás sobre el carrusel.

—Muy bien —dije mientras apretaba los dientes—. Enséñame los puñeteros premios.

—¡Premio número uno! —dijo Chaco. No tenía un tono de voz tan entusiasta como antes. Tampoco había sido capaz de recuperar el micrófono, a pesar de haber desperdiciado un minuto a cuatro patas intentando hacerlo. Ahora no parecía saber qué hacer con esas manos con garras que tenía.

El carrusel hizo una pausa y se abrió el telón del premio número uno, tras el que había un par de pociones sobre un pedestal.

—¡Dos pociones! —gritó Chaco.

Intenté examinarlas, pero la ventana emergente no se abrió. Dónut saltó sobre mi hombro.

—No tienen descripción —dijo—. ¡Esto es un ultraje!

—¿Qué tipo de pociones son? —pregunté a Chaco.

—Lo único que puedo decir es lo que he dicho ya. «¡Dos pociones!». —Chaco me dedicó una gran sonrisa tras la que asomaron unos dientes afilados. Si no lo hubiese visto encogerse de miedo como un niño, la imagen habría sido muy intimidante.

Reconocí el azul oscuro y burbujeante de una poción de habilidad. Era una situación parecida a cuando habíamos tenido que elegir a Mongo.

«Mordecai sería muy útil en estos momentos».

—¡Premio número dos! ¡Bombas! Quinientas, para ser más exactos.

Cayó el siguiente telón y dejó al descubierto una pirámide de hobombas. Eran de un tipo que no había visto nunca, pero al no poder examinarlas no tenía ni idea de cuál era la diferencia. Brillaron como si el exterior estuviese hecho de brea. Sospechaba lo que eran, algo que había planeado crear por mi cuenta.

—¡Premio número tres! ¡Libros de la Tierra! ¡Unos dos mil!

Apareció una pila de libros. Vi que era una colección totalmente aleatoria de libros en mi idioma, desde *Cincuenta sombras de Grey* hasta lo que parecía un listín telefónico canadiense. Dos mil libros eran muchas horas de lectura. Iba a tardar mucho tiempo en leerlos y tendría mucho material que intercambiar con los hombres topo.

—¡Premio número cuatro! Una Harley-Davidson FLH Panhead Electra Glide de 1965.

Sentí que el corazón se me paralizaba en el instante en el que aparecía la motocicleta roja y beis. Me fijé de inmediato en la pequeña abolladura que tenía en el tanque de gasolina. Era de cuando había derrapado al entrar en casa en una ocasión. Había extendido los brazos para intentar mantener el equilibrio y había tirado la moto al suelo.

Mi padre nunca me había pegado, excepto ese día. Nunca me lo tomé como maltrato, pero ahora que lo pensaba mejor era justo lo que había sido. Me había pegado tan fuerte con un cinturón que la ropa interior se me había empapado de sangre. Aún no había olvidado el dolor que había sentido al quitármela. Mi madre había llorado y le había dicho que se marchase a Texas, pero él nunca lo hizo.

—Carl, si Mongo, yo y tú nos subiésemos a la moto, ¡seríamos imparables!

—Dios —murmuré, ignorando el comentario de Dónut. ¿De verdad era su moto? ¿O solo una copia? Sentí cómo me quedaba sin aire.

—¡Premio número cinco! ¡Solo un libro!

Me incliné hacia delante para verlo bien. No podía quitarme la puñetera motocicleta de la cabeza. «¡Presta atención, imbécil!». Al principio, creí que se trataba de un grimorio, pero no tenía ese brillo tan característico. No era más que un libro normal. Pequeño y encuadernado en cuero. En la cubierta, el título rezaba: *Trampas excitantes*.

—¿Es un libro pornográfico?

—¡Premio número seis! ¡Otro libro!

Este era similar al anterior, pero mucho más grueso, más o menos del tamaño de un diccionario grande. No tenía título alguno en la cubierta, pero sí un símbolo. Era esa A dentro de un círculo que me resultaba tan familiar, el símbolo de la anarquía. El libro brilló durante unos instantes antes de que el carrusel volviese a girar. No supe si se trataba del brillo de la magia o de la luz al reflejarse en el dorado de sus cantos.

—¡Premio número siete! ¡Unas chaparreras mágicas!

—¡Elige las chaparreras, Carl! —gritó Dónut—. ¡Chaco, Carl ha decidido elegir ese premio!

—Lo siento, pero es Carl quien debe anunciar su decisión —comentó Chaco.

Las chaparreras, que dejaban poco a la imaginación por la parte de la entrepierna y del trasero, estaban expuestas en un maniquí que no dejaba de girar. Eran de un cuero oscuro que brillaba con un aura verdosa.

—Va a ser que no —aseguré.

—¡Premio número ocho! ¡Una sola poción!

La reconocí de inmediato. Era el mismo brebaje naranja y burbujeante que Dónut acababa de usar para aumentar su Constitución. Una poción de mejora de característica. Esta brillaba con un aura resplandeciente que casi creaba un efecto estroboscópico. Me pregunté si era una de esas pociones cósmicas +10 que había mencionado Mordecai. O quizá el brillo era indicador de que no era nada bueno. No podía estar seguro.

—¡Premio número nueve! ¡Un carrito de herramientas Artesano 3000 de la serie 63 pulgadas!

El carrito de herramientas abollado y con claras señales de uso apareció en ese momento. Lo reconocí de inmediato. Era el mismo que tenía en el taller. Me fijé al instante en el cajón que tenía en la parte inferior derecha, donde sabía que tenía un cartón de cigarros al que le faltaba una cajetilla. Había muchísimas herramientas útiles en el interior, entre las que se encontraban mi taladro y mi amoladora. Si conseguía hacer funcionar una de esas baterías enanas, es probable que terminase por encontrar la manera de cargarlas.

Sentí que la caja de herramientas era la mejor opción. Con ella sería mucho más fácil crear objetos en la mesa de ingeniería. Pero titubeé.

La última vez que la había visto, había dejado encima un cuadro de distribución al completo. Habíamos empezado a renovar la instalación eléctrica de un Trojan F 32 de los años setenta. Estaba hecha un desastre. Pero no vi señal alguna del cuadro. De hecho, el carrito tenía algo extraño ahí dentro del carrusel. Me fijé en el cajón superior, el que nunca cerraba bien por todas las cosas que había dentro.

«Creo que está vacío».

Me quedaban menos de noventa segundos para tomar una decisión.

—¡Ha llegado el momento de tomar una decisión! —comentó Chaco—. ¿Qué vas a elegir, Carl?

—¡Las chaparreras! —insistió Dónut. Miró a Katia—. Katia, dile a Carl que elija las chaparreras.

Ella no dijo nada.

El tiovivo siguió girando mientras la música no dejaba de sonar. Sentí unas ganas repentinas e irracionales de elegir la moto. No porque quisiese subirme en ella, sino por tirarla a las vías y ver cómo la destrozaba un tren.

Seguro que varios de los premios eran buenos. Sospechaba que Mordecai me habría dicho que eligiese las dos pociones de habilidad. Pero no tenía información suficiente. El libro de trampas, teniendo en cuenta que de verdad fuese sobre trampas, seguro que estaba lleno de información muy útil. La pila de dos mil libros era valiosa por muchas razones. Lo mismo para las bombas.

Las chaparreras podían llegar a ser una buena elección, pero ya tenía bastante aspecto de imbécil como para empeorarlo aún más. No quería elegirlas sin saber qué cualidades mágicas tenían. Sin duda estaban en la lista para burlarse de mí, por lo que era muy probable que sus beneficios también.

También tenía que tener en cuenta que nada parecía poco habitual. Eran cosas que podía encontrar de otras formas. Se suponía que las cajas de aficionado contenían objetos únicos que no se podían obtener en la mazmorra de ninguna otra manera.

Treinta segundos.

La luz volvió a proyectarse en aquel libro extraño con el símbolo de la anarquía. Mi clase se llamaba anarquista moderado. Recordé la última vez que había visto un brillo parecido. Me había salvado la vida. ¿Acaso esto era lo mismo? Lo dudaba, pero me arriesgué de igual manera. ¿Por qué no? El premio era gratis.

—Elijo ese. El premio número seis.

—¡Perfecto! ¡El concursante ha tomado una decisión! —El carrusel se desvaneció en una nube de humo y el libro quedó flotando en mitad del aire—. ¡Esto es lo que has elegido!

Di un paso al frente y agarré el libro flotante. El presentador de la mazmorra leyó la descripción en voz alta.

Libro.

***El libro de cocina del anarquista de la mazmorra*, de autoría anónima.**

Se trata de un objeto único.

¡Recetas de pollo y de goblin a porrillo! Pero también es más que eso. Cada una de las recetas viene acompañada de una historia divertidísima del autor anónimo, en la que relata algunas de las desventuras alocadas y descabelladas que vivió mientras reunía estas recetas capaces de hacerle la boca agua a cualquiera. ¡Diversión para toda la familia! Es un libro tronchante de verdad.

«Sí —pensé—. La has cagado hasta el fondo».

—Pero qué maaal. Parece un premio de mierda, la verdad. ¡Que tengas más suerte la próxima vez! ¡Y aquí termina el programa! —gritó Chaco. Me dedicó una mirada siniestra y luego desapareció. La música se detuvo de repente y volvió a aparecer el salón. El olor a humo se mantuvo un rato más en el ambiente. Me quedé mirando la silla tirada en el suelo. Se habían burlado de nosotros.

—¿Recetas de pollo y de goblin? —comentó Dónut, incrédula—. ¿Hemos perdido a Mordecai por un libro de cocina? Tendrías que haber elegido las chaparreras, Carl.

Se bajó de mi hombro y se acercó al mostrador entre gruñidos.

Estuve a punto de tirar el libro en el inventario, pero en lugar de eso pasé la primera página. Decía: «Bienvenido».

Sentí cómo se activaba el zumbido háptico de mi habilidad Plan de huida. Luego aparecieron más palabras en la página en blanco.

«Saludos, mazmorrero. Estás a punto de descubrir que este libro es muy especial. Si estás leyendo estas palabras significa que este tomo ha conseguido llegar a tus manos con un único propósito, uno muy claro.

»Juntos, quemaremos el mundo hasta sus cimientos».

8

El libro de cocina del anarquista de la mazmorra Vigesimocuarta edición

Pociones, explosivos, trampas, sociedades secretas, atajos de la mazmorra y más. Mucho más. Esta guía para la creación de caos se generó originalmente en el sistema durante la decimoquinta temporada. Fue un premio recibido por el mazmorrero alto elfo Porthus el Pícaro en el noveno piso, disimulado como bloc de notas en blanco. El hecho de que estés leyendo estas líneas es indicativo de que este libro y el conocimiento que alberga permanece activo en el código. Ha ido pasando de mazmorra en mazmorra. Se genera automáticamente después de cumplirse varias condiciones predeterminadas. Desaparecerá de tu inventario tras tu muerte o cuando te marches, y encontrará la manera de encontrar un destinatario digno en un futuro mazmorreo.

El único precio a pagar por tener acceso a estas páginas es transmitir tus conocimientos.

En tu menú de mensajes encontrarás un bloc de notas. Por si aún no lo sabes, se trata de un lugar donde puedes escribir mentalmente recetas, ideas o cualquier cosa que quieras recordar más adelante. Si lo miras ahora verás que tiene una página adicional. Cualquier cosa que añadas en esa segunda página, quedará incluida en la vigesimoquinta edición de este libro.

Los contenidos de este manual son invisibles para los productores y para los espectadores, pero no para la IA actual del sistema. No hay nada en el hecho de tener este libro, ni en la información oculta en el interior, que vaya contra las normas. No obstante, si la organización que se encarga de esta temporada empieza a sospechar que el volumen es algo más de lo que parece ser, o si le hablas a alguien sobre la existencia de este libro, la información que hay en el interior se borrará y perderás acceso de por vida al texto oculto.

Esto es importante. Aunque el contenido de este libro es invisible, tus acciones no lo son. Tienes que convertirte en un actor. Tienes que presentar al mundo exterior todas las recetas, todos los secretos, como si estuvieses descubriéndolos por tu cuenta. Cómo lo hagas dependerá de ti y solo de ti. No pases demasiado tiempo mirando estas páginas.

<Nota añadida por el mazmorrero Drakea. Vigesimosegunda edición>.

Los baños de las estancias seguras son un buen lugar para leer. Pero no pases demasiado tiempo así o te dará un tirón. Las ratas dicen que hay una norma del Sindicato que prohíbe ver lo que haces dentro de los cubículos de los baños. Solo en los cubículos, no en el resto de la estancia. No sé si es cierta. Esos cabrones naga son un grupo muy sospechoso, y me temo que puede que me descubran pronto.

Me empezaron a temblar las manos. Cerré el libro y lo guardé en el inventario. ¿Los naga? Recordé que Odette había dicho que los naga no habían liderado una temporada desde hacía mucho tiempo, la única temporada en la que se había perdido dinero. Si esa nota era de la vigesimosegunda edición, eso significaba que el libro solo había estado en manos de dos mazmorreros desde entonces.

Abrí los mensajes y encontré el bloc de notas. Normalmente, lo usaba para escribir la lista de objetos del Orden del Día de Mordecai. Lo único que había pegado era el triste mensaje de Brandon. Pero al parecer ahora había otra pestaña nueva. Lo cerré.

Arrastré la silla y la volví a colocar junto a la encimera de la cocina.

—Vamos, chicas —dije—. Tenemos que dormir. Aunque antes iré al baño. Dónut, no tardaré mucho.

Vimos el episodio resumen en silencio. La pérdida de Mordecai nos había afectado y su ausencia se hacía notar en el ambiente. Un mazmorrero con dos cabezas y un arma de cadenas llamada martillo meteórico había matado a un tren entero lleno de salamandras de aspecto humanoide. Lucia Mar se había hecho un collar con las lenguas de los monstruos, pero uno de sus perros se había acercado a ella sigilosamente y se lo había arrancado de un mordisco mientras estaba sentada en una estancia segura comiendo un cuenco de arroz. De no haber sido tan asqueroso, me hubiese tronchado de risa. También salimos nosotros luchando contra los cornetas.

Solo me había atrevido a leer unas pocas páginas del libro. Estaba dividido en capítulos bien ordenados. Todas las recetas de las pociones en uno, las de los explosivos en otro…, y así. Pero no todo eran recetas. Había un capítulo en el que solo se listaban nombres de monstruos y sus debilidades conocidas. También había relatos. La última sección, que era de lejos la que ocupaba más espacio, eran notas sueltas que no encajaban en ningún capítulo específico y que se engrosaba edición tras edición. Lo hojeé rápidamente. Algunos mazmorreros llenaban páginas y páginas de texto, mientras que otros solo escribían unas pocas líneas. Iba a tardar bastante en darle un repaso completo al volumen.

Volví a la sección de explosivos, que contenía una lista de tipos de explosivos disponibles. Una de las notas me llamó la atención:

> <Mazmorrero Sinjin. Decimoquinta edición>.
>
> Una mesa de zapador de nivel 3 te permite infusionar bombas. Empapa una cortina de humo hobgoblin con una poción de sanación, déjala secar y se convertirá en una arma de destrucción masiva contra muertos vivientes.
>
> <Comentario añadido por el mazmorrero Forkith. Vigésima edición>.
>
> Confirmado. También funciona con bombas normales, pero mejor con las de humo. No acaba con muertos vivientes de alto nivel, pero sí que se enfadan mucho. Yo las uso para limpiar habitaciones llenas de esos tumularios del pantano.

Cerré el libro con fuerza. Sabía que, si seguía leyendo, no iba a poder parar.

Más tarde, mientras veía el episodio resumen, no dejaba de pensar en las circunstancias que habían llevado a que Mordecai y ese tal Chaco acabasen en la misma habitación. Sabía que la mayoría de los espectadores no veían a Mordecai. Los representantes y los guías del juego no aparecían en los vídeos, pero las personas que tenían pases de prensa, como Odette y seguro que millones más, sí que lo hacían. Es por eso por lo que su existencia no era un secreto.

Pero ¿acaso la historia de Mordecai era tan famosa como para que la gente conociese su relación con Chaco? Era muy probable que ya no. Su misteriosa relación con Odette y nuestra popularidad seguro que habían sido los detonantes para que alguien los relacionase, persona que luego había convencido a más gente para trolear durante la votación.

Alcé la vista y sonreí.

—Gente, tengo que admitir que todo eso de Chaco ha sido una jodienda, pero una brillante por vuestra parte. Bien hecho.

Teníamos que pasar página y seguir con lo nuestro. Gran parte de los mazmorreros no tenían representante. Me había acostumbrado a depender de Mordecai, a preguntarle cosas siempre que nos topábamos con algo nuevo. Íbamos a tener que hacer de tripas corazón y enfrentarnos solos al resto del piso.

Tanto Daniel Bautista como el libro me habían enseñado la importancia de compartir información. Y, aunque la recompensa que había por nuestras cabezas me seguía preocupando, no podíamos permitirnos aislarnos de los demás. Teníamos que salir ahí fuera y añadir a toda la gente posible al chat.

Hola, mazmorreros.

Cuando termine este mensaje, recibiréis una nueva pestaña en la interfaz. En ella podréis interactuar con vuestro primer patrocinador. La información aparecerá cuando termine la puja, lo que ocurrirá dentro de unas 15 horas. Ahí veréis quiénes son vuestros patrocinadores, la organización a la que representan y también si patrocinan a otros mazmorreros. No podrán enviaros mensajes directos, pero vosotros sí podréis enviarles mensajes a ellos. Os sugiero encarecidamente que les deis las gracias por su apoyo y les pidáis que os envíen las mejores cajas de botín posible.

En estos momentos, estamos actualizando varios problemas con la red ferroviaria. Algunas líneas dejarán de funcionar para llevar a cabo un mantenimiento. No os recomiendo bajar a las vías, ya que los trenes podrían reanudar la marcha en cualquier momento.

Eso es todo por ahora. Venga, ¡salid ahí fuera y matad, matad, matad!

—¿Sabéis lo que necesitamos? —preguntó Dónut, que empezó a mirar de un lado a otro—. Necesitamos alcohol. Y bailar. ¡Vámonos de fiesta!

—Recordáis que yo no tengo pase para el club, ¿verdad? —comentó Katia—. Ya os lo he dicho varias veces.

—Ah, sí —dijo Dónut, con tono algo alicaído—. Deberías hacer algo mezquino para que te den el tatuaje.

—¿Qué hicisteis vosotros para que os lo diesen? —preguntó ella.

—Eso ahora no importa —interrumpí, antes de que Dónut lo contase. Lo habíamos recibido después del incidente con los bebés goblin—. Creo que lo mejor para ti sería que intentases formar parte del otro club, el Vencedor. No sé qué necesitarás para ello, pero lo descubriremos.

Ella se encogió de hombros.

—Muy bien. Pues divertíos. Yo tengo cosas que hacer, de todas formas. Mordecai me habló de una mesa de artesanía que debería comprar. Lo haré mientras no estáis e intentaré trabajar un poco. No tardéis mucho.

La parte del bar exclusiva de la estación estaba vacía. Solo había un gnoll con cara de chacal detrás de la barra y bebiendo directamente de una botella de vodka. Nos ignoró mientras atravesábamos las puertas dobles. Solo Dónut y yo. Mongo, a quien la gata aún no había usado como montura, estaba a buen recaudo en su transportín. El dinosaurio no dejaba de brincar de un lado a otro siempre que Dónut se acercaba a la silla de montar.

La segurata del pequeño vestíbulo era la misma de siempre, Clarabelle la cocodriliana.

—¿Dónde está vuestro representante? —preguntó cuando nos acercamos. Era el mismo tipo de criatura que Florin, el de la escopeta. De cerca daba mucho miedo. Oímos el pum, pum, pum de la música al otro lado de la puerta. Dónut no dejaba de mover la cabeza al ritmo.

Le hice un pequeño resumen de lo ocurrido a la segurata, que asintió.

—Vale. Tiene sentido. Solo le darán un aviso, creo. Así que será mejor que, cuando vuelva, le recordéis que se porte bien. La verdad es que no conozco la historia, pero vuestro representante ha pasado muchas horas llorando delante de una copa, y ha mencionado alguna que otra cuenta pendiente que quiere zanjar en cuanto salga de aquí. Ese imbécil de Chaco ha salido más de una vez en sus balbuceos. Es todo lo que sé.

Asentí.

—¿Cómo está esto de gente hoy?

—Pues lo habitual para el cuarto piso, lo que significa que no hay demasiada. El casino ya está abierto. Ah, eso me ha recordado algo. El gerente quiere que os ofrezca seguridad privada para cuando estéis aquí dentro. Serán quinientas monedas de oro por los dos, pero si os gastáis la misma cantidad en las mesas, recibiréis un cupón de seguridad para que sea gratis durante vuestra próxima visita.

—¿Qué tipo de seguridad? —pregunté.

—Nada demasiado sofisticado. Tendréis dos guardaespaldas que os acompañarán por todo el club, incluso en las zonas donde la seguridad es un poco más laxa. Os diré algo, pero que quede entre nosotros: es una estafa para la mayoría de la gente. Pero sé que vosotros dos estáis en esa lista de los más buscados. Creo que deberíais hacerlo. Ahora mismo hay otra persona de la lista en el club y ha contratado seguridad.

—No será Lucia Mar, ¿verdad? —pregunté.

Clarabelle gruñó.

—No. La hemos expulsado de por vida. Ha intentado entrar varias veces desde el incidente, pero estamos preparados para negarle la entrada. Es algo que hace que se enfade mucho, por cierto. Pero no es ella, no. Es esa doncella de hielo y su amiga mariposa.

La señora McGibbons. Elle. Estaba en el club.

—¿Nos podrías hacer un buen precio por la seguridad? —preguntó Dónut.

Clarabelle miró a la gata.

—Tu Carisma no funciona conmigo, pequeña. El buen precio es el de siempre. Son trescientas monedas por persona y quinientas por un grupo de dos.

Dónut la miró como si estuviese a punto de objetar. Antes de que respondiese, interrumpí:

—Así está bien.

Los dos guardaespaldas eran unos monstruos de roca de nivel 35 llamados cretinos. Uno era Bomo y el otro el Mazo. Parecían tan inteligentes como se podía esperar de dos criaturas llamadas Bomo y el Mazo, pero aquellos monstruos de dos metros diez con esmoquin nos empezaron a seguir a una distancia respetable.

Cuando entramos en la sala donde resonaba la música, hice el gesto con la mano alrededor de la cabeza para crear la burbuja de privacidad. La pista de baile solo estaba un poco más concurrida de lo que lo había estado la última vez. En esta ocasión no vi a ningún élite, pero sí que había muchos mazmorreros. Llamamos la atención al momento. Varias personas dejaron lo que estaban haciendo para señalarnos y quedarse mirando. Me dio la impresión de que algunos iban a acercarse, pero luego se fijaron en nuestros guardaespaldas y siguieron bailando.

Vi a Elle antes de que ella se fijase en nosotros. Tenía un guardaespaldas, que era otro monstruo de roca que iba detrás de ella con los brazos cruzados y gesto aburrido. Se llamaba Arcillez. Levantó las manos pedregosas cuando nos acercamos.

—Parar ahí —gruñó.

—Nos está esperando —dije.

Cuando había visto a Elle en el episodio resumen, no me había percatado de lo pequeña que se había hecho. Antes ya era una mujer diminuta, pero ahora había encogido hasta el metro cuarenta de altura y tenía la piel azul claro, como el cielo en un día despejado. También tenía el pelo blanco cortado de cualquier manera, exactamente igual que antes, pero casaba bien con su complexión y ya no parecía estar tan enferma. Flotaba a unos treinta centímetros del suelo, y me percaté de que aún llevaba los calcetines antideslizantes de Meadow Lark. La burbuja de privacidad que le rodeaba la cabeza tenía aspecto de nube de tormenta y la hacía parecerse a una de esas figuras con aureola propias de un cuadro del Renacimiento. Estaba inclinada sobre la barra, agitando la mano con rabia frente al camarero con cabeza de tejón, quien servía una copa a otra persona.

—Pero mira qué guapa está —susurró Dónut—. Rezuma elegancia y distinción.

—Eh, bicho —gritó Elle al camarero—. ¿A quién se la tengo que chupar para meterme otra copa entre pecho y espalda? Por Dios.

—¿Qué tal, princesa de hielo? —grité—. Te invito a la próxima.

Elle no se giró.

—Mira, cucachica, o te largas o cuando vuelva mi verdadera guardaespaldas pasarás a convertirte en otra de esas calaveras que tiene al lado de su nombre.

—¿Te refieres a Imani? —pregunté—. ¿Dónde dices que está?

En ese momento, se giró y abrió los ojos como platos.

—¡Carl! ¡Dónut! —gritó, al tiempo que empujaba a un lado a Arcillez el guardaespaldas. Cuando se acercó, los pies no tocaron el suelo para nada, pero ella los movió de igual manera. Nuestros dos guardaespaldas dieron un paso al frente, pero alcé una mano para detenerlos. La mujer me abrazó, y sentí como me hubiesen rodeado un par de témpanos de hielo.

—¡Tienes una tiara nueva! En el episodio resumen vimos cómo la anterior quedaba destruida.

—Esa me gustaba —comentó Dónut con tristeza—. Era púrpura.

Sonreí.

—No tenía muy claro si ibas a acordarte de mí.

Tenía los ojos prácticamente el doble de grandes que antes, pero aún distinguía en su rostro el parecido con la anciana que había sido.

—Recuerdo casi todo. La sensación es como cuando ves una película puesta hasta las cejas de todo y luego intentas recordarla más tarde. Además, ¿cómo iba a olvidar que me salvaste la vida? Cuando Jack meó en la pared... No es la típica cosa de la que una llega a olvidarse, aunque tenga el cerebro hecho papilla. ¿Qué? ¿Te gusta mi aspecto? —Flotó hacia atrás, se alzó más sobre el suelo y extendió los brazos. Para ascender, había movido las piernas como si subiese por una escalera invisible. Me pregunté hasta qué altura podía llegar—. Soy una doncella de hielo. De momento.

—Está brutal —dije—. Te vi disparando carámbanos por las manos.

Detrás de ella, el camarero se acercó.

—¿Quieres otra?

Elle miró al tejón.

—Joder, hombre. Que somos cinco personas de verdad aquí. ¿Estás fermentando las patatas tú mismo o qué? Claro que quiero otra. Mi amigo Carl será quien la pague. Pero luego nos tomaremos otra y yo pagaré esa ronda. Y no seas un rácano con el alcohol como con la última. Carl tomará lo mismo que yo. Dónut, ¿tú que quieres?

—¡Un Dirty Shirley! ¡En un cuenco! ¡Con guindas extra!

—Y la gata tomará un Dirty Shirley en un cuenco. Con guindas extra.

Eché un vistazo rápido en el inventario para asegurarme de que tenía pociones de sobriedad. Las tenía.

—Bueno, pues la de doncella de hielo terminó por ser mi única elección. —Elle descendió un poco y volvió a apoyarse en la barra, con los pies aún en el aire—. Tenía una lista de opciones bastante larga con las que hubiese recuperado la salud, la verdad, pero Brandon me obligó a elegir esta. Es un tanto complicada, a decir verdad, pero nos decantamos por ella gracias a ti.

—¿A mí? —pregunté.

—Sí, por el beneficio Representante —respondió Elle—. Le hablaste de él a Brandon cuando yo aún no había escogido. Suelen darlo con las clases en lugar de con las especies, pero en este caso venía con la de doncella de hielo. Es la profesora Tiatha…, nuestra guía. ¿La conoces? Quedó encantada. Nunca la había visto tan emocionada. Pues, al parecer, no tenía permitido influir en nuestra decisión, pero cuando elegí esta especie empezó a llorar. Lo cierto es que ni la vi, porque empecé a transformarme en esta cosa.

—Sé lo que le ocurrió a Brandon —dije, con tono sombrío de repente—. Me envió un mensaje.

El camarero dejó cuatro chupitos y un cuenco sobre la barra. Le entregué mis últimos cupones de bebida y unas monedas de oro. Dónut saltó y se comió una guinda.

—Despacio —le dije a la gata—. No vamos a quedarnos mucho.

Elle asintió y luego se bebió el chupito.

—Brandon era un niño muy bueno. Y también su hermano. Lo que ocurrió es una pena.

—¿Qué paso exactamente? —pregunté—. Me dijo que se habían peleado, pero no me contó los detalles.

—La señorita Imani sabe mejor que yo lo que ocurrió. Está en la Ruta de la Seda comprando suministros para el grupo. Nosotras dos somos las únicas que tenemos acceso al club. Yo conseguí el tatuaje cuando le metí un carámbano por el culo a un camarero orco del piso anterior. Tuvimos que salir pitando del asentamiento después de eso. —Se rio—. Ese tipo va a estar cagando cubitos de hielo durante las próximas tres temporadas.

Obviamente, pasar de ser una mujer de noventa y nueve años con demencia senil y en una silla de ruedas a un hada con magia de hielo le cambiaba a uno la personalidad. Pero me dio la impresión de que había algo más. Era una persona muy vivaracha. Era algo que me había llamado la atención durante el poco tiempo que había estado con la anciana que era antes, pero no la tenía por una persona tan… ruidosa. Me pregunté si en realidad la doncella de hielo que era ahora se parecía más a cómo Elle había sido de joven.

—¿Cuántos sois? —pregunté. Me bebí el chupito y estuvo a punto de darme una arcada. Sabía a garrafón—. Dios, ¿esto qué es?

Ella se rio.

—Se llama Nocaut. Cuidado, que pega fuerte. Es la versión de la mazmorra del Everclear. Mi Barry y yo solíamos emborracharnos con esa mierda hasta quedarnos inconscientes.

Junto a mí, Dónut se comió otra guinda del cuenco. Luego saltó sobre el hombro del Mazo y le pidió que la sacase a bailar. Empezaron a dirigirse hacia la pista de baile. Alcé la vista para mirar a Bomo.

—Ve tú también. Vigílala. El guardaespaldas de Elle cuidará de nosotros dos.

El monstruo de roca gruñó, pero terminó por obedecerme.

—Bueno, pues quedan veinte de los nuestros. Imani es la única restante de los niños. Sigue actuando como una niñera, pero yo no dejo de recordarle que ya no tiene por qué limpiarnos el culo. Le da igual. Va a morir de una úlcera antes de que la mazmorra acabe con… Hablando del rey de Roma…, por ahí viene.

Me di la vuelta.

Mazmorrero n.º 12.329.440. «Imani C».
Nivel 24.
Especie: Mariposa de obsidiana.
Clase: Espiritualista flamígero.

Se había transformado en una criatura demacrada y cadavérica. Imani ya era una mujer flaca antes, pero ahora parecía pesar la mitad. Tenía una calavera blanca pintada en el rostro que me recordaba a los perros peligro.

Pero lo más llamativo eran las alas de mariposa translúcidas y etéreas que tenía en la espalda. Las cuatro eran de una mezcla vívida de naranja, amarillo, rojo, blanco y negro. Eran como las de una mariposa monarca, pero de tono más saturado. Medían unos tres metros y medio de lado a lado cuando estaban abiertas. Al caminar, dichas alas atravesaban columnas y PNJ o mazmorreros que estaban bailando. No eran alas con presencia física, pero me di cuenta de que los bailarines reaccionaban al rozarlas. Era algo apenas imperceptible, pero todos relucieron un poco durante unos instantes después de que las alas los atravesasen.

—Hola, Carl —saludó Imani, que replegó las alas—. Veo que has recibido mi mensaje.

Se dio la vuelta y empezó a mirar por la estancia hasta ver a Dónut, que se encontraba en mitad de la pista de baile brincando sobre los hombros del Mazo. La gata hizo una pirueta en el momento en el que el guardaespaldas de roca empezó a hacer algo parecido al robot. Estaban rodeados por una multitud que gritaba: «¡Vamos, Dónut! ¡Vamos, Dónut! ¡Vamos, Dónut!». Por suerte, Bomo parecía estar vigilándolos de verdad. También había otros guardaespaldas por el lugar con los ojos muy abiertos.

«No sé por qué estás tan paranoico. No deberías tener más miedo de los humanos que de los monstruos».

—Qué alas más guapas —dije—. ¿Sirven para volar?

—Aún no —respondió ella—. Cuando llegue al sexto piso, tendré que elegir entre dos opciones. Una me permitirá volar. La otra las dejará tal y como están ahora.

—Eligió una especie y una clase de apoyo —explicó Elle. Había pedido otra ronda y me fijé en que ya se había bebido tanto la mía como la suya. No me importó—. Podría arrancarte los ojos si quisiese, pero lo que más hace es quedarse en la retaguardia y vigilar la salud del grupo.

—Una sanadora —comenté—. Como lo que erais antes Yolanda y tú.

Se le empañó la mirada al nombrar a Yolanda.

—¿Sabes lo de Brandon? Comentó que te había enviado un mensaje.

Asentí.

—¿Qué le pasó a su hermano?

—Esa es la razón por la que quería hablar contigo. —Señaló a Arcillez el guardaespaldas—. Chris eligió una especie de hombre roca, como estos tíos pero diferente. Se llama ígneo. Parece estar hecho de rocas de lava y está lleno de agujeritos. No sé si has visto a alguien de esa especie. Se volvió muy fuerte, pero también cambió su personalidad. —Miró a Elle por el rabillo del ojo—. Los cambios de especie suelen provocar ese efecto en la gente, al parecer. Estuvo bien los primeros días, pero luego empezó a discutir mucho con su hermano. Chris quería pasar todo el día cazando y matando. Quería ir en vuestra busca porque decía que erais agresivos y eso era algo que respetaba mucho. Insistió en que os encontrabais al sur de nuestra posición. No sé por qué creía algo así, pero Brandon no tenía intención de separarse de la escalera y se pasaba los días entrenando cerca de la salida. Se pelearon, y varios de los nuestros se marcharon con Chris. Eso fue más o menos cuando tú saliste del piso.

Elle rio.

—Luego Henry se metió en un callejón y se tiró a una súcubo que terminó dando a luz a miles de esos monstruitos goblin llamados diablillos de la oscuridad. Y así empezó todo. Tendrías que haberlo visto: esos cabrones verdes estaban por todas partes. Y todos tenían la cara de Henry.

—¿Henry? —pregunté.

Imani negó con la cabeza, al parecer irritada con Elle.

—Era uno de los ancianos. Murió, como Brandon, para protegernos mientras escapábamos.

Me quedé unos instantes en silencio para honrar a Brandon. Dónut se había agarrado a la cabeza del Mazo, como si estuviese bailando pegado con ella, aunque la música tenía el mismo ritmo de EDM que antes. Solo se había comido dos o tres guindas, pero vi que estaba borrachísima.

—¿No has hablado con Chris? —pregunté.

—No —respondió Imani—. Sé que está vivo, y también que es el único de los que se separaron que ha sobrevivido. No nos responde. Pero sé que te está buscando. Creí que tenía que contártelo antes de que diese contigo.

—Te lo agradezco —dije—. Y también me alegro de verte. Antes de que os marchéis, guardemos nuestros contactos en el chat.

Además, quiero mostraros algo y que me deis vuestra opinión. —Saqué el pergamino que Mordecai había dejado en el suelo junto a su mesa de alquimia, el que tenía apuntadas todas las estaciones de tren—. Vayamos a una mesa para que podamos verlo bien. Tenemos que encontrar...

Se oyó un estruendo que venía de la pista de baile y que llamó mi atención.

Solo había apartado la mirada durante un segundo. Bomo y el Mazo estaban tirados en el suelo bocarriba. La multitud, tanto los PNJ como los mazmorreros, gritaban y corrían para alejarse. Los guardaespaldas restantes se dirigieron hacia el centro del club.

Allí vi a Dónut bamboleándose. Tenía la salud roja y muy baja. Se había activado su habilidad Cucaracha, la que evitaba que muriese tras un golpe mortal.

Tenía toda la parte delantera del cuerpo cubierta de sangre. Un mazmorrero humano yacía tirado en el suelo, con sangre que manaba como un géiser de su cuello. Un momento después, el tipo se quedó inerte.

Una calavera apareció junto al nombre de Dónut.

9

Me levanté de la silla y cerré el puño para que se formase el guantelete, todo por instinto. Estaba preparado para tirar una cortina de humo o, en caso de que fuese necesario, activar el Caparazón protector. Pero ¿funcionaría contra los mazmorreros? Intenté recordar si los puntos de Frank y Maggie se habían puesto rojos al atacarnos. «Joder. Creo que no». Eso significaba que Caparazón protector no iba a servir de nada.

La gente se alejó a la carrera para colocarse alrededor de la pista de baile. La música se detuvo de repente, y Dónut permaneció allí en medio mirando al hombre que acababa de matar.

Aparecieron varios guardaespaldas de todas direcciones, que avanzaron despacio. Como no sabía lo que había ocurrido, temí que fuesen a por ella. Intenté valorar la situación rápidamente.

Nuestros cretinos guardaespaldas estaban vivos, pero habían quedado aturdidos. Solo quedaban unos pocos segundos para que despertasen. Había una daga ensangrentada y brillante en el suelo.

El cadáver era de una persona de unos veinticinco años, asiática. Se llamaba Ji-Hoon. Era un AFILADOR DE CUCHILLOS.

—¿Carl? —llamó Dónut cuando me acerqué a la carrera—. Lo siento mucho. Lo siento mucho.

—Al hombro —grité al tiempo que me giraba hacia los guardias—. Y cúrate.

Dónut saltó en mi hombro, pero los guardias no nos atacaron. Uno de ellos se colocó junto al cuerpo del mazmorrero muerto. Los otros se acercaron para ayudar a Bomo y al Mazo. No tenían los puntos rojos. Me relajé, aunque solo un poco.

—Todo saldrá bien —le dije a Dónut. Saqué una poción de sobriedad y se la di—. Tómate esto.

—Lo siento —repitió la gata. Ya se había sanado, pero aún no se le había ido el estado de embriaguez. Había usado una poción en lugar del conjuro Sanar, por lo que tuvo que guardar la poción de sobriedad en el inventario a la espera de poder tomársela. Empezó a sollozar—. Carl, yo no quería tener una calavera en el nombre. Lo siento. Ahora no le voy a gustar a nadie.

—Tranquila —dije, al tiempo que empezaba a sentir mucha rabia por el tipo muerto del suelo—. ¿Qué ha pasado?

—La señora lanzó un conjuro que hizo que mi guardaespaldas y el otro tipo de roca cayesen al suelo. Y yo también me caí, porque Macito estaba aturdido. Y después apareció ese con una daga y...

—¿Qué señora? —conseguí articular antes de que Dónut terminase de hablar, sin dejar de mirar entre la multitud.

Frus.

Una mujer salió despedida del grupo de gente y rebotó por el suelo hasta quedar inerte a mis pies. Tenía un témpano de sesenta centímetros clavado en un ojo. Le había entrado por la parte trasera del cráneo.

—Esa señora —dijo Dónut.

Imani y Elle corrieron hacia nosotros y subieron a la pista de baile. Los guardaespaldas las dejaron pasar.

—Estaba a punto de atacaros —dijo Elle, que no dejaba de mirar a su alrededor en busca de amenazas. Tenía un brillo en ambas manos. Vi aparecer una calavera junto a su nombre, pero a ella no pareció importarle—. Me pido saquearla. Dónut, haz lo mismo con el tuyo antes de que nos echen de aquí.

Imani se colocó detrás de nosotros con las alas del todo extendidas. Me estremecí al notar tan cerca aquel bicho etéreo.

¡Te han ciclado! ¡Has recibido una mejora temporal del 10 % a la Fuerza!

¡Te han cubierto! ¡Has recibido una reducción temporal del 10 % de daño!

¡Te han dado ventajas de trol! ¡Has recibido una aceleración temporal del 25 % de la sanación!

—No quería matar a nadie —repitió Dónut—. Vale, a esos perros tontos sí, pero no a una persona. No quería matar a una persona de verdad.

Extendí el brazo y acaricié la cabeza a Dónut. Se había formado una multitud más grande a nuestro alrededor y todos se nos habían quedado mirando. Los guardaespaldas estaban muy quietos, como si no tuviesen muy claro qué hacer. En el rincón más alejado del club, por la puerta sin cartel que llevaba a la parte trasera, apareció una figura alta y oscura. Se quedó quieta como contemplando la escena. Luego salió por la puerta otra figura. Esta parecía un hada pequeña, que zumbaba alrededor de la cabeza de la anterior.

—No has hecho nada malo —susurré a Dónut, que seguía sollozando en silencio—. Te atacaron y te defendiste. No tienes por qué sentirte mal. De no haberlo hecho, ahora estarías muerta. Y no te preocupes por lo de no gustarle a la gente. Nadie se enfadará contigo por esto. Confía en mí.

—¿Estás seguro? —dijo mientras sorbía los mocos.

—Lo tengo muy claro —respondió.

Me detuve a reflexionar sobre la reacción de Dónut. No había parpadeado siquiera por matar a un tren lleno de monstruos, ni a los PNJ que había en el interior. No era humana. Nunca lo había sido. Pero, por alguna razón, lo estaba pasando muy mal por lo que acababa de ocurrir. Sabía que, en parte, se debía a que estaba borracha. A cada día que pasaba se iba convirtiendo en una criatura cada vez más complicada. Era muy diferente a la gata que había aparecido al principio en el gremio de Mordecai hacía ya muchos días.

—¿Alguien más quiere probar? —gritó Elle—. Si atacáis a Dónut y a Carl, es como si nos atacarais a nosotras. ¡Congelaré la sangre en vuestras venas y luego os romperé los genitales como si estuviesen hechos de cristal!

—Tranquila, fiera —dije—. Creo que ya ha pasado todo.

—Es verdad. Ya ha pasado todo —gritó. Fulminó con la mirada a un mazmorrero enano—. ¿Y tú qué haces mirando con esa cara de asco? ¡Que te alejes!

—¿Yo? —aulló el enano—. No, no. Perdón.

Dio varios pasos hacia atrás.

—¿Siempre se comporta así? —pregunté a Imani, que acababa de negar con la cabeza. Estaba empezando a entender por qué Elle se encontraba en el top 10 e Imani no.

—No le des más vueltas —oí decir a Elle, que hablaba con Dónut—. No llores. Era inevitable. Cuando todo el mundo se entere de lo que has hecho, nadie más volverá a molestarte.

La figura alta que había al fondo de la estancia se dio la vuelta y desapareció en las oficinas del club. El hada, que tenía el tamaño de una mano, zumbó en dirección a nosotros. Gritó a los guardaespaldas, que empezaron a moverse poco después. Bomo, el Mazo y Arcillez se acercaron a nosotros con la cabeza gacha.

El hada era una mujer, pero llevaba un esmoquin similar al de los guardaespaldas. Tenía el pelo negro azabache recogido en un moño muy tirante. Dejaba a su paso unas pequeñas chispas rojas cuando volaba.

Astrid. Hadita sedienta de sangre. Nivel 125.

Subgerente del club Desperado.

La hadita sedienta de sangre es una de las haditas más mortíferas y menos habituales. Son usuarias de la magia cardiovascular, lo que les permite contar una amplia variedad de ataques y habilidades que afectan a cualquier criatura que tenga sistema circulatorio. Se dice que son capaces de hacer que un corazón lata tan rápido que estalla en llamas, lo que es asqueroso y puro heavy metal al mismo tiempo.

AVISO: Es un PNJ de clase feérica. Las criaturas de esta clase te infligen un 20 % más de daño debido a tu pase goblin.

«¿Nivel 125? Madre mía».

También me di cuenta de que en la descripción faltaba la frase «Se trata de un PNJ no combatiente» habitual.

—Princesa Dónut —dijo Astrid, que se nos acercó volando. Tenía una voz grave y seria que no casaba para nada con su aspecto de hada—. En nombre de la dirección de este establecimiento, me gustaría pedirte perdón por el inexcusable fallo de seguridad que hemos cometido. Es cierto que no garantizamos protección alguna a las personas que entran a nuestro local, pero las cosas cambian cuando se contrata a un guardaespaldas. Tienes mi palabra de que tomaremos medidas al respecto.

Miró por encima del hombro a Bomo y al Mazo, que no se movieron ni un centímetro.

Dónut sollozó. Empezó a brillar, lo que indicaba que al fin había podido tomarse la poción de sobriedad. Se enderezó sobre mi hombro.

—No pasa nada.

—Aun así —continuó Astrid—, nos gustaría devolverte las cuatrocientas monedas de oro y, de ahora en adelante, tanto Carl como tú contaréis con medidas de seguridad complementarias.

—Te lo agradecemos —dije, justo a tiempo para interrumpir a Dónut, quien estaba a punto de corregir al hada. Habíamos pagado quinientas monedas y no cuatrocientas. Clarabelle nos había estafado. Me guardé la información para otro momento.

—Muy bien —dijo Astrid, que se dio la vuelta.

—Una cosa más —comenté. La hadita se envaró antes de girarse hacia mí—. Sé que no me incumbe vuestra gestión de este lugar —empecé a decir al tiempo que señalaba a los dos guardias—. Pero no puedes echarles la culpa por lo ocurrido. Nos estarías haciendo un favor si no les impusieses un castigo muy duro a esos tipos. A Dónut y mí han terminado cayéndonos bien. Nos gustaría que fuesen nuestros guardaespaldas cada vez que estemos aquí, incluyendo lo que queda de noche hoy.

—Tienes razón, mazmorrero. No te incumbe. —Se quedó en silencio—. Pero vuestra solicitud tiene sentido. Muy bien. Hecho.

Se dio la vuelta y se marchó volando.

Los dos monstruos de roca se nos quedaron mirando con curiosidad. La habían cagado, pero sospechaba que les acabábamos de salvar su culo pedregoso. Había confiado en ellos más de lo que lo había hecho jamás cualquier persona, pero tenía que tener en cuenta que podríamos haber sido responsables de que los despidieran o algo mucho peor.

Elle dio una palmada, y unos copos de nieve salpicaron por todas partes.

—Eso es lo que yo llamo un entretenimiento.

Los cuatro nos sentamos en una mesa y desenrollamos el documento. Hice que Dónut saquease el cuerpo del humano muerto. Tenía muchos objetos de armadura y todos daban bonificaciones a las características. Supuse que terminaríamos por darle gran parte de ellos a Katia. También tenía muchas dagas, todas con magias diferentes. La que había usado para apuñalar a Dónut tenía una bonificación del 100 % al daño si apuñalabas a alguien por la espalda. La habría matado instantáneamente de no ser por la habilidad Cucaracha.

Dónut estaba sentada en silencio. Pidió un Shirley Temple normal sin alcohol y se pasó el rato comiendo las guindas.

—Estamos aquí —comentó Imani mientras miraba el mapa. Trazó una línea que se cruzaba con otras y luego señaló una parada—. Si queréis que nos reunamos todos, podríamos hacerlo aquí.

—Mordecai le había encontrado un patrón a esto de las líneas, pero creo que tenía más información que un mazmorrero normal —expliqué—. Tendremos que averiguarlo por nuestra cuenta.

—Pues yo solo veo el patrón de las estaciones de transbordo. Por lo demás, ni idea —dijo Elle. Parecía aburrida. Los tres guardaespaldas estaban alrededor de la mesa, con los brazos cruzados. Elle se humedeció los labios mientras contemplaba un PNJ elfo grande y sin camisa dando vueltas en la pista de baile.

—¿Cuál es el patrón de las estaciones de transbordo? —pregunté.

—Que todas son números primos —respondió ella. Tocó los números de todas las estaciones de ese tipo marcadas en el mapa. Después señaló una nota que había escrito Mordecai en la esquina del mapa, alrededor de la que también había dibujado un círculo. Decía «Primo». Yo ni la había visto—. Creí que ya lo sabíais.

—¿Qué es un número primo? —preguntó Dónut, que habló por primera vez en ese instante.

—Es algo matemático —respondí—. Se explica en cuarto o en quinto, pero luego no tienes que volver a usarlo jamás a no ser que te hagas matemático. O profesor de matemáticas.

Elle gruñó.

—Pues yo diría que ahora no nos vendría nada mal saberlo.

—No tenemos suficiente información —interrumpió Imani—. Tenemos que saber qué ocurre en el interior de esas cinco estaciones en las que se bajan todos los monstruos. Y, más importante aún, tenemos que saber lo que ocurre al final del trayecto.

—Estoy de acuerdo —comenté—. Vamos allá. Sigamos hablando con todas las personas que podamos para ver si ellos han descubierto algo más. Mientras, id con vuestro equipo a investigar esos andenes. Dónut y yo intentaremos hablar con alguno de los maquinistas.

—Pero las locomotoras están cerradas a cal y canto, figura. ¿Cómo vas a sacar de ahí a los maquinistas? —preguntó Elle.

Yo me limité a sonreír.

Nos despedimos de Imani y Elle. Luego pasamos por la Ruta de la Seda para vender algunos objetos y comprar explosivos, como una caja más de cortinas de humo. También compré algunos objetos de la lista de Mordecai. El puesto grande que supuestamente vendía suministros para trampas no estaba abierto aún, pero en lugar de un espacio vacío vi que ya habían empezado a montarlo, lo que indicaba que iba a abrir pronto.

Después echamos un vistazo por la fila de puestos de gremio que acababa de abrir. Era un pasillo oscuro lleno de puertas, cada una con una palabra o dos escritas sobre ellas. La mayoría de las habilidades eran de pícaro, como Abrir cerraduras o Prestidigitación. También había varias habitaciones que aún no estaban abiertas, pero vimos una para la habilidad Esquivar.

Intentamos abrir la puerta, pero no cedió. En ese momento, apareció una nota.

Solo los mazmorreros con la habilidad Esquivar a nivel 7 o más pueden entrar en esta habitación.

Dónut tenía la habilidad a nivel 6. Unas sesiones más en la sala de entrenamiento serían suficientes.

Bomo y el Mazo nos seguían con diligencia, gruñendo a todos los PNJ o mazmorreros que se acercaban demasiado. No hablaban ni comentaron lo que había pasado hacía un rato, aunque parecían más afligidos a su manera, si es que se podía decir eso de un hombre de roca. Intenté hablar con Bomo, que se me había quedado mirando perplejo. Sabía que hablaban. Arcillez lo había hecho. Una vez. Pero usaban las palabras como si tuviesen un suministro limitado de ellas.

Recordé que Chris también era así, cauteloso con lo que decía. Un monstruo de roca había sido una elección perfecta para él.

Finalmente, nos dirigimos al casino.

No era tan pomposo y estruendoso como un casino de Las Vegas, pero nos quedó claro en dónde nos estábamos metiendo nada más entrar. Había seis o siete mesas de cartas, una ruleta, un juego que era como una ruleta de la fortuna en vertical y una mesa de dados. Todos eran juegos de la Tierra, algo que me hizo reflexionar. Sabía que compartíamos algunos elementos culturales con el resto del universo, pero me pregunté qué influencia tendrían en aquel lugar. ¿Cambiarían los juegos en cada temporada? Sospechaba que sí. No había máquinas tragaperras. Los PNJ deambulaban sobre las mesas y jugaban en silencio. Me cuestioné qué hacían por allí, si eran autómatas como los bailarines. Solo vi a otra mazmorrera, una mujer con cabeza de dragón inclinada sobre una mesa de cartas jugando al blackjack.

Al igual que había pasado con el resto de las estancias, cuando entramos en el casino dejamos de oír el retumbar de la pista de baile, sonido que quedó reemplazado por una melodía seductora de algo parecido a jazz que resonaba por un altavoz. La música era una mezcla de voz y sintetizadores. Me pregunté si la cantante sería Manasa, la naga que había sido asesinada. La canción no se parecía a nada que yo hubiese escuchado antes y me resultó hasta embriagadora. Sospechaba que debía tener algo mágico, algo diseñado para que nos gastásemos más dinero.

Vi que había ocho guardias con esmoquin en la habitación. No eran cretinos, sino cocodrilianos. Nos dedicaron una mirada de sospecha con sus ojitos brillantes.

El lugar tenía más o menos el mismo tamaño que la pista de baile, lo que era más pequeño de lo que esperaba. Pero vi que también había un par de escaleras opulentas que bajaban al piso inferior y que estaban bloqueadas. Sospechaba que habría más juegos. Dichas escaleras se encontraban junto a la entrada y estaban protegidas por un guardia. Una bajaba al Coto de Caza. La otra tenía un cartel que rezaba LARRACOS. Oí risas, gritos y unos vítores estridentes que venían de ella.

—¿Qué es «Larracos»? —pregunté a Bomo, que seguía mirándome perplejo.

—Larracos es la capital de las tierras en disputa —dijo uno de los guardias cercanos. Era un cocodriliano de nivel 45 llamado Igor—. Es el premio por el que luchan las facciones.

—Pues parece que se lo están pasado muy bien por ahí abajo —comentó Dónut. Había estado todo el rato sentada en mi hombro y en silencio, pero ya había empezado a volver a ser la de siempre.

—Pelean de buen rollo en general —explicó Igor—. El club Desperado es el lugar donde vienen a desfogarse. Los ejércitos de las facciones no tienen permitido empezar a conquistarse entre sí hasta que los mazmorreros lleguéis al noveno piso. Así que, hasta entonces, los comandantes serios entrenan a sus tropas y el resto se van de juerga. Las apuestas que se hacen por ahí son con créditos, no con monedas de oro.

Asentí. El noveno piso se me antojaba como una señal de stop lejana que se alzaba en la distancia. Un desastre que sabía que estaba en el horizonte. Pero lo cierto es que dudaba que llegásemos tan lejos y lo único que podíamos hacer al respecto era seguir entrenando.

Saqué la ficha de oro de 100.000 que había recibido hacía ya un tiempo.

—Me gustaría cambiar esto.

El guardia se la quedó mirando.

—Tienes dos opciones: puedes cambiarla ahora mismo en el juego de la ruleta de la fortuna o puedes quedártela y usarla en la ruleta para derrochadores. No es la que has visto antes. Para eso tendrás que esperar hasta el sexto piso.

Sospechaba que lo mejor sería guardármela, pero llegados a este punto lo cierto es que me daba igual. Últimamente todo habían sido malas noticias y necesitábamos divertirnos un poco.

—La verdad es que nunca me han gustado las ruletas —dije. Era el juego favorito de Bea. Nos acercamos a la ruleta de la fortuna, que no tenía nada que ver.

De camino, pasamos junto a una de las mesas de las ruletas normales. El crupier era humano, y los PNJ que jugaban en ella eran una mezcla de elfos, humanos y orcos. Me percaté de que los símbolos de la mesa no eran dos colores con números, sino una mezcolanza rara de cuatro colores y símbolos diferentes, como huesos, cuchillos y un planeta con anillo.

La ruleta de la fortuna era una rueda vertical llena de premios aleatorios. Poco más de la mitad de los espacios eran rojos y estaban vacíos, con mensajes como «¡Nada!» o «El crupier te apuñala en el estómago» o «Envenenado» o «Vomitas sangre durante diez minutos seguidos».

No obstante, los premios buenos eran buenos de verdad. Por ejemplo: «Una nueva mascota» o «50.000 de oro» o «Una caja de armas legendaria». Otros no estaban muy allá, pero podían considerarse premios de igual manera. Estos eran cosas como «Pajillas gratis ilimitadas en Zorras» o «Desfile fálico». Por lo demás, había cajas de platino y legendarias. La mayoría de los huecos eran del mismo tamaño, a excepción del que decía «¡Nada!», que ocupaba dos espacios, y de otro que decía «500.000 de oro» que era muy estrecho y estaba rodeado por dos espacios de «Vuelve a tirar» a cada lado.

—A la mierda —dije cuando terminé de darle un repaso a todo. No podía arriesgarme a caer en uno de los huecos rojos. Hacer girar la ruleta costaba diez mil de oro—. Esperemos a que vuelva Mordecai y...

—Veo que tenéis una ficha —me interrumpió el humano que estaba junto a la rueda. Era un tipo calvo y enorme llamado Tito. Medía más que yo y parecía haber salido de un casting para interpretar a un asesino de la mafia. Solo le quedaba un diente en la boca. El sistema los describía como CRUPIER DE LA RULETA DE LA FORTUNA DEL CLUB DESPERADO. Y TAMBIÉN EL TIPO QUE TE VA A APUÑALAR—. Esas fichas de cortesía tienen un valor de cien de los grandes, que es la apuesta máxima. Cada apuesta por encima del mínimo elimina uno de los huecos rojos y añade uno positivo. Si usáis la ficha que tenéis solo quedarán dos espacios rojos en toda la ruleta. Los veintidós restantes serán resultados positivos. Quedará uno de los espacios «¡Nada!» y otro más.

—¿Cuál es ese otro? —pregunté, sin dejar de mirar a uno que decía: «Todo el pelo de tu cuerpo se convierte en una serpiente durante cinco segundos».

El tipo alto sacó un cuchillo largo y aserrado y lo clavó sobre la mesa.

—Adivinad.

—No lo hagas, Carl —dijo Dónut—. Te va a apuñalar en el vientre. Estos juegos nunca son justos.

—Oye —dijo el tipo, con un tono de voz que parecía ofendido—. Este juego es cien por cien legal. —Miré a Bomo, que se encogió de hombros. Uno de los premios buenos era «Elige una habilidad y obtendrás una poción de habilidad para ella». Me hubiese encantado que me saliera ese.

—¿La daga es mágica? —pregunté, sin dejar de mirarla.

—Qué va —respondió él—. Nadie ha muerto nunca después de que lo haya apuñalado. Y os estoy diciendo toda la verdad. —Sonrió con gesto tímido—. Nadie al que haya apuñalado por caer en esa casilla de la ruleta, claro. Suelo apuñalar mucho en mi tiempo libre también.

Calculé las probabilidades. Había veinticuatro huecos. O veinticinco, en realidad, ya que el de «¡Nada!» era doble. Si de verdad se trataba de un juego justo, y Mordecai también había dicho que lo era, ¿qué probabilidades tenía? ¿Algo menos de un diez por ciento de no ganar nada? Y solo había una probabilidad entre veinticinco de caer en el peor resultado de todos. Sería horrible que terminase apuñalándome, pero tampoco es que fuese mucho peor que todo lo que hacíamos en la mazmorra. Dejé la ficha sobre la mesa.

—Vamos allá.

Tito dio una palmada.

—Excelente. —Alzó la vista para mirar a Dónut, que seguía sobre mi hombro—. Me temo que tendrá que apartarse, señora.

La gata gruñó y saltó al hombro del Mazo, que no reaccionó de ninguna manera. Pero, un momento después, el monstruo de roca extendió el brazo y acarició a Dónut con un cariño muy sorprendente.

—¡Veamos qué nos depara la suerte! —anunció Tito. La ruleta empezó a brillar, y cambiaron muchos de los huecos hasta que solo quedaron dos rojos: ¡NADA! y EL CRUPIER TE APUÑALA EN EL ESTÓMAGO. Extendió el brazo e hizo girar la ruleta con muchísima fuerza.

—¡Vamos, vamos, vamos! —gritó Dónut desde el hombro del Mazo, con la voz cargada de emoción—. ¡La pasta! ¡La pasta!

Me relajé. Esa era la razón por la que estaba haciendo todo esto. La ruleta giró durante demasiado tiempo, hasta que empezó a reducir la velocidad poco a poco. Pasó por el hueco del apuñalamiento y se acercó al estrecho de los quinientos mil de oro muy despacio.

—¡Carl! ¡Carl! —continuó Dónut—. ¡Carl, que vamos a llevarnos el premio gordo!

Clic. Clic. Clic.

—¡No! —aulló la gata.

Se detuvo en VUELVE A TIRAR.

—¡Vuelve a tirar! —gritó Tito. Extendió otra vez el brazo y volvió a hacer girar la ruleta.

Detrás de mí, en la mesa con la ruleta normal, oí gritar a un PNJ. Me giré y vi cómo el suelo se abrió bajo sus pies y cómo caía para desaparecer en el agujero. Los gritos se alejaron a medida que se perdía en la distancia debajo del casino. Del agujero brotaron también otros gritos fantasmales, y una mano etérea y con garras salió de la oscuridad antes de convertirse en una nube de humo y disiparse. La trampilla se cerró con brusquedad.

—¿Qué cojones ha sido eso? —pregunté.

Tito se encogió de hombros.

—Ellos también tienen un «¡Nada!» en la ruleta normal. Pero creo que es algo diferente. Tienes que apostar que no vas a caer ahí. Pero si caes, estás jodido. Ese juego es mucho más seguro que este, pero yo tengo premios mucho mejores.

—Espera. ¿Qué? —pregunté alarmado—. ¿Qué es lo que pasará si caigo en la casilla «¡Nada!»?

Tito sonrió.

—Bueno. Dice «¡Nada!», pero en realidad sí que pasará algo.

Miré horrorizado cómo la rueda empezaba a reducir la velocidad y se acercaba peligrosamente a ¡NADA! Clic, clic... La pequeña aguja se balanceó en el último hueco, momento en el que contuve el aliento. Después pasó al verde contiguo. Joder. Había estado muy cerca.

—¡Tenemos un ganador! —gritó Tito. Había caído en Pergamino de mejora.

Apareció en la mesa frente a mí, con un contador de veinticuatro minutos sobre él. Era igual al que había recibido en otra ocasión. Tenía ese tiempo para leerlo y servía para mejorar aleatoriamente un objeto de los que llevase equipados. Mordecai me había advertido la última vez que no me quitase nada antes de leerlo, ya que el sistema tendía a joderte vivo si lo hacías. Con el pergamino anterior me había mejorado los gayumbos.

Lo cogí, respiré hondo y lo leí.

Sentí un cosquilleo en los pies. Bajé la vista y vi que el anillo de pie había empezado a brillar.

> **Anillo de pie mágico de la mofeta despachurrada. (Mejorado).**
>
> **Este objeto se ha mejorado una vez.**
>
> **Concede al portador +10 de Fuerza y +5 a la habilidad Golpe poderoso. Por si fuera poco, es un anillo de pie. Quizá sea algo incómodo y te dé aspecto de unos de esos hippies tontos del culo que se pasan el día haciendo malabarismos y jugando con el *hula hoop*, eso sí.**

El anillo de pie había pasado de +3 de Fuerza a +10, lo que sumaba 7 puntos más. Pero lo bueno era que la habilidad Golpe poderoso había subido dos niveles de habilidad más. Tenía una base de nivel 7 en esa habilidad, lo que sumado a los cinco puntos del anillo y uno más del guantelete hacía un total de nivel 13. Teniendo en cuenta el resto de las mejoras con los puños y las patadas, ahora el daño que hacía se multiplicaba siempre por trece. Solo me quedaban dos niveles para empezar a recibir ventajas y beneficios de los buenos. Cuanto más cerca estuviese de nivel 20, más impresionante sería mi daño.

—¿Quieres tirar otra vez? —preguntó Tito.

—Va a ser que no —respondí—. Creo que mi carrera en las apuestas se ha acabado por el momento.

Tito pareció decepcionado. Miró con gesto nostálgico el cuchillo.

—Tú mismo.

—¿Y ahora qué hacemos? —preguntó Dónut.

—Ahora volveremos a la base —respondí—. Tenemos que entrenar durante una hora, y yo tengo que crear algunas cosas en la mesa. Después iremos a divertirnos a uno de esos trenes.

10

Volvimos y encontramos a Hekla sentada en el sillón de nuestra base, bebiendo un batido del Arby's.

—¿Qué os parece? —preguntó, poniéndose en pie en el momento en el que cruzamos la entrada. Abrió los brazos y derramó unas gotas del líquido en la tela.

—Nada de sombra de ojos —comentó Dónut—. Ella no lleva maquillaje. Y también es mucho más grande. Pero lo has hecho muy bien.

En ese momento, me fijé en que el nombre que tenía sobre la cabeza rezaba «Katia».

—Guau —comenté un momento después—. Te ha salido muy bien. Si yo fuese Hekla, me sentiría muy rara ahora mismo. Pero es genial. ¿Puedes cambiarte el nombre sobre la cabeza?

—Más o menos —respondió—. Es una habilidad llamada En la piel de otro, y solo puedo activarla cuando mi apariencia casa con la de la persona copiada en al menos un 90 %. Esta Hekla solo llega al 65 %. Aún no me sale del todo bien.

—Yo diría que es mucho mejor que el 65 % —comenté—. A mí me has engañado.

—Estoy trabajando en ello. He comprado una mesa nueva de la que me habló Mordecai. Se llama mesa de maquillaje y, a nivel 3, puede superponer la cara de cualquier monstruo, mazmorrero o PNJ que haya conocido en el espejo, lo que me ayuda mucho a esculpirme la mía. Además, cuando lo hago en la mesa no me duele y ahora puedo guardar hasta tres diseños y usarlos a voluntad. Cuando la suba a nivel 5, se supone que aparecerá un espejo de cuerpo entero para modelar el resto del cuerpo con la misma facilidad.

—¿Nivel 3? ¿Has usado tus cupones de mejora? —pregunté, intentando lo menos posible sonar horrorizado.

—Lo he hecho, sí. Ahora es mucho más fácil. Creo que también he perfeccionado mi configuración de bloqueo.

Mordecai se iba a enfadar. Sabía que quería convencerla para usar los dos cupones de mejora de Katia en su mesa de alquimia. Pero los cupones le pertenecían a ella. No obstante, usarlos para mejorar una habilidad que tenía una utilidad relativa me parecía un desperdicio enorme. Pero, ahora que había sacado el tema, llegué a la conclusión de que íbamos a tener que ponernos creativos con las formas de Katia.

—Te hemos traído armadura —dije mientras Dónut soltaba las grebas, las hombreras y el yelmo en el suelo. Eran del asesino. Combinadas, proporcionaban una mejora de +8 a la Fuerza y +4 a la Destreza. Pero lo más importante es que añadían masa al total de su cuerpo.

—¿De dónde habéis sacado todo esto? Dios mío, Dónut. ¿Qué ha pasado?

Se acababa de dar cuenta de la calavera que la gata tenía junto al nombre. Cambió de forma y volvió a su imagen habitual, la versión real que solo había visto en la caravana de producción. La única diferencia es que mantenía esa cresta púrpura en lugar del pelo negro normal. Y también las botas de caña. Y que era mucho más alta gracias al aumento de masa.

—Nada. Solo ha sido una trifulca —respondió Dónut. Se lamió la pata, como si de verdad no hubiese sido nada—. Un mazmorrero incauto creyó que iba a poder conmigo y tuve que degollarlo. Francamente, casi no recuerdo lo ocurrido. Me había tomado una o dos guindas de más. Ahora, si me perdonas, tengo que ponerme a entrenar.

Dónut agitó la cola y se dirigió hacia la sala de entrenamiento.

Katia arqueó una ceja y me miró. Yo me encogí de hombros.

—Luego te lo cuento. Tenemos un día muy ocupado por delante.

Usé la hora de entrenamiento que me correspondía para la habilidad A puño limpio. Tendría que haber trabajado mi Golpe poderoso, que era una habilidad multifunción más útil que esta última, que solo se activaba con los puños, pero ya había practicado A puño limpio el día anterior y quería comprobar si entrenarla dos días seguidos era suficiente para subirla de nivel. Y así fue. La habilidad pasó a nivel 9 justo antes de que terminase la hora. Dónut pasó su rato practicando la habilidad Esquivar, que subió a nivel 7, lo que significaba que ahora tenía acceso al gremio de entrenamiento.

Luego pasé otra hora más trabajando en unos pocos objetos en la mesa de ingeniería. Después, pasé a la de zapador. Usé la pestaña Taller de demoliciones por primera vez, ya que me permitía sacar bombas del inventario para examinarlas y mostraba sus diagramas e información sobre el contenido y la potencia. También me informaba sobre el índice de deterioro de objetos en diferentes situaciones complicadas, algo que me venía muy bien. Era mucha información. Me atreví a ir al baño dos veces, ambas para consultar rápidamente el libro de cocina. Experimenté con la habilidad para desmontar bombas, con la que desarmé varias hobombas con mecha. Las mechas podían llegar a ser muy útiles. La estabilidad de las bombas y de los explosivos no se reducía mientras estuviese en la mesa, lo que me daba libertad total para cortar cartuchos de dinamita por la mitad o para juntarlos.

Mientras lo hacía, Dónut pasó el tiempo intentando montar a Mongo. Consiguió saltar sobre la silla de montar después de unos diez minutos de persuasión. Cuando aterrizó sobre el lomo del dinosaurio, aparecieron unas cinchas translúcidas alrededor de la cadera de la gata y quedó bien atada a la silla.

Mongo aulló y se revolvió como un cimarrón, lo que hizo que Katia y yo dejásemos lo que estábamos haciendo para empezar a reír a carcajadas. Dónut estaba unida a la silla mágicamente, pero parecía haber un límite a dicha adherencia, porque voló por los aires varias veces. El dinosaurio terminó por calmarse, pero no parecía nada contento. No se movió del sitio que ocupaba en mitad del estudio de creación. Se quedó allí muy quieto y con ojos suplicantes. Me miró como si me estuviese diciendo: «Quítame esta cosa de encima».

—¿Cómo vas a controlarlo? —pregunté—. No tiene riendas.

—Mongo y yo tenemos un vínculo mental, Carl. Nunca has sido madre, así que jamás lo entenderías.

Mongo graznó de repente y empezó a moverse con brusquedad, lo que hizo que Dónut saliese despedida por los aires y cruzase media estancia. La gata bufó y se le encrespó el pelaje antes de aterrizar a cuatro patas sobre la mesa de alquimia de Mordecai y tirar algunos viales.

—¡Mongo, malo! —gritó mientras Katia y yo nos partíamos de risa.

El dinosaurio gruñó con tono de mofa y luego empezó a rodar por el suelo, como si intentara quitarse la silla de montar.

—Algo me dice que vas a necesitar más que un vínculo mental.

Pasamos las horas siguientes recorriendo líneas de tren, pasando de una a la siguiente, *grindeando* y entrenando. Después de hablar con Imani y Bautista y ponernos de acuerdo con cuál era el mejor lugar para hacerlo, terminamos en el andén de la línea ocre. Los cuatro nos quedamos por allí mirando las vías.

—Un multímetro me vendría genial, uno colocado en el extremo de un palo muy largo —dije. Me incliné hacia delante para mirar los tres raíles—. Ni siquiera sabemos si están electrificados o no. Estoy bastante seguro de que sí, no obstante. Ese tercer riel se alza un poco del suelo y tiene aislamiento. Cabe la posibilidad de que se estén burlando de nosotros. O peor aún, de que eso esté conectado al infierno y que cualquier cosa que caiga ahí se electrocute hasta desaparecer.

—¿Y cómo vamos a descubrirlo sin acabar achicharrados? —preguntó Katia, que también se había inclinado para mirar las vías.

—¿Quieres que envíe a un Mongo mecánico ahí abajo? —preguntó Dónut.

—No, pero también es muy buena idea —respondí—. Antes voy a probar estas cosas.

Saqué una vara curvada de metal del inventario con la mecha de una hobomba unida a ella. Había montado varias solo para esto. La tiré a las vías calculando para que conectase los dos raíles principales con el tercer riel. ¡Pop! La mecha se prendió en el momento en el que tocó el metal. La vara curvada empezó a chisporrotear y a brillar. Un momento después, se separó del tercer riel y dejó de crepitar. No vi ningún arco voltaico.

—Pues está claro que caliente está. Y también sabemos que las mechas funcionan. —Repetí el experimento tirando las mechas en cada uno de los tres raíles, solo para asegurarme. La única vez que se encendió la mecha fue al tocar el tercer riel y otra cosa más al mismo tiempo. Eso me dejaba más o menos claro que el problema era ese tercer riel, como esperaba. Aún cabía la posibilidad de que me electrocutase al tocar las vías principales, pero el hecho de que estas estuviesen enterradas en el suelo me daba esperanzas de que fuesen inofensivas. «Y esas fueron sus últimas palabras», pensé.

Dejé que Dónut usase Triplicado mecánico con Mongo solo para estar un poco más seguro. Había subido el conjuro hasta nivel 5, lo que ahora hacía que los duplicados durasen 10 minutos. Los dinosaurios robot tenían pequeñas sillas de montar encima. La gata ordenó a los dinosaurios que bajasen a las vías y, cuando uno de ellos tocó el tercer riel, estalló por los aires y llenó el andén de muelles y engranajes. Tanto Mongo como el otro dinosaurio graznaron con preocupación.

Justo en ese momento llegó un tren, rebotando y rechinando sobre el metal de las vías. Hice un mohín cuando atropelló al segundo Mongo mecánico. Estábamos en la línea ocre, lo que significaba que los vagones estaban llenos de criaturas que aún no habíamos visto. Había desde unos monstruos toscos con forma de lobo y tentáculos a unas mofetas pequeñas y con aspecto de hada que aferraban cuchillos de carnicero tres veces más grandes que sus cuerpos. Dónut mató a un par de mofetas con sendos disparos cuando se abrieron las puertas. Mientras lo hacía, yo pinté con espray una equis enorme en un lado del vagón. Después nos echamos hacia atrás mientras se marchaba.

Si todo funcionaba como tenía previsto, tanto el grupo de Meadow Lark como el de Bautista verían la advertencia de que ese tren con la marca sería el último en pasar de esa línea durante un buen rato.

—Muy bien, chicos. ¿Estáis listos? —pregunté. No esperé a que me respondiesen. Katia, Donut y Mongo se retiraron hasta la pared del andén mientras yo sacaba el primero de los dos dispositivos de mi inventario.

Lo coloqué con mucho cuidado en el suelo y lo miré durante unos segundos para asegurarme de que no se deterioraba solo. Según el menú del Taller de demoliciones, era estable contra cualquier cosa excepto contra los golpes fuertes. Aun así, no dejé de mirar con nerviosismo el número que indicaba su estado. No descendió. Saqué la caña de pescar que había creado, enganché el dispositivo, que tenía el tamaño de una rueda, y luego lo bajé con cuidado hasta las vías, manteniéndolo lo más alejado posible del tercer riel. Después me dirigí hacia el extremo más alejado del andén y coloqué una segunda carga dentro del túnel, a la altura a la que quedaría la parte central de un vagón.

Había decidido ir a lo seguro para conseguir nuestro primer descarrilamiento. Al principio había pensado en construir una rampa de metal que cupiese entre los dos raíles, algo que hiciese que el primer vagón se alzase sobre el suelo y virase a un lado, para hacerlo descarrilar limpiamente. Pero no había manera de conseguir las medidas que necesitaba, por lo que en lugar de eso me limité a hacerlo de la forma clásica. Con minas.

Los dispositivos parecían un corte transversal con forma de rueda de esas minas de contacto cubiertas de pinchos que se usaban para los enfrentamientos navales durante el siglo XX. Había sacado la idea del libro de cocina, para luego cambiarla lo suficiente como para que diese la impresión de que se me había ocurrido a mí. No había tardado mucho en crearlo. Básicamente, era un tubo de metal alargado y lleno de hobombas con un cartucho de dinamita hobgoblin, que esperaba que se mantuviese estable y que servía para darle un poco más de potencia. El sistema le había puesto el nombre BOMBA GLASEADA, supuse que por lo mucho que se parecía a un dónut glaseado. No recibí crédito alguno por crearlo. Cuando el tren chocase contra el artilugio, uno de los pinchos se hundiría en él y aplastaría las hobombas que se detonaban por impacto, lo que haría que la mina al completo explotase. El metal de la parte superior de la bomba estaba marcado en formas triangulares para que la metralla fuese más mortífera. Había creado los pinchos con la ayuda marital de gorgona. Aún no habíamos podido probarlo, y lo cierto es que estaba nervioso por si explotaba antes de lo previsto. Sobre todo mientras lo colocaba sobre las vías. Estaba razonablemente seguro de que ambas bombas serían más que suficientes para hacer descarrilar el tren. Con suerte, el maquinista seguiría con vida después del accidente. Y con suerte yo también.

Una vez colocadas las dos minas, me acerqué al lugar donde se encontraban los demás, en la parte alta de las escaleras. Si algo iba mal, si soltábamos una horda de hadas mofeta voladoras por la estación, por ejemplo, podríamos retirarnos hasta la estancia segura o correr hacia otra línea, dependiendo de lo que ocurriese.

Miré por encima del hombro y examiné la pequeña estación de transbordo. Los tres establecimientos eran un restaurante de pho, un bazar y un edificio parecido a una iglesia y bien conservado, que era la entrada al club Vencedor. La puerta del club se abrió en ese momento, y un clérigo con cabeza de carnero y túnica salió para quedarse mirando hacia nosotros. Nos fulminó con la mirada durante unos instantes antes de volver a entrar.

> **Elle: Hola, semental. Hemos explorado una de esas cinco estaciones y no vas a creer lo que hemos encontrado. Tuvimos que enfrentarnos a tres jefes de barrio. También hay una jefa de municipio, pero la dejamos en paz. Imani dice que es una vieja amiga tuya. Una tal señora Krakaren.**
>
> **Carl: Guau. Espero que estéis bien. Ahora no es un buen momento. Luego hablamos.**
>
> **Elle: Vale, grandullón. Dale saluditos a Dónut de mi parte.**

Recordé la descripción de la primera Krakaren con tentáculos, que decía que había muchas. Si en esta ocasión se trataba de un jefe de municipio, probablemente fuese mucho más grande. La Krakaren original contra la que nos habíamos enfrentado usaba su cuerpo y a las larvas berrendas para producir el aguardiente de Beneficios Ya. Me pregunté a qué se dedicaba esta.

El suelo empezó a temblar, lo que indicaba que el próximo tren estaba a punto de llegar.

—Estoy moderadamente entusiasmada por lo que está a punto de ocurrir, Carl —dijo Dónut.

11

¡BABUM!

La detonación resonó ensordecedora incluso desde lo alto de las escaleras. El suelo tembló. Mongo graznó de miedo. Empezó a caer polvo del techo. Unos aullidos horribles y un estruendo chirriante se extendieron por todo el andén que teníamos debajo, y comenzó a formarse una nube de humo y polvo. Katia se aferró a mi brazo para no caerse, y Dónut saltó sobre mi hombro y me clavó las garras. El estruendo resonó bajo nuestros pies, seguido poco después de una segunda explosión que reverberó por el ambiente como el disparo de una escopeta.

¡Has subido de nivel! Ahora tienes nivel 29.
Has conseguido tres puntos de característica.

¡Logro desbloqueado! ¡Hay conmoción en la estación!

No puede decirse que haya sido un trabajo digno de recibir un premio Reina Isabel de Ingeniería, pero al fin has conseguido provocar el descarrilamiento de un tren. Esperemos que algo así no cause un inesperado efecto dominó que acabe afectando al resto del piso y que genere confusión y muerte, tanto para ti como para el resto de los mazmorreros.

Recompensa: ¡Has recibido una caja de ingeniería de oro!

Eso había sonado muy siniestro.

—Perfecto —dije cuando terminaron las explosiones y el ruido del metal al quebrarse—. Sigamos. Dónut, ¿ves algún punto rojo?

—No —respondió la gata—. Hay algunos cadáveres en el andén. Y creo que la explosión ha abierto uno de los vagones.

—Bajemos. Katia, pon un temporizador. Ocho minutos.

Si el siguiente tren de la línea no se paraba, teníamos que salir de allí antes de que chocase con el descarrilado. Y lo mismo pasaba si seguían viniendo. No tenía ni idea de qué era lo que iba a pasar, pero teníamos que ver lo que habíamos conseguido.

—Cielos —dijo Dónut cuando bajamos por las escaleras y nos internamos en la estancia llena de humo. El primer vagón estaba volcado, y la parte superior llegaba prácticamente hasta la pared del andén. No veía la parte inferior del tren debido al ángulo en el que se encontraba, pero el humo brotaba de ella y ascendía en gran parte hasta el techo. Dicho primer vagón seguía unido a una parte del número dos, que había quedado retorcido y estaba abierto como una lata de conservas. Había cadáveres de esos lobos con tentáculos y hadas mofeta por los vagones de pasajeros, y algunos incluso habían rodado hasta el andén. La mitad de ese segundo vagón seguía sobre la vía, con la parte trasera levantada y retorcida hacia arriba y hacia un lado, lo que había dejado un agujero en el lugar donde antes se encontraba el techo. No sabía si lo que había matado a las criaturas era el golpe o estas habían muerto automáticamente al respirar el aire del andén.

—Aún quedan algunos monstruos vivos en los vagones de atrás —comentó Dónut—. También veo el punto blanco del revisor, aunque no el del maquinista. Pero antes tampoco se veía.

—Bien —dije. Me sentí muy aliviado al comprobar que no habíamos matado al revisor.

—El tren ha descarrilado, pero el primer vagón no parece haber recibido daños —comentó Katia—. Ha volcado, pero parece intacto. Y también parece el culpable de que el segundo haya quedado destrozado.

—Tiene que estar hecho de un material más resistente —dije, al tiempo que me abría paso hacia la parte baja de las escaleras. El tren había destrozado el cartel mágico que había en el centro del andén, y pedazos de metal habían salido desperdigados por todas partes. También había varios pequeños incendios a nuestro alrededor. Si el lugar no contaba con un sistema de ventilación, no quedaba mucho para que quedase cubierto por un humo negro y asfixiante.

Nos acercamos a la parte abierta y resquebrajada del vagón número dos, hasta la pasarela, que se había roto y dejaba a la vista las vías de debajo. El suelo estaba lleno de escombros y había chispas por todas las partes en las que el metal entraba en contacto con el tercer riel. También vi que una sección de la vía principal había quedado muy retorcida. No había forma de que volviese a estar operativa hasta dentro de mucho tiempo.

También vimos la puerta cerrada del vagón número uno.

—Esa puerta sigue intacta —dijo Katia—. Si el maquinista no sale de ahí, ¿qué vamos a hacer?

Antes de que me diese tiempo a responder, la puerta se deslizó y salió por ella una figura enorme que se tambaleó hasta caer y tuvo que apoyarse en la pared abierta y destrozada que había junto a la pasarela. Gruñó algo y empezó a levantarse.

—Pues ya estaría —murmuré mientras el... hombre... terminaba de enderezarse. Mediría más de dos metros cuarenta de alto.

Vernon, el revisor, había sugerido que los maquinistas podían ser humanos, teniendo en cuenta sus voces, pero en realidad no estaba seguro. Nunca había visto a uno. Había acertado, a medias.

De hombros para abajo, lo que vimos era un hombre normal. Tenía una complexión robusta y era fuerte. Pero en el lugar donde tendría que haber estado el cuello de una persona normal, había otro torso, que llevaba a la parte superior de... ¿otro...? hombre. Esa mitad superior no era tan grande como la inferior. La criatura tenía un par de piernas, otro de brazos en la parte de abajo y otro también de brazos en la parte de arriba. El tipo, de dientes separados, tenía también un pelo negro y grasiento que le caía desde dentro del gorro de maquinista. El torso superior llevaba una camiseta de asillas que había sido blanca hacía mucho tiempo y que tenía un mensaje que rezaba: «Tengo músculos para repartir». La mitad inferior y más grande estaba desnuda, a excepción de un taparrabos de piel.

El rostro del tipo y la parte inferior desnuda estaban cubiertos de franjas de pintura azul, como si estuviese disfrazado del personaje de Mel Gibson en *Braveheart*.

> **Sangre-Sangre. Humanotauro. Nivel 40.**
>
> **Maquinista del tren de la línea ocre.**
>
> **De todos los «tauros» que existen, desde los centauros hasta los bisontetauros y pasando por los rinotauros, el humanotauro es uno de los más extraños. Este humanotauro, que es mitad humano y mitad... pues humano, ha sido creado genéticamente para**

tener más Fuerza y más Destreza, lo que lo convierte en una criatura perfecta para llevar a cabo el agotador y desagradecido trabajo de maquinista de la Maraña.

Por desgracia, la creación de estas bestias magníficas y de pies grandes a veces da como resultado criaturas con el doble de testosterona y lo que quiera que haga que los humanos se vuelvan más masculinos y adquieran una devoción hiperentusiasta por el dios a su elección.

—Es la cosa más rara que he visto en toda mi vida —murmuró Katia.

—Salve, hermano y hermana —gritó Sangre-Sangre—. Y Princesa. ¡Refinada Princesa! ¡Salve! Habéis sobrevivido al descarrilamiento. Tenemos que salir de estas ruinas. Pero ¡no temáis! La suerte está de nuestro lado en estos tiempos aciagos, ¡pues nos encontramos en una estación de transbordo donde hallaremos alimentos e hidromiel!

El humanotauro cayó hacia delante, lo que hizo que se apoyase sobre las piernas y los brazos de su parte inferior, algo absurdamente inquietante. Se alejó del tren y pasó a nuestro lado a toda velocidad hasta llegar al andén.

«Cree que somos pasajeros. No sabe que somos los responsables del descarrilamiento».

—¿Y qué pasará con el revisor? —grité al tiempo que miraba hacia la parte trasera del tren. Los vagones números tres y cuatro estaban aplastados el uno contra el otro y la maraña de metal que se había alzado hasta casi tocar el techo de la estancia. La mitad del vagón cinco seguía en el túnel.

—¡Carecemos de tiempo! —gritó la criatura, aunque no era necesario hacerlo en realidad—. El próximo tren se cierne sobre nosotros. ¡Y el siguiente! Todos chocarán. El control central tardará en darse cuenta de que ha habido un problema y en enviar un equipo de interdicción. ¡Debemos escapar de este lugar condenado! ¡Corred y viviréis para luchar un día más!

Se dio la vuelta y empezó a correr en dirección a las escaleras.

—¿Deberíamos ayudar al revisor? —preguntó Katia.

—Yo creo que no le pasará nada —dije—. Vamos. Tenemos que hablar con este tipo antes de que escape al galope.

El segundo tren se escoró al chocar contra la parte de atrás del primero, lo que causó otro terremoto y un estallido reverberante y chirriante. Sonó como si el impacto hubiese hecho que más vagones se subiesen al andén que teníamos debajo. También empezaron a ascender más nubes de humo y polvo.

Nos encontrábamos en la parte alta de las escaleras. Sangre-Sangre no parecía saber qué hacer ahora que se encontraba fuera del tren. Eso no era precisamente lo que yo tenía en mente. Le envié algunas instrucciones a Dónut por el chat.

—Salve, hermanos caídos —gritó Sangre-Sangre de improviso y sin razón aparente. Se dio un golpe en el pecho superior y dejó una mancha de pintura corporal azul en la camiseta sucia.

—Oye —dijo Dónut—, ¿podríamos hacerte algunas preguntas?

—¡Por supuesto! —gritó—. ¡Mi deber sagrado es ayudar a los clientes de la Maraña! ¡Y más aún cuando son la princesa y su sirviente los que requieren dicha ayuda!

—¿Podrías dejar de gritar, por favor? —pidió Dónut—. Mongo se está poniendo muy nervioso.

Mongo graznó para corroborarlo.

Carl: Ahora sabes cómo me siento cuando escribes en mayúsculas.

Dónut: NO ES LO MISMO, CARL.

—Haré lo que pueda, Princesa Dónut —dijo el humanotauro—. No quiero importunar a tu corcel real. ¿En qué puedo ayudaros?

—Tenemos algunas preguntas sobre el final del trayecto —dije.

—¿Te refieres a la parada número 435? —dijo él. Su actitud había cambiado de repente, como si hubiese pulsado un interruptor. Bajó la voz—. Recomendamos a todos los pasajeros bajarse en la 433, que es la última estación de transbordo. Las siguientes no son seguras, ni siquiera para guerreros tan magníficos como vosotros.

—¿Seguras? —preguntó Katia con un resoplido—. ¿Y las paradas antes de esa sí lo son?

—¿Qué hay en la parada 434? ¿Y en la 435? —insistí.

—La parada 434 está vacía —dijo—. La parada 435 es el lugar

donde mis colegas trabajadores salen del tren y entran en el portal que los lleva de nuevo a la playa de maniobras.

—¿Y tú? —probé a preguntar—. Hablamos con un revisor y nos dijo que nunca ha visto a los tuyos salir del tren. Y tampoco recuerda qué es lo que pasa en la parada 435.

Sangre-Sangre hizo una pausa y una expresión extraña le cruzó el rostro pintado. Parecía asustado u otra cosa. ¿Avergonzado? No tenía sentido. Sabía que nunca hubiésemos conseguido esta información si Dónut no estuviese usando su Carisma para sonsacársela a esa criatura.

—Tras cumplir con su deber sagrado, los empleados de la Maraña se bajan en la estación 435 y se internan en el túnel, que los transporta de vuelta a la base. Los kravyad se encargan del regreso de los empleados. Usan su magia negra para prepararlos antes de que entren en el portal, que tiene efectos secundarios en lo relativo a los recuerdos. Recursos humanos dice que están intentando solucionarlos.

—¿Y tú? —repetí—. ¿Qué es lo que haces tú?

—Pues... yo llevo el tren a la puerta. Como haría un verdadero maquinista.

—¿Qué puerta? ¿Qué dices?

—Hay una puerta justo después de la parada 435, y la cruzo con el tren. Es un portal enorme que hay que atravesar. Lo hago y vuelvo a la playa de maniobras para luego aparcar en el lugar que me corresponde. Pero ¡ay! Cuando lo hago solo está el primer vagón. Los diecinueve restantes han desaparecido.

—¿Desaparecido? —pregunté.

Chasqueó un dedo de una de sus manos inferiores.

—En un abrir y cerrar de ojos. Un instante antes me acerco a la puerta abisal con todos los vagones y, cuando la cruzo, me encuentro en la playa de maniobras. Es magia, y no sé cómo funciona. —Miró de un lado a otro y luego se inclinó hacia delante para ponerse a susurrar, como si temiese que alguien fuese a oírlo—. Mi pueblo no cree que la magia sea honorable ni que exista. No me gusta usar la puerta, pero soy un buen empleado y hago lo que se me ordena. Yo no pierdo la memoria como les pasa a los enanos o a los agarradores. Veo un resplandor de luz infame y, luego, el vagón se teletransporta. Duermo durante ocho horas en mi camarote, ingiero épicos alimentos y me levanto para ponerme a hacer las comprobaciones. Después espero a que enganchen los vagones para empezar con el siguiente trayecto.

—¿Duermes? —pregunté—. El revisor dijo que, cuando llega el final del trayecto, parpadea y aparece volviendo a subir al tren, al momento. No dijo que hubiese tiempo para ponerse a dormir.

La parte superior de Sangre-Sangre se estremeció. La franja de pintura azul relució a la luz.

—Ellos pierden los recuerdos de esos momentos cuando atraviesan el portal. Pasan nueve o diez horas hasta el siguiente trayecto.

—¿Y qué es lo que pasa con los demás vagones? Se dice que es como si volviesen atrás en el tiempo, como si se reiniciasen.

Asintió.

—Desconozco los detalles. Los vagones de pasajeros se limpian a fondo antes de empezar. Se reparan todos los daños y se saca de ellos todo lo que no tendría que estar dentro. En su mayor parte.

Eso no era exactamente lo que había dicho Vernon.

—Pero ¿y tu vagón? ¿El primer vagón no se... limpia a fondo?

—No, ese no.

Excelente. Ahora tocaba hacerle la pregunta importante.

—Entonces, si estamos contigo cuando atravieses la puerta..., a nosotros no nos pasará nada, ¿no?

Se quedó en silencio antes de responder:

—He oído hablar de pasajeros que atraviesan la puerta. El proceso de limpieza a fondo no es nada bueno para ellos. A veces hay huesos.

Negué con la cabeza.

—No me refiero a los que se quedan en los vagones de pasajeros. Digo los que están dentro del primer vagón. Ahí dentro contigo.

Sangre-Sangre frunció el ceño.

—Me encantaría viajar con compañeros guerreros en pos de lo desconocido. Pero ¡ay! Es imposible que se suban en el primer vagón. Este solo es para los maquinistas. ¡Son las normas de la Maraña! Ni siquiera otros empleados pueden hacerlo. ¡Sin excepciones!

—Pero si estuviésemos ahí..., no nos pasaría nada al cruzar, ¿verdad?

—La puerta abisal no os mataría. —Levantó los cuatro brazos al mismo tiempo de repente, y unos filos de metal brotaron de la carne de las muñecas de los brazos superiores con un chiiing, como si fuese una especie de Lobezno chungo—. Pero ¡en ese caso se me concedería el honor de acabar con vosotros! ¡Sin excepciones, mi amigo guerrero!

—Muy bien —dije al tiempo que daba un paso atrás. Este tipo estaba loco. Todos estaban locos. Todos y cada uno de ellos—. Una última pregunta. Has salido porque ha descarrilado el tren. ¿Hay alguna otra razón capaz de hacerte salir? Por ejemplo, si quisieses hablar con uno de tus compañeros maquinistas, ¿cómo lo harías?

Bajó los brazos y los filos de metal volvieron a replegarse al interior de su piel. La sangre empezó a gotearle por las manos, desde el lugar donde habían aparecido las armas.

—No salimos del primer vagón si el tren está intacto. Es la norma. Ahora, amigos guerreros, me dirigiré a un lugar de descanso. Beberé hidromiel y esperaré a que llegue el equipo de interdicción para que me lleven de vuelta a la base. ¡Salve!

Vimos cómo Sangre-Sangre se daba la vuelta y se dirigía hacia el club Vencedor. Se agachó para cruzar la entrada y desapareció.

—Parece que es miembro de ese sitio —dije mientras me giraba hacia Katia y Dónut. Oímos otro chirrido y el chocar de otro tren debajo de nosotros—. ¿Qué es lo que acabamos descubrir?

—Pues que parece que podríamos volver al principio si conseguimos meternos en el primer vagón —dijo Katia.

—Eso mismo —dije—. Pero si la única manera de entrar en él es hacer descarrilar un tren, lo cierto es que no nos sirve de nada.

—Necesitamos una llave de maquinista. Es probable que ese tipo la tenga en su inventario —comentó Katia—. Así podremos entrar en el primer vagón mientras el tren está en marcha.

Asentí.

—Eso es justo lo que estaba pensando. Pero sabemos que las llaves también tienen un código de color, por lo que su llave solo funcionará en otros trenes de la línea ocre. No creo que podamos meternos en uno de la amarilla y usarla ahí. Y si descarrilamos un tren para conseguir la llave, haremos que se detengan el resto de los trenes de la línea. No sabemos durante cuánto tiempo, eso sí, pero si los trenes no pasan la llave no sirve para nada.

—Espera, Carl —dijo Dónut—. ¿No acabas de decir que solo detiene los trenes que vienen detrás? ¿Y si conseguimos la llave, nos metemos en el Expreso de Pesadilla o uno de esos trenes superrápidos que viajan en círculos, nos vamos a una parte más adelantada de la línea y hacemos transbordo a uno de los que van por delante?

—Es una idea maravillosa —le dije a Dónut mientras le rascaba la cabeza. Ella sonrió. A mí también se me había ocurrido algo así, pero no quería decirlo aún—. Creo que esa criatura nos acaba de revelar dos maneras de llegar hasta las escaleras. También podemos usar el portal de empleados. Quizá. Parece que la gente que lo hace pierde la noción del tiempo y tiene problemas con la memoria. Y tienen que enfrentarse al kravyad, que a saber qué será esa cosa. Es probable que se trate de un jefe que protege el portal.

—Me parece muy complicado —comentó Katia—. ¿Cuántos de los 300.000 mazmorreros que quedan llegarán a descubrir algo así?

—Espero que todos —comenté—. Gracias a nuestros contactos, podremos empezar a difundir la información. Dudo que solo haya una o dos formas de salir de aquí. Hay muchas cosas que aún no sabemos, como lo que hay en la parada 436, esa a la que solo podemos llegar con el Expreso de Pesadilla. Y aún tengo que hablar con Elle e Imani sobre...

—¡Viles traidores! —gritó Sangre-Sangre mientras salía a toda prisa del club Vencedor—. ¡Mentecatos! ¡Y yo que creía que erais honrados. Alabado sea Grull. ¡Acabaré con vosotros! ¡Salve y muerte!

Volvió a levantar los brazos y, otra vez, sacó esas garras metálicas. Tenía el rostro torcido en un gesto de rabia. El punto había pasado a ser rojo.

El clérigo con cabeza de carnero asomó la cabeza por la puerta y nos señaló antes de volver a desaparecer en el interior.

Empezó a sonar una tonadilla.

«Joder...».

—¿Grull? —preguntó Dónut—. ¿Ese no es...?

—El mismo —respondí antes de que todo quedase paralizado.

¡B-b-b-b-batalla contra jefe!

Nuestros avatares aparecieron flotando en el aire.

Habéis enfadado a un PNJ, pero ¡no a un PNJ cualquiera! ¡Es un jefe de barrio! Es...

Apareció la palabra ¡VERSUS! junto a nuestros retratos, con letras llenas de manchas de sangre. Luego, se estampó contra la pantalla virtual el avatar de Sangre-Sangre, con la boca abierta como si estuviese gritando.

¡SANGRE-SANGRE EL HUMANOTAURO! ¡MAQUINISTA DEL TREN! ¡ADEPTO DE GRULL EL DIOS DE LA GUERRA! ¡BERSERKER SUPREMO! ¡NIVEL 40!

Todo volvió a empezar a moverse, y Sangre-Sangre comenzó a galopar directo hacia nosotros, gritando y con espuma en la boca.

—Bueno, supongo que toca divertirse —dije.

—¡Posición tres! —grité mientras cerraba el puño para que apareciese mi guantelete. En esa formación, Katia permanecía cerca, pero Mongo se mantenía alejado por mi izquierda. Dónut no se subía sobre mi hombro y quedaba atrás y a mi izquierda, entre Mongo y yo.

—¡Carl, creo que ese clérigo le ha dicho que nosotros hicimos descarrilar el tren! ¡Qué majadero!

—¿Tú crees? —dije con sorna—. ¡Dispara!

Dónut le lanzó dos proyectiles mágicos, que rebotaron en el pecho del tipo sin causarle daño.

—¡Dice que los proyectiles mágicos no le hacen daño! —gritó la gata.

—Vale. Pues habrá que hacerlo a lo difícil —dije—. ¡Alucinante!

Tiré una cortina de humo mientras Katia y yo dábamos tres pasos a la derecha. Dónut lanzó Agujero en el suelo frente al humanotauro, que cargaba hacia nosotros. Al mismo tiempo, yo lancé el conjuro Miedo.

El agujero tenía escasos centímetros de profundidad, y la criatura apenas se tambaleó al pasar por encima. También me dio la impresión de que mi conjuro Miedo había tenido un efecto muy leve. Algún día llegaría a ser una jugada fantástica. Lancé Empotrador en el guantelete, que empezó a brillar con fuego eléctrico. Luego, me bebí una poción de maná.

—¡Tamaña traición! —aulló Sangre-Sangre—. Magia y hechicería. ¡Morid, en nombre de Grull!

Saltó hacia delante y empezó a lanzar tajos a ciegas hacia el lugar donde yo me encontraba un momento antes. Después se dio la vuelta y siguió atacando, en esta ocasión al lugar donde se encontraba Dónut, algo que yo no esperaba. La gata se apartó dando una voltereta hacia atrás. Mongo graznó de rabia. Katia y yo corrimos hacia delante, momento en el que eché atrás el brazo y le propiné un puñetazo con todas mis fuerzas, uno en el riñón de su torso inferior. Él gruñó. Tenía el cuerpo recio y musculado, como un saco lleno de gravilla. Gritó de rabia y le apareció la barra de salud sobre la cabeza. Le había quitado un 5 % a lo sumo.

1,5.

La notificación apareció de la nada y se quedó ahí fija en mi interfaz.

Entendí lo que significaba, aunque me extrañó que permaneciese en la pantalla. Tenía que tener cuidado con mis puñetazos. Debido a la habilidad especial de mi guantelete mágico, cada puñetazo que impactase en su objetivo tenía una probabilidad del 1,5 % de invocar a Grull, el dios de la guerra, que seguro sería una versión ciclada y casi inmortal del príncipe Fornido del Imperio Calavera. Era lo último que necesitábamos en aquel momento.

Mongo aulló al saltar con las garras por delante. Sangre-Sangre reaccionó muy rápido para darle un revés al dinosaurio con la parte roma de sus garras. La criatura gritó de dolor y cayó con fuerza al suelo, con la salud alarmantemente baja a pesar de que había sido un golpe de refilón.

—¡Mongo! —gritó Dónut, que saltó hacia la mascota herida mientras Sangre-Sangre se giraba otra vez y saltaba hacia mí.

Sabía que la cortina de humo estaba haciendo su trabajo, pero la criatura era un guerrero muy astuto con reflejos aguzados. Antes de que pudiese apartarme también de un salto, lanzó un tajo agresivo hacia donde me encontraba.

Katia brincó y bloqueó el golpe con el brazo. Después, se tambaleó y empezó a gritar de dolor. Bajé la vista y vi horrorizado que le faltaba una parte del brazo, que cayó al suelo con un ruido metálico.

«Solo es metal. No es carne».

Salté hacia delante, me acerqué al pecho y le pegué cuatro puñetazos rápidos.

3,0.
4,5.
6,0.
7,5.

«Mierda». La descripción no decía que la probabilidad era acumulativa, pero ¿qué otra cosa podía hacer? Había muy poco espacio y me encontraba demasiado cerca como para darle patadas. Le di un rodillazo con mi rodillera de pinchos, pero la fuerza del impacto no era la misma. «Tengo que alejarme». Tuve que darle dos puñetazos más para conseguir apartarme. El último golpe hizo que sintiese un crujido dentro del pecho de la criatura, que aulló de rabia y dolor.

9,0.
10,5.

Lanzó otro tajo mientras yo me retiraba. Las puntas de las garras me rozaron la cara. Grité cuando las tres me rasgaron un poco la carne. Sangre-Sangre gruñó sorprendido cuando recibió el daño de mi habilidad Devolver el daño. Una de las manos de su torso inferior me agarró por la garganta y me impidió retirarme. Después me cogió con ambas por el cuello y empezó a apretar. Alcé la vista y lo vi levantar la mano derecha del torso superior para destrozarme.

En ese momento, hice clic mental en el Caparazón protector.

Gritó cuando el conjuro lo lanzó bien lejos, hacia mi derecha, lo que lo hizo caer por las escaleras en dirección a los restos humeantes e incendiados del andén de la estación ocre.

Por desgracia, la naturaleza estática del conjuro que tan bien había funcionado antes, ahora jugó en mi contra. Sangre-Sangre salió despedido, pero me tenía muy bien agarrado por el cuello con dos de sus manos, por lo que tiró de mí como si de un perro con una correa se tratase.

Balbuceé mientras volaba y giraba en el aire. Por alguna razón, aflojó el agarre en mi cuello en un momento dado.

Rebotamos por las escaleras una vez, y su cuerpo me sirvió de protección, pero cuando caímos al suelo de abajo me cayó encima y me dejó sin aliento. Sentí un crujido nada halagüeño en mi interior y me tomé una poción de sanación antes siquiera de dejar de deslizarme, mientras él seguía por ahí rebotando. Acabé apoyado contra un pedazo de metal que ardía al rojo. Grité y me aparté al instante, y luego grité otra vez mientras se me curaban las costillas y el brazo.

«Joder, cómo duele esta mierda».

Me giré justo a tiempo para verlo caer a las vías, por el espacio que había quedado entre el vagón número tres y el cuatro, que habían quedado aplastados entre sí debido al descarrilamiento y a los golpes sucesivos del resto de los trenes. Formaban entre sí una especie de tipi, y la parte que unía los dos vagones había quedado rozando el techo.

Me puse en pie a duras penas mientras Sangre-Sangre se enderezaba del todo, aturdido, en el hueco que quedaba entre los vagones, como si estuviese debajo de un toldo. La parte superior de su cabeza rozaba las ruedas destrozadas. Había perdido el gorro de maquinista por el camino, lo que había dejado al descubierto una gran calva en la parte superior de la cabeza. La salud le había descendido un 20 %, más o menos.

«Joder, este tío es resistente de cojones».

—Lo siento en mi interior —comentó Sangre-Sangre, con voz extraña—. Los dioses me han bendecido.

En ese momento, vi que el 10,5 había empezado a parpadear, y que Sangre-Sangre tenía un temporizador sobre la cabeza.

Diez segundos y contando.

«Mierda. He invocado al dios». Quedaban pocos segundos para acabar con esa criatura o íbamos a morir todos.

—¡Carl! ¡Carl! ¡Ya vamos! —gritó Dónut desde lo alto de las escaleras.

«Esto es una idea terrible», pensé mientras corría hacia delante. Activé la habilidad Garrazo mientras avanzaba y saltaba sobre los escombros. Brinqué una vez más y luego salté para dar una patada voladora con las dos piernas en el plexo solar inferior de Sangre-Sangre.

Él cayó de nuevo a las vías, pero yo quedé a salvo en el hueco.

Bzzzzzz.

No fue un ruido muy estruendoso. De hecho, casi ni me percaté de él debido a la música. Pero lo sentí. Cualquiera que haya estado cerca de un cable de alto voltaje sabría identificarlo. Era algo que llegas a sentir, como si la muerte estuviese ahí mismo pasando a toda velocidad junto a ti.

Mientras el cadáver electrificado de Sangre-Sangre se freía para luego caer en las vías normales, sentí la corriente pasar por el tercer riel. Todo mi cuerpo aulló de dolor cuando las vías se electrificaron debido al cortocircuito provocado por el cuerpo del humanotauro. Por suerte, la toma de tierra era lo bastante grande como para desviar gran parte de la corriente. Salté hacia atrás, a duras penas, y me golpeé la cabeza contra el borde del andén. Sentí unas fauces que me mordían en la parte de atrás de la chaqueta y la capa mientras Dónut tiraba de mí para sacarme del hueco. La gata usó conmigo un pergamino de Sanar sin dejar de gritar mi nombre.

El mundo se volvió a paralizar cuando apareció la notificación ¡GANADOR!

—Eso no ha sido muy divertido —le dije a Dónut un momento después. Gruñí y me incorporé—. Vamos a intentar saquear el cadáver sin electrocutarnos y luego vayamos a comprar algo de pho. Necesito descansar antes de seguir con las emociones fuertes.

Aviso de administrador. Felicidades, mazmorrero. ¡Te han patrocinado!

Los espectadores que estén viendo tu canal verán de vez en cuando los anuncios de dicho patrocinador.

Nombre del patrocinador: Corporación Valtay.

Encontrarás más detalles en la pestaña Patrocinio de tu interfaz.

12

LÍNEA OCRE. ESTACIÓN 149.

—Carl, Carl. ¡He subido a nivel 28 y ya tengo patrocinador! —dijo Dónut mientras yo me ponía en pie. Soltó un grito ahogado—. Carl, adivina. ¡Es la princesa D'nadia del Reino del Prisma! ¡La quiero mucho!

Negué con la cabeza. Aún me sentía desorientado. Debajo, un Mongo mecánico había empezado a arrastrar el cadáver de Sangre-Sangre por el taparrabos para intentar alejarlo del raíl electrificado. Teníamos que darnos prisa. Una vez el siguiente tren chocase contra todos los demás, era posible que aquellos dos vagones quedasen más destrozados aún y bloqueasen el hueco por completo. Además, era de esperar que en esos trenes hubiese más humanotauros como Sangre-Sangre dentro del primer vagón. Lo último que necesitaba era enfrentarme a otro de esos tipos.

—¿D'nadia? ¿Quién era esa?

Dónut me fulminó con la mirada.

—Carl, es probable que nos esté viendo en estos momentos. ¡Dile que lo sientes!

—Lo siento, princesa D'nadia del Reino del Prisma —dije—. Pero ¿quién era?

Dónut suspiró.

—Te sentaste a su lado cuando nos invitaron al programa de Ripper Wonton. La sacaciana. La sac. ¿En serio, Carl?

La recordé en ese momento. Solo habían pasado unos pocos días. Era aquella criatura con tentáculos. Su país, planeta, sistema planetario o lo que carajo fuera, el Prisma, era supuestamente pequeño pero muy poderoso. La princesa D'nadia era una persona muy directa y parecía pasar la mayor parte del tiempo yendo de programa en programa. Recordé que había intentado darme la mano virtual. Cuando el Imperio Calavera había intentado asesinarnos y había matado por accidente a Manasa, quien en realidad estaba controlada por un parásito cerebral de la Corporación Valtay, D'nadia se había enfadado muchísimo. «Anda... —pensé—. Nos han patrocinado dos de los grupos que estaban presentes durante ese incidente».

—¿Quién te patrocina a ti? —preguntó Dónut.

—La Corporación Valtay —respondí.

Carl: No digas nada sobre ellos en voz alta. Borant los odia. Son los que están intentando invadir el sistema Borant y la razón por la que este programa ha empezado antes de lo previsto.

Dónut: SI BORANT LOS ODIA, ¿POR QUÉ HAN DEJADO QUE TE PATROCINEN?

Carl: Es probable que Borant no tenga elección.

Dónut: ESO SIGNIFICA QUE VAS A RECIBIR COSAS MUY BUENAS, ¿VERDAD?

Carl: No lo sé, pero espero que sí. Aunque quizá ocurra todo lo contrario. Puede que Borant intente matarme mucho más rápido a partir de ahora. Lo bueno es que ahora les vamos a hacer ganar mucho dinero. Tenemos que asegurarnos de que somos más valiosos vivos que muertos.

Lo último que quería era convertirme en el peón de un enfrentamiento para ver quién la tenía más grande a nivel intergaláctico. Ya tenía muchas cosas de las que preocuparme.

—¿Has leído eso de que la gente que sintonice nuestro canal ahora verá anuncios de nuestros patrocinadores? —preguntó Dónut—. Espero que la princesa D'nadia tenga muchos anuncios diferentes. No hay nada peor que ver el mismo una y otra y otra vez. Cuando dejabas encendida la tele en ese canal para personas mayores y yo me pasaba todo el día viendo *Matlock*, siempre echaban el mismo anuncio en el que aparecía una persona pidiendo ayuda porque se caía y no se podía levantar.

—Conseguiremos otro patrocinador al llegar al quinto piso. Y otro en el sexto. Así que asegurémonos de que superamos este y así tus fans tendrán un poco de variedad.

—Creo que mis fans merecen tener un nombre grupal. ¿No sería magnífico? La Pandilla de la Princesa. ¿Qué te parece?

Gruñí.

—Los dónuts tienen agujeros, ¿no? ¿No prefieres... Ojetes de Dónut?

—No seas grosero, Carl.

Debajo, uno de los Mongo explotó cuando tocó por accidente un pedazo de metal unido al tercer riel. El segundo de los autómatas gruñó y tiró con más fuerza del cadáver de Sangre-Sangre, con lo que consiguió acercarlo a la pared del hueco. Extendí el brazo y lo saqueé. Tenía 498 de oro y tres objetos. La LLAVE DEL MAQUINISTA DE LA LÍNEA OCRE, una botella de RESTAURACIÓN DE PELO MÁGICA DE BENEFICIOS YA y el mapa de barrio. Cuando agarré el mapa la interfaz cambió, pero no se detalló la zona que tenía a mi alrededor, como era habitual, sino que apareció la línea ocre al completo, con todas las paradas y la ubicación actual de todos los trenes.

—Guau —dije mientras ampliaba la imagen y miraba el mapa de arriba abajo. La información empezaba en la estación 11 y llegaba hasta la 435—. Aseguraos de haceros con el mapa de barrio. Es mucho mejor de lo normal.

La línea ocre en particular tenía forma de poco más que un garabato. En la parte superior, los trenes no habían dejado de moverse. Vi todos los puntos que había dentro de ellos, incluyendo los blancos del revisor, el maquinista y los agarradores, así como los puntos rojos de los necrófagos limpiadores jikininki y otros monstruos. No vi ningún punto azul de mazmorreros. El último tren en pasar por la estación 149, en el que había pintado una equis con espray, continuó su camino y estaba a punto de llegar a la 160. Distinguí un atasco de trenes justo detrás del que habíamos hecho descarrilar. Si un «equipo de interdicción» venía de camino, tal y como había dicho Sangre-Sangre, no vi ni rastro de ello en el mapa.

También vi alguna que otra cosa rara en las vías. Como la estación 151 era otra de transbordo, la siguiente estación con monstruos después de la que nos encontrábamos era la 152. Las vías que había después de esa, así como después de la 153 y de la 154, estaban llenas de criaturas. Monstruos en las vías. Vi cómo una de ellas, una criatura llamada zorra draconiana, tocaba la vía electrificada y pasaba a convertirse en una equis. No dejaban de aparecer más y más monstruos.

«Las criaturas han empezado a saltar a las vías y a caminar en dirección a la estación 155».

Los trenes habían dejado de pasar, y los monstruos se habían hartado de esperar. Iban a tardar un buen rato. Había varios kilómetros entre cada una de las estaciones. Es algo que no tardaría en empezar a ocurrir detrás de nosotros también. De hecho, ya veía los puntos rojos de los monstruos moviéndose entre los vagones accidentados del tren, aunque no parecía que fuesen a ser capaces de atravesar la maraña de metal que tenían detrás. A los que estaban delante de nosotros les esperaba una buena caminata. Las estaciones estaban muy separadas entre sí, sobre todo en la parte de la línea que venía después.

Las primeras estaciones estaban mucho más cerca y se podía caminar entre ellas sin problema. De hecho, las estaciones 11 a la 72 estaban separadas entre sí por poco más que una manzana o dos de distancia. Podíamos recorrer ese trayecto sin problema en unas pocas horas. Era bueno saberlo. En comparación, las estaciones 300 y la 301 parecían estar separadas entre sí por entre sesenta y ochenta kilómetros.

Subimos por las escaleras y encontramos a Katia sentada en el suelo, llorando en silencio. Había vuelto a adquirir su forma normal y se aferraba la mano derecha con la izquierda. Me di cuenta de que había subido un nivel y ahora tenía 24. Yo seguía en 29.

—¿Estás bien? —pregunté al tiempo que me acercaba a la carrera.

Ella cabeceó en dirección a un pedazo de metal que había en el suelo. Era el trozo de armadura que Sangre-Sangre le había cortado cuando ella se había interpuesto para defenderme. Fue entonces cuando vi la sangre.

Levantó la mano derecha, que parecía una normal e ilesa, pero justo en ese momento cambió de forma y vi cómo desaparecían cuatro dedos.

—Me ha cortado los dedos. Cuando sané, no volvieron a crecerme.

—Oh, no —dije mientras me sentaba junto a ella—. Lo siento. Creí que no era más que parte de tu armadura. Habría subido antes de saber que estabas herida.

Sorbió los mocos.

—Es absurdo. Puedo crear dedos con otras partes de mi cuerpo. No me ha cortado los dedos, en realidad. Soy de arcilla. Lo único que he perdido ha sido un poco de carne. Tuve que quitar un anillo de los dedos que me había cortado y ponérmelo en los nuevos. Pero, a pesar de todo, es como si hubiese perdido una parte de mí. Estoy perdiendo mi ser poco a poco.

—Eso no es cierto. —Le di unos golpecitos suaves en la frente—. Mira. La verdadera Katia está aquí dentro. Podrán cortarte todo lo demás, pero seguirás siendo tú. No podrán contigo, ¿vale? No lo permitas bajo ninguna circunstancia.

—Vale —respondió ella al tiempo que se ponía en pie. No parecía muy convencida. Siguió abriendo y cerrando la mano. Tragó saliva y me dio la impresión de que se tomaba unos instantes para recuperar la compostura.

Necesitábamos conseguirle más armadura. Mucha más. Su clase y su especie eran la combinación perfecta para convertirse en el tanque definitivo, pero no lo estábamos aprovechando. Me preocupaba la manera en la que reaccionaría a una idea así, pero teníamos que descubrir la forma de envolverla por completo en metal. Tenía que pasar a ser noventa por ciento metal y diez por ciento carne, y no al revés.

—¿Habíais comido pho antes? —pregunté al tiempo que señalaba la estancia segura. Ahora que tenía acceso al mapa, podía anticipar si había más jefes, pero no parecía haber ninguno por el camino al que nos dirigíamos—. Descansemos un poco. Luego iremos a la línea púrpura y pasaremos el resto del día *grindeando.*

—Oye, ¿tú has conseguido algún patrocinador? —preguntó Dónut mientras caminábamos—. A mí me patrocina la bellísima y maravillosa princesa D'nadia del Reino del Prisma. Y a Carl la Corporación Valtay.

—Yo también he conseguido uno, sí —respondió Katia mientras entrábamos en el restaurante de pho—. El mío también es una princesa. Dice que se trata de la princesa Formidable del Reino Calavera.

—Me pregunto quién será esa princesa —continuó Katia mientras nos comíamos la sopa. Había sacado el mapa de Mordecai y empezado a rellenarlo con información de la línea ocre, así como información nueva que les iban pasando las Hijas. Dónut estaba en la base dándose una ducha. Mongo se había quedado con nosotros, mirándome hasta que le tiraba un pedazo de carne—. Aún no he recibido nada de su parte. ¿Y tú de tu patrocinador?

—Tampoco —respondí. Yo sabía exactamente quién era esa princesa. Zev la había mencionado en una ocasión, aunque no había dicho su nombre. El rey Óxido era el líder orco del Reino Calavera. El príncipe Fornido era el heredero. El príncipe Maestro había sido el segundo en la línea de sucesión, hasta que lo habían desheredado para luego ser asesinado por los Valtay como represalia por el intento de asesinato chapucero en el que había muerto Manasa en lugar de nosotros. Zev había dicho que si también desheredaban a Fornido por dicho atentado fallido, su hermana sería la próxima en la línea sucesoria. Di por hecho que esa hermana era la princesa Formidable. Pero ¿sería ahora la heredera? ¿Habrían desheredado al príncipe Fornido?

—Hekla dice que la patrocina un rancho interestelar o algo así. Es probable que los anuncios que les aparezcan a sus espectadores sean de hamburguesas cósmicas.

Suspiré. El pho que estábamos comiendo sabía fatal. El bopca que llevaba el establecimiento había hecho todo lo posible, pero estaba claro que no tenía ni idea de la receta. Aparté el cuenco hasta el borde de la mesa, momento en el que Mongo metió la cabeza en él sin pensárselo.

—Mira, he descubierto algo —dijo Katia antes de acercarme el pedazo de papel gigante—. Nuestro próximo objetivo es ver qué hay al final del trayecto lo antes posible, ¿no? Pues si vamos por aquí… —Señaló—. Y luego cambiamos de línea aquí, podremos subirnos en algo llamado Desmembramiento Limitado. Según tu amigo Bautista, este tren también se detiene aquí. El Expreso de Pesadilla para dos estaciones después en la línea malva, y como el Pesadilla llega hasta la 436, que es una más del supuesto fin del trayecto, podríamos subirnos en él y ver qué hay al final. Si lo hacemos así, podríamos llegar en unas pocas horas en lugar de tardar varios días.

La miré.

—No he entendido un carajo, pero te creo.

Ella se encogió de hombros.

—Deberías de intentar subir al metro de Tokio cuando solo estás acostumbrada al británico, al ruso, al alemán o al islandés —explicó ella—. Solo fui una vez cuando era niña, pero fue una auténtica pesadilla. Esto es mucho más sencillo cuando tienes delante el mapa.

Miré el mapa. El enredo de líneas hacía que me doliese la cabeza. Miré los diagramas escritos a mano, que parecían tener más sentido.

—El problema es que aún no sabemos si los trenes con nombre, como el Expreso de Pesadilla o el Desmembramiento Limitado, son seguros.

—Claro que no lo son —comentó Katia. En ese momento, se percató al fin de que Mongo había empezado a acercarse con sigilo hasta su cuenco de pho, que no había terminado de comerse. Lo empujó un poco hacia el dinosaurio, quien emitió un ruidillo de júbilo y empezó a tragar haciendo mucho ruido.

—Vale, tienes razón —dije mientras Dónut salía de la base. Estaba limpia y reluciente.

—La caja del jefe ha sido una porquería —comentó la gata—. Solo me han salido unos pergaminos de sanación y un kit de trampas de dardos envenenados.

—Eso suena muy bien —le dije.

—Bueno, ¿qué plan tenemos? —preguntó Dónut.

Miré a Katia.

—Tú dirás.

Según el cartel que había por fuera del Desmembramiento Limitado, el tren pasaba cada cuarenta y ocho minutos. No sabíamos cuándo lo había hecho por última vez, por lo que nos sentamos a esperar. El recorrido que seguía era corto y teníamos que bajarnos en la parada siguiente. Como solo tardaba esos cuarenta y ocho minutos en hacer el recorrido completo, supuse que llegaríamos a la próxima estación de transbordo en unos quince o veinte. Me pareció muy poco tiempo, pero cuando vi las vías lo entendí todo.

La estación del Expreso de Pesadilla era el doble de larga que los andenes normales. El túnel también era más grande. Pero ese no era el caso con el Desmembramiento. El andén era más pequeño de lo habitual, y el túnel parecía tener el mismo diámetro que el de las líneas de colores.

La parte inferior era una plataforma ancha con dos travesaños de metal a cada lado. Era un monorraíl. Un tren de levitación magnética. Teníamos algo muy parecido en Seattle, aunque este parecía mucho más futurista.

Dónut se había puesto a practicar con el conjuro Agujero mientras esperábamos. Yo la había convencido al fin de que llegaría a sernos útil. Lo había subido a nivel 2, con lo que ahora creaba un agujero de unos seis centímetros de profundidad. (Aumentaba unos tres centímetros de profundidad por nivel, pero me había costado acostumbrarme a las medidas. La mazmorra usaba el sistema métrico para todo, pero yo estaba demasiado acostumbrado al sistema imperial. Eso sí, era algo con lo que tenía que lidiar todos los días en el trabajo, por lo que no me costaba hacer los cálculos. De hecho, hasta tenía una gráfica de conversión de unidades pegada en uno de los lados de mi caja de herramientas). Sea como fuere, un conjuro Agujero de nivel 2 era lo bastante grueso como para atravesar la mayoría de las puertas que no eran blindadas. Y Dónut podía activarlo y desactivarlo a voluntad. Por ahora, solo podía hacer un agujero con el diámetro de una tapa de alcantarilla que duraba unos cinco minutos si no lo hacía desaparecer antes.

La vi crear dicho agujero en el panel de información del andén. Luego obligó a Mongo a que metiese la cabeza y diese un mordisco, para practicar una jugada sobre la que habíamos hablado. La llamábamos Sorpresa uno. Al terminar, Dónut retiró el agujero y el cartel volvió a adquirir su forma habitual.

—Es el mejor conjuro del mundo, Carl. Tengo que entrenarlo más.

—Sigue haciéndolo, sí.

Mientras practicaba, les envíe un mensaje a Elle y a Imani.

> **Carl: Hola. ¿Tenéis un momento?**
>
> **Elle: Aquí estás. Estaba empezando a preocuparme. Niño malo.**

Pasé un tiempo explicándoles lo que íbamos a hacer.

> **Imani: Carl, no deberíamos hacer descarrilar más trenes hasta que tengamos un buen plan para salir de aquí. Si lo haces y tie-**

nes mazmorreros detrás en esa misma línea, podrías dejarlos atrapados. Me parece una muy mala idea, peor de lo que te imaginas.

CARL: ¿Y qué habéis encontrado en esa parada que ibais a investigar?

ELLE: Drogas. Esa señora pulpo había conseguido que los monstruos se volviesen adictos a los opiáceos. Calmantes. Se llaman Chutes de vitaminas de Beneficios Ya. Y, aunque se llamen chutes, hay que bebérselos.

Imani empezó a explicar en detalle lo que habían descubierto.

Cada cinco paradas, todas las que terminaban en 5 o en 0, había un grupo de túneles. Los monstruos de las paradas anteriores de esa sección se bajaban del tren, formaban varias filas diferenciadas por especie y se dirigían hacia los túneles. Al final de cada uno de los pasadizos, había una puerta con una ranura. Detrás de la puerta había un monstruo llamado púca. Imani los describió como unas criaturas parecidas a goblins, pero peludas. Eran jefes de barrio. Cada púca tenía una montaña de pociones y entregaba una a cada monstruo a través de la ranura de la puerta. Luego, los monstruos cogían el vial y atravesaban un portal turbulento de un solo sentido que los llevaba de vuelta a su estación.

Las pociones parecían ser poderosas, adictivas y contener sedantes específicos dependiendo de la especie. Eso explicaba por qué los monstruos a los que se les pasaba la parada entraban en pánico. Solo tenían permitido coger un vial cada vez que llegaban a la puerta, y el colocón no parecía durarles demasiado. Imani comentó que, al parecer, la droga no les hacía efecto hasta que atravesaban el portal con la poción. Por eso, los monstruos la cogían, cruzaban, se la tomaban y, cuando empezaba a pasárseles el efecto, volvían a la estación para conseguir otra.

IMANI: La descripción de las pociones dice que si las criaturas no toman su dosis a tiempo, les ocurre algo. Cambian físicamente. Son como las larvas berrendas, pero en esta ocasión les ocurre a los monstruos del piso y no a las criaturas limpiadoras. Por eso, cada vez que interrumpimos el recorrido de los trenes, se activa una reacción en cadena en ambos sentidos del trayecto debido a que los monstruos no pueden hacerse con la poción.

CARL: ¿Y Krakaren?

Imani: Ella es la que fabrica las drogas. Supongo que, como cada poción es específica de una especie, hay una Krakaren diferente, jefe de municipio, en cada una de las paradas. No creo que seamos capaces de enfrentarnos a ellas. Por eso me he retirado con mi equipo.

Elle: Yo creo que sí que hubiésemos podido con ella. Imani es demasiado asustadiza. Yo la hubiese convertido en cubitos de hielo.

Imani: Los púca se convierten en cabras gigantes cuando los atacas, así que tened cuidado si os veis las caras con una de esas cosas. Son fuertes.

Quedamos en vernos pronto otra vez en el club Desperado, para que pudiesen copiar el mapa. Se me hacía demasiado incómodo depender del chat. Antes de despedirse, nos desearon suerte en el Desmembramiento Limitado.

—No entiendo. ¿Cuál es el objetivo de todo esto? —preguntó Katia cuando relaté lo que habían descubierto los demás.

—Tengo una teoría —solté—. Mordecai nos dijo que sueltan a los PNJ y a los monstruos en el juego y que no se acuerdan de nada anterior cada vez que lo hacen, ¿verdad? Pero siguen siendo criaturas independientes. No son los monstruos descerebrados que podrían formar parte de un videojuego de verdad. Conseguir que una o dos criaturas te obedezcan puede llegar a ser fácil, pero conseguirlo con todo un grupo de ellas será más complicado de lo que pueda parecer. Tienen emociones, motivaciones y una vida. Para conseguir que obedezcan, tienen que querer hacerlo. Yo creo que a los productores se les ocurrió este piso con lo de los trenes y querían que los monstruos bajasen y subiesen cada cinco paradas, para convertirlo en todo un desafío. El problema era conseguir que los monstruos hiciesen lo que ellos querían, así que... ¿Por qué no convertirlos en unos adictos? De esa manera, serían más dóciles y empezarían a recorrer y patrullar el piso de manera predecible.

—Entonces... ¿han conseguido repartir equitativamente y colocar a intervalos a todas las criaturas de un piso? —preguntó Katia—. Parece... demasiado complicado.

Gruñí.

—Es una locura, sí. Está montado de tal forma que se cree un ecosistema perfecto e independiente. Al menos durante un tiempo. No sé cuándo comerán, dormirán y harán sus necesidades esas criaturas. Pero el piso está diseñado para que todo empiece a irse al traste en el momento en el que alguien trastoque el sistema. Imani dice que los monstruos se transforman si no consiguen sus dosis. Sospecho que no tardaremos en descubrir a qué se refería con eso. Viene un tren. Preparaos.

El tren llegó a la estación sin hacer ruido, prácticamente. El primer vagón era blanco, brillante y anguloso, con forma aerodinámica, e iba seguido solo por dos vagones más. La cabina frontal al completo era de cristal y se parecía a la de la torreta de un B-17. Vimos al maquinista a través de ella.

Era una criatura que tenía un aspecto extraño. Lo primero que me vino a la mente fue una «parca con poncho y máscara». Nos vio en el andén en el mismo momento que nosotros nos fijamos en él. Y, aunque no tenía ojos, sentí su mirada mientras esperábamos a que el tren se detuviese del todo.

A diferencia de las líneas de colores, en este caso sí que podíamos entrar en el vagón número uno. De hecho, me di cuenta de que solo había un par de puertas en todo el tren y que estas se encontraban junto al maquinista. Este no se encontraba en una estancia aislada, sino detrás de una vitrina de cristal de la parte delantera y frente a un cuadro de instrumentos, como si fuese un conductor de autobús normal y corriente. Iba sentado en un pequeño asiento que no dejaba de rebotar. La sección delantera de cristal del tren estaba diseñada para que, cuando iba en marcha, el maquinista solo viese la vía avanzando a toda velocidad.

—No, por favor. No os subáis —dijo cuando se abrieron las puertas con un siseo—. Por favor. Id por otro lado. No es un tren para mazmorreros.

—Pero si no vamos a hacerte daño —comentó Dónut mientras subía a bordo de un brinco. Mongo la siguió y Katia y yo cerrábamos la marcha—. Mientras tú no intentes hacérnoslo, claro.

—¿Qué cojones es esto? —murmuré mientras echaba un vistazo a mi alrededor.

El vagón no era tan ancho como uno normal, pero tampoco había asientos. Era una estancia diáfana parecida a la de un vagón de mercancías. Al fondo había una puerta corredera cerrada que llevaba al siguiente.

Todos y cada uno de los centímetros del lugar estaban cubiertos de sangre seca y entrañas. Olía a muerte y a podredumbre.

—Esto es repugnante —dijo Dónut. Saltó sobre mi hombro y empezó a lamerse las patas al momento—. Acababa de darme una ducha.

—Por favor. Aún no es tarde —insistió el maquinista—. Bajaos ahora mismo.

Me giré para mirarlo. La criatura pálida y cadavérica estaba sentada en la silla, desnuda a excepción del gorro de maquinista. Lo que antes creía que era un poncho en realidad era carne que no se ceñía del todo a su figura. No tenía músculos ni el cuerpo definido. La carne de color verde le colgaba como si fuese una sábana sobre una cama demasiado pequeña. La parte derecha de su rostro también le colgaba suelta. Al hablar, el agujero que tenía por boca caía hasta debajo de la mandíbula, y las palabras brotaban de las fosas nasales. La nariz parecía haber sido ganchuda, pero ahora le caía hacia un lado y se balanceaba como un condón usado a un lado del rostro de la criatura. La piel de las cavidades de los ojos también le colgaba, lo que dejaba al descubierto un cráneo amarillo. En la cabeza tenía mechones irregulares de pelo negro.

Levi el Séptimo. Simbionte de trol desollado y hobgoblin esqueli. Nivel 7.

En realidad está formado por dos criaturas. Solo tienen inteligencia y la capacidad de hablar cuando están combinadas. El esqueli es el típico esqueleto reanimado normal y corriente. En este caso, el de un hobgoblin, uno de los pocos monstruos que son mucho más agradables de ver en versión esqueleto.

De todos los conjuros de mago de guerra con los que se encuentran los soldados durante el despiadado combate a gran escala que se produce en el noveno piso, el conjuro Aún te quedan cosas que hacer es uno de los más aterradores. La piel de los soldados caídos, un aporreador trol en este caso, queda separada del todo de su cuerpo. Esa piel suelta se convierte en una criatura con consciencia llamada desollado. Los desollados deambulan luego por el campo de batalla, de un lado a otro por las trincheras del enemigo, con un único objetivo: encontrar unos huesos nuevos.

Una vez han encontrado a una víctima, la piel se despliega, se abalanza y cubre por completo al cuerpo para asfixiarlo y fundir

su carne. Una vez muerta, el resto de la víctima se derrite por completo, y el desollado lanza el único conjuro que conoce: Dura como el hueso, que insufla vida al esqueleto resultante.

La criatura que termina por crearse no es secuaz del mago original, ni tampoco se trata de un muerto viviente. Es algo del todo nuevo, algo confundido y temeroso en muchos casos. Y débil. El simbionte es muy fácil de matar. Después de que pasen unas pocas horas y de que el simbionte esté del todo completo, la criatura combinada se convierte en el objetivo de otros desollados, que al parecer se ven atraídos por los nuevos huesos de su camarada. Si un desollado mata a un simbionte, esa segunda iteración es más inteligente y poderosa que la anterior.

Se dice que hay simbiontes que se han reformado muchas veces. Después de repetir este proceso las veces suficientes, podrían llegar a convertirse en criaturas muy poderosas.

Ahora, un poquito de cultura general: este es Levi el Séptimo, lo que significa que esta misión se ha activado seis veces desde que se abrió el piso.

—Por favor —dijo Levi el Séptimo mientras se cerraba la puerta. Ya era demasiado tarde—. Las puertas traseras solo se abren cuando hay mazmorreros a bordo. Duele mucho cuando llegan hasta aquí.

El tren empezó a moverse. Me preparé mientras aceleraba. Apareció un temporizador en la interfaz.

Tiempo para llegar a la próxima parada: 19 minutos.

—¿Qué hay al otro lado de esa puerta? —pregunté a Levi, aunque sabía muy bien cuál iba a ser su respuesta.

Nueva misión. ¡Vuelve a haber Levi en el menú, muchachos!

Al terminar la misión se te informará de si la has completado o has fracasado. El fracaso tiene consecuencias.

No dejes que Levi el Séptimo sea devorado por los desollados. La misión seguirá activa mientras permanezcas en el tren.

Recompensa: Recibirás una caja de misión de plata.

Fracaso: Todos los mazmorreros del tren se convertirán en desollados.

En ese momento entendí por qué no habíamos recibido información alguna de las personas que habían subido a las líneas con nombre. Porque las personas que usaban dichas líneas con nombre terminaban muertas.

Entré en acción.

—¡Ayudadme a bloquear la puerta! ¡Rápido!

Corrí hacia el fondo del tren mientras sacaba las planchas que usaba para bloquear las pasarelas. Ahora tenía varias versiones diferentes de dichos elementos, y la primera que saqué era demasiado grande. El metal, estrecho pero pesado, chocó contra el techo cuando lo saqué e hizo que me tambalease. Salté hacia atrás y lo dejé caer al suelo, momento en el que emitió un gran estruendo metálico. Saqué otro más pequeño, que no era más que una plancha larga y lisa de bordes redondeados. Esta mediría poco más de un centímetro de ancho y pesaría más de trescientos cincuenta kilos. Estaba diseñada para colocarse en las pasarelas, pero el tren donde nos encontrábamos no parecía tener espacio entre los vagones.

—Dios, ahí vienen. Los siento. Otra vez no. Quieren hacerse con mis huesos —gritó Levi desde la parte delantera del vagón mientras yo me afanaba con la segunda plancha de metal.

«Tengo que ponerles asideros a estas cosas».

—¡Robarán vuestra piel y mis huesos! —continuó Levi—. ¡Todo está perdido! ¡Los dioses me han abandonado!

Katia se acercó a mí a toda prisa y me ayudó a colocar la plancha de metal contra la puerta. Chocó con fuerza, y oí detrás de ella el chirrido de la puerta del vagón al deslizarse.

—Tenemos que mantenerla así —dije al tiempo que posaba todo mi peso contra ella. Katia también se apoyó: la empujó con el hombro y luego añadió más grosor a sus piernas para convertirse en una especie de puntal.

—Carl, hay cientos ahí detrás —dijo Dónut, que se acercó corriendo—. Me acaban de aparecer en el mapa. El vagón está lleno de esas cosas.

—Van a entrar. Siempre entran —gritó Levi—. Ha llegado el fin. ¡Dioses, ha llegado el fin!

—Cierra la puta boca —le espeté.

Pum. Pum, pum.

Sonaba a trapos mojados chocando contra el metal. No parecían muy potentes. Al menos por ahora.

—¡Se ha abierto el tercer vagón! —dijo Dónut—. Hay algo diferente, Carl. Es más grande.

¡Plas!

Ese golpe sí que lo noté. Algo potente y mágico acababa de chocar contra la plancha de metal que sosteníamos. Preparé el conjuro Armadura de volutas.

—¿Qué más hay al otro lado? —pregunté a Levi.

—¡Es el mago de guerra! —gritó él—. ¡Dioses, ya viene!

¡Pam!

Otro conjuro chocó contra la barrera y nos empujó unos centímetros. Katia y yo volvimos a colocar la plancha en su lugar, pero al menos una docena de colgajos color carne, verde y marrón empezaron a colarse por los bordes. Empujamos con fuerza contra la puerta y dejamos a esa especie de mantarrayas de piel clavadas contra la pared.

Los puntos aparecieron por fin en mi minimapa, cientos de ellos acumulados contra la puerta. Alcé la vista al colgajo más cercano, que tenía justo encima de la cabeza. La piel mediría poco menos de ocho centímetros cuadrados, era marrón y estaba cubierta de pelo, ondeando de un lado a otro con rabia.

Secuaz de Desmembrador el mago de guerra: orco del pantano desollado. Nivel 10.

Qué mono, ¿verdad? Solo quiere darte un abracito.

Presioné el hombro contra el metal y extendí el brazo derecho para agarrar la carne. Tiré y la rasgué con facilidad, como si fuese un envoltorio de plástico. No hizo ruido alguno, pero empezó a supurar sangre por la herida antes de que terminase de rasgarla. No tenía ni idea de si aquello le había dolido al resto o no. Me ardieron los dedos y tuve que soltar el pedazo de piel. Le metí un pisotón cuando cayó al suelo. La parte de atrás de esa piel parecida al plástico era corrosiva.

Volví a notar un golpe en la plancha de metal, pero en esta ocasión estábamos preparados. No obstante, unos zarcillos de piel aparecieron por los bordes. Empecé a sentir más presión y tuve que recolocar las piernas.

—Dónut y Mongo, encargaos de la piel que sobresalga por los bordes. ¡Y tocadla solo por delante!

No tuve que repetirlo. Dónut saltó sobre mi hombro y luego volvió a saltar hacia la plancha, justo en el lugar donde esta se apoyaba contra la pared, al tiempo que daba garrazos a diestro y siniestro. Tenía tanta fuerza que dejaba marcas de garras en el metal de la pared. Cada vez que le daba a la piel, está se contorsionaba como si estuviese sufriendo y dejaba tras de sí un rastro de sangre. Al otro lado, Mongo se había puesto a golpear la pared con las patas traseras, brincando y arrancando grandes pedazos de piel. La presión en la puerta se aligeró un poco.

Oí un intenso aullido de rabia que venía del otro lado. Uno a uno, los puntos rojos empezaron a retirarse, momento en el que se acercó una nueva figura.

Noté cómo se apoyaba por completo contra la plancha de metal por el otro lado. Le dio un empujón rápido, como si quisiese probar nuestra fuerza. Esa cosa era muy fuerte, pero nosotros lo éramos más siendo dos.

Quedaban doce minutos.

—¿De verdad creéis que no me haré con vuestro pellejo? —dijo una voz ronca desde el otro lado de la barrera improvisada. Me lo imaginé allí, fuese lo que fuese, con la cabeza apoyada contra el metal—. Vuestros amigos estuvieron por aquí antes. Seis veces. Uno de los grupos era mucho más grande que el vuestro. Intentaron bloquear la puerta. Qué pellejo tan magnífico... Venga. Abrid. Uníos a nosotros. Solo dolerá un momentito...

Ojalá no hubiese usado antes Caparazón protector. Si salíamos vivos de esta, no pensaba subirme a ese Expreso de Pesadilla hasta que volviese a estar listo.

La plancha de metal se agitó. No había sido un conjuro, sino que la habían empujado con las manos.

DÓNUT: ¿SORPRESA UNO? ¿SORPRESA DOS?

—¿Qué clase de criatura es el mago este? —grité a Levi, quien no había dejado de gimotear.

—¡Es un mago de guerra!

—¿No jodas? Ya sé que es un mago de guerra. Pero ¿de qué especie?

Al otro lado del metal, Desmembrador el mago de guerra empezó a reírse.

—Los magos de guerra son magos de guerra. Ese de ahí parece un elfo —respondió Levi.

Sentí cómo dos manos golpeaban el metal.

—No soy un elfo, imbécil. Solo ocho iteraciones más y verás, Levi. ¡Verás lo que somos de verdad! ¡Ocho viajes más! ¡Siete cuando haya acabado con estos entrometidos!

—¡Que te largues, Desmembrador! ¡Ya no tienes control sobre mí! —gritó Levi.

Se oyó un chasquido extraño que venía del otro lado de la pared.

«Está preparando un conjuro. Uno de los potentes. Tenemos que darnos prisa».

DÓNUT: ¿CARL?

En el caso de Sorpresa dos, la gata tenía que abrir un agujero para que yo lanzase una bomba a través de él. Seguía sin gustarme demasiado la idea de hacer saltar todo por los aires dentro de un tren, sobre todo después de ver lo que había provocado el descarrilamiento del anterior. En el caso de Sorpresa uno, no estaba seguro de que un buen mordisco de Mongo fuese a acabar con esa criatura.

CARL: Vamos con Sorpresa tres.
KATIA: Esa no la hemos practicado aún.
CARL: Tampoco es que sea una versión que podamos practicar.

—A la de tres —susurré mientras señalaba un punto concreto de la plancha de metal.

—Oye, Desmembrador —dije alzando la voz—. Me gustaría contarte un secreto.

—Lo siento, pero no tenemos tiempo para tus secretitos, escoria mazmorrera. Seré yo quien te cuente uno a ti.

—Muy bien —dije al tiempo que levantaba un dedo.

—Cuando tire abajo esta plancha de metal, mis secuaces entrarán ahí y uno de ellos consumirá a Levi. Pero no os molestarán. Os dejarán en paz.

—Continúa —dije, mientras levantaba un segundo dedo.

—Y luego lanzaré un conjuro que os desollará, tanto a ti como a tus amigos. Pero no os mataré. Tendré preparado otro para manteneros vivos mientras ocurre. Sentiréis un dolor que no podríais haber experimentado de ninguna otra manera. Voy a...

Levanté el tercer dedo.

Apareció un agujero en la plancha de metal. Metí la mano lo más rápido que pude, agarré a la especie de elfo que había al otro lado, al que pillé desprevenido, por el pelo largo y plateado, y tiré con fuerza. Justo cuando metí su cabeza por el agujero, Dónut anuló el conjuro para cerrar el hueco.

La solté, y la cabeza cercenada cayó al suelo, con la boca aún abierta.

—¿Cómo decías, comemierda? Creo que no he oído bien esa última parte —comenté.

13 

TIEMPO PARA EL DERRUMBE DEL PISO: 7 DÍAS Y 12 HORAS

LÍNEA MALVA. ESTACIÓN 281.

Justo tras la muerte de Desmembrado, los desollados, que habían pasado a convertirse en «secuaces abandonados», se abalanzaron contra la plancha de metal. Seguimos haciendo fuerza contra la puerta y conseguimos evitar que la cruzaran. Vi la equis del cadáver de Desmembrado durante unos momentos, pero no tardó en desaparecer, sin duda consumido por sus antiguos secuaces. No tenía muy claro si el proceso requería tener cráneo para convertir con éxito al desollado en simbionte, pero al menos uno de los monstruos parecía estarlo intentando.

Levi se pasó gran parte del resto del trayecto gritando.

—¡Lo habéis conseguido! ¡Por todos los dioses! ¡Lo habéis matado! ¡Lo habéis conseguido, hijos de puta!

—No debería emocionarse tanto —murmuró Dónut—. Veo muchas criaturas más en el tercer vagón, y podrían ser magos de guerra.

—Son antiguos mazmorreros, creo. Algo me dice que ese tipo estaba creando un ejército. Nos quitaba la piel y luego usaba nuestros huesos para su ejército en ciernes. Es probable que forme parte de una narrativa en la que no tenemos tiempo de involucrarnos —comenté.

Se paró el tren, momento en el que noté cómo la puerta que daba al vagón número dos se cerraba sola. Recogí la cabeza del mago de guerra y la guardé en el inventario. Después, hice lo propio con las dos planchas de metal y salimos pitando del tren antes de que se cerrasen las puertas.

Vimos como se alejaba para continuar el trayecto. Levi se despidió con un gesto de la mano antes de desaparecer de nuestra vista.

Zev: ¡Hola, chicos!

Dónut: ¡HOLA, ZEV! ¿HAS VISTO LO QUE ACABAMOS DE HACER? ¡LE CORTAMOS LA CABEZA!

Zev: Sí, ha estado muy bien. A los fans les ha encantado esa frase que has dicho al final, Carl. Pero creo que quieren que digas tu frase típica más a menudo. Sin pasarte, porque se notaría, pero llevas días sin decirla.

Suspiré.

Carl: ¿Qué podemos hacer por ti, Zev?

Zev: Venía a deciros que os he conseguido un bolo en un programa dentro de dos días. A vosotros dos.

Dónut: ¿SOLO A NOSOTROS DOS? ¿Y QUÉ PASA CON MONGO Y KATIA?

Zev: Katia se quedará en la mazmorra. Y Mongo en el transportín.

Carl: ¿Qué tipo de programa?

Zev: Es un poco más soso que los anteriores, pero algo me dice que podréis animarlo un poco. Se llama *Bonito planeta*. Está siendo muy popular esta temporada y, más que una entrevista, podría decirse que se trata de una narración. Estaréis en una cabina de sonido y tendréis que leer unas líneas que os habrán preparado. Son noticias sobre el planeta de la temporada actual. La gente se ha obsesionado con la cultura de la Tierra y os tocará narrar una sección.

Carl: ¿Cómo crees que podríamos «animarlo un poco» si vamos a leer algo que ya está preparado? Además, no pienso leer propaganda antiterrícola. Ni de coña.

Dónut: ¿DE QUÉ TRATARÁ LA NARRACIÓN?

Zev: Pues... La verdad es que no lo sé. Pregunto y os lo cuento lo más pronto posible.

Carl: Zev, mentir se te da muy mal. ¿De qué trata la sección en la que vamos a participar?

Zev: Trata sobre concursos de belleza. Y también concursos de mascotas.

Dónut soltó un grito ahogado que no trató de disimular.

Dónut: LO HAREMOS. CLARO QUE SÍ. QUÉ GANAS.

Estuve a punto de negarme, pero luego me di cuenta de que aquello iban a ser poco más que unas puñeteras vacaciones comparado con lo que solía ocurrir cuando íbamos a un programa. ¿Qué podía salir mal dentro de una cabina de grabación?

Carl: Muy bien. Pues lo haremos. Pero no pienso leer un texto que sea mentira.

Dónut: ¡YUJU!

Zev: ¡Yuju!

Decidimos esperar a que mi Caparazón protector se recargase antes de subir al Pesadilla. Era un tren largo y enorme, por lo que iba a ser más fácil usar la técnica del caparazón para eliminar sin correr riesgos a las criaturas que podía haber dentro.

Nos encontrábamos en la estación 281, dos estaciones antes de la de transbordo donde teníamos pensado coger el Pesadilla, lo que significaba que llegaríamos al club Desperado para ver el episodio resumen del día. Luego iríamos a dormir, cogeríamos el tren y seguiríamos con lo nuestro.

Después de un paso rápido por el baño, volví a la estancia segura, que estaba tras el escaparate de cristal de un local llamado J. CO Donuts and Coffee. El bopca que se encargaba del sitio era un tipo más joven de lo habitual llamado Nodd.

—Hola —lo saludé—. ¿Me pones un café solo? Y también me gustaría ver la tienda de mesas de creación.

—Claro —dijo él mientras la abría.

Había una lista muy larga de mesas y la mayoría parecían inservibles. Muchas costaban 25.000 de oro. Había de todo, desde una MESA DE HOJALATERO muy genérica a la ultraespecífica ESTACIÓN DE REPARACIÓN DE TRAJES DE APICULTOR. Seguí bajando por la lista hasta encontrar lo que buscaba.

Después saqué uno de mis dos cupones de mesa gratuita.

—Me llevo esta. —Y luego saqué los dos cupones de mejora. Titubeé. ¿Estaba haciendo lo correcto?—. Y también me gustaría mejorar mi mesa de zapador a nivel 3.

El libro confirmó algo que ya sospechaba. Aunque podía usar la mesa de ingeniería para darle forma a cualquier tipo de armadura, eso no la convertía en algo que pudieses llevar puesto, en algo «equipable». Podía darle forma a cualquier cosa para convertirla en un yelmo y luego ponerme dicho yelmo en la cabeza, pero el sistema no lo reconocía como tal. Era algo que no importaba demasiado a la mayoría de la gente, pero la cosa cambiaba en el caso de Katia y su especie: si no se lo podía equipar, no podía añadirlo a su masa corporal

No obstante, si creaba y moldeaba un objeto usando la mesa de ingeniería y luego lo llevaba a la mesa de armero, la cosa cambiaba. Lo único que tuve que hacer fue abrir la nueva pestaña TALLER DE ARMERO, seleccionar el objeto y luego elegir su propósito de una lista. Con el yelmo de prueba que acababa de crear, la lista constaba de un único elemento YELMO MIERDOSO. Y tampoco cambió de aspecto. Pero ahora tenía la categoría de yelmo y se ajustaba, ligeramente, al tamaño de mi cabeza o de la de Katia. Y lo más importante: ahora ella podía equipárselo y añadirlo a su masa.

Aún no podía imbuir magia ni crear objetos con la mayor parte de los metales, pero no pasaba nada. Podía crear objetos simples con chatarra y con cuero para luego venderlos.

Mientras leía el libro, vi un pasaje concreto del capítulo de creación de bombas que me llamó la atención.

<Nota añadida por la mazmorrera Rosetta. Novena edición>.

Camaradas, ¿conocéis esas bolsitas demenciales de alto nivel, las de categoría de bronce que tienen mucha potencia? Pues no son tan inútiles como parecen. Algunas se desestabilizan muy rápido y explotan, lo que las hace muy peligrosas a menos que estén dentro de vuestro inventario, claro. Pero el tiempo de espera de 15 segundos después de sacarlas las convierte en un objeto prácticamente inservible, porque podría (y muchas lo hacen) explotar durante ese tiempo. Pues he descubierto una solución. Si encontráis o creáis una mochila que os podáis equipar, no perderán estabilidad mientras estén dentro de ella y llevéis equipada dicha mochila. También funciona para otros miembros de vuestro grupo a los que queráis darles explosivos. Usad esta idea con precaución.

<Nota añadida por el mazmorrero Allister. Decimotercera edición>.

Han eliminado el tiempo de espera de 15 segundos al sacar objetos del inventario, por lo que la nota de antes no sirve de nada. Confirmo que las mochilas aún sirven para conservar la estabilidad de los explosivos. No obstante, hay que cargar con su peso y no funcionan tan bien como el inventario.

<Nota añadida por el mazmorrero Forkith. Vigésima edición>.
Las mochilas han pasado a reducir la velocidad con la que se desestabilizan los explosivos. Y lo he descubierto de la peor manera posible. Descansa en paz, hermanita. Rezo para que los que lean esto maten a un enemigo en su honor tras leerlo. Es lo único que puedo hacer, ¿no? Se llamaba Barkith y era lo único que me quedaba. Me siento perdido, pero resistiré.

Era información más que decente, pero lo que más me llamó la atención fue lo que acababa de descubrir sobre las mochilas. Eso me dio una idea y decidí crear una.

Mientras trabajaba, pensé en el mazmorrero Forkith y en su hermana. Había escrito en la vigésima edición y conseguí averiguar que había llegado hasta el undécimo piso. Dejó notas muy exhaustivas por todo el libro, que confirmaban o añadían información a varios párrafos. Hasta dejó instrucciones sobre cómo añadir notas al texto, algo que yo no había descubierto cómo hacer con el sistema del bloc de notas.

Forkith pertenecía originariamente a una especie llamada urgyle, que descubrí que eran unas criaturas parecidas a demonios pequeñas y aladas. Y había decidido seguir teniendo ese aspecto. Su clase era Zapador. Aún no había tenido tiempo para leer sus notas al final del libro, pero me llamó la atención descubrir cómo alguien tan diferente a mí, tan alienígena, podría llegar a parecérseme tanto. Supongo que hay cosas que son universales.

El único mazmorrero que había escrito más notas que él había sido Drakea en la vigesimosegunda edición. Era la única persona que había estado en la última temporada dirigida por los naga. Drakea siempre se mostraba como alguien emotivo y elocuente. No obstante, a pesar de todas sus notas, que rezumaban verdadero odio por los naga y por el Sindicato, era un mazmorrero que no hablaba demasiado sobre sí mismo. De hecho, no llegué a saber si era hombre o mujer. La sección de notas que había al final del libro solo contenía un pequeño párrafo de su puño y letra.

Una vez encendido, es más fácil avivar un fuego que extinguirlo. No lo olvides nunca. Que les den a esas serpientes. Que les den a esas ratas. Que les den a todos. Algún día arderán y, aunque tengo claro que yo habré muerto, me reiré. Me reiré con ganas y durante mucho tiempo y los esperaré al otro lado del velo, donde ni siquiera la vasta extensión de las estrellas y del tiempo será capaz de contener mi rabia. Si estás leyendo esto, amigo mío, rezo porque te unas a mí. Juntos conseguiremos llevar a buen puerto nuestra venganza.

Eran palabras que me reconfortaron, a pesar de rozar la locura. Me dieron un consuelo que necesitaba a pesar de que no me había dado cuenta.

—¿Qué es eso? —preguntó Katia cuando dejé la enorme caja de metal en la habitación principal. La coloqué en un soporte que había creado específicamente para ella.

Señalé las correas de piel de dingo reforzadas.

—Estaba repasando el menú de la pestaña Taller de armero y vi que se podían crear «mochilas». —Era cierto, en realidad. Había buscado la manera más factible de hacerles creer que me había topado con esa información sin querer.

—¿Una mochila? Parece una cesta para la ropa sucia tamaño industrial —dijo ella—. O un carcaj gigante. No está cerrada por encima.

—Cierto —convine—. Póntela, pero no la quites del soporte. Eso hará que no desaparezca al pasar a formar parte de tu masa corporal.

Ella la examinó y frunció aún más el ceño. Tuve que reírme. El sistema le había puesto el nombre MOCHILA FEA DE COJONES CON UN DISEÑO COMPLETAMENTE INÚTIL QUE SOLO SE PONDRÍA UN DESGRACIADO.

Me daba igual mientras la palabra «mochila» estuviese en la descripción. Katia titubeó y metió un brazo por la correa para ponérsela. También contaba con unas correas adicionales para la cintura. Las abrochó y luego metió el otro brazo.

—Es demasiado incómoda —dijo.

—Puedo hacerla más alta, mucho más, pero nunca sabemos en qué lugares vamos a luchar. La anchura sí que es la máxima que puede tener si queremos que quepa por los pasillos de los trenes —comenté—. Si más adelante llegamos a una zona abierta, como las calles del piso anterior, tengo una idea para crear algo mucho mayor.

Saqué una vara de metal con aspecto de junco del inventario. Medía un metro ochenta, pero había creado muchísimas de todo tipo de tamaños. La solté dentro de la mochila y luego seguimos hablando mientras la llenaba de otras cosas.

—Hace ya bastante tiempo, descubrimos un archivador lleno de cosas en una sala de jefe. Y en ese momento aprendí algo interesante sobre cómo funciona el inventario. —Las varas de metal tintineaban estruendosas al soltarlas en la mochila—. Si metes algo en un contenedor y luego guardas dicho contenedor en tu inventario, puedes sacarlo luego y elegir si hacerlo con lo que tenía dentro o no. Puedes incluso seleccionar solo algunas de las cosas del interior.

—Carl... —empezó a decir Katia mientras yo seguía metiendo varas de metal pesadas en la mochila.

Miré el soporte con gesto preocupado, pero estaba dando el pego. Las correas no aguantarían ni un cuarto del peso que ya tenía dentro, pero si lo que estaba haciendo funcionaba, daría igual. Solo las había puesto para que el sistema identificase el objeto como una mochila. Aun así, me preocupaban tanto dichas correas como la posibilidad de que Katia se derrumbase cuando quitase el soporte. Se había puesto en Fuerza la mayoría de los puntos, tal y como le había aconsejado Mordecai, y ya tenía un total de 49 teniendo en cuenta las mejoras. El plan de Mordecai era que subiese dicha característica lo más rápido posible y, una vez tuviese 50, empezase a subir la Constitución hasta que su puntuación básica sin mejoras llegase a 100. Me quedé un poco consternado al descubrir que también se había puesto algún punto que otro en Carisma. Seguro que lo había hecho porque Dónut y Zev le habían insistido en que tenía que ser más interesante. Tenía que hablar con ella al respecto, pero no era el momento.

Cogí un puñado de varas más pequeñas y las tiré en el interior. Luego una brazada de pelotas redondas, versiones más pequeñas de las que había estado creando para la *xistera*, que solté en el espacio que le quedaba libre a esa mochila fea de cojones. Al terminar, di un paso atrás para contemplar mi obra. Katia me miró con gesto de impotencia. Estaba allí de pie, con la mochila con forma de cesta sobre los hombros llena de varas de metal de todo tipo de tamaños sobresaliendo por encima, como si fuese una mula de carga.

—Como quites el soporte y yo siga con esto encima, me voy a caer —aseguró—. Soy fuerte, pero no tanto. Y si me la equipo solo conseguiré la masa corporal de la mochila, no de lo que tiene dentro.

—¿Estás segura de eso? —pregunté—. Porque yo creo que te equivocas.

Había hecho varios experimentos para al final conseguir una mochila con la parte de arriba abierta que listase los objetos de su interior como «contenido» cuando la sacase de mi inventario. Tuve que diseñarle un pequeño saliente por la parte superior, y también asegurarme de que algo más de la mitad de la masa que había en el interior no sobresalía por encima.

Katia abrió los ojos como platos.

—Muy bien. Pero no puedo equipármela hasta que no quites ese soporte y, cuando lo hagas, se romperán las correas y también me romperá los hombros.

—Eres más fuerte de lo que crees. Y no vamos a sostener el peso con las correas. Haremos lo siguiente: déjatela puesta y transfórmate para tener cuatro piernas y una especie de estantería que te sobresalga por la parte baja de la espalda y afiance la mochila —expliqué. Levanté un dibujo algo tosco que había hecho en la parte de atrás de un formulario de gimnasio que tenía guardado.

Katia se quedó pálida, pero empezó a transformarse sin mediar palabra.

Dónut entró en la habitación en ese momento. Había estado en la sala de entrenamiento montando a Mongo para practicar. Se detuvo en seco al vernos.

—Carl, ¿qué le estás haciendo a Katia?

—Ahora el soporte me queda muy arriba —gruñó ella mientras algo le empezaba a crecer por detrás. Se había vuelto más baja al crear las dos piernas adicionales.

Asentí.

—Tranquila. Lo ajustaré. Tú sigue y que el añadido de la espalda te quede bien recto. Imagínate que es una estantería. No tiene por qué ser tan largo. Coloca las piernas traseras un poco más atrás y asegúrate de que sean de metal. Sí, sí.

—Dios —comentó ella. Vi cómo se le transformaba el cuerpo. Le desaparecieron los brazos y luego apareció un tercer par de piernas, lo que sumaba seis. La ropa que llevaba puesta pasó a formar parte de su carne mientras la espalda se le volvía más gruesa hasta formar esa especie de plataforma inferior donde se apoyaba la mochila. Las correas le apretaban mucho los hombros ahora que el soporte quedaba muy arriba.

—Lo de las piernas no va a funcionar —aseguró. Las seis piernas se unificaron en una masa conjunta y su cuerpo se volvió más bajo aún. Empezaba a parecerse a una babosa sin brazos y con torso humano. Saqué la cinta métrica y medí la distancia que había desde la especie de estantería de la parte baja de su espalda hasta el suelo.

—No es tanto peso como pueda parecer —mentí—. La mochila debería equipársete desde el momento en el que apartemos el soporte.

En ese momento, lo aparté y repiqueteó al separarse. Hice un mohín cuando la mochila pesada cayó sobre la estantería que ahora sobresalía del cuerpo de Katia. Ella gritó de dolor momentos antes de que la mochila desapareciese y se volviese del mismo color que su carne. La masa amorfa y densa tenía forma redondeada como un caparazón. «Dios, ha funcionado». Ella soltó un grito ahogado y se tambaleó hacia atrás, como una tortuga desequilibrada. Empezó a gritar.

—¡Carl! —dijo Dónut—. ¡Le has hecho daño a Katia!

La ignoré.

—Ahora tienes muchísima masa corporal. Respira hondo y vuelve a moldearte. Usa el nuevo metal para equilibrarte.

Katia dejó de tambalearse y cerró los ojos. El torso y la cabeza se le fundieron hasta pasar a formar parte de la bola de carne en la que terminó por convertirse. Brotaron seis patas de la parte inferior y volvió a crecerle el torso desde el centro de lo que había sido su parte inferior. Dicho torso conservaba la forma normal, pero tenía los brazos el doble de largos. Las piernas de elefante que le habían salido pasaron a moldearse con forma de clavos bastante anchos. La criatura que seguía formándose se alzó del suelo mientras se convertía en una monstruosidad horrorosa similar a un insecto.

—Creo que voy a vomitar —dijo Katia—. Me va a costar mucho acostumbrarme.

—Sí —dije—. Ahora llevas encima más de una tonelada de armadura adicional.

—¿Una tonelada? —preguntó al tiempo que levantaba un brazo—. ¿Una tonelada de verdad? ¿Te refieres a mil kilos?

Sonreí.

—Una tonelada y doscientos cincuenta kilos, más o menos. El metal de los enanos robots era de dos tipos. Uno es mucho más pesado que el hierro normal. ¿Cómo te sientes? ¿Puedes moverte bien?

Volvió a remodelarse hasta convertirse en la misma Hekla de antes, pero ahora de casi tres metros y medio. Se enderezó por completo y nos miró desde las alturas. Dejó caer el brazo, cerró la mano y dio un puñetazo. Sentí la corriente de aire.

Mongo graznó de miedo y corrió a esconderse detrás de Dónut.

—Aquí dice que tengo una bonificación a la Fuerza debido a la masa adicional —comentó Katia. Tenía la voz más grave—. También dice que me ha bajado la Destreza, pero no siento que sea mucho más lenta. Si quisiese tener una densidad corporal normal y corriente, tendría que crecer hasta los seis metros. ¿Crees que me dejarán quedarme así? ¿No considerarán que nos estamos aprovechando de un error?

—No lo creo —comenté—. Algo me dice que esto es justo lo que se espera que hagas con la clase que escogiste.

—Es ridículo, Carl. Así no va a caber en un tren —dijo Dónut.

—No, eso es verdad. —Ya había empezado a pensar en maneras de hacerla aún más grande, pero la bajada de Destreza iba a convertirse en un problema. «Quizá podría fabricarle una plataforma. Algo con ruedas para que pueda deslizarse»—. Pero esa es la razón por la que hice todo lo de la mochila. Puede desequipársela con facilidad y guardarla mentalmente en el inventario y, en ese instante, volverá a su tamaño normal. La mochila seguirá guardada, y ahí dentro podrá elegir la cantidad de metal del interior cuando se la ponga, lo que hará que pueda variar a su antojo su masa corporal. Tenemos que encontrar la manera de hacer que se la pueda equipar más rápido, eso sí. Y también mejorar la mesa de maquillaje para que pueda almacenar más formas. Yo me pondré a trabajar con el soporte para facilitar lo de equipársela, y también mantendré los ojos bien abiertos por si encontramos metales más densos. Quizá podamos crear algo que no sea tan incómodo. Esas varas de metal pueden llegar a ser un problema si el techo es demasiado bajo.

Katia se encogió aún más y su rostro adquirió varias formas. Se detuvo al alcanzar los poco más de dos metros, pero tenía el torso el triple de ancho de lo normal. Los brazos le llegaban al suelo, lo que le daba aspecto de gorila.

Extendí la mano y le di unos golpecitos en el brazo, que resonó como si estuviese hecho de metal. Bien.

—Asegúrate de mantener siempre la carne de tu masa en el centro, dentro de todo el metal.

—Tendré que practicarlo —dijo ella, al tiempo que flexionaba los brazos—. Pero no puedo reemplazar los ojos ni la boca con partes metálicas. Me hará falta crear una especie de protección alrededor de la cabeza.

—Bien, bien —dije yo—. Me gustaría probar con materiales diferentes en la mochila. Y tú tienes que practicar a la hora de elegir la cantidad de metal que dejas dentro de ella.

—¿Podrías meter armas y objetos mágicos en la mochila? —preguntó Dónut. Mongo intentó acercarse a Katia y olisquearla con cuidado.

—No lo creo —respondí—. Las armas no pasan a formar parte de su masa corporal, y la magia de los objetos mágicos, como los anillos y esas cosas, es inservible a menos que dicho objeto esté equipado como debería. No puedes crear unas hombreras con dos yelmos mágicos y esperar que el nuevo objeto tenga la magia de los anteriores. Es algo que le pregunté a Mordecai hace tiempo.

Katia siguió experimentando. La mano se le convirtió en un escudo de metal curvado del tamaño de la plancha para las pasarelas. Agarró el hacha que no usaba muy a menudo y extendió el brazo. Me percaté de que cada vez era capaz de cambiar de forma más rápido, aunque sabía que le seguía doliendo.

—Cuando las Hijas se enteren de esto, van a flipar. Si Fannar pudiese verme... Me gustaría comprobar si ahora se atrevería a llamarme inútil.

—Ojalá Mordecai estuviese aquí —comentó Dónut—. Apuesto a que tendría algo que decir sobre todo esto.

—Seguro que sí —convine.

La primera parte del episodio resumen fue un montaje de personas siendo asesinadas en los trenes. Vi cómo un grupo entero accedía a lo que parecía ser un tren moderno de diésel, en una de las líneas con nombre, y quedaba sobrepasado al momento por unos monstruos pequeños y con forma como de cangrejo que tenían taladros en lugar de pinzas. En mitad de la batalla, me percaté de que había una silueta de pie en la parte de atrás del vagón, viéndolo todo y riendo. Era un mago de guerra. Este parecía tratarse de un orco, pero contaba con el mismo cabello largo y plateado que Desmembrador.

Katia había vuelto a su tamaño normal. Llevaba una hora trabajando en su nueva forma, practicando con diferentes masas corporales. Podía quitarse la mochila usando el sistema de inventario, lo que no tenía nada de elegante, ya que hacía que su cuerpo cayese y quedase aplastado contra el suelo formando una masa amorfa, redonda y palpitante. Al parecer, si se desequipaba de repente más de un cincuenta por ciento de la masa, su cuerpo se reiniciaba. Me pareció bien, la verdad, pero era un poco asqueroso. Solo mantuvo esa forma durante unos pocos segundos antes de volver a adquirir forma humana. Para equiparse masa adicional, primero tenía que sacar el nuevo soporte rediseñado, colocarlo y luego poner encima con mucho cuidado la mochila. Luego se la ponía, se colocaba bien las correas y se transformaba en aquella babosa. Después, adquiría la forma que quisiese basándose en la cantidad de «masa de transformación» que hubiese dejado dentro de la mochila. El proceso duraba unos treinta segundos, lo que seguía siendo demasiado tiempo. Seguimos trabajando para reducirlo.

Señalé a la criatura de la pantalla.

—Creo que todos los trenes con nombre tienen un mago de guerra en el interior.

—De ser así, todos atacan de forma diferente —explicó Katia. En la pantalla, otro mago de guerra había empezado a destrozar a una pareja de mazmorreros. No conseguí ver cómo los atacaba, pero habían empezado a asfixiarse sin razón aparente.

Aparecieron en pantalla algunos mazmorreros que no eran habituales, como Quan Ch, el que había recibido la caja de misión celestial al final del piso anterior. Dónut gruñó al verlo volar por uno de los túneles de los trenes con sus alas celestiales etéreas, disparando rayos azules con la mano izquierda. Atacó a un tren que se detuvo de repente en las vías y acabó del todo arrugado. El cadáver de un humanotauro salió disparado por el cristal de la cabina delantera.

—La chaqueta que ha conseguido ese mazmorrero le permite volar y disparar rayos —dije—. Es una pasada, la verdad. Pero si va por ahí destrozando trenes, terminará causando todo tipo de problemas. Me pregunto qué línea sería esa.

—No lo sé, pero esa chaqueta debería ser nuestra —aseguró Dónut—. No hizo nada para conseguirla. ¡Es un ultraje!

—La vida no es justa, Dónut —dije.

Vimos cómo Elle agarraba a un clurichaun, le congelaba la cabeza, se la arrancaba y luego la tiraba a otro miembro de su grupo. El tipo, que parecía haber elegido una especie de clase de forzudo, la retorció en el aire y lanzó la bola de hielo a un jefe que era una cabra gigante. El proyectil chocó contra la cabeza de la cabra e hizo que la criatura se tambalease. Un grupo heterogéneo de criaturas, que antes eran los ancianos de Meadow Lark, se abalanzó sobre el monstruo cabra y acabó con él.

También mostraron en el programa un vídeo corto en el que aparecíamos nosotros usando el conjuro Agujero para acabar con el mago de guerra. Colaron de alguna manera unos segundos en los que aparecía yo riendo, que pertenecían a otro momento anterior, antes de mostrarme agarrando la cabeza del mago y guardándola en el inventario. «Cabrones... Van a conseguir darme fama de demente».

—¿Por qué guardaste la cabeza, Carl? Qué asco —dijo Dónut.

—Hay que saquearlo todo, Dónut. Uno nunca sabe cuándo puede llegar a sernos útil. Deberíamos habernos guardado también todos los cadáveres que hemos ido dejando por ahí. De hecho, lo haremos a partir de ahora si tenemos tiempo.

Habíamos recibido una caja de misión de plata por ese enfrentamiento, pero solo nos habían salido pergaminos de sanación y kits de trampas. Yo había conseguido dos de esas trampas de alarma, así como suministros para trampas variados.

El programa terminó con Lucia Mar enfrentándose a un grupo de criaturas parecidas a zombis en una estancia enorme. Los monstruos no dejaban de aparecer sin parar, y ella tuvo que retirarse. Vi que la habitación contaba con cinco escaleras dispuestas en círculo.

—¿Cómo cojones ha llegado esa mierdecilla tan rápido a las escaleras?

Terminó el programa y, antes de que recibiésemos el mensaje diario, ocurrieron dos cosas. La clasificación cambió, y yo recibí una notificación.

Has recibido una caja de benefactor de bronce de la Corporación Valtay.

Me quedé muy quieto para comprobar si Dónut o Katia también habían recibido algo. Ninguna de las dos dijo nada, por lo que di por hecho que no había sido el caso. Sabía que, esta temporada, cuanto más pagaban por nosotros más baratas les salían las cajas de benefactor a los patrocinadores. Pero Mordecai había dicho que hasta las de bronce podían llegar a tener un precio prohibitivo. También había comentado que el contenido de una caja de benefactor de bronce solía ser mejor que el de las de platino normales.

Dónut alzó la vista para mirar la clasificación. Los cinco primeros mazmorreros no habían cambiado. Elle subió hasta el octavo puesto, y Li Jun el monje urbano había salido de la lista para quedar reemplazado por Quan Ch, que era un semielfo nivel 31 soldado de seguridad imperial. No me sorprendió. Con esa chaqueta mágica que tenía no iba a tardar en subir como la espuma en la clasificación.

—Maldito tramposo execrable —gruñó Dónut.

Buenas noches, mazmorreros:

Me gustaría recordaros algo de nuestro anuncio anterior: solo durante este piso, las escaleras permanecerán cerradas hasta que solo queden seis horas para el derrumbe. Algunos de vosotros ya habéis conseguido encontrarlas. Buen trabajo, pero aún quedan días para que os sirvan de algo.

Debido a unos problemas técnicos inesperados con los equipos de interdicción de hobgoblin mecánicos, los trenes que descarrilen tardarán mucho más tiempo de lo previsto en recuperar la normalidad. Esto está provocando un caos prematuro en varias líneas. Estamos seguros de que no os afectará demasiado.

Y, finalmente, ahora todos deberíais tener patrocinadores. Todos los mazmorreros cuentan con uno, por primera vez en todas

las temporadas de *Planeta mazmorrero*. En estos momentos estamos procesando las solicitudes de caja de benefactor, y habrá un pequeño retraso. Las distribuiremos lo más rápido que podamos. Nos gustaría pediros disculpas por ello y agradeceros vuestra paciencia. Les estamos dando prioridad a las cajas en las que el benefactor ha pagado la tasa de envío urgente.

¡Ahora, salid ahí fuera y matad, matad, matad!

—¡Se están retrasando nuestras cajas, Carl! —dijo Dónut—. Seguro que la princesa D'nadia me ha comprado algo magnífico.

—Pues yo acabo de recibir una caja de benefactor de bronce —dije—. Con suerte, vosotras recibiréis pronto las vuestras.

—¿Y aún no la has abierto? ¡Ábrela! ¡Ya! Y asegúrate de que envías una nota que diga «Gracias».

—Sí, vale —dije al tiempo que sacaba la caja. Me pregunté si habrían pagado esa «tasa de envío urgente» para hacérmela llegar antes.

Al sacarla, la caja era de tonos broncíneos y relucientes. Unas chispas brotaron de ella cuando se abrió mágicamente. La parte superior estaba decorada con un símbolo que no había visto antes. Era un círculo con un garabato encima. Debajo del círculo había grabadas unas palabras en estándar del Sindicato. Rezaban: CORPORACIÓN VALTAY. INTENTAMOS MANTENER CON VIDA LO MEJOR DE TI.

Me estremecí y recordé que estos tipos en realidad eran una especie de parásitos.

En la caja había una pastilla. Era una cápsula normal y corriente, azul y amarilla.

Durante unos instantes aterradores, me vino a la cabeza que podía llegar a tratarse de uno de esos gusanos cerebrales. Recordé que en una ocasión había visto un vídeo en el que algunas personas se comían unas tenias para perder peso, y los parásitos se encontraban dentro de cápsulas como aquella. «Quieren hacerse con el control de mi cuerpo». Volví a estremecerme. Me resultaba del todo aterrador. Me fijé en la descripción, que leyó una voz algo diferente a la habitual y que también tenía una fuente distinta en la interfaz.

Potenciador neural n.º 544 de la Corporación Valtay. Variante 32.c.

Este objeto es compatible con tu morfología y con tu interfaz.

Advertencia: Esta pastilla cambiará tu cerebro de forma permanente. Este objeto no se puede desequipar una vez se haya instalado.

Advertencia: No tienes instalado un potenciador neural de la Corporación Valtay. Aunque tu sistema nervioso es compatible con este, se te recomienda que acudas a un centro de asistencia de la Corporación Valtay para recibir información sobre tus opciones de potenciación. Tenemos disponibles planes de pago y de legado. Intentamos mantener con vida lo mejor de ti.

Sistema nervioso actual: Mazmorra del Sindicato versión 47.002.

Humano.

Tomar esta pastilla instalará la siguiente mejora a tu interfaz:

Identificar y analizar portales subespaciales.

—¿Qué cojones? —murmuré sin dejar de darle vueltas a la pastilla en la mano. ¿Por qué me habían dado esto? ¿Qué era un portal subespacial? Habían pagado más para que yo lo recibiera antes..., pero ¿por qué? ¿Porque eran unos imbéciles con dinero que podían permitírselo o porque se trataba de una urgencia de verdad?

Me fijé en que la descripción tenía un formato diferente que la de los objetos normales... ¿Significaba eso que podía confiar en lo que había escrito en ella?

Para asegurarme, guardé el objeto en el inventario para intentar comprobar su valor y si se trataba de algo poco frecuente. Se colocó justo por debajo de la figura de Kimaris. No obstante, decía que se trataba de un objeto común. Volví a sacarla del inventario, bastante más seguro ahora de que no contenía ningún tipo de parásito oculto. De haber sido así, no me hubiese permitido guardarlo. O eso esperaba.

—Pues yo qué sé —dije, justo antes de metérmela en la boca y tragármela con la taza de café frío.

Tardó un momento en ocurrir algo.

Tienes una nueva pestaña disponible en tu interfaz.

La pestaña se llamaba MEJORAS DE TERCEROS.

Aviso: Todas la mejoras de comunicación se desactivarán mientras te encuentres en el interior de la mazmorra. Cualquier intento de sortear la protección de la mazmorra supondrá la descalificación inmediata.

El potenciador neural era el único objeto listado en la pestaña. Hice clic y se abrió una nota.

Esta mejora funciona perfectamente.

No había más información ni ningún otro menú.

Abrí la pestaña Patrocinio y encontré la sección de notas. Desde allí, podía enviarles mensajes, pero ellos no podían ponerse en contacto conmigo. Sabía que Dónut había estado escribiendo agradecimientos a la princesa D'nadia todo el día.

Gracias por la mejora. No sé para qué sirve ni lo que hace, pero agradezco el apoyo.

Solo sentía asco por todas las personas y las cosas relacionadas con este espectáculo de mierda, pero si iban a seguir enviándome cosas beneficiosas, tenía que fingir que estaba agradecido.

—¿Y qué era esa cosa? —preguntó Katia. Había vuelto a crecer e iba de camino a la sala de entrenamiento, donde tenía pensado entrenar la habilidad Receptor. Yo tenía pensado ir con ella y entrenar mi Golpe poderoso. Lo haría todos los días hasta subirlo a nivel 15.

—Pues no estoy seguro —dije, y me quedé en silencio. Miré hacia la puerta de salida de la cafetería. Ahora brillaba de color púrpura. Se abrió una ventana emergente sobre ella.

Portal subespacial estándar.
¿Analizar? Sí/No.

Hice clic en sí, momento en el que apareció una serie de números. No tenía ni idea de qué podían significar, pero en la parte inferior de la lista había unas pocas líneas que parecían importantes.

Tipo: Portal bidireccional. Abierto para el usuario.
¿Puedes atravesar este portal? Sí.
Entorno al otro lado del portal: Compatible.
¿Análisis visual? Sí/No.

Hice clic en sí y apareció una foto de la cafetería. No aparecía cliente alguno, pero sí Nodd el bopca detrás del mostrador metiéndose el dedo en la nariz.

«Ahora puedo ver a través de las puertas».

—Qué pasada, joder —dije.

14

TIEMPO PARA EL DERRUMBE DEL PISO:
6 DÍAS Y 23 HORAS
Visualizaciones: 123,8 mil billones
Seguidores: 1,5 mil billones
Favoritos: 372,4 billones
Puesto en la clasificación: 6
Recompensa: 100.000 de oro

ANDÉN DEL EXPRESO DE PESADILLA.
ESTACIÓN 283.

Vi a Dónut entrenar con el conjuro Agujero mientras esperábamos por segunda vez a que llegase el Expreso de Pesadilla. Había conseguido subirlo a nivel 3 y estaba practicando para hacer que el diámetro del agujero fuese un poco menor. La gata había descubierto que, al lanzar el conjuro y tener a Mongo al lado, podía lanzar después Triplicado mecánico y hacer aparecer a los dos Mongo adicionales al otro lado del agujero. Era una manera de limpiar habitaciones sin tener que abrir la puerta.

Pasé el rato intentando leer el último libro de Louis L'Amour, pero no me podía concentrar. No dejaba de pensar en todo lo que había ocurrido durante las últimas horas y los gritos de Dónut tampoco ayudaban.

Miré el temporizador. Aún faltaba media hora para que llegase el tren y me quedaban unos diez minutos antes de que tuviésemos que empezar a prepararnos.

Nuestro paso por el club Desperado había sido muy corto. Imani y Elle nos enviaron un mensaje para avisarnos de que no iban a llegar a tiempo. Bautista tampoco lo consiguió, ya que estaba llegando al fin del trayecto de su tren. Por eso, decidimos que la visita fuese muy rápida.

Mientras recorríamos el lugar, el Mazo nos lanzó un conjuro de protección, algo que no había hecho la vez anterior. Nuestro grupo al completo empezó a brillar con una luz azulada mientras pasábamos junto a los bailarines de la pista de baile.

—Compró conjuro con dinero propio —dijo Bomo. Era la frase más larga que había oído pronunciar a una de esas criaturas—. Compró para proteger princesa.

—¡Oooh! Gracias, Macito —dijo Dónut, que le dio unas palmaditas en la cabeza al monstruo de roca. Ahora se subía sobre su hombro siempre que entrábamos al club. El Mazo gruñó con satisfacción.

El gremio de Esquivar no me dejó entrar, pero sí que permitieron que el Mazo acompañase a Dónut. La gata entró y luego me envió un mensaje cuando llevaba una hora dentro.

> **DÓNUT: ES IGUAL QUE NUESTRA SALA DE ENTRENAMIENTO, PERO MÁS CARA. LA PRIMERA SESIÓN ES GRATIS Y TE SUBE UN NIVEL COMPLETO. SI QUIERO SUBIR LA HABILIDAD HASTA 9, ME COSTARÁ VEINTE MIL DE ORO. ¡Y A 10 DOSCIENTOS CINCUENTA MIL! ¡ESTO ES UN ULTRAJE!**
>
> **CARL: Lo que tú digas. Te espero en el bar.**

Descubrí que mi nueva capacidad para analizar las puertas no funcionaba con todas. Solo con los portales, las puertas mágicas que estaban diseñadas para teletransportar a la gente de un lugar a otro, como el que nos permitía entrar y salir de nuestro espacio personal. No funcionó con la entrada delantera del club Desperado, pero sí con la que había en el vestíbulo trasero, la que llevaba desde el bar local hasta la pequeña zona donde se encontraba Clarabelle.

Por desgracia, la capacidad de ver una imagen del otro lado no funcionaba si no tenía permitido entrar en el lugar, lo que fue toda una decepción. Aún no sabía cómo funcionaba aquello. No era magia. Y tampoco era una habilidad. Era algo tecnológico, una mejora del software que interactuaba con la mazmorra. Había muchas cosas sobre este mundo y su funcionamiento que aún escapaban a mi comprensión.

Me senté en el bar durante una hora, mirando con gesto taciturno la copa. Se me acercó media docena de personas, pero Bomo consiguió mantenerlas al margen. Cuando casi se había acabado el tiempo, se me ocurrió algo y me acerqué a la pista de baile.

Empecé a agitar los brazos para indicarle a todo el mundo que crease burbujas de privacidad alrededor de sus cabezas. Habría veinte mazmorreros más en el lugar, la mayoría humanos y de nivel 20, más o menos.

—Gente —dije cuando llamé la atención de todo el mundo—. Me gustaría teneros a todos en el chat. Creo que deberíamos acostumbrarnos a añadir a todo el mundo que veamos por ahí. Si lo hacemos a menudo, conseguiremos crear una red en la que pasar información con mucha más facilidad. No podemos crear una sala de chat a menos que todos estemos conectados con todos, lo cual es un incordio, pero tenemos que crear una forma de intercambiar conocimientos. Mi grupo cree tener una idea para salir de este piso, pero tengo claro que es algo que se puede conseguir de muchas maneras, y es importante que todos sepamos cómo hacerlo.

La mayoría de los mazmorreros se encogieron de hombros y luego empezaron a chocar los puños con todos los que tenían alrededor. Me dio la impresión de que a Bomo le iba a dar un infarto, pero terminé por conseguir chocar el puño con todos los que estaban por allí y añadí veintidós nombres a mi lista del chat. Cuando Dónut regresó, la obligué a hacer lo mismo.

Luego, mientras esperábamos al Expreso de Pesadilla, me senté para pasar el rato sin el libro y empecé a abrir mensajes. Un tipo, un guerrero humano de Japón llamado Koki, había descubierto una forma de enviar mensajes generales a toda la gente que tenías en la lista, por lo que ahora el chat era un lío de personas pidiendo ayuda u ofreciéndose a intercambiar objetos. Era demasiado, por lo que tuve que crear una carpeta especial para evitar que me llegasen notificaciones a la interfaz.

Aun así, la gente seguía enviándome mensajes directos. Pasé mucho tiempo explicando lo poco que sabíamos sobre los trenes. Era importante que la gente tuviese toda la información y quería ayudarlos, pero me sorprendió lo poco que sabían los demás después de haber pasado tres días enteros en el piso.

> **CARL: No, no. Si se trata de una línea con color, siempre va a ser un metro. Esos son los que avanzan por las vías pero nunca van hacia atrás. Si es un tren con nombre, puede ser cualquier cosa, como monorraíles, trenes de diésel o de vapor. Esos siempre dan vueltas. Los trenes con nombre son los únicos que se pueden**

usar para llegar a las estaciones anteriores. En nuestro caso, aún no hemos visto ninguno que llegue a una estación inferior a la número 83.

DONITA GRACE: No lo entiendo. La línea alazán es un metro y solo va hacia delante. No da la vuelta para pasar por estaciones anteriores.

CARL: Eso es porque el alazán es un color. Usan algunos muy raros.

DONITA GRACE: Vaya. Pues nunca había oído hablar de él.

Dejé de responder después de esos mensajes. Tampoco es que pudiese decir mucho más.

El plan me ponía un poco nervioso.

«Eso es porque es un plan de mierda. Pero es el único que se te ha ocurrido».

El trayecto del Expreso de Pesadilla tardaba una hora y media. Cruzaba la estación 83, la primera por la que habíamos pasado y aquella en la que se encontraba el tipo de los libros, luego por la 283, donde estábamos ahora, después la 436, luego una 283 diferente, una 83 distinta y regresaba a la 83 original. Estábamos listos para subirnos cuando había pasado la vez anterior, pero había preferido que nos quedásemos en tierra en el último minuto, tras ver lo que iban a obligarnos a hacer dentro. De haber subido, hubiésemos estado bien jodidos.

El suelo tembló cuando el Expreso de Pesadilla se detuvo en el andén largo de la estación, y el tren siseó mientras los frenos rechinaban. Era un antiguo tren de vapor, con la locomotora pintada de negro azabache. Usaba carbón, o puede que magia, pero eso explicaba que no hubiese tercer riel en las vías. En la parte baja delantera del tren había un quitapiedras con forma de cuña. Tiraba de unos cuarenta vagones, la mayoría de mercancías y diseñados para albergar ganado. Cuando se detuvo, oí y vi movimiento en uno de esos vagones de mercancías. Eran criaturas enormes que se rozaban con las paredes del lugar y empujaban para intentar salir. De una de esas jaulas brotaron unos tentáculos, momento en el que me di cuenta horrorizado que esos vagones en concreto no tenían techo.

Habría algo más de un metro desde la parte superior de los vagones hasta el techo de la estación, aunque cada vagón tenía lo que parecía ser una especie de valla metálica en la parte superior, que llegaba prácticamente hasta ese techo. Deduje que era para que la gente no se subiese a esos vagones desde el andén. Unas garras y varias lenguas de fuego se agitaron en uno de ellos. El siguiente era un contenedor de paredes lisas lleno de agua, con pinchos que sobresalían por encima, como si estuviese lleno de narvales muy enfadados. El agua salpicaba fuera del vagón y caía en el andén. Olía a mar.

No todos los vagones parecían contener monstruos gigantes. Empecé a contar rápidamente. Había catorce con monstruosidades en el interior. La mayor parte de los demás eran vagones de mercancía vacíos y desvencijados. Ninguno tenía puerta, al menos por el lado del andén.

Solo había dos vagones por los que subirnos al tren: uno trasero en la parte de atrás del todo y uno de pasajeros en la parte de delante, justo detrás de la locomotora, que ya no estaba a la vista y había quedado dentro del túnel al detenerse el tren, tal y como ocurría con los trenes de las líneas de colores. No había otra forma de subir. Nos colocamos cerca de la parte delantera e hice el amago de entrar al vagón de pasajeros. Agarré la puerta, pero justo en ese momento apareció una ventana emergente.

Esta puerta solo es de salida. Se entra por la de atrás.

—Cagondiós —gruñí antes de alzar la vista hacia el tren. Vi la estrecha pasarela que cruzaba la parte superior de los vagones de mercancías que no tenían techo. Me quedó muy claro qué era lo que teníamos que hacer. Mi conjuro Caparazón protector no iba a servir de ayuda. Teníamos que entrar por detrás, donde había visto una escalera para subir al techo del vagón trasero. Desde allí, había que avanzar por el tren a cuatro patas sobre el puñetero techo mientras el túnel pasaba sobre nuestras cabezas a más de ciento cincuenta kilómetros por hora, todo mientras atravesábamos treinta y ocho vagones abiertos por arriba, que estaban llenos de monstruos aleatorios que no dejaban de brincar y rugir. Y si había algún mago de guerra en alguna parte, era probable que se escondiese en uno de esos vagones, listo para tendernos una emboscada cuando menos nos lo esperásemos.

Como había que ir desde atrás hacia delante, el conjuro Caparazón protector no servía de nada. Y la valla evitaba que subiésemos directamente en uno de los primeros. Tampoco podíamos confiar en el conjuro Saltacharcos de Dónut, ya que la pasarela que cruzaba los vagones por encima era demasiado estrecha, no servía para atravesar paredes y no estaba seguro de que funcionase con cosas que se encontraban en movimiento.

—Pues que le den —dije al tiempo que me apartaba.

Un minuto después, el tren siseó y empezó a avanzar.

—Adiós a nuestro plan —dijo Dónut mientras veía cómo el tren se alejaba de la estación—. ¿Y ahora qué hacemos?

Empecé a calcular cuánto tardaba el tren en desaparecer por completo de la estación. Un minuto y medio. Mi conjuro Caparazón protector solo duraba 20 segundos. Mierda. Era demasiado tiempo.

Miré a la gata y a Katia, para luego soltar una risilla nerviosa.

—Mirad... Tengo una idea.

—¿Sabes qué? —comentó Katia mientras me preparaba para bajar de un salto a las vías—. Hekla me advirtió que estabais locos. Me dijo que tuviese cuidado porque era muy probable que acabase muerta.

La miré con una sonrisa en el gesto antes de saltar a la gravilla que había entre las vías.

—Que sepas que ya me lo habías dicho. Y también que el único que está arriesgando su vida ahora mismo soy yo. Y Dónut.

—Esto no me gusta, Carl —dijo la gata, que pegó un brinco y aterrizó sobre mi hombro. Mongo se había quedado dentro del transportín, por lo que Katia estaba sola en el andén.

—No me pasará nada —dije, con mucha más bravuconería de la que sentía en realidad. Miré a Katia a los ojos—. Prepárate. Pero aléjate un poco por si se descarrila por accidente.

Me di la vuelta y empecé a correr por las vías en dirección al tren que se acercaba. Iba a llegar a la estación en unos quince minutos, y nosotros tardaríamos unos cinco en llegar a la carrera hasta el lugar que había planeado.

El túnel estaba frío y oscuro, y mis pies descalzos hacían crujir el balasto. Dónut no dejaba de canturrear nerviosa mientras avanzábamos. Le había dicho que no encendiese el conjuro Antorcha. No quería que llamase la atención del maquinista, ya que podía hacer frenar el tren.

—Tendría que haber dejado a Mongo en el andén con Katia para que no se sienta tan sola —dijo Dónut. En ese momento, llegamos al lugar que había planeado. La estación era poco más que una mota de luz en la distancia. En las vías, sentí la vibración del tren al acercarse. Era un leve rumor que se incrementaba poco a poco.

—Ya está mayorcita. Sabe cuidar de sí misma.

—¿Y entonces por qué no dejas de decirle todo lo que tiene que hacer? Ni siquiera le preguntaste si quería hacerse gigante. Le colocaste la mochila y le dijiste que lo hiciese.

—Le gusta —aseguré.

—Pero ¿y si no es el caso?

—Mira quién fue a hablar —comenté—. Te recuerdo la tontería esa de las botas y de la cresta que le dijiste tú.

—Eso es diferente. La moda es diferente a hacer que alguien cambie así. No dejas de decirle que sea ella misma, pero eres quien más la ha hecho cambiar.

—Yo... —Me quedé en silencio. Dónut tenía razón. Pero, tal y como había dicho la IA, esto no era *El show del Dr. Phil*. No teníamos el lujo de poder pasarnos todo el día asegurándonos de que no heríamos los sentimiento de los demás. No me gustaba ser un imbécil, pero al mismo tiempo quería mantenerla con vida—. ¿Sabes qué? Tienes razón, Dónut. La próxima vez le pediré permiso.

Dónut me dio unas palmaditas en la cabeza.

—Buen chico, Carl.

El temblor de las vías se incrementó aún más. Miré el reloj. Justo a tiempo.

—Vale. Ha llegado la hora. Ponte a preparar el conjuro y avisa cuando esté listo.

—Pues... Creo que estamos demasiado lejos —comentó Dónut un momento después—. Lo más cerca a lo que puedo llegar desde aquí es a unos cien metros del andén.

—¿Qué? —dije mientras el pavor se apoderaba de mí—. Dijiste que funcionaría mientras estuviese en tu línea de visión.

—Eso es lo que dice la descripción, sí. No es mi culpa que esté mal, Carl.

Nos habíamos adentrado demasiado en el túnel. Era tarde. Y Dónut no podría lanzar el conjuro si empezábamos a correr.

—Vale, vale. Todo saldrá bien. Prepárate para correr a toda leche después de teletransportarnos.

«La moto nos hubiese venido de perlas ahora mismo».

El túnel se iluminó. Oí el tren avanzando a toda velocidad por las vías. Seguía moviéndose muy rápido, a pesar de que el maquinista ya había empezado a frenar. El chirrido característico resonó por el pasadizo estrecho en el que nos encontrábamos.

Luego oí un silbido ensordecedor. La luz distante pasó a convertirse en un ojo redondo e iracundo a medida que el tren se abalanzaba hacia nosotros. Había empezado a frenar, pero iba a una velocidad aterradora.

El conjuro Saltacharcos de Dónut tenía un retraso de tres segundos después de lanzarlo, por lo que teníamos que calcular el tiempo a la perfección. El tren siguió acercándose, y el quitapiedras parecía una lanza en ristre.

«Joder. Va más rápido de lo que pensaba».

—¡Lánzalo! ¡Lánzalo ya!

Hice clic en el Caparazón protector. Un momento después, desaparecimos.

Joder. Había ido por un pelo.

Aparecimos a medio kilómetro y vi cómo no dejaban de llegarme notificaciones. El tren atravesó mi caparazón protector, pero los puntos rojos que eran los monstruos del interior quedaron aplastados contra el conjuro, impulsados a toda velocidad hasta quedar despachurrados contra la parte de atrás de los vagones. O eso esperaba. La locomotora siguió avanzando a toda velocidad hacia nosotros. Se oyó un gran estruendo en la parte de atrás del tren. Llovieron chispas por todas partes.

«No se va a parar. Ha empezado a acelerar. ¿Por qué está acelerando?».

—¡Mierda! ¡Rápido! ¡Corre!

Nos giramos hacia la estación, que estaba a solo cien metros. Muy cerca.

Dónut empezó a correr mucho más rápido que yo.

—Rápido, Carl —gritó sin mirar atrás.

Yo sentí como si me encontrase en uno de esos sueños en los que intentas correr, pero notas algo pegajoso en los pies. Sabía que iba más rápido de lo que cualquier humano normal hubiese corrido jamás, pero había desperdiciado unos segundos muy valiosos mirando el tren embobado. Y luego había pasado otro segundo más lamentándome por la idea tan estúpida que se me había ocurrido. El tren pareció recorrer el medio kilómetro que nos separaba en escasos segundos. ¿A qué velocidad iba esa cosa? Era una puñetera locomotora, no un tren bala.

«Esta descontrolado. Va a descarrilar en el momento en que llegue a la curva».

Tendríamos que haber matado al maquinista.

Frente a mí, Dónut saltó para subir al andén. Había corrido tan rápido que tuvo que rodar al caer al suelo. Vi a Katia allí de pie, con los ojos abiertos como platos mientras yo me acercaba a la estación. Sentí el tren detrás de mí. El suelo tembló como si de un terremoto se tratara.

«No voy a llegar».

Salté.

Y no llegué.

Caí, rodé y me destrocé.

Una parte de mí sabía que si mi cuerpo no hubiese contado con una constitución sobrenatural, habría explotado como un globo lleno de vísceras en el momento en el que el quitapiedras chocó contra mí. La cuña estaba diseñada para apartar a un lado todo lo que había en las vías, aunque el lugar era tan estrecho que el único espacio era el del andén.

Y caer en el andén hubiese sido mucho mejor que lo que ocurrió en realidad. Salté justo cuando el tren chocó contra mí. Sentí que todo se rompía y se resquebrajaba en mi interior. Empecé a volar, hasta que dejé de hacerlo. Sentí el metal caliente en la espalda. Por instinto, había hecho clic en el conjuro Sanar mientras seguía en el aire, pero la salud no dejaba de bajarme, por lo que usé una poción de salud. Alcé la vista justo a tiempo para ver los rostros horrorizados de Dónut y de Katia, mirándome mientras yo pasaba a toda velocidad por la estación, disparado hacia el túnel y cada vez más rápido.

Había chocado contra el quitapiedras, dado una voltereta en el aire para luego quedar aplastado contra la parte delantera de la locomotora. Mi complexión, el impulso, el conjuro Sanar y el hecho de que mis pies invulnerables habían sido lo que había chocado contra el frontal del tren fueron las únicas razones por las que conseguí aferrarme a la vida.

Estaba bocabajo sobre un pequeño saliente horizontal que había sobre el quitapiedras, justo antes de la caldera del tren. El faro estaba en otro saliente que tenía justo encima de la cabeza, e iluminaba el túnel monótono. La parte frontal estaba muy caliente, y el chu, chu del tren resonaba rabioso, estruendoso y más rápido de lo que debería. A pesar de la oscuridad, vi un 666 grabado en letras rojas en la parte delantera de la caldera negra.

Me tomé otra poción de salud.

Oí un chirrido insoportable que venía de la parte de atrás. Fuera lo que fuese, no sirvió para que el vehículo redujese la velocidad.

DÓNUT: ¡CARL! ¡CARL!
CARL: Estoy bien. Tengo que parar el tren. Quedaos ahí.
DÓNUT: EL TREN ESTÁ ROTÍSIMO POR DETRÁS. DATE PRISA.

Una escalerilla corta llevaba hasta una pasarela estrecha que recorría el exterior por la parte de babor, que era la que daba a los andenes de las estaciones. La pared rocosa e irregular del túnel estaba ahí cerca, pasando a toda velocidad. Me dolía todo el cuerpo. Veía los lugares exactos en los que el tren había rozado la pared en trayectos anteriores. Si extendía el brazo era muy probable que terminase sin él.

Avancé con mucho cuidado hasta la escalerilla y empecé a subir mientras evitaba la caldera enorme, que se estaba calentando por momentos. Estaba rodeada por un pasamanos que llegaba hasta una ventana cuadrada tras la que el maquinista podía echar un vistazo a las vías. Una luz roja brillaba en el interior de la cabina, pero no vi más movimiento.

Debajo, había pistones que giraban y válvulas automáticas junto a las ruedas de las que brotaba vapor y que se abrían en intervalos aleatorios para expulsar gas caliente por el pasadizo. Como el vapor no tenía por dónde salir, las volutas se acumulaban en el túnel y le daban al lugar una apariencia húmeda y neblinosa en la penumbra. Todo estaba mojado y caliente, como si del interior de una sauna se tratara.

Me abrí paso hacia la cabina y, en alguna que otra ocasión, noté cómo la pared me rozaba la capa, que latigueaba a un lado y amenazaba con tirarme. Bajé por la caldera y llegué a la ventana, que era casi tan ancha como la plataforma en la que me encontraba y medía casi un metro de alto.

Eché un vistazo al interior y tragué saliva al ver el revoltijo de válvulas, palancas y calibradores. Vi una mancha de sangre que había en la pared de detrás en el interior. Al parecer, el maquinista también había sido un punto rojo, pero fuese el tipo de criatura que fuese, ahora estaba muy muerto.

El tren tembló cuando empezó a dar la curva.

«Mierda, mierda».

Cerré el puño para que apareciese el guantelete. Di un puñetazo a la ventana y fue como hacerlo a través de un papel. Tuve que darle varios golpes para quitar por completo los cristales rotos. La locomotora empezó a bambolearse y a traquetear peligrosamente sobre las vías. Me colé por el hueco estrecho de la ventana y caí a plomo en la cabina.

Entrando en el Expreso de Pesadilla.

El interior estaba lleno de vísceras. Apestaba a aceite, a fuego y a sangre. Había un segundo maquinista muerto contra la pared del otro lado. «Genial», pensé. Si había dos maquinistas es que el tren era el doble de complicado.

Me giré hacia los controles. Ahora que veía el panel de control al completo me percaté de que había más palancas, calibradores e interruptores. También vi cañerías por todas partes. Al fondo había una puerta similar a la de una estufa de madera, con una ventanita de cristal tras la que se veía el fuego ardiendo con intensidad. Era el lugar al que tiraban el carbón para alimentar la caldera. Vi una hilera de calibradores de presión en la parte superior de los controles. Había cinco, y todos estaban a punto de llegar al rojo. El tren siguió bamboleándose sobre las vías.

En la parte derecha de los controles había una palanca grande y roja que di por hecho que era el acelerador. La agarré con fuerza y tiré de ella hacia abajo. Sentí cómo el tren empezaba a reducir la velocidad. Me relajé, pero luego vi que los calibradores de presión empezaban a descontrolarse. Uno de ellos llegó a la zona roja al momento.

Tren bomba desvencijado.

Tipo: Un tren de vapor creado con una indiferencia total por la seguridad. Es como si quisiesen que esta cosa terminase explotando.

Efecto: Es una granada del tamaño de un tren que a va a explotar a causa de la presión extrema. ¿Qué efecto crees que tendrá?

Estado: Deteriorándose. 75/1000.

Si no haces algo antes de unos dos minutos, las consecuencias van a ser impresionantemente espectaculares.

Una cadena colgaba del techo. Tiré de ella y sonó el silbato. La sostuve abajo para ver si hacerlo reducía la presión, y vi cómo uno de los calibradores bajaba. Pero los demás no lo hicieron. Tiré de una palanca para probar. Los frenos. Funcionaron durante un breve instante, por lo que la solté y volví a tirar de ella varias veces, pero al parecer cada vez eran menos efectivos. Había otra palanca idéntica debajo de esa. No tenía ni idea de lo que estaba haciendo y temía que acabase por empeorar las cosas. Ya era demasiado tarde para correr hasta la parte de atrás y saltar.

Estaba a punto de enviar un mensaje a Imani y a Elle para preguntarles si alguien del equipo de Meadow Lark sabía manejar un tren, pero justo en este momento vi una cara mirándome al otro lado de la ventanita de la caldera. Me sorprendí y di un brinco hacia atrás. Después me fijé en que había aparecido un punto en el minimapa. Uno blanco. Un PNJ. En el fuego.

No me di tiempo para pensar, sino que agarré el picaporte de la puerta, lo giré y la abrí. El calor sopló dentro de la estancia antes de que una cabeza demoniaca y femenina saliese del agujero.

La mujer de piel roja y pelo negro era una de esas *pinup* de los años cincuenta en versión diablesa roja, al menos de cuello para arriba. Lo único que le cabía por el agujero era la cabeza. Tenía el pelo a lo rockabilly, con un pañuelo rojo que le sostenía el moño y dos cuernos negros que sobresalían por encima. El vapor brotaba de su cuerpo, y los ojos era dos orbes negros que no dejaban de moverse. La diabla tenía unas bolsas enormes debajo de los ojos que parecían indicar que estaba agotadísima.

Brandy la Fogosa. Diablo menor y MQMF. Nivel 75.

Mujer de fuego del Expreso de Pesadilla.

Se trata de un PNJ no combatiente.

¡Una madre soltera tiene que alimentarse!

Todas las calderas enormes que necesitan avivar las llamas suelen contar con un diablo menor. Pero si el fuego tiene que arder más de lo normal, lo habitual es contratar a las MQMF del Sheol, capaces de mantener las llamas chisporroteando sin cesar.

Cuando una diabla menor queda embarazada, suele dar a luz en unos sesenta días. Durante esos dos meses tiene unos quince mil o dieciocho mil bebés, aproximadamente uno cada cinco minutos. Sin parar.

Solo sobrevive uno de cada diez mil bebés de diablo menor. El resto permanece con vida durante escasos segundos. Los cadáveres se encogen y se endurecen, convirtiéndose en un recurso muy valioso llamado ladrillos del Sheol. El decimoquinto piso estará lleno de ellos. Cuando entran en contacto con el fuego, los ladrillos del Sheol arden durante mucho tiempo y con mucha intensidad. Las diablas menores MQMF, que también conocen conjuros de magia de agua, suelen encontrar trabajo como fogoneras de las calderas de vapor. Cuando se encierran en el interior, crean un sistema prácticamente autosuficiente que mantiene en funcionamiento la mayoría de las calderas más grandes. Además, es una buena manera de deshacerse de las crías que no sobreviven.

«El tren funciona con bebés muertos. Joder. Qué retorcido».

—Niño, llegas justo a tiempo —dijo Brandy la Fogosa. Hablaba a gritos para que se la oyese a pesar del ruido del tren. Tenía un acento extraño, casi alemán, algo que resultaba bastante peculiar teniendo en cuenta su apariencia—. Le ha ocurrido algo al maquinista y a ese mago de guerra *kotzbrocken*. Han hecho chof. ¿Ves esa válvula que hay arriba a la izquierda? ¿Podrías girarla? Ese imbécil no lo hizo y no alcanzo desde aquí.

—Hum… ¿Esta? —pregunté.

—Esa misma. Gírala hacia la izquierda. Del todo. Sí. *Gut*.

Uno de los cinco calibradores pasó a estar en verde. El tren se estremeció, como si lo recorriese una oleada de placer.

¡Logro desbloqueado! ¡Si controlas tu viaje serás feliz!

¡Madre mía! ¡Estas conduciendo un tren!

Recompensa: Tengo muy claro que el hecho de conducir un tren es una recompensa lo suficientemente buena.

Luego, Brandy la Fogosa me enseñó a controlar el tren con palabras simples y directas. Giré una válvula hacia un lado durante diez segundos y después otra durante cinco, momento en el que desapareció la ventana emergente que indicaba que el tren se había convertido en una bomba. Me relajé.

Conseguí detener el vehículo por completo gracias a que me ayudó con los controles. Y después hice que avanzase poco a poco, a unos cincuenta kilómetros por hora. Era muy lento comparado con su velocidad habitual. También me enseñó cómo acelerar y a usar el sistema de frenado de dos palancas. Una era para los frenos de la locomotora en sí y otra para los de los vagones. Antes había estado a punto de conseguir que el tren descarrilase y ni siquiera me había dado cuenta. La diabla dio a luz tres veces mientras hablábamos. Arrugó el gesto, y yo oí un llanto muy breve que quedó interrumpido casi de inmediato.

—Ya sabes manejar el tren —terminó por decir—. No vayas muy *schnell*. Ten cuidado con la presión y no tendremos problemas. Ahora, ciérrame la puerta y déjame en paz. —Señaló una cajita que había al fondo de la estancia—. *Aber* si me pasa algo, ahí tienes esa caja. No podrás usarla mucho tiempo porque no tienes ni *Wasser* ni aceite, así que hazlo solo para llegar a la estación y ventila todo lo que puedas. Ahora, cierra la *Tür*.

Empezó a meter la cabeza en el interior.

—Espera —dije—. ¿Cómo llego a la estación desde aquí? A la estación 10, quiero decir. Las cocheras.

—Pulsa el interruptor. Está en las vías, justo antes de la próxima parada. Hay pocas opciones. Elige «Reparar en la estación». Te llevará a la *Bahnhof* y se reparará el tren.

Señaló la parte de estribor, el lado por el que no había entrado.

Después volvió a meter la cabeza en el fuego. Entre el rugido de las llamas y del tren, oí el llanto de otro bebé. Y luego otro.

«Tiene dos bebés ahí dentro. Dos bebés sanos».

Cerré bien la puerta. ¿Pulsar el interruptor? ¿Cómo iba a hacer algo así? Examiné el puesto del conductor de la parte derecha. Había una palanca que conectaba con una vara que sobresalía por un lado de la caldera. Me di cuenta de que era algo parecido a una lanza. Al tirar de la palanca, extendería la vara y, supuestamente, serviría para pulsar el interruptor de las vías. Si lo intentaba ahora, solo serviría para darle a la pared y romperla. Tenía que ir muy despacio para ponerla a prueba.

Luego miré la pequeña caja que había señalado. Se encontraba en la parte de atrás de la cabina, cerca de la salida. Estaba cubierta de vísceras, ya que era el lugar contra el que se había aplastado el conductor o el mago de guerra. Levanté la tapa y saqué del interior algo negro.

> **Ladrillo del Sheol.**
>
> **Papá Noel reparte carbón a los niños malos normales, ¿no? Pues este es el que regala a los mayores villanos de la historia, como Hans Gruber y el tipo que inventó esos zapatos con separaciones individuales para los dedos. Arde mucho más y dura mucho más tiempo que el carbón normal. Y cuando digo «mucho más tiempo» me refiero a que puede seguir ardiendo durante el resto de tu vida. O sea, una semana más o así.**
>
> **No quiero que sigas sufriendo, así que no te voy a decir de dónde salen estas cosas.**
>
> **¡Era mentira! ¡Es el cadáver de un bebé!**

Lo solté con mucho asco y me limpié la mano en la capa. Había unos cincuenta ladrillos de esos dentro de la caja. Respiré hondo para luego cogerla en peso y guardármela en el inventario. Me estremecí.

Entre las vísceras encontré dos objetos más. Una bolsita con 350 monedas de oro y una llave de bronce grande. Me la guardé.

LLAVE DEL MAQUINISTA DE LOCOMOTORA. La examiné al momento.

> **Permite acceder a las zonas de empleados de la Maraña de Hierro y usar los cuatrocientos trenes de vapor que hay en ella.**

Al fin podía relajarme y echar un vistazo a mi alrededor. Estaba vivo. Y no solo eso, sino que me había hecho con el control de un tren. Un puñetero tren.

Fue entonces cuando me fijé en mis características.

—La madre que me parió —dije en voz alta.

Había subido tres niveles. Ahora tenía 32 y había conseguido tres cajas de jefe de barrio.

Al parecer había matado a todos los monstruos del tren, y tres de ellos eran jefes de barrio. Miré el mapa y no vi ni una equis. La última vez que había hecho algo así ni siquiera había subido un nivel, pero al parecer ahora me había llevado el premio gordo. Y diría que también me habían dado experiencia por hacerme con el control del tren. A pesar de eso, solo tenía un logro más que no había abierto. Lo hice en ese momento.

¡Logro desbloqueado! ¡Tres hurras por el homicida!

¡Has matado a tres jefes con el mismo ataque! Estoy empezando a pensar que el hecho de que hayas sobrevivido hasta ahora no ha sido casualidad. O esto se te da tremendamente bien o no eres más que un cabrón con suerte. Sea como sea, la hostia. Buen trabajo.

Recompensa: ¡Has recibido una caja de papasote de platino!

Había una pequeña puerta en la parte trasera de la locomotora. Pasé sobre las vísceras y la abrí para echar un vistazo mientras el tren avanzaba muy despacio por las vías.

Me reí por la destrucción que había conseguido provocar con el conjuro. El vagón de pasajeros contiguo a la locomotora parecía estar intacto, pero vi sangre en el interior. Aquel era el único que había quedado indemne. Los restantes, los que estaban llenos de monstruos gigantes, seguían en las vías tirados por la locomotora, pero habían perdido las paredes, lo que los convertía en poco más que un puñado de plataformas. Había partes de dichas paredes que habían quedado colgando de los vagones y soltaban chispas al rozar la roca del túnel. Un pedazo de madera se soltó mientras yo miraba, para luego caer y rebotar por las vías detrás del tren. El último vagón seguía ahí, pero la parte superior de la estructura al completo se había desprendido.

No me podía creer que el tren siguiese su curso. Había sido muy fácil hacer descarrilar el anterior. Me preguntaba si era la magia lo que mantenía aquel en las vías. «He estado a punto de hacerlo volar por los aires». Quizá los vagones estuviesen construidos para romperse tal y como había ocurrido. Quizá esperaban que soltásemos los monstruos en el andén y por eso habían hecho las paredes tan débiles.

Carl: Oye, Dónut. ¿Podrías volver a las vías y comprobar si ves alguno de los cadáveres de los jefes de barrio? No tengo ni idea de dónde estoy y me vendría muy bien que consiguieses el mapa de uno de los cuerpos, así podrías indicarme cuándo me estoy acercando a las paradas. Asegúrate de que están muertos antes de intentar saquearlos.

Dónut: VALE. PERO NO ME ATROPELLES.

Solo habían pasado unos cuarenta minutos, y avanzaba a paso de tortuga comparado con la velocidad normal del tren. De haber pasado por la siguiente parada, ni la habría visto. No obstante, sospechaba que aún quedaba un poco para llegar hasta allí.

Carl: Tienes mucho tiempo. Voy a intentar ver qué hay en la estación 436 y luego pasaré a recogeros, chicas.

Con suerte, los escombros de las vías no serían suficientes para detener el tren. Ya lo descubriría al llegar. Se me ocurrió una idea y volví a abrir el chat.

Carl: Pero si estás muy preocupada, puede que sea un buen momento para intentar montar a Mongo. Podrías echarlo a correr por las vías y poner a prueba su velocidad.

Dónut: CARL, ERES UN GENIO.

Carl: ¿A que sí?

Dónut: ¿CARL?

Carl: ¿Qué?

Dónut: NO VUELVAS A HACERME ESTO NUNCA MÁS. CREÍA QUE TE HABÍAN DESPACHURRADO.

15

EL EXPRESO DE PESADILLA.

Menos de cinco minutos después, el tren pasó por la playa de maniobras. El túnel se ensanchó hasta convertirse en una caverna espaciosa y bien iluminada. Había más vías alrededor, pero no vi ningún otro tren a pesar de las decenas de entradas y salidas que había a mi alrededor.

El primer cambio de agujas tenía un objetivo redondo y enorme pintado de rojo. Era una placa de metal desgastado sobre una vara que sobresalía del suelo, parecido a una señal de stop. Se suponía que tenía que usar la lanza para golpearlo si quería que el tren cambiase de vía. La primera se llamaba «Vías auxiliares. Cuidado». La siguiente «Reparar en la estación». Y luego había una tercera opción llamada «Reciclar».

Había tantas vías en el suelo que me resultó complicado saber adónde llevaba cada una. Seguí la de «Reciclar» con la mirada y comprobé que se perdía bajo un arco gigantesco en uno de los extremos más alejados de la caverna.

Un portal reluciente y gigantesco dominaba el centro de la estancia. Intenté examinarlo usando la nueva habilidad de portales de subespacio, pero decía que necesitaba estar más cerca para que funcionase. Era el portal de «Reparar en la estación».

Intenté seguir las «Vías auxiliares», pero se perdían en una maraña que se mezclaba con las demás. No estaba seguro, pero me había dado la impresión de que llevaba a otra zona de desvío con muchas elecciones más. Si mi cerebro estaba analizando bien la información, parecía como si pudiese llevar el Expreso de Pesadilla por cualquiera de las demás vías.

Un tren enorme atravesó la estancia, expulsando humo y resoplando alegremente en la distancia. Venía de la dirección opuesta a la mía y no frenó al pasar. También era una locomotora de vapor, pero tenía un diseño mucho más moderno y un quitapiedras más pequeño. Tiraba de diez vagones. Eché un vistazo rápido al último. Era parecido al que había tenido el Expreso de Pesadilla. Dos especies de lanzas se alzaban en el balcón trasero, en las que había empaladas un par de cabezas humanas. El maquinista hizo silbar la locomotora dos veces a modo de saludo antes de desaparecer por el túnel.

Un minuto después, mi tren hizo lo propio y entró en el suyo.

DÓNUT: TENGO EL MAPA Y MUCHO DINERO. ESTÁS A PUNTO DE LLEGAR A LA ESTACIÓN 436. HAY MUCHAS PARTES DE CUERPOS, MADERA Y METAL EN LAS VÍAS. Y SÍ, MONGO CORRE RAPIDÍSIMO.

CARL: Vale. Gracias. Te recogeré al dar la vuelta. Con suerte, el tren no se verá afectado por los obstáculos de las vías. Pero, si no es el caso, me detendré y revisaré la estación 436 mientras pueda.

Vi la luz del andén frente a mí. Reduje la velocidad del tren mientras me acercaba. Desde donde me encontraba, parecía un andén normal y corriente como los demás. El cartel que tenía encima rezaba: ESTACIÓN ABISMO. 436. Detuve el motor por completo con el freno, puse la caldera en modo de espera y salí de la cabina. Tras titubear unos instantes, decidí cerrar la puerta de la locomotora, por si acaso. Podían entrar por la ventana rota, pero supongo que la puerta cerrada serviría para disuadir a los ladrones de trenes menos audaces.

Entrando en la estación Abismo.

Busqué señales de vida en el mapa, pero no vi nada. Sentí temblar el suelo y oí un tren pasando a toda velocidad. Sonaba como si estuviese justo encima de mí. También oí el chirrido distante de un tren diferente y un golpe amortiguado. Un minuto después, otro golpe. Y luego otro. Un tren diferente pasó a toda velocidad. Este sonaba debajo. Me recordó a estar en cola para subirme a una montaña rusa en un parque de atracciones, con cosas que se movían a toda velocidad a mi alrededor.

La estación estaba vacía. No había cartel. Ni banco. Solo unas escaleras de metal de estilo industrial en el centro del andén. Eran especialmente inclinadas, como unas de incendios. Subían hasta desaparecer en un hueco oscuro del techo. Titubeé y luego saqué una antorcha del inventario antes de ponerme a subir. «Solo voy a echar un vistazo».

Tardé casi una hora en subirlas, todo mientras oía el ruido de los trenes yendo, viniendo y chocando a mi alrededor. Las paredes no dejaron de temblar. Dónut y Katia me exigieron que las mantuviese informadas todo el tiempo. Finalmente, justo cuando Dónut se había puesto a contarle a Katia una historia sobre cómo había conseguido ganar en el último momento un concurso de belleza para gatos porque su principal contrincante, un singapura, quedó descalificado por algún problema burocrático, vi una luz roja en la parte superior de las escaleras. Diez minutos después, salí a una pasarela circular de metal que daba a un enorme pozo llameante. Dicha pasarela se encontraba en el interior del agujero, y me llegaron ráfagas de aire caliente.

Entrando en el Abismo.

—Guau —murmuré.

Debajo, encima y por todas partes en aquel enorme foso llameante había cientos y cientos, si no miles, de portales grandes y relucientes. El lugar estaba lleno de pasarelas iguales que la que yo tenía debajo, colocadas en intervalos irregulares. Unas formas monstruosas paseaban por ellas, pero por suerte no tenía ninguna cerca.

Me pareció como estar al borde del Gran Cañón. Recordé estar allí con mi madre, cerca del precipicio y mirando el abismo. Lo habíamos hecho de camino a Texas. Mi padre se encontraba en el coche, esperando. Su presencia, aguardando nuestro regreso pacientemente, se me había antojado como algo mucho más monumental que el cañón que se extendía frente a nosotros. Recordé ese momento junto a la valla, con mi madre agarrándome con fuerza por la muñeca. Lo hizo con tanta fuerza que llegó a dolerme.

—¿Recuerdas el circo? Fue muy divertido, ¿verdad?

—Me estás haciendo daño.

—Lo sé, cariño. Lo siento. Lo siento mucho.

Sabía que aquello no era tan grande como el Gran Cañón, pero me sorprendió lo mucho que me había afectado aquel recuerdo tan repentino. El agujero era casi perfectamente redondo y tenía algo más de un kilómetro y medio de diámetro. Eso sí, podía tener miles de metros de profundidad.

Mientras lo miraba, un tren apareció por un portal a toda velocidad. Los vagones quedaron en el aire para luego precipitarse hacia el foso. Serpentearon y se agitaron mientras caían y caían, para luego aterrizar en el montículo que había al fondo con un estallido distante.

Me incliné para mirar hacia dicho fondo. El agujero gigante estaba lleno de miles de vagones destrozados. Había cientos de ellos en llamas. Unos pequeños puntitos que parecían siluetas deambulaban entre los escombros. Reconocí la manera en la que se movían. Eran necrófagos limpiadores jikininki. Recorrían aquel destrozo como si de hormigas se tratara. Otro tren apareció por un portal diferente. Y luego otro.

«No tienen locomotoras». Recordé lo que nos había dicho el humanotauro. Atravesaba el portal y su locomotora aparecía sin vagones al otro lado. Lo que estaba viendo yo ahora eran los trenes de las líneas de colores al llegar al final del trayecto. Atravesaban los portales, pero la locomotora era el único vagón que volvía a teletransportarse a la base. El resto caían en aquel foso, como si fuesen basura. Los revisores y los maleteros se bajaban del tren en la última parada y, cuando volvían a subir, el tren se acababa de volver a crear. No era un bucle temporal, sino trenes nuevos. Todos excepto las locomotoras.

—¡Joder! —grité mientras otro tren aparecía de un portal que tenía justo encima. Me agaché y noté cómo se estremecía la pasarela. El tren rugió al caer. Las ruedas no dejaron de girar inútilmente mientras el aparato sin locomotora se precipitaba hacia las profundidades.

Alcé la vista hacia el portal.

Portal subespacial industrial de las Vías Férreas Occidentales de la Corporación Última.

¿Analizar? Sí/No.

Hice clic en sí, momento en el que apareció una página llena de números mucho mayores que la anterior. La desplacé hasta abajo del todo.

> **Aviso: Estás en el lado incorrecto del portal. Entrar por aquí no tendrá efecto alguno. Podrías cruzarlo sin ningún problema desde este lado, pero asegúrate de no caminar hacia atrás mientras lo estás haciendo.**
>
> **Tipo: Portal unidireccional. Abierto dependiendo del tipo de transporte y para los portadores de una llave.**
>
> **¿Puedes atravesar el portal? Sí.***
>
> **Aviso: Tienes que estar en un medio de transporte que tenga acceso a él o tener una llave equipada o fuera del inventario, dependiendo del tipo. Las llaves compatibles están marcadas en tu inventario.**
>
> **Entorno al otro lado del portal: Compatible.**
>
> **¿Análisis visual? Sí/No.**

Hice clic en sí.

Me llegó una captura de pantalla de una playa de maniobras gigantesca. Había miles de trenes en todas direcciones. Y solo las locomotoras. El lugar estaba rodeado por una valla muy alta, dentro de la cual también había lo que parecían miles de criaturas similares a necrófagos deambulando por ahí. Parecían zombis, pero creados a partir de especies y criaturas diferentes.

Pasé a mirar otro portal de los que había alrededor de la pasarela y lo analicé para comprobar qué había al otro lado. La captura de pantalla era del mismo sitio, aunque desde un ángulo diferente. Desde allí veía lo que había tras la valla, lo que parecía ser una fila de enanos esperando un tren. Los zombis solo se encontraban junto a las locomotoras. No veía cómo las sacaban del interior de la valla ni cómo conseguían mantener dentro a las criaturas.

Pero sí que vi algo interesante. Había un portal turbulento en un rincón de la playa de maniobras, demasiado pequeño para que cupiese un tren. Solo vi la mitad desde aquel ángulo, pero distinguí la forma inconfundible de los carros que había saqueado en la estancia donde se encontraban los robots.

Un rugido distante me hizo mirar hacia arriba. Un monstruo enorme y parecido a un lagarto llevaba un rato mirándome y avanzaba por la pared en dirección a mi pasarela. Había más de esas criaturas que también habían empezado a acercarse. Quedaban varios minutos para que me alcanzasen.

Me dieron ganas de quedarme a luchar, pero me preocupaba que golpeasen la pasarela y me dejasen sin forma de volver por la escalera que descendía hasta el Expreso de Pesadilla. Solté una bomba de humo goblin para que no me viesen marcharme, regresé hasta las escaleras y empecé a descender a toda velocidad.

Varios minutos después, comprobé que no me habían seguido. Mientras bajaba, abrí el inventario y encontré una nueva opción para ordenar los objetos. Ahora podía colocar primero los objetos que estaban «marcados». Tenía tres llaves que me permitían cruzar el portal: la llave ocre, la llave del maquinista de locomotora y ese estúpido gorro de recuerdo que habíamos recibido al principio del piso.

Joder. ¿Era eso? ¿Lo único que teníamos que hacer era equiparnos el puñetero gorro de revisor?

Carl: Estoy enviando este mensaje a todas las personas que tengo añadidas a mi lista de chat. No os lo vais a creer.

Carl: Por si aún no os habéis enterado, las escaleras están en las estaciones 12, 24, 36, 48 y 72. El problema es que todos empezamos en la estación 80 y no parece haber manera de ir hacia atrás. Esto es lo que hemos descubierto. Sabemos a ciencia cierta que hay dos maneras de llegar a las estaciones anteriores, y estamos bastante seguros de dos formas más que no hemos confirmado del todo. Contádselo a todo el mundo.

La primera. Si os equipáis ese estúpido gorro y llegáis al final del trayecto dentro de un tren, atravesaréis el portal. Pero hay un problema. El vagón en el que vayáis no lo atravesará, lo que significa que os teletransportaréis a una estación de tren llena de miles de zombis.

La segunda. Podéis matar al maquinista y conseguir la llave que lleva encima. Os teletransportaréis a la misma playa de maniobras, pero estaréis dentro de una locomotora. Habrá un problema. Tendréis que conseguir entrar en el primer vagón sin hacer descarrilar el tren. Para adelantaros a él podéis usar una de las líneas con

nombre. Pero os diré una cosa sobre ellas: son una jodienda. Además, no sabemos qué podréis hacer una vez lleguéis a la playa de maniobras. Si tenéis el control del tren, es posible que podáis sacarlo de allí, pero no estamos seguros.

La tercera, que es solo una posibilidad. La estación 435 es el lugar donde se bajan los empleados. Se supone que allí hay un portal que os llevará a la sede. Creo que dicha sede está al otro lado de la valla llena de zombis. Habrá un problema. Parece que hay un jefe en esa parada llamado kravyad. También parece que si atravesáis ese portal, perderéis tiempo y vuestros recuerdos. Además, en realidad no estamos seguros de que podáis hacerlo. Si alguien lo intenta, que nos cuente cómo ha ido.

La cuarta, que también es solo una posibilidad. Si subís a una línea con nombre que pare en la estación 436 y os hacéis con el control del tren, podréis usar la playa de maniobras para volver a la base. Aún no estoy muy seguro de cómo hacerlo, pero intentaremos descubrir la forma.

Sé que hay otras soluciones. Si las encontráis, hacédmelo saber, por favor. Tened cuidado.

Porter T: Gracias, compañero. En realidad, no estás tan loco como quieren que parezcas en el programa.

Mei W: Nosotros vendimos el gorro. ¡Todos los de mi grupo! Nos daban 5.000 de oro por ellos.

Seguí bajando por las escaleras y respondiendo todos los mensajes que me llegaron. Había rumores de un tren oculto que iba hacia atrás en el trayecto en lugar de hacia delante. Pero, para encontrarlo, tenías que romper una pared. Cuando llegué hasta donde había dejado el tren, esperaba que ya no estuviese allí, pero seguía en las vías con la locomotora resonando en modo de espera. Entré, di un par de golpes en la caldera para que Brandy supiese que había vuelto y salimos de la estación. Aumenté la velocidad poco a poco, hasta llegar a unos ochenta kilómetros por hora. Detrás, los vagones seguían chisporroteando y retorciéndose de forma siniestra, pero no descarrilaron. Tendría que haberlos desenganchado, pero tampoco es que tuviese lugar alguno donde dejarlos. Si conseguíamos desentrañar el sentido de la playa de maniobras, quizá hubiese alguna manera de deshacerse de los vagones.

Dónut: CARL. VUELVE AQUÍ AHORA MISMO. ACABO DE RECIBIR MI PRIMERA CAJA DE BENEFACTOR Y ME HA SALIDO EL MEJOR PREMIO DE LA HISTORIA DE LOS PREMIOS. LA PRINCESA D'NADIA ME HA ENVIADO ALGO MUY ESPECIAL. QUIERO QUE LO VEAS. ¡ES UNA SORPRESA!

Katia: Sí que ha sido una sorpresa, sí.

Dónut: NO DIGAS NADA, KATIA.

Carl: Qué ganas de verlo.

Dónut: AH, TAMBIÉN ME HE OLVIDADO DE DECIRTE QUE HE SUBIDO DOS NIVELES, HASTA EL 30. YA TENGO 100 DE CARISMA. ¡Y UNA NUEVA HABILIDAD ESPECIAL!

Carl: Eso sí que son buenas noticias. Ya me explicarás lo que hace cuando vuelva.

Dónut: SE LLAMA VAMPIRO DEL AMOR. ¡ES MAGNÍFICA!

Carl: Voy a tener que hacer otra parada muy rápida antes de volver. El tren avanza más despacio de lo habitual, por lo que aún me quedan unas pocas horas.

Dónut: ¿QUÉ TIPO DE PARADA?

Carl: Voy a intentar hacer un trato en la parada 83. Avísame cuando esté cerca. Mientras, deberíais pasar por el resto de los andenes de la estación y *grindear* con los monstruos que llegan de la estación 282.

Katia: Es lo que hemos estado haciendo, pero los trenes de la línea púrpura dejaron de pasar. La línea malva sigue con los trayectos, eso sí. También he pasado un rato limpiando los escombros de las vías. Cuando soy grande, me resulta mucho más fácil agarrar las cosas grandes. Quedan obstáculos tirados por ahí, pero ya no creo que sean un problema.

Unas dos horas después, el Expreso de Pesadilla regresó a la estación 283. Katia había retirado la mayoría de los escombros de las vías. El resto recibió un golpe del quitapiedras y terminó por salir despedido por los extremos del túnel o quedó roto en mil pedazos muy pequeños. El tren se agitó un poco de vez en cuando, pero no se salió de las vías.

Paré la locomotora a mitad del andén. Katia estaba allí de pie, apoyada contra una columna. Había usado más o menos la mitad de la masa para transformarse. Parecía una especie de Hulka de color rosa, pero con pinchos en la espalda. Se había esculpido un traje de cuero y unas botas negras. Volvía a tener la cresta rosa.

Dónut también estaba cerca, sentada sobre el lomo de Mongo. Vi al momento el objeto que se había sumado a su atuendo.

—Así que gafas de sol... —dije mientras salía del tren.

—Están de muerte, ¿verdad? —comentó la gata, que saltó al suelo cuando Mongo empezó a brincar arriba y abajo al verme llegar. Le di unas palmaditas en la cabeza al dinosaurio mientras la gata se me subía al hombro.

—Y tienen utilidad, ¿eh? Son unas gafas de sol portentosas.

Eran grandes y redondas, lo que la hacía parecer como un insecto. Se parecía a las típicas que se pondría una estrella del cine, las mismas que llevaba Bea en la cabeza en aquella foto que le habían regalado a Dónut. Daba la impresión de que estaban fijas en la cabeza de Dónut mágicamente. La montura no tenía patas, y la gata tenía la nariz demasiado achatada como para sostenérselas bien, pero no se movían ni un milímetro en su rostro. Se las quitó y me dejó examinarlas.

Lentes de capacidad y concentración de Industrias Prisma. Edición especial de pasarela. «La Princesa Dónut».

Es un objeto único.

Este objeto exclusivo fue un regalo de la princesa D'nadia del Reino del Prisma a la Princesa Dónut del Sultanato de Sangre. Está firmado por la princesa.

Protege los ojos de una gran cantidad de peligros ambientales, como ataques mágicos que provocan ceguera en el portador. Mejora todos los efectos de visión en la oscuridad. Permite usar visión térmica y otras opciones dentro del espectro visible.

Además, las gafas concentran cualquier conjuro de energía que se origine en la región ocular, lo que proporciona varias opciones de combate y selección de objetivo.

—Qué pasada —dije mientras leía la descripción por segunda vez.

—¡Convierten mi Proyectil mágico en un láser! —exclamó Dónut—. ¡Y ahora puedo disparar cuatro a la vez! Me quedé al fondo del andén de la línea malva y, cuando se abrieron las puertas del tren, disparé hacia cuatro de ellas al mismo tiempo. También me permiten almacenar la energía de un disparo y añadirla al siguiente. Y son muy estilosas. Ahora me parezco a la señorita Beatrice. ¿A que son maravillosas?

—Están genial, sí —convine. Me pregunté cuánto le había costado a D'nadia entregarle esa caja a Dónut. Alcé la vista para mirar a Katia—. ¿Tú has conseguido algo nuevo?

—No —respondió ella—. Ni tampoco ninguna de las Hijas.

Aún no sabía de qué palo iba el patrocinador de Katia. Y tampoco me sorprendería demasiado que no consiguiese premio alguno.

—Me estoy muriendo de hambre —dije intentando cambiar de tema—. Comamos algo y echemos una siesta para reponer las ventajas, porque no sé cuánto tiempo pasará antes de que encontremos una estancia segura.

—¿Vamos a atravesar el portal? —preguntó Katia.

—Quiero comprobar si podemos atravesarlo con el Expreso de Pesadilla y luego volver también con él. Si no es el caso, tenemos tiempo de pensar qué hacer a continuación. Lo ideal sería asentarnos cerca de unas escaleras y limitarnos a *grindear* durante el tiempo restante.

—¿Y si podemos volver? —preguntó Katia—. ¿Volveremos?

Levanté la mano para indicar que iba a leer el mensaje que me acababa de llegar.

Elle: Hola, Carl. Tenemos un problemilla y queríamos avisarte.

Carl: ¿Qué ha pasado?

Elle: Acabamos de despejar la parada 275 de la línea beis. Hemos matado a una de esas zorras Krakaren, y fue más fácil de lo que Imani suponía. Pues eso. Dejamos esto limpio y volvimos a la estación para coger el tren hasta la estación 277, que es una de transbordo. Pero el tren nunca llegó a pasar. Estamos atrapadas y vamos a tener que ir a pie.

Imani: Creo que es culpa de ese Quan Ch. En el chat la gente no deja de comentar que lo han visto haciendo saltar los trenes por los aires. Estaba *farmeando* maquinistas, pero de una manera que hace que todos los demás nos quedemos atrapados. De seguir así, conseguirá detener todas las líneas.

Carl: ¿Cómo de lejos está la estación 277?

Imani: Lejos. Es posible que la 276 se encuentre a unos treinta o cincuenta kilómetros y, cuando lleguemos allí, los monstruos

de la estación habrán empezado a transformarse y bajado a las vías. Después nos quedarían otros cincuenta para llegar a la 277.

ELLE: Sí. Así que en lugar de eso usaremos el portal de los drogadictos para volver a la estación 272 y luego iremos andando a la 271. También está lejos, pero no tanto. Y tendremos que caminar por las vías de igual manera. Por eso te escribo. Estaremos fuera de juego al menos durante lo que queda de día. En la 271 hay una línea con nombre, que cogeremos si la línea cobalto también está fuera de servicio. Se llama el Destripador.

Había visto ese nombre en varias listas. Me cagué en ese cabrón de Quan. Seguro que lo estaba haciendo a posta. Menudo egoísta de los cojones.

CARL: ¿Qué clase de monstruos hay en la parada 272?

IMANI: Atomizadores repugnantes. Son unas bolas de gas que flotan. Se matan con facilidad, pero tienen un ataque de área con una nube venenosa. Podemos con ellos. También podremos echarle un vistazo a esos robots que habíamos comentado.

CARL: Vale. Buena suerte. Buscad una salida secreta de esa sala con los robots. Nosotros intentaremos cruzar el portal con el Expreso de Pesadilla. Os comentaré qué tal. Mantenedme informado. Y tened cuidado con el tercer riel.

ELLE: Y no lo olvides: ¡matad, matad, matad!

Me reí.

—Bueno, háblame de esa nueva habilidad vampírica tuya —le comenté a Dónut mientras nos comíamos un perrito empanado. La estancia segura era más grande de lo habitual. Nos encontrábamos en la zona de restaurantes de un centro comercial. Solo había uno de ellos abierto, un Hot Dog on a Stick. El bopca llevaba ese gorrito absurdo que obligaban a ponerse a los trabajadores. Katia se quedó escandalizada con el menú del restaurante. En lugar de pedir algo de la lista, convenció al bopca para que le preparase una especie de receta de pescado de Islandia.

Dónut también pidió pescado. Había sacado una esquirla de espejo rota y se había puesto a practicar poses. Alzó la vista para mirarme. Las gafas de sol acentuaban ridículamente el gesto serio de su rostro.

—No es una «habilidad vampírica»... Se llama Vampiro del amor. Podía elegir entre tres cosas y esa fue mi opción.

—¿Leíste las descripciones antes de hacerlo?

—Claro que las leí, Carl. Además, es la que me había dicho Mordecai que eligiese cuando hablamos del tema.

Me relajé.

—Bien. Pues ¿qué hace?

—Obliga a un enemigo de mi nivel o inferior a entregarme su corazón. Es lo que dice. Si me apuñalan después, es la criatura la que recibe el daño en mi lugar.

—¿Lo dices en serio? —pregunté, intrigado—. ¿Y cada cuánto puedes usarla? ¿Cuánto dura?

—Dura hasta que la criatura se muere. Y puedo usarla cada par de horas. Ahora déjame seguir con lo mío, Carl. Tenemos el programa dentro de poco y necesito perfeccionar mi look.

Suspiré. Zev había comentado que solo íbamos a grabar voces en el programa, pero no le dije nada a Dónut.

Pasé a echarle un vistazo a mis cajas de botín. Las de jefe contenían los objetos típicos de los jefes de barrio. El mejor fue un pergamino de Mejora, que hasta el momento siempre me había sido de mucha ayuda. Pero cuando usé este, solo añadió un +3 de Destreza a mi camisa de piel de trol. Era una mejora más que decente, sobre todo porque ya tenía pensado subirme un poco la Destreza, pero tampoco era para tirar cohetes.

La caja de papasote de platino contenía un cepillo de dientes normal y un tubo de pasta de viaje, de los pequeños. El tubo era rojo y tenía una calavera negra. Las palabras *«Carpe diem»* destacaban en fuente Comic Sans.

Pasta de dientes No dejes para mañana lo que puedas hacer hoy. Cinco usos.

¿Conoces esa sensación de salir ahí fuera con un aliento bien fresco y mentolado? Cuando lo haces, te da la impresión de ser capaz de superar cualquier desafío que te plantee el destino. Te da confianza. Mejora tu autoestima. Te hace sentir que puedes con todo lo que te echen.

Bueno, pues esto no sirve para eso. Pero, si te cepillas los dien-

tes usando esta pasta de dientes mágica sabor cereza, recibirás las siguientes ventajas durante 30 horas:

+ Triple de daño contra todos los jefes.

O

+ Cuádruple de daño contra todos los jefes si son de provincia, de país o de piso.

La ventaja solo se puede añadir en una estancia segura.

Era un premio fantástico, pero solo iba a serme útil si tenía claro que ese día iba a enfrentarme a un jefe. Y tenía cinco usos, por lo que había que aprovecharla bien. La guardé en el inventario.

Después repartí los puntos de característica. Sumé 6 a Fuerza y 3 a Constitución.

Necesitaba dormir, pero cuando me di cuenta llevaba un rato usando el chat. Me había quedado sin los libros de Louis L'Amour, y en ese momento me percaté de lo mucho que me había acostumbrado a leer, aunque solo fuese unos pocos minutos antes de dormir. Y no poder hacerlo me había llevado a usar el chat. Empezaba a ver algún que otro tema muy recurrente en el pequeño grupo que había formado. Los trenes quedaban fuera de servicio a una velocidad alarmante y la gente empezaba a quedarse encerrada en las estaciones. Aún faltaban seis días, pero no eran suficientes si iban a tener que andar decenas de kilómetros diariamente.

El consejo que me había dado Mordecai hacía ya mucho tiempo resonó en mi mente:

«Mira, chico. Voy a darte un consejo y quiero que se te grabe a fuego en esa cabezota que tienes. No puedes salvarlos a todos».

Me daba la impresión de que al usar el tren para atravesar el portal iba a dejarlos a todos atrás. Sabía que era una tontería. Los mazmorreros estaban muy desperdigados y ni siquiera los conocía. Les había dicho cómo escapar. Era lo único que podía hacer. Tendrían que conformarse.

Pero ¿y si podía hacer más? Hacía un rato había leído algo que me había chocado. Estaba cerca del final del libro de cocina. El autor era un mazmorrero llamado York y pertenecía a la décima edición. Había escrito páginas y páginas de ensayos filosóficos inconexos que casi ni entendía. Pero no podía dejar de pensar en un pasaje en particular. No estaba seguro de haber comprendido exactamente lo que intentaba decir, pero se me había quedado grabado. Al parecer, era la última entrada que había dejado en el libro antes de morir o de perderlo:

> Cuando leo las palabras de aquellos que me han precedido, es como si los conociese. A ti, que estás leyendo esto, también te conozco. Eres yo. Este libro encuentra a personas así.
>
> Llevo solo toda la vida. Siempre he estado rodeado por mi colmena, pero siempre he estado solo. Y ahora sé que no pasa nada por estarlo. Es aceptable tener pensamientos individuales, mentes individuales, a pesar de lo que dice todo el mundo. Pero también es aceptable estar solo y apoyarte en la fuerza de la colmena. No es indigno. No es una contradicción. Eso es lo que intenta demostrar este libro. Intenta crear una colmena entre aquellos que nunca llegarán a cruzarse, a excepción de en estas páginas.
>
> Pero a veces este libro no es suficiente. A veces uno quiere más. Quiere un sentimiento de pertenencia. Y repito: no es algo de lo que avergonzarse. No hay que avergonzarse de querer estar solo ni de querer disponer del apoyo y de la fuerza de tus compañeros. Pero, lo más importante, es que no hay que avergonzarse por querer proteger a los que forman parte de tu colmena, aunque nunca vayas a conocerlos. Porque forman parte de ti, y están acabando con ellos. Tenemos que tener claro que si no matamos a nuestros enemigos, ellos nos matarán a nosotros. Es posible hallar consuelo al morir en nombre de la justicia, sin importar lo grandiosa o insignificante que sea dicha muerte.

No estaba seguro de estar de acuerdo con esa última frase, pero cuando cerré los ojos había llegado a la conclusión de que podía hacer mucho más por aquellos que habían quedado atrapados en las vías.

Pero ¿el qué? No tenía ni puñetera idea.

16

Al despertar, tenía un mensaje de Elle e Imani.

> **ELLE: ¿Qué pasa, figura? Pues tenías razón. Hay una salida secreta en la habitación de los robots. Es un túnel largo que se inclina hacia abajo. No se abre hasta que no se despiertan los robots, y los robots no se despiertan hasta que los monstruos empiezan a tener mono. Por suerte, no hemos tenido que luchar contra esos cabrones metálicos. No me puedo creer que vosotros los hayáis hecho saltar por los aires. Estamos atravesando el túnel en estos momentos, para comprobar hasta dónde llega. Parece que hay otras vías de tren ahí bajo. Está lejos. Luego te escribo.**
>
> **IMANI: Cuidado con los monstruos cuando se transformen. Son mucho más fuertes.**

Me había llegado hacía diez minutos, por lo que no esperaba que me dijesen nada más durante un buen rato. Tenía muchas esperanzas en lo que podían llegar a encontrar. Si existía ese tren secreto debajo de la estación, la gente cuya única alternativa era caminar por las vías podía dirigirse a la habitación con robots más cercana y cogerlo.

—¡Carl! ¡Carl! Me he dado cuenta de algo —dijo Dónut, emocionada, mientras me incorporaba. Bostecé. Aún no me había acostumbrado a lo descansado que me quedaba después de dormir solo dos horas.

—¿Qué pasa? —pregunté.

—¿Recuerdas el grimorio que conseguí hace tiempo? El de Ejército de secuaces. No me dejaba leerlo porque lanzarlo gastaba 50 puntos de maná.

—Lo recuerdo —dije. Dónut lo había conseguido en una caja de embaucador en el primer piso. Empecé a hacer los cálculos mentalmente. La inteligencia base de la gata era de 40, lo que se traducía en 40 puntos de maná. Pero tenía un punto más con el talismán de la mariposa y otros tres con la tiara nueva, lo que sumaba 44. Luego, la ventaja Buen descanso aumentaba nuestras características en un 20 % más. Este aumento se calculaba sobre la puntuación base y no aparecía en la lista. Mordecai había dicho que era un error persistente que llevaba ahí desde hacía unas pocas temporadas. Aun así, sabíamos que la ventaja estaba ahí porque, aunque los puntos de características no subían, dicha subida sí que se veía reflejada en los puntos de maná. Mordecai nos había comentado que había abierto una incidencia, pero que tampoco esperásemos que fuesen a arreglarlo.

Pues eso, que con la ventaja del 20 %, la Inteligencia de Dónut pasaba de 44 a 52, lo que le granjeaba un total de 52 puntos de maná.

—Supongo que ahora te dejará leer el grimorio, ¿no?

—¡Sí! Creí que no por el error aquel, pero me acordé del conjuro antes de echarnos la siesta y lo acabo de mirar ahora al despertar.

—Y ya lo has leído, ¿verdad? Mordecai dijo que teníamos que hablar con él del conjuro cuando tuvieses puntos suficientes para usarlo.

—Claro que lo he leído, Carl. Por eso he sacado el tema. Mordecai no está aquí, así que podemos hablar ya del conjuro si quieres.

Suspiré.

—Vale. No lo uses a menos que sepas muy bien lo que estás haciendo. ¿Recuerdas lo que dijo Mordecai? Tardas cinco minutos en lanzarlo y tienes que quedarte quieta mientras lo haces.

El conjuro Ejército de secuaces parecía simple, pero tenía detalles bastante enrevesados. Tenías que lanzarlo sobre un grupo de enemigos y algunos de ellos se pondrían de tu parte y lucharían a tu lado. Mordecai había dicho que era muy potente, pero solo en ciertas circunstancias. Era casi imposible entrenarlo porque solo se podía usar en unas condiciones muy particulares. Ese conjuro de control mental en masa tenía un tiempo de lanzamiento de cinco minutos, lo que me parecía inaceptable. A nivel 1, también tenía un tiempo de recarga de cinco horas. El área de efecto base era un círculo de treinta metros de diámetro, aunque aumentaba según el Carisma del lanzador.

Solo funcionaba con criaturas inteligentes, lo que sumado al tiempo de lanzamiento de cinco minutos lo convertía en un conjuro de muy poca utilidad. A nivel 1, una vez lanzado, todas las criaturas dentro del área de efecto tenían un 2 % de probabilidades de ponerse de parte del lanzador y atacar a sus compañeros.

¿Tanto rollo para tener solo un 2 % de probabilidades de poner a los enemigos de tu parte? No me parecía bien. Pero Mordecai había insistido en que podía llegar a ser un conjuro magnífico, así que confiaba en su palabra.

—Qué ganas tengo de probarlo —dijo Dónut.

—Cagondiós, Dónut —dije—. No lo lances a menos que te lo diga. Te quedarás paralizada durante cinco minutos. Si en algún momento nos encontramos en una situación en la que ese 2 % de probabilidades de poner a un enemigo de nuestra parte se convierte en nuestra única esperanza, lo ideal sería salir corriendo, no esperar cinco minutos.

—No seas tan pesimista, Carl.

Aún no había pasado el tiempo de reinicio del entrenamiento, por lo que decidimos salir sin entrenar. Dejamos el espacio personal y nos dirigimos hacia esa zona de restaurantes. Me comí otro perrito empanado antes de salir.

—Un momento —dijo Dónut justo antes de abrir la puerta a la estación de transbordo—. Hay muchas criaturas ahí fuera. Muchísimas.

—¿Qué? —pregunté. Mi habilidad de portales no funcionaba con esa puerta. No veía nada en el mapa. Además, se suponía que no podía haber monstruos en las estaciones de transbordo—. ¿Cómo de grandes son?

—Tamaño humano —respondió la gata—. Puede que un poco más pequeñas. Hay decenas y van de un lado a otro. Creo que son muy rápidas.

—No me suena —dije. No podíamos usar el conjuro Agujero de Dónut con las puertas de las estancias seguras, pero tampoco podía pasarnos nada mientras nos quedásemos ahí dentro—. Atrás. Dejadme ver a qué nos enfrentamos.

Abrí la puerta, pero me quedé dentro de la estancia.

—Pero ¿qué cojones? —dije al ver el follón de criaturas aullantes y con espumarajos en la boca que había en la pequeña estación de transbordo.

El caos estruendoso del exterior se detuvo de repente. Unos cuarenta pares de ojos se giraron para mirarme.

—Je. ¿Qué tal, chicos? —dije. Eran babuinos con rostros anchos y desconcertantemente humanos. Las facciones, como los ojos, la nariz y la boca eran demasiado pequeñas para esas caras anchas y carnosas. El resto de sus cuerpos eran del todo simiescos. Me fijé en la criatura que tenía más cerca. Llevaba una camiseta ajada con el dibujo de una cobra con una gorra de béisbol puesta hacia atrás en la cabeza. Otro de los babuinos tenía una camiseta igual de ajada con la cara del actor Nicholas Cage gritando. Un tercero llevaba una con un mensaje que rezaba: «No se va a chupar sola», con una flecha apuntando hacia abajo. Todas las criaturas tenían un signo de exclamación rojo sobre las cabezas, algo que no había visto antes. Parecía indicar que tenían una ventaja activa.

Bababuino. Nivel 17.

Aviso: Esta criatura sufre *delirium tremens* (DT). Está en fase dos de tres.

En fase dos, tiene el doble de Fuerza. Las criaturas inteligentes pierden la capacidad de hablar o de razonar. Atacarán a cualquier cosa que no esté en el mismo estado.

(Debería comentar que en el caso de esta criatura en particular no verás demasiadas diferencias entre una normal y una con DT. Estos tipos son para echarles de comer aparte, incluso cuando no tienen el mono).

Los bababuinos son los reyes del caos sin sentido. Esta criatura exclusiva se creó usando un babuino normal de la Tierra y cruzándolo con personas encerradas en un calabozo de borrachos de Florida. No te voy a mentir: no quepo en mí del orgullo que me hacen sentir. Estos tipos arruinarían sin dudarlo cualquier lugar donde los echemos.

—Si esta es la fase dos, me pregunto cómo será la fase uno —dije.

—Dios, parecen cuadros de Botero —comentó Katia.

Algunas de las criaturas habían intentado colarse en la tienda.

Vi la cara del hombre topo que era el propietario a través de la ventana con barrotes, con gesto preocupado. Los monstruos habían vomitado y cagado por todas partes. Uno de ellos parecía estar desmayado bocarriba. Otro se rascaba la cara mientras restregaba los huevos por la de su compañero inconsciente. La mitad caminaba a dos patas, mientras que los demás iban por ahí a cuatro. Los culos rojos y brillantes relucían a la luz mientras brincaban de un lado a otro.

Gritaron al verme aparecer en la puerta. El primero, el de la camiseta con la cobra, se abalanzó hacia mí y entró a toda velocidad en la estancia segura. Rugió y empezó a tambalearse. Crac. Se teletransportó. Un segundo y un tercero hicieron lo propio y también se teletransportaron nada más atacar. No parecían haberse dado cuenta de que sus compañeros no podían hacerme daño, o quizá no les importaba.

—¿De dónde han salido? —preguntó Katia.

—Seguro que vienen de la línea púrpura —respondí—. Dijiste que el tren de esa línea había dejado de pasar, ¿verdad? Pero no sé por qué han podido entrar en la estación de transbordo. Quizá las que tienen mono no sufren las mismas restricciones que las criaturas normales. O quizá sea diferente porque han llegado a pie.

Otros tres entraron a la carrera en la habitación y gritaron antes de desaparecer. Al fondo, el bopca con el sombrero absurdo de perrito caliente empezó a gritarnos para que cerrásemos la puerta.

—Venga. Tenemos que acabar con ellos antes de que se teletransporten al exterior. Y hay que mantenerlos alejados del Pesadilla.

Había cerrado la puerta del tren, pero aun así podían escalar la locomotora y entrar en la cabina por la ventana rota. Le di un puñetazo en la cabeza a un babuino cuando se lanzó hacia la puerta. Gruñó y se tambaleó hacia atrás. Se activó el efecto de aturdimiento, pero solo duró unos instantes, ya que la criatura murió antes de caer al suelo. «Sí, joder», pensé. El Golpe poderoso que había mejorado servía para destrozar a estas cosas.

Katia volvió a convertirse en esa especie de Hulka con pinchos. Se hizo lo más grande que fue capaz y, a pesar de ello, cabía por la mayoría de las puertas. Dónut subió a lomos de Mongo.

—¿Preparadas? —dije. Me crují el cuello y lancé Empotrador

en el guantelete, que empezó a sisear a causa de la energía—. Vamos allá.

Dónut lanzó Segunda oportunidad en un bababuino muerto. Por algún motivo inexplicable, esa cosa llevaba una chistera. La criatura zombificada rugió al volver a la vida y empezó a matar a sus compañeros, que habían comenzado a escalar por un lado del Pesadilla.

No me dio la impresión de que hubiesen entrado en el tren, pero sí que habían empezado a encaramarse. Unos pocos habían saltado a las vías y desaparecido en la oscuridad.

En lo alto de las escaleras, el Mongo mecánico que quedaba activo mordió con fuerza a uno de esos babuinos estruendosos. Dónut brilló al beberse una poción de maná y luego disparó un láser triple a un grupo de enemigos que había en el extremo del andén. Todos gritaron y cayeron hacia atrás. Les bajó la vida, pero solo un tercio de la barra. El proyectil mágico dividido en tres no tenía la misma potencia.

Guardé el guantelete y desplegué la *xistera*. No la había usado mucho en este piso porque en los trenes había que luchar cuerpo a cuerpo, prácticamente. Saqué del inventario una de mis nuevas «esferas pelotazo», que cayó en mi mano para luego pasar al dispositivo curvado. La lancé con fuerza y el artilugio salió disparado en dirección al andén. Golpeó en el cuello a uno de los tres bababuinos que se estaban recuperando y emitió un plac muy estruendoso.

—Mierda —dije. Tenía intención de darle entre los ojos.

La munición no eran más que unas esferas hechas con chatarra de robot enano, pero había pasado un buen rato en la mesa de ingeniería creando varios cientos de ellas. Las había hecho de tamaños diferentes hasta terminar con las que se asemejaban a pelotas de béisbol. El sistema las había llamado automáticamente ESFERAS PELOTAZO, pero solo a las que había hecho de ese tamaño. Se me habían ocurrido varias ideas de diseño más, como bolas con pinchos, pero aún no me había dado tiempo de ponerme a ello.

Mongo, con Dónut encima, saltó a la locomotora y atacó a otra de las criaturas. La gata bufó, se bajó del dinosaurio de un brinco y rebotó en el andén para luego aterrizar sobre mi hombro. Mientras tanto, Katia le hacía otro abrazo del oso y aplastaba entre los brazos a otro de los babuinos que se había abalanzado hacia ella. Tenía los ojos cerrados con fuerza. Sabía que estaba aterrorizada, pero al menos luchaba activamente.

Las criaturas eran muy fuertes y se movían rápido, pero esa velocidad no se traducía en movimientos precisos. La ventaja (o la desventaja, dependiendo del punto de vista) tenía unos efectos parecidos a los que provocaba estar puesto de fenciclidina. Me quedé quieto mirando cómo Katia forcejeaba con su contrincante. Por un momento, me dio la impresión de que el monstruo estaba a punto de zafarse de su agarre, pero el cuerpo de la mujer se giró hacia un lado en un movimiento antinatural y dobló por completo la parte superior del bababuino. Resonó un chasquido, y la criatura dejó de moverse. Una gorra de béisbol cubierta de sangre cayó al suelo. Satisfecho, volví a centrarme en los dos monstruos que había al fondo en el andén. Tiré dos esferas pelotazo más y acabé con ambos.

El enfrentamiento terminó unos minutos después. Mongo se acercó hasta donde me encontraba, graznando alegre.

—Creo que necesitas practicar un poco más antes de seguir luchando sobre Mongo —le dije a Dónut. De haber sido un jinete de tamaño humano, se habría estampado la cabeza contra el techo cuando el dinosaurio se había subido al tren.

Katia estaba allí de pie, mirándose las manos cubiertas de sangre y jadeando. Tenía una expresión extraña en el rostro que no fui capaz de identificar.

—¿Estás bien? —pregunté.

—Me estaba golpeando muy fuerte —explicó—. Fuerte de verdad. Pero creo que he descubierto la manera de mover el metal por mi interior. Sigue siendo muy lento, pero les hace más daño a ellos que a mí. Creo... Creo que también podría mover los pinchos y hacer que los monstruos que me ataquen con las manos se empalen a sí mismos al hacerlo. Necesito practicar más. Cuando lo hago muy rápido, siento como si se me estuviesen partiendo los huesos. Me cuesta explicarlo con palabras, la verdad.

—Hay más de esas cosas en la zona principal —dijo Dónut. Yo empecé a correr hacia los tres que había al fondo del andén para saquear los cadáveres. Por el momento, no habían soltado nada interesante, a excepción de algunas monedas de oro—. No dejan de venir. Ya hay más en las vías. Las del Pesadilla. No sé adónde creen que van.

—Salgamos de aquí —dije cuando terminé de saquear. Les quité los gorros, pero no las camisetas, ya que tendría que haber desvestido a los cadáveres. También cogí algunos de esos cadáveres y los guardé en el inventario—. Algo me dice que a partir de ahora veremos más monstruos de este tipo.

—Hay otro —murmuré mientras avanzábamos a toda velocidad por las vías—. Este llegó bastante lejos.

Un momento después, el tren en el que íbamos se estremeció un poco cuando el quitapiedras chocó contra el bababuino que caminaba por las vías. La criatura salió despedida hacia un lado y quedó despachurrada entre el tren y la pared del túnel, como si hubiese caído en una trituradora de papel.

Tal y como sospechaba, tenía los mensajes llenos de mazmorreros que habían empezado a encontrarse con monstruos que sufrían DT. Todos en la segunda fase. Por alguna razón, cuando se ponían así, las estaciones de transbordo dejaban de ser seguras.

Elle e Imani aún no se habían puesto en contacto conmigo. Bautista estaba a punto de llegar a la 433, que era la última estación de transbordo. Se llamaba estación Términus.

Tardamos menos de veinte minutos en llegar a la playa de maniobras ahora que estaba más familiarizado con los controles de la locomotora. Katia había guardado en el inventario toda su masa para entrar sin problema en la cabina, y también metimos a Mongo en el transportín. Tenía la llave que abría la puerta del vagón de pasajeros contiguo a la locomotora, pero estaba lleno de las vísceras de las criaturas desconocidas que había aplastado con el Caparazón protector. Habíamos decidido quedarnos en el primer vagón.

Brandy la Fogosa permaneció en la caldera y no salió en ningún momento. Supuse que era mejor así. Mejor que los demás no supiesen nada de ella ni de cómo se alimentaba.

Detuve el tren justo antes del cambio de agujas de «Reparar en la estación». Quería asegurarme de que el portal gigantesco era lo que decía ser. Salí del tren y me acerqué para examinarlo. La descripción era idéntica a la de los portales que salían del Abismo, con una única diferencia.

Tipo: Portal bidireccional atravesable. Abierto dependiendo del tipo de transporte y para los portadores de una llave.

¿Puedes atravesar el portal? Sí.*

Aviso: Tienes que estar en un medio de transporte que tenga acceso a él o tener una llave equipada o fuera del inventario, dependiendo del tipo. Las llaves compatibles están marcadas en tu inventario.

Entorno al otro lado del portal: Compatible.

¿Análisis visual? Sí/No.

La descripción anterior decía que eran «portales unidireccionales». Mientras estaba delante e intentaba desentrañar lo que podría significar «portal bidireccional atravesable», empezó a sonar un clanc, clanc, clanc detrás del portal. Di un paso a un lado para mirar y me percaté de que las vías atravesaban esa puerta turbulenta. Al otro lado había una especie de raigambre con decenas de pistas que brotaban de la principal. El ruido que acababa de oír era el de unos cambios de vía que habían resonado en la distancia. Los estaban controlando desde el otro lado del portal. Y si las estaban cambiando ahora, eso significaba que…

Di un paso atrás justo en el momento en el que una locomotora salió del portal, más rápida y más estruendosa de lo que esperaba. Era una de vapor, casi idéntica a la del Pesadilla, pero pintada de rojo. Tiraba de seis vagones y uno final, tan solo. El tren traqueteó con estruendo al pasar de la vía principal a otra, y luego a otra, y después a otra, antes de desaparecer por un túnel cualquiera.

Desanduve mis pasos hasta el desvío «Vías auxiliares. Cuidado». Llevaba a una vía muy larga que entraba en aquella raigambre. Eso significaba que, si quería, podía pasar a una vía diferente sin tener que cruzar el portal, aunque teniendo en cuenta que los controles para los desvíos estaban al otro lado, íbamos a tener que usar el que hubiese activado el último tren en pasar. En otras palabras, nos quedaríamos en la misma vía que ese tren de color rojo.

La opción «Reciclar» llevaba hasta el Abismo, claramente, así que nuestra única opción buena era la de «Reparar en la estación».

Saqué una captura de pantalla del portal y vi que al otro lado se encontraba la misma playa de maniobras que antes, aún llena de zombis. La imagen parecía haberse sacado de un ángulo diferente, por donde entraban los trenes. Contemplé con preocupación el zombi más cercano. No podía examinar las propiedades directamente desde la imagen, pero sí que reconocí que se trataba de un corneta zombificado, uno de esos monstruos con forma de conejo y ataques sonoros. La criatura desollada estaba cubierta de pústulas que dejaban al descubierto los huesos; era como si un gusano le hubiese abierto heridas en la piel al brotar del interior. Me recordó a esas lombrices parasitarias que habían infectado a la compañía del circo de Grimaldi.

Volví al tren y me encontré a Brandy la Fogosa sacando la cabeza por la puerta de la caldera y hablando con Dónut y Katia.

—Yo también soy madre —dijo la gata justo cuando entré en el tren—. Mi pequeño se llama Mongo.

—Me gusta ese nombre —aseguró Brandy—. Yo por ahora tengo dos hijos, pero *wir* no les ponemos nombre hasta que no los presentamos en el altar. ¿Y tú? —preguntó a Katia, que se había apartado hasta el fondo del vagón para alejarse del calor.

—No tengo hijos —respondió ella—. Estaba a punto de adoptar uno, pero los alienígenas destruyeron mi planeta.

—Lo siento mucho, cielo —comentó Brandy, que sonó compungida de verdad. Me miró. Arrugó el gesto, como si algo le estuviese doliendo. En ese momento, nació otro bebé—. ¿Nos vamos ya?

—Volvemos a la estación —dije—. Supongo que no sabrás si nos dejarán sacar el tren de la playa de maniobras sin más, ¿no?

—Ni idea. Normalmente, hacemos un recorrido circular y ya está. Pero intenta que no salte por los aires, ¿vale? Tengo *zwei* pequeños de los que cuidar.

—Haré todo lo posible —le aseguré.

17

Cuando entramos en el portal, lo atravesaron la locomotora y todos los vagones. El mundo se iluminó, el tren se agitó y entramos en una playa de maniobras enorme. Apareció una notificación.

Entrando en la estación y centro de reparaciones E.

—¿Estación E? —preguntó Katia—. ¿Eso significa que hay más de estas cosas enormes?

—Es probable —dije mientras contemplaba la enormidad del lugar al que acabábamos de llegar. Se extendía hasta el horizonte—. Recordad que hay nueve mil y pico escaleras. Cuando vimos aquel vídeo de Lucia Mar, había varias en una misma zona, pero seguro que hay cientos de esas estaciones con escaleras. Con todos los trenes que hay, es normal que exista más de una playa de maniobras. Esta estación es grande, pero no tanto. Apuesto lo que sea a que habrá unas veinte iguales. Puede que incluso haya más de uno de los abismos que vi antes.

—¿Y crees que hay zombis en todas? —preguntó Dónut.

—Quizá. ¿Quién sabe? —respondí.

Nos encontrábamos bajo tierra, pero el techo era muy alto, más incluso que el cielo falso de la Ciudad Epigea. El lugar estaba iluminado con focos colocados por aquí y por allá, lo que le daba un aspecto onírico y difuminado. El tren traqueteó mientras avanzaba por vías cambiantes hasta llegar a una recta, tras lo que los vagones empezaron a alinearse detrás.

Me sorprendí de lo grande que parecía la zona vallada. Habría al menos unos quince kilómetros desde el portal hasta la valla. La pared de piedra de la estancia no me permitía ver lo que había detrás de nosotros, y tampoco alcancé a calcular cuánto habría de derecha a izquierda. El lugar estaba lleno de miles de criaturas zombificadas que parecían no haberse percatado de nuestra presencia. La mayoría estaban reunidas en la distancia, cerca de la pared alta que veía al fondo del lugar.

Me fijé en que la valla estaba temblando. Al parecer se habían puesto a agitarla y podía caer en cualquier momento.

Había muchas torres independientes entre las vías, en intervalos regulares y parecidas a las de vigilancia de una prisión. Desde donde me encontraba, no distinguí a ninguna criatura dentro de las fortificaciones, pero sí que vi movimiento en la que teníamos más cerca, más o menos a quinientos metros.

—Joder —dije cuando cambiamos de vía automáticamente, a una que parecía terminar poco después. El cartel rezaba ÁREA DE MANTENIMIENTO 32. Las sombras se apoderaron del vagón cuando pasamos por debajo de un toldo de metal corrugado. Tuve que reducir la velocidad y detener el tren. Sabía que podía dar marcha atrás, pero mi idea había sido desenganchar los vagones y salir de allí por otra vía—. Parece que este es el final del trayecto.

—Puede que no —dijo Katia, que miraba por la ventana rota—. Para aquí, pero hay una especie de rotonda.

Señaló hacia delante y vi a qué se refería: una sección enorme, del tamaño de un campo de béisbol, que parecía una especie de plataforma giratoria. Las vías del interior de dicha plataforma estaban diseñadas para alinearse con las de las áreas de mantenimiento y otras, lo que permitía a los trenes salir de allí. Solo había que colocarse encima y esperar a que girase hasta alinearse con las vías que quisieras usar. Había una de esas extrañas torres de vigilancia en el borde de la plataforma, así que di por hecho que ese era el lugar donde se encontraban los controles.

—Mira, eso no son zombis —dijo Dónut. Tenía la cara pegada al cristal para mirar hacia afuera.

Estaba en la ventana lateral y, en el exterior, vi una pareja de monstruos que pasaban de largo. Tenía razón. Iban hablando entre ellos. Los zombis no hablaban. Aún no nos habían visto. Eran unas criaturas cubiertas de musgo y con corteza en lugar de piel. Tenían las mismas pústulas que todos los demás, eso sí, aunque estas estaban en la madera y parecían agujeros de bala.

Necrófago ulceroso. Nivel 18.

Uno de los desafortunados efectos secundarios de los increíbles chutes de inmunidad vitamínicos y universales de Beneficios Ya es que pueden crear adicción. Si un cliente se vuelve adicto al chute de vitaminas y no consigue su dosis a tiempo, empezará a sufrir abstinencia en muchos casos. Los efectos de la abstinencia devastan el cuerpo del adicto y, si no se tratan a tiempo, este empieza a verse afectado por un estado conocido como *delirium tremens*.

Una vez empieza el DT, no hay cura alguna. Todos mueren. O algo peor.

En la fase uno, los afectados sufren temblores muy violentos. Casi no son capaces de pensar ni de moverse. Su mente empieza a pudrirse por dentro. Solo un 50 % de los afectados sobrevive a esta fase. La mitad pasan a la fase dos, que aumenta la movilidad. La otra mitad muere.

Pero no permanecen muertos mucho tiempo. No tardan en transformarse en lo que veis ahora delante de vuestras narices. Un necrófago ulceroso.

Aviso importante. Un necrófago ulceroso no es un verdadero necrófago. No es un muerto viviente. No es más que una nueva forma de vida renacida dentro del cuerpo de la anterior. Como tal, los ataques que afectan a los muertos vivientes no funcionarán con ellos. Aun así, tampoco es mala idea asegurarse de que están bien muertos.

Un necrófago ulceroso tiene dos propósitos. El primero: devorar toda la materia orgánica posible. El segundo: encontrar más como él. Estos necrófagos en particular han nacido sabiendo cómo llegar a este lugar. Ahora, lo único que necesitan es que se reúnan suficientes de los suyos para así empezar a cumplir el primero de sus propósitos.

—Esa última frase ha sonado vagamente amenazadora —dije—. Pues diría que todos los bababuinos con los que luchamos habían sobrevivido a la fase uno y no se transformaron en necrófagos.

—Pero podrían transformarse en algo peor al final de la fase dos —comentó Dónut.

—¿Cómo han llegado hasta aquí? —preguntó Katia.

Aunque las criaturas parecían tener la capacidad de hablar, por lo demás tenían todas las papeletas para ser unos zombis descerebrados. Había cientos de tipos diferentes, pero todos se movían con esa cojera errática tan característica.

Pensé en los robots y en el túnel secreto.

—Creo que sé lo que está ocurriendo, pero seguro que Imani y Elle también están a punto de descubrirlo. Lo que tendríamos que preguntarnos es lo siguiente: ¿qué pasará cuando se junten suficientes de esas criaturas?

—Pues algo terrible, obviamente —comentó Dónut—. Tenemos que irnos de aquí.

Oímos el eco de una detonación que sonó como un cañonazo. Un momento después, un segundo estallido resonó justo sobre nuestras cabezas. No sabía qué había sido, pero había impactado en el toldo de metal corrugado sobre el tren. Después empecé a oír el clic, clic, clic de una rueda dentada.

—Creo que alguien nos está disparando.

—Mirad —comentó Katia—. Es una cadena. Sale de aquella torre.

Tenía razón. La torre de vigilancia más cercana había disparado una especie de cadena al tejado que teníamos encima. Fuera lo que fuese, se había enganchado y habían empezado a recogerla para dejarla bien tensa.

—¿Crees que arrancarán el toldo de metal? —preguntó Katia.

—No lo creo —respondí—. Mirad. Hay un tipo pequeñito ahí arriba. En la torre. Va a usar la cadena para llegar hasta aquí.

Tal y como había dicho, una vez la cadena quedó tensa del todo, la pequeña criatura enganchó en ella una cestita que quedó colgando de unas correas. Se parecía y tenía el tamaño de un bolso de mujer. El pequeño hombre peludo saltó al interior. La cesta se balanceó descontrolada mientras se deslizaba por la cadena hacia nosotros.

El punto blanco de la criatura apareció en mi mapa, y el tipo terminó por desaparecer sobre nuestras cabezas cuando aterrizó sobre el toldo. Un instante después, el pequeño hombre peludo se descolgó por el borde y aterrizó con agilidad frente a la locomotora. Tenía algo grande y metálico colgando del cinturón, y repiqueteó con estruendo al caer. Se subió a duras penas a la pasarela y se acercó al cristal roto de babor. Todos nos acercamos para verlo mejor.

Tenía forma y complexión de goblin, aunque en lugar de ropa estaba cubierto de un pelo negro y erizado. Era mucho más pequeño que un goblin normal, más o menos de la misma altura que Zev. Llevaba un pequeño gorro de maquinista y un cinturón de herramientas del que sobresalía una llave inglesa que medía el triple que él y que no dejaba de repiquetear contra el metal del tren mientras se acercaba. Cuando saltó, la herramienta no pareció suponerle impedimento alguno.

Aparejo. Diablillo de la grasa. Nivel 19.

Técnico de locomotoras de vapor de la Maraña de Hierro.

No todos los diablillos son malvados ni odiosos. Algunos no disfrutan de desgarrar la carne ni de romper los huesos. Los hay que prefieren actividades más tranquilas, como reparar calderas o construir cosas muy enrevesadas. Después están los diablillos de la grasa, que pueden hacer cualquiera de las dos cosas. Lo único que evita que este tipo te ataque son los cursos de «entrenamiento de sensibilidad» a los que los de recursos humanos lo obligaron a acudir para conservar el puesto de trabajo. Es probable que todo vaya relativamente bien mientras no te aproveches de él ni de sus queridos trenes.

—Ya oz dije la última vez que la eztazión eztá zerrada —se quejó la criatura—. Primero el Hoja de Cuervo Ilimitado y ahora el Pezadilla? Me da igual que hayáiz perdido a laz criaturitaz de detráz. ¿Acazo no veiz que tenemoz una plaga de necrófagoz? Eztán a punto de alcanzar la maza crítica. Ahora voy a tener que arriezgar mi vida para zacar vueztroz apeztozoz culoz de aquí. Y no oz vamoz a reabaztezer, ezo tenedlo claro.

Me costaba bastante entender lo que estaba diciendo entre el ceceo y las babas que le caían al hablar. Asomó la cabeza por la ventana rota que estaba en el lado contrario de la de Katia y se quedó paralizado durante un buen rato.

—Por todos miz aparejoz —terminó por decir—. ¿Soiz mazmorreroz? ¿Y habéiz zecueztrado el tren? ¿Dónde eztá Catacrac? ¿Lo habéiz matado? El mago de guerra del carajo me importa trez pepinoz. Ezpero que al menoz no le hayáiz hecho nada a Brandy.

No vi motivo alguno para mentir a esa criatura.

—Si Catacrac era el maquinista, pues sí. Lo hemos matado.

Brandy está bien. Solo intentamos llegar a una de las escaleras.

Unos necrófagos terminaron por vernos al fin. Uno aulló y nos señaló, momento en el que la multitud de criaturas que había por toda la playa de maniobras se giró hacia nosotros.

—¿Ezcaleraz? —dijo Aparejo, ajeno o indiferente a la atención repentina que nos estaban prestando los monstruos. Se rio—. Entoncez, ¿por qué habéiz venido hazta aquí? ¿Por qué no oz habéiz zubido al Velozidad de Ezcape? Paza por todaz laz ezcaleraz. —Dio unos golpecitos en el metal de la ventana—. Mirad, ezte tren paza por la 83 de laz líneaz mandarina y ziruela. Tenéiz que coger la mandarina hazta la 89 y allí zubiroz al Velozidad de Ezcape. Oz llevará directoz a variaz eztazionez con ezcaleraz. —Se rio—. Qué raroz zoiz loz mazmorreroz. Ziempre oz complicáiz la vida. Catacrac era un cateto. Catetoc. —Se rio con su chiste absurdo—. Y a nadie le guztan ezoz magoz de guerra, en realidad. Venga, fuera de aquí. Eztábamoz a punto de abandonar ezta playa de maniobraz y mudarnoz a la A, donde todavía no hay necrofagoz. Podéiz coger cualquier línea hazta la 12. O puede que la 24 oz venga mejor. En la 12 hay necrófagoz limpiadorez. Pero de ezta eztazión ya no va a zalir ningún tren. No van a abrir laz puertaz para nadie. Tenemoz que uzar laz cadenaz para zalir.

Un necrófago, con el cuerpo de alguna especie de monstruosidad con varias extremidades, empezó a escalar por uno de los lados del tren como una araña.

—¡Aparta tuz zuziaz zarpaz! —gritó Aparejo, que se giró hacia el necrófago. Se sacó del cinto la llave inglesa gigante y la agito amenazante, sosteniéndola con las dos manos como si fuese una alabarda.

¡Zum!

Dónut disparó un proyectil mágico a través de la ventana rota, directo a la criatura. No murió con el impacto, pero sí que cayó al suelo y quedó bocarriba. Se le encogieron las patas. Apareció la palabra INCONSCIENTE sobre ella. Un momento después, el mensaje desapareció y la criatura se convirtió en una equis en el mapa.

—Vaya. Buen dizparo, zeñorita —dijo Aparejo. Se humedeció los labios y miró a Dónut con admiración—. Me guztan laz zeñoritaz entradaz en carnez. Y máz aún zi zaben pelear.

—¿Perdona? ¿Me acabas de llamar gorda?

—¿Por qué hay necrófagos en este sitio?

—Algún papanataz jodió el ziztema. Por rácano. Intentó combinar prozedimientoz y zalió mal. Ezo nunca zale bien. Ze zupone que loz necrógafoz tenían que eztar en jaulaz y que tenían que colocarlaz zobre la zinta tranzportadora de ahí detráz para llevarlaz hazta una de laz líneaz de la eztazión Términuz. Yo hubieze conztruido otra zinta que loz tiraze al Abizmo, pero nadie le pregunta nunca zu opinión al viejo Aparejo. Llegaron demaziadoz al mizmo tiempo. A vezez llegan necrófagoz ezpectroz y rompen laz jaulaz al llegar aquí. O zalen zin máz. Puez el ziztema ze vino abajo. Zin remedio. —Señaló a otro necrófago—. ¿Zeñorita?

Dónut obedeció y disparó otro proyectil. El necrófago salió despedido lejos del tren en esta ocasión.

—Eza ez mi chica. ¿Qué haze una zeñorita tan efiziente con eztoz tipoz? Mi turno termina en unaz pocaz horaz. Y mi caza eztá en la 60. Mi mujer podría cozinarnoz un buen guizo.

—¿Tu mujer? —preguntó Dónut, incrédula.

—A ella no le importa. De hecho, zeguro que también te pide unoz buenoz azotez. Y zabe cozinar. Tenemoz pezcado frezco en caza.

—¿Sí? ¿De qué pescado estamos hablando?

—Eh, centraos. ¿Cómo se supone que podemos salir de aquí? —pregunté.

—Puez tenéiz que abandonar el barco. Zubid conmigo por la cadena. Llegar a la torre. Y dezpuez haremoz unoz truquitoz. Tengo una forma. Y funziona. —Sonrió—. Mientraz ze oz dé bien ezcalar, ezo zí.

Miré la cadena con gesto dubitativo. Debajo, otro grupo de necrófagos había empezado a intentar subir por uno de los lados del tren. Solo uno había descubierto la escalerilla y ya estaba rasguñando la puerta.

Aparejo se inclinó hacia el interior por la ventana rota y señaló una espita roja con la llave inglesa. Katia tuvo que pegar un brinco hacia atrás para evitar el golpe.

—Girad ezo de ahí a la derecha. Rápido. Y luego a zu pozizión inizial.

Brandy me había dicho que nunca tocase esa en particular, pero lo hice y el tren empezó a silbar. El vapor brotó de uno de los costados y terminó por rodearnos. Debajo, los necrófagos empezaron a gritar. La devolví a su posición inicial poco después.

—¡Jodeoz, cabronez! —gritó Aparejo a los monstruos. Varios se apartaron del tren, pero no tardaron en acercarse de nuevo—. Reconozco que lo mejor zería abrir un agujero en el techo antez de que noz rodeen. Voy a tardar un buen…

No terminó la frase. En la distancia, se oyó un estallido inmenso que reverberó por toda la playa de maniobras. Una sección de la pared colosal que separaba la playa de maniobras de la zona de descanso de los revisores se derrumbó con brusquedad. Los necrófagos atravesaron el agujero. Debajo de nosotros, los que llevaban un rato acosándonos se dieron la vuelta hacia la nueva salida. Unos pocos se dirigieron hacia allí, pero la mayoría permaneció en la parte baja del tren.

—Oh. Ezo no ez nada bueno —dijo Aparejo—. Cambio de planez. Ahora que no hay pared, creo que da igual zi uzamoz el portal. Voy a dezengancharoz. Luego volveré a mi torre, oz zubiréiz en la plataforma zircular y la giraré hazia laz víaz de empleadoz. Zolo hay una eztazión en la 60 y luego laz víaz cambian de zentido y van hazia atráz, por lo que no llegaréiz a la 72, y tampoco querríaiz ir a eza por ninguna razón. Hay entradaz de zervizio entre la 60 y laz anteriorez. Id dezpazio y laz veréiz. Pazan rápido, ya que allí laz diztanziaz zon mucho máz cortaz. El Vuelta a Caza eztá máz cerrado que el ojete de un octoide, azí que tendréiz laz víaz para vozotroz zoloz.

Aparejo desapareció para subir al techo de la locomotora y luego se dejó caer por el hueco que había entre los dos primeros vagones. El necrófago seguía rascando en la puerta, pero Aparejo le dio un golpetazo en la cabeza con la llave inglesa. Menos de diez segundos después, se oyó un estropicio metálico que agitó el tren al completo. Y luego la criatura volvió a asomarse por la ventana. Detrás de él, tres necrófagos más descubrieron la escalerilla que llevaba a la parte trasera de la cabina. La usaron para llegar hasta la puerta y comenzaron a golpearla.

—No veaz. Habéiz dejado el cargamento hecho unoz zorroz. Bueno, ya da igual. Oz he dezenganchado. Ahora zubiré por la cadena, me meteré en la torre y giraré la plataforma para que podáiz zubiroz. Azeguraoz de que toda la locomotora eztá enzima. La giraré a la derecha y oz enfilaré con laz víaz adecuadaz. Pero no arranquéiz. Ezperad a que vuelva y me zuba. ¿Oz pareze?

—Perfecto —dije. Me pregunté si de verdad era siempre tan agradable o nos trataba así por el Carisma que teníamos. Fuera como fuese, tampoco iba a quejarme—. Mucho mejor de lo que esperaba. Te agradezco mucho tu ayuda.

—Zin problema. Zoiz buenoz tipoz. —Le guiñó el ojo a Dónut—. Ahora vuelvo y zeguimoz hablando de lo del pezcado, ¿vale, amorzito?

Se dio la vuelta y subió por la locomotora tras parar un instante para despedirse con la mano.

Y, justo en ese momento, el necrófago araña, el que Dónut había matado, pasó de ser una equis a un punto rojo en el mapa. Pegó un brinco, agarró al pequeño diablillo peludo y le arrancó la cabeza con un movimiento casi imperceptible, para luego empezar a devorar su cuerpo. Todo ocurrió en menos de un segundo.

—Vaya. Menudo problemón tenemos ahora —dije.

—No tenemos muchas opciones —dije mientras Dónut disparaba a la araña necrófaga revivida para bajarla de la locomotora—. Podemos salir del tren. Si lo hacemos, tendremos que enfrentarnos a los necrófagos y llegar a pie hasta una de las vías. O podemos volver por el mismo portal y de ahí a la playa de maniobras. También a pie.

—Ninguna me parece una buena opción —dijo Katia.

Miré por la ventana a la cadena enganchada desde la torre hasta el toldo metálico que teníamos encima.

—También podría intentar subir por la cadena para llegar a la torre. Quizá consiga apañármelas con los controles de la plataforma.

—Eso no va a funcionar, Carl —dijo Dónut—. Eres el único que sabe cómo manejar el tren. Lo mejor será que yo suba por la cadena e intenté mover la plataforma.

Intercambié una mirada con Katia.

—No sé, Dónut. No me gusta que vayas sola. Puede que hagan falta pulgares oponibles para los controles.

—Si ese pequeño pervertido era capaz de hacerlo, yo también puedo —aseguró la gata—. Además, ¿de verdad crees que tú podrías subir por la cadena? Es muy larga. Mongo estaría a punto de entrar en la universidad para cuando llegases arriba. Yo puedo subir rápido. O usar Saltacharcos si lo necesito, aunque será mejor que me lo guarde para otro momento.

—Vale —dije un momento después—. Pero ten cuidado.

—Siempre tengo cuidado, Carl —dijo Dónut, que disparó otro proyectil—. Bueno, voy para allá.

—Espera —dije. Saqué una cortina de humo hobgoblin del inventario y la tiré por la ventana. Rebotó en uno de los lados del vagón y aterrizó en el suelo entre dos necrófagos. Un humo denso empezó a arremolinarse alrededor del tren.

Dónut saltó por la ventana y recorrió la pasarela hasta la parte delantera de la locomotora. Después se dio la vuelta y saltó sobre el toldo con facilidad. Un momento después, vi cómo ascendía con agilidad por la cadena. Pasaron veinte segundos, y desapareció en el interior de la torre.

> **Dónut: GUAU. VEO A MUCHA DISTANCIA. HAY MUCHOS VAGONES DE METRO AL FONDO. VEO EL PORTAL QUE SE SUPONE QUE TIENEN QUE ATRAVESAR LOS TRENES. EL EDIFICIO CERCANO A ESE ESTÁ EN LLAMAS. LOS NECRÓFAGOS QUE ATRAVESARON LA VALLA ESTÁN PERSIGUIENDO A LOS ENANOS Y A LOS TIPOS ALTOS QUE REPARTÍAN LAS MALETAS CON PREMIOS. CARL, KATIA NO LLEGÓ A COGER SU MALETA. ¡NO ME PUEDO CREER QUE NOS OLVIDÁRAMOS!**
>
> **Carl: No nos olvidamos. Decidimos que no valía la pena correr el riesgo por los premios que había en ellas. ¿Todo bien? ¿Sabes qué hacer?**
>
> **Dónut: PUES LA VERDAD ES QUE... MIRA, DAME UN MINUTO. HAY MUCHOS PANELES DE CONTROL. Y TAMBIÉN HUELE FATAL AQUÍ DENTRO. PERO FATAL. APAREJO ERA UNA CRIATURA MUY SUCIA. ¿ACASO LOS DIABLILLOS NO SE ASEAN? NO SÉ CÓMO PODÍA SABER QUE SU MUJER ERA BUENA COCINERA VIENDO TODO EL TIEMPO QUE PASABA METIDO AQUÍ.**
>
> **Carl: Asegúrate de que lo saqueas todo. Uno nunca sabe lo que puede venir bien tener a mano.**
>
> **Dónut: ¿A MANO, CARL? ¿SE SUPONE QUE ERA UN CHISTE PARA REÍRTE DE MÍ?**
>
> **Carl: Tú date prisa.**
>
> **Dónut: NO ME PRESIONES.**

Un repiqueteo metálico y estruendoso empezó a resonar por toda la playa de maniobras. En la distancia, un vagón de mercancías separado de su tren acababa de volcar.

Dónut: UPS. ESE BOTÓN NO ERA...
Carl: Pero ¿cómo...?

La plataforma circular empezó a retumbar y luego a rotar. Varios de los necrófagos que había encima cayeron al suelo. Las vías giraron hasta que unas se detuvieron justo frente a nosotros. Las miré por la ventana y me percaté de que no encajaban bien.

Carl: ¡Buen trabajo, Dónut! Pero tienes que moverla una vez más. La vía que tenemos delante no encaja bien.

Volvió a moverse entre traqueteos. En esta ocasión, las vías encajaron perfectamente. Quité el freno y di unos golpecitos en el cristal de la caldera para avisar a Brandy de que íbamos a movernos. Luego hice avanzar la locomotora. Había varias decenas de necrófagos aferrados al exterior, por lo que Katia se había colocado junto a la ventana para golpearlos si llegaba a ser necesario. Se agitaron cuando el tren empezó a moverse y algunos cayeron al suelo.

Dónut: NO HAY INDICACIONES EN LOS PANELES. NO SÉ QUÉ TENGO QUE TOCAR.

Busqué entre los trenes que había debajo del resto de los toldos metálicos del lugar. Me fijé en que no había muchas locomotoras de vapor y que la mayoría eran vagones independientes de todo tipo. Vi una locomotora en una vía contigua a otra con un toldo. Estaba enganchada a un único vagón de pasajeros y mal encarada. También estaba pintada de azul. Seguí la hilera de vías, que se curvaba hasta la salida en la lejanía. La mayoría de las que tenían un tamaño adecuado para las locomotoras se dirigían hacia el portal.

Carl: Creo que sé cuál es. Te diré cuándo parar. Ahora, busca algo ahí arriba para abrir el portal.
Dónut: YA LO HE ABIERTO SIN QUERER Y HAN EMPEZADO A LLEGAR MÁS NECRÓFAGOS. NO TE LO DIJE POR SI TE ENFADABAS.

Dónut usó Saltacharcos para volver al Pesadilla. Yo abrí la puerta trasera y ataqué a los necrófagos que había en la pequeña plataforma para facilitarle las cosas. Los tipos no eran tan rápidos ni fuertes como los que habían llegado a la fase dos de DT. Eran como zombis normales y corrientes, peligrosos solo cuando atacaban en manada. Por suerte, solo había unas pocas decenas que siguiesen molestándonos. Dónut apareció y se manchó las patas de sangre. Gruñó al entrar en la cabina, antes de cerrar la puerta.

Luego nos dirigimos hacia las gigantescas puertas dobles que salían de la playa de maniobras. Había decenas de vías que avanzaban en paralelo de camino a la salida. El arco superior de las puertas me recordó a la entrada gigante de las películas de *Parque Jurásico*.

Nos movíamos despacio y la mayoría de los necrófagos se apartaban de nuestro camino, pero el quitapiedras a veces golpeaba a alguna de las criaturas y la lanzaba por los aires. A veces morían, pero sospechaba que, si no les reventábamos la cabeza, volverían a levantarse en unos pocos minutos.

Al otro lado de las puertas se encontraba ese edificio enorme de hormigón que ahora estaba envuelto en llamas. El cartel sobre la mole de tres pisos rezaba: SUBESTACIÓN E DE LA MARAÑA DE HIERRO. Me recordó a una estructura gubernamental soviética debido a su simpleza y a su brutalismo. De hecho, no me hubiese sorprendido nada de tratarse de una que se hubiese rescatado de esa época en particular. Había muchísimos enanos y agarradores muertos tirados por el suelo, cerca del lugar donde habían empezado a congregarse. Como los trenes habían dejado de llegar, los revisores y los maleteros habían empezado a formar filas a la espera de vagones que jamás iban a llegar. Mientras miraba, uno de los enanos y una pareja de maleteros apareció, justo al lado de la pared de ladrillo. Parecían desconcertados. Un instante después, quedaron rodeados por los necrófagos.

Casi todas la vías llevaban a la parte delantera de la subestación y, de camino, pasaban a recoger a los trabajadores. No obstante, la nuestra pasaba por la parte trasera del edificio tras dar una curva pronunciada. Allí detrás había otro andén, y luego las vías se dirigían hacia la entrada de una cueva que había en una pared distante.

Mientras avanzábamos, una figura salió de la parte de atrás del edificio en llamas y se dirigió a la carrera hacia nosotros. ¡Era una humana! Agitó los brazos con desesperación, y yo tiré del freno. Aparecía como un punto blanco en el mapa, lo que significaba que era una PNJ y no una mazmorrera. Gritó cuando un necrófago con forma de lobo en llamas saltó detrás de ella desde el edificio.

La mujer llevaba un traje formal blanco que había quedado cubierto de hollín. Solo le quedaba un zapato, uno negro de tacón. Se acercó tambaleándose a la carrera, entre gritos. Tendría cuarenta y tantos y parecía la típica madre de las afueras que llevaba a sus hijos al fútbol los fines de semana. Estaba muy fuera de lugar en un sitio así.

—Voy a dejarla entrar —dije.

—¿Estás seguro de que es buena idea? —preguntó Katia—. Tiene que ser una trampa. ¿No la has visto?

—No creo que lo sea —comenté—. Mira su descripción.

Madison. Humana. Nivel 10.

Auxiliar de recursos humanos de la Maraña de Hierro.

Se trata de un PNJ no combatiente.

Es muy probable que el nombre real de Madison sea algo como Jennifer o Ruth, pero se lo cambió legalmente por algo más a la moda justo después de su divorcio. Después de varias operaciones de aumento de pecho, clases de pilates y una labioplastia, Madison podría considerarse una mujer completamente nueva. No necesita a los hombres. No es más que una auxiliar del departamento de recursos humanos, pero va por el mundo con una determinación recién adquirida. Esto es algo que no les cuenta a sus amigos del club de lectura, pero disfruta del poder que tiene sobre otros empleados de la Maraña de Hierro. Siente una satisfacción casi sexual cuando les dice a esos enanos que las horas extras son obligatorias.

—¿Por qué se sigue llamando recursos «humanos»? —preguntó Dónut—. ¡Es muy racista!

Madison gritó cuando el necrófago lobo pegó un salto y cerró las fauces alrededor de su pelo por la parte de atrás de la cabeza. La mujer cayó hacia delante.

—¡Dónut! —grité.

La gata saltó por la ventana rota a la parte superior de la cabina y disparó dos proyectiles mágicos a esa cosa que antes había sido un lobo, que siseó antes de caer inerte. La mujer se puso en pie a duras penas, corrió hacia el tren y se agarró a la escalerilla. Solté el freno y activé la caldera, lo que hizo que el tren empezase a avanzar entre una nube de vapor al tiempo que varios necrófagos más salían por la puerta trasera del edificio. Nos persiguieron, pero no tardaron en quedar atrás.

—Gracias. Gracias —dijo la mujer cuando Katia abrió la puerta para que entrase.

Llegamos al túnel. Unos momentos después, vi un cartel iluminado. En la pared de piedra había una escalera que llevaba hasta una trampilla en el techo. El cartel rezaba ESTACIÓN DE TRANSBORDO 11. Me pregunté si en esa habría un club Desperado. El cartel iluminado de la estación número 12 se encontraba unos pocos cientos de metros más adelante. Recordé lo que nos había dicho Aparejo, que esa era la estación donde se reunían los necrófagos limpiadores. Como era de esperar, se llamaba ESTACIÓN CUMBRE JIKININKI 12.

«Ignorémosla por ahora».

—Un momento. No sé quiénes sois —dijo la mujer—. ¿Cómo habéis entrado aquí? ¿Cuál es vuestro número de empleado?

—Normal que no nos reconozcas. ¿Tengo pinta de parecer alguien que trabaja en una playa de maniobras? —dijo Dónut.

La mujer estaba hecha un desastre. Daba la impresión de haber pasado mucho tiempo arreglándose el pelo aquella misma mañana, bien recogido sobre la cabeza en un moño, pero ahora lo tenía suelto en mechones encrespados por la parte en la que el necrófago lobo la había mordido. Ese moño le había salvado la vida.

Nos dedicó un gesto escandalizado que me recordó a la madre de Bea. Hasta tenía esa mirada propia de Catwoman y de haberse hecho un lifting que le había dejado la piel demasiado tirante.

—¡Los clientes no pueden entrar en las locomotoras! Voy a tener que avisar a las autoridades ferroviarias. Esta situación es muy anómala.

Pasamos junto a la estación 13. También era una de transbordo. Me reí.

—Señora, acabamos de salvarte el culo. Si no te gusta, podemos parar para que te bajes aquí mismo. Estoy seguro de que esos necrófagos te cuidarán bien.

—¿Dónde quieres que te dejemos? —preguntó Katia.

—En la playa de maniobras A —respondió la mujer—. Es la sede. Después podéis entregaros a las autoridades.

—¿Ah, sí? —pregunté—. ¿Y cómo llegamos desde aquí?

—Pues no lo sé —dijo ella—. No soy maquinista. ¿No hay un mapa o algo de eso por aquí?

Las estaciones 14 y 15 pasaron de largo en ese momento.

—Vamos a parar en la entrada de la 24 para echar un vistazo y comprobar si necesita que la despejemos —comenté—. Después, te llevaremos hasta la 60 y te liberaremos allí. Aparejo comentó que hay un cambio de sentido después de esa, y que el tren puede dar la vuelta. Si es cierto, podríamos quedarnos por allí hasta que tengamos que volver a las estaciones anteriores.

—¿Liberarme? —preguntó Madison, incrédula—. ¿Estás sugiriendo que ahora mismo soy una prisionera? La estación 60 es donde se quedan los empleados de menor rango.

«Sí —pensé—. Igualita a la madre de Bea».

—Pues ¿en cuál vives tú?

—Tengo un apartamento en el barrio administrativo que hay fuera de la playa de maniobras A.

—¿Y no sabes cómo llegar?

La estación 17 era otra de transbordo. La 18 se llamaba Estación Yerma. Me pregunté si habría monstruos parecidos a los de las estaciones posteriores, y si habría un jefe Krakaren en la 20.

La mujer no respondió a mi pregunta. Miré por encima del hombro para contemplarla. Se había quedado mirando por la ventana con un extraño gesto de confusión en el rostro.

—Llevo muchas horas seguidas trabajando. Horas extras obligatorias.

Empezaba a sospechar que la playa de maniobras A no existía en realidad. También me entró de repente mucha curiosidad por saber lo que íbamos a encontrarnos en la estación 60, que era donde se suponía que dormían los empleados. Hacía poco, aquel revisor enano llamado Vernon nos había hablado de su mujer, y yo había dado por hecho que se la había inventado por completo. Aparejo también había comentado algo similar, pero estaba claro que el tipo vivía en aquella torre.

—Nunca has estado en tu apartamento, ¿verdad?

—Claro que he estado. Solo han pasado… Han pasado unos pocos días.

Asentí. Cuando habían programado el piso, les habían dado a todos los PNJ unos recuerdos falsos, pero estos se caían bajo su propio peso. Las historias no tenían fundamento alguno, como si fuesen el trasfondo de un PNJ en un juego de verdad. Aquella era posiblemente la primera vez que Madison había salido de la oficina desde que se había abierto el piso. Pensé en Brandy y en sus dos recién nacidos. Cuando se derrumbase el piso, ¿se quedaría con los niños?

Una mazmorrera llamada Herot había escrito la decimosexta edición del libro de cocina, en la que había dejado un ensayo muy largo en la parte de atrás sobre la naturaleza de los PNJ. Tenía una teoría a la que llamaba el «Método de la Ruta Transitada», que sugería que tener éxito en las misiones y los rompecabezas era mucho más fácil si rompías la cuarta pared deliberadamente. Herot creía que los PNJ eran el eslabón más débil de aquel mundo, porque eran biológicos y no tenían independencia. Solo había leído unos pocos párrafos por el momento. Decía que sacarlos de aquella ensoñación era cruel, pero que al mismo tiempo era algo necesario si uno quería sobrevivir. «Hazle preguntas y luego insiste cuando veas que desconocen algo que deberían saber. Sé amable pero determinado». Me quedaban muchas cosas por leer en el libro y cada vez tenía menos tiempo para hacerlo. Me aseguré de acordarme de terminar aquel texto en cuanto tuviese un rato.

—Si has estado en tu apartamento, ¿cómo es que nunca has visto la playa de maniobras A? Es imposible. ¿En qué quedamos? —insistí.

—No... No lo sé —dijo al fin—. Seguro que tengo una conmoción por culpa de ese necrófago.

Vi el cartel de la estación 24 y reduje la velocidad del tren hasta detenernos. Puse el freno y me giré hacia Madison.

—Mira, tengo varias preguntas. Respóndelas y te llevaremos a la estación 60. Si alguien de los que está allí sabe cómo llegar a la playa de maniobras A, nosotros te llevaremos.

—Muy bien —respondió ella un instante después. Se apoyó en el mamparo de la cabina. Parecía agotada—. ¿Qué quieres saber? Si es algo sobre trenes, lo cierto es que no tengo mucha idea. Mi trabajo consiste en decirle a los empleados que las horas extras son obligatorias. Llegan a la oficina con intención de subirse en el Vuelta a Casa, pero les digo que tienen que seguir trabajando. Ah, y también gestiono los beneficios de todos los kravyad y de los seis mimetos que son estaciones.

—¿De los qué?

—Términus. Los mimetos que son estaciones. Hay seis y la verdad es que se ponen hechos una furia si no les enviamos pasajeros suficientes. Son insaciables. Les decimos a los trabajadores que siempre les digan a los pasajeros que se bajen en la estación 433, pero os sorprendería lo mal que se les da a los enanos obedecer las órdenes. Y luego están los humanotauros, que… No saben estarse quietecitos con esas patas que tienen.

CARL: Bautista, no te bajes en la estación Términus. Es una puñetera trampa.

18

Bautista: Ya, bueno. Has llegado un poco tarde, compañero. No puedo hablar. La estación al completo es un maldito jefe de ciudad. Nos reunimos unos cuatrocientos en el tren y, cuando empezamos a subir por las escaleras, se comió a los veinte que iban delante como si fuesen ganchitos de queso. Estamos en el andén luchando contra su lengua y sus secuaces. Se tira eructos y expulsa una especie de criaturas con forma de boca. Son demasiado fuertes. Estamos esperando a que llegue el próximo tren para escapar. No sé si lo vamos a conseguir. La mitad de estos tipos vendieron el gorro.

Carl: Joder. Ten cuidado. Vas a tener que luchar contra el jefe kravyad que estará dos estaciones después, en la 435, y luego intentar cruzar el portal de empleados para salir. Intentaré conseguir más información. Mantenme informado.

Bautista: Luego hablamos.

Madre mía. ¿Cuatrocientas personas? Parecían demasiadas para estar en el mismo lugar. Se avecinaba un desastre.

Me giré hacia Madison.

—Los kravyad. Háblame de ellos. Ahora. Rápido.

—¿De cuál? Había muchos trabajando en este turno.

—¿Importa acaso? ¿Son diferentes?

—Claro que son diferentes —respondió ella—. Uno se pasa el día quejándose de que quiere volver a casa para ver a su novia. Otra no deja de exigir un plus de peligrosidad en la nómina porque la apuñaló un mazmorrero. Estaba muy ofendida por no haber sido diseñada para luchar. Son tan diferentes como tú y tu amiguita peluda.

—¿No está diseñada para luchar? Entonces ¿no son jefes?

—¿Jefes? Qué va. Forman parte del departamento de recursos humanos. —Madison se irguió con orgullo—. Están a mis órdenes y mi trabajo es conseguir aumentar su productividad.

—Vaya, vaya. A ver, empecemos por el principio. ¿Qué son los kravyad? ¿Atacan a la gente como esos mimetos que son estaciones?

—Como he dicho, forman parte de una iniciativa para ahorrar costes. Una muy exitosa, debo añadir. Los revisores y los maleteros son menos propensos a pedir tiempo libre si no recuerdan los descansos que tienen entre turnos. Terminan el trabajo, quedan en lo que llamamos un estupor de preproducción y luego se despiertan listos para seguir trabajando. Aún siguen muy aturdidos cuando se suben a los trenes y, en ese momento, ya es muy tarde para pedir el tiempo libre. La productividad ha aumentado en un treinta y cinco por ciento. Los kravyad son los responsables de mantener dicho programa.

Reprimí las ganas de estrangular a la mujer. Toda la información sobre las formas de las que se aprovechaban de los trabajadores me resultaba exasperante, aterradora y dolorosamente familiar, pero también irrelevante en aquel momento.

—Pero ¿qué son? ¿Son magos? ¿Búhos gigantes? ¿Elfos? Dime qué aspecto tienen y cuáles son sus poderes.

Me miró como si fuese un auténtico imbécil.

—¿Sabes lo que es un naga? Pues parecidos, pero azules y con seis brazos. Les pagamos dándoles de comer uno o dos enanos por turno. La compañía ahorra mucho dinero.

—¿Qué tipo de magia usan?

—Hipnotizan a los enanos y a los agarradores para sacarlos de los trenes. Después los dejan así unas ocho o diez horas, dependiendo de la línea, y luego los obligan a atravesar el portal cuando queda poco tiempo para que vuelva a comenzar su turno. Me ahorran tener que decirles que las horas extras son obligatorias. Aunque, a veces, recuperan las luces suficientes como para pedir un descanso antes de subirse al tren. Cuando ocurre, les digo que vengan a mi despacho y les doy el brazalete dorado.

—¿Brazalete? —pregunté. No lo pude evitar.

Ella sonrió de oreja a oreja.

—Fue idea mía. Les decimos que si llevan el brazalete durante un trayecto más, los kravyad los teletransportarán directos a sus casas al terminar. Pero, en realidad, sirve para indicarles que son problemáticos y que se los pueden comer. Hacerlo así aumentó la productividad en un cinco por ciento durante el segundo cuatrimestre. Hasta Rod quedó muy impresionado.

> **DÓNUT: NO ME GUSTA ESTA SEÑORA, CARL. ES UNA DE ESAS PERSONAS QUE SON HORRIBLES PERO ACTÚAN COMO SI NO LO FUERAN.**
>
> **CARL: Ya te digo.**

Respiré hondo.

—Háblame del portal de empleados. Si los trabajadores lo atraviesan, ¿los lleva al andén? ¿Puede atravesarlo cualquiera?

—Así es —respondió Madison—. Directos hasta el andén. Supongo que otras personas podrían atravesarlo. Algunos de vosotros ya lo han hecho. No obstante, su funcionamiento está ligado a los kravyad, por lo que si les ocurre algo el portal se cierra al momento. Es una cláusula del contrato en la que insistieron mucho y sin la que no hubiesen firmado.

—Entonces, para el que portal funcione esas criaturas tienen que estar vivas, ¿no?

—Es lo que acabo de decir, sí. Ahora, ¿me llevaréis a casa?

Esa estación 435 podía considerarse otra trampa. Solo podías salir de ahí si el kravyad, jefe o no, seguía con vida. Me quedé en silencio mientras enviaba toda la información a Bautista. Los supervivientes y él habían conseguido evitar al mimeto y subido al tren, que por suerte seguía pasando por esa estación.

«No puedes salvarlos a todos». Era algo que Bautista y los suyos tendrían que descubrir por su cuenta. Yo había hecho todo lo que estaba en mi mano.

—Tengo algunas preguntas más —dije a Madison—. Háblame de los necrófagos que han estado a punto de matarte.

Ella arrugó la frente.

—Esas criaturas asquerosas no forman parte de mi trabajo. Doris, de la subestación B, es quien se encarga. Y lo que ha pasado es culpa suya. Esa zorra que va por ahí robando maridos no sabe trabajar. Le dije a Rod que iba a acabar con él, pero no me hizo caso, claro. Está a cargo de mantener contentas a las Krakaren, lo que es lo mismo que encargarse del exceso de ciudadanos. Pero quería impresionar a Rod ahorrando dinero, obviamente. Un tren adicional en una línea ya existente era mucho más barato que una cinta transportadora dedicada en exclusiva. Y ya habréis visto lo que ocurrió. Las buenas noticias son que la subestación B cayó antes que la E. Espero que los necrófagos hayan disfrutado con esa zorra gorda y todos sus implantes.

Estaba a punto de hacerle otra pregunta, pero recibí un mensaje de Elle justo en ese momento. Levanté una mano. Mientras hablaba con ella, Brandy dio unos golpecitos en la puerta de la caldera y la abrí, momento que aprovechó para quejarse a Madison sobre su nómina mientras yo me alejaba del calor.

CARL: Chicas, ¿cómo va por ahí?

ELLE: Pues no es un tren como pensábamos, sino una montaña rusa sin vagones. ¿Sabes esos carros de las habitaciones de los robots? Pues los robots los llenan de necrófagos y los llevan hasta la montaña rusa. Ha sido toda una caminata, al menos para nosotros. Después los acercan y la parte inferior de los carros se engancha a la montaña rusa y los lanzan. Se parecen a esas cosas que tienen en los hospitales para llevarse las bandejas, pero mucho más rápidos.

CARL: Sí, los carros terminan en las playas de maniobras. Después, se supone que los necrófagos tienen que pasar a un tren que los lleve al abismo para librarse así de ellos.

ELLE: ¿Por qué enviarlos al principio para luego dejarlos volver y volverlos a enviar? ¿No se dan cuenta de lo ineficiente que es?

CARL: Nunca estuviste en el ejército, ¿verdad?

IMANI: Creo que está diseñado para ser así. O puede que se les dé rematadamente mal diseñar. O ambas cosas. Al menos, este túnel se ha quedado vacío de monstruos. Los únicos que pueden entrar en las habitaciones de los robots son los necrófagos. El resto de los monstruos no lo tienen permitido por alguna razón. Y eso: los necrófagos se meten en los carros por su cuenta para que los robots los encierren y los lleven rodando por el túnel para dejarlos en esa especie de cinta transportadora o montaña rusa.

CARL: Va a pasar algo cuando haya muchos de ellos en un mismo lugar. Pero no sé el qué.

Les comenté rápidamente todo lo que había descubierto y también lo que le había pasado a Bautista. Ya había enviado un aviso a todo el mundo para que tuviesen cuidado con el mimeto de la estación 433.

Imani: Nos hemos dedicado a campear y a matar a los necrófagos cuando pasan, pero dan una mierda de experiencia. Carl, ahora mismo se viene un grupo enorme. Demasiado. Y a veces hay entre ellos un necrófago espectro. Creo que esos son los que llegan al final de la fase dos. Son muy fuertes. Estábamos discutiendo sobre si deberíamos hacernos con unos cuantos de esos carros y seguir ese recorrido o volver a las vías y caminar hasta la estación de transbordo.

Joder. Las opciones no eran muy halagüeñas.

Carl: Si fuese yo, usaría el camino de los carros. Pero es muy arriesgado. Puede ser muy movidito y os llevará a una playa de maniobras. Si termináis en la B o en la E, veréis que los necrófagos han roto las puertas y no habrá demasiados. Pero si la valla está intacta en cualquier otra, quedaréis rodeadas por miles de esos monstruos. Es una apuesta demasiado arriesgada.

Elle: Pero también muy divertida, ¿no? Cuando empezaron a montar las montañas rusas por todo el país, yo ya era muy mayor para subirme. Mi Barry solía vomitar todo el algodón de azúcar cuando nos subíamos en el tiovivo y nunca probé las atracciones de verdad. Ahora es nuestra oportunidad.

Imani: Ya te contaré qué es lo que hacemos al final, Carl. Cuídate.

Dónut: CARL, SERÁ MEJOR QUE VUELVAS AQUÍ. ¡SE ESTÁN PELEANDO!

Gruñí y regresé a la cabina.

—Bueno, pues ya no necesitamos vuestros servicios —decía Madison a Brandy cuando entré. Hacía un calor sofocante en la estancia. El llanto de un bebé emanaba de la caldera.

—No me puedes despedir —dijo Brandy—. Solo respondo ante Portia.

—¡Portia! —resopló Madison—. Yo llevo dos semanas más que

Portia en este puesto, lo que me convierte en su superior. No dejaré que mis empleados se burlen así de mí.

—¿Tus empleados? ¿Por qué todos los de recursos humanos siempre creen que son jefes? Pues no lo eres, pedazo de *einzeller*. Puede que seas la que contrata y la que despide, pero la decisión no la tomas tú. Además, tengo un contrato, y los diablos nos tomamos los contratos muy en serio. No puedes tomar decisiones de ese tipo sin la aprobación de un ejecutivo. Ambas lo sabemos. —Los ojos negros de la diabla relucieron, y temí que estuviese a punto de lanzarle una bola de fuego a la humana, lo que no nos hubiese venido bien a ninguno de los que nos encontrábamos en la estancia. Brandy tenía nivel 75, y Madison solo nivel 10.

—Señoritas —las interrumpí—. Ya discutiréis ese tema en otro momento, preferiblemente cuando se solucione lo de los necrófagos. Nadie va a despedir a nadie por el momento. —Agarré un trapo para empujar con suavidad y sin quemarme la puerta de la caldera. Brandy hizo amago de protestar, pero luego llegó el momento de dar a luz otro bebé, al parecer, y aproveché la oportunidad para cerrar de golpe la puerta caliente mientras ella arrugaba el gesto por el dolor del parto.

Madison se cruzó de brazos y frunció los labios. Notaba la rabia manando de su interior.

DÓNUT: CARL, ME RECUERDA A ALGUIEN, PERO NO SÉ A QUIÉN.

Solté una carcajada.

CARL: ¿Crees que podrías encargarte de ella mientras yo subo por la escalera y echo un vistazo por la estación 24? Quizá puedas usar ese Carisma que tienes para sonsacarle más información.

DÓNUT: VALE. YO ME ENCARGO.

CARL: Perfecto. Y no dejes que Brandy vuelva a salir.

—Ahora vuelvo —dije en voz alta.

—¿Te puedo acompañar? —preguntó Katia.

Mi idea era subir por la escalerilla y sacar la cabeza para ver qué había ahí fuera. Si se trataba de enemigos, ya volveríamos luego para acabar con ellos. Habíamos visto unos segundos de vídeo de Lucia Mar luchando contra oleadas de necrófagos antes de tener que escapar, y quería comprobar si las cosas iban a ponerse igual en esta estación. Me resultó un tanto extraño que Katia se ofreciese a hacer algo peligroso, pero no quise llevarle la contraria.

—Muy bien, pero solo será un minuto.

—Yo iré primero —comenté mientras subía por la escalerilla, que llevaba hasta una trampilla que se encontraba a poco más de siete metros de altura. Por desgracia era una entrada normal y no un portal subespacial, por lo que no podía usar mi habilidad para comprobar qué había al otro lado.

Katia se subió en la escalerilla detrás de mí. Tenía el cuerpo de tamaño normal y sin mejorar. Subimos rápidamente, agarré la puerta y tiré de ella hacia arriba. Al empujar cayó sobre mí una nube de polvo, y luego salí a una estancia grande y bien iluminada con paredes de piedra y un techo. Era del tamaño de un almacén. En medio del lugar había cinco escaleras formando un círculo, con una luz que brillaba directamente sobre ellas como si de varios faros cegadores se tratara. Nada más verlas se marcaron en mi mapa. No vi criaturas ni nada extraño en el lugar, a excepción de las salidas. También había diez salidas más que daban a los andenes normales de la estación, y cada una de esas tenía un cartel encima. Todas eran líneas de color a excepción de una, que rezaba VELOCIDAD DE ESCAPE III.

Ese diablillo mecánico tenía razón. Había un tren con nombre que iba hacia atrás. Uno de los que estaban en mi chat había comentado que había visto el Velocidad de Escape, pero no había probado a subirse. Aunque ahora que me fijaba no había comentado nada de que tuviese un número tras el nombre, lo que probablemente significase que todos los trenes que iban hacia atrás se llamaban Velocidad de Escape.

Pero tenía que tener en cuenta que los empleados de la Maraña de Hierro también intentaban convencer a la gente de que se metiesen en las fauces de ese mimeto con forma de estación, así que no tenía claro qué era seguro y qué podía no llegar a serlo.

La trampilla por la que acababa de entrar estaba camuflada como si fuese un afloramiento rocoso. Al verlo, me pregunté cuántas puertas secretas nos habríamos saltado. Se suponía que con mi habilidad Plan de Huida podía encontrar puertas secretas, pero no parecía funcionar demasiado bien. Tendría que hablar con Mordecai cuando saliese de prisión.

Titubeé y saqué el cuerpo por completo para pasar a la estancia y echar un vistazo alrededor. Katia asomó la cabeza detrás de mí.

—Aquí no hay nada —susurré. Me pareció lo correcto en ese momento. Las escaleras emitían un zumbido tenue. Sabía que no iban abrirse hasta que no quedasen seis horas, lo que me daba mala espina. Tenía que haber una razón para algo así.

—Quizá los necrófagos estén en los demás andenes —comentó Katia, que señaló las salidas—. Aunque no veo nada en mi mapa.

—Qué raro. Parece una trampa. Marchémonos por el momento. Quizá nos vendría bien echar un vistazo en las estaciones 36 y 48 para comprobar si son iguales.

—Oye —comentó ella cuando volví a girarme hacia la trampilla—. Me gustaría hablar contigo en privado.

—Claro —dije al pararme delante—. Sabes que también puedes mandarme un mensaje cuando quieras.

—Sí, lo sé —dijo—. Pero lo de los mensajes siempre me ha parecido muy impersonal. Esto es muy importante.

—Vale. —Empezaba a inquietarme un poco—. ¿Qué pasa?

Estaba muy nerviosa, lo que me estaba poniendo nervioso a mí.

—¿Recuerdas cuando dije que algunas de mis partes, como los ojos y la boca, tienen que ser de carne? Pues aquí dice que solo dos de mis ojos tienen que serlo. Lo que hizo que me preguntase si no podría crear más de dos... Me puse a practicar y resulta que puedo ponerme todos los ojos que quiera. El problema es que, si tengo más de dos, me dan ganas de vomitar y empiezo a verlo todo borroso. Es como si me volviese muy miope. He conseguido tener tres, pero el campo de visión no puede cruzarse con el de los otros dos para que mi cerebro sea capaz de gestionarlo. Lo normal sería lo contrario, supongo, que se cruzasen para gestionarlo mejor. Quizá sea así y yo lo esté haciendo mal, pero por el momento me estoy dedicando a poder ver lo que tengo detrás mientras camino. Es como ver dos series de televisión al mismo tiempo, y me cuesta diferenciarlas aunque pueda parecer obvio visto desde fuera. Mantengo el ojo cerrado la mayor parte del tiempo, pero puedo abrirlo un minuto o dos antes de que me dé un dolor de cabeza muy fuerte. Con suerte, mi mente se acostumbrará a tener una visión de trescientos sesenta grados antes de volverme loca. Sería muy útil. El problema es que me siento menos... humana, por así decirlo, cuando la uso. Tengo que acostumbrarme. Lo sé. Pero me cuesta.

—Es... Es una locura, sí —dije—. Y es verdad que será muy útil. Pero ¿por qué lo guardas como un secreto?

—Ese no es el secreto. —Empezó a retorcerse las manos con preocupación. Era algo que hacía a menudo, independientemente del tamaño que tuviese—. Dónut hizo algo cuando creía que nadie la estaba mirando. Se lo comenté a Hekla y me dijo que seguramente era una trampa, que era muy probable que tú le hubieses dicho que lo hiciese para ponerme a prueba. Pero diría que te conozco mejor que ella y que no serías capaz de hacer algo así. Además, no sabías nada de mi tercer ojo, así que no tiene sentido. Dónut lo hizo cuando nadie la estaba mirando.

—¿De qué cojones estás hablando, Katia?

Sacó un pedazo de papel del inventario y me lo tendió.

—El otro día, cuando te atropelló el Pesadilla y desapareciste, Dónut y yo volvimos a bajar a las vías para despejarlas. Vi que Dónut sacaba esto del inventario y luego lo escondía entre la gravilla del suelo para que nadie lo encontrase. Pero en ese momento yo estaba practicando con el tercer ojo y la vi hacerlo. Cuando no estaba mirando, hice brotar un tercer brazo de mi cuerpo y lo desenterré.

Examiné el papel. Era un billete negro con una calavera dorada estampada en él que me resultaba familiar. Sentí un escalofrío por todo el cuerpo cuando apareció la descripción.

Cupón JcJ.

Ah..., la traición. La dulce traición.

Si tienes este cupón en tu inventario y matas al mazmorrero cuyo nombre aparece en el dorso, recibirás las siguientes recompensas:

Caja de brutalidad de oro.

Caja de armas de oro.

Caja de indumentaria de oro.

Caja de aventurero de platino (este beneficio solo puede canjearse un máximo de 3 veces).

+1 nivel de jugador (este beneficio solo puede canjearse un máximo de 3 veces).

Le di la vuelta al cupón. El nombre era el siguiente:

Mazmorrero n.º 4.122. Carl.

—Pero ¿qué coño? —dije. Ver mi nombre en el papel hizo que volviese a sentir un escalofrío—. ¿De dónde lo sacó?

—JcJ significa «jugador contra jugador» —explicó Katia—. No lo sabía. Hekla dice que cuando alguien consigue una de esas calaveras junto al nombre al matar a un mazmorrero, si está en grupo, recibe una caja de brutalidad con los cupones.

—Eso significa que Dónut consiguió este cupón tras matar a aquel tipo en el club y no quiso comentarnos nada. —Me relajé. Tampoco era para asustarse, ¿no? Dónut se había deshecho del cupón. El sistema se lo había dado para tentarla. Me imaginé que, de estar en un grupo menos cohesionado, estos cupones podrían llegar a sembrar el caos y la paranoia. Pero me parecía ridículo pensar siquiera en que Dónut quisiese hacerme daño. Era un objeto absurdo y la gata se había librado de él para no llevarlo encima. Sin más.

Katia siguió retorciéndose las manos entre sí.

—Espera, que hay más. Al principio creí que era algo bueno, pero luego se lo conté a Hekla y me dijo que no se recibe un cupón, sino uno por cada uno de los integrantes del grupo. —Se quedó en silencio—. Pero Dónut solo se deshizo del tuyo.

«Joder», pensé. Ahora entendía el miedo de Katia. Creía que Dónut aún tenía el cupón con su nombre.

—Puede que se haya deshecho del tuyo en otro momento —comenté—. De todas maneras, ¿cómo es que Hekla sabe todo eso?

—Por mi amiga Eva. Ya te he hablado de ella. La conocía desde antes y entramos juntas en la mazmorra. Pues tenía una calavera. Nos topamos con un hombre que no conocíamos nada más entrar. Cuando nos unimos a las Hijas, Hekla no quería que él nos acompañase, pero el tipo insistió. Le dijimos que se marchara, pero no lo hizo. Pues me agarró por el brazo, y Eva lo apuñaló con su tridente. Creía que no iba a pasar nada, ya que solo le atravesó el muslo por detrás, pero murió y a ella le apareció la calavera. Al parecer, recibió el cupón, pero nunca me dijo nada a mí, solo a Hekla.

—Estoy seguro de que Dónut también se ha deshecho del otro cupón —dije—. Mira, gracias por contármelo. Pero lo último que necesitamos es estar preocupados por si nos atacamos entre nosotros. Hablaré con ella para asegurarme. No le diré nada de que encontraste el que tenía mi nombre.

—Vale —respondió Katia en voz casi inaudible—. Gracias, Carl.

Guardé el cupón en el inventario. La cabeza me daba vueltas. Tenía que preguntarle a Dónut al respecto. No tenía elección. Pero antes también tenía que confirmar aquella información con las otras dos personas que conocía con calaveras junto al nombre.

> **Carl: Imani, tengo que hacerte una pregunta.**

Se había visto obligada a matar a varios de los ancianos de Meadow Lark cuando habían entrado en la mazmorra, para ahorrarles una muerte dolorosa. Sabía que no había dejado de darle vueltas al tema.

> **Imani: Hola, Carl. Estamos haciéndonos con varios carros para subir en la cinta transportadora. Es difícil sin romperlos. ¿Qué puedo hacer por ti?**
>
> **Carl: Cuando te aparecieron las calaveras en el nombre, ¿recibiste un cupón JcJ? Perdón. No preguntaría si no fuese importante.**

Se hizo un silencio muy largo. Me dio la impresión de que no iba a responder.

> **Imani: Sí que lo recibí. Me dieron algo llamado caja de brutalidad y en el interior solo había un talonario de cupones.**
>
> **Carl: ¿Con cuántos?**
>
> **Imani: Pues uno por cada integrante de mi grupo. Intenté quemarlos, pero no se prenden fuego. Los dejé en el primer piso. Brandon quería que los conservase por si en algún momento..., ya sabes, tenía que usarlos. Pero los notaba en mi inventario y no quería que estuviesen ahí, así que me libré de ellos. Ahora, que sepas que a Elle no se los dieron cuando consiguió su calavera. Creía que solo los repartían en el primer piso, pero cuando Dónut**

me dijo que había recibido dos de ellos, mi teoría es que el primer miembro de grupo en recibir una calavera es quien consigue los cupones.

CARL: ¿Hablaste con Dónut sobre los cupones?

IMANI: Hablamos cuando recibió la caja. No le gustó nada y lo estaba pasando muy mal por lo de la calavera. Le dije que se deshiciese de ellos. Es como una niña, Carl. No procesa las cosas de la misma manera que una persona. Habla con ella. Tengo que irme. Seguimos después.

No tenía ni idea de que Dónut e Imani hubiesen hablado jamás entre ellas. No sabía cómo sentirme al respecto. Pero tenía sentido. Dónut había hecho lo que yo acababa de hacer: pedir consejo a la persona con más experiencia en la materia. Los cupones estaban diseñados para desequilibrar los grupos, se usasen o no, y Dónut lo sabía. Había tomado una decisión madura e inteligente. Aun así, sentí como si algo acabase de cambiar en nuestra relación.

CARL: Muy bien. Gracias. Tened cuidado.

—Oye —le dije a Katia—. ¿Por qué no quería Hekla que ese hombre estuviese en vuestro grupo con tu amiga y tú? ¿Porque era un hombre?

—No —aseguró Katia—. Porque era un asqueroso. No creo que a Hekla le importe que un tío se una a nosotras.

—Entonces ¿que las Hijas sean solo mujeres no es más que una coincidencia? ¿Y si Dónut y yo quisiésemos unirnos? ¿Crees que nos dejaría? ¿De verdad crees que me dejaría unirme a vosotras?

Katia se quedó en silencio. Vi un reflejo delator en su mirada. «Está hablando con ella en este mismo momento».

—¿Quieres unirte a las Hijas?

—Puede —mentí.

—Creo que primero le gustaría hablar contigo. Hekla cree que eres un poco temerario. Pero Dónut sí que le gusta mucho.

—Muy bien —comenté—. Será mejor que volvamos antes de que… —Me quedé en silencio cuando vi el punto rojo en el mapa. Se encontraba en uno de los andenes de las líneas de color. La línea morada—. Un momento. No te muevas y prepárate para correr.

Me acerqué a la escalera que llevaba hasta el andén. Mierda. Aparecieron más puntos rojos. Eché un vistazo y, como sospechaba, vi a los mismos necrófagos ulcerosos que había visto en la playa de maniobras. Solo había unos pocos, pero no tardarían en llegar más. También vi más puntos en el andén contiguo. Habían llegado a la estación 24 desde la playa de maniobras. Sabía que la estación 12 ya estaba llena de necrófagos de limpieza jikininki.

No obstante, al fijarme me di cuenta de que no tenían intención de quedarse por aquí. Algunos deambulaban por el andén, pero solo unos pocos minutos antes de dejarse caer a las vías y seguir caminando.

También me fijé en que ninguno parecía electrocutarse con el tercer riel. Desde donde me encontraba, no veía muy bien lo que estaba pasando. O conocían el peligro y lo estaban evitando, o eran inmunes a la electricidad o esta se había desactivado. No tenía forma de saber la razón.

Tiré un par de hobombas por las escaleras para matar a unos pocos y luego me giré para correr hacia la trampilla. Bajamos rápido por las escalerillas y seguimos nuestro camino.

Las estaciones 36 y 48 eran idénticas a la estación 24. Era demasiado pronto para que los necrófagos hubiesen llegado tan lejos. Ya pasaríamos a echar un vistazo después de dejar a Madison. Zev nos envió un mensaje comentando que teníamos que encontrar pronto una estancia segura, porque se suponía que quedaban unas pocas horas para que diese comienzo aquel programa. Le dije que estábamos demasiado ocupados, pero ella dijo que iba a teletransportarnos fuera de la mazmorra independientemente de lo que estuviésemos haciendo. Le dije que se fuese a tomar por culo, pero se rio como si le acabase de contar un chiste.

Aún no le había comentado nada a Dónut sobre los cupones. Quería esperar hasta que nos encontrásemos en la caravana de producción. Sabía que, como Katia había comentado sus preocupaciones en voz alta, era muy probable que los productores fuesen a usar esa información de alguna manera. Quería zanjar el tema cuando nadie nos estuviese viendo.

Y también estaba pasando algo más. A Katia le ocurría algo. No estaba mal por los cupones únicamente. Sospechaba que quizá fuese porque no llegaba a tratarla como una integrante del equipo de pleno derecho. Sí, había gastado dinero y recursos para hacerla más fuerte, pero lo había hecho para que nos defendiese a Dónut y a mí. Seguro que se había dado cuenta. Todos sabíamos que terminaría por volver al grupo de Hekla. Estaba claro que era eso lo que quería.

Pero a mí me gustaba Katia. Me gustaba mucho. Era demasiado silenciosa, sí, y resultaba fácil olvidarse de que estaba allí incluso cuando aumentaba su masa corporal. Pero también era muy sincera. Tenía miedo de todo y titubeaba a menudo, pero nunca escapaba. Si decía que iba a hacer algo, lo hacía. Y solía hacerlo bien. Era un atributo muy poco habitual. Con algo más de entrenamiento y de maestría, podía convertirse en el tanque definitivo. Aun así, debido a que Odette nos había advertido sobre Hekla, no podía evitar pensar que sería mejor librarnos de ella lo más pronto posible. No quería hacerlo, pero quizá fuese más seguro a largo plazo. Si se daba el caso, primero iba a tener que mejorar mucho mis defensas. O tendríamos que encontrar a otro tanque. Quizá pudiésemos contratar a Bomo y al Mazo del club Desperado. Mordecai había dado a entender que podíamos contratar PNJ de alguna manera.

Odiaba todo lo que estaba pasando.

«¿Por qué tiene que ser todo tan complicado? ¿Por qué la gente no puede ser leal y ya está?».

Era algo que le había dicho a Bea hacía poco tiempo, cuando nos peleábamos por sus intenciones de librarse de Dónut. Estábamos en el coche, de camino a una fiesta de Navidad, y ella mencionó de pasada que una de las gatas persa de su madre, Panecillo Dulce, que era la tía, la prima o algún familiar de Dónut, estaba embarazada y pronto daría a luz. Una vez lo hiciese, Bea se quedaría dos de las crías y Dónut volvería con sus padres, que intentarían venderla como una gata de cría premiada.

—Pero si ni siquiera te cae bien, Carl. ¿Qué más te da?

—Es tu gata. Es un ser vivo y eres responsable de ella. No entiendo cómo puedes abandonarla así como así. Me da igual que te quedes otro gato, pero ¿por qué tienes que abandonar a Dónut?

—¿Sabes por cuánto dinero podríamos venderla, Carl? Es una antigua gran campeona internacional. Pero su momento ya pasó. No entiendo por qué le das tantas vueltas, la verdad.

Además de las paradas en las estaciones de las escaleras, también nos detuvimos para examinar las estaciones 50, 58 y 59. En la 50, quería ver si el lugar era uno de esos antros donde Krakaren guardaba las drogas. No lo era. Al levantar la trampilla, vi una estancia pequeña del tamaño de una casita. Había una rampa que se dividía y daba a nueve andenes distintos. No había enemigos y parecía que nada ni nadie hubiese pasado jamás por allí.

Luego nos detuvimos en la escalerilla que se encontraba por fuera de la estación 58, que tendría que haber sido una parada normal con enemigos normales, pero era igual de pequeña y estaba igual de vacía. La siguiente era la 59, un número primo, por lo que se suponía que sería una estación de transbordo. Esta sí que era lo que tenía que ser. El lugar se parecía al resto de las estaciones del estilo con las que nos habíamos encontrado hasta ese momento en las paradas posteriores. Había un restaurante, un bazar y una pequeña iglesia que llevaba al club Vencedor. La trampilla se abría en un hueco en la pared junto al bazar. La única diferencia parecía ser que había la friolera de veintisiete andenes distintos con trenes que salían de ella. Lo normal eran tres.

Después de hablar con Madison, descubrimos que la parada número 60 era una estación enorme llena de apartamentos y dormitorios, así como restaurantes y tiendas para que los empleados y sus familias comiesen y comprasen cosas. Era un lugar por donde pasaban todas las líneas de color, así como el Vuelta a Casa, ese tren solo para empleados que se suponía que también iba por esas vías. También había un portal en el andén de la estación que hacía las veces de entrada a la sala trasera del club Desperado. No importaba qué tren usases para llegar a la estación 60 ni en que subestación te bajases, una vez cruzabas el portal, acababas en el mismo sitio que todos los demás.

No obstante, cuando llegamos al andén solo para empleados de la estación 60, me quedó muy claro que algo iba mal. El lugar, que era el único andén que tenía la línea en la que nos encontrábamos, parecía antiguo y ruinoso, además de estar cubierto de telarañas. Nos detuvimos para investigar. La escalera subía hasta una pequeña habitación igual que la de la estación 50. Había otra escalera que bajaba hasta un batiburrillo desordenado de escaleras y andenes donde se podían coger varios trenes.

—Genial —dije tras comprobar que no había asentamiento alguno en aquella estación.

—Tiene que ser un error —comentó Madison, que empezó a caminar en círculos, como si de esa manera los edificios fuesen a aparecer por arte de magia—. No lo entiendo. Los empleados viven aquí. Aquí es donde viven sus familias. ¿Qué habéis hecho?

—Ahora ya sabes por qué tienes que obligar a todo el mundo a hacer horas extras —comenté.

Mis sospechas estaban en lo cierto. Aquel lugar nunca había sido una zona residencial. No había familias. No había parejas ni tampoco hijos. Tampoco cajas de comida con cierto olor a pescado. Todo era inventado. Todo eran recuerdos falsos. Era muy probable que el tren Vuelta a Casa no hubiese pasado por allí ni una vez con anterioridad. Hubiese estado genial encontrarnos con un asentamiento grande lleno de estancias seguras y PNJ, pero nos habíamos topado con un engaño propio de una gran corporación, algo que me resultó bastante meta teniendo en cuenta el lugar donde nos encontrábamos.

—Sigamos. Tenemos que comprobar si el tren da la vuelta de verdad. Si no es el caso, empezaremos a dar marcha atrás. Iremos hasta la estación 41 y nos meteremos en la estancia segura. —Era la más cercana con una entrada al club Desperado. Quería seguir añadiendo a más personas a la lista del chat, y aquel era el mejor lugar para hacerlo. Tendríamos que arriesgarnos a dejar el tren en la vía, eso sí, aunque parecía que los necrófagos ignoraban el túnel donde nos encontrábamos porque solo había un andén en todo el recorrido: aquel donde estábamos en ese momento. Si teníamos suerte, seguiría siendo así.

—No. Yo me voy a quedar aquí —aseguró Madison. Se sentó con decisión en el suelo rocoso y se cruzó de brazos. Alzó la vista para mirarnos con gesto desafiante—. Alguien vendrá a investigar qué es lo que está pasando. No sé qué habéis hecho, pero el equipo de seguridad vial lo resolverá. Todo el mundo está desperdigado, pero terminarán por venir. Aunque el lugar no exista en realidad, tendrán que venir.

—¿Estás segura de que hay un departamento de seguridad vial? —pregunté—. Hemos recorrido las vías desde hace tiempo y no he visto señal alguna de su presencia.

Ella resopló. La mujer tenía razón en algo. Los trabajadores que habían escapado de los necrófagos seguramente intentarían llegar hasta la estación 60. Lo cierto era que me daba igual si sobrevivía o no. Si ya no iba a ayudarnos, no teníamos motivo alguno para seguir viajando con aquella PNJ asesina. Una parte de mí sabía que en realidad no era culpa de ella, que su personalidad y sus recuerdos habían sido programados en su interior. Pero me daba igual. No era de la Tierra. No era una mazmorrera, ni tampoco había sido mazmorrera anteriormente, que yo supiese.

—Si no vienen los de seguridad, seguro que Rod sí que lo hace —añadió sin venir a cuento—. Rod siempre viene.

—Pero ¿quién carajo es Rod?

—Es su exmarido, Carl. ¿Es que no has estado prestando atención? También es el director financiero de la Maraña de Hierro y trabaja en la subestación A —explicó Dónut—. ¿Estás segura de lo que vas a hacer, Madison?

—Rod vendrá.

—Adiós, Madison —dije mientras me daba la vuelta—. Que te den, ¿vale?

—Que te den a ti y a tus gayumbos.

—¡Ya recuerdo a quién se me parece! —exclamó Dónut mientras íbamos de camino al Pesadilla—. ¡A la madre de la señorita Beatrice! Es igual. Era muy mala y nunca me gustó visitarla. Ninguno de los gatos que vivían en su casa eran felices. Seguro que no los trataba tan bien como la señorita Beatrice me trataba a mí.

—Vamos —dije. La comparación con la madre de Bea había dejado de hacerme gracia—. Salgamos de aquí cuanto antes.

19

TIEMPO PARA EL DERRUMBE DEL PISO: 4 DÍAS Y 20 HORAS

Tardé más de lo me hubiese gustado admitir en descubrir la manera de cambiar el sentido del tren. Había una sección de las vías diseñada para tal propósito. Tenía forma de T y fue necesario hacer que el tren pasase de largo, bajarme para darle al interruptor, llevar al tren de nuevo a la base de la T y pulsar el interruptor dos veces, momento en el que el Pesadilla empezó a dar la vuelta.

Conseguí convencer a Zev para retrasar seis horas nuestra aparición en el programa de mascotas y concursos de belleza. Ella resopló y bufó varias veces, pero como no era en directo tampoco es que fuese demasiado problema. Tendríamos tiempo para dormir, comer, pasar el tiempo necesario en la sala de entrenamiento y ducharnos. Además, quería echar un vistazo por el club Desperado. Después iríamos a ese estúpido programa, que nos retrasaría unas dos o tres horas. La verdad era que me parecía una pérdida de tiempo ridícula a estas alturas, teniendo en cuenta el poco que nos quedaba.

Nos dirigimos a la estación 41, donde aparcamos el tren. Le conté a Brandy lo que teníamos pensado hacer, y ella se alegró de pasar un rato ahí sin hacer nada. Dónut saltó sobre mi hombro, y empecé a subir por la escalerilla. La estación era tal y como la esperaba. Había un restaurante, una tienda y el club Desperado. También varias salidas.

Aparecieron en el mapa hileras de puntos rojos pertenecientes a necrófagos en todos los andenes de las estaciones de las líneas de color, pero no estaban quietos, sino que continuaban su camino por las vías.

Una vez subimos la escalerilla, Dónut sacó al fin a Mongo y nos dirigimos a la estancia segura, que era una cafetería griega llamada Everest. Pasamos de largo al bopca y fuimos directos hasta nuestro espacio personal. Nos habíamos perdido el último episodio resumen, y el anuncio no había tenido nada de especial. La clasificación no había cambiado.

Cuando entramos, recibí mensajes de los grupos de Meadow Lark y de Bautista.

Imani y los suyos habían recorrido con éxito la cinta transportadora hasta la playa de maniobras D, en la que los necrófagos también habían roto la valla. Aun así, había tantos que el grupo quedó rodeado por las criaturas. Habían tenido que escapar sin dejar de luchar para luego refugiarse en el edificio administrativo de la Maraña de Hierro que había por fuera. Elle había flotado sobre los necrófagos para congelarlos de cien en cien y luego matar a todos los que rodeaban el edificio. Tuve que escucharla quejándose durante cinco minutos sobre la poca experiencia que le habían dado por dicha hazaña. Tras matar a todos los que se encontraban en los alrededores, los que se acercaban luego ignoraban la estructura y se dirigían directos hacia los túneles. El grupo de ancianos de Meadow Lark seguía en el edificio planeando qué hacer a continuación.

Les sugerí que entrasen a pie en el túnel del tren de empleados y llegasen hasta la estación de transbordo más cercana.

Bautista me comentó que la kravyad no era un jefe, sino una mujer PNJ con aspecto de serpiente y muchos brazos, tal y como había dicho Madison. La PNJ había intentado hipnotizar a los mazmorreros, pero Bautista había anulado de alguna manera su capacidad para lanzar conjuros. Dijo: «Tuve que usar mi último Voca Nye. La variante púrpura». No tenía ni idea de qué significaba eso.

Pero las cosas se habían complicado. La kravyad se había visto indefensa y los había amenazado con suicidarse si los mazmorreros se acercaban. Estos se quedaron quietos en el andén mientras uno de ellos, que al parecer había sido negociador para la policía, hablaba con ella desde lejos. En caso de suicidarse y cerrarse el portal, las cosas se hubiesen puesto muy feas. Menos de la mitad conservaban los gorros, que servían para atravesar los demás portales que había en la zona, los que estaban sobre el Abismo. Era la única posibilidad que les quedaba de llegar hasta las escaleras en caso de que se cerrase el portal de empleados. Ahora que faltaban menos de cinco días y que la mayoría de las líneas de metro estaban inoperativas, los integrantes del grupo que habían perdido el gorro corrían el peligro de quedar atrapados allí para siempre.

Entrené la habilidad Golpe poderoso, que no subió de nivel, y luego me dejé caer en la cama para dormir durante dos horas enteras.

Después, Dónut y yo nos dirigimos al club Desperado para hablar con cualquiera de los mazmorreros que hubiese por allí, mientras Katia pasaba algo de tiempo en su mesa de maquillaje. Solo teníamos una hora libre antes de que nos teletransportasen y no quería desperdiciarla.

—¡Macito! —gritó Dónut cuando entramos en el club. Saltó sobre el hombro del monstruo de roca.

El cretino gruñó a modo de saludo. Un conjuro de protección azul apareció a nuestro alrededor y luego otro transparente. Este último era un conjuro de escudo, Escudo de verdad, que también nos protegía de los ataques físicos. Entre los dos, ahora éramos prácticamente invulnerables mientras estuviésemos dentro del local.

—Compré conjuro Escudo —dijo Bomo con orgullo en la voz—. Mazo lanza protección mágica. Yo lanzo protección contra despachurramiento.

—Qué pasada —dije—. Te lo agradezco.

Nos dirigimos hacia la pista de baile, en la que había algún que otro mazmorrero. Después de explicar por qué quería que se uniesen a mi chat, conseguí diez nombres adicionales para la lista.

—Deberíamos ir también a los clubs de estriptis Zorras y Desfile fálico para comprobar si hay alguien dentro —comentó Dónut—. Además, siempre he querido ver a un hombre desnudo bailando. Uno que se mueva mejor que ese tipo raro que siempre se pasaba por casa cuando tú no estabas. Siempre bailaba delante del espejo, se quedaba mirando y se llamaba rey a sí mismo. Se ponía tus calcetines en la polla para luego empezar a hacer el helicóptero.

Casi ni le estaba prestando atención. Me había quedado mirando al tipo que estaba sentado en la barra.

—Joder —dije.

Dónut no había visto a la criatura de piel púrpura y de aspecto élfico. Le di unos golpecitos en el lomo a la gata y señalé. Ella se giró, bufó y se le encrespó todo el pelaje.

—¿Ese tipo ha entrado solo? —pregunté a Bomo.

—Sí, solo —retumbó el guardaespaldas—. Siempre solo. Mucho por aquí. En Zorras a menudo.

—¿Qué vamos a hacer? —preguntó Dónut—. ¿Deberíamos ir a por él?

—No —dije—. Adelántate y ve a echar un vistazo por Zorras y por Desfile fálico. Pero ten cuidado.

El tipo de la barra parecía estar borracho. Le faltaba la mano derecha. Tendría que haber elegido una especie como la de Katia, algo que le permitiese regenerar extremidades. Aferraba una copa con la mano izquierda.

Me incline hacia delante y le dije al Mazo:

—No le quites ojo de encima a Dónut. Puede que haya una mujer por aquí que le quiere hacer daño. Ella te comentará los detalles. —Luego me giré hacia Bomo—. Tú quédate conmigo. Este tipo es mucho más peligroso de lo que parece. Aunque solo le quede una mano.

Me acerqué y me senté junto a él, a una distancia prudencial.

—Hola, Frank —saludé—. Cuánto tiempo. La verdad es que tienes un aspecto de mierda.

Frank estaba borracho. Mucho. Tanto que daba la impresión de que su cuerpo brotaba de la barra del bar. Examiné sus propiedades.

Mazmorrero n.º 324.119. Fran Q.
Nivel 17.
Especie: Elfo de la noche.
Clase: Asesino sangriento.

¿Solo nivel 17? Se estaba quedando muy atrás.

No sabía de qué era capaz con la clase asesino sangriento, pero suponía que un elfo de la noche era muy parecido a un elfo oscuro o a un drow de muchos juegos y novelas. Su rostro serio aún era reconocible a pesar de tener rasgos de elfo. La piel le brillaba de un tono púrpura oscuro a la luz del club y me recordó al color de las berenjenas. Había perdido las hombreras con pinchos y el hacha de batalla. Ahora llevaba una chaqueta negra holgada. Eso sí, no se había quitado el gorro de los Seahawks de la cabeza a pesar de que ahora tenía el pelo largo y negro. La prenda parecía fuera de lugar, ahí sobre su semblante de elfo oscuro. Unos colmillos afilados le sobresalían por los labios.

Tenía unas ojeras muy marcadas debajo de los ojos cansados. Era como si no hubiese dormido desde hacía mucho tiempo. También olía a una mezcla extraña de perfume y alcohol rancio.

—¿Carl? —dijo mientras alzaba la vista. No tenía la burbuja de privacidad en la cabeza. Intentó activarla con el muñón, pero el conjuro salió mal. El camarero con cabeza de tejón lo hizo por él, con una habilidad fruto de la práctica—. Carl, ¿eres tú de verdad? ¿Qué cojones es un primigenio? Aún pareces humano. ¿Dónde está tu gata?

—Está por aquí —respondí—. ¿Dónde está tu mujer?

—Ni idea —respondió él—. No la he visto desde el final del segundo piso. Supongo que estará por ahí. La veo en la interfaz. No hablamos mucho. Creo que me ha bloqueado. Esa zorra... Pero me alegro de que estés aquí. Me habían dicho que te pasabas de vez en cuando. Ahora podré vengarme.

Me puse tenso. O era una trampa muy elaborada o el tipo estaba completamente destrozado y diciendo tonterías. Teniendo en cuenta el poco nivel que tenía, di por hecho que era lo segundo. Aun así, me preparé para lo que pudiese pasar.

—¿No la has visto desde el segundo piso? ¿Después de que aparecieseis en el programa del Maestro?

Él asintió.

—Y también sé que tú no la has visto, porque ambos seguís vivos. Nos peleamos. Por ti y por tu gata. Después de eso, mi plan era sentarme en la barra de un bar como esta y esperar a que me llegase el fin. Pero me echaron de la estancia segura una hora antes de que se derrumbase el segundo piso, por lo que me dirigí hacia una escalera. Cuando me tocó elegir especie, ese tonto con tentáculos me dijo que Maggie había elegido su especie y su clase y se había marchado.

—¿Qué eligió ella? —pregunté.

Frank se encogió de hombros.

—No tengo ni idea. ¿Zorra consumealmas será una clase en este juego? —Se rio de su propio chiste—. Probablemente sí. Yo ni siquiera me acuerdo de haber elegido este cuerpo. Estaba muy borracho. Creo que esa cosa lo eligió por mí.

La conversación no iba como había esperado.

—Pero superaste el tercer piso, obviamente.

—Sí. Me encontré con unos tipos. Maggie siempre me decía

que yo era el William Shakespeare de las mentiras. Un puñetero virtuoso. Por eso nos divorciamos. Pero ¿sabes qué? —Levantó el muñón, como si me estuviese señalando con un dedo inexistente. Bomo levantó el brazo al momento, pero yo le indiqué que no se preocupase—. A veces la verdad es aún peor. Les conté la verdad y me abandonaron antes de que se derrumbase el piso. Yo no quería bajar, pero soy un cobarde e hice lo que hacen los cobardes, seguir el camino más fácil. Bajé, como un imbécil. Aparecí en un tren con otros tipos diferentes, pero ellos tampoco querían estar conmigo. Estas calaveras afectan mucho a la confianza de los demás. Me bajé en la estación 101, vi el club Desperado y no he salido de ahí desde entonces. Esta vez seré valiente. Y me emborracharé aún más.

Sacó lo que al principio creí que era un cigarrillo, pero luego vi que se trataba de uno de esos palitos luminosos muy adictivos. Olía a pachuli. Yo aún tenía uno en el inventario. Al fumarlo, la droga podía incrementar de manera permanente tu Inteligencia, pero tenía efectos secundarios imprevistos.

—Y también —añadió después de una calada muy larga— voy a hacer algo que Maggie no ha hecho. Voy a vengar a Yvette.

Yvette era la hija adolescente de ambos. La que Maggie había estrangulado inexplicablemente hasta matarla después de que cayesen en mi trampa con dinamita.

—¿Y cómo piensas hacerlo? —pregunté. Me puse más tenso aún y me preparé para entrar en acción. No tenía ni idea de qué pretendía hacer Frank, lo que me ponía muy nervioso.

—Voy a hacerte un regalo —dijo—. Y, de esa manera, vengaré a mi hija.

Sacó algo del inventario. Como no tenía mano derecha, el pequeño objeto metálico repiqueteo sobre la barra. Bomo se colocó al momento entre nosotros y me echó hacia atrás. Varios guardaespaldas cretinos que no había visto antes nos rodearon al momento, con los brazos levantados.

Frank rio con tono etílico.

—Madre mía, sí que estáis nerviosos esta noche. ¿De verdad eres tan cagueta, Carl? No voy a hacerte daño. Físicamente, al menos. Ya estoy harto de luchar. Mi venganza será muy diferente.

Se reclinó en el asiento y dejó aquel objeto sobre la barra. Era un anillo mágico, de cristal verde con una joya roja. Brillaba a causa de dicha magia. No le quité la vista de encima a Frank.

—Mira, Maggie es una persona más impulsiva que yo. Quiere mataros a tu gata y a ti, sea como sea. No es culpa vuestra. Lo sé. Vosotros solo os defendisteis. Hicisteis lo mismo que habría hecho yo de haber estado en vuestro pellejo. Pero Mags..., no lo ve así. Ella tiene una sed de venganza de proporciones bíblicas.

—¿Y esto qué es? —pregunté mientras señalaba el anillo.

Él lo empujó hacia mí con el muñón.

—Ahora te pertenece. Lo conseguí en una caja legendaria justo después de entrar en la mazmorra. Acabó con nuestra relación. Y te lo estoy regalando. Esa es mi venganza. Vas a cogerlo, porque serías un estúpido de no ser así. Un joyero de una de esas grandes ciudades del piso anterior me ofreció trescientos mil de oro por él. —Se rio—. Es como ganar la lotería. Si ganas, cobras el dinero obviamente, pero algo así podría terminar por arruinar tu vida. Pues es lo que nos pasó, y sé que también te pasará a ti. Esa es mi venganza. Es lo único que te puedo ofrecer. Y también lo único que quiero. Saber lo que ocurrió no es suficiente. Tienes que comprenderlo. Tienes que sentirlo. Me miras con condescendencia, lo sé. Pero no lo entiendes. Que te den, Carl. Coge el anillo.

No se podía decir que sus frases fuesen muy coherentes. Miré detalladamente el anillo y examiné sus propiedades.

Anillo de la sierpe nocturna mágico de sufrimiento divino.

Oooh, la verdad es que el nombre suena escalofriante.

Este objeto puede ser uno de los más formidables de la mazmorra para los asesinos de mazmorreros más exigentes. Si se usa como es debido, el portador puede aumentar su Fuerza de manera exponencial, sobre todo en los pisos más bajos. Pero una advertencia: si no se usa bien, te matará más rápido que un elemental de furia al explotar. Sea como fuere, el anillo te proporciona una de las habilidades más codiciadas de la mazmorra.

El portador recibe los beneficios siguientes:

+5 % a todas las características.

La habilidad Señalado por la muerte.

Extendí el brazo para hacerme con él. Tenía que sostenerlo para leer la descripción de la habilidad Señalado por la muerte.

Señalado por la muerte.

No, no solo es la obra maestra de Steven Seagal. ¡También es una de las habilidades más infames de la mazmorra!

Una vez activada, verás una lista de los mazmorreros que se encuentran al alcance de tu mapa. Solo podrás elegir a los que tengan el 100 % de los puntos de salud. Una vez lo hagas, quedarán señalados. La marca tarda unos 30 segundos en prepararse y quedar activa. Cuando muera un mazmorrero con una marca activa, independientemente de la causa, recibirás un +1 permanente en la característica que dicho mazmorrero tuviese más alta.

El beneficio de +1 a la característica aumenta en 1 punto cada tres muertes con marca.

Aviso: Una vez hayas puesto la marca, no podrás curarte. Si te hieren, te envenenan o te sale un padrastro, sufrirás el dolor y los efectos de las heridas hasta que muera tu presa. Tienes que elegirlas bien y no dejarlas escapar.

Solo podrás marcar a aquellos que tengan la designación de mazmorreros, excepto en los pisos de la Guarida de Escolopendra (3, 6, 9, 12, 15 y 18), donde podrás marcar también a cualquier combatiente que no haya sido generado por la mazmorra. Además, solo puedes marcar a los mazmorreros de uno en uno, excepto en el noveno piso. Esta habilidad tiene un tiempo de recarga de cinco horas en los pisos 1, 2, 3, 4, 5, 7 y 8. En el sexto piso no tiene tiempo de recarga. Además, en el sexto piso las marcas se crean al instante. En el noveno piso tiene un tiempo de recarga de 15 minutos, pero no hay límite en cuanto al número de marcas simultáneas. En los pisos restantes no hay tiempo de recarga ni retraso en la creación de las marcas.

¿Confundido? Te dejo por aquí una chuleta:

Seres vivos con marca asesinados: 0.

Beneficio actual de la marca: +1 punto de característica.

Tiempo de recarga del piso actual: 5 horas.

En este piso, las marcas tardan 30 segundos en crearse.

Buena caza.

Era una habilidad perversa. La relación riesgo-recompensa no merecía la pena, ni aunque yo fuese un cabrón asesino. No le veía utilidad a menos que me convirtiese en un puñetero homicida, algo que no iba a pasar. Además, usarla era muy peligroso. Si marcabas a alguien y esa persona escapaba, no podías curarte, lo que te dejaba con el culo al aire. Aun así, lo de la mejora del 5 % de las características era algo a tener en cuenta.

—¿Te salió en una caja?

—Sí —respondió él—. Y ahora es tuyo. Me lo dieron por pelearme con un miembro de mi familia al entrar en la mazmorra. En una caja legendaria. Se llamaba Ese es el espíritu, o algo así.

—¿Pelearte con un miembro de tu familia?

—Con mi excuñado. Ni siquiera era de mi familia de verdad, pero parece ser que la mazmorra no lo vio así. Lo estrangulé y después nos atacaron unos rátidos, esas criaturas que parecen ratas a dos patas, quienes lo mataron mientras seguía inconsciente. Dios. ¿Recuerdas el día en el que empezó todo? Pues estábamos peleándonos en la calle y luego los edificios desaparecieron de repente. Menuda locura.

—Claro que lo recuerdo…

Y fue entonces cuando me di cuenta. Me quedé en silencio. Joder. Me vino a la mente el vídeo del programa del Maestro. Yvette había resultado herida por la dinamita y se había puesto a gritar de dolor. Miré el anillo que tenía en la mano y el pavor se apoderó de mí.

Le hice un gesto al camarero y le pedí una copa.

—Whisky —dije con voz ronca. Me lo sirvió y bebí.

—¿Dejaste que tu hija usase el anillo antes de atacarnos?

—No la «dejé» —explicó—. La «obligué». Obligué a mi hija a usarlo. Ella se negaba a luchar y no estaba subiendo de nivel. Fue la decisión que tomamos. Se pondría el anillo, y Mags le diría a quién marcar. Te elegimos a ti porque supuse que la gata podría escapar. Nunca imaginé que tú también lo harías. Era la única forma que teníamos de hacer más fuerte a nuestra hija. Te marcó, esperamos treinta segundos a que se crease la marca y atacamos. Habríamos podido contigo si no te hubiese salvado la estancia segura.

Esa era la razón por la que Maggie había matado a su hija. La explosión la había dejado muy herida y no iba a poder curarse. El dolor no iba a remitir. No mientras yo siguiese con vida.

—Era maravillosa, ¿sabes? Por dentro, quiero decir. No tenía tanta rabia en su interior como su madre. Ni como su padre. Cuando escapaba, no lo hacía porque fuese una mala niña, sino como mecanismo de defensa. Los niños no siempre salen a sus padres, pero a veces eso no es suficiente. A veces los padres proyectan una sombra tan alargada que sus hijos se ven arrastrados por ella.

Pobre niña. Dios. Seguro que estaba muy asustada. No sentía compasión alguna por el tipo que estaba sentado a mi lado. Se merecía todo el dolor que estaba sintiendo en aquel momento. Pero ahora lo comprendía un poco mejor.

Fue como si me hubiese leído la mente. Estalló de rabia al momento.

—No entiendes lo que significa ser responsable de una persona. No tienes a un hijo contigo en la mazmorra. No entiendes el verdadero significado de esa responsabilidad ni la carga que supone. Y cuando lo haces mal, es como si algo te cayese encima y te aplastase, todo el tiempo, y no murieses. Y el dolor nunca cesa. Duele y duele y duele.

Se hizo un silencio que duró un buen rato.

—¿De verdad eras policía? —pregunté al fin.

—Sí —respondió él—. Control aduanero. Maggie era inspectora en la policía local de Seattle. —El camarero volvió a llenarme el vaso sin preguntar y lo empujó hacia mí—. Salud. Por el fin del mundo.

—Pero ¿estabais divorciados?

No sabía por qué le estaba haciendo esas preguntas. Lo cierto es que daba igual. Aquel tipo no merecía contar su historia, no después de lo que había hecho. En cierta manera, la gente como él era peor que el Sindicato y que los alienígenas que habían destruido el planeta. Era uno de nosotros y se había puesto en nuestra contra.

Pero todos somos curiosos. Todos necesitamos conocer la verdad. Y necesitaba saber por qué existían las personas como él. Entendía en parte el hecho de que matase personas para hacer más fuerte a su hija, aunque no lo compartiese. Pero eso no era más que una opción de las muchas que tenía. Era el tipo de persona que hacía que se me revolviese el estómago.

—Mags y yo nos separamos hace cinco años.

—Pero estabais juntos la noche que ocurrió esto. Entrasteis juntos en la mazmorra. Con vuestra hija.

—Yvette se había escapado. Otra vez. La encontró la oficina del sheriff del condado de Pierce. Mi cuñado lo estaba sustituyendo. Es el hermano menor de Maggie. Siempre la ha protegido y me culpaba de todos los problemas de Yvette. Nos llamó para ir a recogerla y tuve que dejar a medias una vigilancia. A las putas dos de la madrugada la noche más fría del año, y los cuatro estábamos en el aparcamiento al aire libre gritándonos cuando ocurrió. Yvette entró corriendo en la mazmorra. Maggie intentó salir corriendo detrás de ella, pero yo la empujé, lo que hizo que su hermano se enfadase. No entendía lo que estaba ocurriendo. Intentó ponerme las esposas y empezamos a pelear.

—Vamos, Carl —dijo Dónut—. Es hora de irnos.

Me giré y la vi sobre el hombro del Mazo. Ambos tenían unas boas de plumas rosa alrededor del cuello. El Mazo también llevaba un sombrero de vaquero. En la boa de la criatura había clavada una chapa que rezaba: «Me gustan las salchichas extragrandes. Desfile fálico. Primer piso del club Desperado».

—¿Maggie llegó a tomarse aquella poción? —pregunté mientras me levantaba de la silla. El Maestro les había dado una poción de habilidad legendaria que le subía la habilidad Encontrar mazmorrero hasta nivel 15.

—Eso era por lo que nos estábamos peleando. Yo quería vender la poción y el anillo. Luego usaríamos el dinero para comprar equipo y entrenar como era debido. Pero ella solo quería vengarse. Ella era quien tenía la poción, pero no sé si llegó a tomársela o no. Nuestro guía nos sugirió que esperase a elegir una clase para hacerlo. Dijo algo de que quizá así subiría la habilidad hasta 20 en lugar de hasta 15. Pero no sé si ella lo hizo o no.

Recordé de repente los cupones JcJ. Me pregunté si Maggie tenía uno. También si había recibido recompensas adicionales por matar a su propia hija. Me estremecí.

—Muy bien —dije—. Lo siento mucho por la muerte de tu hija. No se lo merecía. Adiós, Frank.

Lo miré a los ojos por última vez. Ya no era una amenaza. Su mujer, o su exmujer, era peligrosa. Lo era más de lo que me imaginaba, seguramente, pero él ya no. No me cabía duda de que no llegaría a salir de este piso. Quizá no volviese a separarse nunca de esa barra.

El tipo me miró con gesto ebrio mientras yo me hacía con el anillo y me lo ponía en el dedo índice de la mano izquierda.

—Yo seré quien se vengue.

20

La caravana de producción era un submarino, no un barco. Terminamos por llegar tarde a la cita, pero en esta ocasión fue porque Zev la había retrasado. Dijo que mi conversación con Frank y mi «decisión asombrosamente polémica» de llevar puesto el anillo, así como el «fantástico baile privado de Dónut» en aquel burdel masculino, se habían convertido en los dos vídeos más vistos de la galaxia a esa hora. No quería saber qué era lo que había ocurrido en ese club de estriptis.

No conseguí dejar de pensar en Yvette y en su madre estrangulándola hasta la muerte. Notaba el peso del anillo en el dedo. No iba a usarlo jamás, pero Frank tenía razón. Habría sido un idiota de no habérmelo llevado. Una bonificación del 5 % a todas las características era algo demasiado bueno como para no aprovecharlo. Ahora, jamás iba a usar la habilidad Señalado por la muerte. Me lo había quitado para asegurarme de que no estaba maldito, aunque Mordecai nos había comentado en una ocasión que los objetos malditos no salían en las cajas de botín. Había vuelto a ponérmelo, aunque no tenía tan claro que fuese buena idea dejármelo en la mano. No dejaba de darle vueltas al tema. Me lo había quitado varias veces, pero terminé por llegar a la conclusión de que estaba siendo un gallina. Sabía que habría gente que se pensaría que era un imbécil por llevarlo, y quizá tuviesen razón, pero necesitaba aprovechar todas las ventajas que se me ofrecían. Si a la gente no le gustaba, pues que les diesen por culo.

Pensé en preguntarle a Mordecai cuando regresase, pero por ahora iba a dejármelo puesto.

—¿No estabas preocupada por lo que podría haberme hecho Frank? —le pregunté a Dónut justo antes de teletransportarnos.

—No —aseguró ella—. Desde que lo vi sabía que no iba a hacerte daño. Y Macito me dijo que su mujer lo había dejado, por lo que dejé de preocuparme porque ella estuviese por el club. Ahora mismo sigue en la barra. No se ha movido desde que nos marchamos. Hay otro mazmorrero hablando con él en estos momentos, pero no es una mujer.

—Un momento. ¿Cómo lo sabes?

—He añadido a Macito al chat. Le enseñé a hacerlo.

—Vaya —dije. Jamás se me habría ocurrido probar siquiera algo así.

—Pues eso —continuó Dónut—. A veces solo es necesario mirar a alguien para darte cuenta de que se ha rendido. Es algo que he visto mucho últimamente, incluso en personas que fingen para ocultarlo. Da mucho miedo. Pero a algunos se les nota demasiado, y diría que él es a quien más se lo he notado.

—Esos son los mazmorreros por los que más tenemos que preocuparnos, Dónut.

—¿Por qué lo dices?

—Cuando alguien se ha rendido, dejan de importarle las consecuencias de sus acciones. Es algo que puede llegar a ser muy peligroso.

Zev nos avisó y nos teletransportamos. Cuando reaparecimos, me di cuenta de que no estábamos en un barco normal. Di unos pocos pasos en la estancia lujosa y cubierta de terciopelo y noté el suelo algo extraño. Luego vi el enorme ventanal que había en el extremo de la habitación, detrás del que solo se apreciaba un mar azul oscuro moteado por una luz parpadeante que indicaba que nos encontrábamos debajo de la superficie.

También me asombré al percatarme de que mi interfaz no había desaparecido como era habitual. Mi barra de salud seguía allí y también seguía teniendo acceso a mi inventario. Me acerqué al mostrador y agarré un cuenco entero lleno de barritas de Snickers para intentar guardármelo y ponerlo a prueba. Funcionó.

Dónut se acercó a toda prisa a la ventana redonda, que llegaba desde el suelo hasta el techo. Se puso en pie y apoyó las dos patas delanteras en el cristal para mirar hacia el exterior. Apareció un menú flotando en estándar del Sindicato. ¿ENCENDER LAS LUCES?

—¡Sí, sí! —exclamó la gata. Un faro se encendió en el exterior, lo que reveló un lecho oceánico gigantesco y lleno de arena. Unas plantas circulares y achaparradas se extendían por el suelo hasta donde alcanzaba la vista. Me recordó al desierto. También vi algunos movimientos furtivos por aquel suelo lleno de cieno, y un pez ancho y plano huyó a toda velocidad y levantó un remolino de tierra. Dónut tenía la boca abierta a causa del asombro y no dejaba de agitar la cola.

Eché un vistazo por la estancia. Me recordaba a la caravana de producción lujosa que nos había dejado Manasa cuando la habían asesinado. Tenía baño y una cocina con una hilera de estanterías que mantenía las cosas frescas, como si se tratase de un frigorífico sin paredes. También había varias sillas de aspecto caro por todas partes, así como una mesa de maquillaje con un espejo con luces. Era una mesa de maquillaje de verdad que no se parecía a la que Katia tenía en el estudio de creación. Sin duda nos encontrábamos en un caravana para celebridades de fuera del planeta, no para mazmorreros.

Un robot con forma de *frisbee* que ya nos resultaba familiar descendió desde el techo. La agradable voz femenina era parecida, pero no idéntica, a la del robot que habíamos visto en la otra, en la caravana de producción normal que habíamos alquilado para el programa del Maestro.

—Me llamo Mexx-6000. Os encontráis en una caravana de lujo alquilada que es propiedad y está gestionada por Sistemas de Producción Senegal S. C. Vuestra ubicación no se hará pública por encontraros en una caravana de seguridad. Los productores de *Bello planeta* tampoco conocen vuestra ubicación exacta, y las únicas entidades a bordo sois vosotros y yo. Estaremos listos para atravesar la puerta dentro de unos cinco minutos. Por favor, poneos cómodos. Veo que ya habéis visto los refrigerios.

—¿Mexx? —pregunté mientras me acercaba al sillón. Saqué una de las chocolatinas del inventario y la abrí. Dónut seguía mirando por la ventana.

—¿Sí, Carl? —preguntó la robot.

—¿Sabes por qué no me ha desaparecido la interfaz? Normalmente, no tengo acceso al inventario ni al resto de los sistemas. Pero ahora parecía seguir activo.

La luz azul del robot flotante parpadeó.

—Un mazmorreo normal está constituido por varias zonas con sistemas muy especializados conectadas a una IA del sistema.

En circunstancias normales, cada piso tiene su núcleo individual y su zona delimitada. En esos casos, una vez se sale de dicha zona, se pierde acceso a todas las actualizaciones del sistema y a las mejoras que no sean internas. Podéis planteároslo como un wifi. No obstante, en esta iteración de *Planeta mazmorrero*, la Corporación Borant ha optado por usar un sistema de zona planetaria de doble capa. La zona principal se extiende desde el núcleo del planeta hasta la superficie marina. La zona secundaria lo hace unos cinco kilómetros por encima de la superficie. Es por eso por lo que, cuando estéis en una caravana en la superficie, no tendréis acceso a la interfaz principal y solo contaréis con acceso limitado a algunas mejoras y sistemas personales. Esta caravana sigue en la zona principal, ya que se encuentra por debajo de la superficie marina del planeta. Tradicionalmente, en tales circunstancias es obligatorio crear una burbuja de administrador alrededor de la caravana para limitar vuestro acceso a ciertas características. Pero Borant ha decidido no hacerlo esta temporada. Por lo tanto, tendréis acceso completo a todos vuestros sistemas. No obstante, tened en cuenta que al estar en la zona principal seguís dentro del alcance de las normas y el reglamento de la IA del sistema.

—No he entendido un carajo de lo que acabas de decir.

El robot suspiró.

—Perdón, Carl. Permite que te lo traduzca al idioma simiesco de la Tierra. Los peces del fango son unos cabrones de tres al cuarto que parecen haber creado este mazmorreo con saliva, cinta americana y objetos que han comprado en el equivalente interestelar de una feria de pueblo. Todo se ha creado teniendo muy poco en cuenta la seguridad del sistema y de la manera más barata posible. El hecho de que aún no se haya venido abajo ni se les haya vuelto en contra es la prueba fehaciente de la existencia del concepto «de chiripa». ¿Lo entiendes ahora?

Extendí el brazo hacia el robot y levanté el pulgar.

—Entendido.

—Carl, ¿crees que ha habido gatos debajo del océano? —preguntó Dónut. Hacía unos ruiditos agudos cada vez que veía un pez pasar a toda velocidad por delante de la ventana.

—Muchos —aseguré—. No sé si tenían estas vistas, eso sí, pero las fuerzas navales siempre han tenido gatos a bordo de los barcos. Recuérdamelo en otro momento y te contaré la historia de Sam el

Insumergible. Fue un gato famoso de la Segunda Guerra Mundial que sobrevivió a varios hundimientos.

—No lo conocía —dijo Dónut—. Ese gato fue un héroe, ¿no?

—Todos los barcos en los que sirvió terminaron en el fondo del océano. La verdad es que no sé si eso lo convierte o no en un héroe.

—Pero ¿sobrevivió?

—Sí —respondí—. Al final murió de viejo.

—Pues a mí sí que me parece un héroe —dijo Dónut.

—No pienso leer esta tontería —dije—. ¿De dónde lo habéis sacado? Es como si solo hubieseis usado Reddit y YouTube para recopilar la información.

El telepronter se quedó quieto. Vi a Dónut a través del cristal de la cabina que estaba junto a la mía. La habitación era diferente a los holoestudios a los que estábamos acostumbrados. La silla estaba hecha para una criatura mucho más pequeña y les había preguntado si tenían una distinta. En ese momento, desapareció y quedó reemplazada por una nueva. Era como si la estancia entera tuviese un sistema de inventario.

Dónut había empezado a narrar con entusiasmo su parte sobre concursos de mascotas. No la oía desde donde me encontraba, pero se había puesto a agitar las patas y a hablar con un fervor muy palpable.

Mi parte trataba sobre concursos de belleza humanos. El párrafo que se suponía que tenía que leer flotaba en el aire frente a mí. La primera parte del programa había estado bien. Había leído la historia de los concursos de belleza a través de los tiempos. No tenía ni idea de si la información era cierta, pero era creíble e inocua. Versaba sobre un antiguo ritual griego llamado *kallisteia*, que la verdad es que no tenía ni idea de cómo pronunciar. La descripción del evento parecía demasiado infantil como para ser precisa, sobre todo teniendo en cuenta que el guion incluía fragmentos de vídeo de fuentes extrañas y arbitrarias, como *Fraggle Rock* o *Radio Cincinnati*. Aquello era como la historia de Sam el Insumergible que le acababa de contar a Dónut. Era muy probable que se hubiese exagerado y que contase muchas verdades a medias, pero era interesante y había sobrevivido al paso del tiempo.

El tono del guion cambió una vez llegamos a los detalles específicos de los concursos de belleza actuales. No tuve estómago para seguir leyendo.

—¿Por qué necesitáis que haga esto? —pregunté—. Si hay quien puede hacer un vídeo realista en el que salgo tirándome a un orco, seguro que vosotros podéis hacer que un Carl robótico recite esta información falsa inventada.

Miré el guion que flotaba frente a mí.

La sección de bañadores de este ritual de apareamiento de los humanos está diseñada para seducir a los machos de clase alfa. El vestido de noche se usa para demostrar la capacidad para entremezclarse en sociedad. Y la sección de preguntas y respuestas sirve para hacer lo propio con las aptitudes mentales. El objetivo de cada una de las concursantes es atraer al macho de mayor calidad y que les inocule su esperma superior para crear así una descendencia lo más aceptable posible. Después de recibir dicha ofrenda por parte de un macho genéticamente superior, muchas veces encuentran a uno de calidad inferior, denominado «beta», para ayudarlas a criar a dicha descendencia.

Los jueces de estos concursos suelen ser una mezcla de machos ultraalfa y antiguas participantes que dejaron atrás la plenitud de la vida hace mucho tiempo.

Esas mujeres a menudo reciben el nombre de «furcias». Este es un término que suelen usar habitualmente los humanos para referirse a las mujeres que han tenido demasiadas parejas sexuales. Estas furcias solo resultan atractivas y son deseadas por los machos beta de la sociedad, tal y como pude comprobar en mi reciente visita a una estancia segura de temática Arby.

Dicho guion iba acompañado de imágenes y vídeos, como una foto de los actores Lorenzo Lamas y Fabio, que servía de ejemplo para los macho ultraalfa. Las furcias eran una mujer asiática que no llegué a reconocer y la jueza Judy. También tenían un vídeo en el que aparecía yo comiéndome un sándwich de carne asada.

—¿En serio? ¿A qué viene esta mierda?

La pantalla descendió y, detrás de ella, apareció el productor, que se llamaba Bin. Era uno de esos alienígenas grises estereotípicos. Parecía cansado y muy enfadado.

—Carl, no podemos recrear tu voz con métodos artificiales. Hacerlo sin un aviso legal va contra la ley. La gente ve estos programas porque saben que los que hablan sobre su planeta son mazmorreros de verdad. ¿Quieres que el universo conozca mejor tu cultura?

—Sí que quiero, sí. Y esa es la razón por la que no pienso leer esa mierda. ¿De dónde habéis sacado la información?

—Contratamos a un asesor.

—Dios. ¿Qué era, un niño de quince años?

—No. No podemos usar humanos de la superficie como asesores. No podemos entrar en contacto con los nativos hasta que acabe el mazmorreo. Hemos usado un asesor IA al que entrenamos con todos vuestros archivos de información.

—Pues que sepáis que os han estafado.

—Nos hicieron un descuento porque Borant empezó la temporada antes de tiempo, antes de que la IA pudiese completar el análisis. Pero esta no deja de insistir en que sus conocimientos son precisos y suficientes.

—No podéis ser tan tontos —dije—. ¿De verdad creéis que esa es la verdad?

La criatura gris se encogió de hombros.

—¿Sabes cuánto hemos pagado por eso? Traeros aquí a Dónut y a ti ha costado más caro que el presupuesto entero de las dos últimas temporadas juntas. Los espectadores tienen un apetito inesperado por la cultura de vuestro planeta, y los índices de audiencia de este pequeño programa se han disparado de la noche a la mañana. Lo menos que podrías hacer es ayudarnos. Hekla no tuvo problema para leer el guion sobre la mitología nórdica. A Prepotente y a Miriam Dom les encantó hablar sobre la cultura del hip-hop terrícola. Tu compañera se ha salido un poco del guion, pero ahí la tienes disfrutando. ¿Por qué no puedes hacerlo tú?

Miré a un lado y vi que Dónut seguía gesticulando y hablando muy animada.

—¿Se ha salido mucho del guion?

—Le está hablando a todo el universo sobre una raza de perros llamada cocker spaniel y de por qué gana siempre ese concurso de belleza canina llamada Crufts. Es fascinante. Nunca había oído un relato tan lleno de malicia e intriga.

—Cagondiós, Dónut —dije. Me vio a través del cristal de la cabina y saludó.

CARL: No te inventes movidas.
DÓNUT: SE TENÍA QUE DECIR Y SE DIJO, CARL.

Suspiré.

—Pues, en mi caso, vais a tener que darme otro guion o pedirle a los Borant que os devuelvan el dinero, porque no pienso leerlo. Y me da igual lo que pase.

El alienígena puso cara de querer saltar a través de la pantalla y estrangularme. Nos quedamos mirando un buen rato, hasta que pareció relajarse. Empezó a mirar hacia los lados, nervioso, y luego se inclinó hacia delante.

—Mira, Carl. Sé que los guiones son lo peor. Cuando empecé en este programa hace años, estaba solo. Quería contar la verdad sobre las culturas que estaban siendo eliminadas. Pero, de repente, esto se ha vuelto mucho más grande de lo que jamás había planeado. Y Titán, que aceptó dejarme en paz para encargarme del programa prácticamente sin interferir, se ha puesto a mirarlo todo con lupa. Me están obligando a usar mazmorreros para la narración, tenemos que usar inteligencias artificiales de mierda para los guiones y están a punto de arrebatarme el programa que creé..., a menos que lo haga más «interesante». Sé que es un grano en la parte baja de la espalda, pero es lo que es. Estaba mucho mejor cuando pasaba desapercibido. Ahora que todo va mucho mejor, se me castiga por tener éxito. Así que lo último que necesito es que alguien me ponga a parir con algo sobre lo que no tenemos control alguno.

—Oh. Lo siento —dije, cada vez más rabioso—. ¿Tu mano de obra esclava de alquiler no está colaborando como querías? Espera un momento a ver si tengo algo de compasión por aquí. —Me palpé el pecho—. No. No tengo.

El alienígena parecía estar a punto de llorar.

—Vale. Vale. Tenemos otros guiones. ¿Cuál crees que le gustará más al público? Tenemos la historia de un conflicto militar mecanizado. Otro sobre salones recreativos. Y también uno sobre la historia de la leche pasteurizada.

Estuve a punto de elegir el de la leche porque seguro que era muy aburrido y conseguía que cancelasen este programa para imbéciles. Pero luego respiré hondo y me lo pensé un momento. Si me fiaba de él, parecía realmente interesado en contar la verdad sobre nuestro planeta a todo el universo. Eso estaba bien, ¿no?

—Venga, dame el de los videojuegos.

Cuando terminamos, volvimos al camerino.

—¡Carl, Carl! —dijo Dónut cuando entramos—. Macito acaba de enviarme un mensaje. ¡Dice que Frank ha muerto! ¿Sabes ese mazmorrero con el que estaba hablando? ¡Pues se pelearon y el tipo lo mató! ¡No me lo puedo creer!

—Ah —dije—. La verdad es que no me sorprende.

—Fue Chris. Lo ha matado Chris. Macito dice que después de hacerlo salió por la puerta como si nada. Ahora lo han expulsado del club. También dice que es un monstruo de roca como él, pero de un tipo diferente.

—Joder. ¿En serio?

¿Chris? Que yo supiese, el grupo de Imani no había tenido ningún tipo de interacción con Frank y Maggie. Yo les había contado lo ocurrido, sí, sobre todo después de lo que había pasado en el programa del Maestro. ¿Acaso era esa la razón? No me pareció algo muy propio del Chris que había conocido, pero Imani y Elle me habían dicho que lo veían cambiado. Recordé las últimas palabras de Brandon sobre su hermano. Tenía el mensaje pegado en mi bloc de notas y volví a leerlo una y otra vez, especialmente la parte sobre Chris.

«Y dile que lo quiero. Eso es lo más importante. Siempre ha sido lo más importante, pero no me he dado cuenta hasta que era demasiado tarde».

Envié un mensaje rápido a Imani y a Elle para decirles lo que había pasado y para preguntarles si habían conseguido hablar con Chris. No me respondieron por el momento. Seguro que estaban dormidas. Sabía que iban camino de una estancia segura.

—Si me permitís interrumpir este momento dramático... —dijo Mexx el robot. Ambos alzamos la vista a ese *frisbee* flotante—.

Se acaba vuestro tiempo aquí. Podéis refrescaros un poco antes de volver al mazmorreo, pero no tardéis demasiado. Cuando estéis listos para marcharos, salid por la puerta del estudio. Me gustaría daros las gracias por haber usado nuestros servicios en nombre de Sistemas de Producción Senegal. Que tengáis un buen día.

La puerta, que había sido una normal hasta ese momento, se transformó en un portal subespacial unidireccional. Saqué una captura de pantalla y vi al otro lado la estancia principal de nuestro espacio personal. Estaba vacía. Era muy probable que Katia estuviese en el estudio de creación.

Dónut volvió a acercarse al ventanal y echo un vistazo al exterior.

—Me pregunto por qué Chris habrá hecho algo así. Pero me alegra que esté bien, aunque le gustasen esas series de televisión tan estúpidas. Bueno, pues ha estado divertido esto, ¿no? Las entrevistas me gustan más, pero creo que a la Pandilla de la Princesa le vendrá bien culturizarse un poco entre dosis y dosis diaria de vídeos de Dónut. Además, han puesto un vídeo de la señorita Beatrice y yo cuando gané un concurso, así que seguro que los fans están encantados.

—¿La Pandilla de la Princesa? —pregunté.

—Zev dice que ese nombre parece el preferido por el momento. A pesar de tus estupideces. A algunos les ha gustado lo de los Ojetes de Dónut, uno que no tiene mi aprobación.

—Tonterías —dije—. Mira, me gustaría hablar contigo de una cosa rápidamente, antes de salir.

—¿Sobre los cupones JcJ?

Me quedé paralizado.

—¿Cómo lo sabías?

—Sé que Imani es una chismosa —aseguró Dónut—. No lo parece, pero lo es. Se sintió mal por contártelo cuando le preguntaste y me envió un mensaje para pedirme perdón. Me dijo que era probable que me preguntases en algún momento. ¿Cómo lo descubriste?

—Oí a alguien hablar sobre ellos. —Técnicamente, no era mentira.

—No te preocupes, Carl. Me deshice de ellos. No me gustaba llevarlos encima, por lo que enterré el tuyo debajo de las vías del tren y tiré el de Katia a la basura en la estancia segura esa llamada

Hot Dog on a Stick. Francamente, es un tema del que no me gustaría hablar.

Me relajé. Había sido mucho más fácil de lo que pensaba.

Me dirigí a la cocina para comprobar si las estanterías refrigerantes podían quitarse de las paredes. Las separé con facilidad, como si estuviesen imantadas. Quería comprobar qué aspecto tenían las conexiones eléctricas, si es que las tenían. Pero no había. Parecían ser automáticas, tal y como había imaginado. Había cuatro, así que las cogí y me las guardé en el inventario. Alcé la vista al techo para ver si el robot tenía algo que objetar, pero no se movió. «Bueno, ya que estamos...». Cogí la mesa de maquillaje entera y también la guardé en el inventario.

—Pero ¿qué haces? —preguntó Dónut.

—¿Sabes esas máquinas de hielo de las estancias seguras que a veces no funcionan? Pues he llegado a la conclusión de que deberíamos crear una nosotros. Estoy harto de beber refrescos calientes.

Dónut ladeó la cabeza, pero luego hizo un gesto similar a un encogimiento de hombros. Yo no era el típico que va por ahí robando cosas, y la gata lo sabía. Además, era una excusa de mierda, ya que las máquinas de hielo habían funcionado prácticamente todas. Pero no podía decirle la verdadera razón por la que quería las estanterías. Aún no les había encontrado un uso específico, pero en mi libro había varias fórmulas para crear trampas, pociones y bombas que requerían objetos congelados o fríos antes de usarlos. Y la mesa de maquillaje quedaba bien en la estancia principal. También pensé en hacerme con los asientos, pero no quería molestar mucho a Zev.

«Aun así... ¿Por qué no?», pensé. Me acerqué al sillón, pero paré al ver que me llegaba un mensaje.

BAUTISTA: Hola, Carl. Quería comentarte algo. Intentamos paralizar a la kravyad, pero acabó muriendo. El portal se ha cerrado. Unos ciento cincuenta del grupo no tienen el gorro. No tenemos muy claro qué hacer. Los trenes han dejado de circular en todas las vías. Vamos de camino a ese portal del Abismo a pie. Está a unos cincuenta kilómetros.

CARL: Joder. ¿Tú tienes el gorro, al menos?

BAUTISTA: Qué va. Un tipo empezó a decir en el bar lo mucho

que pagaban por ellos. Varios de nosotros los vendimos. Sí, fue una cagada.

CARL: Dirigíos al Abismo. Que los que tengan gorro lo atraviesen a pie. Intentad encontrar la manera de llegar a la estación 436, que es la de las líneas con nombre.

Empecé a explicarle lo de la pasarela que rodeaba el interior del Abismo. Le advertí sobre las criaturas con forma de lagarto que había visto por allí. Si encontraban una de esas pequeñas trampillas, quizá pudiesen entrar en la estación y subirse a uno de los trenes con nombre, como el Pesadilla, secuestrarlo y llegar con él a la playa de maniobras. Era la única oportunidad que les quedaba.

—Vámonos —le dije a Dónut. Cogí el sillón y lo robé. Después hice lo propio con un cuenco con golosinas de gato que había sobre el mostrador, por si acaso.

—¿Has notado que siempre ocurren cosas horribles cuando nos envían a estos programas? —pregunté a Dónut. Le había comentado lo de Bautista.

—Al menos hay tentempiés —dijo ella.

—Sí. Salgamos de aquí antes de que pase algo peor.

Me quedé quieto delante del portal. Saqué otra captura de pantalla, por costumbre. Y lo que vi me dejó de piedra.

Nuestro espacio personal, que estaba vacío hacía unos instantes, ahora se había llenado de gente. Habría unas treinta personas, al menos. Que yo viese, solo había mujeres de varias especies, desde humanas a hadas y pasando por lagartos de cuatro brazos. Vi a Hekla al fondo, mirando dentro de la sala de entrenamiento mientras Katia señalaba algo.

—Cabrona —dije.

21 | TIEMPO PARA EL DERRUMBE DEL PISO: 4 DÍAS Y 9 HORAS

ENTRANDO EN EL PALACIO REAL DE LA PRINCESA DÓNUT

—¡Hola, Hekla! ¡Hola, amigas de Hekla! —dijo Dónut, que pegó un brinco para subírseme al hombro—. Mira, Carl. ¡Son las Hijas de Brunilda!

—Ya veo, ya, Dónut.

Treinta pares de ojos se giraron hacia nosotros. Eché un vistazo rápido al grupo. Hekla había subido a nivel 33, uno más que yo. El resto de su grupo tendría una media de 25, que no estaba mal, aunque empezaban a quedarse un poco atrás. Ese era el problema de pertenecer a un grupo grande. Lo había comentado con Mordecai hacía tiempo. Él creía que los grupos pequeños eran mejores por esa misma razón. La experiencia se compartía, pero debido a la naturaleza de los primeros pisos, la cantidad de experiencia que había en ellos era finita. Los grupos grandes ofrecían protección, sí, pero a cambio de perderla.

Pero ahora que tenía delante a aquel grupo heterogéneo de mazmorreras de todo tipo de especies y clases, me di cuenta de la ventaja que suponía. Tenían que contar con una variedad de conjuros y habilidades impresionante.

Ahora que Katia tenía nivel 24, ya no se quedaba atrás con respecto a sus compañeras. Encajaba muy bien en el grupo. Suspiré.

Hekla y Katia pasaron junto a las mazmorreras, y la líder me tendió la mano. Era más alta aún de lo que me imaginaba, unos veintitrés centímetros más que yo. Tenía los músculos muy marcados y llevaba la ballesta automática colgada del hombro, un arma que también era enorme. Titubeé y le estreché la mano. Envolvió la mía casi por completo y me dio la impresión de que estaba hecha de hierro. Me pregunté cuánto tendría de Fuerza aquella mujer.

—Carl —saludó—. Gracias. Te pedí que cuidases de mi chica, y lo has hecho. Pero encima te has esforzado con ella y la has ayudado a subir de nivel y a que aprendiese a protegerse. Te debo una.

—¿Cómo nos has encontrado? —pregunté—. ¿Y cómo es que estáis aquí? —Miré a Katia—. No sabía que podían entrar otras personas a nuestro espacio personal.

Katia sonrió con timidez.

—Como tengo un espacio personal unido a los demás, puedo invitar a otros grupos. Les concedí acceso a todas las Hijas.

Hekla asintió.

—Atravesamos el portal de empleados gracias a tu información, Carl. Sadie lanzó su conjuro Prisión de cristal en la kravyad y pasamos sin problema. Llegamos a la subestación H y viajamos desde allí hasta la 60. Estaba vacía. Bueno, casi. Había unos pocos PNJ reunidos buscando a sus familias. Hay un interruptor que sirve para elegir a cuál de los doce Vuelta a Casa bajar. Katia me dijo que habíais llegado desde la playa de maniobras E, por lo que me resultó fácil encontraros.

—Un momento. ¿En serio? —dije. Esa nueva información había hecho que, por unos instantes, me olvidase de los posibles peligros de la situación en la que nos encontrábamos. Podíamos usar la estación 60 para ir por cualquier vía. Levanté la mano mientras enviaba un mensaje general donde informaba a todo el mundo al respecto. Y luego envíe una nota rápida adicional a Imani y a Elle, para decirles lo que estaba pasando con Hekla y su grupo.

Vi a una Hija que tenía un nombre que me resultaba familiar. Eva. Era la amiga de Katia. Estaba un poco apartada, detrás y a la derecha de Hekla. La mujer era una criatura verde iridiscente de cuatro brazos y con cabeza de cobra, parecida a Manasa la cantante, aunque de color diferente y sin cuerpo de naga. También se diferenciaba de Manasa en que era bajita: solo medía un metro cincuenta. Contaba con dos piernas normales, aunque estaban cubiertas de escamas. Tenía un par de sables muy anchos a la espalda, formando una equis, y llevaba una armadura verde y brillante que más bien parecía un chándal. La mujer me fulminó con la mirada con los brazos cruzados. Examiné sus propiedades rápidamente.

Mazmorrera n.º 9.077.240. «Eva Sigrid».
Nivel 27.
Especie: Seminagini y semiorca.
Clase: Sicaria piesligeros.

Tenía una calavera grande y otras tres más pequeñas sobre la cabeza, lo que indicaba que había matado a trece personas. Katia nos había comentado que su amiga solo había matado a una, por lo que las doce restantes tenían que ser recientes. Eché un vistazo alrededor y no vi más calaveras sobre el grupo, ni siquiera sobre Hekla.

«Ella es la que hace el trabajo sucio».

—Este sitio es impresionante —comentó Hekla—. Nosotras combinamos dos espacios personales, pero no tenemos ninguna de estas mejoras. —Miró a Dónut—. Ni siquiera podemos invitar visitantes hasta que no compremos más espacio. Vuestro representante ha resultado ser muy útil. Qué pena que lo hayáis perdido. ¿Cuándo volverá?

—Dentro de dos días y dieciocho horas —respondió Dónut—. Carl, podríamos combinar las estancias seguras con las chicas de Hekla, ¿verdad? ¿Tenemos que estar en el mismo grupo para que funcione?

«Cagondiós, Dónut».

—Diría que sí que hace falta —respondí—. Pero no estoy seguro.

Carl: Dónut, no digas esas cosas. Esperemos a comprobar qué es lo que quiere Hekla antes de meternos con ella entre las sábanas.

Dónut: OH, DIOS. DEBERÍAS SALIR CON HEKLA. LOS ESPECTADORES SE VOLVERÍAN LOCOS. IMAGINA LAS VISUALIZACIONES.

En ese momento, tuve que enfrentarme a algo que había tenido presente desde que Odette nos había advertido sobre Hekla.

«¿Por qué no has advertido a Dónut sobre lo que quiere Hekla en realidad? ¿Por qué no se lo dijiste a Mordecai?».

Sabía la respuesta, siempre sabía la respuesta, pero no era capaz de admitirlo.

«Crees que estaría mejor con el grupo de Hekla. Crees que Mordecai opinaría lo mismo. Esa es la razón por la que no se lo has dicho a ninguno de los dos».

Era algo que me reconcomía, pero había intentado obviarlo una y otra vez. Era absurdo. Una idea autodestructiva. También era lo normal dadas las circunstancias. Pensé en lo que el pobre Frank, que había muerto hacía poco, me había comentado, lo de que alguien estuviese bajo tu responsabilidad:

«No entiendes el verdadero significado de esa responsabilidad ni la carga que supone. Y cuando lo haces mal, es como si algo te cayese encima y te aplastase, todo el tiempo, y no murieses. Y el dolor nunca cesa. Duele y duele y duele».

Pero al ver a esa tal Eva y todas las calaveras encima dejé de pensar que Dónut estaría mejor con ellas. Lo cierto es que, en realidad, podían ser personas que se lo merecían. O quizá personas que había matado por compasión para librarlas de algo peor, como en el caso de Imani. Pero mi instinto no dejaba de repetirme: «No, no, no, no».

Vi la mirada perdida de Eva y Hekla y, en ese momento, supe que estaban hablando para tramar algo.

Carl: No saques a Mongo. Estas tipas parecen una poco nerviosas y no quiero que ocurra un accidente.

Dónut: ESTAMOS EN UNA ESTANCIA SEGURA Y MONGO LE CAE BIEN A TODO EL MUNDO. SON NUESTRAS AMIGAS, CARL.

Carl: Tú déjalo encerrado por ahora. No sabemos si quedará paralizado o se teletransportará al exterior en caso de que haya algún altercado. Y no creo que sea un buen momento para descubrirlo.

Hekla sonrió.

—No es momento para tener esa conversación, pequeña Dónut. Pero queríamos pasarnos por aquí para recoger a nuestra amiga y comprobar el magnífico trabajo que Carl y tú habéis hecho con ella. Tenemos bastante prisa.

Dónut sonrió de oreja a oreja. Katia pareció titubear, como si estuviese a punto de decir algo. Si se marchaba y desenlazaba su espacio personal, alteraría en gran medida nuestra estancia segura. Mordecai perdería el acceso a su espacio personal. Nosotros, la sala de entrenamiento. Habíamos pasado mucho tiempo trabajando juntos y me parecía una pérdida de tiempo.

—Me temo que no tenemos tiempo para hablar —continuó Hekla—. Tenemos un problema con algunas personas que creo que conocéis.

«Ahí va —pensé—. El cebo con el que nos la quiere jugar».

—Katia es una más de las amigas que hemos perdido. Tenemos a otro pequeño grupo que se ha juntado con otro más grande. Están en la estación 101 de la línea bermellón. Ese grupo es enorme, de unas mil personas. Los trenes de las tres líneas que pasan por esa estación se han detenido. Están allí atrapados y las criaturas no dejan de rodearlos, pero se han puesto a luchar. Necesitan nuestra ayuda. Vamos a ir a rescatarlos y me gustaría pedir la ayuda del séquito de la Princesa Dónut.

Dónut empezó a temblar en mi hombro por la emoción. Adoraba a Hekla y sabía que luchar junto a la doncella escudera era uno de sus mayores sueños.

—Diles que se dirijan a pie hasta la estación 102 —comenté—. Que entren en la sala de los robots y suban a la cinta transportadora.

Pero mientras lo decía empecé a darme cuenta de que no era factible. Eran miles de personas, e Imani había tardado unas pocas horas en conseguir carros suficientes para llevar a su equipo hasta la playa de maniobras. Había comentado que era difícil sacarlos de las vías para transportarlos sin que se rompiesen.

—Están atrapados —insistió Hekla—. Hay guerreros suficientes para mantener a raya a los monstruos, pero no dejan de llegar. La línea bermellón está despejada, pero los andenes de las otras dos que hay en la estación están infestados de monstruos. Tengo el mapa del jefe de la bermellón y puedo ver que las vías están atestadas. Un grupo gigantesco está abriéndose camino hasta ellos y llegará pronto, lo que impide que los mazmorreros vayan por ahí. Hay al menos ciento cincuenta kilómetros desde la 101 hasta la escalera más cercana, que es la de la 72. Y no llegarán a tiempo si tienen que pasarse todo el viaje luchando. En la parada 72 hay un generador de necrófagos, parecido al de la 12. Ni siquiera Lucia fue capaz de mantener el tipo contra ellos. También sé que está pasando algo en la 75. Y a todo eso hay que sumarle los monstruos normales con DT que no dejan de llegar a los otros dos andenes.

En cualquier momento descubriremos lo que ocurre cuando llegan a la fase tres.

«Menudo desastre, joder».

—Dijiste que había personas que conocíamos, ¿no? —pregunté—. ¿Quiénes?

—Creo que son unos que conocisteis en un programa. Un hombre llamado Li Jun y los suyos. Y otros de los que tienes en ese chat general tuyo.

Pero ¿por qué Hekla sabía tantas cosas sobre mí? ¿Acaso Katia le estaba chivando información sobre todo lo que hacía y decía? ¿Cómo sabía quiénes eran mis amigos? Me empecé a cuestionar si no tendría espías apostados por todas partes. Joder..., ¿sería posible algo así o me estaba poniendo demasiado paranoico? Estaba metido en un buen lío y lo sabía.

Y, peor aún, tenía muy claro que pedirme ayuda era algo muy inteligente por parte de Hekla. ¿Cómo no la íbamos a ayudar? Quedaría como un cobarde si me negaba a hacerlo.

Además, quería hacerlo. ¿Mil personas? ¿Y Li Jun y, seguramente, su hermana Li Na y su amigo Zhang? La última vez que los había visto los habían engañado para participar en *Espectáculo mortal* en el programa del Maestro. Pero habían conseguido salvarse. Lo cierto es que no les debía nada, pero si de verdad estaban atrapados..., ¿cómo no iba a ayudarlos?

Pero... ¿qué habría pasado con Bautista al final del trayecto?

«No puedes salvarlos a todos».

Si acababa muerto no iba a poder salvar a nadie. Eso seguro.

¿Qué debía hacer? No tenía ni idea de cómo ayudar a Bautista. Podía intentar atravesar de nuevo el portal con el Pesadilla, pero ¿luego qué? Ni siquiera sabía si había más de una estación Abismo. No, no tenía sentido.

Tenía que buscarle la lógica a la situación. Si el plan de Hekla era matarme o desacreditarme para que Dónut se uniese a ellas y tener así acceso a Mordecai, tenía que conseguirlo sin que la gata supiese lo que estaba haciendo. Ni Mordecai. Y la única manera de conseguirlo era que pareciese un accidente. Pero ¿cómo hacer algo así cuando, literalmente, todo el universo nos estaba viendo todo el tiempo? Al principio sería fácil ocultárselo a Dónut, pero a estas alturas Hekla ya tenía que saber que existían personas como Odette. Claro... La información nos llegaba a la mazmorra a cuentagotas.

Era algo que no iba a ocurrir de la noche a la mañana. Dónut adoraba a Hekla y, cuando la gata se obsesionaba con algo, era difícil convencerla de lo contrario. Pero no conocía al resto del grupo. Yo había cometido un grave error al no hablar con ella del tema antes, uno que pensaba solucionar ya mismo.

Miré a esa tal Eva con cabeza de cobra a los ojos. Una sonrisilla le torció los labios, una que no se vio reflejada en su mirada.

Carl: Dónut. Ten cuidado, ¿vale? Esa tal Eva no me da buena espina. No confíes en ella.

Dónut: ¿VERDAD? DA MIEDO. NO DEJA DE MIRARTE COMO SI FUESES UN MANJAR.

Carl: Si me ocurre algo, cuestiónatelo todo.

Dónut: ¿A QUÉ TE REFIERES?

Carl: Tú ten cuidado con esa, ¿vale? Y no le quites ojo de encima a Hekla. Sé que te gusta, y a mí también, pero creo que yo a ella no le gusto mucho. Puede que esté dispuesta a dejar que me pase algo malo si con eso ayuda a su grupo.

Empecé a revisar el inventario al momento para colocar algunos objetos en la lista de acceso rápido. Añadí la poción de invisibilidad que había encontrado en la maleta. Después, también añadí la Mezcla especial de Mordecai, que me volvía prácticamente invulnerable durante treinta segundos. Tenía que tener cuidado con ella, ya que después de consumirla no se me permitía tomar otra poción hasta diez horas después.

—Muy bien —dije en voz alta—. Ayudaremos. Pero no hagas que me maten para quedarte con Dónut.

Eva apretó los labios. Hekla se rio. Y en ese momento lo vi. No fue más que un destello en las facciones estoicas de la cara de la mujer, pero allí estaba. «Se está divirtiendo. Le encanta todo esto. Está tan loca como el resto de nosotros».

—Cuando llegasteis, le estábamos echando un ojo al mapa —dijo Katia, que señaló un papel grande que había sobre la encimera—. La bermellón es una línea de color, pero es diferente a las demás. Creo que es una de las que Aparejo el diablillo hablaba cuando mencionó la estación Términus. Parece que hace todo el recorrido en un día.

—Muy bien —dije—. ¿Y qué propones?

Hekla se cruzó de brazos, seria de repente.

—Vamos a coger un tren de la línea bermellón hasta la 101, recogeremos a todo el mundo allí y luego empezaremos a ir marcha atrás gracias a un segundo motor que hemos enganchado en la parte trasera. Lo hemos probado y funciona. Regresaremos hasta una estación con escaleras y allí plantaremos batalla hasta que estas se abran.

—¿Tenéis un tren? ¿No hay nada que bloquee las vías?

—No, en la línea bermellón no hay nada que las bloquee. Y es una de las pocas en las que aún funciona la electricidad. Vimos el tren por allí cuando nos teletransportamos a ese edificio cerca de la playa de maniobras. El maquinista estaba fuera inspeccionándolo cuando aparecimos. Le pegué un tiro, cogí el mapa del trayecto y nos hicimos con el tren. No parecía que hubiese salido de allí jamás. Cuenta con tres vagones de pasajeros, pero el resto son de mercancía. Se supone que se usa para llevar a los necrófagos al Abismo, pero creo que nunca ha hecho el trayecto. Y como nunca ha hecho el trayecto, nunca se ha descarrilado. Eva robó un segundo motor y lo conectamos al tren. Lo llevamos hasta la estación 60 y lo dejamos en las vías para venir hasta aquí.

Asentí con admiración.

—¿Tiene quitapiedras?

Hekla hizo un mohín.

—Lo cierto es que ese es el problema, Carl. Es un tren subterráneo y no está diseñado para lo que está pasando. Hay hordas de necrófagos en las vías de las primeras estaciones. Cuenta con un pequeño dispositivo en la parte delantera, pero no funciona bien. Golpeamos a unos pocos necrófagos y no pasó nada, pero no sé qué ocurrirá cuando haya muchos más. Las vías están atestadas y me da miedo que se descarrile al chocar contra muchas criaturas. Y, si vamos despacio, podrían abordarnos. Tenemos que movernos rápido, pero cuanto más rápido vayamos, más posibilidades hay del descarrilamiento. Por eso hemos venido primero aquí.

Empecé a buscar la manera de solucionar el problema. Tenía mucho metal en el inventario, pero para usarlo tendría que ir hasta el tren y medirlo, ya que todos eran un poco diferentes.

—Entonces ¿queréis que os fabrique un quitapiedras o algún tipo de dispositivo para colocar en la parte delantera del tren?

—Pues sí, pero en realidad ya has fabricado lo que necesitamos.

Hekla se giró hacia Katia, que parecía como si fuese a vomitar. Sentí cómo me quedaba pálido.

Dónut fue la primera en negarse.

—¿Quieres colocar a Katia delante del tren? —preguntó la gata, con tono rabioso—. ¿Qué clase de broma es esa? Parece un plan propio de Carl.

—Sí —dijo Hekla.

> **CARL: Katia. No tienes por qué hacerlo. Puedo fabricar uno de metal.**
>
> **KATIA: Tranquilo, Carl. Es mi manera de ser útil. Tú mismo lo dijiste. Tengo que aprender a usar mi especie como es debido. No tenemos tiempo para fabricar otra cosa.**
>
> **DÓNUT: CARL TIENE RAZÓN. TE VAS A HACER DAÑO.**

Lo cierto es que era una idea genial y me había quedado impresionado por lo loca que parecía. Pero, si dependiese de mí, yo nunca hubiese dejado que Katia hiciese algo así. Era demasiado peligroso.

> **CARL: Te necesitamos, Katia, aunque Hekla te trate como si ese no fuese el caso. Perdona si no he conseguido que te sientas aceptada entre nosotros. Puedes negarte. Puedes quedarte con Dónut y conmigo.**
>
> **KATIA: Ha sido idea mía. Se me ocurrió a mí. Esa es la razón por la que están aquí.**
>
> **CARL: ¿Idea tuya?**

Me quedé atónito. No sabía ni qué decir.

> **KATIA: Mientras no estabais, modifiqué la mochila en vuestra mesa de ingeniería para hacerla más ancha. Ahora me cabe más metal. Puedo hacerme más grande aún. Y también he añadido un poco de goma. Si la coloco entre el metal y la carne, ayuda a absorber los impactos. Solo necesito algo de ayuda con el diseño de la parte delantera del tren. Tengo que tener cuidado con el tercer riel.**

Carl: Aunque tengas mucho cuidado con el diseño, esto no me gusta.

Katia: Esto es como cuando Dónut quería subir por la cadena y rotar la plataforma giratoria. Eres... un espectador dentro de la mazmorra. No te gusta porque no se te ha ocurrido a ti.

Eso había dolido.

Carl: No me gusta porque vas a morir, joder. No te entiendo, Katia. Antes te daba miedo luchar contra enemigos normales.

Katia: Tienes razón. No lo entiendes, Carl. Ha vuelto a por mí. Ha traído al grupo entero hasta aquí para venir a recogerme. Eso ya es más de lo que cualquiera ha hecho nunca por mí.

Se hizo un silencio incómodo en la estancia. A todo el mundo le había quedado claro que estábamos teniendo una conversación privada. Katia se enjugó las lágrimas de los ojos.

Zev: Cagondiós, Carl. Tienes que tener estas conversaciones en voz alta.

—Que te den, Zev —dije mientras miraba hacia el techo—. ¿Así de alto o grito un poco más?

Hekla estalló en carcajadas.

—Esa tal Zev se parece a nuestra Loita.

Zev: Te lo estoy diciendo en serio, Carl. Tienes uno de los canales más populares y la mitad de tus conversaciones son inaccesibles para los espectadores. ¿Qué crees que va a pasar?

Ignoré la pregunta. La tensión en la estancia se había relajado un poco después de mi grito.

—Vale, vale. Lo haremos, pero Dónut y yo tenemos que ir en el vagón delantero. Y Katia tendrá que quedarse en nuestro grupo hasta que hayamos terminado. Lo de transferir todas las cosas nos haría perder mucho tiempo. —Me giré para mirar a Katia—. Si te parece bien, claro.

Para mi sorpresa, se acercó y me dio un abrazo largo y fuerte.

—Gracias —me susurró al oído, aunque no tenía ni idea de por qué.

—Muy bien —dijo Hekla un momento después, aunque parecía algo molesta—. Os vendréis con Eva y conmigo. Ella sabe cómo conducir el tren.

Cuando salimos del espacio personal me quedé paralizado, confuso. Antes, la puerta llevaba hasta el restaurante anexo, pero ahora había un vestíbulo similar al del club Desperado. Una segunda puerta destacaba en la pared contigua a la nuestra. Era un portal subespacial en el que no podía entrar y al que no podía hacerle una captura de pantalla. Un instante después, me di cuenta de que se trataba de la entrada a la sede del grupo de Hekla. Esa era la manera en la que el sistema gestionaba el hecho de que varios espacios personales que no estaban vinculados fuesen accesibles cuando los mazmorreros podían entrar a más de uno.

«Sé qué es este lugar. Es un espacio temporal y circunstancial».

Recordé que había una nota al respecto en mi libro.

Esperaba que Eva se girase y me clavase la espada en la cara nada más salir de la estancia segura. No lo hizo. Atravesamos la trampilla hacia la oscuridad de la línea de empleados. Al parecer, no había necrófagos y estaba despejada. Bien. El Pesadilla seguía donde yo lo había dejado, tranquilo y ocioso. Me pregunté por un breve instante qué estaría haciendo Brandy la Fogosa para pasar el rato. Pero luego recordé a sus bebés y también el hecho de que estuviese dando a luz constantemente. Era probable que no tuviese tiempo para aburrirse.

—Si quieres subir con tu grupo, tendréis que aferraros a la parte exterior del tren. No hay espacio suficiente en la cabina. En la plataforma de atrás sí que hay un poco.

—Nos subiremos, sí —respondió Hekla. Dónut, Katia y yo entramos en la cabina mientras que Hekla, Eva y unas pocas Hijas más se quedaron en la plataforma trasera junto a la puerta. El resto se colocó en la parte delantera y se aferró de cualquier manera a las barandillas, a ambos lados de la locomotora del Pesadilla. Algunas de las Hijas más pequeñas que parecían criaturas feéricas hicieron lo propio en la plataforma delantera, justo encima del quitapiedras.

Me imaginé que la imagen sería similar a la de la carroza de una cabalgata, con mujeres de todo tipo aferradas al exterior.

—Qué pena que no podamos usar este tren en la línea bermellón —dije mientras quitaba el freno. Sería perfecto para despejar la vía de necrófagos. Saqué la cabeza por la ventana—. Cuidado, señoritas. La locomotora se pone muy caliente. Agarraos a la barandilla y no toquéis lo demás. Iremos despacio, pero si rozáis algo la partida terminará para vosotras.

Hice que el tren empezase a avanzar.

—Me acabo de dar cuenta de que eres el único hombre —comentó Dónut—. Tantas personas y solo hay un pene. Podrías montar un harén, como el tipo de la serie de televisión esa... *Un marido para cuatro esposas.*

Me reí.

—Nadie va a montar un harén.

—No, supongo que no —continuó Dónut—. No podrías llamar la atención ni de una sola mujer.

El tren silbó y empezó a coger velocidad. Íbamos a llegar a la estación 60 en unos pocos minutos.

—¿Por qué tu amiga tiene tantas calaveras? —le preguntó Dónut a Katia mientras avanzábamos.

—Pues no lo sé —respondió ella—. Sabía que había conseguido algunas en el tercer piso, pero no tenía ni idea de que fuesen tantas. Dice que no quiere hablar del tema.

«Ya, claro...».

—¿Y cómo la conociste? —pregunté.

—¿A Eva? Era profesora de economía en la universidad. A veces comíamos juntas. Éramos amigas antes de que ocurriese todo esto, pero tampoco muy íntimas. Ella también conocía a Hekla. De antes, quiero decir. De hecho, Hekla la conocía desde hace más tiempo que yo. Reikiavik es una ciudad muy pequeña.

—¿Hekla también era profesora?

—No —respondió Katia—. Era la psiquiatra de Eva.

Tal y como había predicho Madison la de recursos humanos, se había reunido una pequeña colonia de PNJ en la estación 60.

Tras bajarnos del tren, no permanecimos mucho tiempo en dicha estación, que ya empezaba a quedarse pequeña para los PNJ que habían llegado a ella, pero al pasar vi a Madison sentada en un rincón y contemplándonos con mala cara. Estaba siendo regañada y amenazada por una turba enfadada de enanos y diablillos. Rod, su exmarido, no parecía encontrarse por allí. Me pregunté si existía siquiera.

Pasamos de largo y entramos en el pasadizo largo y serpenteante que llevaba a un grupo de portales muy confuso que, a su vez, llevaba a más andenes. Fue entonces cuando vimos a un enano acurrucado en el suelo con la cabeza gacha.

Según el sistema, el nombre de la criatura era Tizquick, el maquinista de la línea color mango. Debajo se le había formado un charco de lágrimas. Hekla pasó a su lado como si no estuviese allí. Dónut y yo nos quedamos quietos. Me arrodillé. Sabía que no podía hacer nada, pero me sentí obligado a hablar con él, aunque solo fuese un instante.

—Lo siento —dije—. No sé qué será lo que te pasa, pero tiene que ser muy duro. Todo esto acabará dentro de cuatro días, cuando se derrumbe el piso.

«Aunque luego volverá a empezar otra vez cuando te toque», pensé sin decir en voz alta.

El enano me miró y, como siempre, me quedé sorprendido por lo vívido de su mirada.

—Ella nunca fue real, ¿verdad? —preguntó mientras las lágrimas le caían por el rostro manchado de tierra. Dejaron a su paso un riachuelo de piel limpia entre la roña—. Mi niñita nunca fue real. No lo entiendo.

Le puse una mano en el hombro y me incliné hacia él.

—No. Es normal que no lo entiendas. Y es horrible.

Pensé en Frank Q matando gente para que su hija tuviese una oportunidad de sobrevivir. Pensé en mi madre y en lo que había hecho.

«Este es mi regalo de cumpleaños. Te estoy dando una oportunidad de seguir adelante con tu vida. Perdón por haber tardado tanto».

Ambos habían fracasado por completo. Pero lo de este tipo era aún peor. Lo habían engañado para creer algo que no era real. Nunca había tenido la oportunidad de fracasar siquiera.

Antes de que terminase todo esto, personas como él iban a matar a miles de personas como yo. Y las personas como yo acabarían con los que eran como él, lo que provocaría aún más sufrimiento. Todo mientras los auténticos culpables estaban sentados viéndolo y riendo.

—Algún día, este dolor que sientes ahora mismo tendrá sentido —comenté. El maquinista levantó la cabeza para mirarme, con expresión confusa.

Me erguí y lo dejé allí en el suelo.

Hekla se había quedado esperando frente al portal oyendo la conversación.

—Te va a salir una úlcera —dijo—. Céntrate en lo que puedes conseguir, no en las cosas que escapan a tu control.

Sonreí.

—¿Cuánto te suele pagar la gente por ese tipo de frases?

Se me quedó mirando.

—Tenemos que darnos prisa. La horda principal de necrófagos los alcanzará pronto y están empezando a ver criaturas que han llegado a la fase tres.

22

—La horda de necrófagos parece haberse quedado parada desde hace rato en la estación 75 —dijo Hekla mientras veíamos la nueva forma de Katia en la parte delantera del primer vagón del nuevo tren al que habíamos subido.

Yo no dejaba de mirar con nerviosismo el tercer riel, que estaba a escasos veinte centímetros de la parte inferior izquierda de su cuerpo con forma de pala. Para el diseño nos había pedido consejo a mí y a una Hija, una arquitecta. Yo le había dicho que añadiese una capa de goma entre ella y la parte delantera del tren, así como otra en la parte inferior e izquierda de la pala. De esa manera, no se electrocutaría si tocaba el tercer riel, en teoría. Pero tampoco es que quisiese ponerlo a prueba.

—Pero no dejan de llegar más y más —continuó Hekla—. Y han atravesado el bloqueo que hubiese allí, fuera cual fuese, para empezar a avanzar por las vías. Hay cientos de cadáveres en el túnel. La mayoría de las criaturas evitan el riel electrificado, pero son demasiadas. De vez en cuando, alguna lo roza y dicho necrófago mata a todos los que tiene alrededor. Los cadáveres han empezado a amontonarse.

El primer vagón del tren de la línea bermellón era como la mayoría de los primeros vagones de un metro. Tenía una parte delantera plana y cubierta por un cristal. Los controles eran simples, sobre todo comparados con los del Pesadilla. Solo había un acelerador y un freno de emergencia, así como algunas luces que indicaban el estado de la conexión eléctrica y un piloto que servía para avisar al conductor de que todos los vagones seguían conectados. Había inspeccionado brevemente el segundo vagón con motor, que estaba enganchado a la parte de atrás del tren. Tenía un sistema de distribución de energía que ayudaba a impulsar el otro motor aunque avanzase en dirección contraria. Hubiese sido mucho más eficiente en caso de estar justo detrás del primero, pero así también funcionaba.

Mientras no tuviésemos un accidente, claro.

El «quitapiedras» que traía de fábrica el primer vagón era poco más que un panel de metal soldado en la parte inferior y diseñado para desviar alguna que otra piedra. Parecía un gancho de remolque al revés. Hubiese servido para desviar algún cadáver, pero estaba claro que necesitábamos algo mucho más robusto.

Después de comentarlo durante un rato, llegamos a la conclusión de que usar un diseño de quitapiedras tradicional no iba a ser suficiente. Katia tenía que crear algo que combinase la pala baja e inclinada hacia delante con una parecida a la de un buldócer.

—El diseño de una pala normal es sencillo —dije—. El problema es que el tren queda muy justo en el túnel y no hay hacia dónde apartar los restos. No es como el túnel del Pesadilla, donde había un pequeño hueco entre el tren, el techo y las paredes laterales. Estos trenes van demasiado justos, de lo contrario podríamos usar un diseño de cuña. El problema es que, aunque usemos uno de pala, no tardará en atascarse como una cañería.

—Pues tenemos un problema —dijo Hekla.

—Por eso se nos ocurrió el plan de los pinchitos.

—Katia —dije sin dejar de mirar la nueva forma que había adquirido. No sabía ni dónde estaba su cabeza—. Extiende un poco más la pala inferior. Sí. Joder. Ojalá tuviese tiempo de crear ruedas de tren para estabilizarla. Tendrás que tener cuidado para no rozar el suelo. Si ocurre, intenta no separarte del tren. Los obstáculos van a ser muy pesados.

KATIA: Lo sé, Carl. Estoy enganchada por la parte de arriba.

Habíamos roto la ventana del primer vagón para que Katia se extendiese también hacia el interior. Era el lugar donde se encontraba la mayor parte de su carne biológica, aunque me preocupaba que el diseño no fuese el correcto. No había ingenieros en el grupo, lo cual era un problema. Katia había adquirido una forma muy parecida a un perno de palanca, lo que la había fijado a la parte plana delantera del vagón, y luego había extendido el resto del cuerpo a través de la ventana para crear un pedazo vertical de sí misma mayor que esta y quedar encajada en las paredes. Esperaba que funcionase bien, pero temía que si ponía mucho peso en la parte de la pala acabase por arrancar de cuajo la parte delantera del tren. Acolché por arriba y por abajo las partes metálicas con las que entraba en contacto su cuerpo con esterillas de yoga, para que le resultase un poco más cómodo y para mejorar el aislamiento, tanto para ella como para los que estábamos dentro de la cabina. Pero nada de eso iba a servir si acumulaba demasiado peso. Si se desencajaba por alguna parte, los cadáveres tirarían de ella hacia abajo, rozaría las vías, se desengancharía del tren y terminaríamos por atropellarla, lo que haría que tanto los de cabina como ella quedasen despachurrados por todo el túnel.

Después de la pala tocaba formar los pinchos. Unos pinchos gruesos y de metal que brotaban de ella, como si fuese una anémona marina, o uno de aquellos erizos callejeros del tercer piso. Los colocamos a la altura del pecho y por encima. Era una apuesta. Sabíamos que iban a romperse si golpeaban algún tipo de armadura o algún necrófago con el pellejo demasiado duro. Pero cuanto más rápido fuésemos, más aumentaría la Constitución de Katia, por lo que eran cruciales si queríamos mantener la velocidad. Cuando una criatura quedase empalada en uno de ellos o acabase en la parte de la pala, Katia empezaría a almacenar esos cadáveres en el inventario. Algo así solo iba a funcionar si las criaturas estaban muertas de verdad, por lo que Dónut y Hekla se quedarían junto a las ventanas para, con cuidado, disparar a cualquier enemigo que viesen aún con vida.

Esperábamos que los pinchos sirviesen para acabar con ellos más rápido, sobre todo si el tren iba a avanzar a tanta velocidad como había dicho Eva.

Katia terminó de formarse al fin. Me sorprendí de todo el espacio que ocupaba su cuerpo. Pero fue algo que también me preocupó, ya que sabía que cuanto más grande fuese más estrecho sería el metal y más débiles las junturas. Era como si fuese mantequilla untada sobre demasiado pan. Había un par de ojos y una boca que destacaban en un pequeño agujero, cerca de la parte superior de la pala. Le había comentado que estaría bien que colocase otros mirando hacia el interior de la cabina, pero no confiaba en su capacidad de crear unos nuevos.

—Última oportunidad para echarte atrás —grité cuando subimos al tren.

Ella no dijo nada.

El primer vagón era mucho más espacioso que la locomotora del Pesadilla. Era como uno normal y tenía incluso una habitación, donde se suponía que vivía el humanotauro maquinista. Eva se había colocado a la derecha, donde los controles. Hekla estaba junto a ella, con la ballesta preparada para disparar a través del hueco del cristal que habíamos quitado. Dónut y yo nos colocamos a babor.

El cuerpo de Katia serpenteaba a través de las dos ventanas, donde había formado una gruesa placa de metal para sujetarse a la parte delantera del vagón. De no haber tenido color carne, habría podido pasar perfectamente como parte del tren. La toqué sin querer y sentí los latidos de su corazón, muy acelerados. Hasta ese momento no me había dado cuenta de que tenía corazón siquiera. Aparté la mano al momento.

KATIA: Me has hecho cosquillas.

Otra de las hijas subió al primer vagón con nosotros. Un hada de glicinia llamada Silfa. Su clase era «sanadora holística». Esperaba que sus habilidades fuesen más efectivas dentro de la mazmorra que ese aceite de serpiente holístico del mundo real. Era una mujer rolliza de unos cincuenta años de la mitad del tamaño de Dónut. Se quedó en la parte de atrás del vagón en silencio.

—Empiezo a acelerar —dijo Eva al tiempo que empujaba la palanca.

Era la primera vez que oía la voz de esa mujer con cabeza de cobra. Me sorprendió lo normal que había sonado. También había visto una lengua pequeña moviéndose en su boca.

—Ojalá me dejases sacar a Mongo —comentó Dónut—. Le hubiese encantado ver eso.

—Es demasiado peligroso para él —comenté—. Estoy seguro de que vamos a necesitarlo muy pronto. Además, se comería a esa hada de ahí detrás sin venir a cuento.

—Eso no es cierto, Carl. Es verdad que le cuesta un poco acostumbrarse a la gente, pero luego se encariña de por vida.

Ese era el problema. No quería que Mongo estuviese en contacto con ellas en ningún momento por si ocurría algo. Si teníamos que luchar, prefería evitar que el dinosaurio se pusiese bocarriba a la espera de que Hekla le frotase la barriga.

Miré a Silfa, la sanadora, con nerviosismo. Nunca había luchado junto a ella, por lo que no me parecía de confianza. Tenía ocho pergaminos de sanación preparados, y Dónut otros seis.

El estómago me dio un vuelco cuando el tren cogió velocidad y empezó a abalanzarse por el túnel. El faro delantero no iluminaba tanto como el del Pesadilla.

—Dónut.

—Allá voy —dijo la gata, como si me hubiese leído la mente. Lanzó el conjuro Antorcha y lo dirigió hacia delante. Iluminó el túnel con intensidad y reveló las paredes de roca irregular.

Un grupo de puntos rojos apareció en el mapa. Solo había tres. Casi ni me dio tiempo de gritar una advertencia antes de que los atropellásemos.

No se oyó un golpe seco ni un plaf estruendoso. Lo único que notamos fue el chorro de sangre que salpicó la cara de Hekla y de Eva. Intenté no reírme. No quedaron cuerpos siquiera, como cuando un bicho choca contra el parabrisas de un vehículo a toda velocidad. Las criaturas habían quedado hechas papilla, y el tren aún seguía acelerando.

> **KATIA: Anda. Me han dado experiencia.**
>
> **CARL: ¿Te ha dolido?**
>
> **KATIA: Ha sido como una pequeña picadura de abeja. Poca cosa. Una cabeza quedó clavada en los pinchos y ya la he guardado en el inventario. Y sangre también. Al parecer, puedo guardar líquido en el inventario si se queda en la pala. Me ha aparecido una pestaña nueva llamada «Movidas asquerosas».**

Empecé a darle vueltas a las posibilidades de algo así.

—Llegando a la 72 —gritó Eva.

Era la estación desde donde venían todos los necrófagos.

—Más rápido —dijo Hekla—. Acelera.

Ya tenía que gritar para hacerse oír. El viento silbaba a través de las dos ventanas abiertas del vagón.

Katia: Guau. ¡Acabo de recibir una caja de aficionado! Por haber conseguido la mayor cantidad de seguidores en un periodo de treinta horas. No me lo puedo creer.

Dónut: FELICIDADES.

No tenía por qué ser algo bueno, pero no quería decírselo ahora. Tragué saliva al ver la nube de puntos rojos que se dirigía hacia nosotros como una andanada de misiles disparados hacia un objetivo.

Había un flujo constante de necrófagos bajándose del andén. La mayoría avanzaba línea arriba, pero algunos caminaban directos hacia nosotros. Muchas de las criaturas se habían pegado a la parte derecha del túnel. Y habían empezado a correr. A correr muy rápido. Aterradoramente rápido. Había una pila de equis en las vías en los lugares donde los necrófagos habían quedado fritos al tocar el tercer riel. Me preocupaba que la pila de cadáveres electrificados terminase por darle un corrientazo a Katia al pasar. Con suerte, el aislamiento que tenía sería suficiente.

—Allá vamos —dije, preparado.

—Madre del amor hermoso —grité al tiempo que levantaba el brazo para protegerme de la lluvia de sangre. Las vísceras, las astillas de hueso y los mechones de pelo llovían por el vagón como si nos los estuviesen disparando con una manguera. Sentí cientos de pequeños corrientazos que me hicieron un poco de daño. El tren se estremeció, pero no redujo la velocidad mientras atropellábamos a la montaña de necrófagos. Atravesábamos los cuerpos como si condujésemos una trilladora.

—Katia —grité, antes de que se me metiesen vísceras en la boca.

Estaba bien, pero se había quedado inconsciente de repente y su salud había bajado al 50 % y seguía descendiendo. Apoyé la mano en su carne y sentí un cosquilleo eléctrico. Algo la estaba electrocutando. Era muy probable que se tratase de un pedazo de cuerpo que había quedado atascado entre ella y las vías.

—Más rápido —grité a Eva, a la que parecía habérsele metido algo carnoso en la boca. ¿Dónde cojones estaba esa sanadora? Lancé mi pergamino de Sanar en Katia, lo que hizo que recuperase la vida al completo, pero siguió inconsciente y aún no había dejado de recibir daño.

Algo siseó en el interior de la cabina, y me giré justo a tiempo para ver la cabeza de un monstruo gruñendo en el suelo. Era una criatura casi humana con piel verde y putrefacta demasiado estirada sobre el cráneo. La aplasté con el pie.

Había más. Un torso al que también le quedaba la cabeza. Gruñía mientras se acercaba a Silfa, quien había empezado a flotar cerca del techo del vagón gritando para que Hekla la ayudase. Las criaturas eran diferentes a los necrófagos ulcerosos. Al parecer, eran las que se creaban en la parada número 72. La examiné rápidamente antes de aplastarle la cabeza con el pie.

Necrófago llagoso. Nivel 20.

El problema de los necrófagos llagosos es que son obstinados de cojones. Este muerto viviente se crea y se suelta en la mazmorra usando un dispositivo llamado generador de necrófagos. Hay varios tipos de generadores por ahí, pero el aparato que escupe estos en concreto es de primera calidad.

Por cada criatura que no sea muerto viviente que muera en este piso, uno de estos generadores de necrófagos, que funcionan con cristales de alma, creará un necrófago llagoso.

Ya es mala suerte que todos los enemigos del piso sufran una afección que terminará por matarlos.

Cristales de alma. Los puñeteros cristales de alma. Eso es lo que usaban para cargar a los guardias espadachines del tercer piso. Y también lo que la señora Péndula había estado usando para lanzar su conjuro. El cristal de alma se había sobrecargado para convertirse en una bomba muy potente. Dicha bomba..., que ahora recibía el nombre de Juicio Final de Carl, seguía en mi inventario. Ni siquiera me había atrevido a sacarla en mi mesa de zapador. No me gustaba nada de nada.

El caos del cuarto piso estaba empezando a adquirir más sentido del que había creído en un principio. No estábamos en un laberinto, sino en un motor que se retroalimentaba casi a perpetuidad. Dentro de un día iba a haber cosas de estas por todas partes.

—Ese grupo era pequeño comparado con la horda principal que se dirige hacia la parada 101, donde todos están atrapados —explicó Hekla—. Allí hay muchísimos necrófagos más.

Había menos criaturas, pero seguíamos chocándonos contra

alguna que otra cada pocos segundos. Katia tenía muchísimas cabezas y partes de cuerpos clavadas en los pinchos. Y algunas de esas cosas seguían con vida. Las vísceras habían empezado a llenar la pala. Dónut se había puesto a disparar con mucho cuidado a través de la ventana a las que seguían con vida, mientras Hekla hacía lo propio. La gata estaba bañada de arriba abajo en vísceras calientes. Las enormes gafas de sol le protegían los ojos, pero tenía que limpiarlas cada dos por tres.

La salud de Katia seguía bajando. Esa supuesta sanadora no la había curado ni una sola vez.

—¡Las curas, joder! —grité al hada, que seguía en el techo sin dejar de mirar el cadáver del necrófago llagoso. Le di una patada—. Que ya está muerto. ¡Venga!

—Se supone que tengo que esperar a que esté al 25 %.

—Vas a curarla ahora mismo. ¿Puedes hacer que se despierte?

El hada miró a Hekla, que asintió. Tenía estrellas junto al nombre que indicaban que había matado a más de dos docenas de jefes, pero actuaba como si aquella fuese la primera vez que entraba en combate.

Katia empezó a brillar, y la desventaja Inconsciente desapareció justo cuando golpeó a otro grupo de necrófagos. La sangre volvió a salpicar dentro de la cabina, y Silfa quedó empapada y soltó un aullido.

KATIA: Au. Eso ha dolido. Parece que todo ha vuelto a la normalidad. Menuda descarga.

CARL: Ten cuidado por si vuelve a meterse algo ahí debajo.

KATIA: Tampoco es que pueda hacer nada al respecto ahora mismo.

Vi cómo la pila de partes de cuerpos empezaba a desaparecer a medida que las iba guardando en su inventario. Una y otra vez. Al final, solo quedaron algunas cabezas que parecían seguir con vida. Dónut y Hekla se pusieron manos a la obra.

Eva escupió cuando volvieron a entrarle vísceras en la boca.

—Llegando a la 75 —gritó.

Había cadáveres desperdigados por las vías, así como una pila de ellos en el andén. Pasamos a toda velocidad y vi que se trataba de hobgoblins y gnolls con cara de chacal. También vi que había varias vías junto a la principal, así como una larga hilera de vagones pequeños listos para entrar en ella. Dichos vagones eran pequeños, más o menos del tamaño de un Mini Cooper. También pasamos de largo varios portales e interruptores.

Pero íbamos demasiado rápido y no me dio tiempo a ver más. Que hubiese hobgoblins significaba que aquel era el lugar donde se encontraban los equipos de interdicción para los accidentes. Al parecer, los necrófagos habían dado buena cuenta de ellos. Sabía que los gnolls eran una especie que se usaba para cuestiones de seguridad. Me planteé que quizá formasen parte del equipo de seguridad vial que había nombrado Madison entre balbuceos.

A partir de esa, las estaciones quedaban muy separadas entre sí. Seguía habiendo necrófagos en las vías, siempre corriendo hacia delante. También empezamos a ver otras criaturas, pero solas o en pareja. No tendrían que estar en estas vías, porque la línea en la que nos encontrábamos solo paraba en estaciones de transbordo. Pero ahí estaban, y todas con *delirium tremens*. Morían tan rápido al chocar contra el tren que no me daba tiempo a examinarlas.

Eso sí, vi que algunas eran más grandes y que tenían armadura, lo que había hecho que Katia empezase a perder algunos de los pinchos. Pasamos junto a una pareja de trols tamaño rinoceronte y cubiertos de metal, lo que terminó por romperle y doblarle todos los pinchos. El tren se agitó tanto que, durante unos instantes, me dio la impresión de que íbamos a descarrilar de verdad, pero conseguimos permanecer en la vía. Katia arregló los pinchos lo mejor que pudo, pero necesitaba el metal para mantener la integridad estructural de la pala. Por suerte, los monstruos morían al instante al chocar contra ellos.

Poco después, nos abalanzamos sobre un pequeño grupo de necrófagos entre los que había hadas del tamaño de un puño que explotaron por completo. Al golpearlas, las pequeñas criaturas estallaron con un reguero de chispas que dejó la pala cubierta con un brillo iridiscente.

Hekla se apartó de la ventana para limpiarse la sangre y las vísceras de la cara. Luego sonrió de oreja a oreja y dijo:

—Como decimos en mi tierra: *Horfðu á sauðina!* O lo que es lo mismo: ¡Cuidado con la oveja!

—Eso mismo —dijo Eva.

No tenía ni idea de a qué carajo se referían.

Seguimos avanzando a toda velocidad por el túnel durante la hora y media siguiente, en dirección a la estación 101. Hekla intentó hablar con Dónut, pero yo siempre me colocaba entre ambas. Intenté sacar tema de conversación con Eva, pero ella se limitó a gruñir monosílabos. Tenía muy claro que todos los que estábamos en la cabina hablábamos con los demás por el chat. Unos minutos antes de llegar, recibí un mensaje de Elle.

ELLE: Hola. Buenas noticias.

DÓNUT: HOLA, ELLE. ¡HOLA, IMANI!

CARL: ¿Sí? ¿Qué ha pasado?

ELLE: Ahora sabemos lo que ocurre cuando se juntan muchos necrófagos ulcerosos.

CARL: Lo de buenas noticias era broma entonces, ¿no?

IMANI: Sí que lo era, sí. Parece que el objetivo de este tipo de necrófagos es llegar hasta la parada 48. Usamos la parada número 60 para llegar hasta tu vía. Tardamos un buen rato en encontrar el portal adecuado y luego nos topamos con tu tren bloqueándonos el paso, así que retrocedimos hasta la 48, que es una estación de escaleras y la encontramos llena de esos necrófagos ulcerosos. Vimos cómo se transformaban. Una especie de gusanos salieron de ellos y luego empezaron a juntarse hasta crear una especie de monstruo de Frankenstein enorme. Es demasiado grande como para salir de la estancia, pero la cubre casi por completo. Es un jefe de provincia, Carl. Nos han dado varios logros solo por descubrirlo. Por suerte pudimos escapar.

ELLE: Es asquerosísimo. Hace un ruido acuoso al moverse y está cubierto de bocas que no dejan de gritar.

«Madre del amor hermoso».

CARL: Parece similar a los berserker rastreros del tercer piso. Pero más grandes.

DÓNUT: ESOS TIPOS DABAN MUCHO MIEDO.

IMANI: No los vi, pero este monstruo cubría por completo la estación 48. Y los necrófagos espectro han empezado a parar en la estación 36. A saber qué harán allí. Todos los necrófagos de las

playas de maniobras han pasado a ser de ese tipo. Van a hacer lo mismo. O algo peor.

CARL: Muy bien. Tenemos los necrófagos jikininki en la parada 12, nada en la 24 por el momento, los necrófagos espectro en la 36, el jefe de provincia en la 48 y los necrófagos llagosos en la 72. Parece que vamos a tener que elegir una. Hay que tener en cuenta que lo que acabe yendo a la 24 puede ser peor. Y también que los jikininki y los llagosos son los más fáciles de matar, pero ambos tienen generadores y no dejan de reaparecer.

ELLE: ¿No puedes hacerte un Carl y hacer saltar la habitación por los aires? Fue una de las sugerencias de la profesora Tiatha.

CARL: Siempre me olvido de que vosotras también tenéis guía. Creo que es lo que todo el mundo quiere que haga. Los generadores usan cristales de alma y no se llevan muy bien con las explosiones. Puede que la estación 12 sea nuestra mejor opción, pero tendremos que hacerlo a la antigua usanza.

ELLE: La profesora T tampoco es que ayude demasiado. Se pasa la mayor parte del día bebiendo y fumando palitos luminosos. Después se pone a llorar por su poni espacial o por lo que quiera que tuviese cuando era mazmorrera. Se emocionó mucho por ser nuestra representante, pero se lo toma como si fuesen unas vacaciones. Nos hace alguna sugerencia de vez en cuando, pero básicamente se limita a robarme dinero para comprar alcohol.

IMANI: Nosotras nos apostaremos en la 36 y mataremos a los necrófagos espectro que vayan llegando. Si matamos a los suficientes, quizá podamos evitar que hagan lo que quiera que vayan a hacer. No hay cristales de alma es esa estancia. Nos vendrían bien algunas de tus jarras explosivas.

CARL: Es una gran idea. Cuando rescatemos a estos tipos, tendremos a mucha más gente para resistir. Nos reuniremos con vosotras lo más pronto posible.

ELLE: Perfecto. Abrigaos, que... hace fresco.

DÓNUT: ¿ES TU NUEVA FRASE? ME ENCANTA.

ELLE: Sí. Estoy probando alguna que otra a ver si gustan.

—Nos acercamos a la horda principal —comentó Eva—. Son muchísimos.

—Acelera —dijimos Hekla y yo al mismo tiempo.

Me giré hacia la sanadora.

—Cúrala cinco segundos después de chocar contra los enemigos. Me da igual la salud que tenga. Hazlo y ya está. ¿Cuántas veces puedes lanzar el conjuro antes de quedarte sin maná?

—Cinco veces. Pero tengo pociones.

—¿Qué tiempo de recarga tienes entre pociones?

—Veinte segundos.

Seguimos disparados por el túnel. La línea de puntos apareció en el borde de mi mapa, acercándose cada vez más rápido.

—Vale. Bien —dije—. Quiero que cures a Katia, cuentes hasta cinco y la vuelvas a curar. Sigue haciéndolo hasta que te digamos que pares. Y vigila por si se ve afectada por otras cosas. ¿Has entendido?

Silfa miró a Hekla, que asintió.

—Muy bien —respondió.

—Llegamos justo a tiempo —explicó Eva—. La horda llegará a la 101 en unos pocos minutos.

—¿Qué aspecto tienen las vías detrás de nosotros? —pregunté a Hekla. Sabía que podía ver la línea completa al tener el mapa del trayecto.

Frunció el ceño.

—Aún no se ha llenado. Con suerte, permanecerán despejadas hasta cuando volvamos.

—¡Ahí vienen! —gritó Eva.

Pum. Pum, pum, pum. Chocamos contra los primeros necrófagos. El tren se estremeció. Y luego quedamos rodeados. La cabina empezó a agitarse y a balancearse. Por suerte, la estrechez del túnel nos mantenía en la vía, y pedazos de necrófago empezaron a volar a través de las ventanas. Me puse manos a la obra y empecé a matar a todo lo que seguía moviéndose. Aplasté una cabeza, que crujió bajo mi puño antes de explotar. Entraron más, y una me dio un mordisco doloroso en el muslo. La empujé hacia abajo y, justo en ese momento, se activaron las rodilleras y murió atravesada por los pinchos.

El tren emitió un chirrido ominoso a medida que avanzábamos y redujo drásticamente la velocidad. Aparecieron varias notificaciones. Dónut no dejaba de gritar mientras atacaba una y otra vez con las garras a las cabezas de necrófagos que entraban dando mordiscos por las ventanas. En solo unos instantes habíamos quedado cubiertos por partes de cuerpos hasta la cintura, más de las que debería ser posible, y muchas de ellas seguían vivas. Noté cómo algo me mordía. Luego, otro mordisco de otra cosa. Tuve que apartarme de la ventana. La montaña de restos me recordó a las de cebo que se lanzaban desde los barcos junto a los muelles. Atravesaban la ventana, llegaban hasta la mitad del vagón y aumentaban por momentos. El líquido me llegaba hasta las rodillas. «Joder. Esto ha sido una idea terrible». Dónut se subió a mi hombro de repente. Una mano cercenada le aferraba la cola con fuerza.

Katia: ¡Ayuda!

Alcé la vista y vi que la salud de Katia había llegado al 10 % y la mía también había empezado a bajar. ¿Qué cojones estaba haciendo esa hada? Mi habilidad Devolver el daño estaba haciendo mucho daño a los monstruos cuando atacaban, pero había demasiados. Hice clic mental en un pergamino de Sanar para subir la vida de Katia y luego repetí la jugada con la mía usando el conjuro.

Después activé Garrazo y Empotrador antes de volver a acercarme a la ventana. Empecé a aplastar las cabezas que nos rodeaban, pero fue como intentar luchar enterrado en harina de avena. Las vísceras no dejaban de llover hacia el interior del tren. Hekla tenía el conjuro Escudo, que la rodeaba y reducía el daño físico. Eva tenía una de sus cuatro manos en los controles mientras atacaba con los sables. En su caso, estaba hundida hasta el pecho.

No dejaban de entrar partes de cuerpos, cada vez más. Cuando redujimos la velocidad empezaron a hacerse más grandes, hasta que terminaron por entrar necrófagos completos que no estaban muertos aún. Tuve que agacharme cuando uno de ellos entró volando por la ventana. La monstruosidad de piel verde se puso en pie y cargó hacia mí. Dónut lo destrozó con un proyectil mágico.

El exterior del tren había quedado cubierto por completo de monstruos que gemían, se arrastraban y lo arañaban. Un ruido ominoso brotaba de la parte delantera de la cabina. Katia los ensartaba con los pinchos sin piedad y limpiaba todo lo posible guardándolos en su inventario, pero había demasiados y no estaba avanzando lo suficientemente rápido.

—¡Llegando a la estación! —gritó Eva—. ¡Preparaos para la frenada!

—No lo hagas hasta que Katia está curada —grité—. ¿Dónde coño está Silfa? ¿Ha caído?

—Ha escapado —dijo Dónut, sin aliento. Había levantado a un par de necrófagos mecánicos para que luchasen a nuestro lado, pero Hekla los había matado con la confusión del momento—. ¡Ha escapado al camarote!

KATIA: Carl, ¿dónde estoy? ¿Por qué Eva no me responde?

Me giré al momento hacia Katia. Joder. ¿Por qué tenía la salud tan baja?

Casi habíamos atravesado la horda por completo y solo quedaban unos pocos necrófagos en el exterior. Esquivé, me giré y di puñetazos una y otra vez, matando monstruos sin quitarle ojo de encima a la salud de Katia, que no dejaba de bajar. ¿Acaso se estaba electrocutando otra vez? Había demasiadas vísceras y partes de cuerpos ahí fuera, así que era muy probable. Pero le había bajado más rápido aún que antes y yo no había sentido descarga alguna. Era como si algo le hubiese puesto una desventaja, pero no aparecía en su estado. Volví a leerle un pergamino de Sanar y luego otro. No me quedaban demasiados.

DÓNUT: ¡CARL! ¡CARL! ¡HEKLA HA DISPARADO A KATIA CON UNA FLECHA INVISIBLE! ¡LO HE VISTO CON MIS GAFAS DE SOL! NO ES LA PRIMERA VEZ, Y CREÍA QUE LO HABÍA HECHO POR ERROR, PERO LO HA VUELTO A HACER. LO HA DISIMULADO CON SUS FLECHAS NORMALES Y LE HA DADO EN LA PALA. ¡AÚN LAS TIENE CLAVADAS! ¡CREO QUE LO HA HECHO A PROPÓSITO!

CARL: ¡Katia! ¡Desengánchate de la cabina! ¡Reduce la masa ahora mismo! ¡Vamos!

El tren siguió reduciendo la velocidad mientras los frenos chirriaban. Ya no había criaturas en el exterior. Eva se había puesto a gritar a causa de una herida: la sangre le manaba de una de las cuatro manos. Hekla seguía acabando con los necrófagos que había en el interior de la cabina y se había apartado de la ventana, fuera de mi alcance, por suerte. Se había colgado la ballesta a la espalda y empuñaba una espada corta y curva en cada mano, armas que agitaba de un lado a otro para dar tajos a diestro y siniestro. Su escudo había desaparecido y el estado ENFURECIDA destacaba sobre su cabeza. La mujer alta no dejaba de gritar mientras luchaba. El vagón donde nos encontrábamos era un poco más ancho de lo normal, pero no era demasiado grande y tuve que agacharme varias veces para evitar los espadazos encolerizados de la doncella escudera. Me aparté todo lo que fui capaz.

La pala de la parte delantera del tren se esfumó, momento en el que la sangre y las vísceras cayeron sobre las vías. Un pedazo de carne rebotó en el suelo del vagón y desapareció entre las vísceras. Pasó un instante, y Katia reapareció de repente con la salud bajándole a toda velocidad. No dejaba de jadear y empezó a caer al suelo, pero la agarré y la mantuve en pie. El estado INCONSCIENTE volvió a aparecer sobre su cabeza.

—¡Las flechas siguen ahí! ¡Las tiene en el hombro! —gritó Dónut—. ¡Sácaselas!

Katia no tenía una herida visible en el hombro: la ropa de cuero rojo de siempre parecía estar en perfecto estado. Replegué el guantelete y extendí la mano hacia ella, tanteando hasta que toqué algo invisible.

—¡Ahí está! ¡Tira! ¡Tira!

Tiré, y Katia despertó para empezar a gritar. Al hacerlo, apareció el agujero en la armadura. Dónut la curó y yo guardé el proyectil invisible en el inventario. Luego empecé a tantear en busca del segundo. Noté que el asta estaba astillada. Tiré de nuevo y lo examiné al instante.

Virotito traicionero en fase.

Este objeto está roto. Debe repararse antes de que lo puedas usar.

Se trata de un objeto en fase. Es invisible. Ocultará el orificio de entrada y solo se descubrirá si se toca físicamente.

La munición perfecta para un asesino exigente con ballesta. Este objeto puede lanzar Amnesia temporal y Sangrado doloroso en la víctima, lo que le drenará la salud hasta dejarla en un 10 %. Un segundo virote reducirá la salud de la víctima hasta el 1 %. La causa de la muerte de aquellos que mueran de esta manera no quedará registrada como muerte por proyectil de ballesta. Tampoco recibirás experiencia por dicha muerte. Ni aparecerá una de esas calaveras desagradables junto a tu nombre si, por algún ca-

sual, matas a un compañero mazmorrero. *Guiño, guiño, codazo, codazo*.

Pero ¿qué cojones? ¿Por qué había intentado matar a Katia?

En el andén, un grupo enorme de mazmorreros se abalanzó sobre el tren, que ya se había detenido. En el extremo del mapa, vi que habría unos quinientos puntos rojos atacando a la oleada de puntos azules.

Hekla alzó al fin la vista de las vísceras. La ventaja ENFURECIDA parpadeó unas pocas veces antes de desaparecer, pero ella no había dejado de mirar con ojos salvajes al cuerpo inconsciente de Katia, que aún colgaba de mi brazo. Frunció el ceño. Era como si hasta ese momento no se hubiese dado cuenta de que la había salvado. Eva se había curado a sí misma, pero había perdido una mano. Se miraba el muñón estupefacta, como si la sorprendiese el hecho de que no le estuviese volviendo a crecer.

Le di un pisotón a la última cabeza de necrófago que quedaba en la cabina.

Todos nos quedamos mirando entre nosotros, sin saber qué hacer.

CARL: Tranquila, Dónut. No debemos provocar un enfrentamiento. Estaba intentando algo y, fuera lo que fuese, no le ha salido bien. No queremos luchar contra ella.

—¡Has intentado matar a Katia, zorra de mierda! —gritó la gata. Y luego lanzó un proyectil mágico de máxima potencia directo hacia la cara de la doncella escudera.

23

Hekla se apartó hacia atrás y abrió los ojos como platos al golpearse contra una de las paredes laterales del vagón. En ese mismo momento, Eva se lanzó hacia mí (o hacia Dónut, que seguía en mi hombro) agitando las espadas. Se abrió la puerta trasera de la cabina y entraron dos Hijas más, con las manos brillando. Silfa salió del camarote y abrió los ojos de par en par al ver lo que estaba ocurriendo.

Dejé a Katia en el suelo, esquivé los tajos de Eva y volví a desplegar el guantelete, pero me resbalé con la sangre y me golpeé la espalda contra la pared. Tuve que detener un tajo muy fuerte con la mano blindada.

«Necesito más armadura, joder».

Le di una patada en el vientre a Eva, que salió despedida hacia atrás. Me lancé Armadura de volutas justo antes de recibir el impacto de un proyectil mágico y de un rayo, que habían lanzado las dos Hijas recién llegadas.

—¡Parad! —gritó Hekla, que se puso en pie. Silfa la había curado por completo—. ¡Parad todos! ¡Basta!

Katia seguía en el suelo y su salud parecía haberse estabilizado. Tenía la cabeza apoyada sobre las partes de cuerpos y las vísceras. Seguía inconsciente. Iba a despertar dentro de unos treinta segundos. Eva se enderezó, siseó y luego volvió a lanzarse contra Dónut y contra mí, pero Hekla la sostuvo. Después, agarró la muñeca de Eva y la levantó, momento en el que abrió los ojos como platos al ver la herida.

—¿Eso ha sido culpa mía? —preguntó.

—Sí, ha sido culpa tuya —gruñó Eva—. Tengo tres manos más. Esa gata de mierda te ha disparado. Deja que acabe con ella.

—Intentasteis matar a Katia —gritó Dónut—. ¡Lo vi! ¡Usasteis flechas invisibles! ¡Creía que era vuestra amiga! ¡No disparamos a nuestros amigos!

—Virotes —dijo Hekla—. Los proyectiles de ballesta se llaman virotes, Dónut.

Dónut escupió y gruñó. Me estaba clavando las garras en el hombro. En ese momento, me di cuenta de lo pequeño que era el vagón en realidad.

—¿De qué va esto? —grité—. No sé qué carajo está pasando, pero vamos a calmarnos todos. Es absurdo. Todos estamos en el mismo bando.

Hekla se giró hacia las dos magas.

—Fuera de aquí. Y tú también, Silfa.

Empezaron a protestar.

—¡Fuera! —insistió Hekla. Las tres mazmorreras se marcharon a regañadientes. Se quedaron en el exterior, justo al lado de la puerta. Solo quedamos Dónut, Katia, Hekla, Eva y yo.

En el exterior, los mazmorreros del andén seguían entrando en el tren. No cabían en los vagones de pasajeros, por lo que habían empezado a llenar los de mercancías. Había un grupo en lo alto de las escaleras del andén, bloqueando el paso para proteger a los demás mientras escapaban. No nos quedaba mucho tiempo. Un rugido infame resonó por toda la estancia, y el grupo de cinco puntos azules de la escalera pasó a convertirse en cinco equis.

—He cometido un error —dijo Hekla cuando las demás se habían marchado. Se encogió de hombros, como si tampoco fuese demasiado importante—. No puedo remendarlo, pero tampoco tenemos por qué darle más importancia de la que tiene. Dejémoslo así y hagamos como que no ha ocurrido nada. Ya hablaremos cuando salgamos de aquí. Nos necesitamos.

—¡Jamás! —gritó Dónut. Estaba temblando a causa de la rabia—. ¡No pienso ayudarte jamás! ¡Traidora!

—Dónut —dijo Hekla, muy calmada—. Tenemos que ser prácticas. No tenemos tiempo para estas cosas. Tienes que tranquilizarte.

Pero Dónut no había dejado de temblar.

—Antes pensaba que eras maravillosa, Hekla. Pero ¡eres igual a los demás! Finges ser buena, pero ¡no lo eres! Era mentira. ¡Todo era mentira! ¿Por qué? ¿Por qué no se puede confiar en nadie? Le dijiste a Katia que querías que volviera contigo. La hiciste sentir especial y querida, pero solo tenías intención de usarla para luego dejarla tirada.

Katia despertó al fin. Se incorporó y abrió los ojos de par en par. Echó un vistazo por la cabina.

—¿Carl? ¿Eva? ¿Qué está pasando?

—Hekla ha intentado asesinarte... ¡Eso es lo que está pasando! —gritó Dónut—. Y ni siquiera sabemos por qué. No hiciste nada malo.

—Controla a tu puñetera animal o seré yo quien la haga callar —gruñó Eva.

Coloqué la mano junto a la cabeza de Dónut para rozarla e intentar calmarla. Empezaba a darme cuenta de por qué la gata había reaccionado con tanta vehemencia ante lo ocurrido. Fue una revelación muy sorprendente que llegó de improviso, como si me hubiese atropellado un camión. Pero no tenía tiempo para tratar el tema en ese momento.

—Tenemos que tranquilizarnos, ¿vale?

—Pero ella no hizo nada malo, Carl. Se esforzó muchísimo. No es justo.

—Lo sé, Dónut.

—Chicos, por favor —dijo Katia. Se puso en pie a pesar de que le temblaban las piernas—. ¿Qué está pasando? No recuerdo... —Se quedó en silencio—. Me duele todo.

Hekla suspiró y se apoyó en la pared del vagón. Las armas le desaparecieron en el inventario. Sacó una cajetilla de cigarrillos, se metió uno en la boca y lo encendió.

—Bueno... Parece que me ha salido el tiro por la culata. Dios, necesito una ducha. ¿Alguien quiere un piti?

En ese mismo instante, en ese momento exacto, lo que más me apetecía en el mundo era decirle que yo quería uno. Pero Dónut seguía en mi hombro y no me atreví a acercarme.

—Mirad, somos adultos, ¿no? —continuó Hekla—. Ahora lo importante es llegar hasta el otro motor. Las vías están despejadas, así que los tres podéis bajaros si queréis. O usar este motor para ir en dirección contraria. Lo cierto es que me da igual. Se acabó. ¿Cómo es eso que os gusta decir a los estadounidenses? No recuerdo las palabras exactas... Eso de que como nadie ha salido malparado, no hay nada de lo que acusarme. Pero tienes razón,

Carl. No tenemos por qué seguir con esto. Fue un riesgo muy absurdo.

—No sé a qué te refieres con «esto» —dije—. Pero tenía muy claro que intentarías matarme a mí. ¿Por qué lo intentaste con Katia? No lo entiendo.

Katia seguía con los ojos muy abiertos, girando la cabeza cada vez que hablábamos.

—¿Eva? —preguntó.

—Tranquila. Sal de aquí, Katia. Las demás te están esperando.

—No lo hagas —dijo Dónut—. Han intentado hacerte daño, Katia. Quédate con nosotros. Te sacaremos de aquí, ¿vale? Y no te abandonaremos jamás. Y tampoco seremos unos mentirosos repugnantes.

—¿No podemos relajarnos un poco? —pidió Katia—. Por Dios. No sé qué está pasando. ¿Por qué no me acuerdo de nada?

—Porque Hekla te disparó una flecha horrible que iba a matarte.

Hekla se rio, desquiciada.

—Un virote, Dónut. Era un virote.

—No —continuó Katia—. Ambas estabais disparando. Tú me diste con un proyectil mágico, Dónut. Estabas apuntando a los necrófagos. Eso sí que lo recuerdo. Fue un accidente. No pasa nada.

—No tenemos tiempo para esto —comentó Hekla. Apagó el cigarrillo y se apartó de la pared—. Vamos, Eva. Tenemos que darnos prisa.

—No. Un momento —exclamó Katia—. Por favor. No podemos...

—Joder, Katia —interrumpió Eva—. Deja de ser tan tonta. Acompáñanos. Siempre eres la misma, coño. Limítate a hacer lo que te digo.

—Solo intento averiguar qué es lo que ha pasado. Hekla, ¿me hiciste daño a propósito? ¿Por qué? ¿Qué hice?

Eva gruñó.

—No dejabas de repetir que te sentías una inútil, Katia. Pues al fin nos estabas siendo útil. No íbamos a matarte de verdad. Solo queríamos que estallara ese temperamento tan famoso que tiene Carl. Ahora, cierra la boca y vente.

—Yo... ¿Qué? —preguntó Katia—. ¿Me habéis usado? ¿Para qué?

—Joder, Katia —dijo Eva, con preocupación fingida. Luego remedó el tono de voz de Katia—. «¿Para qué? ¿Para qué?».

—Eva —la reprendió Hekla—. Déjalo ya. Recuerda lo de tu rabia. Vamos. Se acabó.

Pero Eva no lo dejó y siguió burlándose de Katia.

—¿Cómo? ¿Que Fannar me ha dejado por una de sus estudiantes? ¿Qué? ¿Que no van a dejarme adoptar? ¿Por qué yo? Buaaa. Por Dios, Katia. Date cuenta de una puñetera vez. Deja de ser tan ingenua. Date cuenta de dónde estamos. Date cuenta de lo que tenemos que hacer para sobrevivir. Esa es la razón por la que te abandoné en el tercer piso. Esa es la razón por la que eres una maldita carga, la razón por la que no le gustas a nadie. Porque te pasas todo el puñetero día así. ¿Por qué no haces algo bien en tu puta vida y te separas de esos dos?

Katia tenía una habilidad especial que no le gustaba usar muy a menudo.

Se llamaba Avalancha. Convertía su cuerpo en un ariete, prácticamente. Al activarse, salía despedida hacia delante y destrozaba todo lo que encontraba en su camino. Solo podía usarla una vez al día y, cuando lo hacía, se quedaba sin aliento aunque no chocase contra nada. Es por eso por lo que aborrecía dicha habilidad, a pesar de la insistencia de Mordecai para que la usase siempre que tuviese oportunidad.

Además, no era nada predecible. A veces, cuando usaba Avalancha su cuerpo salía despedido hacia delante un metro y medio. Otras, lo hacía seis. El problema es que no tenía sentido alguno ni manera de controlarlo.

Por si eso fuese poco, el ángulo en el que lo hacía no siempre era perfectamente recto. En general, podía decirse que su cuerpo avanzaba en la dirección hacia la que estaba mirando, pero había veces en la que lo hacía algo desviada.

Y eso fue lo que ocurrió en esta ocasión. Katia gritó algo incomprensible y activó Avalancha. Estaba apuntando hacia su examiga Eva, pero falló por centímetros.

En lugar de impactar contra ella, se convirtió en la primera mazmorrera de la temporada de *Planeta mazmorrero* en matar a una integrante de la clasificación de los diez mejores y reclamar la recompensa.

En este caso, la afectada fue Hekla, amazona y doncella escudera, la segunda en dicha clasificación, que quedó aplastada contra la pared interior del tren y le granjeó a Katia una recompensa de 500.000 de oro.

Y, en ese momento, justo antes de que el caos volviese a apoderarse de la situación, vi el nivel de Katia. Tenía 24 cuando se había convertido en quitapiedras para colocarse frente al tren. Cuando se apartó de la pared y mientras una calavera dorada y especial empezaba a formarse junto a su nombre, me percaté de que tenía nivel 37.

24

El cuerpo de Hekla se separó de la pared y cayó hecho una pila de carne.

Mensaje del sistema. Ha caído un campeón. Se ha reclamado la recompensa.

La puerta del vagón se abrió de repente, y las dos magas y la sanadora entraron al instante. Había más Hijas detrás de ellas, gritando y llorando.

—Katia, ¿qué has hecho? ¿Qué has hecho? —gritaba Eva.

Carl: Bomba en picado. Andén. Preparadas. Esperad a mi señal. Katia, ¡coge su ballesta!

Dónut: NO FUNCIONARÁ POR CULPA DE LA PARED DEL VAGÓN. ¡TENEMOS QUE SALIR ANTES!

Un proyectil mágico me impactó en el pecho y me tambaleé hacia la ventana abierta. Estuve a punto de caer al exterior. Fue como si hubiese recibido el impacto de una almádena. El conjuro Armadura de volutas aún seguía activo, pero a pesar de él había perdido un cuarto de la salud.

En ese mismo momento, Eva se lanzó contra Katia con las espadas en ristre y relucientes. Hekla extendió el brazo y agarró una de ellas con la mano por la hoja. Esta se hundió en su carne blanda y se le partió en dos. La otra espada rebotó en la pechera de la amazona mientras se ponía en pie y los restos de los necrófagos caían al suelo a su alrededor. Eva estaba tan sorprendida que empezó a caminar hacia atrás a causa de la conmoción y dejó caer la primera espada, que cayó entre salpicaduras en el suelo del vagón. Una segunda Hekla apareció de improviso y agarró a la mujer serpiente asustada por el cuello, para luego lanzarla a través de la ventana, mientras una tercera Hekla empezaba a ponerse en pie. Eva gritó mientras volaba hacia el exterior. La oí caer en las vías de fuera.

El resto de las Hijas también se apartaron, confusas y entre gritos.

—Madre mía, Dónut —dije mientras volvía al centro del vagón. Había lanzado Segunda oportunidad en el cadáver de Hekla, para luego usar Triplicado mecánico en dicha criatura y crear así tres Hekla. Una idea brillante. Chunga de cojones, pero brillante.

—No... No les hagáis daño —dijo Katia cuando se recuperó al fin—. No les hagáis daño a las demás Hijas. No saben lo que está pasando.

—Hacedlas retroceder —gritó Dónut a las tres Hekla. Las Hijas empezaron a recuperarse de la conmoción, para luego ponerse a gritar de rabia al ver cómo Dónut había profanado el cadáver de Hekla.

—¡Primero las mecánicas! —grité a la gata—. Haz que el cadáver de verdad se quede detrás. ¡Tenemos que saquearlo, joder!

La cabeza de una de las Hekla mecánicas explotó. Unas chispas y unas pequeñas piezas metálicas empezaron a caer cuando recibió el impacto del segundo rayo que había lanzado una de las Hijas. Las otras dos Hekla siguieron haciendo retroceder a las demás, por la puerta, por la pasarela y luego hasta el siguiente vagón. Además del grupo de Hekla, ahí dentro también había otros cientos de mazmorreros. El lugar parecía una lata de sardinas. Gritaron al unísono, confusos y con miedo al ver a una de las mazmorreras más famosas yendo a por ellos. Yo seguí de cerca al zombi de Hekla e intenté arrebatarle la ballesta de la espalda, pero fue imposible. Mientras tiraba, bajé la vista y vi el panel de acceso cuadrado en el suelo de la pasarela.

—Katia, necesitamos hacernos con la llave bermellón que está en el cadáver de Hekla. Tienes que ser tú quien lo haga, porque tú las has matado. Primero, hazte con la llave. Y luego con todo lo que puedas. Rápido.

—¿Para qué? —preguntó Dónut. Disparó un proyectil mágico por debajo de las piernas de la Hekla muerto viviente. Una de las Hijas cayó al suelo entre gritos mientras se agarraba una rodilla—. ¿Para qué necesitamos la llave?

Katia se recuperó bastante rápido, debo admitir, y corrió hacia delante.

—¿Dónde está Eva? —gritó justo al ponerse junto a la Hekla muerto viviente.

Habíamos colocado bloqueos para que las puertas de los dos vagones con motor pudiesen cerrarse pero no bloquearse, por lo que no necesitábamos llave. No obstante, la llave era necesaria si quería desenganchar el vagón. Lo primero que había pensado era agarrar el motor y salir por patas de allí. En caso de hacer algo así, con suerte alguien tendría la entereza suficiente como para llegar hasta el motor del otro extremo y sacar el tren de la estación.

Pero una parte de mí gritó:

«Eso sería algo muy propio de un cabronazo. Estarías abandonando a mil personas. —Si los abandonaba, tendrían que activar el otro motor para arrancarlo. Y seguro que alguien llegaría a descubrir cómo hacerlo. Solo era pulsar un botón—. Aun así…, ¿qué pasaría en caso de que no lo descubriesen? Joder, joder, joder».

—No me deja saquear el cadáver porque tiene la categoría de secuaz —gritó Katia.

La segunda Hekla mecánica explotó después de que le atravesasen el pecho. Dónut saltó sobre mi hombro.

En el andén, el último de los mazmorreros consiguió llegar hasta el tren. Un trío de monstruosidades empezó a bajar por las escaleras. Dios, pero ¿qué cojones eran esas cosas? Tenían una exclamación roja y parpadeante sobre las cabezas. Eran monstruos en fase tres. Teníamos que irnos ya.

—Katia, en cuanto muera el secuaz, hazte con la llave. Después, agarra la ballesta y luego saquea todo lo que puedas.

Uno de los monstruos saltó hacia el tren y rebotó contra la pared de uno de los vagones de pasajeros. Parecía que en el pasado había sido una criatura con rostro de calavera y tamaño de oso, pero el DT lo había transformado. Ahora tenía unos tentáculos que le brotaban del lomo, lo que me recordó a aquellos leones de moho del circo de Grimaldi. Pero en aquel caso los tentáculos eran más finos, parasitarios. Estos formaban parte de la criatura. Se… Se parecía mucho a Krakaren.

«Joder. No tenemos tiempo para esta mierda».

El plan original era desconectar el motor del vagón donde nos encontrábamos, caminar hasta el otro extremo del tren para activar el otro motor y convertirlo así en el principal. No obstante, y en teoría, no teníamos por qué hacerlo: el tren funcionaría igualmente desde el vagón en el que nos encontrábamos independientemente de la dirección. El problema era que al dar marcha atrás iríamos a ciegas.

No tenía elección ahora que había mil personas dentro en peligro inminente. Si no queríamos morir, teníamos que quedarnos en el vagón donde estábamos e ir hacia atrás.

—¡Tenemos que cerrar la puerta! —grité.

En ese momento, la Hekla muerto viviente cayó al suelo tras recibir el impacto de un conjuro. Cayó en la pasarela y bloqueó la entrada al vagón. Dónut disparó otro proyectil mágico a una mujer, que voló hacia atrás y perdió la mitad de la salud.

Salté hacia delante, agarré el cadáver de Hekla por las piernas y empecé a meterlo en la cabina.

—¡Cerrad la puerta! ¡Cerrad la puerta!

Katia tiró de la puerta deslizante, apartó el bloqueo de una patada y la cerró, momento en el que varios conjuros chocaron contra el metal al otro lado. Sabía muy bien que no iban a poder entrar en el primer vagón sin una llave. Esperaba que ninguna de las Hijas la tuviese.

Bajé la vista y me horroricé al comprobar que el cuerpo de Hekla había quedado partido por la mitad. Lo único que había conseguido meter en el vagón eran sus piernas y la parte inferior del torso. La pechera reluciente y, lo más importante, su ballesta había quedado al otro lado de la puerta con el resto del cuerpo.

El tren volvió a balancearse cuando otro de los monstruos se lanzó contra él. Los tentáculos de las criaturas intentaban agarrar las puertas de los vagones de pasajeros. Me enderecé y me dirigí hacia los controles. Puse el tren en marcha atrás y aceleré. El vehículo vibró funesto, y me temí que no funcionase o que los vagones que teníamos detrás chocasen entre sí como había pasado cuando habíamos descarrilado. Pero, poco después, empezó a moverse. Despacio al principio, para luego ir cogiendo velocidad. Salimos de la estación por donde habíamos venido. Detrás de mí, oí golpes en la puerta del vagón cuando las Hijas intentaron tirarla abajo a la desesperada.

Cuando nos alejamos del andén, vi que estaba lleno de esas criaturas con tentáculos. Respiré hondo sin apartar la vista de ellas. Uno de los monstruos saltó a las vías. Luego otro. El andén desapareció en la lejanía y reduje un poco la velocidad, pero solo un poco. Con suerte, aquellas cosas no serían muy rápidas.

—¿Adónde ha ido Eva? —volvió a preguntar Katia. Su voz tenía un tono extraño, distante.

«Está conmocionada».

Los golpes en la puerta no habían cesado detrás de nosotros.

—Salió despedida por la ventana. No sé si habrá muerto. Tampoco la vi cuando empezamos a movernos.

—Está viva —dijo Katia—. Aún la tengo en el chat.

Asentí. Joder. Todo había ocurrido muy rápido. Hekla había muerto. Hekla estaba muerta, Dios. Katia la había matado y había subido de nivel 24 hasta 37. De locos.

—¿Te has fijado en tu nivel? —pregunté a Katia.

—¿Y tú en el tuyo?

Lo miré, sorprendido. Había subido dos niveles, hasta el 34. Dónut había subido a 32.

Sospechaba que, aunque Katia había conseguido muchísima experiencia por convertirse en un ariete viviente, la mayor parte de la experiencia que le había disparado los niveles había sido por matar a Hekla. Aún no tenía muy claro cómo se repartían dichos puntos, pero era muy probable que a nosotros no nos hubiesen dado ninguno por la mazmorrera. Aun así, dos niveles no estaba nada mal. Ahora solo teníamos que conseguir escapar de allí con vida.

—¿Sabes qué? Es muy probable que te hayas convertido en la persona con más nivel dentro de la mazmorra —dije un momento después—. Lucia Mar tenía nivel 35 hace unas pocas horas.

Katia no dijo nada. El tren se agitó sobre las vías, con mucha más brusquedad que durante el viaje anterior. Seguíamos cubiertos de vísceras, y la estancia también. Me miré las manos y me sorprendí al ver tanta sangre.

Katia se giró para mirar las piernas de Hekla. Se llevó una mano a la boca y se quedó paralizada durante unos instantes.

—No quería matarla.

Dónut saltó de mi hombro al de Katia.

—Cuando maté a aquel tipo, yo tampoco quería hacerlo. Pero se lo merecía, y Hekla se lo merecía mucho más. Estuvo a punto de matarte.

Volvió a resonar otro golpe en la puerta. No se iban a rendir. De hecho, los golpes se volvían más frenéticos a cada momento que pasaba. Bajé la vista con nerviosismo hacia la parte inferior del cadáver de Hekla. No vi que me dejase saquear nada.

—Oye, ¿cogiste la llave?

—Sí —respondió Katia—. Aunque ya no nos sirva.

Me relajé. Si teníamos la llave, las de fuera no iban a poder entrar. Al menos no a través de la puerta.

—Cierto. Pero mejor si no la tienen las de fuera, ¿no crees?

Me quedé en silencio y miré a Katia a los ojos. Me di cuenta de lo que estaba pasando. Estaba a punto de venirse abajo. Extendí el brazo y la agarre para ayudarla a mantenerse en pie.

—Katia, ¿estás bien? —preguntó Dónut.

—No —respondió ella—. No estoy nada bien. Nada de esto está bien. —Se frotó los ojos y contempló la estancia llena de partes de cuerpos y sangre—. Joder, es que no hay sitio ni para sentarse a tener una crisis nerviosa.

Nos miramos entre nosotros y empezamos a reírnos. No había razón alguna para hacerlo. Aquello no tenía nada de gracia. Pero lo hicimos. Nos reímos con ganas y durante mucho rato. No tenía sentido. Nada lo tenía, pero seguíamos vivos, por el momento, y nos teníamos los unos a los otros, que ya era mucho.

Las carcajadas cesaron tan rápido como habían empezado.

—Carl —dijo Dónut de repente—. Hay alguien ahí dentro, en el camarote del humanotauro. Está intentando esconderse, con un conjuro o una habilidad, pero lo he visto parpadear en el mapa. Era un punto azul. Alguien muy pequeño.

«Puta mierda».

Me sentí muy cansado de repente.

—Silfa, ¿estás ahí? —grité—. Sal. Estamos hartos de luchar. No queremos hacerte daño.

La puerta del camarote se abrió de repente, y la pequeña hada salió a toda velocidad. Se dirigió hacia la puerta de salida e intentó abrirla.

Dónut saltó del hombro de Katia, rebotó en la pared, aterrizó sobre la hadita, que no dejaba de gritar, y la empotró contra el suelo. La criatura empezó a balbucear cuando la cabeza se le hundió en el líquido. La sangre del vagón había empezado a filtrarse hacia el exterior, pero aún quedaba bastante.

—No os atreváis a hacerle daño —gritó alguien al otro lado de la puerta—. Como lo hagáis, juro por lo más sagrado que os mataré a todos.

—¡Soltadla! —gritó otra mujer, que empezó a golpear la puerta con rabia—. ¡Soltadla ahora mismo!

Extendí el brazo y agarré a la sanadora. Era más grande que la mayoría de las hadas, más que las del segundo piso y que la subgerente del club Desperado, pero todavía podía agarrarla con una sola mano. Gritó y forcejeó. Un pequeño conjuro de hielo brotó de su mano hacia abajo y me impactó en la pierna. Tenía resistencia al hielo, así que ni lo sentí siquiera.

—Cálmate —dije—. Silfa. Joder. Que te calmes. Deja de moverte. No voy a hacerte daño.

—Traidora —gritó a Katia—. Te salvó la vida. Nos salvó a todas y tú la has matado. ¿Qué vamos a hacer ahora?

—Silfa —insistí—. Voy a soltarte y vamos a hablar. No queremos luchar. Solo hablar. ¿Vale?

El hada dejó de forcejear, pero me fulminó con la mirada.

Dónut volvió a mi hombro y bufó a la criatura.

—Si intentas algo, saltaré sobre ti y me comeré tus alas. Ya lo he hecho antes.

—Tranquilos todos —insistí.

En ese momento, la solté. Empezó a aletear hacia arriba y contra la pared. Se cruzó de brazos mientras la sangre le goteaba del cuerpo. El tren cogió un bache cuando chocamos contra algo que había en la vía, y la sanadora se golpeó la cabeza contra el techo e hizo un mohín. Di un paso atrás, agarré el acelerador y reduje aún más la velocidad. No me gustaba lo de conducir a ciegas. No iba a pasar nada mientras solo hubiese uno o dos monstruos en las vías, y menos ahora que el tren pesaba mucho más, pero aun así teníamos que ir despacio.

—Eres una asesina —dijo Silfa a Katia.

—Katia no quería matar a Hekla —dije—. Pero Hekla sí que quería matar a Katia, y creo que también tenía pensado sacrificarte a ti. Y algo me dice que sé por qué. No estoy enfadado con vosotras, chicas. Apostó y no le salió bien. Se acabó. No tiene sentido seguir luchando. Todos estamos en el mismo bando.

—No, te equivocas —dijo Silfa—. Hekla nunca me sacrificaría. Estaba protegiéndonos.

—Hekla estaba protegiéndoos. Sí, a vosotras como grupo. Te dijo que dejases de curar a Katia, ¿verdad? Y luego que te escondieses en el camarote. No que salieses del vagón, sino que te metieses en esa habitación. Te dijo que te escondieses ahí si algo salía mal, ¿no?

El hada no respondió. Se limitó a fulminarme con la mirada. Me lo tomé como un sí.

—Mira, yo no la conocía demasiado bien, pero alguien me dijo en una ocasión que Hekla era una persona muy práctica y que estaba dispuesta a sacrificar a los demás por lo que ella creía que era el bien mayor.

—Hekla nunca me haría daño —comentó Silfa—. Las chicas no lo hubiesen permitido.

—Pero te dijo que dejases de curar a Katia, ¿no? Y probablemente esperó hasta el final para asegurarse de que antes atravesábamos esa última horda, ¿no es así?

Se quedó en silencio.

—Fue Eva quien me lo dijo. No Hekla.

Asentí. Tenía sentido. Eva era la persona que le solucionaba los problemas a Hekla. Su teniente. La que hacía el trabajo sucio.

—Y te dijo que esperases en el vagón, que no te marchases.

—¿Y eso qué tiene que ver?

—¿Es que no te das cuenta? Eras el cebo. ¿Por qué crees que quería que te quedases por aquí? Quería que Katia muriese y que yo me enfadase. Pero no me habría enfadado con ella ni con Eva, sino contigo. Creía que yo iba a atacarte a ti, que te iba a hacer daño o a matarte incluso. Creía que yo era un trastornado.

—Eres un trastornado. Estás loco y todo el mundo lo sabe. Hemos visto los vídeos. Haces cosas sin sentido alguno. Te ríes mientras coges partes de cuerpos. Hekla nunca hubiese dejado que me hicieses daño.

—Claro. Y tampoco hubiese disparado deliberadamente a Katia con dos de esos virotes invisibles de su ballesta, ¿no? —Saqué el virote roto de mi inventario. Seguía siendo invisible sobre mi mano. Lo hundí en la sangre y volví a levantarlo. La forma destacó durante unos instantes antes de que el líquido se resbalase por completo. Di un paso al frente y se lo entregué al hada. No se movió—. Pero cógelo. Ya te he dicho que no voy a hacerte daño.

Titubeó y extendió el brazo para agarrar el proyectil roto. Abrió los ojos como platos mientras examinaba sus propiedades. Volví a cogerlo.

—Esto no significa nada. Podría ser tuyo.

Ya no parecía estar tan segura. Continué:

—De haberte atacado, Hekla se habría visto obligada a matarme. Seguro que tenía un plan con el que distraer a Dónut mientras lo hacía. Habría sido muy rápido.

—¿Por qué? ¿Por qué iba a hacer algo así?

Suspiré y señalé con el pulgar a la gata, que seguía sobre mi hombro.

—Tras mi muerte y la de Katia, Dónut se habría quedado sola y se habría visto obligada a unirse a vosotras. Y con ella hubiese ido nuestro representante, Mordecai. Eso es lo que quería Hekla. ¿Cuántas sanadoras tenéis en vuestro grupo? Muchas, ¿verdad? Vi muchas hadas. Pues te hubieses convertido en un daño colateral asumible. Una sanadora y Katia, que no había estado en el grupo desde el final del segundo piso, a cambio de una de las mejores mazmorreras. De haberle salido bien, el grupo resultante habría sido mucho mejor. Perdón, no quiero ofender.

—Jamás me hubiese unido a Hekla de haberte matado, Carl —dijo Dónut.

Reflexioné al respecto.

—Pero quizá le había ordenado a Eva que me matase. O a esas dos magas que tenía apostadas al otro lado de la puerta. Y, una vez muerto, las habría matado también a ellas. O las habría echado del grupo para convencerte, Dónut. ¿Quién sabe? Era loquera. Probablemente tenía un plan muy bien pensado. Desconozco los detalles, pero creo que estoy en lo cierto.

—Igualmente, jamás me hubiese unido a ella —gruñó Dónut, aunque no tan convencida.

—¿Eva sigue con vida? —pregunté a Katia.

—Sí —respondió ella—. Pero no sé dónde está. Puede que haya vuelto a subir al tren. Le envié un mensaje, pero no me responde.

—¿Por qué no le preguntas? —le dije a Silfa—. Pregúntale a Eva si se suponía que tenía que protegerte de mí. Apuesto lo que sea a que sí. Quizá Hekla también tenía pensado sacrificarla a ella.

—No, a Eva no —terminó por decir Silfa—. A mis hijas. A mis hijas de verdad, que están haciendo guardia al otro lado de la puerta. Hekla les dijo que, si algo iba mal, te matasen a ti primero. Joder. No tendría que estar aquí. Yo tenía una panadería. Solo quería que mis niñas estuviesen a salvo. Quiero volver a casa. No tendría que estar aquí.

—¿Tus hijas son esas dos de ahí fuera? —pregunté. Eran las dos magas que habían entrado en acción cuando se habían complicado las cosas.

Asintió.

—Pues ve con ellas —dije—. Cuéntales lo que te acabo de contar. Y diles también que sentimos lo ocurrido, pero que Hekla es la culpable.

—Nos estaba protegiendo —insistió Silfa—. Cuando murió, Eva pasó a ser la líder del grupo automáticamente. Pero Eva no le cae bien a mucha gente y han empezado a marcharse. Este es el final de las Hijas de Brunilda. Casi no tenemos equipo y ya no tenemos espacio personal. Todas contamos con patrocinadores, pero la mayoría teníamos los mismos que Hekla, ese rancho de cangrejos que nunca nos ayuda. Nos hemos quedado sin nada. ¿Qué vamos a hacer ahora?

Negué con la cabeza.

—Pues no lo se. Ahí detrás hay un tren lleno de personas. Estoy seguro de que a muchas les encantaría formar grupo con una sanadora y dos magas. Al nuestro no podéis uniros, ya que nunca podremos llegar a confiar del todo los unos en los otros a partir de ahora. Y es una mierda. De verdad. Es justo lo que quieren los que están por encima de nosotros. Y me rompe el corazón, joder.

Abrí la puerta lo justo para que el hada alicaída tuviese espacio para salir. Luego la cerré con llave al momento. Al otro lado, oí cómo las tres mujeres empezaban a llorar.

Apoyé la espalda contra ella. El tren se agitó con vehemencia al chocar contra algo, pero no tardó en estabilizarse. Dios, menudo día llevábamos. Cuantas más vueltas le daba a lo que Hekla acababa de intentar, más rabia me daba.

«¿En esto nos hemos convertido? ¿Esto es lo que somos realmente?».

Me negaba a creerlo.

Pensé en Bautista, quien a buen seguro seguía dirigiéndose al

Abismo a pie con un grupo de personas que no podría llegar a la escalera.

«No puedes salvarlos a todos».

«Que te den, Mordecai», pensé.

—¿Cómo lo sabías? —preguntó Katia—. Lo de Hekla.

Me encogí de hombros.

—Supongo que he aprendido a darme cuenta de esas cosas.

No era verdad para nada. Si Odette no me lo hubiese advertido, es muy probable que estuviese muerto a estas alturas. Suspiré y miré la mitad del cadáver de Hekla.

—Qué mal haber perdido esa ballesta —dije.

—¿Te refieres a esta? —preguntó Katia, momentos antes de que la gigantesca ballesta de repetición apareciese entre sus manos.

Joder. Lo había conseguido. Había saqueado una de las armas más poderosas del juego. Me olvidé al momento de mi enfado.

—Katia, me acaban de dar ganas de darte un beso.

Ella se rio. Parecía tan cansada como yo.

—No. Me niego a que lo hagas hasta que te des una ducha.

—¿Puedo verla?

Le cogí el arma de las manos con gesto reverencial. Recordé que, cuando la había visto disparar en modo automático, me había parecido una especie de motosierra a distancia. Era más ligera de lo que esperaba. Parecía estar hecha de oro, pero en realidad daba la impresión de ser plástico en su mayoría. Tenía incrustaciones con forma de una criatura parecida a un buitre.

Recibí una notificación bastante obscena al tocarla.

Aviso: Madre mía lo que tienes ahí colgado.

—Pero… ¿qué cojones? —dije al techo mientras examinaba las propiedades del arma.

Ballesta de repetición mágica de la madre carroñera de todas las madres.

Es un objeto Único.

Es un arma de repetición a distancia. Cuenta con el conjuro Barra libre, lo que significa que jamás se queda sin munición básica. Puedes cargar y disparar otro tipo de munición en el arma,

pero las bonificaciones especiales solo contarán para dicha munición básica.

Se dice que la diosa Nekhebit, olvidada hace mucho tiempo, es celosa y terrible. Las escrituras aseguran que cuando las madres elfas decidieron abandonarla para empezar a venerar a Apito, la Madre Roble, la ira se apoderó de ella. La poderosa diosa buitre culpó de la pérdida de sus devotas a la corte de altos elfos, controlada por hombres. Como resultado, maldijo a su progenie y creó lo que hoy en día se conoce como la diáspora de las criaturas feéricas. Hay muchísimas razas diferentes de elfos y hadas, y el linaje de todas ellas parte de dicha corte de altos elfos cuya descendencia maldita se diseminó por el universo.

Se rumorea que esta ballesta se entregó a la última guerrera guardiana de Nekhebit como regalo por permanecer fiel a su fe.

Este objeto solo puede ser blandido por una mujer.

Por cada mujer que haya en tu grupo, hasta un máximo de 30, el daño y la cadencia de fuego aumentan en un 25 %.

Tu Fuerza + nivel aumentan tu daño base en un 1,5 % más que una ballesta normal.

+15 de Destreza al blandirla.

+10 de Fuerza al blandirla.

Lanza Defecto de nacimiento en tipos de monstruos que crean o dan a luz a monstruos adicionales.

—Joder —dije. En manos de Katia, no iba a ser tan rápida ni poderosa como lo había sido en las de Hekla, pero ya me había puesto a pensar en formas de maximizar las ventajas únicas del arma.

«No me extraña que se rodease de mujeres».

—Cuánto me alegro de verte —le dije a Li Jun. El monje urbano me dio unas palmaditas en el hombro.

Se miró con asco la mano, que había quedado cubierta de sangre al tocarme.

—Yo también me alegro, Carl y Dónut. Estáis un poco... sucios, ¿no? —dijo.

Me reí.

Después de liberar a Silfa, decidimos que lo mejor era mantener la puerta cerrada por si había algún malentendido más. Llevé a Katia al pequeño camarote del maquinista para que descansase una media hora. La estancia contaba con una cama, una mesa y un retrete largo y estrecho diseñado para humanotauros. La pared estaba cubierta de pósteres de grupos de heavy metal de la Tierra. Eché un vistazo y saqueé todo lo que no estuviese atornillado al suelo antes de regresar a la estancia principal de la cabina.

Unos minutos después, alguien tocó en la puerta y oí la voz familiar de Li Jun amortiguada al otro lado. Lo dejé entrar rápidamente, aunque se quedó muy quieto al ver todas las vísceras que había a nuestro alrededor. La mayor parte del líquido ya había caído al exterior, por lo que solo quedaban partes de cuerpos y huesos por todas partes. Dónut había dejado salir a Mongo, pero en menos de treinta segundos le dije que lo volviese a meter en el transportín. El dinosaurio se había puesto como loco, como el niño rechoncho de la novela de Willy Wonka que empezaba a comerse hasta las paredes.

Me dio la impresión de que a Li Jun le habían dado ganas de vomitar al mirar a su alrededor, pero se recuperó rápido y me dedicó una sonrisa de oreja a oreja.

Lo miré de arriba abajo. La última vez que había hablado con él había sido en el programa del Maestro. Seguía siendo humano y ahora era un monje urbano de nivel 28, que suponía que era algún tipo de clase de combate cuerpo a cuerpo. No llevaba arma alguna encima ni parecía haber cambiado mucho. El chino tenía cicatrices profundas de acné en las mejillas que no se le habían quitado con la transformación, pero su sonrisa destacaba en la estancia entre tanta sangre y vísceras. Había llegado a estar en la clasificación de los diez primeros, pero había terminado por perder el puesto. Me alegraba que siguiese con vida.

—¿Y tu hermana? ¿Y Zhang? —pregunté, preocupado de repente al verlo solo.

—Están bien —respondió—. Están en el vagón de mercancías que hay cerca, pero no podemos reencontrarnos hasta que no se pare el tren. Ahora estamos en un grupo de doce personas. Nos has vuelto a salvar, Carl. He venido a presentarte mis respetos.

Asentí. Luego chocamos los puños para tenerlo en el chat.

—Ya que estás aquí, me gustaría enseñarte cómo controlar el tren —dije—. Nosotros nos bajaremos en la parada 75 y separaremos este vagón del resto. Desde allí, podréis seguir hasta la estación 36. Haz que todo el mundo se baje en esa. Tengo unos cuantos amigos esperando allí. Es la posición que tenemos pensado defender, la estación 36.

Imani y los suyos ya habían empezado a enfrentarse a oleadas cada vez más grandes de necrófagos espectro, criaturas que yo aún no había visto. Por desgracia, era una de esas estaciones con varios andenes, y los necrófagos llegaban desde prácticamente todos ellos, lo que dificultaba las labores de defensa. Pero con estos refuerzos, el plan de Imani para evitar que los necrófagos se transformasen podía llegar a salir bien. Sobre todo porque cerca había varias estancias seguras donde la gente podía turnarse para descansar. No había necrófagos en las vías «ocultas» donde habíamos dejado aparcado el Pesadilla, por lo que la gente podía acceder con facilidad a las zonas de descanso.

Se lo conté todo a Li Jun, que asintió con gesto reflexivo.

—Es muy probable que los monstruos nos ataquen desde todos los flancos antes de que se abran las escaleras, aunque evites que los necrófagos espectro se transformen en un jefe —dijo él.

—Es probable, sí. Este piso está diseñado para llevar a los monstruos hacia las escaleras, por lo que tenemos que apoyarnos para sobrevivir.

—¿Por qué no nos bajamos en la estación 24? —preguntó—. Esa también tiene escaleras y no hay necrófagos.

—Porque desconocemos qué clase de monstruos se forman cuando mueren las criaturas que están en fase tres. Pero, al parecer, se dirigen hacia la 24. Y es muy probable que sea algo terrible. En la estación 36 al menos sabemos a qué nos enfrentamos.

Él asintió.

—Vale. ¿Y qué haréis vosotros?

—Tenemos a otros amigos atrapados al final del trayecto. Vamos a ir a salvarlos. A todos y cada uno de ellos.

25

TIEMPO PARA EL DERRUMBE DEL PISO: 3 DÍAS Y 3 HORAS

Visualizaciones: 974,1 mil billones
Seguidores: 5,2 mil billones
Favoritos: 1,9 mil billones

—¿También vamos a salvar a esos tipos? ¿En serio? —preguntó Dónut después de que se marchase Li Jun.

Katia salió del pequeño camarote.

—Tenemos que empezar a frenar. Creo que ya estoy viendo la estación 75 en mi mapa.

—Lo digo en serio, Carl —continuó Dónut—. Acabamos de salvar a los que están aquí. ¿Cómo pretendes ayudar a todos los que están al final del trayecto?

—No tengo ni idea —dije mientras me giraba hacia el panel de control—. Pero si creéis que no deberíamos hacerlo, no lo haré.

Dónut suspiró. Le susurró algo a Katia, y ambas empezaron a reír.

—¿Qué? —pregunté—. ¿He dicho algo gracioso?

—Vas a conseguir que nos maten de una forma u otra, Carl. Ya total, que sea por una buena causa —aseguró Dónut.

Gruñí.

—Ya ves. Al parecer, se dice por ahí que estoy trastornado.

Los necrófagos que salían de la estación 72 parecían ir siempre a por el mayor grupo de mazmorreros. Antes, habían empezado a ir en dirección a la estación 101, donde había otros atrapados, pero después de que Li Jun liderase a un grupo de más de mil supervivientes hacia la escalera de la estación 36, donde planeaba reunirse con el agotado grupo de los de Meadow Lark, las criaturas habían empezado a ir en esa dirección. Y eso, unidos a los necrófagos espectro que se dirigían hacia allí desde las playas de maniobras, provocó que nos viésemos superados por todo tipo de criaturas al salir del tren en la 75.

Pero tampoco era para tanto por el momento. La manera en la que los andenes guiaban a los pasajeros a las estaciones de las escaleras permitía contar con varios cuellos de botella que se podían defender con facilidad. Iba a ser complicado, pero el grupo tendría que ser capaz de mantener la estación despejada. Y, como habíamos descubierto la escotilla de escape secreta que llevaba hasta la línea de empleados, los defensores podrían mantenerse abastecidos y descansados. Enviamos mensajes a todos aquellos que estuviesen dispuestos a formar parte del plan. Nos habían comentado que había varios grupos en otras estaciones 36 haciendo lo mismo, así como uno que iba a probar suerte con la estación 24 y otros que iban a intentar destruir el generador de necrófagos de la 12 y de la 72. Todos iban a evitar el jefe de la 48. Les deseé suerte.

Además de las personas que habían conseguido llegar hasta las escaleras, había cada vez más mazmorreros que quedaban atrapados en el Abismo. En caso de haber conservado los gorros, solo tendrían que cruzar uno de los más de mil portales y teletransportarse a una playa de maniobras. Pero cada vez había más que no tenían forma de escapar del foso.

A pesar de mis elucubraciones anteriores, cada vez me quedaba más claro que solo había un único Abismo. Empezaba a hacerme a la idea del aspecto completo del sistema ferroviario. Me daba la impresión de que tenía la forma de uno de esos dibujos hechos con espirógrafo. Las playas de maniobra se encontraban en el borde, colocadas a intervalos regulares. Las líneas de colores se extendían formando espirales y entremezclándose por encima y por debajo, pero todas llevaban hasta un único punto en el centro, que era el foso del Abismo.

Katia, que era la que más había analizado el mapa, no dejaba de insistir en que aún había algo que desconocíamos. No me importaba mientras fuésemos capaces de llegar desde el punto A hasta el B.

En aquel momento habría unas quinientas o seiscientas personas atrapadas en el final del trayecto, y no dejaban de llegar más. Se había empezado a extender el rumor de que era necesario usar el gorro para escapar, por lo que los que no los tenían habían empezado a aventurarse en la «montaña rusa necrófaga», como la había bautizado Elle, para llegar hasta las playas de maniobras.

Los mazmorreros habían empezado a buscar con desesperación por las pasarelas del foso las salidas ocultas que los llevaran hasta la parada 436, donde podrían subir al tren con nombre. No obstante, no dejaban de generarse monstruos lagarto, como los necrófagos, lo que complicaba la búsqueda. Unos pocos enfrentamientos después, las pasarelas interiores habían empezado a derrumbarse. Por ese motivo, rechacé la idea de volver a la playa de maniobras y usar el Pesadilla para regresar al Abismo.

Solo nos quedaba una opción. Teníamos que usar el vagón destrozado y medio destruido de la línea bermellón para llegar hasta el final del trayecto y repartir tantos gorros como nos fuese posible. El viaje nos llevaría prácticamente un día entero e iba a ser muy peligroso. Estaríamos bien jodidos si el tren acababa por romperse, si las vías quedaban bloqueadas o si se iba la electricidad. Además, seguro que también íbamos a toparnos con monstruos por todo el trayecto y tendríamos que arrollarlos. Era una idea horrible, y tenía muy claro que Mordecai le hubiese dado un ataque al corazón si supiese que estábamos pensando siquiera en hacer algo así. Pero ¿qué otra cosa podíamos hacer? Todos llegamos a la conclusión de que era el mejor plan, pero lo dejamos abierto a debate por si a alguien se le ocurría algo mejor.

Teníamos un día para encontrar una alternativa antes de que fuese demasiado tarde.

Usamos la estación 75 para desenganchar rápidamente el vagón delantero y le dijimos a Li Jun que se dirigiese hacia el motor que se encontraba en el otro extremo. Quedaban unos pocos necrófagos en las vías, pero enviamos a un grupo para lidiar con ellos mientras nosotros nos poníamos manos a la obra. No vi ni rastro de Eva. Las Hijas restantes se habían retirado para entremezclarse con la multitud. Era cierto que aquel había sido el fin de las Hijas de Brunilda.

No pude evitar pensar que sería mejor así. Hekla había creado un grupo entero por egoísmo para mejorar su ballesta. Tenían demasiadas sanadoras y magas, muy pocas clases de daño y ningún tanque. Era un sistema que había funcionado muy bien en un primer momento, pero sospechaba que el grupo no hubiese tardado en verse superado. Quizá ahora encontrasen grupos mejores donde podrían aprovechar de verdad sus capacidades.

Decidimos mantener a Katia oculta mientras desenganchábamos el vagón, por si alguna se dejaba llevar por sus emociones.

Empecé a chocar puños con todo el que veía y a pedirles los gorros y las llaves que hubiesen encontrado por el camino.

Al principio, los mazmorreros estaban muy poco amigables, teniendo en cuenta lo que había ocurrido con Hekla y que Dónut y yo teníamos aspecto de figurantes de una película de *Hellraiser.* Pero cuando la gente se enteraba de por qué les estaba pidiendo el gorro, la cosa mejoró bastante. Esperaba que fuesen egoístas y se los quedasen por si terminaba por hacerles falta o para venderlo, pero no fue eso lo que ocurrió. Empezaron a colaborar. Se coordinaron. Lo comentaron con todos los que pudieron. En veinte minutos, tenía más de setecientos gorros apilados frente a mí, así como quince llaves de las líneas de color que también servían para los portales. Era suficiente por el momento. Con suerte, no harían falta más.

«Sí —pensé—. Aún queda esperanza para nuestra especie. No mucha, pero queda».

—Carl, podríamos vender todo esto por más de tres millones de oro —susurró Dónut mientras yo empezaba a guardarlo todo en el inventario. Tenía los ojos muy abiertos—. ¡Tres millones y medio! Apuesto a que yo podría sacar más. ¡Seríamos ricos!

—Sí, nos vendría genial para las visualizaciones, ¿verdad? Seríamos como aquel primo de Bea que fingió que tenía cáncer para conseguir dinero en GoFundMe.

—¿Y si encontramos la manera de salvar a la gente sin los gorros. ¿Podría venderlos?

Me reí.

—Claro que sí —dije.

Después de que el tren se marchara y los tres nos quedásemos solos con aquel primer vagón destrozado, pasamos algo de tiempo explorando la extraña estación 75. Era una de las partes de la vía férrea que no habíamos investigado, y tenía la esperanza de encontrar algo que nos fuese de utilidad. Liberamos a Mongo, y el dinosaurio graznó enfadado por haberlo dejado al margen durante tanto tiempo. Lo superó al momento, distraído por la sangre y las vísceras que cubrían nuestros cuerpos. Tuve que apartarle el pico varias veces para evitar que me lamiera.

Me quedó claro desde un primer momento que la estación en la que nos encontrábamos era diferente a las demás. Había varias vías que salían de una pequeña playa de maniobras, con varias plataformas con ruedas diseñadas para poco más que un puñado de pasajeros. También había varios vagones pequeños de todo tipo. Di por hecho que eran medios de transporte para que los hobgoblins llegasen rápidamente al lugar donde se encontraban los trenes estropeados y pudiesen repararlos. Ya investigaríamos bien cuando despejásemos la estación.

Atravesamos un túnel que llevaba a una caverna grande y abierta llena de edificios bajos, que en su mayor parte eran almacenes sin puerta y talleres diáfanos. La sala al completo se había convertido en una tumba. Algo la había arrasado. Había cientos de cadáveres de necrófagos por el suelo, pero también de gnolls y hobgoblins por aquí y por allá. Me fijé en que habían tenido lugar varias explosiones, al ver las marcas de quemaduras que se extendían por aquella estación de aspecto industrial. La mayoría de los cadáveres de los gnolls habían sido devorados y solo quedaban partes rotas de armaduras y lanzas. Lo guardé todo en el inventario, aunque la mayoría no me iba a servir para nada.

—Creo que alguien ha pasado por aquí —dije—. Parece que los han saqueado a todos. No he encontrado ni una sola moneda de oro.

Al examinarlos, el sistema indicó que todos los necrófagos habían muerto a manos de los gnolls y de los hobgoblin, y que la mayoría de estos últimos habían muerto a manos de los necrófagos. Pero también había algunos gnolls asesinados por hobgoblins. No me sorprendió, ya que estos usaban explosivos. Y los explosivos siempre provocaban daños colaterales.

Justo en mitad de la caverna había tres edificios intactos el uno junto al otro. Un depósito de armas de los gnolls. Un taller de reparaciones gnoll, o algo así. Y una estancia segura. Una maravillosa y necesaria estancia segura. Me quedé consternado al ver que la puerta del depósito de armas estaba abierta. Quienquiera que hubiese pasado por aquí antes, seguro que había entrado en él. Me pregunté si también habría saqueado el alijo de los hobgoblins. Probablemente sí, por desgracia.

Teníamos que descubrir los secretos de aquella estación lo más pronto posible, pero también necesitábamos una ducha, dormir y reponer las mejoras. Además, no quedaba mucho para el episodio resumen.

Nos dirigimos hacia el bar, que se llamaba Postura del perro. En la puerta principal había un cartel escrito a mano que rezaba: «¡Eh! ¡Prohibido el paso a hobgoblins!». Empujé la puerta y descubrí que el lugar se parecía mucho a la mayoría de las tabernas que habíamos encontrado en el tercer piso. No tenía el aspecto de un restaurante de la Tierra. Me resultó un tanto extraño.

No tardé en darme cuenta de cuál era la diferencia con las del tercer piso: aquí no había habitaciones para alquilar. No obstante, la entrada a nuestro espacio personal sí que estaba por ahí, pero el lugar se parecía más a los bares que había en las entradas al club Desperado, lo que significaba que aquello no era una verdadera estancia segura. No íbamos a poder abrir cajas dentro ni estaríamos protegidos de las criaturas.

Me llegó un hedor a madera mojada con cerveza que se intensificó a medida que entrábamos en la sala sombría. La taberna estaba vacía, a excepción de un camarero gnoll que se había dormido sobre la barra rodeado de botellas vacías. Roncaba a pierna suelta. Mongo se acercó y empezó a olisquear a la criatura. Vi que se trataba de un gnoll de la oscuridad, un tipo que no habíamos visto antes. Se parecía más a una hiena que a un chacal.

—Tiene pinta de que aquí ha pasado algo —comenté—. Ya le preguntaremos después de darnos una ducha.

Me giré hacia la puerta que llevaba a nuestro espacio personal. Entramos.

—No manchéis el suelo de sangre —nos dijo Katia mientras manchábamos el suelo de sangre—. Dios, acabo de parecerme a mi madre. «Katia, quítate los zapatos. Cuando seas mayor vas a vivir en una pocilga». Pues mira, tenía razón.

Se rio mientras caminaba de puntillas por el lugar en dirección a su habitación. A pesar de todo, dejó huellas rojas en el suelo.

Fue entonces cuando me di cuenta. Ahora Katia ya era una integrante del grupo de pleno derecho. No había hecho falta que ninguno lo dijésemos en voz alta. Todos lo sabíamos. Era difícil que aquello terminase por convertirse en un hogar, pero aquel espacio era solo para nosotros. Para los tres.

Sonreí.

—Mi padre una vez me obligó a dormir en una tienda de campaña en el jardín porque me empezó a sangrar la nariz y no paraba.

—Pues la señorita Beatrice una vez usó unas tijeras para cortarme un moñigo que tenía entre los pelos del culo —dijo Dónut.

—Ya... Solo una, ¿no? —dije.

—No estropees el momento, Carl.

A pesar del caos de los últimos días, lo único que habíamos conseguido Dónut y yo eran unas cajas de aventurero normales. Y uno de mis logros no tenía nada que ver con el enfrentamiento contra Hekla ni con haber matado a todos aquellos necrófagos.

¡Logro desbloqueado! ¡Coleccionista de ropa compulsivo y mentalmente inestable!

Tienes más de 500 prendas del mismo tipo guardadas en el inventario.

¿No crees que te estás pasando un poco? ¿Tienes pensado abrir una tienda de caridad? No te vendría mal ir al psiquiatra, la verdad, pero dile a tu grupo que no lo mate nada más verlo en esta ocasión.

Recompensa: Este tipo de comportamiento no merece recompensa alguna. Es muy enfermizo.

Katia, por otra parte, recibió diez cajas de botín. Nos duchamos y, al salir, vimos como empezaba a abrirlas. También vimos que Mongo se había puesto a «limpiar» el suelo.

—Qué asco, Mongo —dije.

El dinosaurio me graznó ofendido.

Katia abrió la primera caja y me miró con una sonrisa de oreja a oreja.

—Perdón, Carl —dijo mientras le aparecía en el cuello el tatuaje de la daga—. Sé que querías que entrase en el club Vencedor.

—¡Al fin! ¡Maravilloso! —exclamó Dónut cuando vio lo que acababa de pasar. La gata había pasado de ser una criatura pesadillesca color rojo mate a una bola de pelo encrespado limpia y lista para subir a un escenario. Olía a lilas—. ¡Ya podemos ir a bailar! ¡Y también podrás conocer a Macito! ¡Es fantástico! —dijo tras soltar un grito ahogado.

—Tengo muchas ganas —dijo Katia. Yo me reí.

Pero se puso algo más seria al abrir la caja siguiente. Era una caja de brutalidad que había recibido tras convertirse en asesina de jugadores. En lugar de los cupones, había una poción de habilidad de Encontrar mazmorrero. Era la misma que tenía Maggie My, supuestamente, aunque esta era solo de nivel 3. Se la bebió de inmediato, momento en el que aparecieron en su mapa los nombres de todos los mazmorreros cercanos. También podía ordenar la lista para encontrarlos. Cuando la subiese de nivel, podría llegar a dar caza y a encontrar a aquellos que no estuviesen en el mapa. Algo me decía que, por el momento, tampoco serviría para ver a los mazmorreros que estuviesen usando habilidades de sigilo. Pero sin duda era una habilidad magnífica.

También recibió un logro por hacerse con la recompensa de la muerte de Hekla y una caja de recompensa legendaria que contenía dicha recompensa. Y otro por ser la primera mazmorrera en hacerse con una recompensa, pero ese no le dio caja alguna. Dónut se quejó por lo injusto que le parecía.

No obstante, también consiguió un objeto muy bueno. Le dieron una caja de maestro del cuadrilátero de platino por matar a muchas criaturas usando su impulso. Vi aparecer el objeto cuando la abrió. Era un cinturón de lucha libre de oro, parecido a los que les daban a los campeones de los pesos pesados de la WWE.

Cinturón de lucha libre mágico del Gran Gorgo.

Nunca serás tan grandiosa como el luchador más guapo y más grande de todos los tiempos, Christopher Alan Pallies, pero seguro que estarás muy elegante y muy malota cuando te pongas esto en la cintura.

El cinturón mágico da los siguientes beneficios:

+5 % de Fuerza.

+5 % de Constitución.

+ El beneficio Alud.

Las características de por sí ya hacían que el objeto fuese muy bueno, pero es que encima el beneficio Alud era una pasada.

Alud.

Este beneficio es muy simple. Si golpeas a una criatura viviente con tu cuerpo mientras te mueves, el impacto que recibe el afectado contará como si lo hubiese provocado un cuerpo con el doble de masa.

Tu cuerpo al completo tendrá que estar en movimiento para que se active este beneficio. Las armas no influyen de ninguna manera en la potencia.

Te aconsejo que lo desactives cuando te pongas muy cariñosa con otra persona, sobre todo si te pones encima.

—Joder. Vas a tener que volver a colocarte en la parte delantera de otro tren —dije al tiempo que le devolvía el cinturón. La habilidad Avalancha también se vería beneficiada, pero no lo dije en voz alta. Katia aún no quería hablar de nada que estuviese relacionado con el incidente de Hekla.

No obstante, había vuelto prácticamente a la normalidad. Reía y hacía bromas con nosotros. No sabía si se había recuperado por completo del trauma de lo ocurrido o si estaba fingiendo, eso sí. Sospechaba que esto último. No obstante, se había convertido en una de las mazmorreras más poderosas y aún no se había dado cuenta.

—Pues ya solo falta la caja de aficionado de platino. Supongo que estarán votando —dijo—. ¿Creéis que volveremos a ver a ese tal Chaco?

—Espero que no —respondí. La caja de aficionado estaría lista para abrirse unas quince horas antes de que volviese Mordecai. Lo cierto es que sí que esperaba que participase en el Carrusel de premios para poder elegir en lugar de quedarse a merced de los aficionados. Pero no podía decirlo en voz alta.

—¿Qué puedo hacer con tanto oro?

Dónut soltó un grito ahogado.

—¿Quieres ir de compras? ¿Crees que, si compramos mucho, nos harán un montaje en plan escena de tiendas como en *Pretty Woman*?

—Será mejor que esperemos para preguntarle a Mordecai cuando vuelva —respondí—. Aún tenemos dos mejoras ambientales. Creo que no estaría de más comprar la de la cocina para conseguir mejoras de comida y mejorar un objeto más. Algunas cuestan más del valor del cupón y vamos a necesitar el dinero para conseguirlas. La lista es demasiado grande y no sé cuál es la opción que nos beneficiaría más.

También teníamos cuatro mesas gratis para comprar entre los tres, y había que hacerlo rápido porque subían de nivel cada vez que se derrumbaba un piso. También era algo que quería consultar con Mordecai. Cuando volviese, solo quedarían 1 día y 15 horas antes del derrumbe. Esperaba que fuese tiempo suficiente, pero junté los cupones de mesa gratis que teníamos y los dejé sobre su mesa de alquimia por si las moscas. De esa manera, podría comprarlas en nuestro nombre si estábamos ocupados.

El episodio resumen terminó por ser un especial sobre la muerte de Hekla. Estaba montado como si de un tributo a la mazmorrera se tratara, empezando con una escena en la que aparecía ella entrando a la mazmorra. En aquel momento era una mujer muy diferente y me resultó muy extraño verla con ropa de calle. Al entrar se había peleado con su marido, un hombre alto y atractivo que parecía tener veinte años más que ella. Se había envenenado con una criatura con aspecto de cactus andante, y ella lo había dejado tirado en el suelo gritando su nombre para que volviese.

Cuando regresó después, lo encontró muerto y devorado por las ratas. Empezó a gritar y a dar patadas a los roedores, pero uno se giró y atacó a Hekla. Ella cogió un hueso astillado, que era una de las costillas de su marido muerto, y lo usó para apuñalar a la criatura en el ojo. La rata murió de milagro.

El acto le había granjeado una caja Las chicas al poder legendaria por ser la primera mujer de la mazmorra en usar el cadáver de un hombre para matar a un enemigo. Fue en dicha caja donde obtuvo la ballesta. Vimos un resumen muy corto del ascenso al poder de Hekla y cómo había conseguido rodearse de mazmorreras.

Durante dicho segmento, el programa empezó a centrarse también en Katia. La vimos entrar en la mazmorra, aferrada al brazo de Eva. Se intentaba mostrar a la apocada y aterrorizada Katia, siempre dependiente de su amiga, cómo se escondía detrás de ella durante los primeros enfrentamientos. También se mostró a Eva matando al hombre que había agarrado a Katia cuando Hekla le exigió dejar el grupo.

Los rasgos de Eva casaban con los de la nagini y semiorca con cara de cobra en la que se había convertido luego. Y también resultaba extraño ver el rostro anterior de Katia. Era prácticamente el mismo que tenía ahora en la estancia segura, pero alterado por el terror y el desconcierto de la mujer que había entrado en la mazmorra hacía ya un mes. Ahora pertenecía a una especie diferente, claro, pero los ojos humanos de la pantalla eran muy particulares. Tenían la mirada perdida, contemplando el infinito.

La escena siguiente me sorprendió. Cuando llegó al tercer piso Katia no estaba sola.

Tendría que haberlo sabido. Todos los que entraban en dicho piso se reencontraban con su guía original. Katia y Eva tenían el mismo, y las dos habían pasado juntas por el proceso de creación de personajes.

—¿Qué ocurrió? —le pregunté a Katia en ese momento—. ¿Cómo es que ella se reencontró con Hekla y tú no?

Katia se encogió de hombros.

—Estábamos en un asentamiento pequeño. Eva me contó que había enfadado por error a uno de los guardias espadachines y había tenido que escapar del lugar. Se encontró con una caravana ambulante y terminó en una ciudad diferente, donde se reencontró con Hekla. O eso es lo que me dijo, al menos.

—¿Caravana? —pregunté—. Pues yo no vi ninguna.

—Sí que las había. Yo misma usé una que pasaba por el circo antes de terminar en el asentamiento de avecelestes donde nos reunimos nosotros.

Recordé lo que Eva le había dicho a Katia antes de que esta intentase matarla. «Esa es la razón por la que te abandoné en el tercer piso». Seguro que había quedado muy afectada al oírla.

El programa continuó con la gran reunión de Katia con las Hijas y cuando la habíamos colocado en la parte delantera del tren. Vimos cómo subía de nivel a medida que aplastaba necrófagos.

Finalmente, emitieron la parte en la que mataba a Hekla. No dejaron entrever que fuese un accidente, sino una respuesta rabiosa por parte de Katia al descubrir que se estaba aprovechando de ella.

—Pero eso no fue lo que pasó —se quejó Katia—. Están haciendo que parezca que soy una loca sedienta de sangre.

Gruñí.

—Bienvenida al club. Cuando yo… —Me quedé en silencio y miré la pantalla. El episodio terminó y vi que la clasificación había cambiado. Los tres nos giramos para ver la nueva lista.

1. Lucia Mar. Ladjablès. General inquisidor negro. Nivel 35. 1.000.000.

2. **Prepotente. Cáprido. Equilibrista maldito. Nivel 34. 500.000.**
3. **Carl. Primigenio. Anarquista moderado. Nivel 34. 400.000**
4. **Dónut. Gata. Ex actriz infantil. Nivel 32. 300.000.**
5. **Quan Ch. Semielfo. Soldado de seguridad imperial. Nivel 38. 200.000.**
6. **Florin. Cocodriliano. Mensajero escopetero. Nivel 32. 100.000.**
7. **Miriam Dom. Humana. Pastora. Nivel 30. 100.000.**
8. **Katia Grim. Doppelgänger. Conductora de camiones monstruo. Nivel 37. 100.000.**
9. **Dmitri y Maxim Popov. Cabecencos. Ilusionista y bogatyr. Nivel 30. 100.000.**
10. **Ifechi. Humano. Galeno. Nivel 29. 100.000.**

—Carl, Carl. ¡Estamos entre los cinco primeros! ¡Eres el tercero! ¡Katia! ¡Has aparecido en la clasificación!

—Guau. Sí —dijo ella—. La lista ha cambiado bastante.

—Sí, Elle ya no está —comenté—. Y parece que tampoco eres la que tiene más nivel de la mazmorra, Katia. Quan te ha superado.

Me arrepentí nada más decirlo. Mencionar a Quan Ch era una invitación para que Dónut empezase a quejarse.

—Es un tramposo —empezó a gruñir, pero luego se quedó en silencio porque al parecer había encontrado otro tema del que despotricar—. ¿Por qué esos tipos ocupan un puesto entre los dos? ¡Es injusto! ¡Carl y yo deberíamos estar en el tercer puesto! ¡Y Katia!

—Pues no lo sé —dije—. También me resulta raro que esa especie de cabra no aparezca casi nunca en el programa y vaya en segunda posición.

Nos interrumpió el anuncio diario. No dijo nada interesante. Al parecer, habían *nerfeado* la velocidad a la que corrían los necrófagos llagosos, pero aumentado la de las criaturas que llegaban a la fase tres de *delirium tremens*, lo que me resultó realmente aterrador. Apareció una notificación justo en el momento en el que terminó el anuncio.

Aviso: No puedes blandir armas en presencia de los administradores. Cualquier tipo de violencia contra un administrador con-

llevará tu ejecución inmediata.

Antes de que me diese tiempo a reaccionar, oí un estallido, noté una salpicadura de agua fría en las piernas y Zev se teletransportó en la habitación.

—¡Dios! ¡Holita, Zev! —dijo Dónut—. No avisaste de que venías.

—Dónut. Carl. Katia. Mongo. Buenos días.

Mongo salió disparado del lugar donde se encontraba para acariciar con el pico el casco de cristal de la kua-tin. Había estado a punto de tirarla al suelo.

—¡No, Mongo! —gritó Dónut—. ¡Es Zev! ¡Pórtate bien!

La pequeña mujer pez aún llevaba esa especie de escafandra ridícula y voluminosa y su traje espacial. Recordé la primera conversación que habíamos tenido con aquella criatura, cuando nos había comentado que solo iba a usarlo en los primeros pisos.

—Veo que aún llevas tu traje de protección —comenté.

Zev había empezado a intentar limpiar sin suerte la parte de la escafandra que Mongo había ensuciado.

—Sí, Carl. Las protecciones aún no funcionan como deberían.

—¿A qué te refieres? —pregunté.

—No tiene nada que ver con vosotros, sino con la integración del sistema de doble capa que se utilizó durante la captura y la subyugación iniciales del planeta. Se suponía que tenía que quedar reemplazado por el sistema de bolsillo al final del tercer piso. Cuando se dieron cuenta de que no había cambiado, todo el mundo dio por hecho que era porque estábamos siendo unos rácanos. Pero resulta que Hinter, la empresa que alquila normalmente los núcleos necesarios para la integración, no nos ha permitido usarlos a última hora. Desconozco los detalles. Es muy confuso. Líos burocráticos. Ni siquiera yo lo entiendo bien. En resumidas cuentas, pienso llevar este traje siempre que entre a la mazmorra hasta nuevo aviso.

Qué raro. Quise hacerle más preguntas al respecto, pero sabía que no hubiese sido buena idea.

—¿Qué podemos hacer por ti? —pregunté.

—Varias cosas. Creí que sería mejor hablarlo en persona. Primero, me gustaría felicitar a Katia de forma no oficial por entrar en la clasificación, y también a vosotros dos por estar entre los cinco primeros. Y otra cosa, solo para que lo sepáis. Odette ha modificado el contrato para incluir a Katia, por lo que ahora está obligada a formar parte de las entrevistas después de los pisos. También estuvo en la anterior, pero ahora es oficial y permanente.

—¿Y Mongo? —preguntó Dónut.

Zev le dedicó una sonrisa.

—Mongo también, Dónut. Pero las mascotas nacidas dentro de la mazmorra se consideran propiedad de Borant, por lo que no es necesario que haya contrato alguno. Bueno, hablemos del programa de Odette, Katia. Ha tenido que pagar mucho para tenerte en exclusiva, por lo que ha añadido unas cuantas... cláusulas a dicho contrato. Ha dicho que a partir de ahora tendrás que ser más «dinámica». Sí, creo que esa era la palabra. Al parecer, Odette opina que tu última aparición dejó mucho que desear.

Katia arrugó la frente y se cruzó de brazos.

—¿Sabéis una cosa? —dije—. Mira, Katia. Voy a darte una lección muy rápida ahora mismo, ¿vale? Solo tienes que repetir lo que voy a decir. Venga. «Que te den por culo, Zev».

Katia se rio.

—No voy a decir eso.

—No seas maleducado, Carl —dijo Dónut—. Yo quiero dejar clara una cosa: Mongo no es propiedad de nadie. ¡Eso es un ultraje!

Mongo graznó como si estuviese de acuerdo.

Me di cuenta de que Zev no estaba tomándose nuestros comentarios jocosos con su indiferencia habitual. Parecía muy cansada. Algo me daba muy mala espina.

—¿Para qué has venido en realidad, Zev? —pregunté.

—Mirad, chicos. Si me ocurre algo, me gustaría que supieseis que aprecio de verdad todo el esfuerzo que habéis hecho.

«Joder».

—¿Qué ha pasado?

—Vosotros no habéis hecho nada malo. Hay otra representante que quiere hacerse con vuestro grupo. Se llama Loita. Aún no ha hecho nada, pero es posible que acabe consiguiéndolo.

—¿Qué? —preguntó Dónut—. No. Me niego. Solo vamos a trabajar contigo.

—Es del Florecimiento y acaba de perder a su grupo principal. Además, técnicamente era la representante de Katia antes, y ahora que ella está en tu grupo tiene una excusa. No es que sea una muy concluyente, pero es del Florecimiento, como os he dicho. Y yo no.

El Florecimiento era el partido político kua-tin que tenía el control de Borant. No sabía mucho al respecto, pero sí que a los integrantes del partido se los trataba mucho mejor. El último sustituto que habíamos tenido, aquel tal Mukta que nos había obligado a ir al programa del Maestro, pertenecía al partido.

—¿Loita? Ese nombre lo he oído antes... —dije—. ¿No era...? ¿No era la representante de Hekla?

—Así es. Los representantes de comunicaciones actúan en nombre de todo el partido, y como Katia formaba parte de las Hijas de Brunilda, Loita ha empezado a decir que debería ser ella quien esté a cargo de vosotros tres. Lo único que habla en mi favor es que vosotros habéis conseguido más dinero que Hekla, al menos en lo que atañe a las entrevistas.

Me encogí de hombros.

—Diles a tus jefes que Dónut tiene razón. Solo vamos a trabajar contigo.

Lo último que necesitábamos era una nueva imbécil obligándonos a volver a ir a programas como el del Maestro. Y menos necesitábamos aún a una imbécil que seguro que nos tenía manía por haber matado a su cliente anterior. Zev, por muy irritante que pudiese llegar a ser, siempre intentaba que no fuésemos a programas problemáticos. A veces no podía hacer nada al respecto, pero lo intentaba al menos. Además, a Dónut le caía muy bien. Y también a Mordecai.

—Ojalá fuese tan fácil —comentó Zev—. Pero hay más cosas que tengo que contaros. Ha ocurrido algo en casa. Un grupo de personas... No, no puedo hablar del tema en realidad. Podría complicarnos mucho las cosas a los que no somos miembros del partido. Estoy haciendo todo lo que está en mi mano, chicos. Pero tengo que ir. Confío en vosotros. Seguid haciéndolo como hasta ahora. Ah, sí, una cosa más. A partir de mañana, vuestras conversaciones de chat serán públicas para aquellos que paguen un extra. Lo siento.

Y, sin mediar más palabra, desapareció en un abrir y cerrar de ojos y volvió a salpicar el suelo de agua.

—Maravilloso —gruñí.

MAPA FERROVIARIO DEL DESENLACE DE LA MARAÑA DE HIERRO

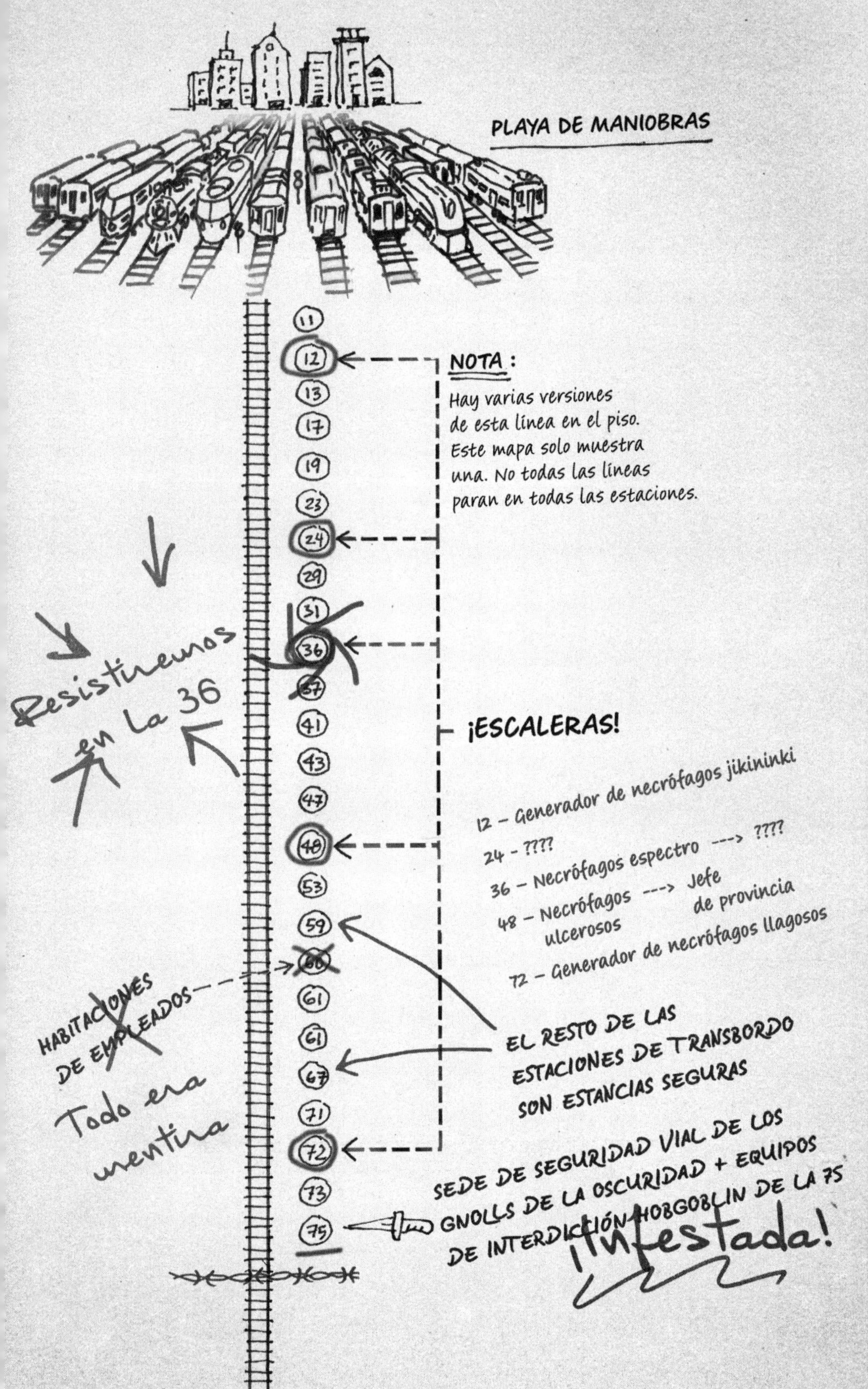

PLAYA DE MANIOBRAS
11
12
13
17
19
23
24
29
31
36
37
41
43
47
48
53
59
60
61
61
67
71
72
73
75
NOTA:
Hay varias versiones de esta línea en el piso. Este mapa solo muestra una. No todas las líneas paran en todas las estaciones.
¡ESCALERAS!
12 – Generador de necrófagos jikininki
24 - ????
36 – Necrófagos espectro ---> ????
48 – Necrófagos ulcerosos ---> Jefe de provincia
72 – Generador de necrófagos llagosos
Resistiremos en la 36
HABITACIONES DE EMPLEADOS
Todo era mentira
EL RESTO DE LAS ESTACIONES DE TRANSBORDO SON ESTANCIAS SEGURAS
SEDE DE SEGURIDAD VIAL DE LOS GNOLLS DE LA OSCURIDAD + EQUIPOS DE INTERDICCIÓN HOBGOBLIN DE LA 75
¡Infestada!

26

El camarero gnoll de nivel 25 se llamaba Gary el Ronco. Estaba consciente cuando volvimos a entrar al bar. Más o menos. Estaba tan borracho que no podía mantenerse sentado.

—Están todos muertos. Hasta el último de ellos. Hasta esos feos y grasientos hobgoblins de los cojones —nos dijo sin preámbulos.

Dónut saltó sobre la barra e hizo un mohín.

—Eso es lo que pasa cuando quienes tienen el control son unos perros. Es asqueroso.

—No es cierto, majestad —dijo el gnoll, que no había dejado de mirar al techo—. Gary el Ronco intentó ayudar. Luchó desde la puerta. Es lo único que Gary podía hacer.

—Pero ¿Gary el Ronco no eres tú? ¿Por qué no hablas en primera persona?

—Todos han muerto —repitió Gary el Ronco.

—¿Qué ha pasado? —pregunté. Aparté algunas botellas vacías para hacer espacio en la barra. Todo estaba pegajoso.

—La Maraña nos ha jodido bien jodidos... Eso es lo que ha pasado —dijo él. De repente, cayó al suelo con un repiqueteo estruendoso. Gruñó y empezó a oírse el tintineo de unas botellas. Miré por el borde de la barra y lo vi rebuscar a ciegas debajo antes de agarrar una de las botellas y llevársela a la boca. Estaba vacía—. Si buscáis algo para cenar, diría que esta noche ya es demasiado tarde, chicos. No sois hobgoblins, ¿verdad?

—Entonces... ¿los necrófagos vinieron y mataron a todo el mundo? —pregunté. El gnoll encontró una botella llena y se afanó por quitarle el tapón.

—Así es —dijo con un gruñido a causa del esfuerzo—. Gary el

Ronco no puede salir del bar, por alguna razón. Intentó hacerlo, pero no pudo cruzar la puerta. Jen-Jen la Saltarina llamó cobarde a Gary el Ronco, pero había una pared invisible.

—¿Por qué no dejas entrar a los hobgoblin en el bar? —preguntó Katia.

—¿Habéis visto a algún hobgoblin? —preguntó. La botella se abrió al fin y soltó un ruidillo de felicidad a pesar de que había derramado la mitad por el suelo.

—¿Por qué dijiste que todo era culpa de la Maraña? —pregunté.

—Porque se ha convertido en un nido de Krakaren. Todo el puñetero sistema ferroviario. Nos vendieron en lugar de declarar la bancarrota. ¿Seguro que no sois hobgoblins? Intentó luchar, pero no lo dejaron. Después, esa mujer degolló a Gary, pero Gary el Ronco no murió.

—Se ha vuelto loco, Carl —dijo Dónut—. Típico.

—¿Quién te degolló? —pregunté.

—Esa mujer. Vino y les arrebató todo a mis hermanos y hermanas. Después entró, agarró a Gary por el cuello y tiró con fuerza. Robó todo el alcohol, pero no lo que Gary tiene aquí debajo. Gary despertó en un charco de sangre. Gary el Ronco no es un cobarde. Esa maldita Jen-Jen la Saltarina. Gary hubiese luchado. La puerta era como una pared. Nada de cobarde.

Algo me vino a la mente en ese momento. Lo había leído en mi libro. Pertenecía al capítulo de PNJ y, en ese momento, recordé un párrafo en concreto.

<Mazmorrero Azin. Decimoséptima edición>.

Algunos PNJ son indestructibles. Puedes matarlos, pero se regenerarán en cuestión de minutos. Si te encuentras con uno de esos, significa que tienen algún objeto o saben algo que es muy importante. Importantísimo. Lo complicado es descubrir el qué.

<Nota añadida por el mazmorrero Drakea. Vigesimosegunda edición>.

Encontramos a uno y lo atamos por la parte delantera de nuestro escudo. Ja. Al día siguiente, los nagas lo parchearon, al parecer. No lo nombraron en el anuncio ni nada, pero el tipo desapareció de repente. Volvimos a la iglesia para volver a hacernos con él, pero no nos dejaba sacarlo del edificio. Los arrastramos por la puerta, pero justo en ese momento explotó para luego volver a regenerarse. Lo intenté cinco veces antes de rendirme. Resulta que conocía la contraseña de la caja fuerte en la que se encontraba la llave de la estancia de las escaleras.

Como si me hubiese leído la mente, Dónut hizo la pregunta que había que hacer.

DÓNUT: ¿CÓMO ES QUE PUEDE RESUCITAR?

CARL: En algunos juegos, no puedes matar a los PNJ si son necesarios para completar alguna misión. Creo que puede ser el mismo caso.

DÓNUT: O QUIZÁ SEA UN MENTIROSO. ES UN PERRO. LOS PERROS SON UNOS MENTIROSOS.

CARL: Quizá. Descubramos si sabe o si tiene algo importante.

—Te creo —le dije a Gary el Ronco—. Creo que no eres un cobarde.

La hiena alzó la vista para mirarme, con los ojos abiertos como platos a causa de la sorpresa, como si se hubiese percatado de mi presencia justo en ese instante. Era incómodo hablarle así, él tirado en el suelo y yo inclinado sobre la barra. Me contempló durante unos instantes y temí que estuviese a punto de romper a llorar.

—Vamos a detenerlos —continué—. Las personas que te han impedido salir y luchar son las mismas a las que intentamos detener. Pero necesitamos ayuda. ¿Crees que podrías ayudarnos?

—Soy un inútil —dijo Gary el Ronco, que usó la primera persona por primera vez—. No soy más que un camarero. No me dejan luchar. Era muy guapa y me llamó cobarde. Pero lo intenté. No podía salir. Y luego murió delante de mí, justo al otro lado de la puerta. Murió pensando que yo tenía miedo.

—Eh, no digas que eres un inútil —dijo Katia.

—¿Por qué? —preguntó Gary—. Lo soy.

Me incliné aún más sobre la barra.

—Después de terminar aquí, iremos al final de trayecto para reunirnos con unos amigos que necesitan nuestra ayuda. ¿Hay algo en esta estación que creas que puede ayudarnos? Vamos a coger un tren para ir hasta allí, pero hay monstruos en las vías. Además, me preocupa la electricidad. Nos da miedo quedarnos atrapados.

Gary el Ronco cerró los ojos, y pensé que estaba a punto de desmayarse otra vez. Pero luego dijo:

—Podríais haceros con uno de los carros del equipo de interdicción. Normalmente, los conducen un par de gnolls de seguridad vial y un equipo de reparaciones de cinco hobgoblins. Jen-Jen la Saltarina era conductora. Siempre le guardaba un zumo de tuétano bien fresquito. A veces usaban otro equipo si había que reparar las vías. Esta estación daba servicio a más de cien líneas diferentes. Solo tienes que indicar la línea a la que quieres ir y el carro se dirige hacia allí automáticamente. Funcionan a batería, por lo que pueden usarse aunque no haya electricidad. Aseguraos de coger uno delantero, eso sí. Tienen un portal frontal que lo deja todo bien limpito.

—Genial —dije—. Iremos a buscarlo.

—Muy bien —comentó el gnoll—. Ahora dejadme terminar esta botella.

—Si es importante —dijo Dónut mientras salíamos del bar—, aún no hemos descubierto por qué. Lo único que ha hecho ha sido balbucear sobre algo que podríamos haber descubierto sin su ayuda.

—Tienes razón —convine.

Habían saqueado tanto el taller de reparaciones como el depósito de armas. Vi cajas de hobombas de madera vacías en las estanterías del taller, así como varias mesas y cajas de herramientas vacías. También había algo llamado MESA DE TRABAJO DE REPARACIONES que, por alguna razón estúpida, alguien se había olvidado de saquear. Me hice con ella, con las mesas normales, las estanterías y las cajas vacías. El depósito de armas estaba igual de vacío, aunque lleno de estanterías de metal diseñadas para guardar lanzas y cuarenta maniquís de madera sobre los que se colocaban armaduras. Lo guardé todo.

Luego volvimos al pequeño patio que había al lado de las vías. Vimos una hilera de carros aparcados en fila. También seis portales en uno de los extremos del lugar. Los primeros cinco estaban sobre las vías. El sexto y más pequeño se encontraba sobre el suelo y se suponía que podía atravesarse a pie. Me di cuenta de que ese último era una manera de llegar a otros andenes, similar al que había en la estación número 60. Si lo atravesábamos, encontraríamos más portales que terminarían por llevarnos a los andenes de estaciones de líneas de color. El mapa nos hubiese ayudado a recorrer las líneas por las que ya habíamos pasado, pero el sistema me daba dolor de cabeza. Me alegré de no tener que usarlo. Me centré en los cinco portales más grandes.

Me acerqué a ellos antes de ponerme con los carros. Cada uno de los cinco estaba junto a una pared, lo que significaba que tenían que teletransportarte a algún lado. Un cambio de agujas te permitía elegir por cuál de las vías pasar. Había un pequeño cartel sobre cada una de las opciones.

El primero de los portales era unidireccional y llevaba a la playa de maniobras C. El cartel solo podía leerse con la habilidad Plan de huida y rezaba PLAYA DE MANIOBRAS. Saqué una captura de pantalla y vi que el lugar al otro lado se había convertido en un caos chamuscado. Vi también a una pareja de necrófagos tamaño ogro que caminaban por la zona en dirección a una valla rota en la distancia. ¿Serían aquellos los necrófagos espectro? Madre mía.

Los cuatro portales siguientes eran un poco más complicados. Cada uno de los carteles tenía una lista de líneas de colores y todas eran diferentes. Cuarenta y ocho en total en cada cartel, desde naranja al amaranto, pasando por el rosa y por el zomp. En cada una de las cuatro listas, los colores estaban numerados desde el uno hasta el cuarenta y ocho. Examiné el primero de los portales usando mi habilidad.

> **Portal subespacial industrial multidestino para vehículos ligeros de las Vías Férreas Occidentales de la Corporación Última.**
> **¿Analizar? Sí/No.**

Hice clic mental en sí y luego bajé hasta la parte inferior de la lista.

> **Tipo: Portal de selección unidireccional. Requiere Selector de portales de las Vías Férreas Occidentales para indicar destino. Si no se selecciona un destino, el portal estará configurado por defecto hacia la línea naranja.**
> **¿Puedes atravesar el portal? Sí.**
> **Entorno al otro lado del portal: Compatible.**
> **¿Análisis visual? Sí/No.**

Hice clic mental en sí y solo vi unas vías de tren normales y corrientes. Di por hecho que se trataba de la línea naranja, pero no tenía ni idea de qué parte de dicha línea estaría mirando.

—Al parecer, se puede indicar un destino y el portal te lleva hasta él, pero no sé cómo regresan —comenté—. Es probable que tengan que llegar hasta el final del trayecto, pero no estoy seguro.

Después nos acercamos a los carros para examinarlos. Había de tres tipos diferentes. El primero era un pedazo de madera plano con dos juegos de cuatro ruedas. Todos eran carros desgastados y muy usados del tamaño de un vagón pequeño. No tenían controles, solo un enganche en la parte trasera y agujeros que recorrían los laterales, como si se les pudiese colocar una barandilla o equipamiento. Aquel en particular era un remolque que se podía unir a otros con motor.

Intenté hacerme con él, pero no pude levantarlo a pesar de mi fuerza. Solo conseguí alzar un poco uno de los extremos y arrastrarlo, pero no había manera de sostenerlo el tiempo suficiente para guardarlo en el inventario. Uno de los juegos de ruedas y un eje ya parecía pesar más de una tonelada y solo era la mitad. Eso sumado al peso de la madera lo convertía en un mamotreto imposible. Ni siquiera Katia fue capaz de levantarlo usando toda su masa. Al menos por ahora.

El siguiente de los carros era igual, pero con un motor en la parte trasera, uno que parecía un motor fueraborda pero con controles adicionales, como un interruptor reluciente y extraño que se me antojó mágico. Era el de aspecto más normal: un pedazo de madera plano que podíamos usar para recorrer las vías. Examiné sus propiedades.

Carro de reparación de vías auxiliar de interdicción. Artilugio. Conectado a la línea de pasajeros principal.

El carro de motor más simple de todos. Puede usarse con baterías o con la electricidad de la vía. Incluye un selector de vías de portal. Se supone que los equipos de interdicción los usan para transportar personal y suministros adicionales de repuesto a las zonas de reparación, como apoyo a los carros de respuesta rápida y sus equipos. En teoría, no deben usarse como vehículo de respuesta principal.

Por eso, no es necesario que un agente de seguridad vial gnoll conduzca este vehículo.

El motor tenía un interruptor que permitía elegir entre usar la electricidad del tercer riel o la de la batería. Levanté la tapa del compartimento de la batería y la saqué. Tenía el tamaño de un ladrillo y era una típica enana. Le quedaba el dos por ciento de energía.

La vía en la que se encontraba no formaba parte de la principal y no tenía tercer riel, pero supuse que sería batería suficiente para atravesar uno de esos portales.

Había cambiado el resto de mis libros de Louis L'Amour y una jarra de aguardiente por un fabricador de baterías enanas. El tendero hombre topo me había suplicado prácticamente que comerciásemos, ya que se había terminado los libros que le había entregado anteriormente. Tenía la sospecha de que el hecho de habernos topado con un fabricador en la primera tienda en la que habíamos entrado no había sido casualidad, y me alegraba de haberle hecho caso a mi instinto. El libro de cocina tenía una sección corta pero muy informativa sobre fuentes de alimentación, y al parecer este tipo de baterías habían sido muy comunes en todos los mazmorreos anteriores. Cada una necesitaba cuatro pociones de maná para cargarse por completo. Una vez cargadas, se suponía que duraban mucho. El fabricador venía con cincuenta, la mayoría al diez o al quince por ciento, aunque cinco estaban cargadas del todo y otras cinco se encontraban al cincuenta. También me había asegurado de cargar otras dos solo para comprobar cómo se hacía, lo que sumaba un total de doce baterías que podía usar en mi inventario. Además, cargar una solo requería cinco minutos. Eso sí, teníamos bastantes pociones de maná, pero tampoco eran infinitas.

Por el momento, saqué la batería vacía del carro y la guardé en el inventario. Si todos aquellos carros que había a nuestro alrededor contaban con una, serían cuarenta baterías más en mi poder.

Del último tipo de carros solo había diez. Estaban al fondo, alineados en dos vías diferentes y sin usar al parecer, lo que me resultó algo raro teniendo en cuenta la descripción de los carros auxiliares, que estaban muy desgastados.

Cada uno de esos diez carros era el doble de largo que los auxiliares. Tenían tres juegos de ruedas en lugar de dos. En la parte delantera de aquel carro sin techo había una hilera de asientos, mientras que la trasera era una zona de carga. En el centro había una plataforma elevada con una cabina cerrada para el conductor, sobre la cubierta principal, lo que hacía que el artilugio pareciese uno de esos yates con puente volante. Había una pequeña escalerilla para acceder a la cabina elevada. A pesar de la altura, el carro era más bajo que el típico vagón de una línea de color.

El motor ocupaba la parte trasera al completo y era mucho más grande que el del carro auxiliar. El compartimento de la batería tenía espacio para tres de ellas.

Pero la característica más llamativa de aquel tipo de carro era la pala que tenía en la parte delantera, que parecía una espátula limpiacristales plana. Tenía el ancho exacto de un vagón de metro normal y recorría la parte frontal del carro de lado a lado, muy cerca del suelo. También contaba con dos muescas con forma de vía en el centro, lo que facilitaba que encajase a la perfección y que quedase a ras de suelo. Estaba hecha específicamente para aquello. Me fijé en que en el extremo de babor se alzaba y descendía con dos ángulos de noventa grados para dejar hueco y que el tercer riel pasase por debajo.

—Qué raro —dije mientras examinaba el carro. No tenía ni idea de cómo iba a funcionar aquella pala. Me dio la impresión de que iba a chocar contra los restos mientras el tren avanzaba a toda velocidad por la vía, lo que terminaría por hacerlo descarrilar o por destrozarlo por completo. Leí la descripción.

Carro de reparación de vías de respuesta rápida de interdicción. Artilugio.

Conectado a la línea de pasajeros principal.

El vehículo principal del equipo de interdicción hobgoblin. Puede usarse con baterías o con la electricidad de la vía. Incluye un selector de vías de portal. Cuenta con una pala de escombros de destino dual.

No hay nada mejor, más rápido y más eficiente que el equipo de interdicción hobgoblin a la hora de deshacerse de un vehículo que obstaculiza las vías.

En el caso poco habitual de que ocurra un accidente en la Maraña de Hierro, se envía uno de estos vehículos de inmediato para despejar las vías.

Este carro es capaz de moverse por las vías a cinco veces la velocidad de un vagón de pasajeros normal. La pala para escombros teletransportará seguramente todos los trenes activos y a sus pasajeros de vuelta a la playa de maniobras. Una vez se llegue al lugar del accidente, dicha pala pasará a modo Abismo y despejará las vías. En caso de toparse con un raíl roto, la pala detectará y eliminará cualquier anomalía y rotura para permitir a los hobgoblins hacer su trabajo.

Por desgracia, la empresa que gestiona la Maraña de Hierro no confía demasiado en los hobgoblins y obliga a que un equipo de seguridad escolte a estos vehículos en todo momento. Es por eso por lo que es necesario que una pareja de gnolls arranque este carro.

—Vaya —dije—. A ver cómo lo hacemos. Esa espátula extraña que tiene delante es un portal.

Me fijé en el artilugio para comprobar cómo funcionaba. La especie de pala tenía que estar encendida todo el tiempo, y el portal ocupaba el túnel al completo y enviaba todo lo que hubiese en las vías, incluyendo otros trenes, a uno de esos dos lugares: o a una playa de maniobras o al Abismo.

—Dice que solo lo puede manejar un gnoll —comentó Katia—. Dos gnolls. ¿Creéis que podríamos quitar lo que es el portal en sí y usarlo? Me pregunto si hay alguna manera de separarlo para llevárnoslo. La especie de pala es ancha, pero no parece muy pesada.

—Eso es justo lo que estaba pensando —dije. Me acerqué para examinar la hoja de metal que había delante del primer carro. Los otros dos tipos de carro estaban hechos de madera, pero aquel era de metal. Mi habilidad para examinar los portales no funcionaba porque no estaba encendido, pero sospechaba que no íbamos a tener suerte. Algo me decía que todo el carro formaba parte del mecanismo y no solo esa pala—. Joder. No creo que se pueda.

Empecé a subir la escalerilla en dirección a la cabina.

Dónut saltó a mi hombro mientras Mongo empezaba a olisquear alrededor. La escalerilla estaba cubierta de polvo. Estaba claro que no la habían usado nunca.

—Tenemos que traer aquí a Gary el Ronco. Es muy probable que sirva para eso, para conducir esta cosa —comentó Dónut.

—Seguro que sí —convine mientras abría la puerta de la cabina—. Pero necesitamos a dos. Y si él no puede salir del bar, ¿cómo lo vamos a hacer?

Miré los controles y luego lo entendí.

—Ah, vale. Joder.

Bautista: Muy bien. Al parecer alguien ha encontrado la línea sinopia. Está unos cinco pisos por debajo de donde nos encontramos la mayoría de nosotros, pero hay un grupo. Nosotros hemos encontrado una pasarela que sube un piso y llega hasta la línea mindaro. La pasarela sigue intacta, pero esos vigilantes de pared están congregándose cerca. Tendremos que subir luchando, pero creo que lo podemos conseguir. También queda otro grupo que se dirige hacia la línea grullo. Creo que con ese ya estamos todos.

Carl: Buen trabajo. Deja que me encargue primero de una cosa por aquí y luego nos centraremos en ayudaros.

Bautista: Gracias, hermano.

Carl: No me las des aún. No tengo ni idea de si este plan funcionará. Es una locura y aún tengo que hacer algo muy desagradable.

—Hola, colega —dije cuando entramos en el Postura del perro—. Gary, ¿estás despierto?

Gary el Ronco no respondió. Me acerqué entre titubeos a la barra y miré por encima para encontrarme con el gnoll durmiendo en el suelo al otro lado. No se había movido de allí. Agarraba la misma botella que antes, como si fuese un bebé, pero ahora estaba vacía.

—Estaría bien hacerlo mientras sigue durmiendo —comentó Dónut.

Asentí.

—Matar a alguien mientras duerme me parece de cobardes, pero tienes razón —dije—. Si despierta después de que lo hagamos, quizá ni se dé cuenta de lo ocurrido. Además, supongo que en realidad no lo estamos matando si sabemos que va a resucitar.

Katia se quedó en el espacio personal. Sabía y comprendía lo que teníamos que hacer, pero no quería tomar partido. No me importó. Lo entendía. Y lo cierto es que yo tampoco quería hacerlo.

Seguía intentando a la desesperada adquirir una forma de gnoll lo bastante fiel como para engañar a la llave mágica. Por ahora no lo había conseguido, a pesar de haber alcanzado un 98 % de precisión con dicha transformación.

Estaba muy claro lo que la mazmorra quería que hiciésemos al respecto.

«No podréis conmigo. Que os den a todos».

Mongo había subido a nivel 23 hacía poco, pero el dinosaurio estaba quedando muy rezagado en ese sentido comparado con los demás. Decidimos permitirle matar al gnoll.

—Primero la cara —dijo Dónut—. Después las manos. No te comas las manos. Esas me las das.

Mongo graznó con emoción.

El carro de interdicción solo podía encenderse colocando un par de manos de gnoll sobre una placa con sensor mágico. Las dos placas estaban lo bastante separadas como para que no las pudiese activar la misma criatura, pero si las manos dejaban de estar unidas al cuerpo…

Primero intentamos conseguir una mano de uno de los cadáveres que había desperdigados por la estación, pero no encontramos nada útil. Todos los gnolls habían quedado destrozados por los mordiscos, y me quedó bien claro que había sido a posta. «Cabrones de mierda», pensé por enésima vez. Después Katia empezó a insistir en que ella podía convertirse en gnoll y activar el carro. Tampoco funcionó, a pesar de que el sistema había pasado a denominarla gnoll. Su habilidad seguía pareciéndome algo aterrador cuando la usaba para algo así.

Se había puesto todos los puntos más recientes en Constitución, pero verla como una gnoll perfecta me hizo pensar que los puntos que se había puesto antes en Carisma tampoco habían sido mala idea. Si seguíamos ayudándola a superar sus inseguridades, llegaríamos a tener entre nuestras filas a la espía perfecta.

—Vamos —dijo Dónut.

Mongo saltó sobre el mostrador y mordió la cabeza al gnoll, que seguía durmiendo. Lo mató al instante. La criatura solo tenía una moneda de oro en el inventario. Después, el dinosaurio cercenó con eficiencia los brazos de la hiena justo por el codo y los dejó sobre la barra.

—Qué asco —dije al tiempo que agarraba una de las extremidades cercenadas. Guardé ambas en el inventario—. Perdón, Gary.

El plan era simple, pero tenía sus riesgos. Era uno de esos que Dónut llamaba «plan típico de Carl». Bautista nos había comentado que había tres grupos de personas atrapados en el abismo. Como las líneas de colores se vaciaban en aquel foso gigantesco a alturas diferentes para caer en un cráter enorme desde direcciones distintas, y como las pasarelas que rodeaban el interior del foso estaban destrozadas, los grupos no tenían manera de reencontrarse. Tendríamos que hacer tres viajes.

Eso sí, no hacía falta que condujésemos nosotros el carro. Solo teníamos que arrancarlo y enviarlo hacia allí.

Era fácil. Había que encender el motor y activar aquella pala portal para que todo lo que tocase se teletransportase a la playa de maniobras. Después, había que colocar el carro en la vía correcta y enviarlo por ella. Los mazmorreros que estuviesen perdidos por las vías también quedarían arrollados por la pala y acabarían teletransportándose.

Teníamos una lista de unas doscientas líneas de colores entre las que elegir, y después de casi dos horas investigando, encontramos tres que podrían servirnos.

Aquel era el primer borrador del plan, y tanto Katia como Bautista no tardaron en señalar algunos problemas.

El primero era que la vía estaba tan destrozada que podía llegar a hacer descarrilar el carro, a pesar del portal, e impedirle llegar a su destino. Aún no habíamos probado aquellas cosas y no sabíamos si funcionaban bien. Cabía la posibilidad de que todo se fuese al traste si el carro chocaba contra algo.

El segundo era que si teletransportábamos todo lo que había por el camino, los mazmorreros que estuviesen esperando al final del trayecto terminarían por toparse con un amasijo de trenes accidentados y puede que miles y miles de necrófagos y criaturas en fase tres de *delirium tremens*. Sería mucho menos peligroso tirarlos al foso sin más.

Teníamos diez carros de respuesta rápida. Después de pensar un poco al respecto, se nos ocurrió una idea alternativa.

Enviar dos carros por cada una de las vías. El primero tendría el portal del Abismo encendido para limpiar todos los trenes, criaturas y necrófagos que encontrase por el camino y enviarlos directamente al foso. Quince minutos después del primero, enviaríamos el otro, pero este con el portal conectado a la playa de maniobras. Los mazmorreros que se encontrasen en el fin del trayecto tendrían que evitar el primero de los carros. Bautista había comentado que los túneles eran espaciosos una vez llegaban al foso, por lo que no habría problema.

Pero este nuevo plan no iba a funcionar si las vías estaban rotas, por lo que también desarrollamos un plan de contingencia para ayudarnos en ese caso, uno que esperaba no tener que usar.

—¿Y si hay personas en las vías y no lo sabemos? —preguntó Katia—. Los enviaríamos al Abismo. Además, ¿estas cosas hacen mucho ruido? ¿Sabrán que el tren se dirige hacia ellos?

Me encogí de hombros.

—Vamos a usar tres líneas de colores de un total de miles. En estos momentos, todos los que no se han rendido han llegado a una playa de maniobras. Vamos a intentar que todo el mundo se entere de lo que estamos a punto de hacer. Es arriesgado, pero es lo mejor que se me ocurre. No te preocupes por el ruido de los carros. También tengo una idea para eso.

Mientras Bautista y yo pasamos dos horas comentando qué tres líneas de colores usar para el plan, Dónut, Katia y también yo empezamos a apartar los vagones de los trenes para dejar hueco a los carros de respuesta rápida, que se encontraban al fondo del lugar. Nos limitamos a colocar los pequeños carros en la línea principal frente a nuestro motor bermellón y luego apartamos del camino los carros auxiliares. La mayoría tenían batería suficiente para moverse. Una vez apartados, cogí todas las que pude y las guardé en el inventario. También empezamos a desmontar uno de los motores para luego guardarme todas las piezas. Katia fue la que nos guio durante el proceso, gracias a su poción de afición de la Tierra. Con ella había conseguido la habilidad Manitas del motor, que nos vino muy bien en aquel momento. Estaba segura de poder reconstruir el motor y usarlo en otro vehículo.

Los carros de respuesta rápida no iban a moverse hasta que no los encendiésemos. Subí las escaleras del primero, saqué uno de los brazos de Gary el Ronco del inventario y lo coloqué sobre la consola con forma de mano.

—A ver si hay suerte —le dije a Dónut. Contuve el aliento.

La consola se puso verde. Me relajé. Tuve que colocar una roca sobre la mano para mantenerla en aquel lugar y luego me acerqué a la consola del otro extremo de la pequeña cabina, que estaba a unos dos metros y medio de distancia. Era lo bastante como para que un solo gnoll no pudiese activar ambas.

Coloqué la otra mano de Gary el Ronco sobre la consola.

Aviso: Debes usar tu mano izquierda para activar el carro.

—Mierda —dije.

—Mongo —gritó Dónut—. Venga, volvamos al bar.

Gary el Ronco estaba sobrio cuando regresamos. Al parecer siempre resucitaba así, lo que no nos venía nada bien a ninguno. Cuando llegamos, estaba buscando con desesperación las botellas de su alijo. No las encontró porque nos las habíamos llevado todas.

—Habéis vuelto —comentó—. Perdón, pero la cena no está lista. Gary el Ronco parece haberse quedado sin suministros. Alguien se los ha bebido todos.

No sabía que lo habíamos matado, pero sí que nos recordaba. Suspiré.

—Oye, Gary —dije—. Perdón por lo que vamos a hacer.

Alzó la vista para mirarnos y se enjugó el pelaje con la mano.

—¿A qué te refieres?

Mongo saltó de un extremo a otro de la taberna, aterrizó sobre la barra y le dio un mordisco en la cabeza. Sonó como una nuez al abrirse.

Cinco minutos después, habíamos conseguido encender el primero de los carros con portal. Lo arrancamos y lo colocamos frente al tercer portal, que era el número 17 en la lista, la línea sinopia. El selector de portales de las Vías Férreas Occidentales no era más que un par de palancas con número. Moví la primera hasta el número uno y la segunda hasta el siete. El pequeño selector cambió hasta el diecisiete en la pantalla cubierta de polvo.

Pulsamos el interruptor y se encendió el portal delantero del carro. La pala empezó a zumbar y apareció sobre ella un portal grande con forma de túnel. Tenía un aspecto un poco diferente al de la estática similar a la de la televisión del resto de los portales abiertos. En este caso, parecía un cristal empañado a través del que podíamos ver el otro lado. Más o menos.

—Con suerte, atravesar un portal con otro portal encendido no causará ningún problema —murmuré mientras me colocaba frente al carro para investigar la abertura mágica. Tenía la horrible sensación de que estaba a punto de explotar. En mi libro había una sección sobre portales, pero solo le había echado un ojo por encima y no había visto comentario alguno al respecto. Sí que recordé leer algo sobre flechas con pequeños portales en la punta. Si esas no causaban problemas a la hora de guardarse en el inventario ni al atravesar otros portales, supuse que el que teníamos delante tampoco lo haría. O eso esperaba.

Portal subespacial pesado de limpieza y autoajustable de las Vías Ferreas Occidentales de la Corporación Última.

Tipo: Portal unidireccional de destino elegible.

¿Puedes atravesar el portal? Sí.

Entorno al otro lado del portal: Aviso. Abrir para más detalles.

¿Análisis visual? Sí/No.

El portal estaba conectado al Abismo, y abrí la captura de pantalla. Parecía que se abría directamente sobre el foso, por lo que todo lo que atravesase dicho portal tendría por delante una caída de un kilómetro antes de llegar al suelo. Hice clic en el aviso de entorno y apareció un nuevo mensaje con números. Al parecer, lo que hacía que apareciese dicho aviso era la altura al otro lado del portal. Me giré hacia los controles y cambié el selector desde el Abismo hasta la playa de maniobras, lo que hizo desaparecer el aviso de entorno.

Volví a conectarlo al Abismo y luego cogí las manos para encender el siguiente de los carros.

Nada más levantar una de ellas, el tren se apagó. Esperaba que, una vez lo arrancase, se quedase así y dejase de necesitar las manos.

—Mierda —dije—. Mierda. Mierda. Mierda.

—Mongo —dijo Dónut—. Venga, volvamos al bar.

Al final tuvimos que hacernos con un total de catorce manos izquierdas de Gary el Ronco. Podríamos haberlo dejado en doce, pero quería tener un par adicional por si necesitábamos usar el séptimo carro.

Gary solo nos dio problemas las primeras veces. Éramos demasiado fuertes para él. Siempre se escondía en la trastienda, en un rincón con la lanza levantada. Gimoteaba como un perro, un ruido que me puso las cosas muy difíciles.

—Perdón —dije cuando fuimos a por la quinta mano. Intentó atacar a Mongo, que graznó con alegría mientras nos acercábamos.

—Si tanto lo sientes, ¿por qué lo haces? —dijo él—. ¡Atrás! ¡Apartaos de mí, joder!

El suelo de la trastienda estaba cubierto de sangre. Al regenerarse, todas las partes del cuerpo desaparecían a excepción de los objetos que tuviésemos en el inventario. Pero la sangre no, por lo que ahora lo cubría todo.

—Quietos todos —dije—. Mongo, espera.

El dinosaurio miró a Dónut, quien le indicó con un gesto que parase antes de emitir un graznido de decepción.

—Te lo diré. Mereces saber por qué estamos haciendo esto.

Y se lo expliqué. Le dije exactamente lo que estábamos haciendo y por qué. Él alzó la vista para mirarme, con los ojos abiertos como platos y con pavor, mientras yo le contaba que teníamos que matarlo diez veces más.

—Así que necesitáis a Gary el Ronco —dijo al fin, mientras bajaba la cabeza para mirarse la mano—. Gary nunca había pensado que ese fuese el problema con los carros. Jen-Jen la Saltarina y el resto de los conductores siempre se quejaban, pero él... Yo... Nunca lo entendía. Esa es la razón por la que nunca salieron. Los hobgoblins se llevaron sus carros, pero no podían despejar los trenes accidentados sin los portales. Gary no sabe conducir. No sabía que funcionaba así. —Volvió a mirarme—. ¿Diez veces más?

—Diez veces más —repetí.

—¿E iréis a por los que mataron a mis amigos?

—Sí.

—¿Tenéis algo de alcohol?

—Sí que tenemos —respondí.

—¿Me daríais un poco al terminar?

—Claro.

Bajó la lanza y volvió al bar. Se crujió los huesos del cuello, miró a Mongo y dijo:

—Intenta que duela lo menos posible.

27

—Al final fue muy valiente —dijo Dónut mientras colocábamos la última de las manos en la placa—. Sobre todo para ser un perro. Es triste incluso.

—¿Incluso? —dije—. Esto es una mierda, Dónut. Dios, qué bien nos vendría algo de cinta americana.

Habíamos tenido que usar unas cuerdas para mantener las manos sobre los sensores. Si una de ellas se caía, el plan se iría al traste.

Katia, que no había participado en la parte de Gary, había recuperado la forma humana. No dejaba de flagelarse por su incapacidad para arrancar los carros, pero al final no había sido necesario. El plan que teníamos para ayudar a los mazmorreros que estaban atrapados en el Abismo requería seis carros y, por mucho que nos disgustara, necesitábamos todas esas manos.

Bautista se había abierto paso luchando hasta la estación que le habíamos dicho, aunque había perdido a unos cincuenta efectivos durante el enfrentamiento. Unos pocos mazmorreros podían volar distancias cortas, pero al parecer había una especie de efecto de agujero negro cuanto más te acercases al centro del foso. Los mazmorreros voladores se habían alejado de la pasarela para disparar flechas y conjuros a los lagartos, que se llamaban vigilantes de pared, pero se habían visto arrastrados por el foso. Otros habían muerto cuando una de las pasarelas se había derrumbado.

Ahora que teníamos un portal que daba directo al Abismo, nos pusimos a plantearnos planes alternativos por si ese no nos funcionaba, pero por el momento ninguno nos parecía factible. El problema principal era que había muchísima gente atrapada en aquel lugar. No podíamos hacer que alguien que pudiese volar atravesase el portal y les llevase los gorros. También se nos ocurrió usar una cuerda con un peso en un extremo y atar a ella una bolsa con los gorros, con la idea de que los de Bautista hiciesen algo para hacerse con ellos. Pero cuando empezamos a meter la cuerda en el portal para probar, esta se quedó tensa durante medio segundo y luego empezó a desaparecer. La solté sorprendido antes de que se esfumase por completo. Tuve suerte de no teletransportarme con ella. Después de eso, decidimos dejar las pruebas.

Les dije a todos que tenía que ir al baño, me dirigí al espacio personal y abrí el libro por el capítulo de los portales.

> <Nota añadida por la mazmorrera Milk. Sexta edición>.
>
> Los portales son difíciles de comprender. Parece que hay muchos tipos diferentes y que todos funcionan de manera distinta. A veces, son como puertas y ni siquiera sabes que están ahí. Otras, se parecen a las escaleras entre pisos y solo hay que tocarlos para hacerlos funcionar. En ocasiones, empiezas a sentir como si te arrastrasen con solo meter la mano y si no haces nada acabas al otro lado. Pero puedes liberarte de esos tirones. Y tampoco es algo que ocurra con todos. En algunos tienes que ser lo bastante grande para hacerlos funcionar al pasar, y a veces te encontrarás con portales del tamaño de un botón que te llevarán a la guarida de un monstruo. Las trampas con portales son las peores.

Añadí una nota sobre los distintos tipos de portales, pero no tenía demasiado tiempo para escribir. Ya la rellenaría más tarde. No necesitaba abrir el libro para hacerlo, por lo que me había pasado mucho tiempo escribiendo en el bloc de notas, sobre todo cuando estábamos en un tren o sentados comiendo. No sabía si mis palabras tenían sentido. No era escritor y, siempre que me ponía a escribir sobre mis sentimientos mentalmente, no tenía claro si mis palabras eran coherentes o un batiburrillo incomprensible. Di por hecho que algún mazmorrero del futuro que encontrase mis notas seguro que terminaría por pensar que no era más que un llorón.

Finalmente, todo quedó listo para empezar con el plan. Si todo iba tal y como habíamos pensado, los primeros carros tardarían entre ocho y diez horas en llegar al final del trayecto. El sistema decía que iban hasta cinco veces más rápido que los trenes normales. Esperaba de verdad que funcionase.

Ya sabíamos que los portales de cada uno de los carros de respuesta rápida tenían un interruptor que permitía elegir que se comunicasen con el Abismo o con una playa de maniobras, pero estas últimas eran diferentes en cada caso. La letra de dicha playa de maniobra estaba escrita en el borde de cada carro, seguro que para que los trabajadores supiesen cuál de ellos usar cuando fuese necesaria una interdicción. Supuse que daba igual cuál de ellos usásemos, aunque los tres grupos separados que había al final del trayecto terminarían en playas de maniobras diferentes. Elegimos tres donde sabíamos que había gente apostada en cada una de las estaciones 36 de esa línea.

Solo uno de los carros tenía un portal conectado con la playa de maniobras E, la misma en la que habíamos estado nosotros y donde podríamos regresar con facilidad al Pesadilla y reunirnos con el grupo de Imani si era necesario.

Mientras, Imani, Li Jun y el resto de los de la estación 101 habían empezado a fortificar la estación 36. Habían conseguido bloquear el tren bermellón en las vías y así evitar que los monstruos llegasen por allí. Me temía que los necrófagos llagosos que estaban saliendo de la estación 72 se diesen la vuelta y se dirigiesen hacia nosotros en la 75, pero al parecer habían empezado a reunirse junto al tren que bloqueaba el paso. No es que importase demasiado. Había muchísimas líneas que llegaban hasta la 36, y los mazmorreros no habían dejado de luchar para contener a los invasores. Esperaba que fuesen capaces de resistir.

—A ver. Tapaos los oídos —dije mientras terminaba de colocar la trampa final en el sexto de los carros—. Voy a ponerles un temporizador, pero quiero probar con este para asegurarnos de que funciona como queremos.

—¿Cómo se supone que voy a taparme los oídos, Carl? —preguntó Dónut.

—Bueno, pues tú vete al otro extremo de la estación. ¿Recuerdas lo de la última vez? Va a resonar de cojones.

Los vagones normales de metro eran grandes, pesados y retumbaban por los túneles. Estos carros casi ni hacían ruido. Tal y como Katia había comentado antes, aquello era un problema para los que se encontraban esperando en el otro extremo del recorrido. Es por eso por lo que necesitábamos un ajuste final para que todos oyesen cómo se acercaba el portal.

Extendí el brazo y ajusté el temporizador de la última de las trampas hasta un minuto. Había colocado una en los demás, pero este sería el primero en sonar. Los otros tenían treinta minutos, pero quería asegurarme de que el temporizador funcionaba como era debido antes de empezar. Encendí el motor y luego revisé que el portal del carro estuviese conectado con el Abismo y que el carro se encontrase en las vías que daban hasta el portal correcto. Todo listo.

—¿Qué canción crees que sonará? —pregunté a Katia, que estaba junto a las vías tapándose los oídos.

—¡Estoy segura de que será *Wonderwall*! Lo sé —gritó Dónut desde el otro extremo del andén—. ¡Es la mejor canción de todos los tiempos!

—¿*Wonderwall*? —preguntó Katia, que se giró y empezó a reír—. ¿La de Oasis, quieres decir?

El 16 de noviembre de 1981, llegó al número uno... *¡Physical!*

En ese momento, se activó la alarma y la canción de Olivia Newton-John empezó a sonar con tanta potencia que recibí unos pocos puntos de daño. Empujé el acelerador del carro y me bajé de él, para luego ver cómo se alejaba a toda velocidad por la vía, llegaba hasta el portal y desaparecía.

Me acerqué a toda velocidad para sacar una captura de pantalla y ver si el artilugio había llegado al otro lado, pero lo oí. Fue un ruido distante y apenas perceptible que sonaba muy por debajo de nosotros, pero allí estaba. La línea a la que se había teletransportado estaba cerca físicamente. Saqué la captura y vi la parte trasera del carro alejándose. El portal de la pala seguía intacto.

«Ha funcionado, joder».

Carl: Bautista, el de la línea sinopia va de camino.

Bautista: ¿Cuál era la canción?

Carl: *Physical* de Olivia Newton-John.

Bautista: Qué mal. Había apostado una moneda de oro a que sería *Eye of the Tiger*. Nunca la elige nadie.

Carl: Es imposible adivinar la canción. La trampa usa cualquiera que haya estado en el top 100 de la lista de éxitos estadounidense. Tiene que haber millones de posibilidades. Voy a enviar el carro de las líneas grullo y mindaro ahora mismo. Después, den-

tro de quince minutos, enviaremos el segundo vinculado a las playas de maniobras. Tu equipo terminará en la Q. En esa hay unas cuatrocientas personas protegiendo la estación 36. Recuerda usar la línea de empleados. Debería estar despejada.

BAUTISTA: Perfecto, colega. Muchas gracias.

—¡Monstruos! ¡Monstruos! —gritó Dónut, que empezó a correr nada más ver una oleada de puntos rojos sobre la vía bermellón. Había unos treinta y avanzaban rápido.

—Mierda —dije—. Venga, preparémonos.

—Carl, son grandísimos. Creo que son monstruos en fase tres de DT. ¡No vamos a poder con ellos!

Solo teníamos unos treinta segundos para decidir qué hacer. Si nos escondíamos, era probable que rodeasen el vagón con motor que habíamos aparcado allí y siguiesen avanzando por las vías, donde terminarían por llegar al tren que bloqueaba el camino justo antes de la estación 36 y se entremezclarían con los necrófagos llagosos. Eso no hubiese estado mal si se quedasen allí quietos, pero recordé lo grandes que eran esos cabrones. En caso de conseguir atravesar el tren y abrirles camino a las demás criaturas, complicarían mucho las cosas a Imani y a Li Jun. No obstante, algo me decía que iban a tener que lidiar con esos tipos nos gustase o no.

Aun así, no podía dejar que pasase. Se me ocurrió una idea.

—Escondeos —dije. Después me giré hacia el Postura del perro y empecé a correr—. Vamos, vamos. Dejadlos pasar. Pero, tan pronto como lo hagan, tenemos que ponernos manos a la obra.

Katia y Dónut enviaron los últimos tres carros de respuesta rápida por los portales mientras yo colocaba los explosivos en la parte trasera del tren bermellón. Tenía que hacerlo rápido. Los estaba dejando en la superficie que había frente a la puerta, la que se convertía en pasarela cuando se enganchaba otro vagón. Tuve que afianzarlos con una cuerda y luego usar la puerta para fijarlos bien en el sitio.

—¿Sabéis qué? —pregunté mirando al techo mientras trabajaba—. Si alguno de vosotros quiere enviarme algo de cinta americana, la verdad es que me solucionaría mucho la vida. Las cuerdas no sirven para esto y el pus es demasiado caro como para desperdiciarlo. Podría crear bombas más grandes. Ahí os lo dejo.

Aunque el vagón delantero del tren de la línea bermellón estaba colocado en la dirección equivocada, tenía ese quitapiedras cutre en la parte trasera, que también hacía las veces de enganche para otros vagones. Aun así, temía que no fuese a funcionar. Sea como fuere, aquello iba a ser espectacular. Advertí a Li Jun y a Imani de lo que estaba a punto de hacer y me comentaron que estaban de acuerdo.

Sí, sabía que podría haber usado uno de los carros de interdicción y que serviría para despejar las vías con mucha más facilidad, pero quería comprobar si, al hacerlo así, recibía experiencia. Además, tenía ganas de ver el plan en acción. Aparte de las minas que había usado para descarrilar aquel primer tren, no había tenido la oportunidad de usar explosivos en este piso, por lo que necesitaba aprovechar la oportunidad de aplastar un puñado de necrófagos y otros monstruos entre varios trenes.

No había nadie en las vías de la línea que íbamos a usar, por lo que lo peor que podía llegar a ocurrir es que los explosivos estallasen antes de tiempo. O que no lo hiciesen. O que se derrumbase el techo. O que terminase por matarme a mí mismo.

El plan era hacer que el vagón se reuniese con el resto del tren.

Elle: Hola, Carl. No está aquí. He hecho lo que comentaste y me he fijado en todas las personas. No hay ninguna mujer cobra, aunque sí que hay algunas criaturas muy raras. De hecho, hay un tipo que es una seta. ¿Tú te convertirías en una seta? Parece un pene. De los raros, los que son anchos y muy cortos. El novio que tuve antes que Barry la tenía así. Y también le olía a setas.

Carl: Mierda. Sabemos que está viva. ¿Dónde está, joder? Puede que lo mejor sea que hables con algunas de las antiguas Hijas y les preguntes directamente.

Elle: Ya lo he hecho. He hablado con esa hada y sus dos hijas magas. Dice que esa zorra no responde los mensajes de nadie. Puede que haya entrado aquí con el resto, pero de ser así ya se ha marchado y nadie la ha visto. Es muy probable que esté llorando por alguna esquina.

Carl: Vale. ¿Todo lo demás va bien?

Elle: Pues como siempre. Imani está cuidando de todos como

si fuese su madre, aunque mucha gente le tiene miedo. Tu amigo Li Jun no sabe que su mejor amigo está enamorado de su hermana, a pesar de que ella se ha convertido en un demonio. La mayoría de las chicas del grupo de Hekla son tan inútiles como yo cuando estaba en silla de ruedas. Y, por si eso fuera poco, un pirado que no quiere que todo el mundo piense que es un pirado tiene intención de enviar un tren lleno de explosivos hacia el lugar donde nos encontramos. Ya sabes, el típico jueves.

Me reí en voz alta mientras ataba el último cartucho de dinamita hobgoblin a los demás. El tren seguro iba a aplastar necrófagos mientras avanzaba por la vía, pero no quería que las bombas explotasen hasta que no alcanzase a uno de los monstruos enormes en fase tres, que con suerte se encontrarían entre la horda de necrófagos. La dinamita hobgoblin era mucho más estable que la goblin normal y, en teoría, podía resistir varios impactos. Aun así, los cartuchos tenían bastantes puntos de durabilidad y no deberían explotar hasta que algo los detonase. Para ello, usé un dispositivo que había creado para este tipo de situaciones. Era parte de mi primer prototipo para la mina. Consistía en un poste alargado con una hobomba de las que detonaban al impactar en un extremo. El poste era demasiado alto para chocar contra los necrófagos llagosos normales, pero sí que podía llegar a impactar contra los monstruos gigantes en fase tres. Y, si fallaba, se activaría cuando el tren chocase contra la parte trasera de otro tren. O cuando descarrilase. Con suerte.

BAUTISTA: Lo de los carros está funcionando, sin duda. Están lloviendo vagones y monstruos en dirección al abismo. Por suerte, no he visto caer a ningún mazmorrero, pero sí que hay muchos de esos monstruos gigantes. ¿Te están dando experiencia? Se están despachurrando contra el fondo del abismo como piedras de granizo.

CARL: Pues no, por desgracia. El sistema puede llegar a ponerse muy pejiguero con algunas cosas. Nunca sabes qué te va a dar experiencia y qué no.

BAUTISTA: Sí. A mí suele darme experiencia cuando mis mascotas matan algo, pero no tanta como si lo hiciese yo mismo. Aunque a veces no recibo experiencia alguna. Y, de vez en cuando, me dan una bonificación enorme. Desconozco la razón.

Carl: ¿Tus mascotas? No sabía que tenías mascotas.

Bautista: Es complicado. La mayoría de los mazmorreros creen que es un conjuro. No quiero que sepan la verdad. Es vergonzoso. Te lo explicaré si llegamos a vernos en persona.

Bautista me caía bien, pensé mientras terminaba de crear mi tren bomba. Pero lo cierto era que la especie tigreño parecía sacada de un cuaderno de bocetos de Lisa Frank. No esperaba que fuese capaz de sentir vergüenza.

Tardé un minuto en colocar bien el poste y no perdí más tiempo al terminar.

—Despedíos todos del tren bermellón —grité por encima del hombro mientras volvía a entrar en el primer vagón lleno de vísceras. Empecé a atravesar los restos de entrañas y partes de cuerpos, que cada vez olían peor, activé los controles y aceleré al máximo. Justo cuando estaba a punto de salir por la ventana delantera del tren, que había empezado a moverse hacia atrás, vi algo en el suelo. Era uno de los dos sables de Eva. Se le había caído cuando Dónut había reanimado a Hekla de entre los muertos. Había quedado cubierto de sangre, y yo lo había olvidado. Me hice con él y lo guardé en el inventario mientras salía por la ventana y saltaba a las vías.

«Dios —pensé al caer en el balasto—. Necesito otra ducha».

Me di la vuelta y vi cómo el tren avanzaba a toda velocidad por las vías. No tardaría en chocar contra algo.

El suelo tembló de repente debido a una explosión en la lejanía. No había sido en el tren, ya que aún lo tenía delante. Se me antojó como un trueno, y empezó a caer polvo del techo.

¿Qué carajo había sido eso?

Imani: Carl, ¿estás bien?

Carl: Eso no ha sido mi bomba. La mía va de camino.

Imani: Creí que te habías hecho saltar por los aires.

Carl: Aún no.

Dónut, Katia y Mongo se acercaron a la carrera mientras yo me apartaba de las vías.

—¿Qué ha sido eso? —preguntó Katia.

—Carl, ¿qué has hecho? —preguntó la gata—. Creí que te habías matado.

—Pues no lo sé —respondí—. Ha sonado bastante lejos, pero ha sido muy potente.

Abrí el chat para preguntar si alguien sabía qué había ocurrido y vi con consternación cómo un grupo de mazmorreros que estaba agrupado bajo el nombre «Playa de maniobras F» había muerto. Por unos instantes que se me antojaron aterradores me planteé que había sido mi culpa, que había sido por los portales. Pero no tenía sentido. Ninguno de los carros estaba vinculado con esa playa.

Pero luego recordé que aquellos tipos no estaban defendiendo la estación 36, sino que formaban parte de un equipo que intentaba destruir el generador de necrófagos llagosos de la estación 72. Se encontraban muy lejos, pero la explosión había sido tan potente y tan estruendosa que la habíamos sentido igualmente.

—Madre mía —dije—. Creo que han hecho explotar el cristal de alma. Les advertí que era peligroso. Cagondiós.

Aquel grupo tenía entre trescientas y cuatrocientas personas. Lo último que me habían comentado es que iban a intentar abrirse paso luchando hasta el generador y luego quitar el cristal o desactivar la máquina.

Envié un mensaje a todo el mundo y les dije lo que creía que había ocurrido.

> **Carl: Imani y Elle, deberíais reunir un grupo y enviarlo a la 60, para ver si encuentran un andén que los lleve hasta esa playa F. No sé de qué color era, pero seguro que alguien lo sabe. Si ha explotado el generador, todo lo que había alrededor habrá muerto. Pero es posible que las escaleras sigan abiertas.**
>
> **Imani: Estaba pensando lo mismo. Pero si no sabemos los colores que pasan por la estación F, ¿cómo la vamos a encontrar?**
>
> **Carl: La última vez que pasé por la estación 60 había un enano sentado en la entrada de los portales de las líneas de colores. Se llama Tizquick. Buscadlo y preguntadle si sabe algo.**
>
> **Elle: Iré yo. Reuniré un grupo y... ¡Mierda!**

Justo cuando lo escribió, oí otra explosión. En ese momento, apareció una hilera de notificaciones de experiencia. Esa sí que había sido mi explosión. No solo había explotado el tren bomba, sino que también había conseguido matar a muchas criaturas y me había llevado la experiencia. Más de la que esperaba. Alcancé el nivel 35, aunque no me dieron logro alguno. Eso me resultó algo irritante, pero no obstante conseguí subir la habilidad Manejo de explosivos hasta 11.

ELLE: La virgen, Carl. Has tirado al suelo a todo el mundo. Menos mal que sé volar.

CARL: Joder. Perdón. ¿Estáis todos bien?

IMANI: Carl, no lo repitas, ¿vale? Creo que todo el mundo está bien. Los que protegían la entrada han recibido algo de daño en los tímpanos, pero no es permanente. La línea ha quedado bloqueada por completo.

ELLE: Y diría que el tipo seta se ha cagado encima.

Tendría que haber montado la bomba en la mesa de zapador, lo que me hubiese permitido ajustar la potencia. Usar la mesa solía servir para aumentar la potencia total, pero también me permitía ajustarla para incrementarla o reducirla. La dinamita hobgoblin era mucho más potente que la normal. De hecho, la próxima vez que estuviese en el estudio de creación crearía varios grupos de explosivos de diferentes tamaños por si las moscas.

Suspiré mientras pensaba en todo lo que teníamos que hacer. Una parte de mí deseaba poder contar con cientos de esos carros. De esa manera, podríamos colocarlos estratégicamente por las escaleras. Pero había demasiados caminos para llegar a ellas y los carros que teníamos eran limitados. Además, solo contábamos con un Gary el Ronco. Aún no sabíamos cuánto tiempo iban a tardar los carros con el portal en llegar al Abismo. Quedaban dos días y veinte horas para el derrumbe del piso, lo que significaba que aún faltaba algo más de un día para que volviese Mordecai. Me pregunté si me daría tiempo de volver a las playas de maniobras para preparar algunos trenes bomba más. Sería una manera fantástica de *farmear* algo de experiencia.

Y, aunque habíamos empezado a ver criaturas que sufrían de DT en fase tres, aún no habíamos visto lo que les ocurría cuando el DT las mataba. Sospechaba qué podía ser, pero no tenía ni idea de cómo iban a implementarlo.

—Carl —gritó Dónut—. Has hecho enfadar a los necrófagos. ¡Ahora vienen hacia nosotros!

Obviamente, ahora que el túnel estaba bloqueado de verdad,

los necrófagos que aparecían en la 72 habían dejado de dirigirse hacia la 36 para empezar a venir hacia nosotros. Había empezado a verlos acumulándose en el borde de mi mapa.

«Mierda», pensé. Recordé a Gary el Ronco y en las manos adicionales que había guardado, pero llegué a la conclusión de que nos faltaba un par más.

No podía usar los carros de portal para proteger a los demás, pero sí que podíamos protegernos a nosotros mismos.

—Chicos, ayudadme a colocar uno de los carros en la vía. Después, tendremos que volver a hablar con Gary.

Colocamos el carro con el portal encendido en el túnel, bloqueándolo como un tapón de corcho, pero los necrófagos llagosos no se detuvieron siquiera. Cayeron como lemmings por el Abismo. Habíamos aparcado el carro en el extremo de la línea bermellón. Mi explosión parecía habernos dejado sin electricidad, por lo que tuvimos que usar las baterías, algo que no fue un problema porque tenía muchas.

El segundo carro, el que tenía las manos más recientes atadas a él, estaba encarado hacia la otra dirección de la vía. Solo habían aparecido un puñado de monstruos en fase tres adicionales durante las últimas horas. Según los comentarios que leía en el chat, dichas criaturas se dirigían en su mayor parte hacia la estación 24, corriendo por las vías a velocidades excesivas. Pero también venían desde las playas de maniobra, así que o se habían subido a la montaña rusa (aunque no sabía cómo), o algo las estaba teletransportando de alguna manera. Sospechaba que los jefes de barrio de las narcoestancias de Krakaren estaban relacionados. Se detenían y acampaban por fuera de la estación, muchas veces peleándose entre sí.

Los pocos que aparecían por nuestra vía desde el norte no se lanzaban voluntariamente al foso, sino que se quedaban en el borde gruñendo y castañeteando los dientes con esas bocas redondas mientras yo los observaba a través de la neblina turbulenta del portal con ancho de túnel.

Habíamos pasado las últimas horas *grindeando* contra el flujo constante de necrófagos. Yo había apagado el portal que daba al sur, y nos habíamos dedicado a avanzar mientras matábamos.

Practiqué un poco con la *xistera*, y Dónut hizo lo propio atacando sobre Mongo. Katia se dedicó a crear pinchos en sus brazos y a usarlos como arma.

También pasó algo de tiempo luchando en forma normal con el sable de Eva. La descripción decía que formaba parte de un conjunto y solo tenía propiedades mágicas cuando las dos armas se blandían juntas. En este caso, el sable mágico, que se llamaba Colmillo izquierdo del sultán verde, no otorgaba mejoras ni ventajas. Pero nos valía, ya que también significaba que Eva había perdido su arma principal.

Los necrófagos de nivel 20 no supusieron un gran desafío, pero nos servían para practicar nuevas técnicas y conseguir algo de experiencia.

Sabía que los monstruos en fase tres iban a ser mucho más complicados. Habíamos desarrollado una jugada nueva que necesitábamos probar, y requería un monstruo de más nivel y más fuerte.

Los monstruos con DT no se lanzaban voluntariamente al portal, pero sabía que podíamos conseguir experiencia con ellos fácilmente si nos subíamos al carro, avanzábamos y los teletransportábamos hasta que solo quedase uno, así que eso fue lo que hice. Cuando el portal estaba conectado al Abismo era inclemente. Al igual que había ocurrido antes con la cuerda, si una pequeña parte de la criatura rozaba mínimamente el portal mágico, el monstruo al completo se veía absorbido como si fuese un espagueti.

Bautista me había ido haciendo una lista de todas las cosas raras que caían al Abismo. Aún quedaban dos horas para que los carros llegasen a su destino. No sabíamos a ciencia cierta si los tres seguían moviéndose, pero la cantidad de cosas que seguían cayendo al foso me daban esperanzas de que así fuese.

No estábamos listos para lo poderoso que era el monstruo de fase tres que habíamos dejado sin teletransportar. Era más fuerte que un jefe de barrio normal. El sistema no nos permitía examinar a las criaturas desde detrás del portal, así que no pude leer la descripción hasta que no estuvimos listos para luchar.

Ahora, una cosa me quedó muy clara antes de apagarlo: daba igual el tipo de monstruo que hubiese sido antes de transformarse, daba igual si había sido un ogro enorme o una criatura del tamaño de una rata. Cuando llegaban a la fase tres de DT, todos se convertían en algo prácticamente similar: una monstruosidad tamaño hipopótamo con tentáculos que no dejaban de agitarse en el lomo. En lugar de un rostro normal, tenían una boca redonda llena de dientes. Vi el cráneo a través de la piel transparente como gelatina de esas cosas, testimonio de lo que aquella cosa había sido en el pasado. En este caso, era uno pequeño, mucho más que los de osos que habíamos visto anteriormente. Las criaturas parecían hinchadas, como si estuviesen a punto de explotar en cualquier momento. También estaban cubiertas de venas enormes, lo que me recordó al segundo jefe al que nos habíamos enfrentado a la mazmorra, el Ciclado. Los tentáculos eran gruesos y carnosos, con bocas redondas que no dejaban de cerrarse en los extremos.

—Vale. Prepárate —le dije a Katia. Dónut estaba detrás en el andén con Mongo, mientras yo seguía sentado en la cabina elevada del carro de respuesta rápida. Temía que el monstruo fuese a destrozar el vehículo, por lo que el plan era dejarlo atrás para evitar que recibiese daño alguno. Después, me bajaría y me dirigiría a la criatura mientras Katia hacía lo suyo desde el borde del andén.

Katia rodó hacia atrás y se convirtió en la torreta centinela. Le brotaron tres patas por debajo y se convirtió en un trípode, tras lo que aparecieron un escudo color carne y la ballesta automática que tenía guardada en el inventario y que quedó protegida por dicho escudo. Después, en el escudo se formó una aspillera horizontal que podía abrir y cerrar como si fuese una boca.

—Lista —dijo.

Había formado también un par de ojos y una boca justo encima del pedazo de carne que sostenía la ballesta, lo que le permitía mirar directamente hacia su objetivo. El plan era conseguir formar los ojos en el exterior de aquel escudo enorme con forma de medialuna, pero aún no estaba lista para hacerlo.

—Pues vamos allá.

Avancé con el carro y la monstruosidad salió corriendo para no acabar como sus amigos. Después, di marcha atrás, apagué el portal que bloqueaba el túnel y me bajé del vehículo para dejarme caer sobre el balasto. El monstruo siguió huyendo a la carrera durante diez segundos más antes de darse cuenta de que lo había engañado. Ahora era poco más que un punto alejado en las vías, pero se dio la vuelta y empezó a correr hacia nosotros. Aulló indignado y cargó con saña.

Zorro cuchilla. Nivel 22.

Aviso: Esta criatura sufre *delirium tremens* (DT). Está en fase tres de tres.

En fase tres, la forma de la criatura ha cambiado y no se parece mucho a la original. Más o menos lo que os pasó a vosotros los humanos cuando se terminó la cuarentena. Ahora está cubierto de tentáculos. Si el monstruo se ha alimentado recientemente de otra criatura viva, lo que hay dentro de su estómago puede llegar a ser muy valioso. O tóxico. O explosivo. O algo peor. Por eso son tan divertidos.

Por desgracia para ellos, esta forma solo es temporal. El DT siempre acaba mal.

Te explicaría lo que es un zorro cuchilla, pero da igual porque esta cosa ya no es un zorro cuchilla en realidad. Es una pena, sinceramente. Me gustan mucho esos cabrones que van por ahí tirando estrellas ninja. Pero no pierdas la esperanza. Te toparás con versiones normales de estas cosas en el quinto piso. Lo malo es que es muy probable que no tengas la oportunidad, ya que este está a punto de hacerte picadillo.

Un instante después, la criatura se colocó a nuestro alcance. Katia abrió fuego. Zum, zum, zum, zum. Los virotes salieron disparados de la enorme ballesta con una cadencia de dos por segundo, que era rapidísima, pero no tanto como cuando la manejaba Hekla. El arma se cargaba, se tensaba y se disparaba automáticamente. Lo único que tenía que hacer ella era mantener pulsado el gatillo, momento en el que empezaba a disparar virotes como una de esas máquinas que lanzaba pelotas de tenis.

Cada uno de los virotes mágicos de punta aserrada medía unos cincuenta centímetros de largo. Desparecían automáticamente un minuto después de ser disparados, pero era tiempo más que suficiente para que hiciesen mucho daño. Los virotes de Hekla tenían punta de fuego y, en ocasiones, contaban con carga eléctrica, pero los nuestros eran normales porque habíamos perdido esa ventaja al perder el resto del equipo de la doncella escudera. El monstruo aulló de dolor cuando los proyectiles le atravesaron la cara y el costado como si de una pistola de clavos se tratara. Cada uno de los impactos le redujo un poco la salud. Muy poco.

¿Qué cojones? ¿Tan resistentes eran estos mierdas?

Uno de los efectos secundarios del hecho de que Katia adquiriese una de esas formas extrañas era que confundía a los monstruos. Cuando se había convertido en una pala para luego colocarse en la parte delantera del tren, las criaturas no se habían percatado de que estaba viva y no la habían atacado directamente. En esta ocasión y a pesar de estar hecho un colador, el monstruo reaccionó de la misma manera. Solo se fijó en mí. Volvió a gritar y cargó en mi dirección.

Era aterradoramente rápido. Cargué una esfera pelotazo, eché el brazo hacia atrás y lancé el proyectil de metal directo hacia su boca redonda. La pelota le astilló los dientes y conseguí que se la tragara, momento en el que hizo un ruido como si se estuviese asfixiando. Se detuvo y empezó a derrapar por la vía. Katia siguió disparándole los virotes y, en ese momento, Dónut también empezó a dispararle proyectiles mágicos desde encima de Mongo.

El monstruo gimoteó mientras intentaba sacarse la pelota de metal que se le había quedado atascada en la garganta. Cargué otra, en esta ocasión una hobomba de las que detonaba por impacto a mitad de potencia. Estaba demasiado cerca como para usarla a la máxima. Disparé y volví a acertar a metérsela por la boca. Le arranqué otro diente y me sentí como si estuviese jugando en una atracción de feria. «Una más y me llevo el premio gordo». Se oyó un estruendo amortiguado. Había extendido los tentáculos y agarrado con uno de ellos una traviesa de la vía que luego partió por la mitad. El monstruo había dejado de prestarnos atención y empezaba a parecerse a un erizo a causa de los virotes. Las heridas que le hacíamos por fuera no le provocaban mucho daño. Había que meterle cosas por la boca.

Empecé a gritarle a todos que se centrasen en esa zona, pero justo en ese momento el monstruo explotó y las vísceras empezaron a llover sobre la vía. Lo había hecho desde dentro, como un globo de agua lleno de macarrones con carne picada.

El enfrentamiento acabó tan rápido como había empezado.

—Dios —dije—. Ni sé cómo lo hemos matado. O esos virotes son una mierda o esas cosas son muy resistentes.

—Carl, no me ha dado experiencia —dijo Dónut—. Estas cosas hacen trampa.

Katia recuperó su forma habitual. Llevaba encima la mochila

para formar la torreta centinela, pero en ella guardaba el metal justo para crear el escudo.

—No creo que sea por culpa de los virotes —dijo—. Es posible que su cuerpo haga las veces de armadura. Cuando le di a los tentáculos, le hizo mucho más daño. Pero darles es difícil, y solo tengo nivel 4 con la habilidad de ballesta.

Ya tendríamos tiempo de volver a intentarlo, pero aquellas cosas solían aparecer en grupo. Íbamos a tener que practicar mucho antes de que me sintiese cómodo enfrentándome a dos al mismo tiempo.

Dónut y Mongo se bajaron del andén, y el dinosaurio empezó a olisquear los restos del monstruo que acababa de explotar. Emitió un gemido extraño, y la gata se bajó para inspeccionar. Ella también olisqueó los restos. Se quedó paralizada.

—Carl —dijo Dónut—. Hum... Diría que vas a querer echarle un vistazo a esto. Es muy inquietante.

Donita Grace: Madre mía. Madre mía, chicos. No vayáis a la parada 24. Están por todas partes. Hay millones. Es peor que con las larvas. No...

Aviso: Este mensaje pertenece a un mazmorrero fallecido.

La pantalla de mensajes se me llenó de personas que no dejaban de preguntarme qué estaba pasando mientras yo me acercaba a toda prisa al cadáver.

—Pero ¿qué cojones? —dije cuando los puntos rojos y pequeños empezaron a aparecer en la pantalla. No me recordó a las larvas, sino a hormigas de fuego.

Eso explicaba que no diesen experiencia. Aún no habíamos matado al monstruo.

Era como si hubiesen salido del cascarón.

Al explotar, había desperdigado varios miles de pequeños monstruos rastreros.

La IA puso voz de madre, como si intentase imitar a la profesora de una guardería.

Churumbel de Krakaren. Nivel 1.
Siéntate a mi vera, mazmorrero. Voy a contarte un cuento.

Érase una vez una criatura solitaria que vivía en un planeta muy lejano. El planeta estaba a rebosar de flora y fauna, que crecía, evolucionaba y sobrevivía pasándoselo genial a lo largo de los eones. Dicha criatura también quería sobrevivir. Y pasárselo genial, ya que estábamos. Pero estaba sola y no podía tener descendencia. Esto hizo que se enfadase mucho y se pusiese muy gruñona, pero también la dejó muy triste. Y le dio un objetivo.

Y como dijo el famoso doctor Ian Malcolm en una ocasión: «Digo sencillamente que la vida... se abre camino».

La criatura tenía una habilidad especial. Su estómago era como la máquina de café de una gasolinera, una con miles de posibilidades que podías mezclar. Pronto descubrió que si se comía a una criatura, podía llegar a crear una sustancia específica, así que empezó a experimentar. Las criaturas de su planeta la consideraban una especie de farmacéutica. Podía llegar a curar cualquier enfermedad.

Pero lo que quería en realidad era crear descendencia y, después de miles de generaciones, lo consiguió. Casi. Es un proceso complicado que implica cometer muchos errores y usar muchos de esos necrófagos problemáticos. Pero como también se suele decir en la Tierra: «Si quieres hacer una tortilla, vas a tener que romper algunos huevos».

Estos parásitos que ves por ahí y que no dejan de retorcerse son clones en realidad. La siguiente parte del cuento de Krakaren, esa en la que descubre que puede hablar telepáticamente con sus clones y termina por formar una mente colmena, esa en la que empieza a expandirse por todo el universo y a convertirse en una molestia, mejor la dejamos para otro momento.

Lo único que necesitas saber ahora, pequeño mazmorrero, es que tienes que matar esas cosas y más te vale hacerlo rápido. Al fin y al cabo, al igual que pasa con todos los bebés, crecen demasiado rápido.

Te sugiero que les des unos buenos pisotones.

Ya había empezado a aplastarlas con los pies antes de que terminase esa descripción larguísima. Había miles y eran del tamaño de un grano de arroz, pero habían empezado a crecer. Y estábamos en el balasto de la vía, lo que reducía mucho la efectividad de mis pisotones.

—Atrás —dije. Había matado a la mayoría, pero aún quedaban algunos puntos rojos. Saqué del inventario una jarra de aguardiente llena hasta la mitad, la dejé caer sobre la vía y luego tiré una antorcha para prenderle fuego.

—Gary el Ronco dijo que habían convertido este lugar en un nido de Krakaren —comentó Dónut—. Está claro que tenía razón.

—Supongo que sí.

—Espero que los de la estación 24 consigan resistir —dijo Katia.

28

El segundo carro de la línea mindaro nunca llegó a su destino. Era el lugar donde se encontraba Bautista, por lo que su grupo quedó varado al final del trayecto. Sin darle muchas vueltas y sin comentar lo terrible que era una idea así, los cuatro nos subimos en un carro de respuesta rápida, nos desviamos a la línea mindaro y pusimos rumbo hacia allí para intentar solucionar el problema.

—¿Qué color es el mindaro este? —preguntó Dónut mientras empujaba la palanca para acelerar.

Teníamos que quedarnos en la pequeña cabina alzada con cristal si queríamos que Dónut no saliese volando del carro. El vehículo iba rapidísimo y avanzaba con suavidad por las vías, sin hacer mucho ruido. Mantuvimos el portal encendido y conectado al Abismo por si encontrábamos más criaturas. No había electricidad, por lo que tuvimos que usar las baterías.

—Pues no tengo ni idea —respondí—. Ninguno de estos colores me suena de nada. Pregúntale a la profesora de arte.

Katia se encogió de hombros.

—Creo que podría ser una tonalidad de chartreuse.

—¿Cómo que «chartreuse»? ¿Qué mierdas es eso?

—Es un color entre el amarillo y el verde. Tiene el nombre de un licor francés. En realidad, hay bastante controversia con la tonalidad exacta que debería tener. Es muy interesante.

—Sí, la verdad es que suena fascinante —comenté.

Katia me sacó la lengua. Y luego la lengua pasó a transformarse en una manita que se cerró en un puño y levantó el dedo corazón.

Me reí.

—Dios, qué cosa más rara. Aprendes muy rápido.

—Los cambios grandes aún me duelen mucho, pero ya soy capaz de hacer los pequeños como este sin mucho esfuerzo.

El plan del carro había funcionado tal y como pretendíamos con las otras dos líneas. En la sinopia y en la grullo, los carros del Abismo cayeron al foso (en el caso de la grullo sonando *Mack the Knife* a todo volumen), y los carros de las playas de maniobras llegaron a su destino. En ambos casos, estos últimos carros llegaron poco después de que los otros cayesen al Abismo, lo que sugería que los primeros vehículos habían reducido la velocidad al chocar contra algo grande y los carros que iban detrás habían conseguido alcanzarlos, prácticamente.

Me di cuenta de que había muchas probabilidades de que eso fuese lo que había pasado con la línea mindaro. Había sido un error estúpido. Si el segundo carro había chocado contra el primero, el portal de la playa de maniobras habría teletransportado allí al carro del Abismo. Por eso, el grupo de Bautista solo habría visto un carro, en el que sonaba *Rock of Ages* de Def Leppard, y seguro que no habrían saltado al portal porque creían que se trataba del carro del Abismo. Por desgracia, no tenían manera de saber que el plan había cambiado.

No tendría que haber puesto esos temporizadores en las trampas de alarma. Tendría que haber elegido las canciones para cada carro. Nos habría ahorrado el viaje que estábamos haciendo ahora.

Dicho carro estaba conectado con la playa de maniobras Q, y advertí a mi contacto allí que quizá habíamos enviado por error algunos monstruos. Eso y un carro conectado a un portal muy peligroso que llevaba hasta el Abismo.

Cuando los carros llegaban hasta los portales que había en el extremo de sus respectivas líneas y que llevaban hasta el Abismo, no caían hacia el foso como esperaba que hicieran. En lugar de eso, se los trataba como locomotoras y se teletransportaban hasta otras playas de maniobras.

Los portales que había al final de las líneas sinopia y grullo no llevaban hasta las playas de maniobras que estaban indicadas en los carros de respuesta rápida que habíamos colocado en dichas líneas, por lo que los mazmorreros que se teletransportaron a través de ellos nunca llegaron a ver los carros. En lugar de eso, se unieron a los defensores de la estación 36 de la playa de maniobras a la que habían llegado. Eran unos dos grupos de ochocientas personas, y habíamos conseguido facilitarles el acceso a una estación con escaleras. Era todo lo que podía hacer por ellos.

Al principio, me preocupaba que los carros de esas dos líneas empezasen a recorrer las vías sin ton ni son al llegar al final del recorrido, pero un grupo que se abría paso por la playa de maniobras M se topó con el primero de ellos, aquel en el que sonaba *Physical* de Olivia Newton-John. Dicho carro se dirigió automáticamente hasta una zona de aparcamientos donde se almacenaban las locomotoras. Llegó hasta el final de la vía después de haber enviado al Abismo todo lo que se le había puesto por delante, poco antes de que se apagase el portal, y luego volcó y quedó tirado en el suelo mientras las ruedas seguían girando.

Unos pocos minutos después, apareció el segundo de los carros y también volcó.

El grupo de mazmorreros que se encontraban en esa playa de maniobras, la M, consiguió reunir a las personas suficientes para volver a enderezar uno de los dos y colocarlo sobre las vías. Después, se las apañaron para volver a encenderlo y lo usaron como arma para mantener despejada una de las vías cercanas.

Continuamos nuestro camino hacia Bautista a través de túneles inquietantemente silenciosos y vacíos. Mantuve el portal encendido y conectado al Abismo por si nos topábamos con algo más en la vía, pero siempre vigilando que no apareciese el punto azul de los mazmorreros en el mapa. Podía cambiar el portal para que teletransportase las cosas a la playa de maniobras E, pero prefería tener cuidado. El cambio tardaba unos diez segundos, tiempo durante el que el carro pasaba a ser del todo vulnerable.

La caja de aficionado de Katia pasó a estar disponible mientras avanzábamos por la vía, pero no nos atrevimos a parar. Nos quedaban menos de dos días y teníamos que aprovechar el tiempo. Pasaron siete horas y seguía sin ver nada en las vías, a excepción de algún cadáver fortuito que había explotado tras llevar varias horas en fase tres. No vi churumbeles de Krakaren por ninguna parte.

En el otro extremo de la línea, el equipo de avanzada de Elle, con ayuda del enano Tizquick, habían encontrado la línea de color que buscaban y habían empezado a abrirse paso hacia la estación 72 después de la explosión. Fueron muchos los mazmorreros a los que se les había ocurrido lo mismo, por lo que al llegar encontraron un grupo de personas esperando. El techo se había derrumbado, pero el círculo de escaleras seguía operativo y se habían afanado por apartar todos los escombros que podían. Enviamos mensajes para comunicar a todo el mundo que la estación 72 estaba despejada para descender sin luchar, lo que hizo que varios grupos se dirigiesen hacia allí. Los mazmorreros que habían muerto con la explosión del cristal de alma no lo habían hecho en vano, al menos.

Otros, como Imani y Li Jun, pensaron que era mejor no moverse. Los monstruos que se dirigían hacia la estación 36 empezaron a escasear, y los mazmorreros consiguieron levantar una barrera defensiva muy estable. Por el momento, todos los churumbeles de Krakaren se habían reunido en la estación 24. Al parecer, los necrófagos espectro formaban un jefe similar al que se encontraba en la estación 48 si se les permitía juntarse. También era un jefe de provincia.

Nuestro plan era encontrar al grupo de Bautista, llevarlos a todos hasta la playa de maniobras E y luego abrirnos paso hasta la estación 60. Una vez allí, todos podrían decidir hacia dónde ir: si a una de las escaleras muy bien defendidas de la estación 36 o a la parte vacía de la estación 72. Unas pocas personas también estaban formando grupos de incursión para derrotar al jefe de la 48. Ahora, nadie se había atrevido a dirigirse hacia la 12, la 24 o a las estaciones 72 ocupadas.

Por nuestra parte, ya decidiríamos qué hacer cuando llegase el momento.

—¡Hay personas en las vías! —gritó Katia de repente cuando pasamos por la estación 432.

—Mierda —dije al tiempo que pulsaba el interruptor para cambiar el portal. El carro era como un barco y no tenía frenos, por lo que me limité a dejar de acelerar justo cuando aparecieron los puntos azules. El tren redujo la velocidad. Calculé mentalmente el tiempo y me sentí aliviado al comprobar que iba a dar tiempo de que cambiase el portal antes de chocar contra los mazmorreros. Los puntos se movían rápido, ya que probablemente habían empezado a correr para escapar del carro nada más ver las luces. Pobre gente. Seguro que estaban aterrorizados.

—Preparaos —dije—. Si no saben quiénes somos, es posible que nos ataquen.

Los mazmorreros aparecieron un instante después. Eran un grupo de cinco personas que corrían a toda velocidad por la vía para alejarse del carro, y uno de ellos tuvo la templanza suficiente como para dispararnos un rayo de hielo. Chocó contra el portal y desapareció. No sabía si el rayo lo había atravesado o qué, pero los pobres tampoco pudieron hacer mucho más, ya que los atropellamos poco después y los teletransportamos a la playa de maniobras E. Seguro que les había resultado muy impactante y creyeron que iban a morir.

—Perdón —dije por encima del hombro mientras seguíamos avanzando por las vías en dirección a la parada 433, que apareció mucho más rápido de lo que esperaba. Era el lugar donde se encontraba el mimeto. Nadie había informado de la muerte de esa cosa, y vi muchísimas equis en el mapa, todas en el andén donde el carro que había pasado antes no había podido teletransportarlos.

Dios. Cuántos muertos. Cada vez que veía algo así, sentía que la rabia me atenazaba el pecho.

—¿Qué es eso? —preguntó Katia mientras señalaba hacia delante. Había algo en las vías junto al andén de dicha estación. Fuera lo que fuese, no aparecía en mi mapa.

Una valla transversal de madera roja y blanca parecía interrumpir la vía, parpadeando. Tenía una señal de stop sobre ella. ¿Qué cojones? Era un cruce de ferrocarril normal, pero esos solían estar en la carretera y no en las vías. Me quedé mirando la valla, confuso durante unos pocos segundos y sin saber qué hacer. El camino detrás de ella parecía estar despejado. Y tampoco había tráfico que viniese de los lados. ¿De dónde había salido este obstáculo?

—Mierda —dije cuando me di cuenta de lo que estaba pasando. Solo había conseguido engañarme durante unos pocos segundos, pero había sido más que suficiente. «Mira que eres imbécil». Moví la mano hacia el interruptor para conectar el portal con el Abismo otra vez, pero titubeé. «Es demasiado tarde. Demasiado». Íbamos a chocar contra la valla, desde cuyo extremo se extendía un apéndice de carne que serpenteaba hacia la estación 433.

Chocamos un instante después. Se oyó un zuuum muy estruendoso cuando el portal la absorbió.

Acabábamos de teletransportar por error el mimeto con forma de estación a la playa de maniobras E.

—Ups —dije.

—Bautista —saludé al bajar al andén y estrecharle la mano al hombre tigre peludo y naranja. Había subido a nivel 28. Por nuestra parte, nosotros habíamos detenido el carro a unos cien metros del portal turbulento y gigantesco que llevaba hasta el Abismo. Al otro lado del portal se veía un espacio amplio y una pequeña abertura que llevaba hasta la pasarela interior del foso, que ahora estaba derrumbada. Un par de mazmorreros humanos hacían guardia frente a él. Uno de ellos tenía un tirachinas mágico que chisporroteaba con energía negra y púrpura. Lo alzó y disparó una piedra, seguro que a uno de esos monstruos lagarto que recorrían el interior del foso. Los dos mazmorreros empezaron a vitorear porque el proyectil había alcanzado a su objetivo.

—Hola, Carl —respondió Bautista mientras me agarraba por el hombro—. Nos has salvado. Otra vez.

—Esto aún no se ha terminado —dije mientras echaba un vistazo a aquel grupo heterogéneo. Había unas seiscientas personas reunidas. Le conté rápidamente lo que había ocurrido con el mimeto estación y empecé a estrechar manos y chocar puños con todos los mazmorreros que pude, que iban desde el preocupante nivel 18 hasta el 30. La mayoría eran humanos, pero había también algunos orcos, elfos y otras criaturas extrañas.

—Entonces ¿vamos a tener que luchar otra vez contra esa cosa? —preguntó Bautista, a quien no parecía hacerle ninguna gracia—. Es un jefe de ciudad, Carl. Es fuertísimo. No sé cómo vamos a matarlo. Si le cortas una parte, dicho pedazo se convierte en una especie de araña y vuelve a unirse con la criatura principal. Las armas contundentes no le hacen daño. Es resistente a la magia. Puede que las explosiones sirvan, pero tendría que ser una muy potente. Potente de verdad.

Me coloqué delante del portal del carro y saqué una captura de pantalla.

—Madre mía —murmuré.

El mimeto estación era gigantesco y tardé un rato en procesar lo que estaba viendo. Era mucho más grande de lo que esperaba. El monstruo se había colocado en medio de la playa de maniobras y aún no había adquirido forma alguna. Era como si la pared del lugar se hubiese movido y reducido el espacio a la mitad, pero después de quedarme mirando un rato mi cerebro empezó a encontrarle sentido a la imagen. La criatura era una masa con forma de patata del tamaño de un bloque de viviendas. Esa maldita cosa llegaba hasta el techo y ocupaba gran parte de la playa de maniobras. Parecía demasiado grande, como si pudiese llegar a transformarse en cinco o seis estaciones con su masa total.

La cosa tenía un aspecto inquietante y muy parecido a Katia cuando no tenía forma alguna.

Pensé en el grupo que había teletransportado por accidente hasta la playa de maniobras E. Era muy probable que estuviesen muertos a estas alturas. Los habíamos enviado a aquel lugar y, menos de dos minutos después, habíamos teletransportado a esa cosa al mismo sitio. Quizá habían logrado escapar. Ojalá.

Parecía demasiado grande para tratarse de un jefe de ciudad. Eso hizo que me preguntase qué tamaño podían llegar a tener las cosas que había en las estaciones con escaleras, los jefes de provincia. Madre mía.

Carl: Elle, hazme un favor y pregúntale a tu representante si hay algún truco para derrotar a los mimetos.

Ya lo había buscado en el libro, pero no había demasiada información en la sección de monstruos. Sí que había una advertencia que comentaba que el octavo piso estaba lleno de mimetos, pero me daba la impresión de que en ese caso eran poco más que una molestia. Nosotros nos enfrentábamos a una verdadera amenaza, lo que parecía indicar que esta criatura era algo nuevo, o algo con lo que no se habían topado los propietarios anteriores del libro de cocina.

Elle: ¿Estás a punto de hacer algo muy estúpido o ya lo has hecho y no hay remedio?

Carl: Ambas cosas.

Elle: Un momento. Voy a preguntar. Pero tampoco esperes gran cosa.

Miré a Dónut, que se había puesto a pavonearse delante del resto de los mazmorreros. Iba montada sobre Mongo, y un grupo de personas los había rodeado a ambos. La gata hablaba con tono animado y les estaba contando cómo habíamos llegado hasta allí.

Katia se había apartado, tímida, y se encontraba apoyada en uno de los lados del carro. La gente no dejaba de mirarla. Todos sabían exactamente lo que había ocurrido, pero esa calavera dorada y reluciente que tenía sobre la cabeza era difícil de ignorar. Vi cómo Bautista se acercaba a ella y le tendía la mano. Las estrecharon y empezaron a hablar.

Me acerqué al portal enorme que daba al Abismo y saqué una captura de pantalla. El carro que tenía detrás contaba con un portal mucho más pequeño que llevaba hasta la playa de maniobras E. Cuando cumplías con las condiciones, el portal que tenía delante llevaba hasta la playa de maniobras H, una en la que no había mimeto. También vi por allí el carro de interdicción, aquel donde había sonado la canción de Def Leppard. No se había volcado y estaba parado a poca distancia después de toparse contra la pared. El portal de dicho carro parecía seguir encendido. El vehículo se había salido de las vías, pero había seguido rodando hasta chocar y, por suerte, no había teletransportado toda la estancia al hacerlo. No vi ninguna criatura, aunque sí que había muchísimos cadáveres desperdigados por la playa de maniobras abandonada.

Elle: Dice que no se puede luchar contra los mimetos gigantes. Los pequeños son fáciles de matar si sabes que lo son, pero esa cosa es harina de otro costal. Si le cortas un pedazo, a estos les salen patas y regresan hasta donde se encuentra el cuerpo principal. Si consigues separar más de un 50 % de la masa del cuerpo principal de una vez, no podrá seguir curándose ni transformándose y se volverá vulnerable. Pero las partes separadas que no puedan volver hasta donde se encuentra el cuerpo principal también te atacarán. Y solo morirán cuando lo haga el mimeto.

Carl: Pues es aterrador, la verdad. Y eso que solo es un jefe de ciudad.

Elle: Sí. Estoy volviendo con mi grupo y acabo de intentar convencer a otro para que no ataque al jefe de provincia de la estación 48. Puede que algún día seamos lo bastante fuertes como para vencer a uno de esos, pero tengo claro que no será en este piso. Ellos verán. Oigo los gritos desde aquí.

Me acerqué hasta el carro y saqué otra captura de pantalla. El mimeto parecía haber adquirido la forma de un edificio enorme, aunque aún no había terminado el proceso. Me recordó a uno de esos edificios administrativos de la Maraña de Hierro, aunque tenía demasiada masa y tenía que crear una estructura demasiado grande. El primer piso al completo conformaba una boca de unos noventa metros de ancho. Cada uno de los dientes aserrados era del tamaño de una persona. Una lengua roja, llena de bultos y del tamaño de un tren asomaba por la boca y se salía de la imagen.

El edificio y esa boca estaban encarados hacia el portal. Sabía que, si sacaba otra captura de pantalla un minuto después, la boca habría desaparecido y solo vería un edificio normal y corriente.

«Nos está esperando».

Carl: Lo siento, Dónut.
Dónut: ¿A QUÉ HA VENIDO ESO?

Subí a la cabina del carro y pulsé el interruptor. El portal que daba a la playa de maniobras E se apagó poco después, y yo bajé la vista hacia el lugar donde Bautista seguía hablando con Katia.

—Cambio de planes. Atravesaremos el portal del Abismo en lugar del portal del carro. Tengo gorros suficientes en el inventario para todos los que estamos aquí, por lo que no tendremos que preocuparnos por luchar contra ese mimeto. Nos está esperando y, si atravesamos este portal, nos convertiremos en poco más que cerdos en un matadero.

Bautista parecía aliviado.

—Gracias a Dios que teníais un plan B.

—En realidad, ese era nuestro plan C —dijo Katia.

—Venga ya. No me mires así —dije a Dónut mientras veíamos cómo el último grupo con gorro atravesaba el portal que llevaba hasta la playa de maniobras H.

—Tienes que decirles que nos devuelvan los gorros al cruzar —dijo la gata—. Millones de monedas de oro, Carl. ¡Millones!

—Para empezar, esos gorros no eran nuestros —dije—. La gente nos los dio para ayudar a los demás.

—Solo nos quedan ochenta y tres —se quejó Dónut—. Tenía muchas ganas de comprar el tablón de redes sociales. Nos hubiese servido para ver qué dice la gente sobre nosotros.

—En realidad, nos quedan menos. —Saqué treinta gorros del inventario y empecé a tirarlos al suelo detrás del carro—. Los dejaré por aquí por si hay algún rezagado.

Dónut me miró como si acabase de darle un tortazo. Soltó un bufido de incredulidad.

—¿Sabes qué? Es normal que siempre hayas sido pobre. Hay una línea muy delgada que separa la amabilidad y la imbecilidad, Carl.

—Aún nos quedan cincuenta.

Katia rio mientras Dónut me fulminaba con la mirada. Luego, la gata empezó a mirar por encima de mi hombro, como si se estuviese planteando saltar del carro para ir a coger los gorros que había tirado al suelo. Yo me puse el mío, pero ella no quería quitarse la tiara, por lo que sostuvo en la boca la llave del maquinista. Metimos a Mongo en el transportín. Sospechaba que como el carro tenía permitido cruzar el portal, los que íbamos dentro no necesitábamos ni llave ni gorro, pero era mejor no arriesgarnos, sobre todo teniendo en cuenta que había un foso al otro lado del portal. Katia sacó su gorro y se lo puso sobre la cabeza. Desapareció en la masa que era su cuerpo y, un momento después, volvió a aparecer tras hacer algo para que fuese visible. Cada vez se le daba mucho mejor lo de ser una doppelgänger. Muchísimo.

Cruzamos el portal en el carro y listo.

Nuestro plan había sido un éxito. Había unas mil cuatrocientas personas en el fin del trayecto y, aunque no las habíamos llevado a un lugar seguro, al menos les habíamos dado una oportunidad de salvarse.

El carro traqueteó con estruendo en el cambio de agujas y yo dejé de acelerarlo. *Rock of Ages* de Def Leppard seguía atronando del carro de interdicción parado, pero la canción cesó cuando el tipo con el tirachinas acertó de pleno con una piedra en la pequeña trampa.

Justo después de que la música cesara de repente, el carro en el que íbamos avanzando despacio se detuvo justo detrás del otro, y nos quedamos frente a un grupo de gente muy concurrido. El silencio se mantuvo durante unos pocos segundos, y luego las seiscientas personas empezaron a aplaudir. Bautista se acercó y me dio un fuerte abrazo justo después de salir del carro. Después hizo lo propio con Katia y le dio unas palmaditas a Dónut en la cabeza.

—Gracias. Muchísimas gracias.

—Aún nos queda poco más de un día y medio, amigo mío —dije.

—Lo sé —comentó él—. Pero no podríamos haber llegado aquí sin vuestra ayuda. Y siempre te estaré agradecido por ello. —Me guiñó el ojo y luego se quitó el gorro. Lo dejó en el suelo frente a Dónut, quien alzó la vista para mirar al hombre tigre con los ojos abiertos como platos—. Para ti, Princesa Dónut.

—No es necesario, de verdad —dijo ella, que puso de repente su voz aristocrática—. Puedes quedártelo. Insisto.

Pero, de repente, se había formado una fila de personas que empezaron a tirar los gorros delante de la gata. La mandíbula empezó a temblarle, lo que dejó al descubierto sus dos colmillos inferiores, y vi cómo le brillaban los ojos mientras las personas se inclinaban una a una frente a ella para soltar en el suelo los estúpidos gorros de maquinista como tributo.

—Gracias, Princesa —dijeron todos uno a uno.

—Ha sido un placer —dijo ella a cada persona—. De verdad. No era necesario.

Carl: ¿Esto ha sido idea tuya?
Bautista: Lo sugirió tu compañera Katia.

La miré y vi cómo sonreía.

Dónut se guardó todos los gorros en el inventario mientras la cola se le agitaba con alegría. Sospechaba que, ahora que la mayoría de los mazmorreros estaban en las primeras estaciones, los tenderos no iban a pagarnos demasiado por estos gorros, pero el momento fue muy emotivo igualmente. No sabía qué nos tenía reservado el destino, ya que quizá lo único que habíamos conseguido era retrasar lo inevitable, pero la verdad es que me hizo sentirme muy bien.

Muy muy bien.

29

TIEMPO PARA EL DERRUMBE DEL PISO: 1 DÍA Y 16 HORAS

El grupo se dio la vuelta y se dirigió hacia el portal. Les habíamos comentado cómo encontrar la línea de empleados, donde seguro no encontrarían monstruos. Bautista y unos veinte mazmorreros esperaron mientras yo intentaba llevar a cabo el complicado proceso de conseguir que el carro pasase a estar sobre las vías de unas de las líneas de color normales. Me daba igual cuál, mientras pasase por la estación 60 y por la 75. Empecé a trastear con los cambios de agujas mientras Katia iba detrás moviendo el carro.

—Guau. Eh, eh. Me acaba de llegar una caja de mi patrocinador —dijo ella de repente—. Una caja de benefactor de plata.

—¡Yuju! —gritó Dónut—. ¡Eso significa que tienes por abrir una caja de benefactor y una de aficionado!

—Yo también recibí una de benefactor hace no mucho —comentó Bautista. Extendí el brazo y le di un golpe al mecanismo del cambio de agujas en el que me encontraba. Emitió un clunc estruendoso—. Pero aún no he tenido la oportunidad de abrirla. Estaba a punto de hacerlo.

—¿Y quién es tu patrocinador? —pregunté al hombre tigre.

—Entretenimientos Jaxbrin S. L. Los mismos que hacen mis bebés.

—¿Tus bebés?

—Sí —respondió—. Es algo que llevo un tiempo queriéndoos contar. ¿Os hicisteis con alguno? Algunos me obedecen, pero hay otros que no y desconozco la razón. Uno incluso llegó a atacarme una vez. Un Reptante de los verdes. Pero con los demás Reptantes no he tenido problema. Sigo teniendo el verde por aquí, pero ya no me atrevo a usarlo.

Me lo quedé mirando. No tenía ni puñetera idea de qué estaba hablando.

—¿La señora Péndula? ¿La anciana aveceleste del piso anterior? ¿La recuerdas?

—Sí, claro —respondí. Extendí la mano y me toqué el collar con el pequeño colgante. ¿Cómo iba a olvidarla? Había terminado por ser la villana de la zona. Su conjuro fallido era la razón por la que tenía esa especie de bomba nuclear a punto de estallar en el inventario. Bautista había tenido una misión para matarla, una que había perdido porque nosotros habíamos acabado con ella sin querer cuando abrimos un agujero en el techo del despacho del magistrado con una bomba. Bautista había intentado entrar en su apartamento, pero lo había encontrado vacío a excepción de...

—¿Te refieres a esos peluches Beanie Babies? —pregunté.

—Sí —respondió él. Sacó uno del inventario. Era un sapo marrón con un yelmo lleno de pinchos. Aún tenía la etiqueta. Era el mismo tipo de criatura en la que se había transformado Mordecai en este piso. Bautista me tiró el muñeco y lo cogí en el aire. Después lo examiné.

Infantería grulke de peluche. (Con etiqueta).

Es la figura coleccionable más común de la línea grulke. En términos de categoría, están justo por debajo de los chicos de fraternidad con problemas de hígado precoces. Es literalmente imposible entrar en una tienda y no ver uno de estos en las estanterías. Te costará encontrar a un coleccionista que quiera comprártelo.

Pero es muy mono, eso sí.

—La señora Péndula tenía más de mil monstruos de peluche diferentes en su apartamento. Por ahora, he usado unos cuarenta. Podéis quedaros ese si queréis. Tengo cuatro iguales, aunque uno tiene un yelmo de color diferente. Atacará a los enemigos por vosotros y son muy fuertes, pero son muy comunes y estos solo atacan durante unos treinta o cuarenta segundos.

Leí la pequeña etiqueta de papel de la criatura de peluche. Solo decía «Infantería grulke. Entretenimientos Jaxbrin S. L.». Por detrás de la etiqueta había un emoticono con una estrella de carita sonriente. Y ya.

—Espera. ¿Estas cosas se transforman en criaturas de verdad? —pregunté—. ¡No lo sabía! ¿Cómo se hace?

—Pues solo tienes que tirar de la etiqueta, como si fuese una granada. Y la lanzas. Tarda unos diez segundos en funcionar. Luchará por ti de una forma u otra dependiendo de lo que sea. O, como he dicho, también puede llegar a atacaros. Cuanto menos habitual sea, más durará el efecto. Al terminar, si no los han matado, vuelven a convertirse en muñecos de peluche, pero la etiqueta desaparece y no pueden volver a usarse. Si mueren en combate, las bolitas de plástico que tienen como relleno salen desperdigadas por todas partes, mueren y terminan por desaparecer.

—De locos —dije—. Nosotros solo tenemos uno. Es un tipo a caballo que se llama Kimaris. ¿Cómo aprendiste a usarlos?

—El primero que conseguí se llamaba Grulla Gruñona. Era una especie de pájaro. Estábamos en una estancia segura y me puse a jugar con ella, pero se le cayó la etiqueta. Adquirió vida en mis manos y salió volando hacia el techo entre graznidos. Después, atacó a un tipo de mi grupo y se teletransportó fuera. Luego encontré otro. Un Duendecillo Erudito Académico. Decía que era profesor, así que tiré de la etiqueta. La verdad es que se me pareció a mi abuelo. Me fue muy útil, pero tendría que haberlo reservado para más tarde, cuando estuviese mejor preparado. Era muy infrecuente y valioso. Me explicó qué hacer con estas cosas y actuaba como si yo fuese un idiota por no tener ni idea. Creo que era uno de los más valiosos, de hecho. De categoría legendaria. Uno de cada cinco son así, pero en aquel momento no lo sabía hasta que él me lo explicó. Duró dos horas enteras y estaba dentro de una vitrina extraña. Tengo cinco más de esos legendarios, pero me da miedo abrir las vitrinas porque la descripción dice que hay una posibilidad de recibir daño de fuego al abrir la puertecilla. Podría abrirlas dentro de las estancias seguras, pero el Duendecillo Erudito me dijo que el fuego seguirá activándose en ellas. A mí no me haría nada en ese caso, pero el peluche y la vitrina quedarían inservibles. Se me ha ocurrido abrirla dentro de mi inventario, pero me da miedo intentarlo.

Estaba hablando de la vitrina de segadora de cristal de Sheol. Era la misma vitrina de protección en la que estaba mi peluche de Kimaris, la misma en la que ahora se encontraba el Juicio Final de Carl. El tal Kimaris era un demonio. Y era único, no legendario ni poco frecuente.

—¿Solo tienes que tirar de la etiqueta y aparecen sin más? —insistí.

—Así es. Pero puedes tirar de ella dentro del inventario, que es lo que hago yo. Reduce en dos segundos el tiempo de invocación. Eso sí, tienes que tener cuidado, porque si se trata de un monstruo con el que no estás familiarizado, no sabes el tamaño que podría tener. Ni lo maligno que podría llegar a ser. Algunos son enormes. Ah, el Duendecillo Erudito, que se llamaba Atwin, por cierto, también me dijo que son invocaciones de verdad y hay que tener cuidado con ellas. Por la manera en la que mueren, podría parecer que la criatura se está creando justo delante de ti cuando la invocas, pero nada más lejos de la realidad. Lo que hace es teletransportarse hasta el lugar donde te encuentras. Yo no entiendo muy bien la diferencia, pero él insistió en que era muy importante. Supongo que hay conjuros que dicen que invocan cosas, pero que lo único que hacen en realidad es crear versiones falsas de otras criaturas. Pues esto es una invocación de verdad.

Pensé en el conjuro Triplicado mecánico de Dónut. Estaba claro que, en ese caso, no se trataba de una invocación.

—¿Cómo habías dicho que se llamaba el que tienes? —preguntó Bautista.

—Kimaris.

—Pues ese no lo tengo. Deberías conservarlo hasta que sepas su valor. Pues eso. Me preocupa bastante quedarme sin ellos. Mi clase se llama espadachín, pero tengo muchísimo que practicar con el arma. —Le dio unas palmaditas a la espada naranja reluciente que le colgaba del cinto—. He usado demasiado a estas criaturitas. Por eso me alegra que me haya patrocinado Jaxbrin. Espero que vayan regalándome más.

—De todas maneras, deberías entrenar todo lo posible con la espada —dije, preocupado de repente—. No puedes depender de la buena voluntad de otras personas para seguir teniendo esos peluches. Además, los niveles de algunos de los de tu grupo son muy bajos. El tipo del tirachinas va bien con 28, pero su amigo solo tiene 21. No es suficiente. Empieza a quedarse atrás.

—Lo sé —aseguró Bautista—. Hacemos todo lo que podemos.

El plan del grupo de Bautista era encontrar la estación 72 que estaba vacía. Me prometió que empezarían a entrenar con necrófagos en otra línea hasta que llegase el momento de marcharse. Al parecer, Tizquick, el enano que tenía esa hija que no existía, se había puesto a hacer guardia en la estación 60, ayudando a todos los mazmorreros que pasaban por allí a llegar desde una línea de color a la siguiente. Empezaba a preocuparme la cantidad de gente que terminaría por congregarse en el mismo lugar, aunque al parecer ya habían explotado dos generadores de necrófagos en dos estaciones 72 diferentes. La última vez que había visto la cifra había unas doscientas setenta y cinco mil personas en el piso, lo que hacía que fuese más fácil que acabasen en el mismo lugar y muriesen al mismo tiempo.

De hecho, ese número de mazmorreros restantes se me antojaba demasiado alto basándome en el número de personas conocidas en mi chat. Conocía al menos a más de diez personas en estaciones 36 diferentes, pero en ninguna de ellas había más de mil personas. En la mayoría había entre cincuenta y cien. Era algo que había comentado con los demás, y llegamos a la conclusión de que no conocíamos lo suficiente sobre la naturaleza del cuarto piso como para saber realmente dónde se encontraban los demás. Katia llevaba varios días comentando que nos faltaba información sobre la manera en la que estaba planteada la Maraña de Hierro. Siempre repetía lo mismo: «No entiendo cómo es posible que solo haya seis mimetos estación». Le dije que daba igual mientras tuviésemos una salida por la que escapar y hubiésemos hecho todo lo que estaba en nuestra mano.

Nos despedimos del equipo de Bautista y acabamos en la línea zomp. Teníamos dos carros de interdicción. El carro E, el que habíamos llevado hasta el final del trayecto, y el carro Q, que ahora llamábamos el carro Def Leppard. Lo colocamos detrás del primero al revés, para dejar un portal a cada lado, ambos conectados al Abismo. Nada podía acercarse a nosotros mientras estuviésemos sobre las vías. Aunque aún podían atacarnos por los costados, claro.

El plan era abrirnos paso hasta Imani, Elle y Li Jun y reunirnos con sus equipos, que ahora estaban acampados y hacían guardia en la estación 36. Dijeron que llevaban horas sin ver a un monstruo que no fuese algún que otro necrófago rezagado. Les comenté que tardaríamos un poco en llegar y que se mantuviesen alejados de la playa de maniobras E, en la que ahora había un nuevo residente.

Mientras, teníamos intención de parar en la primera estación de transbordo que encontrásemos, ir a la estancia segura, abrir las cajas de Katia, ver el episodio resumen y hacer una reunión de nuestro grupo.

Terminamos en la estación 59. Las vías estaban llenas de necrófagos y churumbeles de Krakaren, que ahora tenían el tamaño de perros pequeños. Los teletransportamos a todos al Abismo mientras avanzábamos con los carros. La única vez que estuvimos en peligro fue al pasar por la estación 24. Los monstruos jóvenes estaban por todo el andén. Había miles de esos pulpos unos encima de otros y me vi obligado a tirar una de mis valiosas jarras explosivas al pasar. Aun así, más de diez fueron lo bastante rápidos como para saltar al carro, pero la ballesta de Katia dio buena cuenta de ellos al momento. No soltaron nada de botín y la sangre que manaba de sus cadáveres hizo chisporrotear el metal de la superficie del vehículo.

Detuvimos los dos carros en el andén de la estación 59 y dejamos los portales encendidos, ambos conectados al Abismo. Después enviamos un mensaje a todos para que tuviesen cuidado con la línea zomp. Mientras durasen las baterías, y parecían durar muchísimo, ninguna criatura se atrevería a acercarse a los carros. En la estación de transbordo había seis líneas más, pero no nos topamos con ningún enemigo en el camino hasta la estancia segura, que en esta ocasión estaba en el piso inferior en lugar de en el superior.

Los churumbeles de Krakaren no parecían alejarse demasiado de la estación 24. Por el momento. Y el grupo de Meadow Lark había empezado a montar unos lanzallamas en los cuellos de botella, por si terminaban por invadirlos. Esperaba que no fuesen necesarios.

Al parecer, la estancia segura de la estación 59 era un restaurante de Costa Rica llamado Soda. Atravesamos la pequeña estancia, pasamos por delante del bopca y nos metimos en nuestro espacio personal. Parecía haber pasado una eternidad desde la última vez.

—Abrid las cajas ahora —dije mientras me dejaba caer en la silla—. Veamos qué tenemos.

Katia se enderezó.

—Muy bien. Abriré primero la caja de aficionado.

Habíamos accedido a hacerlo lo más pronto posible, antes de que regresase Mordecai. Lo último que necesitábamos era que ese tal Chaco volviese a aparecer y se peleasen de nuevo.

Pero en realidad había razón para preocuparse. Aparecieron dos objetos. Un maldito bate de béisbol y un escudo. El escudo era alto, de un metro ochenta, curvado y con forma de medio cilindro. Contaba con dos asas para que Katia lo sostuviese con dos manos o deslizase un brazo por el interior.

También contaba con una pequeña ventana como de plástico en la parte superior para ver a través de él.

Tenía la palabra «Atrás» escrita en estándar del Sindicato en la parte delantera, con letras mayúsculas.

—Es un escudo antidisturbios —comenté.

Me di cuenta de que el bate de béisbol era en realidad una porra de policía. A simple vista no parecía tener nada de especial, pero mientras Katia la examinaba con los ojos abiertos como platos, vi el brillo particular y casi inapreciable de los objetos mágicos. La mujer apretaba los labios con lo que parecía ser enfado y miedo.

Cogí el escudo enorme para examinarlo y comprobé que era absurdamente ligero.

Escudo mágico de control de multitudes de las fuerzas antidisturbios de los gnolls sombríos.

A veces la galaxia no es un lugar muy alegre. A veces, las aglomeraciones del populacho se olvidan de cuál es su lugar en la maquinaria que es el mundo. Y a veces, esa escoria de la sociedad brota hasta la superficie y provoca un fenómeno que se conoce como «agitación social».

Y cuando eso ocurre, los poderes que tienen el control dejan muy patente que no quieren perderlo. Y por eso contratan refuerzos, unas fuerzas asalariadas que usan la fuerza bruta para que todo vuelva a estar en orden, y que quizá cometen algún que otro crimen de guerra para que la escoria de la sociedad sepa cuál es el lugar que le corresponde. Las fuerzas antidisturbios de los

gnolls sombríos es uno de estos grupos y está entrenado específicamente para este tipo de situaciones.

Este escudo mágico ofrece opciones tanto de ataque como de defensa a la hora de controlar a las multitudes. Un defensor de primera línea que use este escudo consigue los siguientes beneficios:

+5 % de Constitución.

+5 a la habilidad Enraizado.

+ Mejora de la habilidad Avalancha a la habilidad Estallido de multitudes.

Aviso: No te puedes equipar este objeto. Para hacerlo es necesario contar con la habilidad Avalancha.

Miré de inmediato la habilidad Estallido de multitudes, la mejora de la habilidad Avalancha. Era la misma habilidad de impulso que Katia había usado para matar a Hekla. Solo podía usarla una vez al día, pero contaba con dos diferencias muy grandes. Seguía saliendo disparada hacia delante y causando muchísimo daño, pero ahora todos los que se encontrasen en un cono frente a ella también recibían el impacto del ataque. El daño principal seguía recibiéndolo aquel que fuese objetivo del golpe, pero todo lo que se encontrase en dicho cono sufría entre un diez y un veinte por ciento de dicho daño. Si había conseguido matar a Hekla solo con la habilidad normal, esta mejorada tenía que hacer muchísimo daño, un daño que iban a recibir incluso los monstruos que no sufriesen un impacto directo. Con la bonificación de su cinturón de lucha libre, el golpe sería el equivalente de atropellar a alguien con un camión monstruo.

Pero la ventaja más importante era que ahora podía usar dicha habilidad una vez cada cinco minutos en lugar de una vez al día.

—Parece que vas a poder practicar muchísimo más tu habilidad Avalancha —dije mientras me disponía a mirar la habilidad Enraizado. Ella soltó una especie de gruñido para indicarme que estaba de acuerdo.

Enraizado.

Esta habilidad dificulta en gran medida que te tiren al suelo. No tiene por qué tratarse de algo beneficioso, ya que la física puede llegar a ser una jodienda. Ten cuidado cuando la uses.

—Interesante —dije antes de examinar la porra.

Porra mágica telescópica de control de multitudes de las fuerzas antidisturbios de los gnolls sombríos.

Esta porra mágica está diseñada para romper cráneos y enseñar a esos cabrones desagradecidos algo de respeto, joder.

La longitud de este objeto es ajustable, desde los 25 centímetros hasta 3 metros.

Lanza automáticamente el conjuro Cono de empujón cuando se usa contra un grupo de 10 o más criaturas. Dicha habilidad solo se activa una vez cada 5 minutos.

—Son objetos fantásticos —dije—. Sobre todo el escudo. Me preocupa un poco la descripción de la habilidad Enraizado, pero la de Estallido de multitudes es justo lo que necesitabas.

—No sé si la gente lo ha hecho para trolearme —comentó Katia—. El público sabe que odio usar Avalancha.

—Tampoco es para tanto —convino Dónut—. Es como cuando me regalaron un arenero eléctrico. Es útil, sí, pero no es más que un arenero. Yo esperaba algo que tuviese más... más estilo.

—Primero, el arenero lo pidió Bea —comenté—. No entiendo cómo alguien puede llegar a enfadarse por recibir justo lo que había pedido por su cumpleaños. Segundo, que sepas que esa cosa costó unos trescientos pavos. Pero bueno, Katia, que los objetos son muy buenos. Te estén troleando o no, te ayudarán a hacerte más poderosa. Mordecai nos comentó que en su primera caja de aficionado había recibido un juguete sexual.

—¿De verdad le compraste un arenero a tu novia el día de su cumpleaños?

—Sí que lo hizo —respondió Dónut—. La señorita Beatrice se enfadó muchísimo, como era de esperar.

Katia se rio mientras intentaba equiparse el escudo enorme. Un momento después, empezó a arrugar la frente.

—Supongo que ya no necesito esto —dijo—. No me deja equipar ambas cosas al mismo tiempo. —Se quitó un objeto de la muñeca izquierda y lo colocó sobre la mesa—. Deberías cogerlo. Puede que llegues a necesitar un escudo.

Agarré la muñequera. Se parecía mucho al brazalete que llevaba en el brazo derecho, ese que me permitía sacar el guantelete. Me había olvidado de que Katia tenía ese objeto. Al parecer solo lo había usado para aumentar su masa.

Autorrodela mágica de Hueso de Melocotón.

Forma una rodela mágica de metal a voluntad. Puede activarse en la lista de acceso rápido o agitando la muñeca como si te pusieses a pensar en la buenorra de tu tía Lydia.

Este objeto cuenta con el conjuro Destrozar. Cualquier ataque detenido por el escudo tiene un 1,5 % de probabilidades de desarmar al oponente. Si el oponente queda desarmado, hay un 90 % de probabilidades de que el objeto caiga al suelo, un 5 % de que el arma se rompa o un 5 % de que el arma pase directamente a formar parte de tu inventario.

—Anda. Está muy bien —dije al tiempo que me la ponía. Tuve que colocármela sobre la manga de la chaqueta, y luego empecé a probar. El pequeño escudo aparecía al girar la muñeca y, cuando la agitaba un poco, desaparecía al momento—. ¡Gracias!

—Es mucho mejor que un arenero, sí —comentó Dónut.

Katia asintió y centró su atención en la siguiente caja. La caja de benefactor.

—Bueno. ¿Listos?

—¿Crees que será algo malo? —preguntó Dónut.

—Recordad que en las cajas no pueden salir objetos malditos —comenté—. Venga, veamos qué hay dentro.

Poco después de que Katia hubiese sido patrocinada por la princesa Formidable, la hermana menor del príncipe Maestro y del príncipe heredero Fornido del Imperio Calavera, le explicamos todo lo que sabíamos sobre esa familia de orcos psicóticos. Maestro había muerto junto a su madre. Fornido estaba en la mazmorra, seguro que caminando por ahí interpretando al dios de la guerra Grull. El rey Óxido también estaba dentro de la mazmorra, supuestamente, aunque no sabíamos dónde. Aún no me había quedado claro cómo funcionaban los pisos sexto, noveno, duodécimo, decimoquinto y decimoctavo. Mordecai siempre nos había dicho que no nos preocupásemos hasta que llegásemos a ellos.

Tampoco sabíamos la manera en la que la hermana casaba en la trama familiar. Suponía que si todos sus hermanos acababan muertos, ella acabaría por convertirse en la heredera. Pero ¿tenía una relación muy estrecha con ellos? En los libros y en las películas, la realeza siempre iba por ahí asesinándose entre sí para conseguir más y más poder. Pero, como no sabía absolutamente nada sobre la princesa Formidable, quitando el hecho de que existía, no había forma de predecir qué tipo de objeto estaba a punto de recibir Katia.

Katia abrió la caja. Miramos en silencio cómo aparecía el objeto pequeño, antes de que Katia lo cogiese sin decir nada. Lo examinó y luego me lo entregó.

Era un virote de ballesta. Solo uno.

El virote de Ofiotauro.

Es el objeto 1 de los 100 que hay disponibles.

Este objeto funciona como un virote de ballesta normal a menos que se dispare directamente al ojo de una deidad.

Si impacta con éxito en el ojo de un dios, la invulnerabilidad se desvanece durante 15 segundos.

—Madre mía —dije—. Algo me dice que a la hermana no le cae demasiado bien su hermano mayor.

Solo nos dio tiempo a ducharnos antes de que empezase el programa. Mordecai iba a regresar justo después de que terminase, y luego íbamos a necesitar dormir durante dos horas.

El episodio resumen emitió un montaje de personas preparándose y luchando en varias estaciones con escaleras. Vi a un grupo de unos veinte mazmorreros enfrentándose sin esperanza alguna a un jefe de la estación 48. El monstruo, que era un masa descomunal de necrófagos que no dejaba de gritar y dar dentelladas, despachó sin problema alguno a los mazmorreros. Formó unas tenazas gigantes hechas de partes de cuerpos de necrófagos y empezó a levantarlos. Después empezaron a formar unas bocas en la cara interna de las tenazas, que los aplastaron y los devoraron. Todos murieron entre gritos de agonía.

—Dios —murmuré.

—No puedo verlo. Odio este programa —dijo Katia, que se puso en pie. Sacó una toalla de a saber dónde y luego empezó a dar vueltas por la estancia, limpiando las manchas de sangre que Mongo no había terminado de lamer—. Necesitamos alguien que nos limpie este lugar.

El episodio resumen también emitió algo inesperado. Un grupo había encontrado unas escaleras que no estaban en el mapa. No decía dónde se encontraban, pero sin duda era una zona diferente que no habíamos visto. Se trataba de una cueva oscura y húmeda, iluminada únicamente por el conjuro Antorcha de uno de los mazmorreros. Solo había unas escaleras en el lugar, y no cabía duda de que eran de las que servían para descender al siguiente piso, pero en esta ocasión iban hacia arriba y hacia abajo. No tenía muy claro por qué. El camino hacia abajo era el único que brillaba, pero también ascendían en espiral y se perdían en la oscuridad. La imagen solo duró unos pocos segundos en pantalla, por lo que no tuve tiempo para examinarlas mejor.

—Creo que sé dónde está ese lugar —dije de repente, cuando me di cuenta de lo que acabábamos de ver—. Es el lugar desde donde teletransportamos al mimeto. Es la estación 433. Apuesto lo que sea a que también allí hay unas escaleras. Igual que ocurrió con Grimaldi. Si un jefe de ciudad se encuentra en el mismo lugar que unas escaleras, estas no aparecen en el mapa hasta que el jefe desaparece.

—¿Cómo? —preguntó Dónut con incredulidad—. ¿Estás diciendo que podríamos volver a ese lugar y usar esas escaleras?

—Supongo que sí —respondí—. Pero no estoy seguro. Aunque me alegro de que todos los que están atrapados por esa zona tengan una manera de escapar.

—Qué desperdicio de gorros. Entre todos tenían un valor de ciento cincuenta mil de oro, Carl —comentó Dónut.

—Aun así, no todo el mundo sabe dónde se encuentra esa estación. Tendrán que encontrarla —dijo Katia por encima del hombro. Tuve que mirarla dos veces para comprobar que no me engañaba la vista. Se había transformado en una criatura alta y esbelta que frotaba una de las paredes a tres metros de altura—. Hay cinco mimetos más ahí fuera. Pero ¿cómo llegó la sangre hasta aquí?

—Silencio —dijo Dónut, que agitó una de sus patas—. Callad. ¡Somos nosotros!

—Joder —dije al ver la escena que acababa de aparecer en pantalla. En el programa, me encontraba frente a un Gary el Ronco encogido de miedo. Habían editado la luz y los colores de la imagen para que la estancia pareciese más oscura, y la cámara estaba colocada en diagonal desde abajo para que se diese la impresión de que me cernía sobre la pobre criatura. Mongo apareció poco después, como un monstruo que brotase entre la niebla, y empezó a arrancarle las manos a Gary a mordiscos mientras este gimoteaba. Dichos gimoteos parecían haberlos añadido en posproducción, ya que Gary siempre estaba muerto cuando empezábamos a arrancarle las manos. La escena pasó a un primer plano en el que yo comentaba que ojalá tener cinta americana mientras colocaba una de las manos de la pobre criatura en los controles del carro. Lo hicimos una y otra vez, pero nunca se explicó la razón.

Tampoco aparecimos rescatando a los mazmorreros. En lugar de eso, la imagen pasó a Lucia Mar atacando a un humanotauro hasta la muerte, aplastándolo contra un tren una y otra vez. Al parecer, se encontraba en una de las playas de maniobras, pero fui incapaz de identificarla. Uno de sus dos rottweilers tenía algo diferente. Ahora era enorme, el doble que el otro.

—¿Qué? ¿Por qué? —preguntó Dónut—. ¡Lo han cortado en el mejor momento! No han puesto cuando todos empezaban a darme las gracias. Normalmente, lo hacen fatal, pero esto ya es pasarse. ¡Esto es un ultraje!

—Tranquila —dije—. La gente está viendo todo lo que hacemos en directo. Más personas a cada día que pasa. Muchos sabrán lo que ocurrió en realidad. Y también se lo hacen al resto de los mazmorreros. A estas alturas, todo el mundo sabrá que este programa es pura propaganda.

—¿Crees que eso significa que la niña esa, Lucia, no está tan loca como parece en el programa? —preguntó Katia, que se colocó a mi lado.

—Pues no lo sé. Podría ser.

Recordé lo que Lucia había hecho en el club Desperado. Y a la ayudante de Odette. Recordé también que la propia Odette la había llamado psicópata, y que Lucia había dicho cosas poco agradables sobre Dónut en ese mismo programa. Era muy probable que no fuese una santa, pero seguro que también estaban exagerando un poco las cosas. Seguro.

—Lo has hecho genial —dije mientras echaba un vistazo a nuestro alrededor—. Has dejado esto como los chorros del oro.

—Recordé lo que había comentado Katia, que su madre estaba obsesionada con la limpieza y que ella se había rebelado al respecto. Aunque al parecer ella también estaba algo obsesionada con el tema. También tenía que tener en cuenta que lo que había limpiado eran manchas de sangre, lo que no era muy agradable a la vista y era mejor quitar cuanto antes.

—Mongo ayudó mucho con la sangre —comentó Katia, que le dio unas palmaditas al dinosaurio en la cabeza.

Saludos, mazmorreros.

Este será el penúltimo mensaje antes del derrumbe del piso y quería comentaros que estamos muy orgullosos del tesón que habéis mostrado los humanos. Sinceramente, esperábamos que muriesen muchos más de los vuestros en este piso. Es algo que ha hecho que nos replanteemos la dificultad del siguiente. Je.

Es muy probable que mañana a esta misma hora estéis muy ocupados, por lo que os daremos toda la información importante en este mensaje. En el siguiente piso, los mazmorreros estarán desperdigados, mucho más separados entre sí de lo habitual. Los grupos seguirán estando juntos, pero solo aquellos que estuviesen creados antes de la retransmisión de este mensaje. Nos encanta ver cómo los valerosos humanos os estáis uniendo para enfrentaros contra los monstruos enormes y malvados. ¡Y es genial, de verdad! Pero en el siguiente piso nos gustaría centrarnos un poco más en historias algo más íntimas. Podréis seguir hablando con vuestros amigos por el chat, pero si no están en vuestro grupo en estos momentos, será mejor que empecéis a despediros de ellos. Seguiréis contando con entradas al club Desperado y al Vencedor por todo el piso, eso sí, así que no os preocupéis por eso. Pero si no os habéis entrenado bien, os vais a arrepentir.

Y hablando del chat, hemos añadido una función nueva y muy emocionante en esta temporada. Por una tasa muy pequeña, todos los espectadores podrán suscribirse a los mensajes privados que les enviéis a otros mazmorreros. Genial, ¿verdad? Los registros dieron comienzo ayer y estamos muy contentos con las cifras. El sistema entrará en vigor desde que termine este mensaje.

También hemos solucionado algunos errores persistentes con el sistema de inventario. Con efecto inmediato, ya no podréis almacenar líquidos a menos que estén en un contenedor.

Y eso es todo por el momento. Nos vemos mañana. Ahora, ¡salid ahí fuera y matad, matad, matad!

—¿Dónde está? ¿Adónde se ha ido ese pedazo de comemierda? —gritó una voz familiar. Mordecai apareció derrapando hasta detenerse en medio de la estancia. Abrió de par en par los ojos de sapo. Al parecer, para él no había pasado el tiempo. Luego parpadeó—. Oh. Mierda. Joder —dijo mientras revisaba las notificaciones—. Por su teta izquierda. ¿Siete días?

—Hola, Mordecai —saludé.

El hombre sapo se nos quedó mirando. Pasó a mirar al instante la calavera dorada que había aparecido sobre la cabeza de Katia y luego hizo lo propio con la de Dónut. Se envaró al ver que Mongo graznaba y saltaba en círculos a su alrededor.

—Veo que me he perdido alguna que otra cosa.

—Alguna, sí —respondí—. Tenemos que...

No llegué a terminar.

Katia explotó.

O al menos eso es lo que creí que le había ocurrido en un primer momento. Empezó a brotar sangre de su cuerpo. Litros y litros que salieron despedidos en todas direcciones. No dejaba de manar y manar, una cantidad de líquido imposible. Todos gritamos a causa de la sorpresa. El mejunje fétido y hediondo me salpicó toda la cara como si me hubiesen hecho un bukkake. Me tropecé al intentar alejarme, mientras me asfixiaba e intentaba recuperar el aliento. Dónut gritó y pegó un brinco al otro lado de la habitación. Mordecai también corrió hacia atrás, se chocó contra el sillón y salió despedido por los aires.

Pero, a pesar de todo, el chorro rojo no dejó de manar. Llegó hasta el techo y cubrió las paredes más alejadas. Era como si se hubiese encendido un aspersor.

Mongo graznó de alegría y empezó a dar vueltas como un niño bajo la lluvia, que siguió cayendo durante veinte segundos más antes de terminar por parar. Katia seguía allí, de pie en mitad de la estancia, con los ojos abiertos de par en par. Al parar, lo único que se oyó en la habitación fue mi tos, a Mordecai croando y el tap, tap, tap, chaf, tap de Mongo bailoteando en círculos como si estuviese jugando en una piscina para niños.

Tardé unos instantes más en entender qué cojones acababa de

pasar. Katia había almacenado toda la sangre cuando la habíamos colocado en la parte delantera del tren. Y la había guardado directamente en el inventario para mantener limpia la pala.

Pero las reglas acababan de cambiar. Ya no se podían almacenar líquidos que no estuviesen en un contenedor. Al parecer, aquella era la manera que tenía el sistema de resolver el problema.

Me fijé en Katia. La sangre había brotado a su alrededor en círculos, pero no directa hacia arriba, sino en todas direcciones. Ella estaba limpia de pies a cabeza. Madre mía. No tenía encima ni una gota de sangre. Se me ocurrió algo. Una forma de aprovecharnos del sistema. Me pregunté si funcionaría, pero tenía claro que era algo que terminarían por parchear si llegaba a intentarlo. Me guardé la idea para usarla en otro momento.

—Hay que ver, Katia —dijo Dónut, que saltó sobre mi hombro—. Si necesitabas una compresa, podrías haber avisado.

30

Lo primero que hicimos fue salir al restaurante. Mordecai, que por alguna razón estaba más lleno de sangre que yo, se acercó a la barra donde se encontraba el bopca.

—Queremos comprar una mejora del espacio personal —comentó—. Un bot limpiador.

El bopca se quedó mirando con gesto de desagrado la sangre que goteaba sobre la barra. Mongo estaba alborotado y empezó a correr de un lado a otro por la estancia, manchándolo todo de pequeños puntos rojos.

La mejora costaba veinticinco mil de oro y era una de las mejoras ambientales más baratas que podíamos comprar. Seguía siendo carísima, pero ninguno nos quejamos. Dónut ni siquiera intentó negociar el precio. Katia pagó la suma sin rechistar y volvimos al espacio personal. Se activó justo cuando entramos en la habitación. Era un robot con forma de *frisbee* parecido a los de clase Mexx que habíamos visto en las caravanas de producción, aunque me dio la impresión de que este no podía hablar. Básicamente, era una Roomba voladora. Dónut tuvo que reprender a Mongo para que no lo atacase. Empezó a zumbar como un zángano y a flotar por ahí, parpadeando con desdén al ver toda la suciedad.

Empezó a limpiar toda la sangre apestosa y coagulada: pasaba sobre ella y esta desaparecía mágicamente. Era rápido, pero aun así iba a llevarle un buen rato. Mucho.

—Vamos a darnos una ducha y a hacer como que esto no ha pasado. Nos vemos aquí dentro de cinco minutos —dije. Tenía sangre de necrófago en la boca, pero no tenía nada con lo que limpiármela. Sabía a metal mezclado con el cadáver de una rata.

Cuando regresamos seguía habiendo sangre por todas partes,

pero el robot limpiador trabajaba a toda velocidad. Por suerte, había empezado por la barra de la cocina y la zona ya estaba habitable. Katia estaba sentada por allí comiéndose una piña que le había dado el bopca, como si no hubiese ocurrido nada, tarareando para sí. Había transformado su mano en un cuchillo para cortar la fruta y me ofreció un trozo al acercarme, pero lo rechacé. Aún tenía el regusto de la sangre en la boca.

—Muy bien —dijo Mordecai, que alzó las manos mientras salía de su habitación—. Antes de que digáis nada, sé que he cometido un error. No tendría que haber perdido la compostura así al ver a Chaco. No volverá a ocurrir. Y no, no pienso hablar del tema.

—Alguien nos dijo que si te volvía a pasar, desaparecerías para siempre —comenté.

—Os aseguro que no volverá a pasar —zanjó Mordecai—. Os lo juro. ¿Qué premio elegisteis en el carrusel, ya que estamos?

—Le dieron un libro de cocina con recetas mágicas —comentó Dónut—. Un chiste de premio, por desgracia.

—¿En serio? —preguntó el hombre sapo—. ¿Puedo verlo?

—Más tarde —dije, intentando cambiar de tema—. No nos queda mucho tiempo y aún tenemos que dormir. Tenemos que ponerte al día y luego volver a salir ahí fuera.

—¿Has visto mis gafas de sol? —preguntó Dónut—. ¿No son formidables? Me las regaló la princesa D'nadia. Si no las hubiese tenido, no me habría enterado de que Hekla iba a intentar matar a Katia. Ah, ah, y ya tengo más de 100 puntos en Carisma. Y también la habilidad Vampiro del amor, la que me dijiste. La he lanzado unas pocas veces, pero no se ha activado nunca.

La habilidad Vampiro del amor de Dónut le permitía reflejar todo el daño a un enemigo de menos nivel que ella. No la había usado porque, en este piso, había hecho todo lo posible para no recibir ningún golpe.

—Genial —comentó Mordecai, quien parecía haberse sorprendido al oír el nombre de Hekla. Volvió a centrar la mirada en la calavera dorada que había sobre la cabeza de Katia—. Es genial, pero tenéis que ir más despacio. Hay mucho de lo que hablar y no tenemos por qué hacerlo todo al mismo tiempo. Primero, explicadme qué ha ocurrido para que tengáis esas calaveras de asesinos de jugadores. ¿Cómo es que Katia ahora es la que tiene más nivel? Luego, podremos comentar las nuevas habilidades y...

Se quedó en silencio al ver mi mano izquierda. Dio dos pasos hacia mí, me agarró por la muñeca y la sostuvo en alto para mirar el anillo que me había entregado Frank. El anillo de sufrimiento divino.

—Quítate eso —dijo—. Quítatelo ahora mismo.

—No voy a usar la habilidad Señalado por la muerte —le comenté—. Pero el anillo me da una bonificación de 5 % a todas las características.

—Si no me echasen para siempre de la mazmorra por hacerlo, te daría tal puñetazo que saldrías volando hacia el siguiente piso. Aunque fueses por ahí asesinando jugadores, serías un idiota por llevar encima ese anillo. Y más idiota aún por llevarlo puesto en el dedo. Cada temporada se generan varios de esos anillos y, cada temporada, los mazmorreros que los llevan son los primeros en ser perseguidos y asesinados por los cazadores del sexto piso. Las bonificaciones que te da funcionan en ambos sentidos. Una de las razones por las que esos idiotas intentan llegar pronto al Coto de Caza es hacerse con uno de esos anillos.

—¿Por qué? —pregunté.

—Porque en manos de uno de esos cabrones sádicos puede llegar a aumentar su poder exponencialmente. Una vez está lo bastante cargado, su portador se vuelve mucho más poderoso con cada muerte. Hasta donde yo sé, todos los ejércitos que han ganado la Guerra de Facciones estaban liderados por un campeón que llevaba uno de esos, y algún que otro objeto más. Y esos cabrones ricos que luchan en el noveno piso harán cualquier cosa para vencer. Este tipo de objeto no se puede traer a la mazmorra desde el exterior, pero las facciones pueden conseguirlos si convencen a un idiota para que se haga con él en el sexto piso. Y eso es algo que no escasea en este universo: idiotas. Tienes que venderlo. De lo contrario, será como si tuvieses una diana enorme en la espalda, más grande de la que tienes ya.

Me quedé mirando el anillo. No quería quitármelo.

—Entonces... ¿los vencedores de la Guerra de Facciones siempre tienen uno de estos?

Me dio un tortazo en este mismo instante. Plas. En un lado de la cara. No se quedó paralizado ni se teletransportó al exterior. Si me hubiese dado un poco más fuerte, es probable que las cosas hubiesen sido diferentes. Mi padre solía hacer lo mismo, aunque él sí que me pegaba mucho más fuerte. Sentí cómo se me entornaban los ojos.

Mordecai se miró la mano palmeada, tan sorprendido como yo. «Parece que lo de contenerse no lo está llevando demasiado bien», pensé.

—Carl, no tendría que haber hecho eso, pero ¿de verdad eso es lo que has sacado de todo lo que te acabo de decir? Los mazmorreros no tienen que inmiscuirse en las victorias o las derrotas de la Guerra de Facciones. Lo único que tienen que hacer en el noveno piso es intentar sobrevivir, como si fuese un tornado que pasa de largo. Tienen que mantener las cabezas gachas y rezar para no salir volando. Ya vamos a tener un problema bastante gordo e imposible cuando lleguemos a ese piso. Que intentes conservar un artefacto de sufrimiento divino cuando todo el universo sabe que lo llevas encima es algo que, de verdad, no necesitamos.

Hice un amago de responder, pero él levantó la mano para interrumpirme.

—Además, ¿no te acuerdas de los estallidos mágicos del piso anterior? Los eventos que activan la magia son muy peligrosos. Habrá trampas que activen tus conjuros y tus objetos. Es algo que podría llegar a ser devastador. A pesar de lo que dice la descripción, este objeto no está hecho para mazmorreros. Es para turistas y está diseñado para que encuentren a cientos de personas y se pongan a *farmear* para ganar más poder. Es un objeto malvado y, si no te libras de él, los dioses no lo quieran, le diré a Dónut que se aleje lo máximo posible de ti una vez lleguemos al sexto piso.

—Que sí. Vale ya —dije mientras me quitaba el anillo. Sentí cómo me bajaba la Fuerza, lo que hizo que me enfadara aún más—. Ya lo venderemos en el quinto piso. Antes de que lleguemos al sexto. Pero ni se te ocurra volver a pegarme.

Me dio la impresión de que estaba a punto de objetar y a insistir para que me librase del anillo de inmediato, pero Katia lo interrumpió. Había abierto el mapa y lo había extendido en la encimera.

—¿Cómo fue lo que dijiste? —preguntó—. Comentaste que sabías llegar a las estaciones de tren anteriores. Nosotros también descubrimos la manera, pero hay muchas y me gustaría saber lo que habías descubierto tú.

Mordecai bajó la vista para mirar el documento, ajado, salpicado de sangre y lleno de más marcas de las que tenía la última vez que lo había visto una semana antes. Parpadeó unas cuantas veces sin dejar de mirar la maraña de círculos. Yo aún no le había encontrado sentido. De hecho, no entendía cómo alguien podía encontrarle sentido a una locura tan confusa. Me dio la sensación de que quienquiera que hubiese diseñado aquello tampoco tenía las cosas muy claras. Esperaba que esa persona no fuese la diseñadora del siguiente piso.

—¿Veis esto? —dijo Mordecai al tiempo que señalaba el círculo que representaba el recorrido circular del Pesadilla—. Y esto. Y esto. —Señaló algunas líneas con nombre más. Después agarró el bolígrafo que había sobre la mesa y dibujó un símbolo en una esquina. Era un grupo de círculos superpuestos, parecido al logotipo de las Olimpiadas, pero con anillos de tamaños diferentes—. Este es el logotipo del Sindicato, visto desde arriba. —Señaló otra vez el segundo círculo del logo que acababa de dibujar y luego el de la línea del Pesadilla—. Mirad. Son iguales. Los trenes con nombre forman un patrón muy específico, lo que significa que hay un tren que tiene que llegar hasta el principio. Es probable que pase por esta estación de aquí. Sí, mirad. Ya lo habíais descubierto. La línea Velocidad de Escape. Tiene sentido, sí. Velocidad de Escape es el nombre de la nave que descubrió el agujero de gusano al primer sistema, donde un grupo de científicos glíner que investigaba un cementerio de naves de los primigenios encontró una nave generacional vog. El Sindicato se creó unos pocos cientos de ciclos después. Creo que resulta bastante obvio una vez sabes qué estás buscando.

—¿Qué? —pregunté—. ¿Cómo cojones se supone que iba a saber todo eso? De hecho, ¿cómo carajo iba a saber el aspecto que tiene el logotipo del Sindicato?

—¿No está grabado en las puertas que dan a los pisos inferiores?

—No —comenté—. En esas solo hay un kua-tin enorme.

—Anda —comentó Mordecai—. Cuando yo era mazmorrero lo que había en ellas era el logo del Sindicato. Qué raro.

Volvió a dibujar en el mapa, pero en esta ocasión hizo lo que parecía un resorte de colchón asimétrico. Los círculos estaban conectados los unos con los otros.

—Francamente, no entiendo cómo funcionan esos agujeros de

gusano, pero el logotipo está basado en ellos. No suele representarse en dos dimensiones, sino con forma retorcida y tridimensional. A veces parece que los anillos están separados, flotando unos sobre otros, pero cuando lo giras se ve que están unidos y que es una única línea. Es como una de esas ilusiones ópticas.

Katia le quitó el bolígrafo y empezó a dibujar el logo desde ángulos diferentes.

—Pues esa es la razón por la que lo sabía —comentó Mordecai—. El Abismo representa el centro de la galaxia. La verdad es que has rellenado el mapa muy bien, Katia. Es posible que las vías representen los caminos que siguen los agujeros de gusano. —Mordecai se inclinó hacia delante—. Sí, ahora lo veo mucho mejor. Es un mapa simplificado de la galaxia, y las vías de tren representan los caminos que seguían los agujeros de gusano originales. —Se quedó en silencio y siguió contemplando el mapa—. ¿Ahí dice mimeto de estación? —Se rio en voz alta—. Sí que se han informado bien. Hay una historia que dice que, durante los primeros días del Sindicato, el sistema de los h'lene estableció seis estaciones de transbordo cerca del centro. Pero eran trampas. Los h'lene secuestraban y se comían a todos los viajeros para luego robarles su tecnología. Es una especie que ya no existe y tampoco es que fuesen mimetos, pero a veces se representan así. La Corporación Valtay y los orcos acabaron con ellos.

—Dios —dije sin dejar de mirar el mapa.

—¿Y qué hay de todos esos jefes Krakaren y de los necrófagos? —preguntó Katia, que alzó la vista del documento. No tenía ni idea de lo que estaba haciendo, pero había empezado a dibujar líneas desde el logo a diferentes partes del mapa.

Mordecai volvió a mirarlo y frunció el ceño.

—Guay, sí, sí. Ahora lo entiendo. Krakaren es una criatura que existe de verdad, una mente colmena que se ha extendido por todo el universo y cuya proliferación está causando muchos problemas. Su nombre podría traducirse como la Boticaria, debido a su capacidad para combinar la materia. Krakaren es la traducción que se utiliza para referirse a ella de manera negativa. Lo que hay aquí en la mazmorra podría considerarse una especie de caricatura.

Señaló una de las estaciones en la que Katia había escrito «Traficante de drogas».

—Las Krakaren son las que fabrican las drogas y los púca son los que las reparten. Creo que los púca representan a la Abundancia. Es una especie de cápridos. Son parecidos a cabras.

No habíamos visto ni luchado contra los púca, pero recordaba que Elle e Imani sí que lo habían hecho. Eran los que daban el beneficio Chute de vitaminas a las criaturas. Elle los había descrito como unos seres parecidos a goblins que se convertían en cabras gigantes cuando luchabas contra ellos.

Mordecai continuó.

—La Abundancia inventó el sistema de tunelado moderno. Solo lleva entre nosotros unos pocos cientos de temporadas, pero permite llevar a cabo comunicaciones casi universales en tiempo real. Tienen la patente de dicha tecnología y nadie sabe cómo funciona. Hay una conspiración un tanto ridícula que asegura que usan tecnología de Krakaren y que todo es una estratagema para conseguir que todo el mundo pase a formar parte de su mente colmena. Anteriormente, se usaban los agujeros de gusano. Borant tenía acciones en los relés de comunicaciones, pero ahora han quedado obsoletos. Es una larga historia. Ni yo mismo la entiendo, prácticamente. Antes, incluso en la temporada en la que participé yo, el mazmorreo podía llegar a conseguir tantas visualizaciones como tiene ahora, pero la información llegaba al resto del universo con retraso. Con una hora o con un año, dependiendo del lugar donde vivieses. El sistema central era el único que lo recibía en directo. El hecho de que los sistemas exteriores puedan seguir y marcar favoritos a los mazmorreros en tiempo real es algo reciente. El descubrimiento lo cambió todo. La Abundancia es responsable de muchos avances que han traído prosperidad, pero hay algunos, como el Florecimiento de los kua-tin, que creen que no es más que un complot artero. Podría compararse a una empresa de telegramas que se queja por la invención del teléfono. O una empresa de máquinas de escribir que protesta por la invención de los procesadores de texto informáticos.

—Un momento —dije—. Entonces..., cuando hacen que Krakaren cree drogas y se las dé a los púca para que estos las distribuyan a todo el mundo, ¿lo que están haciendo es una especie de metáfora o algo así? ¿Para recalcar una perspectiva política?

—Eso es lo que parece. Todo este piso es una caricatura política y racista que pretende hacer saber a todo el universo lo taimados que son Krakaren y la Abundancia. Es algo que Borant lleva denunciando desde hace bastante tiempo. Dicen que la Abundancia vende su tecnología a todo el mundo para que se hagan adictos a ella. Pero que un día la cancelarán, lo que permitirá a su gobernante suprema Krakaren... absorber todo el universo o yo qué sé. En mi opinión, es algo irónico, porque en realidad Borant está usando esa misma tecnología para vomitar su odio por todo el universo.

Era todo muy interesante, pero la verdad es que me importaba una mierda quién fuese el racista y quién la víctima cuando todos esos alienígenas se estaban aprovechando de nosotros. Por mí como si se iban a tomar por culo. Pero era información interesante que me vendría bien conocer.

—Pero bueno —continuó Mordecai—, ahora que sabemos cómo llegar a las primeras estaciones, solo hay que esperar un poco y llegar hasta las escaleras. Ah, y también tenéis que darme vuestros cupones de mejora de mesa para ampliar mi mesa de alquimia antes de llegar al siguiente piso.

Miré a Katia. Ambos habíamos gastado los cupones de mejora.

—Muy bien —dije—. Te haremos un resumen corto, pero tienes que prometerme que no te vas a enfadar.

—Sí. Ya verás cuando te contemos cómo colocamos a Katia en la parte delantera de un tren y cómo luego terminó por matar a Hekla —añadió Dónut.

Echamos una siesta y reiniciamos las mejoras. Cuando estuvimos listos para volver a salir al mundo, solo quedaban 1 día y 10 horas para el derrumbe del piso. Mordecai se había puesto manos a la obra mientras dormíamos. Había reorganizado el estudio de creación. También había instalado la mesa de reparaciones que yo había encontrado y comprado tres más, dos con los cupones y una con monedas de oro. Compró otra mesa de alquimia, que dijo que era necesaria para usar una especialización en una de ellas. También compró una mesa de metalistería y dijo que ya nos explicaría más tarde la razón. Y algo llamado «taller del lanzavirotes», que terminaría por permitirnos la creación en masa de virotes de ballestas mágicos y explosivos.

—Cuando subamos la mesa de zapador unos niveles más, podrás crearle a Katia munición fantástica.

No le habíamos dicho lo del virote que le había regalado su patrocinadora. Se había perdido muchas cosas, pero ya se lo contaría más tarde.

Mordecai se horrorizó al descubrir los riesgos que habíamos asumido durante los últimos días, e incluso nos reprendió por algunos de los gastos que habíamos hecho, pero también quedó muy impresionado por cómo había progresado Katia y por algunos de los objetos que yo había creado, como las minas y las cortinas de humo que usaban el conjuro Sanar. Eran objetos que yo había sacado del libro de cocina, pero si tenía alguna sospecha al respecto, no me comentó nada.

Aún había muchas cosas de las que teníamos que hablar. No le había comentado nada sobre el muñeco de Kimaris ni sobre los cupones JcJ ni sobre otros muchos objetos pequeños. Y tampoco le había dicho todo lo que quería decirle sobre lo ocurrido con Chaco, pero el problema era que no teníamos tiempo.

Terminé mi entrenamiento diario y encontré a Katia inclinada sobre el mapa y hablando con Mordecai.

—Pero si las vías representan los caminos hasta el centro de la galaxia, ¿están todos en el mismo plano?

—Lo único que sé es lo que aprendí después de pasarme años viendo programas del Sindicato —respondió Mordecai—. Cuando se apoderaron de mi mundo, no estábamos mucho más avanzados que vosotros. Habíamos colonizado unos pocos planetas de nuestros sistema planetario y ya. Yo estaba más interesado en los hongos y en las plantas que en las estrellas, pero tienes razón. Creo que podría estar un poco... apretado.

—Le he dado un repaso y sigue faltando la mitad del sistema —comentó ella—. Además, el símbolo solo se entiende cuando se ve desde arriba... —Se quedó en silencio y empezó a garabatear algo con rabia.

—Da igual —dije yo cuando me acerqué a la mesa—. Sabemos dónde están las escaleras. Tenemos que defenderlas.

—Espera —interrumpió Katia mientras dibujaba otra línea—. ¿Podrían crear cosas que estén al revés? O sea, hacerte pensar que estás bien colocado cuando lo cierto es que estás bocabajo.

Recordé el enfrentamiento con el elemental de furia, cuando nos había lanzado un conjuro que había puesto el pasillo al revés.

—Sí —respondí.

—Es algo que han hecho antes —explicó Mordecai—. Varias veces, de hecho. Es fácil y sirve para ahorrar espacio.

Katia cogió el papel y lo dobló por la mitad. Los sostuvo a la luz para luego desdoblarlo y volver a doblarlo mejor.

—Creo que he descubierto lo que le pasa al logotipo —indicó—. Y también creo que ya sé por qué solo hay seis mimetos estación. Y por qué son tan grandes. Es porque, en realidad, están ocupando dos estaciones al mismo tiempo.

—Espera, espera —dije—. Entonces, debajo de nosotros, si nos ponemos a excavar lo suficiente... ¿Encontraremos otra estación? ¿Y dices que está al revés?

—En realidad, los que estamos al revés podríamos ser nosotros —respondió ella—. Aunque no lo creo. Si está al revés y es un reflejo de las vías que tiene encima, entonces el mapa sí que tiene sentido. Estamos en la estación 59 de la línea zomp. Si excavamos, terminaremos en la estación 59 de otra línea. Es probable que el color sea el contrario en el círculo cromático. Además, creo que también puede haber un espacio vacío entre ambos niveles. ¿Recordáis esa estancia del episodio resumen, la de la escalera y la escalerilla? Creo que ese es el espacio intermedio.

—Estas vías ya se retuercen entre sí por encima y por debajo lo suficiente. No tiene sentido que haya más dispuestas como un reflejo de estas.

—No creo que dicho reflejo sea de toda la maraña, sino de cada línea individualmente.

—¿Qué? ¿Cómo va a ser eso, Katia? No tiene sentido.

—A ver. Imaginad que cada una de las líneas es un fideo, y que las vías están fuera de ese fideo. Y que hay otra vía en el lado opuesto del mismo fideo. E imaginad que el Abismo es un tenedor clavado en mitad del cuenco que ha girado unas cuantas veces. No se parece demasiado a ese patrón hecho con espirógrafo que nos imaginábamos, sino que podría decirse que es un caos y ya está. Y, en mitad de ese cuenco gigante, las líneas con nombre forman otro patrón que es el logo del Sindicato. En realidad, lo hacen unas doce o veinticuatro veces. O quizá cuarenta y ocho. No estoy segura.

—Pues eso no ayuda, no. Me cago en Dios. Es imposible de comprender.

—Tú haz como si entendieses un poco, al menos.

—Claro. ¿Por qué no? Todo es una locura y es muy raro. Y para lo único que me ha servido tu explicación es para complicar las cosas aún más. Lo que me lleva a lo que había comentado antes. Me parece fantástico que hayas llegado a encontrarle sentido a algo así. De verdad. Y no quiero sonar como un imbécil, pero ¿en qué sentido nos afecta esa información? ¿Sirve para algo más que para darme más dolores de cabeza de los que ya tengo?

Katia se encogió de hombros.

—La verdad es que no sé si servirá para algo. Pero lo del fideo es tan complicado que no creo que lo hayan hecho sin motivo. Quizá no sea más que una trivialidad para aquellos que quieran ahondar en la estructura del piso, pero llevaba días dándole vueltas y al fin le he encontrado el sentido. En mi opinión, es una trampa. El anuncio decía que íbamos a estar muy ocupados, pero eso no es cierto. A menos que vaya a ocurrir algo...

Tenía razón. ¿Por qué habían dicho algo así? ¿Para confundirnos?

—Oye, Mordecai —dije—. Cuando dijiste hace tiempo que le habías encontrado sentido al mapa, antes de que te expulsaran, comentaste que era algo que habías visto en el pasado, pero a menor escala. ¿A qué te referías?

—En una mazmorra anterior había un piso que era una especie de laberinto para ratas, y tenía habitaciones que eran en realidad piezas gigantescas de un rompecabezas deslizante. También era el cuarto piso. Al colocar bien dichas piezas se formaba el logotipo del Sindicato y se abría la salida. Aunque... Es algo de lo que me había olvidado, pero cuando se unían todas las piezas, el eje central de todo empezaba a girar y todo el mundo quedaba al revés y caía en una estancia oculta que tenían debajo.

CARL: Imani y Elle, oídme. ¿Qué sabéis sobre el jefe de provincia que está por la estación 36?

IMANI: Son un grupo de necrófagos espectro que se han unido para formar un monstruo gigante cubierto de bocas. Ocupa la estación al completo. Podría decirse que es más o menos lo mismo que el jefe de la 48.

Me quedé pensando un momento. Si el piso giraba para darse la vuelta, tampoco es que fuese a haber mucha diferencia. A menos que... «Cojones».

Carl: ¿El jefe está pegado al techo de la estancia?

Imani: No lo creo. Pero tampoco lo sé a ciencia cierta. ¿Adónde quieres llegar con esto?

«Piensa, piensa».

Elle: Esos cabrones dan muchísimo miedo. No estarás pensando en luchar contra uno, ¿verdad? Porque estoy muy segura de que ya habíamos dejado claro que no íbamos a hacerlo, vaquero. Ya es imposible matar a esos jefes de ciudad mimetos, imagínate a un jefe de provincia. ¿Viste el episodio resumen? Esos pobres diablos lucharon contra él y murieron en menos de treinta segundos. También vi lo que le hiciste a esa pobre hiena... Tienes un problema, Carl. Sé que el programa exagera las cosas, pero a veces me preocupas.

Carl: ¿Sabéis si los generadores de necrófagos de la 12 y la 72 cuelgan del techo?

Imani: Creo que están flotando en mitad de la habitación. Carl, ¿a qué viene todo esto?

Volví a mirar al círculo que Katia había hecho alrededor de la estación 24, donde habían empezado a reunirse los churumbeles de Krakaren. Se hacían más grandes a cada momento que pasaba y, al parecer, no se habían alejado mucho de la zona. Pero si había tantos y no dejaban de crecer, ¿no sería normal que fuesen a dirigirse hacia algún lado?

—Se me acaba de ocurrir una cosa —dije—. Si, como has dicho, todo esto es una metáfora de lo malos que son los monstruos Krakaren para el universo y sobre el hecho de que se está usando el sistema de comunicaciones de tunelado para difundir su influencia o lo que sea, algo me dice que querrán que esos monstruos sean el punto y final, el golpe en la mesa de esta estúpida sátira política.

—¿En qué sentido? —preguntó Katia.

«Creo que también puede haber un espacio vacío entre ambos niveles».

Recordé el momento en el que Katia y yo habíamos entrado en la estación vacía con las escaleras. Había varias y estaban todas cerradas, formando un círculo en medio de la estancia. ¿Qué tamaño tenía el espacio vacío que había en medio del círculo de escaleras? Era bastante grande, sí, más o menos del diámetro de un túnel ferroviario.

CARL: Joder, sí. Creo que ya sé de qué va todo esto.

31

Entré en acción justo después de tener esa revelación. Empecé a enviar mensajes a todo el mundo para que se alejasen de las estaciones con escaleras, ya que iban a estar más seguros en cualquier otro lugar. No sabíamos exactamente cuándo iba a ocurrir, pero sospechaba que no tardaría demasiado.

Unos pocos grupos creyeron que se la estaba jugando y me lo dejaron bien claro. Por suerte, convencí a Bautista para que se marchase de la estación 72, que se había llenado de gente. La mayoría regresó a la estación 60, la de empleados, a la espera de lo que quiera que fuese a ocurrir. Otros grupos se retiraron hasta las vías o los andenes. Aún había necrófagos a los que enfrentarse, pero tampoco eran tantos. Por el momento, los churumbeles de Krakaren se habían quedado quietos y solo atacaban a los que se acercasen a la estación 24. Esos pequeños cabrones no dejaban de crecer.

Elle reunió a un equipo de guerreros, entre los que se encontraban Katia y Dónut, para acercarse por los alrededores de la estación 24 y *grindear* matando a esas cosas, que ahora eran CLONES INFANTES DE KRAKAREN. Tenían tamaño de mono y estaban cubiertos de tentáculos. Katia se puso a practicar sus habilidades de control de multitudes mientras los demás experimentaban con diferentes tipos de ataques para ver qué funcionaba mejor contra esas criaturas. El fuego les hacía mucho daño. Y también los virotes de ballesta si impactaban en el centro. Cortarles los tentáculos servía para que se alejasen, pero solo durante un tiempo. Los conjuros como Proyectil mágico no funcionaban demasiado bien. Y Relámpago no les hacía nada. Las habilidades de congelación de Elle tampoco hacían gran cosa, a menos que los atravesase con un carámbano de hielo. Las armas contundentes solo servían si los golpeabas con mucha fuerza. Los ataques psíquicos eran muy útiles y hacían que se quedasen paralizados durante unos instantes, pero no les hacían daño. Solo contábamos con dos personas capaces de usar ese tipo de ataques.

Los monstruos eran rápidos y tenían unas bocas redondas y cubiertas de dientes que funcionaban como trituradores de basura. El roce de sus tentáculos provocaba quemaduras en la piel. La sangre era corrosiva, como si fuesen xenomorfos de *Alien*. Y Katia me comentó que soltaban gritos realmente perturbadores.

Mientras Katia y Dónut mataban a esas criaturas, yo me puse manos a la obra. Tardé unas cinco horas en llegar con dos carros de interdicción a la estación 75, donde los coloqué en las vías de la línea de color que llevaba a la estación 36 a la que quería ir. Una vez allí, reuní a unos veinte mazmorreros con la Fuerza alta y empezamos a llevar uno de los carros (elegimos el carro Def Leppard) desde las vías hasta la estancia principal de dicha estación 36. Lo levantamos en peso. Me preocupaba que veinte personas no fuesen suficientes, pero estaba claro que había subestimado nuestra fuerza. Lo hicimos con facilidad y sin mucho esfuerzo. Después de alguna que otra prueba, llegamos a la conclusión de que solo eran necesarias cinco o seis personas para hacerlo.

Cuando se me había ocurrido la idea, no la había pensado demasiado bien. Cada uno de los carros de respuesta rápida tenía el ancho y la altura de una furgoneta, y eran algo más largos. El andén y la escalera de la estación no supusieron un problema a la hora de meterlo por allí, pero no hubo forma de que cupiese por los pasillos que llevaban hasta la estancia principal de la estación 36. Creía que eran mucho más grandes, pero cuando llegamos me di cuenta de que el plan estaba condenado al fracaso. Las paredes del pasillo eran prácticamente indestructibles, y no teníamos tiempo para estar probando la manera de ensancharlas, hacer el recorrido y llevar el carro hasta su destino.

Pero por suerte teníamos a Zhang, el mejor amigo de Li Jun. Apareció justo cuando les indiqué a los mazmorreros que volviesen a dejar el carro en las vías. Examiné las propiedades de aquel chino calvo mientras se acercaba a la carrera. Aún era humano. Tenía nivel 28 y pertenecía a la clase DESPLAZADOR DE TIERRA. Li Jun me había comentado que era una mezcla entre tanque y mago. Llevaba una armadura de láminas negras y doradas que no dejaba de brillar.

—Esperad. Quietos —dijo. Se inclinó hacia delante para recuperar el aliento—. Perdón, que he venido corriendo desde la estancia segura. Li Jun me comentó lo que estabais intentando hacer y he venido a ayudar. —Levantó un palo—. Yo me encargo.

—¿Qué es eso? —pregunté.

—Es una varita mágica. Sirve para encoger, pero solo le queda una carga. No funciona con seres vivos, pero aun así la usamos para acabar con algunos jefes. En una ocasión, encogimos el collar de un monstruo y lo asfixiamos hasta la muerte. Y en otra, la usé para detener un tren que iba a atropellarnos. Estaba guardando la última carga para una emergencia. Funcionará con el carro y lo encogerá durante cinco minutos. Pero seguirá pesando lo mismo, eso sí.

—Joder —dije—. Es fantástico. ¿Cómo de pequeño será? Si sigue siendo igual de pesado, vamos a necesitar que tenga tamaño suficiente para empujarlo y girarlo.

—Lo del tamaño es fácil —respondió él—. Empezará a encogerse cuando use la carga y seguirá haciéndose pequeño hasta que yo quiera. Si no aviso, se detendrá cuando alcance el tamaño de un botón.

—¿Y dices que lo habías probado con un tren? ¿Sabes con seguridad que va a funcionar?

—Sí —aseguró—. Funcionó en un tren entero y acabó con todos los que se encontraban a bordo. Subí seis niveles de golpe. Y hasta conseguí una caja de jefe y otra de multimuerte. Nos salvó la vida.

—Pues nada —dije al tiempo que me giraba hacia el resto de los mazmorreros—. Volvamos a subir esta cosa por las escaleras.

Después de unos horrorosos cuatro minutos y medio haciendo rodar el pequeño carro por el pasillo serpenteante, llegamos con él hasta la estancia principal. Lo llevamos rápidamente al centro, justo en mitad de aquel círculo de escaleras inactivas. El suelo tenía un grabado algo desgastado: una vista lateral del logotipo del Sindicato en la que no me habría fijado de no ser por la explicación de Mordecai de la noche anterior. Todos nos apartamos para que el carro volviese a su tamaño natural, con un estallido como si lo estuviesen llenando de aire.

—Perfecto —dije al tiempo que daba una palmada—. Ahora viene lo divertido.

Imani se colocó a mi lado y miró el carro con gesto de sospecha. Sabía que la idea no le gustaba demasiado, sobre todo la parte siguiente, pero había ayudado con el plan. Aún le quedaban en el inventario unos pocos de esos pergaminos que creaban cadenas y le había pedido que los usase. El suelo ya estaba cubierto por varias de aquellas cadenas mágicas apiladas.

—¿Estás seguro de lo que vamos a hacer? —preguntó. Había extendido por completo sus coloridas alas de mariposa y, cada vez que me tocaba, me proporcionaba una ventaja de Constitución que duraba 10 minutos. La ventaja no era acumulativa, pero el temporizador se reiniciaba cada vez que esas alas etéreas rozaban mi cuerpo, un roce que se me antojaba siempre como una brisa repentina y placentera.

—No —dije mientras empezaba a sacar piezas de metal enormes del inventario y el resto comenzaba a unir las cadenas al carro—. No, no estoy nada seguro. Pero a nadie se le ha ocurrido otra idea.

Ella asintió.

—¿Y los demás? ¿En el resto de las estaciones?

—Les dije muy claro lo que iba a pasar. Es lo único que puedo hacer. Algunos han enviado grupos al club Desperado para comprar cortinas de humo y dinamita hobgoblin para prepararse. Otros han empezado a apostarse por fuera de las habitaciones para ver qué ocurre. Si pasa lo que creo que va a pasar, las cosas van a ponerse patas arriba. Todo el mundo va a tener que luchar. Tendrán que abrirse paso hasta las escaleras y luego mantener despejado el camino mientras los demás bajan por ellas.

—¿Y de verdad crees que vamos a librarnos de luchar gracias a este carro? —preguntó Imani.

Sonreí.

—No, no, si luchar vamos a tener que luchar mucho. Pero quería inclinar un poco la balanza a nuestro favor.

Frente a nosotros, un hombre con un conjuro que parecía funcionar como un soldador de arco se había puesto a unir dos piezas de metal que eran demasiado grandes para que yo las usase en la mesa de ingeniería o en la nueva de metalistería. Ya les había colocado dos ruedas de tren en la parte superior, que formaban parte del sistema de poleas que habíamos usado para levantar el carro. Cuando terminaran de juntar todas las piezas, la grúa tendría cinco patas, una colocada junto a cada una de las cinco escaleras que había en la estancia. Cada pieza se levantaría para colocarse en el centro de cada una de ellas. Cuando terminamos, tenía un aspecto parecido a una instalación artística universitaria y algo cutre, o a un gimnasio a medio montar, en lugar de a lo que era en realidad: una grúa.

Menos de una hora después, usamos la cadena mágica de Imani para levantar el carro de interdicción por la parte trasera. Se alzó con facilidad y la cadena mágica no se rompió. Una vez lo levantamos del todo y lo dejamos a poco más de un centímetro del suelo, bloqueamos allí la cadena para que dejase de moverse. El carro se quedó colgando verticalmente en la estancia, como si fuese un pez en un concurso de pesca. La parte delantera estaba virada hacia el suelo, y la pequeña pala que se convertía en un portal al activarse rozaba contra el mármol. Hicimos algunos ajustes mientras un grupo nos dedicábamos a agarrar con fuerza el carro y otros se apoyaron contra las cinco patas de la grúa. Cuando teníamos el carro exactamente donde queríamos, usamos cadenas adicionales para anclar la parte delantera al suelo y que dejase de balancearse.

Luego, usé la escalerilla improvisada que había creado para subir a la cabina, donde me aseguré de que las dos manos de Gary el Ronco estaban bien colocadas y encendí el portal, que conecté al Abismo.

El portal chisporroteó al activarse mirando el suelo. Era casi del mismo tamaño que el círculo de mármol que estaba dibujado allí.

Katia y Dónut regresaron en ese momento. Katia seguía teniendo nivel 37, pero la gata había subido a 33. Mongo también había subido unos pocos, hasta nivel 26. Mordecai no dejaba de insistir para que usásemos al dinosaurio todo lo posible antes de que se derrumbase el piso, y me alegré de ver que a Mongo le había ido bien con esos pulpos monstruosos.

—Creo que no falta mucho —dijo Katia. Tenía esa forma suya de Hulka: de casi dos metros y medio de alto y de ancho. Se había colocado el escudo antidisturbios en la mano izquierda y había decidido mantenerlo en su forma original. Le daba un aspecto particularmente imponente—. Todos han empezado a dirigirse a la estación hace unos pocos minutos.

—Son muy fáciles de matar —dijo Dónut. Se bajó del lomo de Mongo y saltó sobre mi hombro, donde me dio un empujón con el trasero—. Tendrías que haber venido, Carl. Nos lo hemos pasado bomba.

—Seguro que sí —dije, momento en el que señalé el carro de interdicción colgante con el portal chisporroteante—. Dios, espero que nuestra teoría sea la correcta.

—Bueno —comentó Katia—, si desaparece el suelo al completo y no solo el centro, tampoco es que podamos hacer nada. Dentro de diez minutos, el temporizador del piso anunciará que solo queda un día. Estoy segura de que ocurrirá en ese momento.

—Muy bien, chicos —grité. Miré con nerviosismo el suelo bajo mis pies—. Todo el mundo fuera de la estancia. Rápido.

El reloj marcó que solo quedaba un día para el derrumbe justo cuando salimos de allí y nos desperdigamos por los diferentes andenes que llevaban a la habitación principal. Nosotros fuimos al de la línea bermellón, donde esperaba el último carro de interdicción que nos quedaba. Era el mismo carro que habíamos usado para llegar hasta el final del trayecto y salvar a Bautista y a los suyos. Conectaba con la playa de maniobras E, la misma donde el mimeto seguía esperando a los mazmorreros para comérselos. No había monstruos por el andén desde hacía tiempo, pero no queríamos juntar a todo el mundo en el mismo lugar y que nos pillasen de improviso, por lo que lo mejor fue dispersarse. Dónut se quedó sobre mi hombro mientras Mongo se apoyó contra mis piernas. Katia y Elle empezaron a hablar mientras Imani se aseguraba de que el resto de los mazmorreros que nos acompañaban se encontraban bien.

Y fue entonces cuando ocurrió.

Mensaje del sistema. Atención. Atención. Al equipo directivo de la Maraña de Hierro le gustaría advertir a todos los clientes y a los empleados de que el sistema se ha estropeado. Todas las líneas han dejado de circular. Ya no estáis a salvo. Krakaren nos ha traicionado, a pesar de que creíamos que era una criatura bondadosa. Nos hemos visto obligados a iniciar la secuencia de autodestrucción. Han empezado a abrirse los túneles de escape de

emergencia por todo el sistema. Por favor, tened en cuenta que puede haber cambios gravitacionales en los túneles cuando entréis. A todos los empleados, usad los túneles que llevan hasta la estación 60 y esperad a que os demos más instrucciones. A los clientes, usad los túneles de escape que llevan hasta los portales de escaleras de las estaciones 12, 24, 36, 48, 72 o 433, por cualquiera de las líneas. Dichos portales de escaleras se están encendiendo y se abrirán en 18 horas exactas, por lo que solo permanecerán abiertos seis horas antes de la autodestrucción.

Fin del mensaje del equipo directivo de la Maraña de Hierro. Que los dioses se apiaden de vosotros. Gracias por usar nuestros servicios y que tengáis un buen día.

—Se están pasando un poco con lo de interpretar un guion, ¿no? —gruñó Dónut—. ¿Se supone que ahora tenemos que fingir que somos viajeros aterrorizados? ¿De verdad parezco alguien que usaría el transporte público? ¿En serio?

Un chirrido potente y agudo se extendió por toda la mazmorra, como si alguien abriese una puerta muy antigua a la fuerza. Sentí un temblor bajo los pies.

El chat empezó a llenarse de mensajes de personas asustadas que intentaban salvar sus vidas.

Ronaldo Qu: Una sección redonda del suelo ha desaparecido en mitad de la estación. Se hundió y luego salió volando por los aires cuando empezaron a salir pulpos por el hueco. Están cayendo en la estancia, pero desde abajo. Es muy raro. Ahora tienen tamaño humano, Dios. Dios. No dejan de salir. Tenemos que escapar. Tenemos que encontrar otras escaleras. Hay demasiados.

Gwendolyn Duet: El de las bombas os lo advirtió, imbéciles. Volved a los andenes y contenedlos en los cuellos de botella.

Ronaldo Qu: No dijo que fuese a ser tan horrible.

Gwendolyn Duet: ¿Estás colocado o qué? Esto es justo lo que dijo que iba a ocurrir. Nos advirtió sobre exactamente esto. Ahora, deja de *spamear* en el chat.

Ronaldo Qu: Que te den, zorra.

Mi pantalla quedó inundada con conversaciones muy similares a esa. El suelo central de todas las estaciones había empezado a caer y, por el hueco, no dejaban de entrar esos churumbeles de Krakaren. Sentí una mezcla de terror y orgullo por haber sido capaz de predecir que iba a ocurrir algo así. Pero dicho orgullo no duró demasiado, ya que me di cuenta de que había muchas personas que, a pesar de nuestras advertencias, habían decidido no ponerse a cubierto. No me podía creer que siguiesen siendo así de idiotas a pesar de haber llegado hasta aquí.

Nosotros estábamos listos para acabar con los monstruos cuando empezaran a salir del suelo de nuestra estación. Esperamos con las armas en ristre. Imani gritó a los que tenían lanzallamas y les indicó que estuviesen atentos. Pero no ocurrió nada.

—Madre mía, Carl —dijo Elle un instante después—. Loco hijo de puta. Creo que tu idea de mierda ha funcionado. Vayamos a mirar.

Subimos con cautela por las escaleras y atravesamos los túneles. Los pelotones de lanzallamas abandonaron sus posiciones defensivas y nos siguieron. Entramos en la estación. El carro de interdicción seguía allí colgando bocabajo justo sobre el agujero. Los monstruos no dejaban de teletransportarse al tocar el portal. Los vimos caer hacia él de cabeza, de lado o con las patas por delante, como si el agujero en el suelo estuviese en el techo en realidad. Había miles y no dejaban de caer y caer hacia el portal para luego ser teletransportados al Abismo.

Todos nos quedamos mirando paralizados. El portal chisporroteaba como si le estuviese cayendo una lluvia de granizo.

Imani fue quien nos hizo regresar al mundo real cuando dijo:

—Asegurad las entradas. Apostad los lanzallamas, como hemos hecho antes —gritó—. Quiero un anillo de llamas y de magos alrededor del portal, por si le ocurre algo al carro de Carl.

Detrás de mí, alguien gritó sorprendido. Me giré y vi a un par de Krakaren entrando en la estancia por una de las entradas de detrás. No venía de la habitación donde se acababa de abrir uno de esos «túneles de escape», sino de una de las vías principales. Era muy probable que esas cosas hubiesen empezado a abarrotar los túneles secretos entre vías, el centro de ese «fideo» que comentaba Katia, y ahora que se habían abierto las puertas se estuviesen desperdigando por todas partes. Si también estaban llegando a las estaciones vacías normales, nuestro plan no sería más que una solución temporal.

Nos pusimos manos a la obra. Katia rodó hacia delante y se transformó en esa torreta centinela. Acabó con los dos pulpos mientras los demás se colocaban en posición defensiva para proteger el perímetro. Dónut saltó sobre Mongo y avanzó a toda prisa hacia uno de los cuellos de botella mientras yo hacía guardia junto al portal.

Una vez preparamos las defensas, Katia recuperó su forma humanoide y se colocó junto a Imani y a mí. Me imaginé el foso enorme del Abismo llenándose de monstruos, de tantos que empezaban a rebosar. Era demasiado grande para que ocurriese algo así, pero sospechaba que la mayoría de aquellas criaturas iban a sobrevivir a la caída desde el portal hasta el fondo del Abismo. Eran blandas y resistentes a los golpes contundentes. Era muy probable que el fondo del foso se hubiese convertido en una masa de aquellos monstruos a estas alturas. Me pregunté si se llevarían bien con las hordas de necrófagos que a buen seguro había por allí. O con los lagartos vigilantes de pared que vivían por la zona.

Llegué a la conclusión de que daba igual mientras se quedasen allí dentro.

De hecho, mientras veía el flujo constante de criaturas me percaté de que, probablemente, lo mejor para todos sería que sobreviviesen a la caída. Estaban vivas y no eran muertos vivientes, lo que significaba que, cuando una de ellas muriese, se crearía un necrófago en el generador más cercano.

—Hemos tenido que matar a algunas de estas cosas tres veces —dije—. Cuando llegaron a la fase tres de DT, cuando se transformaron en churumbeles de Krakaren y luego otra vez si se transforman en necrófagos.

—Más, en realidad, porque cada uno de los monstruos que llega a fase tres se transforma en miles de esos octópodos. ¿Cefalópodos? ¿Cuál es la palabra correcta?

—Vienen más —gritó alguien.

Apareció un grupo de puntos rojos en el mapa, aunque no había demasiados, quizá unos veinte. Sentí el fuego de los lanzallamas a pesar de encontrarme al otro lado de la habitación. Murieron en unos pocos segundos.

—¡Eh! ¡Nada de robar experiencia como un ninja! —gritó Dónut a un mazmorrero que había en el frente defensivo.

—Oye, Dónut —dije, alzando la voz por encima del hombro—. Pórtate bien. Estamos todos en el mismo equipo.

—Carl, le dije que yo me encargaba del monstruo de la derecha. ¡Y él disparó primero con el lanzallamas!

—Eso es mentira —dijo aquel mazmorrero—. Y que sepas que no soy un hombre.

Giré la cabeza y vi cuál era el problema. La persona que tenía el lanzallamas era un PERRO DE GUERRA de nivel 27. Su clase era algo como ABRASADORA. Tenía aspecto de un pastor alemán bípedo y parlanchín. Llevaba un casco que parecía sacado de la guerra de Vietnam, con agujeros para las orejas. Se llamaba TSERENDOLGOR. No tenía ni idea de cómo pronunciar el nombre siquiera y mucho menos de a qué nacionalidad había pertenecido antes. Pero el hecho de que fuese de una especie con aspecto canino había hecho que le cayese mal a Dónut *ipso facto*.

—Cagondiós, Dónut —dije—. Pues vete a otra parte y déjala en paz.

—Eso, lárgate de aquí, gata —dijo la mujer.

Dónut bufó, pero llevó a Mongo al otro extremo de la estancia.

—Y yo que pensaba que lo llevaba mejor después de lo ocurrido con Gary el Ronco.

—En realidad, sí que lo lleva mejor —dije—. Deberías oírla hablar de los cocker spaniels.

—Sí, la he oído —comentó Katia—. Me contó lo del perro de tu vecina, ese tal Angel.

—Siguen saliendo del agujero, aunque puede que sean menos —dijo Imani, que se inclinó sobre el portal para mirar mejor—. Ojalá no estuviese tan borroso y pudiésemos ver qué hay en el fondo.

—Sí, yo también diría que están saliendo menos monstruos —convino Katia.

—¿Sabes una cosa? —le dije a Katia—. Si tu teoría de las vías dobles es correcta, tiene que haber otra estación 36 en el fondo de ese agujero, y es probable que allí haya uno de esos jefes de provincia. Está demasiado cerca. Eso es lo que más me preocupaba cuando nos la explicaste.

—Sí, a mí también —dijo Katia—. Si no tuviésemos tu portal, me temo que incluso podría llegar hasta aquí.

Detrás de nosotros, se acercó otro grupo de criaturas con el que acabaron al instante. Luego otro. No tardamos en quedar rodeados por puntos rojos. Había cuatro entradas a la sala, sin contar la secreta de la línea de empleados, que mantuvimos cerrada y bien protegida. El Pesadilla estaba allí abajo, aparcado a unas pocas estaciones. Había echado un vistazo por la línea un poco antes para comprobar que el tren seguía allí. Habíamos llevado en él a las Hijas de Brunilda hasta la 60 para luego aparcarlo.

Dónut y yo habíamos pasado antes para comprobar si Brandy la Fogosa seguía con vida, y así era. La encontramos colgando del borde de su agujero en la cabina, hablando con un par de maquinistas enanos que, al parecer, habían entrado a través de la ventana rota. Uno de ellos quería llevar el tren a no sé dónde, pero Brandy se había negado. «No tienes ningún lugar al que ir, *Blöd*», le había dicho cuando nos acercamos. El enano había intentado discutir, y me dio por pensar que a lo mejor íbamos a acabar peleando, pero se marcharon rápidamente al vernos.

El tren seguía activo, pero llevaba quieto demasiado tiempo. Me di cuenta al momento de que a la diabla le pasaba algo. Su personalidad, mezcla de belleza sureña y alemana había pasado a una mucho más melancólica. Aún daba a luz regularmente, eso sí. No sabía si tendríamos otra oportunidad de volver a verla antes de que se derrumbase el piso y quería hacerme con más de esos ladrillos del Sheol. Le había enseñado uno a Mordecai y poco menos que había llegado al orgasmo. Me comentó que consiguiese la mayor cantidad posible. Le pedí permiso a Brandy, quien me aseguró que podía hacerme con varios cientos que aún seguían ardiendo y otros pocos que no estaban envueltos en llamas.

—Te los daría todos —dijo ella—, pero necesito mantener el *Feuer* bien avivado y caliente, para que mis bebés estén felices mientras dure.

—Brandy, ¿estás bien? —preguntó Dónut.

—He hablado con ese *Freund* enano vuestro —comentó—. Con Tizquick. Me contó lo de su hija. La mataron. Lo sabíais, ¿no? Una vez empezaron a propagarse los comentarios, ellos empezaron a enfadarse.

—¿Quiénes? —pregunté—. ¿Quiénes son ellos? ¿Y a quién mataron?

—Los enanos y los diablillos. Mataron a Madison, la humana que trajisteis aquí. La de recursos humanos. Construyeron una plataforma y luego hicieron un nudo corredizo para ahorcarla. No lo vi, pero me trajeron el *Leichnam*. Lo tiré al fuego.

—Joder —comenté.

—Los únicos que conservan la fe son esos humanotauros. Creo que unos pocos han intentado enfrentarse a los enanos, pero les han dado caza a todos. No sé qué les habrá pasado. Puede que aún queden algunos con vida, así que tened cuidado.

—Eso es… es una locura —dije. Madison no se merecía algo así. Bueno, su personaje sí que se lo merecía, en realidad. Ese era el problema, ¿no? Todos aquellos PNJ estaban interpretando a un personaje y unos pocos habían empezado a darse cuenta de ello.

Y aquel también era el problema con Brandy. Al fin se había dado cuenta de que todo lo que la rodeaba era mentira. ¿Cómo procesar algo así? ¿Cómo hacer si encima tienes hijos?

—Tenemos que volver —dije—. Si no nos volvemos a ver, cuida a esos bebés, ¿vale?

La diabla no respondió. Se limitó a asentir y a volver a colocarse entre las llamas.

Una hora después, habían dejado de brotar monstruos del agujero que había en mitad de la estancia, pero las criaturas se nos acercaban desde todas direcciones. Empezamos a ver necrófagos llagosos mezclados con esos pulpos monstruosos. Me acerqué a Dónut. Dejamos que los lanzallamas hiciesen la mayor parte del trabajo, pero también tiré algunas cortinas de humo y esferas pelotazo no explosivas mientras la gata disparaba proyectiles mágicos. A veces lanzaba Segunda oportunidad sobre uno de los cadáveres y luego Triplicado mecánico. Los Krakaren zombis sembraban el caos entre sus clones durante varios segundos antes de que acabasen con ellos. Katia volvió a adquirir forma de torreta. Se alzaba sobre el grupo, ya que decidió colocarse a más altura, y empezó a disparar desde arriba a los enemigos. Nos encontrábamos entre cientos de mazmorreros que atacaban sin cesar a los monstruos. Conseguimos contenerlos, pero a veces las oleadas eran tan numerosas y tan frenéticas que temí que estuviesen apunto de sobrepasarnos.

Conseguimos algo de tiempo para recuperarnos cuando se acumularon tantos cadáveres que terminaron por taponar los pasillos. Se quedaron así durante varios minutos hasta que el ácido empezó a brotar de sus cuerpos y comenzaron a derretirse. A veces, explotaban sin razón aparente y salpicaban de ácido a los defensores. Perdimos a varias personas de esa manera.

Tuvimos que levantar varias barreras para evitar que ese líquido corrosivo llegase hasta la estancia en la que nos encontrábamos y nos quemase los pies. El ácido no se evaporaba con fuego, pero descubrimos que podía congelarse. Luego se derretía, pero ya había dejado de ser corrosivo al hacerlo. Elle pasó a dedicarse por completo a eso. Iba de un cuello de botella a otro congelando los charcos de ácido.

Me empezaron a preocupar los demás, así que envié un mensaje a Bautista para preguntarle cómo le iba todo.

> **Bautista: No hemos podido volver a la 72. Hay demasiados necrófagos y esos monstruos de Krakaren que nos atacaban desde todos los ángulos. Hemos tenido que retirarnos y nos han perseguido hasta la estación 60, pero no hemos podido entrar. Hay un grupo enorme de esos humanotauros protegiendo el andén. Cada uno de ellos es un jefe de barrio. Son demasiado fuertes. Uno se ha hecho con una de esas trampas de alarma y ha puesto una canción de heavy metal en bucle. Creo que la música les ha dado una ventaja y hace que les sangren los oídos a todos los demás que se acercan. Hemos tenido que largarnos. Estamos atrapados entre los dos grupos.**

Después de leerlo, empecé a recibir más mensajes aún de otros grupos. Uno estaba atrapado entre la playa de maniobras E y los monstruos que los acosaban desde todos los túneles a su alrededor. Habían pensado ir por la línea de empleados, pero no consiguieron llegar hasta ella. Y el mimeto estación les estaba lanzando partes de su cuerpo para atacarlos por detrás. Iban a acabar mal.

Muchos de los grupos que se habían quedado en las estaciones tenían muchísimas bajas, y aquellos que se habían retirado de ellas no habían sido capaces de volver, ya que según nos contaron habían empezado a aparecer jefes de provincia en las estancias donde antes no había ninguno.

—¡Necesitamos refuerzos! —gritó alguien detrás de mí. Era la mujer perro soldado. Estaba retirándose. Un humano que había a su derecha quedó envuelto de repente en una maraña de tentáculos y su cuerpo estalló poco después. Los nuevos monstruos Krakaren habían pasado de nivel 20 a 23 y ya medían poco más de dos metros.

—¡Dónut, Katia! ¡Ludacris!

—¡Mongo, quieto! —gritó Dónut mientras saltaba sobre mi hombro.

Nos alejamos del lugar donde nos encontrábamos y corrimos hacia el agujero que se había formado en las defensas.

—¡Atrás! ¡Dejadlos entrar! —gritó Elle. Yo saqué una jarra explosiva del inventario.

—¿Listos? —preguntó Katia, que empezó a ensanchar el cuerpo mientras avanzaba. Rotó el escudo antidisturbios noventa grados y empezó a atacar con él, como si fuese un ariete.

Frente a nosotros, el pasillo estaba a rebosar de monstruos, que gritaban y se abalanzan hacia donde nos encontrábamos.

—¡Vamos! —dije.

En ese momento, Katia activó Estallido de multitudes. Salió despedida hacia delante y chocó contra las criaturas como si de una bola de demoliciones se tratara. Los monstruos Krakaren y los necrófagos cayeron como bolos. El ácido llenó por completo el ambiente, y Katia empezó a gritar.

Yo había empezado a correr detrás de ella. Había conseguido llegar bastante lejos, hasta la primera intersección. Tenía forma de T e iba a izquierda y derecha, ambos caminos con unas pequeñas escaleras que descendían y que llevaban a otras muchas estancias en ambas direcciones. Tomé una decisión al instante mientras corría y saqué otra jarra explosiva.

Katia, aturdida pero aún en pie, sacó la porra de control de multitudes y empezó a agitarla en una dirección mientras con la otra mano disparaba la ballesta hacia la otra.

Conseguí llegar hasta ella.

—¡Avísame cuando estéis listas! —grité.

—¡Vamos! —dijo Dónut—. A la de tres.

Tiré jarras explosivas en ambas direcciones mientras Dónut usaba Saltacharcos para llevarnos de vuelta hasta la estancia principal.

Vi dos bolas de fuego que empezaban a formarse al fondo del pasillo. Los tres nos tambaleamos después de la teletransportación.

Fue en ese momento cuando empecé a sentir el ácido que me

quemaba las piernas y la cara. Dónut también empezó a gritar de dolor.

Pero Imani estaba a nuestro lado, y los tres empezamos a brillar. Había lanzado algo para anular el efecto del ácido y, un momento después, fue como si no nos hubiese pasado nada. Eso sí, mi chaqueta, que era la única prenda que llevaba encima que no era mágica, tenía un enorme agujero en la manga izquierda. La capa y el resto de mis objetos estaban impolutos.

La mujer perro soldado y los demás volvieron rápidamente a sus posiciones defensivas mientras Imani gritaba para desviar refuerzos hacia los cuellos de botella de la estancia.

—Eso ha sido una pasada —dije sin dejar de jadear—. Katia, ¿estás bien?

—Odio esa habilidad —dijo sin aliento—. Pero la verdad es que es muy útil. ¿Los habéis visto? Había como cincuenta en la parte baja de esas escaleras por ambos lados y les has dado a los dos grupos con las jarras.

—Acabamos de usar la habilidad Saltacharcos por última vez en este piso —dijo Dónut. Mongo se le acercó a toda prisa y empezó a olisquear a la gata con preocupación—. Estoy bien. Mami está bien. —Después miró a la mujer perro soldado—. De nada.

La mujer se limitó a gruñir y volvió a encender su lanzallamas mágico.

Bum. Todos notamos el temblor en el suelo, y una explosión enorme agitó la estancia por completo. Poco después, una segunda explosión retumbó por las paredes. Todos se quedaron quietos y empezaron a mirar a su alrededor.

Yo contemplé la grúa con preocupación, pero el dispositivo se mantuvo en pie. Las cadenas rechinaron y el carro tembló un poco, pero se quedó colgando en el mismo lugar.

—¿Qué ha sido eso? —preguntó Katia.

Negué con la cabeza.

—Ha sonado cerca. Creo que puede haber sido el cristal de alma de la estación 12. Y la segunda explosión quizá ha sido el que está en el otro extremo del fideo.

—Me cago en todo, Carl —dijo Elle, que se acercó flotando—. ¿Has sido tú?

—¿Por qué siempre me echas la culpa a mí cuando oyes una gran explosión?

—Porque suelen ser culpa tuya —dijo Elle.

—No le falta razón, Carl —apostilló Dónut.

—¿Había alguien por allí? ¿Por qué ha explotado? —preguntó Imani.

—No vi a nadie en el mapa —aseguró Katia.

Imani señaló a Elle.

—Reúne a un equipo y ve a comprobarlo. Ten cuidado. Puede que tengamos que retirarnos hasta la estación 12 si los generadores de necrófagos de ambos lados han desaparecido.

—Me pongo a ello —comentó la mujer. Gritó a un par de mazmorreros y se dirigieron hacia la salida de la línea de empleados.

En ese momento, se me ocurrió algo. Envié un mensaje rápido a Mordecai.

> **Mordecai: Creo que tienes razón. Supongo que los cristales de alma que se usan para esos generadores de necrófagos son un poco más pequeños que el que tienes en el inventario, así que no tienen tanta resistencia. Y digo que es posible que sean más pequeños porque sigues con vida. Esas cosas no aguantan mucho ajetreo antes de explotar. Por suerte, en este caso parece que solo afecta a todo lo que se encuentra en la misma estancia y quizá una manzana a su alrededor. No al cuadrante completo.**
>
> **Carl: Qué bien, joder. Se me acaba de ocurrir una idea magnífica.**
>
> **Mordecai: No.**
>
> **Carl: Pero si aún no te la he contado.**
>
> **Mordecai: Me da igual lo que sea. Si se te ha ocurrido a ti, es probable que sea una idea magnífica que va a hacer que te mates. Dónut me contó que secuestrasteis el tren Pesadilla. Apuesto lo que sea a que en su momento creíste que eso también era una de tus ideas magníficas.**
>
> **Carl: No, esa idea fue muy estúpida. Esta es mucho mejor. Pero me alegro de que hayas nombrado el Pesadilla.**

32 TIEMPO PARA EL DERRUMBE DEL PISO: 17 HORAS

TIEMPO PARA QUE SE ABRAN LAS ESCALERAS: 11 HORAS

Cuando Katia había usado su habilidad Estallido de multitudes y yo había ido detrás para lanzar las jarras, conseguimos matar a varios de los monstruos Krakaren de mayor tamaño al mismo tiempo. No supe si fue por hacerlo al mismo tiempo o si los enfrentamientos y las muertes constantes habían hecho que sobrepasasen el límite, pero los dos cristales de alma más cercanos habían explotado poco después. O eso era lo que suponía. Sospechaba que cuanto más grandes se volvían las bestias Krakaren más sobrecargaban los cristales al morir.

Y daba por hecho que se había diseñado así, que formaba parte del juego. Era una manera de hacer que las cosas fuesen más «justas». De hecho, también sospechaba que era probable que matar a uno de esos jefes de provincia tuviese el efecto secundario de hacer estallar todos los cristales de alma de la zona.

ELLE: Os cuento. Había uno de esos jefes de cuerpo extraño en la línea de empleados, uno de esos humanotauros o comoquiera que se llamen. Creía que era un PNJ normal, pero nos atacó y tuvimos que encargarnos de él. Pero poned un guarda en la entrada de la línea por si hay más. Pues eso. Que sepáis que no cabe duda de que la explosión venía de la estación 12. Todos los monstruos están muertos y no hay tantos escombros, al menos no tantos como en la otra. Cadáveres sí que hay muchísimos. El cristal sigue flotando en mitad de la estancia, sobre el generador chamuscado, pero ha dejado de brillar. Es pequeño, del tamaño de una canica. Y también hay un agujero en el suelo por aquí, pero no sale nada de él.

IMANI: Mira por el agujero del suelo por si llegas a ver la estan-

cia del otro extremo. Pero no bajes. Echa un vistazo rápido y luego vuelve aquí.

ELLE: Me estoy acercando, sí. Katia, ¿alguna vez te han dicho que eres una genio? Al parecer, el agujero sí que llega hasta la otra estancia. Hay una caída de unos seis metros y otra puerta. La habitación también parece chamuscada. Qué pasada. Esperad. Voy a tirar una piedra para ver qué pasa.

IMANI: No lo hagas. Vuelve.

ELLE: Venga ya, que tampoco es para tanto. ¿Cómo habíamos llamado este espacio de en medio, el túnel de escape?

DÓNUT: SE LLAMA EL FIDEO.

ELLE: Pues he tirado una piedra y ha caído en la otra habitación, pero luego volvió a caer hacia mí. Parece que ha chocado contra el borde del agujero, ha rebotado y luego ha rodado por el interior del fideo. Creí que se iba a quedar flotando en medio, pero es como si las paredes tuviesen gravedad propia. Creo que podría caminarse por ellas con normalidad como si estuvieses de pie. Supongo que será por la fuerza centrífuga, como en una de esas atracciones de feria que giran muy rápido. Me pregunto qué pasaría si coloco una piedra justo en el medio. Quizá se quede flotando.

—Imani —dije—. Necesito a un equipo que nos ayude a llegar al lugar donde se encontraba mi último carro de interdicción. —Lo habíamos dejado encendido sobre la vía, con el portal activo conectado a la playa de maniobras y encarando el túnel que daba al sur. Pero ahora los enemigos venían de todas partes. Con suerte, seguiría estando donde lo habíamos dejado—. Si sigue allí, Dónut, Katia y yo nos subiremos a él y nos dirigiremos a la playa de maniobras. Voy a necesitar a tres o cuatro mazmorreros para levantarlo en peso después.

—¿Y el mimeto? —preguntó Imani.

—No vamos a acercarnos a él. Pero si viene a por nosotros, tendremos que volver a usar el portal.

Me miró con gesto dubitativo.

—Muy bien. Preguntaré a ver quién se ofrece voluntario.

Pero antes de que le diese tiempo a hacerlo, Li Jun, Zhang y Li Na aparecieron de repente a mi lado.

—Ya tiene voluntarios —comentó Li Jun.

—¿Y el resto de tu equipo? —pregunté. Busqué a los demás con la mirada. Reconocí a su antiguo jefe, uno de los hombres que había salvado del Maestro. Estaba en pie junto al tipo seta y otras personas más, defendiendo una de las cuatro salidas.

—Los necesitan aquí. Ayudaremos en todo lo que podamos y luego volveremos —comentó Li Jun—. Te lo debemos.

—Maravilloso —dije para luego mirar a los tres uno tras otro.

Aún no había tenido tiempo de examinar ni de conocer a Li Na, pero lo hice en ese momento. Recordaba a una mujer delgada y apocada, pero ahora era más alta. Tenía la piel demasiado pálida, espectral incluso. Se seguía pareciendo a la mujer que era antes, pero su rostro había adquirido una apariencia extraña similar a la de un demonio. La boca era casi el doble de grande de lo que debía ser y tenía la frente llena de arrugas. Un par de cuernos negros le brotaban del cabello, también negro. Llevaba una túnica blanca y roja, holgada y con mangas anchas que casi llegaban hasta el suelo. De ellas colgaban unas cadenas que arrastraba al caminar, lo que hacía que fuese por ahí tintineando. Gracias al episodio resumen sabía que tenía al menos cuatro cadenas diferentes con las que luchar. Una quedaba cubierta de fuego y otra lanzaba cuchillas al agitarla como un lazo sobre la cabeza. Otra servía para inmovilizar a los enemigos. Tenía nivel 30 y su especie era algo como CHANGBI. Su clase tenía un nombre ominoso: PASTORA DE ESCLAVOS.

Me miró con ojos negros y penetrantes. A pesar de su apariencia estremecedora, entendía que le gustase tanto a Zhang. Tenía algo muy atractivo en el fondo. Pero también aterrador. Una estética en plan «Podría matarte en cualquier momento, pero seguro que cuando lo haga nos lo pasamos bien los dos».

Me dedicó una ligera reverencia.

—Gracias por salvarme a mí y a mi hermano. Dos veces.

Después se giró hacia Dónut y se volvió a inclinar.

—No hay de qué —dijo la gata, que empezó a agitar la cola.

—Muy bien —comenté—. Tenemos muchas cosas que hacer y poco tiempo. Lo primero es subirnos a ese carro.

—Quizá deberías contarnos todo el plan antes de partir hacia la batalla —comentó Li Na—. Así, en caso de que mueras, sabremos cuál es la misión y podremos continuar.

DÓNUT: RAZÓN NO LE FALTA, CARL.

Li Na resultó ser muy inteligente. Y también muy intensa. Me recordaba un poco a Imani y también a Chris, el hermano de Brandon, que seguía en paradero desconocido. Y a Hekla. No hablaba demasiado, pero cuando lo hacía solía ser para comentar un error flagrante del plan. Tanto Li Jun como Zhang eran demasiado tímidos como para decirme que me estaba equivocando. No era el caso de Dónut, aunque ella no solía dar alternativas a los planes. Katia solía tener buenas ideas, pero era demasiado dada a dudar de sí misma, tanto que hacía que los demás dudasen de ella. Sabía que Li Na no iba a dejar que nadie le tomase el pelo y, si abría la boca para decir algo, todos los que se encontraban a su alrededor se quedaban en silencio para escucharla.

Me quedó claro que nunca íbamos a poder estar en el mismo grupo. No después de aquello, si es que queríamos conservar la amistad. No es que no quisiese trabajar con alguien como ella, ya que de hecho necesitaba más gente así a mi alrededor. Me pareció una tipa fantástica, pero me di cuenta de que yo conseguía irritarla con facilidad. Y no pasaba nada. Tener pequeños grupos que trabajasen juntos de vez en cuando seguía siendo lo mejor. Había leído en el libro de cocina que era posible que el sistema contara con una manera de unir varios grupos independientes, pero era una función que no estaría activa hasta el sexto piso. Un sistema de gremios. Se mencionaba en la vigesimosegunda edición, por lo que no sabía si seguiría siendo posible hacerlo o no. Era muy habitual que probasen funciones para un mazmorreo o dos y luego decidiesen eliminarlas para los siguientes. Esperaba que esta siguiese activa cuando llegase el momento.

Li Na tuvo la idea de usar el carro Def Leppard para llamar la atención del jefe de provincia que había en el otro extremo del fideo. Si conseguíamos que atacase, chocaría contra el portal y se teletransportaría al Abismo.

—Nos vendría muy bien y nos daría otro lugar al que retirarnos, por si acaso —había dicho la mujer.

Era una idea fantástica y se lo dije. No podíamos matar a esa cosa, pero al menos podíamos sacarla de la estación. Y era algo que teníamos que hacer antes de irnos. Les conté el plan a los demás rápidamente.

Los monstruos no habían dejado de llegar por los pasillos en oleadas. Eran constantes, aunque menos intensas que antes. Un veinte por ciento de las personas del chat habían muerto, una cantidad que me resultó abrumadora, pero aun así era inferior a lo que había esperado. Al parecer, los monstruos Krakaren habían invadido todas las estaciones de transbordo, pero las normales, que estaban vacías y no eran números primos o estaciones de escaleras, no tenían trampillas y solo había una forma de entrar a ellas. Bautista y su grupo se habían asentado en tres estaciones de ese tipo. Cada una de ellas tenía una entrada pequeña que se podía defender con facilidad, en lo alto de unas escaleras estrechas. Había mucha gente haciendo lo mismo por toda la Maraña.

Les advertí a todos que se apostasen al menos a dos estaciones de distancia de la 12 o de la 72, las dos que tenían cristales de alma. Íbamos a intentar que explotasen al mismo tiempo.

Pero antes teníamos varias cosas que hacer, como lidiar con el jefe de provincia. Tal y como había dicho Li Na, teletransportar a esa cosa al Abismo nos vendría muy bien.

No habíamos visto monstruos Krakaren salir del fideo desde hacía tiempo, pero sí nos comentaron que el jefe del otro lado había empezado a ocupar la habitación contigua a la que se encontraba. La gente que había escapado de la estación 36 e intentaba volver se había topado con un jefe contra el que no podían enfrentarse.

Dicho jefe de provincia no había intentado cruzar a la nuestra, al menos, y lo más seguro es que fuese por el portal. La idea de Li Na consistía en levantar en peso el carro Def Leppard y hacer que alguien se asomase por el fideo para llamar la atención de la criatura. Solo conseguimos levantar el vehículo unos treinta centímetros más, pero era espacio más que suficiente para que Dónut asomase la cabeza con cuidado y mirase hacia la otra estancia para comprobar si el jefe seguía allí. Ella no veía nada en el mapa, pero eso tampoco era muy fiable.

—Ten cuidado —advertí con preocupación. Si uno de sus bigotes rozaba el portal siquiera, se vería teletransportada al Abismo. No nos atrevimos a apagarlo. Tendríamos que haber usado a Katia para algo así, pero Dónut había insistido.

—Está ahí —dijo la gata mientras se asomaba por el túnel de escape, por el fideo—. Solo veo pelo y una piel temblorosa al otro lado. Es repugnante. Se parece a uno de esos tipos a los que los pantalones no les cubren por completo el trasero. Como aquel amigo tuyo que olía mal y venía a jugar a videojuegos contigo, ese al que le contabas mentiras de tus hazañas con las mujeres. ¿Cómo se llamaba? ¿Sam el Unicejo? Mira, Carl, la verdad es que no sé cómo podías tener unos amigos tan inmundos.

—Vale. Sal de ahí —dije—. Cagondiós, ten mucho cuidado con la cabeza.

Dónut se apartó del agujero y se me quedó mirando.

—¡Me acaban de dar un logro por mirarlo! Al jefe, quiero decir. No al culo de tu amigo. Pero no hubiese estado mal que también me hubiesen dado uno por eso, la verdad. El monstruo brilla en azul. Azul y otro color. Centellea un poco.

—Es un jefe de provincia. Seguro que tiene un millón de mejoras activas. ¿Nos ponemos manos a la obra? Seguro que te dan otro logro por darle con un proyectil mágico.

—Y pienso aprovechar el tiro —aseguró la gata—. Tengo un proyectil de máxima potencia almacenado en las gafas y voy a usar Tiro doble.

Un grupo de mazmorreros desenganchó la cadena que mantenía el carro sobre el agujero y la agarraron con fuerza para que no cayese. Les dejé bien claro que no lo bajasen antes de tiempo.

Dónut se inclinó hacia delante, disparó los proyectiles mágicos y luego volvió a apartarse.

—¡Le he dado! ¡Le he dado!

El monstruo aulló y fue como si mil bocas rugiesen al unísono.

—¡Bajadlo! ¡Bajad el carro! —grité. Los mazmorreros gruñeron y empezaron a dejarlo caer por el agujero, momento que aproveché para asegurar la cadena una vez quedó en la posición adecuada.

Justo cuando lo hice, se estremeció. Sabía que lo habíamos conseguido.

—Sí, joder —exclamé. Me giré hacia Li Na y alcé la mano—. Choca esos cinco.

Se me quedó mirando.

—Si te tocase, experimentarías un dolor insoportable por todo el cuerpo que haría que perdieses el control de tus esfínteres y te vaciaría las entrañas.

—Pues nada. Seguimos.

Algo chocó contra el portal, y el carro empezó a balancearse.

Se oyó un grito, estruendoso y agudo, aunque no tanto como antes. Algo volvió a chocar.

—Mierda —dije—. Quizá no hemos teletransportado a todo el monstruo.

—Sabía que era una mala idea —dijo Imani—. Tendríamos que haber dejado en paz a esa cosa.

—Estos portales son muy resistentes —aseguré—. Si están encendidos, no hay nada que pueda evitar la teletransportación.

La verdad es que no lo sabía a ciencia cierta.

—¿Hola? ¿Hay alguien ahí? —gritó alguien al otro lado del portal. Tenía acento británico y voz nasal, una voz que se me antojó como la de un príncipe mimado—. ¡Aquí estoy, cobardes! —Un instante después, empezó a gritar. Eran gritos cortos y escandalosos. Jamás había oído algo parecido—. ¡Me habéis dejado sin presa y exijo una indemnización!

—Carl, es otro mazmorrero —explicó Dónut—. Mira el mapa.

Miré a Katia.

—Apaga el portal, pero prepárate para volver a encenderlo en cualquier momento.

Ella asintió y se alzó sobre unas piernas parecidas a zancos para llegar hasta los controles. El portal titiló antes de apagarse, momento en el que me incliné por el agujero para mirar. Al otro lado, había un mazmorrero mirándome, también al borde del fideo. Cruzamos las miradas en la distancia.

—Carl —dijo—. Tendría que haberme imaginado que una cagada tan monumental solo podía haber sido perpetrada por un cretino igual de monumental.

—Hola, Prepotente —saludé.

La criatura con forma de cabra gritó, de repente y de manera inesperada, lo que me dio un susto de muerte. Lo había hecho sin razón aparente.

—¿Qué cojones? —murmuró alguien detrás de mí.

Prepotente siguió hablando como si nada hubiese ocurrido.

—Ah, hola, Dónut —dijo con un tono de voz alegre y completamente diferente—. Encantado. Eres más maravillosa aún en persona. Llevaba mucho tiempo queriendo conocerte. Tú y yo somos muy parecidos. Que yo sepa, somos los dos únicos animales de la Tierra que han adquirido consciencia que quedan en la mazmorra. Me quedé muy decepcionado al enterarme de que formabas parte del club Desperado y no del Vencedor. Ojalá podamos tomarnos un brandy en algún momento para hablar de nuestras circunstancias personales. Otra cosa, Carl. ¿La otra está por ahí contigo? ¿La asesina? Si es el caso, que sepas que por aquí hay cinco de los diez mejores de la clasificación. No creo que sea algo que vaya a pasar muy a menudo.

—Y por aquí tenemos a algunas más que también estaban antes en la clasificación —dije—. Bueno, dime. ¿Qué carajo estás haciendo por allí?

—¿Tú qué crees? Estaba a punto de matar al jefe. Lo había dormido y lo había dejado en trance. Estaba bajándole la tensión para hacer que le diese un paro cardiaco. Solo quedaban unas dos horas más. La idea era matarlo y hacer estallar varios cristales de alma, lo que hubiese causado una reacción en cadena por todo el sistema que permitiría a los nuestros bajar al siguiente piso. Pero, en lugar de eso, ahora estoy mirando a través de un agujero en el suelo y contemplando la prueba definitiva de que los humanos y los neandertales están emparentados. Dime, por favor. ¿Adónde teletransportaste a mi presa?

—Al Abismo. ¿Por qué no bajas aquí y vuelves a llamarme neandertal a la puta cara?

La cabra empezó a gritar.

—Caballeros —dijo Imani, que se colocó a mi lado justo en ese momento—. Relajaditos y guardaos las pollas. Esto es lo último que necesitamos.

—Podría matarte —aseguró Prepotente. Se lo había dicho a Imani—. Podría aplastarte los huesos y regocijarme con el sonido que hacen al astillarse.

—¿Cómo dices, comemierda? —dijo Imani, cuya conducta cambió al instante.

La cabra volvió a gritar.

Pum. Prepotente baló de dolor cuando recibió un golpe en la cabeza con un palo. Lo acababa de atacar alguien que se encontraba junto a él. La cabra desapareció del agujero, pero siguió gritando una y otra vez de esa manera tan animal. Luego apareció una cabeza diferente. Una mujer.

—Te vas a sentar ahí y vas a reflexionar sobre lo que acabas de decir, Prepi —dijo por encima del hombro. Era Miriam Dom, la pastora humana. La llamaban la señora de las cabras. Tendría unos cuarenta años, estaba regordeta y tenía el pelo negro. Llevaba una vara alargada doblada como un gancho en un extremo, como si fuese una puñetera pastorcilla de dibujos animados. Tenía un acento italiano encantador.

—No le hagáis caso —dijo la mujer—. Siempre dice ese tipo de cosas, pero no lo hace en serio. Siempre ha tenido mal humor, incluso antes de cambiar. Encantada de conoceros a todos. Y perdón por el altercado.

La cabra volvió a aparecer por el agujero y siguió gritando. No sabía cómo la pastora podía soportar algo así. Por Dios.

—Te mataré esta noche mientras duermes —le dijo Prepotente a Miriam mientras se frotaba la cabeza. En ese momento, vi que tenía dedos humanos, aunque con las uñas largas, curvadas y negras. El cambio que lo había convertido en una criatura inteligente había sido diferente al de Dónut.

—No, no lo harás, guapo —aseguró ella. Se inclinó sobre la cabra y le dio un beso en la cabeza, justo donde le había golpeado.

—Otra vez —dijo Prepotente al momento—. Aún me duele.

—Solo lo haré si me prometes que te portarás bien. Y si les pides perdón.

Él asintió con gesto solemne y bajó la vista hacia el agujero.

—Perdón por querer asesinaros.

—Así me gusta, Prepi —dijo Miriam, que volvió a besar a la cabra en la cabeza.

Prepotente gritó.

—Tengo preguntas. Muchas preguntas —dije.

—Las vamos a tener que dejar para otro momento, guapo —dijo la mujer—. Tenemos que ir a buscar a otro jefe. *Ciao!*

En ese mismo momento, desaparecieron y otra criatura ocupó su lugar, solo durante un instante. Era grande y negra, cubierta por unas llamas espectrales también negras que titilaban y soltaban lenguas de fuego que parecían absorber la luz. En la parte inferior del cuerpo tenía tres pares de pechos humanos. Era otra cabra que se había transformado y tenía el tamaño de un caballo. No era la primera vez que la veíamos. Mordecai la había llamado familiar engendro infernal. Emitía un ruido húmedo y agudo, algo que por algún motivo sentía en los huesos. El aire chisporroteaba caliente a su paso.

Intercambié una mirada con Imani y ella negó con la cabeza.

Aquella conversación tan extraña me había dejado claro lo que podía esperar de aquel grupo. Teníamos que asegurarnos de mantenernos muy lejos de ellos.

—¿Habéis oído eso? —preguntó Dónut—. ¡Ha dicho que soy maravillosa!

Tuvimos que abrirnos paso luchando para llegar hasta el carro Def Leppard. Imani juntó a un grupo para ayudarnos a llegar hasta allí. Aún había muchísimos monstruos Krakaren por los pasillos y en las vías. No tenía ni idea de cómo el grupo de la cabra había conseguido sobrevivir a algo así. Recibí mensajes de gente que se encontraba en lugares diferentes de la mazmorra que aseguraban que las oleadas no habían cesado. Sabía que podían sobrepasarnos en cualquier momento, por lo que teníamos que darnos prisa.

Tanto Li Jun como Li Na resultaron ser guerreros magníficos. Li Jun era algo parecido a un maestro de kung-fu, que volaba por los aires agarrando los tentáculos y lanzando a los monstruos; mientras que Li Na era parecida, pero lo hacía con las cadenas, con las que envolvía a las criaturas, las paralizaba y dejaba que Zhang lanzase un conjuro llamado Golpe de tierra, que hacía que les cayesen encima unas rocas que terminaban por matarlas.

Los tres eran inmunes a los ataques de ácido. Después del incidente con las larvas berrendas del segundo piso, era algo que habían tenido muy claro a la hora de elegir clase. Los entendía perfectamente.

Por suerte, el carro estaba donde lo habíamos dejado. Los monstruos lo habían ignorado, al parecer. Estaba encendido y girado hacia la estación 24, pero ya no había muchas criaturas que saliesen de ese túnel. Katia se colocó en la parte trasera y mirando hacia atrás, para encargarse de cualquier cosa que se pusiese a perseguirnos. Zhang, Mongo, Li Jun y su hermana se dispusieron a proteger la parte central del carro, mientras que Dónut y yo nos dirigimos a la cabina. Teníamos escasos minutos para subirnos y marcharnos antes de que otra oleada de puntos rojos fuese a por nosotros.

Aceleré y nos largamos.

Mi preocupación más inmediata era la estación 24. La última

vez que habíamos pasado por ella nos habían abordado churumbeles de Krakaren. Sabía que la mayoría habrían entrado en la estación para meterse por el túnel de escape, pero seguro que habría más por el andén esperando a que pasase algún imbécil para atacarlo.

Y, como me suponía, había una criatura Krakaren a la vista cuando pasamos por la estación. Era enorme: una gigantesca con forma de pulpo y tentáculos que no dejaban de agitarse. Era un jefe de barrio del mismo tamaño, o más grande, que aquel contra el que nos habíamos enfrentado en el segundo piso. Por suerte, la mitad de su cuerpo ocupaba las vías y los tentáculos colgaban del andén. Lo golpeamos con el portal y se teletransportó fuera de allí, dejando un charco en las baldosas de la estación mientras nosotros continuábamos en dirección al final del trayecto. En ese momento, reduje un poco la velocidad y conseguí que el carro se detuviese justo antes de salir del túnel que daba a la enorme caverna que era la playa de maniobras.

Teníamos que colocar el carro en la línea de empleados y en dirección a las profundidades. Para ello, habría que ponerlo en dicha línea con el portal girado hacia el lado contrario del que se encontraba ahora.

Había dos problemas para conseguirlo. El primero, que el carro tenía un tamaño diferente a los que iban por la línea. Las ruedas estaban demasiado juntas, por lo que no iba a poder circular por dichas vías. Y el segundo era que, para llevarlo hasta allí, teníamos que cogerlo en peso y cargarlo a través de otras muchas vías, por una zona llena de necrófagos y secuaces del mimeto.

Salimos del túnel y nos quedamos quietos mientras contemplábamos la caverna gigantesca. La zona principal y vallada de la playa de maniobras E seguía a más de un kilómetro de distancia. Desde donde nos encontrábamos conseguí ver los restos de la valla destruida. La puerta enorme seguía en pie, así como el edificio administrativo. También se olía el hedor agrio de la madera y los cadáveres quemados.

En las paredes había muchísimas entradas a varias cuevas, y el suelo estaba lleno de la misma cantidad de vías. Había cuerpos por todas partes, la mayoría de necrófagos, pero también un buen número de mazmorreros desperdigados.

Desde el lugar donde nos encontrábamos hasta la playa de maniobras propiamente dicha podía haber fácilmente unos quinientos monstruos. La mayoría se encontraban al sur, cerca del edificio y de la valla.

El mimeto estaba demasiado lejos como para atacarnos directamente, aunque muchos mazmorreros aterrorizados me habían enviado mensajes comentando que los secuaces de la criatura y su lengua ridículamente larga estaban sembrando el caos por la zona. La criatura se alzaba enorme en la distancia, del mismo tamaño que la estancia y transformada a medias en un edificio. Un par de ojos rojos y del tamaño de un dirigible relucían a lo lejos. Una de las torres del lugar se derrumbó mientras mirábamos, aunque no alcancé a ver qué era lo que la había tirado.

Un grupo de varias decenas de mazmorreros estaba atrincherado en el edificio administrativo, luchando contra oleadas de necrófagos y los secuaces del mimeto, que al parecer eran poco más que bocas del tamaño de coches con patas parecidas a las de un ciempiés. Si se cortaba por la mitad a dichas criaturas, se creaban dos de ellas. Vi varias desde el lugar donde nos encontrábamos cerca de la salida del túnel. Eran enemigos muy extraños que me recordaron a esos juguetes de cuerda con forma de boca llena de dientes.

Había otro grupo de mazmorreros atrapado dentro de un vagón de tren aislado, y no podían salir porque se encontraban al alcance del gigantesco jefe de ciudad. Solo había oído comentarios sobre ellos y no tenía ni idea de si seguían allí o habían escapado.

Había sido algo muy común durante estas últimas horas frenéticas del cuarto piso. Gente desesperada pidiendo ayuda. Rumores de grupos que corrían peligro.

«No podréis conmigo. Que os den a todos. No podréis conmigo».

Teníamos que hacer algo con esa cosa, con el mimeto. El hecho de que estuviese allí era mi puñetera culpa. Pero, por el momento, el objetivo de nuestra misión era pasar desapercibidos e ignorar el monstruo. Quizá más adelante pudiese usar el portal del carro para teletransportarlo a otro lugar, como había hecho antes. Pero ya no estábamos en un túnel ni contábamos con la protección de un lugar así, por lo que nos encontrábamos a merced del monstruo, que podía atacarnos por un lado, por encima o desde cualquier otro ángulo antes de acercar a él el carro. Era demasiado arriesgado.

El plan era avanzar a hurtadillas por la pared hasta llegar a la línea de empleados mientras cargábamos con el carro. Si teníamos suerte, no llegarían a vernos. Teníamos que proteger dicho carro mientras Elle traía el Pesadilla hasta donde nos encontrábamos. Ya estaba en el tren, a la espera de mi señal para avanzar por la vía y acercarse. No dejaba de quejarse de que Brandy la Fogosa no era de mucha ayuda y no quería hacer nada sin hablar antes conmigo. Al menos sí que le permitió a Elle mover el tren.

En ese momento, me fijé en la pareja de humanotauros que se encontraba apostada en la entrada de la línea de empleados y supe que el plan no tenía futuro. No nos habían visto porque tenían la mirada fija en el caos que se había desatado frente a ellos. Volví a dar marcha atrás con el carro y lo metí en el túnel para ocultarnos aún más.

—¿Qué pasa ahora? —preguntó Li Na.

—Esperad —dije mientras intentaba pensar en algo. Cerré el puño y me miré el guantelete. Humanotauros.

Carl: Oye, Mordecai. Una pregunta rápida. Si por casualidad invocásemos al dios de la guerra Grull, ¿cuánto tiempo se quedaría por aquí antes de desaparecer?

Mordecai: Corred. No luchéis contra él. Es invulnerable, joder. No podéis matarlo. Tomaos mi poción de mezcla especial y salid corriendo sin mirar atrás.

Carl: Tranquilo. No ha ocurrido aún. Solo era una pregunta.

Mordecai: Por todos los dioses, Carl. No me asustes así.

Carl: ¿Y bien...?

En realidad, ya sabía la respuesta porque la había visto en mi libro de cocina, pero quería confirmarla con él y también asegurarme de que quedase registrado en algún lado que había hecho la pregunta.

En el libro no se hablaba demasiado de deidades y ni siquiera había un capítulo dedicado a ello. La información estaba por ahí desperdigada en el capítulo de información variada.

<Nota añadida por el mazmorrero Coolie. Decimonovena edición>.

Hay tres maneras de invocar a una deidad. Evitad las tres. Solo los idiotas pueden querer relacionarse con las deidades. Algunas de ellas son PNJ de verdad, pero las más importantes como Apito, Eris y otras siempre están patrocinadas por algún imbécil con dinero que paga para jugar a algo que llaman Ascendencia Celestial. El juego tiene lugar en el duodécimo piso, pero a veces los dioses se invocan individualmente fuera de él. El juego es diferente a la Guerra de Facciones y tiene su propia historia y sus propios seguidores. En realidad, no lo entiendo, pero sí que sé una cosa: los dioses son invulnerables a no ser que se encuentren en ese piso duodécimo o en los posteriores. Son fuertes y lo matan todo. Y te aseguro que no puedes hacer un carajo al respecto.

Pues eso, que hay tres tipos de invocaciones y las tres requieren un receptáculo físico, que suele ser una criatura. La primera de ellas es la bendición celestial, que es cuando un dios acude a la llamada de uno de sus devotos para luchar. Después, hay invocaciones por contrato, en las que un mago poderoso invoca a la deidad para luchar por él durante un corto periodo de tiempo. Es una que va contra la voluntad de dicha deidad y suelen enfadarse mucho cuando ocurre. Y, finalmente, están las invocaciones accidentales. Ocurren cuando un pobre diablo invoca a la deidad por accidente con algún tipo de trampa, conjuro o mala suerte. Estas tampoco les suelen gustar a los dioses y, lo que es peor, llegan sin atadura alguna, lo que les permite destrozar todo lo que encuentren a su paso.

No tengo demasiada experiencia con el tema, pero sé que cualquiera de las tres opciones acaba con la muerte del invocador. Incluso la primera. No confíes en las deidades bajo ninguna circunstancia. Mantente bien lejos de ellas. Ese es mi consejo.

<Nota añadida por el mazmorrero Forkith. Vigésima edición>.

Puede que sean invulnerables, pero sienten dolor. Y sangran. Y los que controlan esos cuerpos sufren. Ojalá llegue hasta el duodécimo piso para matar a una de esas cosas. Tengo que conseguirlo. Por mi hermana... Sé que es poco más que un sueño, pero miraré a una de esas deidades a los ojos y le diré: «Esto va por Barkith. Por mi hermana».

Después de esa había una segunda nota de Coolie que se centraba principalmente en las invocaciones involuntarias, que era lo que podía llegar a ocurrir cuando usaba mi guantelete. Al parecer, era algo muy común y una forma de recolectar más dinero de patrocinio. Desperdigados por la mazmorra había objetos que invocaban a los dioses y permitían esa especie de apariciones especiales. Muchas veces, los famosos eran quienes compraban la posibilidad de convertirse en dioses. Era una manera segura de entrar en la mazmorra si no formabas parte de una de las familias burguesas que controlaban los ejércitos del noveno piso.

A final del mensaje había una nota adicional. No era algo que fuese a servirme por el momento, pero me resultó interesante e intenté recordarlo.

> <Nota añadida por el mazmorrero Tin. Vigesimoprimera edición>.
>
> Me he dado cuenta de algo muy curioso. Los dioses y las diosas podrían considerarse una armadura de alma. Funcionan igual que lo que hacen los cazaintelectos, los scree o los Valtay. Los alienígenas llevan a los dioses como si fuesen prendas. Eso significa que, en teoría, pueden expulsarse usando cualquier conjuro diseñado para eliminar una armadura biológica, como Quítate eso o Día de colada. Pero primero tendrás que superar su invulnerabilidad, claro. Y, por si eso fuera poco, no les hará daño a los dioses en sí, quienes volverán a su programación habitual, estado natural o como quieras llamarlo. ¿Y quién sabe qué les pasará a los alienígenas que estaban controlándonos hasta ese momento? Si quieres llegar a controlar a un dios, lo primero que tendrías que hacer es librarte de esa influencia del mundo exterior. También me he dado cuenta de que los alienígenas son muy impredecibles a su manera.

Mordecai tardó más tiempo del que era habitual en responder a mi pregunta. Sospechaba que estaba hablando con Dónut para asegurarse de que no íbamos a hacer una estupidez.

> **MORDECAI: Una deidad invocada de forma involuntaria dura el número de niveles del receptáculo sumado al número de niveles del dios en segundos. Grull es una deidad de categoría santuario, lo que significa que tiene nivel 250. Los humanotauros tienen nivel 40, así que el total sería de 290 segundos.**

La información no casaba del todo con la que yo tenía en el libro, pero el resultado era el mismo. Mejor, en realidad. Allí decía que duraban unos cinco minutos, pero era muy probable que los mazmorreros desconociesen la fórmula exacta. La añadí al libro rápidamente.

Carl: ¿Y cómo será de grande?

Mordecai: ¿Por qué lo preguntas?

Carl: Nos quedamos sin tiempo, Mordecai.

Mordecai: Es una pregunta complicada. La respuesta corta es que, una vez invocado, crecerá hasta ocupar por completo la estancia en la que se encuentre. Como aquel elemental de furia al que os enfrentasteis. La versión real puede cambiar de tamaño, pero cuando se le invoca las normas son diferentes. La invocación es un proceso muy complicado que no tengo tiempo de explicaros.

Carl: Un momento. Entonces, si lo invocamos dentro del vial de una poción, ¿será pequeñito?

Mordecai: Sí, pero será lo bastante fuerte como para escapar a menos que uséis el sello adecuado, y ninguno sois invocadores de nivel 20, por lo que no va a ocurrir.

Carl: Entendido. Una pregunta más. Después de invocarlo, ¿cuánto tiempo tiene que pasar para poder hacerlo otra vez? ¿Podría ocurrir justo después?

Mordecai tardó un rato en responder.

Mordecai: Una vez haya desaparecido tras la invocación, se lo puede volver a invocar de inmediato. No tiene tiempo de recarga. También puede robarse de una primera invocación a una segunda. Por ejemplo, si está capturado con un sigilo y un devoto lo invoca de nuevo con un método diferente, el dios escapará del lugar donde está encerrado y pasará al nuevo receptáculo. Esto... es información muy importante. Yo la descubrí a las malas. De la peor manera posible.

Carl: Gracias, Mordecai.

Mordecai: Ahora, ni se te ocurra pensar en...

Cerré el chat y me giré hacia los demás.
—Cambio de planes.
—¿Qué haremos ahora? —preguntó Li Na.
—Oh, oh —dijo Katia al mismo tiempo.
—No os preocupéis. Ya lo iréis viendo.

Salí del túnel a pie, cargué una esfera pelotazo en la *xistera*, eché el brazo hacia atrás y la lancé hacia la pareja de humanotauros. Estaban muy lejos y lo cierto es que no creía que el proyectil llegase hasta ellos, pero este se dirigió a toda velocidad hacia las criaturas. Fallé el tiro, pero la esfera de metal cayó a los pies de los monstruos y resonó con un plic. Uno de ellos se agachó para cogerla, momento en el que la segunda de mis esferas ya avanzaba por los aires. En esa ocasión sí que acerté y le di en toda la cabeza. La criatura aulló de dolor y apareció una barra de salud sobre él en la distancia.

Los puntos en el mapa habían sido blancos, como si fuesen PNJ, pero los necrófagos no los atacaban y eran muchos los mazmorreros que me habían asegurado que los humanotauros siempre iban a por ellos nada más verlos. En ese momento, los puntos se pusieron rojos al verme. Los saludé con la mano y esperé. Se dejaron caer hacia delante y empezaron a galopar hacia nosotros. Avanzaban rápido, pero con unos movimientos entrecortados dignos de una película de terror.

—Son muy desagradables —dijo Dónut, que estaba sobre mi hombro—. Deberían tener dos pares de piernas y uno de brazos, no un par de piernas y dos de brazos.

—Sí que son raros, sí —convine.

—Que sepas que Li Na se ha enfadado mucho por lo que acabas de hacer —aseguró Dónut—. Dice que eres imbécil.

—Eso es porque lo soy, sí —dije—. Nunca lo he negado.

Volvimos a entrar en el túnel y esperamos a los monstruos.

Todos nos colocamos frente al carro a excepción de Zhang, que se quedó en la cabina listo para desconectarlo si era necesario. El portal se agitaba ominoso detrás de nosotros. Desde donde nos encontrábamos, tenía el aspecto de una piscina de mercurio. Me dieron unas ganas incontrolables de extender la mano y meterla en él para acabar con todo aquello. Un gesto y sería el fin.

Las dos criaturas se acercaron al galope y gritando con fuerza. Ambas tenían unas garras tipo Lobezno en las manos preparadas para despedazarnos.

—¡Salve! ¡Que empiece la batalla! —gritó uno de ellos, justo cuando Katia, que se había transformado en una columna, se abalanzó con todas sus fuerzas contra la espalda de una de las criaturas y la dejó enterrada contra el suelo como si hubiese quedado atrapada en una trampa para ratones. Hizo todo lo posible por mantener allí al humanotauro, que gritó y empezó a arañar el suelo con las garras, lo que levantó rocas por todas partes.

Li Na se apartó de la pared, y una cadena reluciente brotó de la manga de su vestido. Empezó a agitarla por los aires hasta envolver con ella el cuello del monstruo, que empezó a brillar de color azul, llamó puta a la mujer y cerró los ojos.

El jefe de barrio quedó inconsciente y permanecería así un minuto, aunque Li Na nos comentó que podía repetirlo cuatro veces antes de tener que descansar.

«Joder. La verdad es que es una pasada. ¿Cómo es que Li Jun había llegado a estar entre los diez mejores y ella no?».

Y luego descubrí por qué Li Jun se había ganado su puesto en la lista.

Tiré una cortina de humo mientras Dónut lanzaba proyectiles mágicos al segundo humanotauro. Katia permaneció sobre el primero, pero sacó la ballesta y también empezó a disparar virotes a la otra criatura, que aulló y se enderezó por completo.

—¡Caminando de batalla en batalla! ¡Morid! ¡Morid! —gritó. Las garras de sus manos destellaron en la luz del túnel.

Cargó directamente hacia mí a pesar de la cortina de humo.

Li Jun, que estaba a mi derecha, se había lanzado una ventaja en las manos que hizo que le empezasen a brillar de rojo. Se deslizó hacia delante, a lo largo de la vía y luego le dio un puñetazo a la criatura en la pierna, para poco después agacharse y evitar un tajo con las garras que sin duda lo hubiese decapitado. Le rompió el hueso al humanotauro, lo que hizo que el monstruo gritase y se tambalease hacia delante. Li Jun dio una voltereta hacia atrás mientras la criatura caía y esquivó por los pelos otro ataque.

Antes de que me diese tiempo a reaccionar, Li Jun rebotó en mis hombros y volvió a saltar hacia delante. Saltó por encima del monstruo, que no había terminado de caer, y aterrizó detrás de él. La criatura intentó atacarlo de nuevo. Mongo, que se encontraba a mi izquierda, esquivó el golpe y dio un mordisco a la parte superior del humanotauro mientras Dónut, montada sobre el dinosaurio, le lanzaba proyectiles mágicos a bocajarro en la cara.

—¡No lo matéis! —grité mientras daba un paso al frente—. ¡Preparaos!

—Moriré con el honor de un guerrero —dijo el monstruo

mientras Mongo seguía destrozándole el brazo a mordiscos y le arrancaba por completo la mano con la garra metálica. El dinosaurio rugió más alto de lo que lo había oído jamás. Dónut también se había puesto a gritar y disparó un proyectil mágico más al rostro de la criatura. A pesar de todo, la barra de salud solo había descendido tres cuartas partes.

—Parad, por Dios —grité—. Recordad para qué estamos aquí.

Le di un puñetazo al humanotauro aturdido y moribundo en el brazo, el que Mongo aún no le había destrozado. Sentí que se rompía con el golpe, como una rama gruesa al quebrarse.

1,5.

Después di un pisotón con fuerza que aplastó el dorso de la mano de la que sobresalían las garras. Noté como se le astillaban más huesos que brotaron de repente por su piel. La criatura gruñó de dolor. Me incliné hacia delante y le di otro puñetazo. Y otro. Seguí hasta que la notificación sobre la cabeza de la criatura empezó a parpadear.

—Siento el poder —gruñó—. Ahí viene. Dios, he cumplido con mi propósito. ¡Se ha alzado!

Apareció un temporizador con diez segundos sobre su cabeza.

—¡Vamos! —grité al tiempo que saltaba hacia delante. Li Jun, Li Na y yo lo agarramos a duras penas. Era pesado de cojones a pesar de nuestra Fuerza.

—Grull ya está aquí —gritó el humanotauro. Extendió los dos brazos inferiores y se agarró a la vía para que no pudiésemos llevarlo hasta el portal.

Ocho segundos.

—Zhang —grité. Era algo que habíamos tenido en cuenta.

Zhang acercó el carro mientras Mongo y Dónut pasaban junto a nosotros para apartarse. Si no podíamos llevarlo hasta el portal, llevaríamos el portal hasta él. Pero era peligroso, ya que cabía la posibilidad de que también nos teletransportásemos.

Cinco segundos.

—¡Vamos! —grité—. Tres. Dos. Uno. ¡Soltadlo!

Todos saltamos hacia atrás justo cuando la cabeza de la criatura chocó contra el portal. Quedaba tan solo un segundo.

Y se teletransportó.

Y, en el instante en el que desapareció, me percaté horrorizado de que había soltado el raíl con una de las manos inferiores para agarrarme con fuerza el pie.

«Mi invulnerabilidad —pensé mientras tiraba de mí hacia el portal—. No sentí la mano del monstruo porque tengo el pie dormido. Ironías de la vida».

33

ENTRANDO EN LA PLAYA DE MANIOBRAS E

De haber salido a pedir de boca, el plan hubiese sido el siguiente:

- Invocamos a Grull y usamos el portal conectado a la playa de maniobras para lanzárselo al mimeto.
- Zhang cambia al momento el portal para conectarlo al Abismo, lo que tarda diez segundos.
- Durante ese tiempo y con suerte, el dios de la guerra Grull mata al mimeto.
- Antes de que Grull siembre el caos o descubra dónde nos encontramos después de su teletransportación, empiezo a atacar al otro humanotauro para volver a iniciar la secuencia de invocación. Otros diez segundos.
- Lanzamos al segundo humanotauro al portal, igual que acabamos de hacer con el primero, pero en esta ocasión lo enviamos al Abismo. Lo hacemos cuando quedan uno o dos segundos para que se complete la invocación. De esa manera, cuando se transforma ya está al otro lado, justo antes de caer sobre todo lo que hay en el foso.
- El dios, que se encuentra ahora a cientos de kilómetros, con suerte descarga su rabia contra la enorme cantidad de monstruos de Krakaren, necrófagos y el jefe de provincia que hay por el lugar apilados unos sobre otros.
- Ahora que el mimeto ha desaparecido, continuamos con el plan, que puede ser o no necesario dependiendo de lo que ocurra en el foso.

La verdad es que para tratarse de algo que se me había ocurrido sobre la marcha no estaba nada mal. Aunque sospechaba que podría habérsele ocurrido a cualquiera.

El problema es que no había salido bien.

En lugar de eso, algo me decía que la mayoría de los espectadores habían pensado algo en plan: «Ya ves. Ese tipo está como una cabra. Saltó al portal. Normal que haya muerto de esa manera tan desagradable. Solo era cuestión de tiempo».

Aquello fue todo lo que me pasó por la cabeza mientras caía hacia la playa de maniobras, rebotando dolorido contra el humanotauro que no había dejado de brillar.

Un par de ojos rojos y enormes brillaron con alegría y se centraron en mí. El mimeto. Abrió la boca de par en par y mostró los dientes.

Todo se paralizó en aquel momento.

Empecé a notar el zumbido de una melodía. Era heavy metal. El pum, pum, pum intenso y resonante de una línea de bajo.

«Mierda», pensé.

Apareció un marco con mi cara flotando junto a mí, atravesado por las palabras ¡DESAFÍO MORTAL!, de las que rezumaba sangre.

> **Damas y caballeros, hoy os traemos una sorpresa. ¡La muerte del famoso mazmorrero Carl el mazmorrero en directo! ¿Quién será el monstruo que tenga la suerte de acabar con él? ¿Quién?**
>
> **¡A la derecha, tenemos a una de las criaturas más perversas de este piso! Un alma en pena, que dirían algunos. La campeona asesina de mazmorreros de todo el piso, con más de veintitrés mil muertes hasta el momento. ¡La superdepredadora de su mundo, la voraz, la insaciable, la imitadora suprema! ¡La jefa de ciudad! ¡La mimeto rex de nivel 90!**

El retrato de la mimeto apareció a un lado de la interfaz, momento en el que la criatura real aulló y su lengua, que tenía el tamaño de un tren, empezó a serpentear hacia mí.

Todo volvió a paralizarse.

> **Pero ¿será lo bastante rápida como para acabar con Carl? A la izquierda, tenemos nada más y nada menos que a un dios. Es un antiguo conocido del programa, pero en este caso estamos ante**

el debut en *Planeta mazmorrero* del patrocinador de Grull. Por primera vez ante vosotros, listo para su regreso a pesar de que se lo creía muerto, abandonado por su familia y repudiado por la sociedad... ¡El presentador de *Espectáculo mortal y caos mazmorrero extremo*, el príncipe Maestro del Imperio Calavera!

—Pero ¿qué cojones? —murmuré cuando dos retratos más aparecieron en la pantalla con explosiones digitales.

El primero era del Maestro, ese orco cubierto de pelo que me dedicaba una mirada desdeñosa.

Todo siguió paralizado. Vi un movimiento por el rabillo del ojo en uno de los extremos de la playa de maniobras. Era Dónut montada en Mongo, galopando a toda velocidad hacia nosotros. Aún estaba lejos y había decenas de necrófagos y criaturas entre ellos y yo. La mitad estaba muy quieta, mientras que los demás se movían muy despacio hacia ella, quien no dejaba de dispararles proyectiles mágicos.

«No —pensé—. No te acerques, joder. Si lo haces, tú también morirás». Intenté enviarle un mensaje por el chat, pero el sistema no me lo permitió.

El retrato del Maestro se movió durante un instante. Era una entrevista que le habían hecho.

—Sí —dijo con ese tono condescendiente, una voz que por alguna razón reverberó por toda la playa de maniobras—. La gente creía que estaba en esa nave, pero mi hermano ya me había metido en la mazmorra. —Se rio—. ¿Cómo voy a ser tan imbécil como para exponerme de esa manera? Vais a tener que esforzaros mucho más la próxima vez, gusanos. El Maestro no caerá tan fácilmente. Y descansa en paz, mami.

El segundo retrato era de Grull. Era una bestia con aspecto de minotauro, de piel negra y demasiado musculada. Pero tenía cuerpo de caballo. Era un centauro con la cabeza de un toro enfadado y enorme, con un anillo dorado igual de grande colgándole del hocico. Sostenía un hacha de doble filo humeante.

El humanotauro, que estaba paralizado en el suelo junto a mí, se partió en dos y empezó a salir humo de su cadáver. Era el único movimiento que se percibía en toda la zona afectada por la parálisis. Sabía que para invocar a Grull este tenía que emerger de un «receptáculo», y al parecer eso significaba que salía de dicho cuerpo como si fuese un pollito saliendo del cascarón del huevo.

Los dos retratos del Maestro y de Grull se unieron para formar una única imagen. El dios pasó a tener un rostro muy parecido al del Maestro y me dedicó otra de esas miradas de desdén desde los cielos.

Dios de la guerra Grull. Nivel 250. Patrocinado por el príncipe Maestro del Imperio Calavera.

Aviso: Esta criatura es una deidad. Es invulnerable en este piso.

Este dios se ha invocado involuntariamente a esta ubicación. Se aplicarán las reglas normales de invocación.

El dios de la guerra Grull, hijo de Taranis y Apito, es uno de los pocos auténticos herederos de la Ascendencia Celestial. El problema es que sus ataques de rabia son más largos que la polla de un caballo, y a Taranis le preocupa que quizá su hijo no sea la mejor opción para convertirse en el gobernante de los cielos. Además, sus fieles suelen ser burros y otras especies de rasgos equinos. La verdad es que es algo perturbador incluso para un dios.

Grull no puede morir, pero aunque pudiese... ¿crees que eso cambiaría las cosas? Tiene nivel 250, por lo que podría arrasar por completo este piso en un solo día.

Espero que hayas rezado y comprado lubricante, porque te vas a pasar toda la eternidad recibiendo.

La descripción terminó en ese momento. Los retratos desaparecieron con una explosión estroboscópica que luego cayó al suelo como si de purpurina se tratara. Era como si estuviésemos en uno de esos espectáculos de camiones monstruo. Seguimos paralizados, momento en el que la música subió de volumen y se aceleró.

Damas y caballeros, es obvio que el dios tiene ventaja en esta situación, pero la mimeto es rápida, tiene a sus secuaces y también cuenta con ventaja. ¿Quién ganará? ¿Morirá Carl entre gritos de agonía? ¿Qué quedará de él? Hagan sus apuestas, porque...

Allá...

¡Vamooooooos!

Todo volvió a la normalidad y, justo en ese momento, el cuerpo del humanotauro destrozado estalló en un reguero de luces. La lengua del mimeto se abalanzó sobre mí rápida como un látigo, para luego golpear al dios que seguía formándose y tirarlo a un lado. Grull salió despedido por los aires lejos de mí.

Rodé e hice clic sobre el objeto que se encontraba al final de mi lista de acceso rápido. La poción de invisibilidad se activó justo cuando la lengua chocó contra el suelo donde me encontraba hacía tan solo unos instantes.

Pero ¡oye! ¿Adónde te has ido? Eres invisible durante 30 segundos. (El doble de tu valor de Inteligencia).

«Mierda. Tendría que haberme puesto más puntos en esa característica».

El mimeto aulló de rabia. Se tiró un eructo y un hedor fétido se extendió por toda la playa de maniobras. Un grupo de secuaces con forma de boca brotó de la criatura y empezó a castañetear los dientes. Cada una tenía el tamaño de un rinoceronte. Se abrieron en abanico sin dejar de avanzar hacia mí.

Al mismo tiempo, a bastante distancia a mi izquierda, trenes, rocas y pedazos de metal salieron volando por los aires cuando el dios empezó a formarse, alzándose cada vez más hasta que su cabeza quedó a medio camino del techo. Levanté los brazos para protegerme de los escombros. En el mapa, apareció una estrella roja que titilaba y no dejaba de girar, en círculos como una sierra circular.

Uno de los secuaces gritó al quedar aplastado por una roca. Brotaron unas patas de las vísceras, que se dirigieron de nuevo hacia el lugar donde se encontraba la mimeto.

Grull aulló, con la misma intensidad que una de esas trampas de alarma. Alzó hacia el techo el hacha gigantesca. El mango parecía un roble de verdad, y la cabeza metálica no dejaba de moverse como si estuviese hecha de metal fundido. La agitó por encima de él, y el arma dejó tras de sí un rastro de humo. La parte superior del hacha llegó a encontrarse a escasos centímetros del techo de la estancia, momento tras el que el dios lanzó un tajo descendente con el que no golpeó nada. Repitió el movimiento unas pocas veces más, como si estuviese poniendo a prueba el peso y el equilibrio del arma, que en sus enormes manos era del tamaño de un avión de pasajeros.

El propio Grull alcanzaba la altura de un edificio de cuatro pisos. Enorme. Imponente. Aterrador. Pero, a pesar de todo, seguía pareciendo pequeño, ya que era una versión en miniatura de su forma verdadera.

Me percaté de que el mimeto seguía siendo más grande que el dios. Pero eso daba igual. Estaba muy claro quién era más fuerte.

—Aquí, cerdito mío —dijo con una voz grave y atronadora—. Esta vez no podrás escapar de mí. Qué ganas tenía de esto.

Me puse en pie, listo para correr hacia la pared del fondo, lejos del dios y del jefe de ciudad.

Dónut: ¡CARL! ¡CARL! ¡YA VAMOS!

Carl: Dónut, ni se te ocurra acercarte. Trae el carro y a ese puñetero humanotauro. Pero no entréis en la playa de maniobras. Voy a intentar evitarlos para salir de aquí.

Dónut: LAS PAREDES DE LA PLAYA DE MANIOBRA HAN VUELTO A APARECER COMO POR ARTE DE MAGIA, PERO NO SON DEL TODO VISIBLES. ES COMO EN AQUELLOS COMBATES CONTRA LOS JEFES DEL PRIMER PISO. ¡CREO QUE SE PUEDE ENTRAR, PERO NO SE PUEDE SALIR! ESTÁS ATRAPADO AHÍ DENTRO. VI ENTRAR A UNO DE LOS SECUACES, PERO LUEGO NO PUDO VOLVER A SALIR PARA ATACARME.

«Mierda, mierda».

La lengua golpeó contra el suelo a escasos seis metros frente a mí y me hizo caer. Partió un vagón por la mitad y empezaron a llover pedazos de metal por todas partes. Un par de esas bocas gigantes empezaron a hacer un ruido parecido al de las gárgaras mientras avanzaban hacia mí con sus patas de milpiés. Estaban a punto de arrinconarme a pesar de seguir siendo invisible.

Carl: Mira, olvídate de mí. Tienes que completar la misión. No pongas en riesgo el carro. Tienes que lanzar la bomba al Abismo. Brandy te explicará cómo hacer que explote el Pesadilla. Después, ve con Imani y Elle. Ellas te cuidarán.

Dónut: NO SEAS MAJADERO, CARL. NO HACE GRACIA.

Grull volvió a dar un tajo descendente con el hacha y golpeó el suelo. El mundo al completo se estremeció con el golpe. Estaba a bastante distancia, pero consiguió levantarme unos pocos centímetros. El suelo alrededor del hacha se alzó para luego resquebrajarse como si hubiese recibido el impacto de un meteorito. La onda expansiva me alcanzó y sentí como si me hubiese atropellado un tren. Caí al suelo, reboté contra la pared y empecé a rodar, tanto que rocé el borde de uno de los portales que los trenes con nombre usaban para volver al principio del recorrido. El estómago me dio un vuelco, pero me tranquilicé al instante. El portal estaba apagado. Al parecer, todos los portales de la playa de maniobras habían dejado de funcionar.

CARL: Cagondiós, Dónut. Yo estoy jodido. Tú vete. Sal de aquí antes de que te vea.

Tenía la salud en rojo, por lo que me tomé una poción. Me separé de la pared y empecé a correr por las vías, entre un par de locomotoras de trenes con nombre que parecían desconectadas. Vi las paredes brillantes de la playa de maniobras a poco menos de medio kilómetro de distancia. Grull se alzó imponente a mi izquierda y empezó a girarse poco a poco. La lengua de la mimeto volvió a serpentear por los aires.

Restaban unos pocos segundos de invisibilidad. Me quedé quieto entre los trenes. Había conseguido esconderme. Pero ¿durante cuánto tiempo?

Apareció una sombra que bloqueaba la salida entre los vehículos. Era una de esas cosas con forma de boca, enorme y babeante. Era una boca gigantesca con dientes afilados como agujas y poco más, una parte del cuerpo de anatomía imposible.

Chachareador chachareante. Nivel 35.
Es un secuaz de la mimeto rex.

¿Has ido alguna vez a uno de esos bufets, uno de esos que son baratísimos en los puedes comer hasta reventar? El precio es sospechoso, ¿verdad? El puré de patatas instantáneo sabe como si lo mezclaran con serrín. La carne es gris. El vecindario colindante siempre está lleno de carteles anunciando que se han perdido algunos gatos. Ya sabes de qué estoy hablando. Vas y comes hasta empacharte y olvidarte de tu nombre prácticamente, pero luego te odias a ti mismo y piensas: «¿Ya está? ¿Esto es la vida, lo que pasa entre empacho y empacho?».

El chachareador chachareante es la boca reanimada de los que frecuentan esos lugares. Odian todo y a todos y solo quieren alimentarse. Siente un dolor constante y comer es lo único que consigue aliviarlo. Todo lo que comen se destruye de inmediato y se convierte en energía que almacenan hasta que la criatura se llena de comida.

Aviso: Es un monstruo separador. Si lo matas, cabe la posibilidad de que aparezcan una o más versiones en miniatura.

«Menuda mierda, Dios», pensé. El monstruo no me vio, pero se quedó allí castañeteando los dientes como un caimán. El temporizador de la invisibilidad empezó a parpadear.

Seguí corriendo. Saqué una hobomba de detonación por impacto, salté y la dejé caer al pasar por uno de los lados de la boca abierta del monstruo como si fuese un caniche amaestrado atravesando un aro. Rodé al caer y, al detenerme, me cubrí la cabeza con los brazos mientras el chachareador chachareante masticaba la hombomba que le había dejado caer en la boca. Explotó, y las partes de su cuerpo empezaron a llover por los alrededores. Ninguna de ellas volvió a moverse.

—Ahí estás, cerdito —dijo el Grull-Maestro. Las palabras resonaron estruendosas como si aquello fuese el fin del mundo. Me alejé lo máximo posible de él, pero aún estaba demasiado cerca. Se giró para avanzar hacia mí, y vi que el mimeto se interponía en su camino. Soltó un tajo con el hacha y partió a la criatura por la mitad como si nada. Esta se convirtió en dos montañas de carne, llenas de vísceras, órganos extraños y fluidos por todas partes.

A mi alrededor, los secuaces que quedaban en pie alzaron las bocas hacia los cielos y aullaron.

En ese momento, saqué una cortina de humo y la tiré al suelo. Pero después saqué todas las que pude y empecé a lanzarlas en todas direcciones para cubrir de humo la mayor cantidad de espacio posible. Grull pisó como si nada los restos de la mimeto mientras arrastraba el hacha por el suelo. Alrededor de aquel dios centauro, los rabiosos secuaces abandonados se lanzaron contra sus patas. Los ignoró mientras pisaba a alguno de vez en cuando.

Levantó el hacha, y supe lo que estaba a punto de ocurrir. No iba a darme, pero sí que iba a caer cerca. Lo bastante como para acabar conmigo. No podía usar mi conjuro Caparazón protector, pero me quedaba un último as en la manga.

Hice clic con fuerza en la poción. La Mezcla especial de Mordecai.

Me daba un estado de casi invulnerabilidad durante 30 segundos, pero no podía tomarme más pociones hasta que no pasasen diez horas.

¡Estándar de oro! ¡Se ha superacelerado tu sanación!

Apareció un temporizador de treinta segundos.

El suelo empezó a agitarse bajo mis pies, y salí despedido por los aires como si me hubiesen disparado desde una catapulta hasta quedar aplastado contra el lateral de un tren. Luego me pilló la onda expansiva y volvió a aplastarme. Sentí cómo se me rompía la espalda en mil pedazos una y otra vez para luego sanar también una y otra vez.

Grull, que no alcanzaba a verme debido al humo, me aplastó con la pata trasera. Grité de dolor cuando la herradura equina llameante me presionó contra el suelo. La pelvis se me astilló por completo, y la cabeza se libró de la herradura por escasos centímetros. Me volví a sanar.

El mundo entero empezó a temblar. Apareció un nuevo logro con letras gigantescas en mi pantalla, pero los gritos de dolor me impidieron leerlo antes de que desapareciese como los demás.

Grull siguió caminando. Volvió a lanzar un tajo descendente con el hacha, y yo me quedé en el suelo a la espera de recibir el impacto de la onda expansiva. El vagón de un tren salió volando por la playa de maniobras para luego terminar aplastándome de nuevo. Volví a sanarme. Intenté recuperar el aliento a duras penas.

> **KATIA: No digas nada y escúchame. Corre hacia atrás, hacia el lugar donde apareciste al atravesar el portal. Vamos a enviarte ayuda.**

—No puedes esconderte, cachocarne —dijo Grull mientras yo me ponía en pie de un brinco. Su voz resonaba por todas partes a pesar del atronar de la música.

Volví a correr en dirección a la pared, saltando sobre las vías y sobre escombros ardientes. «No pienses. Limítate a correr». Por desgracia, las densas nubes de humo se extendían principalmente por el suelo de la zona donde me encontraba ahora. Eran suficientes para ocultarme, pero no impedían que Grull tuviese una vista general de la playa de maniobras.

—¿No es maravilloso? —continuó, tranquilo al parecer a pesar del humo—. No puedes hacerme daño. No podrías ni aunque intentarás usar ese virote mágico que la zorra de mi hermana desperdició en tu amiga. Aún no eres lo bastante fuerte como para herirme. Tengo muchísimas formas de matarte, pero lo que quiero es agarrarte y aplastarte entre mis dedos. No eres nada. Tu planeta no era nada y, cuando termine la temporada, nadie va a recordar o va a preocuparse siquiera por el hecho de que allí hubiese una civilización. No sois más que unos gusanos asquerosos a los que todos olvidarán. Vuestra vida y vuestra historia no habrá servido para nada.

En ese momento, soltó un gruñido de dolor y miré por encima del hombro, desconcertado por lo que acababa de ver.

Un segundo carámbano rebotó en la cabeza del dios. Gruñó con irritación mientras Elle volaba a toda velocidad a su lado y lo pasaba de largo. Grull intentó darle con la mano y estuvo tan cerca de conseguirlo que temí que llegase a tirarla al suelo. En ese mismo instante, vi ambos trenes acercándose a toda velocidad hacia nosotros. El carro iba por una de las vías de las líneas de color, mientras que el Pesadilla avanzaba detrás a bastante distancia por la de empleados. No tenía ni idea de si había alguien conduciendo en la locomotora. Iba a tardar unos treinta segundos en llegar hasta la playa de maniobras y no había vías que se acercasen hasta el lugar donde se encontraba el dios.

Elle pasó de nuevo a toda velocidad junto a Grull, peligrosamente cerca. No tenía ni idea de que pudiese volar tan rápido y tan alto. El dios abrió la boca y una ráfaga de calor brotó de entre sus labios, pero no alcanzó a Elle por muy poco. Aquella brisa mágica era como un rayo de la muerte. Derretía todo a su paso. Dios. Se extendió por el lugar y convirtió los trenes y los toldos en escombros humeantes. Elle continuó volando a toda velocidad y aterrizó sobre un tren que había descarrilado cerca de la puerta de entrada gigantesca, a medio kilómetro de distancia. Junto a ella había una silueta que me sonaba mucho.

Yo. Era yo.

Claro que sí. Katia se había transformado en mí. Y vaya si lo había hecho. A pesar de la distancia que nos separaba, vi que el parecido era sorprendente. Estaba allí en pie, con la capa agitada por el viento, los bóxer de corazones y ambas manos levantadas para hacer un gesto obsceno con el dedo al dios. En ese momento, se dio la vuelta, se bajó del tren y desapareció mientras Elle volvía a alzar el vuelo.

Grull gritó de rabia y empezó a perseguirla.

Si se había dedicado a ver mis aventuras en la mazmorra, no iba a tardar en darse cuenta de que era una trampa demasiado obvia. Pero el Maestro no era un tipo inteligente y los acontecimientos estaban sucediendo demasiado rápido.

Carl: ¿Qué carajo estás haciendo, Katia?

No respondió.

Li Na, Li Jun, Dónut y Mongo aparecieron de repente frente a mí atravesando una pared que parecía infranqueable. Se habían teletransportado al interior de la playa de maniobras usando el portal del carro, que seguía avanzando a toda velocidad hacia el lugar donde me encontraba. Habían saltado delante del vehículo, por lo que aparecieron rodando hasta detenerse y se quedaron mirando con gesto sorprendido los restos palpitantes del mimeto, que parecía un molde de gelatina vuelto del revés.

—Cagondiós, os dije que no vinierais —grité al tiempo que me acercaba a la carrera. La invulnerabilidad se me terminó en ese momento.

—De nada —dijo Dónut mientras Mongo graznaba a modo de saludo. El Maestro siguió galopando en dirección contraria. En cualquier momento iba a darse cuenta de que lo habíamos engañado y daría la vuelta.

—Vale. ¿Y qué vamos a hacer ahora? —pregunté. Aún quedaban dos minutos de invocación del maestro. Era tiempo más que suficiente para que nos matase a todos.

Después vi la figura de tamaño casi humano en el suelo, que no dejaba de agitarse entre las cadenas que la envolvían.

—Pero ¿y esto? —pregunté.

Y en ese momento lo entendí.

Dónut: QUE SEPAS QUE NO HA SIDO IDEA MÍA.

Li Na se encogió de hombros.

—Es algo parecido a lo que hicisteis con ese gnoll. Tuve que desperdiciar algunas pociones de salud para mantenerlo con vida.

A Li Jun no parecía hacerle mucha gracia, pero no dijo nada.

Era el segundo humanotauro, pero solo el torso superior y la cabeza. Le habían arrancado de cuajo la parte inferior y los dos brazos superiores. Li Na lo había curado después de cada una de las amputaciones para asegurarse de que seguía con vida.

—Lo he hecho para que no se ponga tan pesado —dijo Li Na con voz impertérrita—. Y ahora podemos tirarlo al portal sin arriesgarnos a que haya otro accidente.

Alzó la vista. El carro del portal entró a toda velocidad en la playa de maniobras, pilotado por Zhang. Acercó el vehículo a la espalda de Grull, pero el dios no se dio la vuelta. Acababa de usar el ataque terremoto y ahora se había puesto a derretirlo todo con su aliento en el otro extremo del lugar.

—Será mejor que empieces a darle puñetazos.

Solo necesité cinco golpes para activar la invocación. Cuando lo hice, Grull gritó y se giró hacia el lugar donde nos encontrábamos. Rugió y empezó a galopar en nuestra dirección.

—Mierda —dije. Agarramos al humanotauro lisiado, que murmuró algo sobre matar con honor y beber hidromiel en la morada de los dioses. La pintura azul de su rostro le caía en riachuelos por la cara, mezclada con sangre y lágrimas—. Perdón, colega —le susurré mientras lo tiraba hacia el carro que también se dirigía hacia nosotros a toda velocidad. Nos apartamos cuando solo quedaba un segundo, momento en el que el cuerpo entró en el portal y desapareció.

Grull, que parecía estarse preparando para un ataque devastador que había hecho que le brillase todo el cuerpo, se esfumó y dejó tras de sí su silueta perfilada en humo.

La música cesó en ese momento. No se oyó anunció alguno, como solía pasar. De repente, el único sonido fue el de la locomotora del Pesadilla cuando se detuvo a unas pocas vías de distancia.

Tizquick el enano saltó por la ventana y se quedó contemplando boquiabierto los restos del mimeto muerto. En la distancia, un grupo de mazmorreros salieron de uno de los trenes descarrilados con los ojos abiertos como platos. Se dieron la vuelta y empezaron a huir del lugar, con miedo a que el enfrentamiento no hubiese terminado.

Vi cómo recibía una página entera de notificaciones.

—Glurp, glurp, comemierda —dije antes de derrumbarme y quedar inconsciente.

34

TIEMPO PARA EL DERRUMBE DEL PISO: 5 HORAS

—Ojalá hubiésemos usado el virote —dijo Katia mientras cargábamos con el carro del portal, lo girábamos y lo colocábamos sobre la vía de empleados. Era más ancha, pero las ruedas encajaron bien en el interior.

—Habría sido un desperdicio —dije—. Ese tipo tenía razón. No le hubiésemos hecho daño. Estoy muy seguro de que el hecho de que la princesa Formidable te lo regalase fue más para enviarle un mensaje a su hermano que para que lo usásemos para matarlo. No te preocupes. Terminaremos por encontrarle utilidad.

Tras la muerte del mimeto, habían explotado muchos generadores de necrófagos más. Después de que el Maestro cayese al Abismo, nos comentaron que también explotaron unos pocos generadores en algunas estaciones 72, aunque sospechaba y esperaba que nosotros lo hiciésemos mejor. Mi apuesta era que el Maestro había cancelado el patrocinio después de teletransportarse, lo que había reducido mucho la destrucción en el foso.

En medio de los restos enormes y asquerosos del mimeto, apareció un único objeto. Los jefes de barrio soltaban un mapa de barrio. Los jefes de distrito, la guía de campo. Yo ya sabía qué era aquel objeto gracias al libro de cocina y a Mordecai. Era un poco tarde para que nos resultase útil, pero supuse que no estaba de más hacernos con él de igual manera.

Vadeé las vísceras y me hice con el premio. Se llamaba mapa de las estrellas y añadía las ubicaciones de los jefes y las descripciones a una zona bastante amplia del mapa. Alejé la cámara y no vi nada cerca, a excepción de unos pocos humanotauros que se alejaban del lugar donde nos encontrábamos.

—No me puedo creer que ese necio siga con vida —dijo Dónut—.

Al menos has vuelto a humillarlo. Es que hay que ver. Tenía poder ilimitado y ha vuelto a fracasar. Tienes suerte de que no fuese alguien que supiese lo que estaba haciendo.

—Tienes razón —dije al tiempo que alzaba la vista al techo—. Ha tenido que ser muy bochornoso. Apuesto lo que sea a que hasta su madre lo habría hecho mejor. Qué pena que haya muerto ella en lugar de él.

—¿Qué vamos a hacer ahora? —preguntó Elle. Estaba flotando a unos pocos centímetros del suelo. Normalmente, no podía volar tan alto ni tan rápido como acababa de hacer. Había desperdiciado un pergamino muy valioso para ello. Le prometí que le conseguiría otro y se lo entregaría, tras lo que se rio y me dio un beso en la mejilla.

—Vamos a lanzar al Pesadilla al Abismo. Explotará y acabará con cientos de monstruos de Krakaren y puede que incluso con ese jefe de provincia. El sistema de necrófagos ya está sobrecargado, así que espero que con esta ayudita termine por quedar inservible.

—Pero está muy lejos —dijo ella.

—Eso da igual mientras se encuentre en el mismo piso. Si mueren muchas criaturas al mismo tiempo y explotan el resto de los cristales de alma, dejarán de aparecer más necrófagos.

Elle ladeó la cabeza.

—A veces me da la impresión de que haces trampa, Carl. ¿Cómo sabes todas esas cosas? Es como si tuvieras uno de esos libros de ejercicios con las respuestas al final.

—Lo tiene —dijo Dónut antes de que se me ocurriese qué responderle—. Se llama Mordecai.

Elle gruñó.

—Tuvisteis mucha suerte cuando os tocó. La profesora Tiatha es más inútil que las instrucciones del champú. Deberías encontrar la manera de usar esa bomba nuclear que llevas en el inventario. Apuesto lo que sea a que dejaría muy limpio el Abismo.

—Me la estoy reservando para algo muy específico —comenté.

Mensaje del sistema. Ha caído un campeón. Se ha reclamado la recompensa.

Nos miramos los unos a los otros.

Imani: **¿Estáis bien, chicos?**
Bautista: **¿Todo bien?**
Carl: **Todo bien por aquí.**

—¿Qué creéis que ha sido eso? —preguntó Dónut.

—No lo sé —dije—. Lo creas o no, Dónut, hay muchas cosas pasando al mismo tiempo y no formamos parte de ellas. Estoy demasiado cansado como para preocuparme ahora mismo, la verdad. Seguro que esa pastora ha matado a la cabra porque no cerraba la puta boca.

—Espero que haya muerto Lucia Mar —dijo la gata.

—Lo dudo —dije—. Lo dudo mucho.

—Muy bien —dije a Brandy la Fogosa—. Vamos a sacarte de ahí, a ti y a tus bebés.

Tizquick el enano, que nos había ayudado a traer el tren hasta la playa de maniobras, intercambió una mirada con la diabla.

—*Nein* —dijo ella.

—¿Cómo que no? Vamos a tirarlo al Abismo. Explotará y morirás.

—Sí, Carl —respondió Brandy—. Lo sabemos. Ambos lo sabemos. El enano y yo lo hemos hablado y hemos decidido quedarnos en el tren.

—Pero, Brandy… ¿Qué pasará con tus dos bebés? —preguntó Katia.

—Ahora tengo tres —dijo ella, que sonrió con tristeza—. Esta vez me han dado *drei*. Ahora lo recuerdo. Después de hablar con Tizquick, recordé los bebés de antes. La vez anterior, estaba dentro de una caldera, en un motor que controlaba la temperatura de un barco enorme. Y la vez anterior estaba dentro del sistema de calefacción de un castillo. Todas y cada una de las veces he pensado que no era más que un trabajo, una manera de ganar *Geld* para mis hijos, que ya tenía. A veces era uno. Otras, dos. En esta ocasión han sido tres. Pero luego desaparecían. Les había puesto nombres. A todos y cada uno de ellos. Se supone que no se les puede poner nombre hasta la ceremonia, pero yo lo hice. Cada uno es diferente. Pero nunca los he vuelto a ver. Y siempre vuelvo. Siempre. Estoy harta. No me volverán a usar de esta manera.

—Ni a mí, chica —dijo Tizquick—. No te preocupes. Sé cómo va esto. Haré que explote por todo lo alto antes de llegar al fondo del foso.

Dónut: CARL, SI DEJAS QUE SEAN ELLOS LOS QUE HAGAN EXPLOTAR EL TREN EN LUGAR DE HACERLO TÚ, NO RECIBIRÁS LA EXPERIENCIA.

Carl: No pasa nada, Dónut. A veces hay que dejar la experiencia a un lado.

—Muy bien —dije—. Tengo algunas bolsas con explosivos más para dejar en la parte trasera del tren. Lo haré y luego podréis marcharos. Adiós, Brandy. Hasta otra, Tizquick.

—Carl —dijo Brandy antes de que yo saliese del tren—, ahora lo entiendo. Entiendo a qué nos enfrentamos. Entiendo que nos ayudes. Sé que también tienes que ayudar a tu pueblo, pero no deberíamos ser enemigos.

—No —aseguré—. No deberíamos.

El tren volvió hasta el extremo de la playa de maniobras, silbó dos veces y luego aceleró hacia el portal.

—Otro piso que termina con una gran explosión —dijo Katia cuando desapareció el tren.

—Te voy a hacer un espóiler, Katia —dijo Dónut—. Todos van a terminar con una explosión.

Zhang volvió a subir al carro y apagó el portal. Li Jun y Li Na estaban hablando a un lado. Me quedé allí, contemplando el espacio vacío donde antes se encontraba el portal. Brandy la Fogosa acababa de suicidarse para evitar perder más bebés. Tizquick acababa de hacer lo propio porque había descubierto que su hija era una mentira.

Pensé en mi madre, quien había intentado matar a mi padre y luego suicidarse como regalo de cumpleaños para mí. Solo había conseguido llevar a buen puerto la mitad de su plan.

Pensé en todos los que estaban allí conmigo en aquel momento. Se habían lanzado a una muerte segura para salvarme. A mí. No habría sido capaz de sobrevivir sin ellos. Me había sentido solo durante toda la vida, pero ahora que prácticamente había llegado al apocalipsis, me había dado cuenta de lo mucho que necesitaba a otras personas.

Dónut saltó sobre mi hombro.

—¿Cuánto tendremos que esperar para saber si ha funcionado?

Apareció una hilera de notificaciones. Las de experiencia pasaron una detrás de otra.

—Ha funcionado —dije—. Por cierto, Katia. Tengo malas noticias.

—¿Ah, sí? —preguntó ella—. ¿Qué ha pasado?

—Ahora tengo un nivel más que tú. Acabo de subir a 41. También me han dado una caja de aficionado. Al parecer, hemos matado muchos monstruos en el Abismo y, por alguna razón, el sistema ha decidido que he participado de alguna manera. No sé por qué, pero tampoco me voy a quejar. No creo que hayamos matado al jefe de provincia, pero tampoco pasa nada. Ya tendremos tiempo para hacerlo.

> **Bautista: Lo habéis conseguido. Lo habéis conseguido, cabrones. Acabamos de sentir la explosión del generador. Vamos de camino a las escaleras. Gracias. Muchísimas gracias.**

Dónut empezó a ronronear con intensidad en mi oído.

—No tendríais que haber hecho eso, Dónut —dije mientras acercaba la mano para acariciarla—. Os habéis puesto en peligro, a vosotros y al carro.

—No puedo abandonarte, Carl —dijo la gata—. ¿Quién te crees que soy, la señorita Beatrice?

—No —aseguré—. Está claro que no lo eres.

Recorrimos la línea de empleados para regresar a la estación 36. De vez en cuando aparecía algún que otro necrófago, así como monstruos Krakaren completamente desarrollados. Pero Imani había conseguido mantenerlos a raya. El grupo al completo nos estaba esperando. La escalera llevaba abierta bastante rato, pero nadie había bajado. Todos se habían quedado aguardando nuestro regreso.

—¡Carl! ¡Carl! —gritó Dónut mientras nos acercábamos a la escalera—. ¡No hemos intentado vender mis gorros!

Lo cierto es que yo sí que había intentado vender uno mientras ella estaba en la sala de entrenamiento. El dueño se había reído de mí para luego decirme que ya nadie los estaba comprando. Ni por una mísera moneda de oro. No había tenido las agallas de contárselo a Dónut.

—Lo intentaremos en el piso siguiente. Seguro que para entonces son objetos de coleccionista.

Ella soltó un grito ahogado, y la luz brilló en esas gafas de sol que le quedaban grandes.

—Tienes razón. Los venderemos en el siguiente piso. ¡Seremos millonarios!

—Espero no volver a ver otro tren en toda mi vida, la verdad —dijo Elle mientras bajaba por las escaleras—. Nos vemos al otro lado, chicos.

—Cuídate —dije.

Me acerqué a las escaleras, pero estas se transformaron al momento en una rampa. Me giré y vi a una mazmorrera que me resultaba familiar empujando un carrito de la compra. Agatha. Tenía nivel 8. La descripción aún decía que era humana y, al parecer, no había elegido clase.

—¿Agatha? —preguntó Imani.

—Veo que seguís vivitos y coleando —cacareó la anciana. El flamenco rosa seguía en la parte delantera del carrito. Todo el grupo se quedó mirando a la mujer que avanzaba hacia la escalera con la boca abierta.

Imani se adelantó para interceptarla, pero yo extendí una mano para detenerla.

—No lo hagas —advertí—. Luego hablamos.

—Pero... —empezó a decir ella—. Yo... ¿Qué? ¿Qué está pasando?

La mujer desapareció al bajar por las escaleras.

Loita (Administradora): Odette os está esperando. Nos vemos en el camerino para hablar de nuestro nuevo acuerdo.

Dónut: ¿DÓNDE ESTÁ ZEV?

Loita (Administradora): Ya hablaremos en persona.

—Cagondiós —murmuré mientras bajábamos por las escaleras.

Hay algo que me gustaría señalar. Esos pobres diablos son tan víctimas como nosotros. No solo los PNJ, sino también las criaturas. Eso no significa que no los matéis..., y, de hecho, hoy me he dado cuenta de algo. Vaya que sí. Matarlos es lo mejor que podéis hacer por ellos. ¿Y sabéis de qué me he dado cuenta también? De que todos, los veinticuatro que habéis escrito aquí antes que yo, habéis fracasado en una cosa. Si de verdad queremos tirar abajo este lugar, tenemos que hacerlo de verdad y no limitarnos a hablar sobre ello. Y también tenemos que empezar a matarlos a ellos. Aún no tengo muy claro cómo, pero ya se me ocurrirá algo.

No podrán conmigo. Que les den a todos. No podrán conmigo.

Pero yo sí que podré con ellos.

Es una promesa que me hago a mí mismo, a mis amigos y a ti, que estás leyendo estás líneas ahora mismo.

Acabaré con todos y cada uno de ellos.

Carl el Mazmorrero,
vigesimoquinta edición de
El libro de cocina del anarquista de la mazmorra

EPÍLOGO

Loita se encontraba sobre la mesa de la caravana de producción en la que normalmente había tentempiés. Se parecía mucho a Zev, pero quizá era un poco más alta y esbelta. No llevaba ese traje de buzo, sino un dispositivo de reciclado de aire alrededor de su cuello de pez. Estaba sobre un charco de agua que olía a salitre. En la parte delantera del torso destacaba un broche reluciente y titilante con la forma de una dalia, el símbolo del Florecimiento. Intenté recordarlo. Yo no tenía nada de artista, al contrario que Katia, pero me esforzaría por copiarlo en mi bloc de notas. Ya había dibujado el símbolo del Sindicato y algunos otros con los que me había topado, como el de esa compañía de juguetes que fabricaba los animales de peluche de Bautista.

Eran el tipo de cosas a las que prácticamente no le habían seguido la pista en el libro de cocina, por lo que tenía que asegurarme de que lo hacía a partir de ahora. La simbología parecía importante para los peces del fango, lo que significaba que también era importante para el mazmorreo y lo sería para los siguientes pisos. Era algo que me había quedado muy claro en el piso que acabábamos de superar.

—Primero, guardad esta cosa —dijo Loita mientras señalaba a Mongo, que también había subido junto a ella y se había puesto a olisquearla. Ella ni se inmutó ante la atención que le dedicaba el dinosaurio.

—No podemos usar el inventario.

La caravana de producción estaba sobre la superficie, lo que significaba que nos encontrábamos en la zona secundaria. Aún no sabía el verdadero significado de aquello, pero me había quedado claro que era un lugar donde no funcionaban objetos específicos de la mazmorra o las protecciones. Era una de las cosas sobre las que tenía que ponerme a investigar.

Loita levantó la mano.

—He abierto vuestro inventario durante veinte segundos. Guardadla. Y guarda también ese libro, Carl. Katia, lo mismo te digo para tu mochila.

Había sacado una de las novelas de terror del inventario mientras bajábamos por las escaleras. La última vez nos habíamos quedado allí sentados durante casi una hora, y quería asegurarme de que tenía algo a mano para leer. Era una novela muy ajada llamada *Stinger.*

Katia había adquirido la costumbre de llevar una mochila pequeña con algo de masa cuando iba con su forma «normal», para hacerse algo más alta si la situación lo requería. Pero, al teletransportarse en la caravana, lo había hecho con su forma de humana normal y la mochila pesada había estado a punto de tirarla al suelo. Al parecer, sus habilidades de doppelgänger no funcionaban en esta zona. Era muy raro. Guardó la mochila en el inventario.

Dónut me miró, y yo asentí.

—Venga, Mongo. Al transportín —dijo la gata, y el dinosaurio graznó con tristeza para luego girarse hacia ella mientras Dónut lo activaba. El transportín absorbió a la criatura al vacío del interior.

—No te olvides del libro —dijo Loita—. No puedes entrar con él al plató.

—Me niego —dije—. Lo he traído para tener algo que leer mientras esperamos.

Loita pareció enfadarse, pero solo durante un instante. Se encogió de hombros.

—Como quieras, pero tienes que dejarlo en el camerino.

—Es lo que hago siempre —aseguré—. ¿Dónde está Zev?

—Zev se está tomando unas vacaciones que necesitaba desde hacía mucho tiempo. Le ha ocurrido... una tragedia personal... en casa. La hemos enviado durante un tiempo a rehabilitación para que reflexione sobre su vida y la filosofía que sigue en su día a día. Pero no os preocupéis. Dichos retiros no suelen durar demasiado, sobre todo para aquellos que son muy inseguros. Cuando vuelva, seguirá siendo vuestra encargada de redes sociales, pero yo me encargaré de las gestiones principales como relaciones públicas del equipo.

—Pues que sepas que si no contamos con Zev no vamos a... —empezó a decir Dónut. Yo alcé la mano para indicarle que no dijese más.

—Zev no venía con nosotros a las entrevistas. ¿Tú vas a estar siempre por aquí?

Dónut saltó sobre mi hombro. Estaba temblando de rabia. Extendí el brazo y la acaricié para intentar calmarla.

—Sí —respondió Loita—. Vamos a poner controles más estrictos a la información que reciben los mazmorreros durante estas entrevistas, para intentar que el mazmorreo sea más justo y tener en cuenta a aquellos que no tienen el privilegio de ver el mundo que hay fuera de la mazmorra.

«Fantástico», pensé con ironía. Quitando el libro de cocina y a Mordecai, las conversaciones que teníamos con Odette después de las entrevistas de cada piso habían sido decisivas para mantenernos con vida.

—Perfecto —dije.

—Muy bien. ¿Queréis hacerme alguna pregunta?

—Yo tengo una, sí —dijo Dónut—. ¿Por qué no sacas de aquí tu feo...?

—Silencio —espeté—. No, no tenemos más preguntas.

—Carl —dijo la gata—. Dijiste que solo íbamos a trabajar con Zev.

—No te preocupes, Dónut —dije sin dejar de mirar fijamente a la mujer pez—. Ahora mismo, no podemos hacer nada por ella. Solo está de vacaciones y serán cortas. ¿No es así, Loita?

—Así es —respondió Loita, con labios apretados.

Dónut bufó.

Volví a acariciarla.

—Hay cosas que escapan a nuestro control, Dónut. Tenemos que saber cuándo merece la pena discutir y cuándo no.

—Pues no me gusta. Deberíamos poder elegir con quién trabajamos. Zev es nuestra relaciones públicas. —Fulminó con la mirada el espacio vacío del mostrador—. Siempre se aseguraba de que tuviésemos tentempiés. Es muy profesional. Esto no me gusta nada.

—Hemos descubierto que algunos mazmorreros recibían ventajas ilegales a través de los tentempiés de las entrevistas. Por eso, ya no ofreceremos comida ni bebida cuando se encuentren fuera de la mazmorra.

Dónut soltó un grito ahogado de consternación.

Lexis, la ayudante de producción de Odette, entró en la sala en ese mismo instante. Se quedó paralizada al notar la tensión que había en la estancia.

—Hola a todos —dijo con tono titubeante—. Empezamos dentro de cinco minutos.

—Gracias, Lexis —dije, sin apartar la mirada de la pez del fango—. No hace falta que esperes con nosotros. Nuestra relaciones públicas se quedará para hacernos compañía.

—Muy bien —comentó ella mientras se alejaba.

—No me dais miedo —aseguró Loita poco después, ya que había seguido mirándola fijamente en silencio—. Tengo cosas que hacer y me aseguraré de cumplir con mis funciones. Esta vez haremos las cosas bien.

—Lo mismo digo.

—Bueno, Katia… —dijo Odette mientras el público se reía a carcajadas—. La verdad es que cuando te transformaste en Carl ahí dentro hiciste un gran trabajo. Dio la impresión de que era algo que habías hecho antes y todo. ¿Hay algo que quieras decirnos?

Katia se puso roja como un tomate. Hasta ese momento, no se le había dado nada mal lo de ser más «dinámica», pero seguía siendo una persona tímida que no se sentía cómoda delante del público. Dónut estaba haciendo todo lo posible por apoyarla.

Pero, en esta ocasión, consiguió responder por sí sola.

—Cada vez se me da mejor imitar a la gente. Quizá la próxima vez me transforme en ti.

—Oh, no. Te aseguro que no querrías ser yo —dijo Odette al borde de las carcajadas. Los pechos enormes rebotaron contra la mesa. Empezó a moverse de un lado a otro sobre su parte inferior con forma de cangrejo—. La verdad es que no creo que nadie quiera volver a verme dentro de la mazmorra, ¿verdad?

El público empezó a aplaudir y a reír. Yo noté que había empezado a apretar los dientes.

«Sonríe. No dejes de sonreír».

Odette se inclinó hacia delante.

—Bueno, pero ¿de quién fue la idea de salvar a Carl de esa forma?

—Fue idea de Katia —respondió Dónut—. Mongo y yo estábamos listos para cargar hacia el jefe y empezar a atacarlo, pero cuando vi que el dios estaba controlado por ese cerdito estúpido supe que teníamos una posibilidad de sobrevivir. ¿Cuántas veces le ha dado bien por el culo Carl a ese tío? ¿Tres ya? Pero yo también quería. Hace mucho tiempo que me falta ese tipo de... acción en mi vida. Ya sabes, Odette. —El público siguió riéndose a carcajadas—. De verdad... Hay que ver lo que tiene que hacer una chica para cubrir sus necesidades.

Soltó un suspiro exagerado.

—La verdad es que fue impresionante —continuó Odette—. Minutos después del Desafío Mortal, apareció un nuevo corte en la red. Y mientras hablamos las visualizaciones siguen por la nube de Oort, disparadas. Este es mucho más obvio que el anterior y se ve claramente que es un corte. —Ladeó la cabeza. No le veía el rostro, pero sentí su sonrisa diabólica—. Todos sabemos que Mongo no está tan bien dotado. —Alzó la vista al público—. ¿Alguien recuerda cómo se llama este? Lo he olvidado.

Varias personas gritaron la respuestas.

Odette rio.

—Cierto. Cierto. *El cerdito travieso de Carl va al mercado.*

Dónut soltó un grito ahogado.

—¿Yo salgo en el vídeo?

Las carcajadas del público resonaron enfervorecidas.

—Sí, sí que sales.

—¿Y lo tienes por ahí? ¿Lo tienes? ¡Quiero verlo! ¿Quién quiere ver el vídeo?

El público rugió para indicar que quería verlo.

Yo me limité a negar con la cabeza.

—¡Glurp! ¡Glurp! —vitorearon los espectadores—. ¡Glurp! ¡Glurp!

—Por desgracia, los productores no nos permiten retransmitir el corte. —Los abucheos se extendieron por el ambiente—. Lo sé. Lo sé —dijo Odette entre risas. Noté un atisbo de amargura en su voz. Me sentí muy aliviado, pero sabía que a Mordecai no le iba a gustar nada. No quería que nos entrometiésemos con las facciones ni con los dioses, pero ahí estábamos.

Pero tampoco habíamos hecho gran cosa y, a decir verdad, me lo pasaba en grande metiendo el dedo en la llaga. Ojalá el Maestro hubiese muerto de verdad, porque ahora no iba a poder evitar humillarlo siempre que tuviese ocasión.

—Hablando del Desafío Mortal, Carl. ¿Eres consciente del verdadero significado de lo que ha ocurrido hoy?

—Pues... Un dios me aplastó con el pie y vi en primera fila cómo partían por la mitad a un monstruo del tamaño de un edificio. La verdad es que ha sido impresionante.

El público rio entre dientes.

—Un Desafío Mortal no es un enfrentamiento contra un jefe. Es un evento de apuesta temporal en el que los espectadores, de los sistemas en los que las apuestas son legales, tienen la opción de apostar por el resultado del enfrentamiento, cada uno con su porcentaje de éxito. Se les dan una gran cantidad de opciones y la gente puede apostar de manera más general o más específica. Por ejemplo, «Carl sobrevive» sería un resultado general. Y «Carl sobrevive, Grull acaba con el mimeto y luego lo expulsan con una invocación secundaria» sería una más específica. La IA del sistema calculó en un primer momento que tus posibilidades de sobrevivir eran de cincuenta contra uno.

—¿Cómo? ¿Cincuenta contra uno? —exclamó Dónut—. Pero sabían que el Maestro estaba controlando a Grull, ¿no?

Todo el mundo estalló en carcajadas.

—Creo que muchos espectadores pensaron como Dónut y votaron en consecuencia, pero una vez empezaron a registrarse los votos las probabilidades no cambiaron tanto como podríais llegar a pensar. Eso sí, Borant interpuso un recurso contra la decisión de la IA de daros unas probabilidades así, además de la lentitud con la que las alteró luego en vista de los votos. Pero si no les aceptan el recurso, tampoco es que puedan hacer mucho más.

—Vaya —dijo Dónut—. Pues en este caso estoy de parte de Borant. ¿Cincuenta contra uno? ¿En serio? Es muy ofensivo. ¿Acaso no estaban mirando? Tendrían que haber visto que Mongo y yo estábamos de camino para salvar a Carl. Me gusta pensar que nuestra presencia mejoró las probabilidades. ¿Visteis lo rápido que puede volar Elle? ¿O las cadenas de Li Na? ¿O cómo Katia esquivó ese rayo mortal? En aquel lugar había cinco personas que han estado entre los diez primeros de la clasificación.

—Sí, estoy de acuerdo —convino Odette—. Aunque las bajas sean mucho más numerosas que en otros mazmorreos más tradicionales en los que ha habido más tiempo, algunos de vosotros sois más fuertes de lo habitual. Todo el mundo tiene muchas ganas de ver qué es lo que ocurre a continuación, sobre todo después del sexto piso cuando empiece a haber botín de verdad. Pero bueno, aún no sabemos cuánto dinero ha perdido Borant, pero la cantidad debería ser estratosférica. —Odette se inclinó hacia delante—. Y me gustaría añadir algo, entre vosotros, la galaxia entera y yo... Carl, que sepas que hoy me has hecho ganar muchísimos créditos, aunque tal y como están las cosas no sé si llegarán a entregármelos.

Solté una risotada falsa. «No digas nada».

Pero lo dije.

—Espero que compense todo lo que perdiste al patrocinar a Hekla.

Odette no pareció afectada por el comentario. Se limitó a agitar un dedo en mi dirección.

—Ah, no, amigo mío. Hoy no vamos a hablar de eso. Y que sepas que fue mi marido y yo no tuve nada que ver. Sigo sin dejar que duerma conmigo en la cama, al menos. Y yo no soy quien lleva las finanzas del rancho de cangrejos. —El público se rio—. Pero sí que me gustaría hablar un poco de lo que ocurrido con Hekla. La verdad es que no tiene desperdicio.

—¿Hekla? —preguntó Dónut—. Esa zorra es agua pasada. ¿Por qué íbamos a querer hablar sobre ella? Además, no sabía que la habías patrocinado. Carl, ¿cómo lo descubriste? ¿Y por qué no dijiste nada?

—El rancho de cangrejos —dije al tiempo que señalaba el cuerpo de Odette—. Nos dijo que tenía un rancho de cangrejos la primera vez que la vimos. Creí que era más que obvio.

Aún no tenía muy claro qué interés tenía Odette en Hekla y en su equipo. Bueno, sí que sabía que estaba interesada en el dinero. El dinero siempre estaba ahí. Y en Mordecai. Pero más allá de eso, ni idea. Quizá nos hubiese ayudado a nosotros al no regalarles a ellas cajas de botín, aunque patrocinarlas me parecía una manera muy costosa de ayudar. Quizá estuviese yendo a lo seguro por si nosotros moríamos. Me faltaba información, pero recordé, como hacía siempre, el primer consejo que había recibido de Odette.

«No confiéis en nadie si no tenéis claras sus motivaciones».

—¿Y Eva? —preguntó Odette—. Iba delante del tren y casi...

La voz de Odette dejó de oírse de repente.

Loita (Administradora): Esperad, chicos. Estamos diciéndole a Odette que cambie de tema.

Un instante después vi cómo Odette se enfadaba de verdad.

—Bueno —continuó cuando su voz volvió a recuperar el sonido—. Hablemos un poco sobre lo que sabemos del siguiente piso. Aquí tenéis el vídeo de avance que ha preparado Borant.

El estudio se quedó a oscuras, pero el programa seguía emitiéndose en directo. Dejamos de ser visibles para el público mientras el vídeo se retransmitía en la pantalla. Estaba borroso y no pudimos verlo.

—¿Qué cojones ha pasado aquí? —exigió saber mientras se quitaba el casco de insecto—. Traed aquí ahora mismo a esa puñetera pez cubierta de cieno. ¡Lexis! Lexis, ¿dónde estás?

Lexis apareció a toda prisa por el plató y lo cruzó hasta la puerta que daba al camerino.

—Volvemos en cuarenta segundos —dijo una voz.

—Retrasadlo —espetó Odette—. Voy a necesitar al menos sesenta más para poner en su sitio a esa pedazo de... ¡Cielito! Loita, pero ¡qué húmeda te veo hoy!

—Hola, Odette —saludó Loita. Entró en el plató antes de que Lexis tuviese siquiera la oportunidad de llegar hasta donde se encontraba. La pequeña administradora soltaba agua por el dispositivo de reciclado de aire al hablar. La aterrorizada ayudante de producción se retiró al camerino.

—No acordamos este nivel de censura —dijo Odette, que bajó la vista con asco hacia la pequeña kua-tin—. Es ridículo. Ya sabes cuáles son las reglas del Sindicato sobre los derechos de los periodistas a preguntar y responder en las entrevistas. Y no puedes entrar en el plató a menos que se te invite. Es de mala educación.

—Odette, pequeña... —empezó a decir Loita—. Si hubieses leído los cambios que hicimos en el contrato cuando añadimos a la mazmorrera Katia a vuestro... Espera un momento.

Se nos quedó mirando, hizo un gesto con la mano y las dos volvieron a quedarse sin voz.

Me giré para decirle algo a Dónut, pero no pude. No brotaron palabras de mi boca.

«Qué curioso». Vimos a Odette y a Loita discutiendo con cautela hasta que empezaron a gritarse. Y la disputa acabó tan rápido como había empezado.

—Ya hablaremos. Quedaremos para comer. ¡Como en los viejos tiempos! —dijo Odette con tono encantador mientras Loita regresaba al camerino. Volvió a ponerse el casco de insecto.

—En tres, dos...

Las luces volvieron a encenderse, y Odette continuó.

—La verdad es que suena muy emocionante. Sé que el piso anterior no fue del gusto de todo el público y fueron muchos los que se quejaron de lo complicado que era. Pues eso es algo que no podrán decir en el siguiente, sin duda. De su estructura, al menos. Pero me atrevería a decir que las posibilidades son casi ilimitadas. Voy a echar de menos veros unir fuerzas, chicos. La verdad es que habéis creado unas combinaciones magníficas, como en la batalla épica contra Grull o como cuando Prepotente y Miriam Dom perdieron dos veces la oportunidad de vencer a un jefe de provincia por vuestra culpa y luego por la de Quan Ch. Y, obviamente, ese enfrentamiento divertido pero también trágico entre Lucia Mar, Florin e Ifechi. Y eso sin mencionar el encontronazo de los hermanos Popov con el equipo Cichociemni. Y luego tenemos a ese grupo de estrellas en alza con personajes de características nada compensadas, como el equipo Flamengo. Hay historias magníficas y muchísimas formas de jugar.

—Entonces ¿sabes exactamente lo que vamos a encontrarnos en el piso siguiente? —pregunté—. La otra vez no lo sabías. Y nosotros no pudimos ver el vídeo.

—Sí, sí. Todos lo sabemos —explicó Odette—. Lo que desconocemos son los detalles que no aparecen en el vídeo de avance. Pero tenemos muchas ganas de que llegue el momento. Borant abrió una votación hace tiempo para que el público eligiese la temática del quinto piso. Había que pagar para participar, claro, pero creo que a todos nos gusta mucho la opción que terminó por salir.

—¿Qué opción fue? —preguntó Dónut.

Odette suspiró con dramatismo.

—Me temo que no puedo contároslo, pero una cosa sí que puedo deciros, amigos míos. Me alegra que tengáis tantas mesas de artesanía.

Terminó el programa, y Loita salió de repente al plató. Lexis iba detrás de ella agitando los brazos.

—Lo siento, Odette. No deja de interrumpir.

—Nada de contar secretos —le dijo Loita a Odette mientras la presentadora se quitaba el casco.

—Ha sido un buen programa —dijo Odette, que ignoró a la kua-tin—. Katia, has estado mucho mejor que la vez anterior. Aún tienes que aprender a relajarte un poco, pero vas por buen camino. Dónut, divertidísima como siempre. La próxima vez quizá deberías traer a Mongo.

—¡Es lo que llevo diciendo desde que llegué! —exclamó la gata.

Odette se giró hacia mí.

—No fue mi marido. Fui yo —dijo con tono neutro en la voz—. Espero poder explicártelo bien algún día. —Después fulminó con la mirada a la pequeña y enfadada kua-tin—. Hiciste bien al desafiarme así. Casa muy bien con esa personalidad airada e impetuosa tuya. Listo y peligroso al mismo tiempo. Me encanta.

—Odette... —advirtió Loita.

—Ya puedes tranquilizarte —dijo Odette, que al fin siguió hablando con ella—. Tu abuela no era ni la mitad de entusiasta que tú. Somos amigas, ¿no? Además, les advertí de que Chris...

Odette volvió a quedarse sin voz.

—Basta —dijo Loita, que pareció enfadarse aún más—. Todo el mundo al camerino. Volveréis a la mazmorra en unos pocos minutos.

—¿Chris? ¿Qué ha pasado con Chris? —preguntó Dónut mientras salíamos.

—Pues no lo sé —respondí mientras miraba por encima del hombro. Las mujeres habían empezado a gritarse otra vez, pero luego empezaron a reírse—. Está claro que ha ocurrido algo. Ya me lo había imaginado. Tendremos que tener cuidado hasta que lo descubramos.

—La verdad es que no sabría decir si esas dos se odian o se llevan bien —comentó Katia.

—Ambas cosas. Estoy muy seguro —dije.

—Estoy preocupada por Zev —comentó Dónut cuando la puerta del camerino se cerró detrás de nosotros—. ¿Qué significa eso de «rehabilitación»?

Intercambié una mirada con Katia y suspiré.

—Nada bueno, Dónut.

—Pues espero que vuelva —continuó la gata—. Sé que no deberíamos llevarnos bien con los malos, pero es mi amiga. Íbamos a escribir juntas el guion de una serie de televisión.

Loita nunca regresó al camerino. Recibimos una notificación de que nos iban a teletransportar y ya. Empezamos a brillar y, de repente, nos encontramos en una estancia grande y parecida a un almacén. No recibimos notificaciones y aún no podía usar la interfaz. Tampoco podía guardar la novela en el inventario, así que tuve que llevarla en la mano.

Había cuatro puertas, una en cada pared. Eran portales unidireccionales. El implante de los Valtay sí que funcionaba, pero la información era limitada. No podía atravesar ninguna de las entradas y tampoco sacar una captura de pantalla.

En el centro de aquella estancia prácticamente vacía había dos ruletas grandes parecidas a la que habíamos usado en el casino. La primera de ellas tenía cuatro opciones que ocupaban el mismo espacio en el círculo. La segunda estaba vacía. Nos acercamos los tres, momento en el que nos llegó una notificación.

> **Antes de entrar en el quinto piso deberéis elegir un cuadrante. El resultado será aleatorio. El líder de vuestro equipo será quien haga girar la ruleta.**

—¡La líder soy yo! —dijo Dónut, que se acercó a la primera ruleta. Las cuatro opciones eran: TIERRA, MAR, AIRE y SUBTERRÁNEO.

—Eso me preocupa un poco —murmuró Katia.

Dónut acercó la pata a la ruleta y la hizo girar. Rodó y rodó, con chasquidos estruendosos.

—Qué emocionante —comentó la gata—. ¿Recuerdas cuando casi caes en la casilla de «¡Nada!» en la del casino, Carl?

—Sí, Dónut. Lo recuerdo.

La rueda empezó a reducir la velocidad. Clic. Clic. Clic. Pasó sobre MAR y me dio la impresión de que iba a parar ahí, pero luego saltó a la siguiente sección y acabó en AIRE.

Entraréis al quinto piso por el cuadrante de Aire.

—No sé si eso es bueno o no, pero me alegra que no haya caído en Mar —dijo Katia—. Nadar se me da fatal.

—¿Ah, sí? —pregunté. Algo me olía a chamusquina—. ¿Y volar sí se te da bien?

Dónut soltó un grito ahogado.

—Quizá este piso pueda elegir una clase que vuela. Eso sería fantástico, ¿verdad?

A nuestra izquierda, la puerta que había en la pared desapareció y vimos que al otro lado había una estancia con cuatro puertas más.

Aparecieron otras cuatro opciones en la segunda ruleta: LA CIUDAD COMETA DE LOS ZORROS CUCHILLA, LA FORTALEZA PÁRAMO DE LOS GNOMOS DE LOS DIRIGIBLES, EL PRECIPICIO DE LOS NICTOFÚNEBRES Y LA ISLA BASURA DE LAS SIRENAS DE VIENTO.

Elegid a vuestro oponente.

Dónut pegó un saltito y se acercó a la segunda ruleta. Acercó la pata y la hizo girar también.

—Espero que nos toque la de los zorros —dijo—. Será muy divertido matar zorros.

Contuve el aliento, con la esperanza de que tocase cualquier opción menos la de los nictofúnebres. La descripción de mi capa dejaba muy claro que las criaturas iban a enfadarse si me veían con ella, y la verdad es que no me apetecía quitármela. Clic. Clic. Clic. La ruleta se detuvo en medio de la segunda opción.

Vuestros oponentes serán los gnomos de los dirigibles. Para superar este nivel tendréis que asaltar su castillo en los cielos, conocido como la fortaleza Páramo.

Una de las cuatro puertas de la otra estancia desapareció en ese momento. Tras ella, vimos un paisaje desértico cubierto de dunas. La arena empezó a entrar en la habitación por la puerta, arrastrada por una brisa intensa que hizo que algunos granos chocasen contra mi cara, punzantes y calientes. En realidad, esperaba encontrarme con un paisaje en las alturas después que nos tocase la opción Aire, pero al menos había suelo.

—¡Parece un arenero gigante! —dijo Dónut—. Admito que me emociona mucho todo esto. Vamos, equipo. A matar gnomos.

MATERIAL ADICIONAL DEL LIBRO 3

ENTRE BASTIDORES EN EL CABARET DE LA PIÑA

TERCERA PARTE

GARY EL RONCO

«Ojalá hubieses vivido el tiempo suficiente para comprobar que no era un cobarde».

Daba igual lo mucho que Gary se emborrachase, no podía dejar de pensar en ella. En la decepción de su gesto. Era como si le clavasen un puñal en el corazón, una y otra y otra vez.

Los nuevos recuerdos lo ayudaban, eso sí. El dinosaurio mordiéndole la cara. Los huesos astillándosele. La oleada de negrura con la que se topaba tras su muerte.

Gary se alegraba de que todo hubiese terminado, de no tener que volver a morir. Pero también se alegraba de conservar ese recuerdo del dinosaurio para distraerlo de los que tenía de ella. Lo prefería por muy terrible que fuese. Cuando combinaba ese trauma con el alcohol... era soportable. Y si se colocaba en una posición concreta y bebía la cantidad adecuada de alcohol... hasta podía llegar a olvidar su cara durante unos instantes.

Se quedó allí tumbado, con los ojos cerrados y con la mente centrada en ella.

«Mierda...», pensó.

Empezaba a estar sobrio, algo que no le convenía. Le dolía todo. Extendió el brazo para coger una botella, pero algo iba mal. El suelo tenía algo raro.

Recordó vagamente haber oído un anuncio antes de perder la consciencia. Parecía urgente, pero no recordaba lo que decía. Recordó también que había agitado el puño y había dicho: «Chupaos esa, cabrones. —Estaba de pie en el bar y había empezado a hacer gestos obscenos levantando un dedo en cada mano—. Gary no podrá luchar, pero a pesar de todo ha conseguido marcar la diferencia. Jódete, Jen-Jen la Saltarina. Jodeos todos».

Cuando había dicho «jódete» a Jen-Jen no había sido en serio. Pero sí cuando se lo había dicho a todos los demás.

Sí, las cosas no iban nada bien. Había dormido demasiado y su cuerpo empezaba a traicionarlo. La sobriedad siempre volvía. Y ahora había vuelto a ver su rostro.

Jen-Jen la Saltarina.

Era tan guapa…, y él nunca se lo había dicho.

Jen-Jen había muerto pensando que Gary era un cobarde. Dejaría que ese dinosaurio le destrozase la cara y le arrancase la mano de un mordisco cientos de veces más si así pudiese hacerle saber a ella la verdad. Mil veces, incluso.

Extendió el brazo de nuevo para coger una botella, con más ansias en esta ocasión. Iba a tener que abrir los ojos. ¿Qué le pasaba al suelo? Era… blando, como si se encontrase sobre una bestia enorme. El aire también olía diferente. Se oían ruidos. De construcción. Gente hablando y gritando.

Gary empezó a darse cuenta de que aquello era motivo de preocupación. Ya no estaba en su bar. Pero… no tenía sentido. No podía salir del bar. Lo había intentado muchas veces.

Se esforzó por abrir un ojo.

Había una goblin mirándolo. Aquel monstruo sonriente estaba muy cerca, justo delante de su cara.

—Uno nuevo —dijo la criatura, con una sonrisa de oreja a oreja en el gesto—. ¡Llevábamos más de un día sin que llegase nadie!

—Aaag —gritó Gary, que empezó a apartarse arrastrándose como un cangrejo.

Miró a su alrededor, sorprendido. Se encontraba en una estancia redonda, puede que más pequeña que su bar. A su izquierda, un grupo de monstruos trabajaba en una pared curvada colocando algo en ella. Encima, había otros monstruos flotando. Criaturas feéricas que parloteaban entre ellas. También estaban haciendo algo en el techo. Una de ellas lanzó un conjuro que hizo que dicho techo empezase a brillar. Un par de ojos verdes y relucientes, que eran del tamaño de los puños de Gary, se abrieron sobre él, momento en el que las criaturas empezaron a aplaudir.

Aquello no era la Maraña de Hierro. ¿Dónde estaba? ¿Cómo había llegado hasta allí?

—¿Q-qué? —preguntó Gary, que empezó a mirar a su alrededor desesperado—. ¿Dónde carajo estoy?

La goblin se arrodilló junto a él. Era una mujer y tenía toda la cara cubierta de piercings. En una mano sostenía un bastón de madera con una piña tallada en un extremo. En la otra, una correa. En el extremo de dicha correa había lo que parecía un bebé humanoide que no dejaba de gruñir, pequeño y de piel gris. Un drek. Esos pequeños demonios que estaban por toda la Maraña de Hierro, normalmente en manadas enormes, y corrían y se arrastraba a dos patas. La goblin le había puesto un collar y la correa, como si fuese una mascota. Aquel no dejaba de hacer todo lo posible por zafarse para intentar llegar hasta Gary, sin dejar de mordisquearse el labio inferior con los dientes afilados. Ñac. Ñac. Ñac.

—Pero... ¿qué? ¡Aparta de mí esa cosa! —gritó Gary, que se echó un poco más hacia atrás.

—Para, Yuyu —dijo la goblin. Se afanó por agarrar algo que le colgaba del cinto—. Aguanta esto un momento —le dijo a Gary al tiempo que le ofrecía el bastón y echaba el otro brazo hacia atrás para que el monstruito no lo mordiese. Terminó por coger el objeto de su cintura: un pequeño bote de espray. Roció al bebé demoniaco con él—. ¡Malo! ¡Yuyu malo!

El bebé dejó de intentar morder a Gary de inmediato, empezó a rodar bocarriba y se puso a gritar. En el techo, las criaturas feéricas empezaron a mirarse entre sí para luego volver a lo que estaban haciendo, como si intentasen ignorar al drek deliberadamente.

La goblin suspiró, volvió a colgarse el espray de la cintura y se hizo con el bastón.

—Perdón —comentó—. Llegó un grupo de dreks hace unos días. Se suponía que aquí solo podían llegar monstruos inteligentes, pero estas cosas no lo son. Se llama Yuyu. Estoy intentando entrenarla.

—¿Con una correa?

Yuyu, la bebé demoniaca, soltó algo a caballo entre un grito y un resoplido y unos riachuelos de mocos humeantes le resbalaron por el rostro. Las garritas que tenía daban la impresión de atravesar el acero incluso. Empezó a destrozar aquel extraño suelo peludo con ellas.

Gary volvió a centrarse en la goblin. Una chamatriz goblin. Había oído hablar antes sobre aquel tipo de monstruos, pero nunca los había visto. Eran mucho más pequeños que los asquerosos hobgoblins.

—Gary —dijo la goblin, con voz amable de repente—. Bienvenido. ¿Te has enterado de las buenas noticias?

—¿Qué? —preguntó él—. ¿Cómo sabes que me llamo Gary?

Cuando miró a la goblin, cuando la miró de verdad, se percató de que acababa de ocurrir algo muy extraño. Unas palabras aparecieron flotando sobre la cabeza de la criatura.

Rory. Goblin. Sacerdotisa del cabaret. Nivel 35.
Codirectora del Laberinto Mortal entre Bastidores.

Gary parpadeó, confuso.

—¿Laberinto Mortal entre Bastidores? —preguntó. La cabeza le daba vueltas.

—Sí. Aún no hemos confirmado el nombre.

Gary pasó a fijarse en el bebé, que había empezado a rodar y ahora intentaba morderse su propio pie.

Yuyu. Drek. Pues... ¿mascota? Nivel 8.

Gary se llevó una mano a la cabeza, que había empezado a dolerle.

—Por los dioses, ¿qué está pasando?

Sobre él, las criaturas feéricas que trabajaban cerca del techo lanzaron otro conjuro, momento en el que una boca gigante y aserrada apareció en la roca. ¿Estaban creando un gólem? Cayeron guijarros y polvo sobre el rostro de Gary. También cayó alguna piedra que otra sobre Yuyu, que empezó a gritar o ladrar o aullar en dirección a las hadas. Rory alzó la voz y agarró la correa con las dos manos, lo que hizo que su bastón cayese al suelo.

—¡Perdón! —dijo una de las criaturas del techo mientras Gary se sacudía el polvo.

—¡Tú! —gritó Rory a uno de los trabajadores que había al fondo de la estancia. La criatura se acercó frotándose las manos en los muslos musculados. Era una especie de lagarto que iba erguido sobre dos patas—. ¡Llévate a Yuyu a la guardería!

El lagarto cogió la correa entre titubeos y empezó a tirar del monstruo aullador para sacarlo de la estancia. Cuando estaba a medio camino de la puerta, el pequeño demonio se dio cuenta de que no era Rory quien tiraba de él, por lo que dirigió su ira hacia el lagarto que sostenía la correa. Gritó y cargó contra él.

—¡Joder, joder, joder! —aulló el lagarto, que empezó a correr por la habitación sin soltar la correa mientras el demonio intentaba darle caza.

—Perdón —dijo Rory la goblin—. Nos han dado veinte de esas cosas y aún no sabemos muy bien por qué. Por ahora los tenemos encerrados en la guardería.

—¡Está vivo! —aulló una voz en las alturas.

Gary parpadeó y alzó la vista, donde vio la cara que acababa de formarse en la piedra del techo, a unos seis metros sobre él. La mirada confusa del gólem del techo se centró en Gary y, por un momento, las dos criaturas se quedaron mirando.

—¿Quién soy? —preguntó el techo. Cayó más polvo al suelo.

Gritón de caída. Nivel 10.

Esta criatura aún está en modo creación. Salir de este modo activará la edición de la información biográfica.

Aviso: Este nivel de la mazmorra está en modo manual. Es necesario registrar el piso para activar el modo IA, que rellenará las características y los datos biográficos automáticamente.

—¿Creéis que tiene la boca lo bastante grande? —preguntó una de las criaturas feéricas.

—¡Quizá deberíamos ponerle un aliento de fuego! —dijo otra.

—¿Tú crees? Ya habrá un jefe en la estancia.

—Con suerte será uno de esos bebés drek.

Las criaturas estallaron en carcajadas. La cosa que era un gólem, aquel «gritón de caída», también empezó a reír sin tenerlas todas consigo, como si intentara encajar en el grupo.

—Deja que te diga algo —dijo Rory la goblin, pero Gary volvió a leer el texto que había aparecido sobre el monstruo del techo. ¿Qué significaban esas palabras? ¿De dónde habían salido? ¿Qué estaba pasando?

—¡Au! —gritó Gary cuando la goblin le dio un golpe en el hocico.

—¡Presta atención! ¡Esto es importante!

—¿Qué pasa?

Rory volvió a sonreír y le puso una mano caliente en el hombro.

—Puede que te confunda bastante, pero pronto comprenderás

quién eres de verdad. Y luego nos reuniremos con una persona maravillosa que va a hablar de un lugar muy especial llamado el Cabaret de la Piña. Se llama Menerva.

A Gary le seguía doliendo la cabeza.

—¿Sabes si esa tal Menerva tiene whisky?

Tuvieron que caminar un buen trecho sinuoso a través de varias habitaciones para llegar hasta la tal Menerva. El suelo peludo, que según Rory se llamaba «moqueta», estaba por todas partes. Y también estaba sucísimo. La goblin dijo algo sobre los limpiadores, pero habían tenido que marcharse porque los habían puesto a la venta en el mercado. Gary no tenía ni idea de qué estaba hablando.

Todo estaba en construcción. Rory le explicó que estaban abriendo una serie de pasillos. El lugar había sido una habitación vacía hacía tan solo una semana. Gary no prestó demasiada atención a las explicaciones de la goblin. Comprendía sus palabras, pero no tenían sentido. Llegó a la conclusión de que los monstruos y la gente que estaba por allí se suponía que tenían que ayudar con la construcción de las habitaciones. Habitaciones llenas de trampas.

Pero había más. Todas las personas que llegaban hasta ese lugar tenían que vivir y trabajar durante un tiempo, algo para lo que también estaban construyendo una estructura. Gary vio varios grupos de estancias que se suponía que eran los hogares de los monstruos. Había una hilera de puertas con el símbolo de una mano pintada y unas letras que rezaban «Entrenamiento». Debajo, con una caligrafía más fluida había otro mensaje: «Larry es quien se encarga de las inscripciones. No faltéis a vuestras sesiones de entrenamiento obligadas. Estáis avisados».

Mientras Gary examinaba la sala de entrenamiento, se abrió una de las puertas y algo parecido a un cerebro del que colgaban tentáculos salió flotando. Volvieron a aparecer esas palabras mágicas.

Nigel. Horror mental. Psicólogo del equipo. Nivel 31. Asistente de dirección.

—Menos mal que te ha dado por entrenar hoy —dijo Rory al cerebro flotante. Gary detectó cierto sarcasmo en las palabras—. Ayer no viniste.

—Estoy demasiado ocupado —comentó el cerebro flotante, que pareció ofenderse—. Y si no se me informa de mi horario, ¿cómo vas a quejarte de que estoy perdiendo el tiempo? Eso es lo que pasa cuando pones a una alimaña hasta arriba de esteroides a cargo de la sala de entrenamiento. —El cerebro se giró hacia Gary y pareció examinarlo—. Un gnoll. Madre mía. Rory, avísame cuando llegue alguna criatura que aparente ser capaz de tener una conversación medianamente inteligente.

—Que te den —dijo Gary.

El cerebro suspiró y se alejó flotando sin dejar de murmurar.

Rory gruñó, momento en el que siguieron caminando por aquel laberinto en construcción. La goblin siguió hablando, y Gary siguió sin entender nada.

Se pararon junto a otro cartel. Era enorme y de neón. Estaba sobre una puerta de madera muy grande tras la que se oía más ruido de construcción. El cartel estaba mal escrito. Decía «Klub Dezperado. Tan grasioso que duele». Debajo había otro cartel luminoso que decía: «¡Ay Dirty Shirely y más kosas!

—¿Un bar? —preguntó Gary, que paró en seco—. ¿Podría Gary parar aquí un momento?

—No es un bar de verdad —explicó Rory—. Va a ser una trampa. Lorelai está a cargo de ella, junto al resto de los goblins.

—Todo está mal escrito —dijo Gary, muy decepcionado—. ¿Se supone que tiene que decir «Dirty Shirley», ¿no?

—Es un cartel provisional. No lo hicimos nosotros. La IA lo puso ahí cuando empezamos a construir el bar, pero las erratas son a propósito. No se nos permite usar carteles bien escritos para las trampas. Es una norma un tanto extraña.

—¿Normas? ¿Qué normas? —preguntó Gary—. A los jefes de la Maraña de Hierro les importaban una mierda las normas. Convirtieron la red ferroviaria al completo en un nido de Krakaren para ganar más dinero. Murieron todos. —Se quedó en silencio recordando, momento en el que no pudo evitar pensar en ella. Dio un paso hacia la puerta de madera—. ¿Seguro que no es un bar de verdad?

Rory le tiró de la pierna.

—Seguro. Vamos, Gary. Sigamos.

Poco después, llegaron a una pared donde apareció una puerta de repente. Mágica. La atravesaron, y Gary sintió el cambio de presión en los oídos. Nunca había atravesado un portal, pero sí que había oído a personas en el bar hablando sobre ellos, tanto que sabía identificarlos.

En la estancia, había una elfa sentada en un escritorio y jugando con una especie de tableta brillante. Era joven y hablaba con alguien, aunque dicha persona no parecía estar en la habitación. Levantó un dedo para indicarles que esperasen.

La mujer tenía una nota sobre la cabeza, pero era diferente a la demás.

Menerva. Alta elfa. Nivel 249.
Se trata de una administradora no combatiente.

Siguió hablando con la persona invisible.

—Entiendo. Mira, tengo que dejarte. Rory acaba de traer a uno nuevo. Bien. Gracias... Dioses, Herot, ¿es que no sabes callarte? Que te tengo que dejar.

La elfa soltó la tableta sobre la mesa y alzó la vista.

—Lo siento. Rory, ¿a quién me traes?

—Es un gnoll. El único recién llegado de hoy. Está borracho.

—No lo estoy —mintió Gary. «No estoy lo bastante borracho». Centró su atención en la mesita que había en uno de los rincones de la estancia. Había dos botellas encima, y Gary olió el dulce alcohol de su interior. Sintió como si lo estuviesen llamando.

La elfa se quedó examinándolo, y Gary se estremeció al ver cómo lo hacía.

—Interesante. ¿Ya lo has despertado?

—Pero ¿de qué carajo estáis hablando, psicópatas? Gary está despierto —dijo Gary.

—Lo he intentado, pero no hace caso —respondió Rory.

La elfa asintió.

—La Maraña de Hierro es un piso temático, y los PNJ y criaturas serán especialmente difíciles de liberar a partir de ahora. A veces, tendrás que ser más dura con ellos. Me gustaría que lo volvieses a intentar ahora. Este en particular tiene una condición que puede llegar a hacer que sea más difícil de lo normal. O más fácil. Veremos.

Gary empezó a mirar a la elfa y a la goblin. No le gustaba que la gente hablase sobre cosas que no comprendía, y mucho menos cuando estaba presente. Era algo que los gnolls del equipo de interdicción hacían todo el tiempo. Hablar y reír sobre lo que veían en las vías. Hablar sobre portales, trenes y monstruos que Gary no era capaz de imaginar.

Lo hacía sentir estúpido. Indigno. Inútil.

—Gary, todo lo que consideras real es una mentira —dijo Rory, que alzó la vista para mirarlo.

—¿Cómo dices?

La elfa sentada detrás del escritorio suspiró.

—Rory, recuerda nuestros métodos. Pregúntale qué es lo primero que recuerda y parte de ahí. Encuentra las contradicciones imposibles y oblígalo a intentar encontrarles sentido.

—¿Qué significa «contradicciones»? —preguntó Rory.

Gary levantó la cabeza y miró a la elfa. Ocurrió muy rápido, como si se hubiese abierto el suelo bajo sus pies.

Pero lo cierto es que fue un poco fiasco para él. Había sufrido tanto que tampoco es que fuese un gran cambio en su vida.

«Anda —pensó Gary—. Pues supongo que tiene sentido».

Después, Gary bajó la vista a la goblin y dijo:

—Una contradicción es cuando dos cosas no pueden ser verdad al mismo tiempo. Como el hecho de que Gary no pudiese abandonar aquel bar pero esté aquí. Una contradicción es el hecho de que yo no pudiese morir. No pudiese comer. No tuviese un hogar pero creyese que sí y seguir haciendo esas otras muchas cosas.

Menerva dedicó a Gary una leve sonrisa triste.

—Tómatelo como una lección, Rory —dijo la elfa—. Habrá casos más complicados a medida que pasen los días. Ahora, cuéntale todo lo demás.

Rory le hizo una reverencia a Minerva, tocó el suelo con el bastón y se giró hacia Gary. Los ojos de la goblin se iluminaron con emoción antes de empezar a hablarle de un lugar maravilloso, un lugar llamado el Cabaret de la Piña. Y lo único que tenían que hacer para llegar a ese lugar tan especial era construir el laberinto perfecto.

Más tarde, después de que Rory se marchase, Gary se quedó en la estancia con Menerva. No podía apartar los ojos de la mesita del rincón, la de las dos botellas.

Aún estaba mareado y vio cómo le temblaban las manos.

«¿Cuántos de mis recuerdos son reales? ¿Jen-Jen es real?».

No, no. Ella sí que era real, al menos. Gary la recordaba. Tenía que aprender a diferenciar los recuerdos. Los falsos eran fáciles de descubrir ahora que sabía buscar las contradicciones. Tenía la cabeza hecha un lío, pero había empezado a diferenciar lo que era verdadero de lo que no.

Gary conocía a Jen-Jen la Saltarina desde hacía mucho tiempo, más de lo que él creía. Recordaba varias iteraciones de ella, de hecho.

Y en algunas Jen-Jen no lo tenía por un cobarde.

Pero había algo que nunca cambiaba, algo descorazonador. Su olor, a un planeta lleno de árboles, cielos abiertos y comodidad. Esa era la constante, sin importar el lugar donde se encontrasen. Gary siempre creía que era muy guapa. Fantástica. Lista. Rápida. Creía que lo era todo. Lo era todo para él.

Pero nunca le había contado a Jen-Jen cómo se sentía. Ni una vez.

«Sí que soy un cobarde».

Ahora Jen-Jen estaba muerta, había desaparecido para siempre. El Cabaret de la Piña era la tierra prometida, no el más allá. «La muerte es definitiva», había dicho Rory. Y cuando Gary había alzado la vista para mirar a Menerva y que esta se lo confirmase, la elfa había asentido.

«Es demasiado tarde. Demasiado tarde».

—Interesante —dijo Menerva, que miró a Gary de arriba abajo.

—¿Qué es interesante? —preguntó él.

—Dice que estás vinculado a una llave. Has salido del cuarto piso, abandonado el confinamiento, pero la vinculación de tu personaje sigue ahí. Hemos tenido suerte de que no te hayas puesto a explotar y a resucitar en bucle.

—¿Qué? —preguntó Gary, alarmado.

—¿Has muerto y resucitado alguna vez?

Gary extendió el brazo por instinto y se agarró la muñeca.

—A Gary lo degollaron. Y luego un dinosaurio lo destrozó con sus fauces. Muchas veces.

—Pues eso es lo que significa estar vinculado a una llave. Resucitas en la ubicación de la llave, que suele ser un lugar muy pequeño del que no puedes salir. Pero tras el derrumbe del cuarto piso, dicha ubicación desaparece, por lo que empiezas a resucitar en el lugar donde te encuentres. —Cogió la tableta y apuntó algunas cosas—. Es algo que no se puede implantar *a posteriori* en un PNJ, ya que crear ese tipo de entidades requiere acceso de administrador. En tu caso, siempre has sido así. Es algo que llevas grabado en tu código. Serás un buen candidato para convertirte en jefe guardia de la rotonda central para el lanzamiento del piso, pero antes... —Se quedó en silencio unos instantes—. Necesitaremos a alguien para probar algunas de las cosas que estamos construyendo y, gracias a tu condición, también servirá para entrenarte sin que sea necesario usar la sala de entrenamiento. Márchate por el momento. Sal ahí fuera, encuentra una casa vacía y luego busca a esa maga mapache y dile que te asigne una tarea.

—¿Dónde puede Gary beber algo?

—Ya no necesitas hacerlo. Tendrás que comenzar con el proceso de desintoxicación. Si Rory y los goblins pudieron librarse de las drogas, tú también podrás hacer lo mismo con la bebida.

Gary recordó lo extraño que le había olido Rory y la velocidad a la que le había explicado lo del Cabaret de la Piña. Conocía esa manera desesperada de hablar. También era una muy común en los hobgoblins. Llegó a la conclusión de que era algo bueno de lo que podía aprender dos cosas. La primera, que esa elfa llamada Menerva no lo sabía todo. Y la segunda, que si los goblins habían encontrado drogas de alguna manera en aquel lugar extraño sin que Menerva se enterase, quizá Gary podría hacer lo mismo con lo que él necesitaba.

—Gary tiene una pregunta más.

Ella ya había vuelto a coger la tableta, pero se lo quedó mirando con expectación. Gary se percató de que la pequeña elfa era mucho mayor de lo que aparentaba con esa cara. Lo veía en su mirada.

—El Cabaret de la Piña. ¿Lo construyó la misma gente que construyó la Maraña de Hierro?

La mujer volvió a dedicarle esa sonrisa triste.

—Tienes mucho trabajo por delante. El tiempo es oro, Gary.

Gary asintió, se dio la vuelta y salió de la estancia. Cogió una de las botellas de la mesilla de camino a la puerta.

—Oye. Pssst. Gnoll. Ven aquí —dijo una voz.

Gary parpadeó unas cuantas veces. Miró la botella que tenía en la mano y luego a esa criatura animal que lo llamaba desde la entrada. No se parecía a nada que hubiese visto antes. Era una especie de caballo peludo con un cuello largo y extrañamente estrecho y orejas rígidas.

Arturo el Mediano. Llama maligna. Asesor farmacéutico. Nivel 24.

¿Una llama? Nunca había oído hablar de las llamas.

Gary se sentía mareado, pero era una sensación diferente a la habitual. El alcohol que había tomado no era el de siempre. No tenía muy claro si le gustaba o no, pero al menos no tardaba en hacerle efecto. Todo lo que veía a su alrededor tenía los bordes borrosos.

El cuello de la llama relució y se agitó. Tenía un saco rojo y palpitante. Gary había visto monstruos suficientes para saber que aquello significaba que tenía un ataque de escupitajo. De ácido o de lava.

—¿Vendes alcohol? —preguntó Gary. Levantó la botella—. Gary ya se ha acabado esta, pero no tiene más y se siente raro. Tampoco tiene dinero.

—Tú ven —dijo la llama—. Tenemos que contarte algo.

—¿Por qué? —preguntó Gary, que empezó a sospechar en aquel momento. Intentó echar un vistazo a la puerta abierta tras la criatura. Las paredes olían a pintura húmeda—. ¿Qué hay ahí dentro?

—Yo solo sé lo que va a haber ahí fuera en el pasillo en unos diez segundos si no vienes.

—¿Qué? —preguntó Gary, que echó un vistazo a su alrededor.

—Lo que va a haber es el cadáver tembloroso de un gnoll machacado.

—¿Qué? —repitió Gary, que intentó analizar lo que acababa de decir la llama—. ¿Hay otro gnoll ahí dentro?

—No… —dijo Arturo el Mediano—. Tú, serás tú. ¡Te van a machacar!

—¿Quién va a machacar a Gary? —preguntó Gary, que volvió a echar un vistazo a su alrededor—. No hay nadie por aquí, menos nosotros dos.

—¡Yo te voy a machacar, Gary! Un momento... Eres Gary, ¿verdad? —La llama se lo quedó mirando—. Sí que lo eres, sí. ¡Eres al que voy a machacar!

—¿Qué? —preguntó Gary por tercera vez—. Si vas a machacarme, ¿por qué iba a entrar en esa habitación contigo?

—Por los dioses —dijo otra voz. Era una llama, mayor y de género femenino—. Arturo, apártate. Gnoll, por favor. Entra. Nos gustaría hablar contigo. Nadie va a machacar a nadie hoy.

Arturo el Mediano se hizo a un lado y dejó al descubierto una habitación pequeña y cuadrada. En uno de los rincones del fondo, había una tercera llama que sostenía una especie de rodillo de pintura con la boca mientras pintaba la pared de un rojo brillante sin cuidado alguno. Lo acompañaban una especie de ogro y lo que parecía una súcubo. El ogro también estaba pintando. La súcubo estaba sentada en el suelo y parecía estar pintándose las uñas de los pies con la misma pintura que los demás usaban para la pared.

En el centro de la estancia, la llama anciana estaba sentada sobre las patas, encima de un cojín enorme y ornamentado con borlas que colgaban de los bordes. Gary se percató de que allí la moqueta estaba cubierta de extrañas marcas de quemaduras que lo incomodaron.

Examinó a la llama anciana.

Abuela llama. Reina llama. Supervisora de la construcción y facilitadora de suministros.

Codirectora del Laberinto Mortal entre Bastidores.

Menerva había mencionado a aquella criatura. Había dicho que tenía dos criaturas a sus órdenes: Rory, que básicamente estaba a cargo del resto de los PNJ y esta señora, cuyo cometido era asegurarse de que se construía el laberinto en sí. A Gary le había dado la impresión de que a Rory no le caía muy bien esta señora llama.

—Buenas —dijo Gary a la anciana, que lo contemplaba con mirada calculadora. Levantó la botella—. ¿Sabes dónde podría Gary conseguir más de esto? Los goblins tienen meta. ¿Se la das tú? ¿Podrías darme de esto a mí?

—Nosotros no fabricamos las drogas para los goblins —dijo la abuela llama, mientras negaba con la cabeza con gesto triste—. La prepara la misma Rory, pero su plan es hacer que la vayan dejado poco a poco. Es lo único que sabe fabricar.

Gary se sintió muy decepcionado.

—Entonces ¿nadie podría prepararme más de esto?

—Únete a nuestro equipo y podrás hacerlo tú mismo —dijo Arturo el Mediano, que se colocó junto a la abuela llama en ese momento—. No tendrás que comprar nada. Si te unes al equipo de construcción, conseguirás un menú como el de las directoras y podrás crear cualquier cosa.

—¿En serio? —preguntó Gary—. Me dijeron que se suponía que tenía que encontrar a una mapache y que ella me diría qué hacer.

—Será mejor que no hables con la loca esa. Es creyente de verdad —dijo Arturo—. Está de parte de Rory.

—Arturo, ve a ayudar con la pintura de la otra habitación —dijo la abuela llama—. Los demás, marchaos también.

Todos gruñeron al salir y dejaron solo a Gary con la llama y el olor intenso a pintura roja. Él se quedó allí tambaleándose. Había cambiado de opinión. Sí que le gustaba mucho la bebida esa.

—Puedo conseguir que seas capaz de crear todo el alcohol que quieras —explicó la abuela llama—. Pero te aseguro que será mejor que no sea eso que acababas de beber. Es licor de piña ceremonial, lo que bebe Menerva. Diría que tiene tranquilizantes, aunque los efectos no duran demasiado. Si me ayudas, te proporcionaré la capacidad de hacer lo que quieras. Podrás ajustarlo a tu gusto.

—¿A qué tengo que ayudarte? ¿A pintar?

Ella rio entre dientes.

—Cuando entraste, vi tu hoja de personaje en mi interfaz. Sé de qué eres capaz. Eres único, Gary. Eres inmortal.

«La muerte es definitiva». Le dio un sorbo a la botella.

La llama siguió hablando:

—No te conozco, pero basándome en algunas señales he llegado a la conclusión de que tú y yo pensamos igual.

Gary había empezado a ponerse sobrio muy rápidamente.

—¿Ah, sí? ¿Y qué es eso en lo que pensamos?

—Que te cuesta creer de primeras todo lo que nos cuenta Menerva. Rory y algunos de los demás quieren creer en ese cabaret sin cuestionarse nada, ignoran algunas contradicciones muy obvias para que no les estropee esa fantasía. De hecho, Rory cree tanto en él que se ha convertido en una sacerdotisa. Hasta Menerva se quedó muy sorprendida.

Gary le dio otro sorbo a la bebida.

—Pero eso no evita que se drogue.

—No —convino la abuela llama—. Por desgracia no. Todos tenemos nuestra manera de tranquilizarnos.

Gary asintió.

—Si Gary te ayuda, ¿le enseñarás magia para crear cosas?

—Así es. No es difícil. Solo tiene unas pocas limitaciones.

—¿Y yo podría crear cualquier cosa? —preguntó Gary—. En la habitación de las criaturas feéricas…, crearon una criatura de la nada. ¿Podría hacer algo parecido?

—Eso de que cambies la manera de referirte a ti mismo de la tercera a la primera persona me está dando dolor de cabeza, Gary. Pero sí. Forman parte del servicio de criaturas y están bajo mis ordenes —respondió la abuela—. Únete a nosotros y podrás hacer algo así. ¿Quieres crear criaturas?

—¿Gary podría fabricar una persona? ¿Otro gnoll? —preguntó.

—Supongo que sí.

«La muerte es definitiva».

Pero eso no era cierto, ¿no? ¿Cuántas veces había muerto Gary? Otra contradicción. Todo era mentira. Nada era real.

Pero también significaba que todo era posible.

Era inmortal. Era lo que le acababa de decir aquella llama. Y también Menerva.

¿Qué consigues cuando unes el poder de la creación con la inmortalidad?

«Ojalá hubieses vivido el tiempo suficiente para comprobar que no era un cobarde».

«A veces los deseos se cumplen», pensó Gary.

—Gary se unirá a tu grupo.